나폴리 4부작 제1권

L'AMICA GENIALE
by Elena Ferrante

This Korean edition is published by arrangement with Edizioni e/o
through Clementina Liuzzi Literary Agency, Italy.

나의 눈부신 친구

엘레나 페란테 지음
김지우 옮김

한길사

난 너와 같은 무리를 한 번도 미워해본 적이 없노라.
부정을 일삼는 모든 정령 중에서도
너 같은 익살꾼은 내게 조금도 짐스럽지 않구나.
인간의 활동이란 쉽사리 느슨해지고
언제나 휴식하기를 좋아하니 내 기꺼이 그를 자극하여
악마의 역할을 해낼 동반자를 그에게 붙여주겠노라.

• 괴테, 『파우스트』

등장인물

체룰로 집안 구두수선공네 가족

- 페르난도 체룰로 릴라의 아버지. 구두수선공
- 눈치아 체룰로 릴라의 어머니
- 라파엘라 체룰로 모두 '리나'라고 부르지만 엘레나만 '릴라'라고 부름
- 리노 체룰로 릴라의 오빠. 구두수선공. 릴라의 아들과 동명이인
- 릴라와 리노의 형제들

그레코 집안 시청 수위네 가족

- 엘레나 그레코 그레코 가족의 장녀. 애칭은 '레누차' 또는 '레누'
- 아버지 시청 수위
- 어머니 가정주부
- 페페, 잔니, 엘리사 엘레나의 동생들

카라치 집안 돈 아킬레 가족

- 돈 아킬레 카라치 동화 속에 나오는 괴물 같은 사람
- 마리아 카라치 돈 아킬레의 아내
- 스테파노 카라치 돈 아킬레의 장남. 식료품점 주인
- 피누차 카라치 돈 아킬레의 딸
- 알폰소 카라치 돈 아킬레의 아들

펠루소 집안 목수네 가족

- 알프레도 펠루소 목수
- 주세피나 펠루소 알프레도의 아내
- 파스콸레 펠루소 알프레도와 주세피나의 장남. 벽돌공
- 카르멜라 펠루소 파스콸레의 여동생. 잡화점 점원. 애칭은 '카르멘'

카푸초 집안 미친 과부 가족

- 멜리나 카푸초 릴라 어머니의 친척으로 미친 미망인
- 멜리나의 남편 야채시장에서 짐을 나르던 인부
- 아다 카푸초 멜리나의 딸
- 안토니오 카푸초 아다의 오빠. 자동차 정비공
- 아다와 안토니오의 동생들

사라토레 집안 시인이자 철도원의 가족

- 도나토 사라토레 기차표 검침원
- 리디아 사라토레 도나토의 아내
- 니노 사라토레 도나토와 리디아의 장남
- 마리사 사라토레 니노의 여동생
- 피노, 클렐리아, 치로 니노의 동생들

스칸노 집안 야채장수네 가족

- 니콜라 스칸노 야채장수
- 아순타 스칸노 니콜라의 아내
- 엔초 스칸노 니콜라와 아순타의 아들. 야채장수
- 엔초의 동생들

솔라라 집안 주점 겸 제과점을 소유하고 있는 가족

- 실비오 솔라라 주점 겸 제과점 주인
- 마누엘라 솔라라 실비오의 아내
- 마르첼로 솔라라 실비오와 마누엘라의 장남
- 미켈레 솔라라 실비오와 마누엘라의 차남

스파뉴올로 집안 제빵사네 가족

- 스파뉴올로 솔라라네 제과점에서 일하는 제빵사
- 로사 스파뉴올로 제빵사의 아내
- 질리올라 스파뉴올로 스파뉴올로와 로사의 딸
- 질리올라의 동생들

선생님들

- 페라로 초등교사이자 도서관 사서
- 올리비에로 초등교사
- 제라체 고등학교 저학년 교사
- 갈리아니 고등학교 고학년 교사

- 지노 약국집 아들
- 넬라 인카르도 이스키아 섬에 사는 올리비에로 선생님의 사촌

프롤로그

흔적 지우기

1

오늘 아침 리노의 전화를 받았다. 나는 그가 평소처럼 돈을 빌려 달라고 할 줄 알고 안 된다고 말하려 했다. 하지만 리노가 내게 전화를 한 것은 돈 때문이 아니었다. 리노는 자기 어머니가 사라졌다고 했다.

"언제?"

"2주 전에요."

"그런데 왜 이제야 내게 전화하는 거야?"

내 말투가 자신을 탓하는 것처럼 느꼈는지 리노는 당황했다. 사투리를 섞어가면서 어머니가 나폴리 시내에 바람 쐬러 간 줄 알았다고 횡설수설했다. 사실 약간 빈정대며 말하기는 했지만 리노에게 특별히 화가 나거나 그가 원망스러웠던 것은 아니었다.

"그럼 밤에도 집에 돌아오지 않으시는 거니?"

"어머니가 어떤지 아시잖아요."

"물론 그렇지. 하지만 2주 동안이나 집에 돌아오지 않는 것이 어디 정상이니?"

"알아요. 이모는 어머니를 본 지 꽤 오래돼서 잘 모르시겠지만 요즘 어머니 상태가 많이 안 좋아지셨어요. 잠 한숨 주무시지 않고 시도 때도 없이 집밖을 들락거리며 마음대로 행동하신다고요."

가만히 들어보니 적어도 제 어미에 대해 걱정하고 있기는 한 것 같았다. 리노는 병원이란 병원은 다 돌아다녔고 경찰서에도 찾아가 보았지만 어머니를 찾지 못했다고 했다. 대단한 효자 나셨구나 하는 생각이 들었다. 올해 마흔 줄에 들어선 리노는 뚱뚱한 몸집에 일평생 암거래 빼고는 일다운 일이라고는 해본 적이 없는, 낭비와 방탕이 몸에 배어 있는 사내였다. 그런 리노가 과연 얼마나 꼼꼼하게 제 어미를 찾아보았을지는 직접 보지 않아도 뻔했다. 리노는 머리는 텅 비어 있고 가슴은 자기 생각만으로 꽉 차 있으니까.

"혹시, 거기 계신 거 아니죠?"

갑작스레 리노가 내게 물었다.

네 어머니가? 여기 토리노에? 자기 어머니가 어떤 사람인지 뻔히 알면서 이런 질문을 하다니 도대체 리노는 말하기 전에 생각이라는 걸 하는 걸까. 이곳저곳 돌아다니기를 좋아하는 사람은 리노 자신이었다. 초대하지 않았는데도 다짜고짜 내 집에 들이닥친 것만 해도 열댓 번이 넘는다. 그에 비해 리노 어머니는 내가 그녀를 진심으로 반갑게 맞이했을 텐데도 평생 나폴리를 벗어난 적이 단 한 번도 없었다.

"여기에 계실 리가 없지 않니."

내가 대답했다.

"정말요?"

"리노, 여기에 안 계신다고 하지 않니."

"그럼 대체 어디로 가신 걸까요?"

결국 리노는 울기 시작했고 나는 그가 자신의 절망을 한껏 드러내도록 내버려두었다.

거짓으로 시작했다가 진짜 흐느낌으로 변한 그의 울음이 멈추자 나는 그에게 말했다.

"부탁인데, 한 번쯤은 네 어머니가 바라시는 대로 해주렴. 어머니를 찾지 말아라."

"그게 무슨 말씀이세요?"

"말한 그대로다. 어머니를 찾아봤자 소용없을 테니 그만두고 이제 제발 혼자 사는 법을 배워. 이제 내게도 연락하지 않으면 좋겠구나."

나는 이렇게 말하고 전화를 끊었다.

2

리노 어머니의 이름은 라파엘라 체룰로다. 하지만 나만 빼고 모두들 그녀를 '리나'라고 불렀다. 나는 그녀를 '라파엘라'라고도 '리나'라고도 부르지 않았다. 지난 60년 동안 내게 그녀는 '릴라'였다. 만약 내가 그녀를 갑작스레 리나나 라파엘라라고 부른다면 그녀는 우리의 우정이 끝났다고 생각했을 것이다.

릴라는 30년 전부터 내게 그 어떤 흔적도 남기지 않고 사라지고 싶다고 말하곤 했다. 사라진다는 말의 의미를 진정으로 이해하는 사람은 오직 나뿐이었다. 그녀는 도망가거나 신분을 바꾸거나 머나먼 곳에서 새로운 삶을 시작하려는 것이 아니었다. 그렇다고 자살을 생각한 것은 더더욱 아니었다. 비록 리노 같은 아들이 자신의 몸에서 태어났고 그를 돌보아야 한다는 사실에 진저리를 치기는 했지만 말이다.

릴라가 바라는 것은 전혀 다른 차원의 것이었다. 릴라는 말 그대로 증발하기를 원했다. 그녀를 구성하는 세포 하나하나가 뿔뿔이 흩어져서 그녀에 대한 그 어떠한 흔적도 발견되지 않기를 바랐던 것이다. 나는 릴라를 아주 잘 알고 있기 때문에, 적어도 잘 알고 있다고 믿기 때문에, 그녀가 이 세상에 머리카락 한 오라기도 남기지 않고 사라지는 방법을 알아낸 것이 분명하다고 생각했다.

3

다시 며칠이 지났다. 혹시나 해서 이메일과 우편함을 확인해보기는 했지만 별 기대는 하지 않았다. 나는 릴라에게 자주 내 소식을 전하곤 했다. 하지만 그녀는 내게 답장을 보내지 않았다. 그것은 우리 사이에 정해진 암묵적인 규칙이었다. 릴라는 내게 편지를 쓰거나 이메일을 보내는 것보다는 통화를 하거나 내가 나폴리에 갈 때 만나서 밤새 수다 떠는 것을 더 좋아했다.

나는 서랍을 열어 온갖 잡동사니를 모아두는 철제 상자를 꺼내보았다. 이미 정리한 물건이 많아서 남은 것은 얼마 없었다. 특히 릴라와 관련된 물건은 많이 버렸고 이 사실을 릴라도 잘 알고 있었다. 다시 살펴보았지만 정말 그녀와 관련된 물건이 하나도 없었다. 사진 한 장, 티켓 한 장, 선물 하나 없었다.

릴라와 관련된 물건이 아무것도 남아 있지 않다는 사실에 나 자신도 놀랐다. 릴라는 어쩌면 이 오랜 세월 동안 자신과 관련된 물건을 내게 아무것도 남기지 않은 것일까. 사실 그녀와 관련된 물건을 간직하고 싶지 않은 것은 내가 아니었을까. 아마 그럴지도 모르겠다.

내키지 않았지만 이번에는 내가 먼저 리노에게 전화를 걸었다. 리노는 집 전화도 핸드폰도 받지 않았다. 그러다가 제멋대로 저녁이 되어서야 내게 다시 전화했다. 그는 괴로운 척하면서 물었다.

"전화하셨더군요. 무슨 소식이 있나요?"

"아니, 넌 그새 다른 소식 들은 것이 있니?"

"아니요."

리노는 내게 도무지 답이 없는 이야기들을 늘어놓기 시작했다. 실종된 사람들을 다루는 텔레비전 프로그램에 나가려고 여기저기 알아보고 있다고 했다. 방송에 나가 온 국민 앞에서 자신의 어머니에게 용서를 구하고 돌아와달라고 애원하기 위해서 말이다.

나는 그의 이야기를 끝까지 끈기 있게 듣고 나서 물었다.

"어머니의 장롱은 살펴보았니?"

"장롱은 왜요?"

사람이 갑자기 사라지면 으레 해야 할 당연한 일조차 리노는 생각하지 못했나보다.

"가서 좀 살펴보렴."

릴라의 장롱을 보러 간 리노는 장롱이 깨끗이 비어 있다는 사실을 확인했다. 여름옷, 겨울옷 할 것 없이 아무것도 남지 않은 장롱 안에는 낡은 빈 옷걸이들만 걸려 있었다. 나는 그에게 집 안 구석구석을 살펴보라고 했다. 아니나 다를까 집에는 릴라의 신발도, 얼마 되지 않은 책 몇 권도, 사진도, 영상이 담긴 필름도 남아 있지 않았다. 이제는 한물간 플로피 디스켓과 함께 컴퓨터도 사라졌다. 릴라가 마법사처럼 기막힌 솜씨로 다루던 전자기기들도 모두 사라졌다. 릴라는 아직 펀치 카드를 널리 사용하던 60년대 후반에 벌써 컴퓨터를 능숙하게 사용할 정도로 전자기기를 잘 다뤘다.

혼이 나가 있는 리노에게 말했다.

"시간이 오래 걸려도 괜찮으니 더 찾아보고 어머니 소지품이 하나라도 나오면 연락을 해줄래. 사소한 것이라도 괜찮아. 하다못해 옷핀 같은 것이라도 말이다."

리노는 다음 날 잔뜩 흥분해서 내게 전화를 했다.

"아무것도 없어요."

"아무것도?"

"그렇다니까요. 함께 찍은 사진까지도 오려가셨어요. 어렸을 때 함께 찍은 사진까지도 말이에요."

"빠짐없이 잘 살펴보았니?"

"네. 구석구석 다 살펴봤어요."

"지하실도?"

"그렇다니까요. 서류함까지 사라졌어요. 출생증명서며 통신사 계약서며 영수증, 고지서 따위를 넣어놓는 서류함 말이에요. 이게 대체 무슨 일이죠? 누가 어머니의 물건을 모두 훔쳐간 건가요? 대체 뭘 찾으려고요? 나와 어머니에게 원하는 게 뭘까요?"

나는 리노를 진정시켰다. 리노에게 특별히 무엇인가를 원하는 사람이 있을 리가 없지 않은가.

"저 잠깐이라도 이모 집에서 지낼 수 있을까요?"

"안 된다."

"제발요. 잠을 잘 수가 없어요."

"어쩔 수 없어, 리노. 난 도움을 줄 수 없을 것 같구나."

나는 전화를 끊었다. 리노가 다시 전화를 했지만 받지 않았다.

나는 책상에 앉아 생각했다. 언제나 그렇듯이 릴라는 극단적이었다. 릴라는 흔적이라는 단어의 개념을 무한대로 확장시켰다. 그저 사라지는 것에 만족하지 않고 자신이 살아온 66년이라는 세월을 통째로 지워버리려 하고 있었다.

여기까지 생각이 미치자 나는 불현듯 화가 났다.

'좋아. 이번엔 누가 이기는지 보자.'

나는 컴퓨터 전원을 켜고 우리의 이야기를 기억하는 한 최대한 상세히 써내려가기 시작했다.

유년기

돈 아킬레 이야기

1

그날 저녁 돈 아킬레의 현관으로 이어지는 어두운 층계를 난간을 따라 한 계단 한 계단씩 올라가기로 결정한 바로 그 순간 릴라와 나의 우정은 시작되었다.

나는 아직도 은은한 보랏빛으로 물든 뜰과 따스한 봄날 저녁 공기에서 느껴지던 다채로운 향을 기억하고 있다. 어머니들은 저녁 식사를 준비하고 아이들은 집으로 돌아가야 할 시간이었지만 릴라와 나는 서로 한마디도 나누지 않고 누가 더 용기 있는 아이인지를 입증하는 놀이에 열중하고 있었다. 학교에서든 학교 밖에서든 우리는 이 놀이에 푹 빠져 지내던 때가 있었다. 릴라가 어두운 맨홀 구멍 속으로 팔을 쑥 집어넣으면, 나도 그녀를 따라 내 팔을 구멍에 집어넣었다. 그럴 때면 바퀴벌레가 살결 위를 스멀스멀 기어 다니거나 쥐가 팔을 물어뜯을까봐 두려워 심장이 두근거리곤 했다.

릴라가 스파뉴올로 아주머니네 창문에 기어 올라가 빨랫줄을 달기 위해 꽂아놓은 철 막대에 대롱대롱 매달려 있다 땅바닥을 향해 몸을 던지면 나도 그녀를 따라했다. 그때마다 떨어져서 다칠까봐 두려웠다.

릴라는 언젠가 길에서 주운 녹슨 프랑스풍의 브로치를 가지고 있었다. 그녀는 그 브로치를 요정이 준 선물이라며 항상 주머니에 넣고 다녔다. 때로는 브로치를 꺼내 옷핀의 뾰족한 부분을 손바닥에 대고 그어 보였다. 나는 그녀의 손바닥 위로 옷핀이 지나간 자리에 남은 허연 자국을 바라보다가 그녀가 브로치를 내게 내밀면 이내 나도 똑같이 따라하곤 했다.

그날 저녁도 그렇게 시간을 보내고 있었다. 릴라는 느닷없이 눈을 가늘게 뜨고 그녀 특유의 확신에 찬 눈빛으로 나를 바라보며 돈 아킬레의 집으로 가자고 했다. 릴라의 말을 들은 나는 두려움에 온몸이 딱딱하게 굳어버렸다. 돈 아킬레는 동화 속에 나오는 괴물 같아서 다가갈 수도 말을 건넬 수도 없는 존재였다. 그는 똑바로 바라보기는커녕 몰래 훔쳐보기조차 두려웠다.

나는 돈 아킬레나 그의 가족이 세상에 존재하지 않는 것처럼 행동해야 한다고 배워왔다. 그는 언제부터 시작됐는지 알 수 없는 두려움과 증오의 대상이었다. 그에 대해서 이런 감정을 느끼는 것이 비단 우리 집 식구만은 아니었다. 아버지의 이야기를 듣고 나는 돈 아킬레가 푸르스름한 물집으로 온몸이 뒤덮인 뚱뚱한 괴물일 것이라고 상상했다. 보통 '돈'이라는 호칭은 위엄 있고 권위 있는 사람에게 붙이는데 돈 아킬레의 이름에 '돈'자가 있지만 그는 사나운 사람일 것 같았다.

그의 몸이 강철로 되었는지 유리로 되었는지 아니면 잡초 더미로 되었는지는 알 수 없었지만 확실한 건 그가 코와 입으로 뜨거운 숨결을 내뿜는 살아 숨 쉬는 생명체라는 것이다. 멀리서 그의 모습을 쳐다보기만 해도 내 눈 속에 뾰족하고 뜨거운 무엇인가를 던져 넣을 것만 같았다. 행여나 그의 집 가까이 가면 그의 손에 죽음을 면치 못하리라 생각했다.

그렇기 때문에 나는 릴라가 생각을 고쳐먹고 돌아오지 않을까 잠시 기다려보았다. 나는 그녀가 하려는 일이 무엇인지 알고 있었다.

나는 내심 릴라가 그 일을 잊어버렸기 바랐는데 역시나 부질없는 바람이었다. 돈 아킬레가 사는 건물 앞에 이르렀을 때만 해도 아직 가로등에 불이 들어오지 않을 시각이었기 때문에 현관 계단은 어둠에 싸여 있었다.

집 안에서 간간이 신경질적인 목소리가 새어나왔다. 나는 푸른빛이 감도는 정원을 뒤로하고 릴라를 따라 어두운 현관을 향해 걸어 들어갔다. 건물 안에 들어서자 처음에는 아무것도 눈에 보이지 않았다. 살충제며 오래된 물건에서 나는 퀴퀴한 냄새가 느껴질 뿐이었다. 어둠에 익숙해지자 맨 아래쪽 계단에 앉아 있는 릴라의 모습이 눈에 들어왔다. 그녀는 일어나 계단을 오르기 시작했다.

우리는 벽 쪽에 몸을 붙이고 계단을 올라갔다. 릴라는 나보다 두 계단 정도 앞서 올라가고 있었고 나는 그 뒤를 따라가면서 릴라와의 거리를 좁혀야 할지 넓혀야 할지 계속 고민했다. 지금까지도 어깨를 스치던 울퉁불퉁한 벽면의 느낌과 우리 집 계단보다 훨씬 높게 느껴지던 계단의 높이가 뚜렷이 기억난다.

나는 두려움에 몸이 떨려왔다. 이따금 집 안에서 발소리와 돈 아킬레의 목소리가 들려오곤 했다. 그때마다 나는 그가 닭 가슴을 가르는 기다란 식칼을 들고 내 등 뒤로 쫓아올 것 같아 두려웠다.

어디선가 마늘 볶는 냄새가 나기 시작했다. 나는 돈 아킬레의 부인인 마리아 아주머니가 나를 기름이 펄펄 끓는 프라이팬에 집어넣고, 그의 자식들이 내 몸을 먹어치우는 장면을 상상하기 시작했다. 아이들이 게걸스레 내 몸을 먹어치우는 동안 돈 아킬레는 내 머리통을 들고 뇌수를 빨아먹겠지. 마치 내 아버지가 숭어 대가리를 손에 들고 빨아먹듯이.

우리는 자주 걸음을 멈췄다. 그때마다 릴라가 생각을 바꾸어 뒤돌아서길 바랐다. 나는 비 오듯 땀을 흘리고 있었다. 릴라는 어땠는지 모르겠다. 그녀는 가끔 위쪽을 바라보았는데 나는 대체 그녀가 무엇을 보는 것인지 알 수 없었다. 내 눈에는 그저 층마다 난 창문으로 들어오는 뿌연 회색 빛줄기만 보일 뿐이었다.

그때 갑자기 불이 켜졌다. 하지만 그 불빛은 은은하고 먼지가 가득 낀 것처럼 희미해서 주변은 아직도 온갖 위험이 도사리고 있는 어둠의 영역에 속해 있었다. 우리는 불을 켠 사람이 돈 아킬레일지도 모른다는 생각에 잠시 기다려보았지만 아무런 소리도 들리지 않았다. 발소리도 문 여닫는 소리도 나지 않았다. 릴라는 계속해서 계단을 올라갔고 나는 그녀의 뒤를 따라 올라갔다.

릴라는 그 순간 자신이 계단을 오르고 있는 데에는 정당하고 불가피한 이유가 있다고 확신하고 있었다. 그에 비해 나는 애당초 그런 이유 따위는 잊은 지 오래였다. 확실한 것은 내가 그곳에 있는 이유는 릴라가 그곳에 있기 때문이라는 사실뿐이었다. 우리는 천천히 어린 시절 우리가 가장 두려워했던 대상을 향해 나아가고 있었다. 우리는 그 공포의 대상에게 우리의 모습을 드러내고 그에게 질문을 던지기 위해서 서서히 앞으로 나아갔다.

네 번째 난간에 도착했을 때 릴라가 예상치 않은 행동을 했다. 그녀는 멈춰 서서 내가 다가서기를 기다렸다. 내가 다가가자 릴라는 내게 손을 내밀었다. 그녀의 이 행동은 이후 우리 둘의 관계를 영원히 바꿔놓았다.

2

릴라와 내가 돈 아킬레의 현관 앞까지 가게 된 것은 순전히 릴라 때문이었다. 시간 관념이 아직 없을 때여서 정확하게 기억나지는 않지만 그 일이 일어나기 열흘에서 한 달쯤 전에 릴라가 내 인형을 손에 들고 있다가 갑자기 지하창고 바닥으로 던져버린 사건이 있었다. 돈 아킬레의 집을 찾아가는 지금은 공포의 대상을 향해 함께 계단을 올라가고 있지만 릴라가 내 인형을 던져버린 그날은 미지의 세계를 향해 함께 계단 아래로 내려갔었다. 오르막길이든 내리막길이든 릴라와 나는 우리가 태어나기 전부터 존재했고 언제나 우리를 기다리고 있는 끔찍한 그 무엇인가를 향해 나아가야만 했다.

살아온 세월이 길지 않을 때에는 혼란스러운 감정의 바탕에 있는 혼란의 실체를 이해할 수 없다. 이해해야 할 필요조차 느끼지 못할 것이다. 어른들은 어제, 그제, 길어봤자 한 주 전의 과거를 바탕으로 현재를 살아가며 내일을 기다린다. 그들은 그 이상의 것에는 관심이 없다. 아이들은 어제의 의미, 엊그제의 의미를 알지 못한다. 내일의 의미도 알지 못한다. 아이들에게는 모든 것이 현재이고 지금이다. 여기가 길이고, 우리 집 현관이고, 이 사람이 엄마이고, 아빠이고, 지금은 낮이거나 밤인 것이다.

그때 난 너무 어렸다. 심지어는 내 인형마저도 나보다 더 많은 것을 아는 것 같았다. 내가 내 인형에게 말을 건네면 그녀도 내게 응답해왔다. 내 인형은 셀룰로이드로 만든 얼굴과 셀룰로이드로 만든 머리카락, 셀룰로이드로 만든 눈을 가지고 있었다. 기분 좋을 때가 흔치 않은 내 어머니가 기분 좋을 때 만들어준 푸른색 원피스를 입고 있었는데 너무나 예뻤다.

릴라의 인형은 톱밥으로 속을 채운 것이었다. 누르스름한 천 조각으로 만들어 못생기고 지저분해 보였다. 내 인형과 릴라의 인형은 서로를 훔쳐보고 견제하는 것 같았다. 그러다가 갑자기 폭풍이 몰아치거나, 천둥소리가 나거나, 자신들보다 크고 강하고 날카로운 이빨을 가진 존재가 자신들을 물어뜯으려는 기색을 보이면 재빨리 뛰어와 우리 품에 안길 태세를 갖추고 있었다.

릴라와 나는 뜰에 함께 있었지만 관계없는 아이들처럼 각자 놀고 있었다. 릴라는 지하창고 창문 아래 앉아 있었고 나는 같은 창문의 반대편에 앉아 있었다. 그물 모양의 철조망 반대편에 있는 빗장 사이 시멘트 바닥에 내 인형인 티나의 소지품과 릴라의 인형인 누의 소지품을 늘어놓을 수 있었기 때문이다.

우리는 바닥에 조약돌, 탄산음료 뚜껑, 작은 꽃, 못, 유리 조각 따위를 늘어놓곤 했다. 나는 릴라가 누에게 하는 이야기를 듣고 작은 소리로 티나에게도 같은 이야기를, 그렇지만 약간 내 나름대로 각색해서 해주었다. 릴라가 병 뚜껑을 집어서 누의 머리에 모자처럼 씌워주면, 나는 사투리로 "티나, 감기 걸리지 않게 어서 여왕의 왕관을 쓰렴"이라고 했다. 누가 릴라의 팔에 매달려서 사방치기를 하면, 조금 있다 나도 티나에게 사방치기 놀이를 하게 해주었다. 그렇지만 그때까지만 해도 둘이 같이 즐길 수 있는 놀이를 제안한다거나 무엇인가를 함께하지는 않았다. 사실 우리가 있던 그 장소도 같이 선택한 것이 아니었다. 그곳을 먼저 발견한 것은 릴라였다. 나는 그녀 주변을 조금 맴돌다 다른 곳으로 가는 척했다가 되돌아와서는 태연하게 통풍구 옆쪽으로 자리를 잡았다. 물론 릴라의 반대편이었다.

그 장소의 가장 큰 매력은 통풍기에서 새어나오는 창고의 시원한 바람이었다. 봄여름에 부는 한줄기 시원한 바람은 잠시나마 우리를 상쾌하게 해주었다. 우리는 거미줄이 처진 빗장이며 그곳의 어둠, 불그스름하게 녹이 슨 촘촘한 철조망을 좋아했다. 릴라와 내가 앉아 있던 철조망 양 끝에는 철사가 말려 올라가 물건을 떨어뜨릴 만한 틈이 두 개 나란히 나 있었다. 우리는 이 틈으로 지하창고의 암흑을 향해 돌멩이를 떨어뜨리고 돌이 땅바닥에 닿을 때 나는 소리에 귀 기울이곤 했다.

모든 것이 아름다우면서도 두렵게 느껴지던 시절이었다. 철조망 사이 틈새로 빠져나온 지하창고의 어둠이 갑작스레 우리의 인형을 빼앗아갈 수도 있었다. 가끔 인형을 팔에 꼭 안고 있기도 했지만 구부러진 그물망 옆에 놓아둘 때가 더 많았다. 지하창고의 차가운 공기와 창고 아래서 들리는 무엇인가가 기어가는 소리며 끼익 거리는 소리, 땅바닥을 긁는 소리 같은 온갖 위협적인 소리에 인형들을 고스란히 드러내놓고 있었다.

누와 티나는 행복해하지 않았다. 우리가 매일같이 느끼는 공포는 그들의 것이기도 했다. 우리는 바위와 건물, 들판과 거리를 거니는 사람들과 집 안에 있는 사람들을 비추는 밝은 빛을 믿지 않았다. 우리는 그 빛 사이에 어두운 구석과 폭발 직전의 억눌린 감정이 있다는 것을 본능적으로 느끼고 있었다. 우리는 태양빛 아래에서 우리를 두려움에 떨게 하는 모든 것을 지하창고의 어둠 탓으로 돌렸다.

돈 아킬레는 건물 맨 꼭대기에 있는 그의 집에 있으면서도 저 아래 지하세계에도 존재했다. 때로는 거미의 형상으로 거미들 틈에서 쥐의 형상으로 쥐새끼들 틈에서 갖가지 모양으로 형상을 바꿔가며 존재했다. 나는 돈 아킬레가 동물처럼 기다란 송곳니 때문에 벌어진 입에 유리처럼 매끄러운 돌과 독풀로 된 몸을 가진 괴물일 것이라고 상상했다. 그는 철조망 틈새로 떨어진 것들을 주워 담기 위해 언제나 검은 가방을 가지고 다녔다. 검은 가방은 돈 아킬레의 모습을 구성하는 핵심 요소였다. 그는 집에서도 가방을 내려놓지 않고 산 것이든 죽은 것이든 상관하지 않고 모든 것을 닥치는 대로 그 안에 집어넣었다.

릴라는 내게 그런 두려움이 있다는 사실을 잘 알고 있었다. 티나가 큰 소리로 이야기하는 것을 들었으니까. 그렇기 때문에 우리가 별다른 말 없이 서로의 눈빛과 몸짓만으로 처음 인형을 맞바꾸기로 한 날, 내 인형을 손에 넣자마자 철조망 사이로 밀어 넣어 어둠 속으로 떨어뜨린 것이었다.

3

릴라가 내 인생에 등장한 것은 초등학교 1학년 때였다. 나는 처음에 릴라에게 아주 강한 인상을 받았다. 릴라가 아주 못된 아이였기 때문이다. 사실 우리 반 아이들에게는 모두 약간씩은 못된 구석이 있었다.

아이들의 못된 면은 담임인 올리비에로 선생님이 없을 때만 나타나는 데 비해 릴라는 언제나 못된 아이였다. 언젠가 한 번은 그녀가 압지를 갈가리 찢어 조각들을 잉크병에 집어넣은 적이 있었다. 그러고서 펜으로 그것들을 건져내서 잉크가 흠뻑 묻어 있는 조각을 여기저기 던지기 시작했다. 나는 두 번이나 종잇조각에 맞았다. 한 번은 머리에, 한 번은 내 새하얀 블라우스 깃에.

담임선생님은 바늘처럼 날카로운 소리로 길게 고함을 질렀고 우리들은 모두 겁에 질렸다. 선생님은 릴라에게 당장 칠판 앞으로 나와 벌을 받으라고 했다. 하지만 릴라는 선생님의 말에 귀를 기울이지도 않았고 선생님을 특별히 두려워하지도 않았다. 오히려 계속해서 잉크를 묻힌 종잇조각을 여기저기 던져댔다.

우리 반 담임 올리비에로 선생님은 갓 마흔을 넘긴 뚱뚱한 여인이었다. 그때 우리에게는 무척이나 나이가 많은 것처럼 느껴졌다. 선생님은 릴라를 위협하며 교단에서 내려오다 무엇인가 알 수 없는 것에 발이 걸렸고, 균형을 잡지 못해 책상 모서리에 얼굴을 부딪치고 말았다. 그러곤 죽은 듯이 바닥에 쓰러져 있었다. 그 후 무슨 일이 일어났는지는 잘 기억이 나지 않는다. 거대한 보따리처럼 땅바닥에 널브러진 채 움직이지 않는 선생님과 그 모습을 진지한 표정으로 바라보던 릴라의 모습만 기억날 뿐이다.

유년 시절을 되돌아보면 비슷한 사고가 많았던 것 같다. 우리는 어른이나 아이 할 것 없이 참 쉽게 다치던 시대에 살고 있었다. 다치면 상처에서 피가 나기 마련이었고, 피가 멎은 후에도 상처가 덧나 죽는 사람도 있었다. 과일을 팔던 아순타 아주머니의 딸내미들 중 한 명은 못에 찔려 파상풍으로 죽었다. 스파뉴올로 아주머니의 막내아들은 후두염으로 죽었고 내 사촌 오빠는 돌담 공사를 하러 나갔다가 저녁에 돌에 깔려 귀와 입으로 피를 흘리며 죽었다. 그때 오빠는 스무 살이었다.

내 어머니의 아버지는 건축 공사를 하다가 건물 아래로 떨어져 죽었고 알프레도 펠루소 아저씨의 아버지는 절단기 사고로 한쪽 팔을 잃었다. 알프레도 아저씨의 아내인 주세피나 아주머니의 여동생은 스물두 살 때 결핵에 걸려 세상을 떠났다. 또 돈 아킬레의 장남은 전쟁에 나갔다가 두 번에 걸쳐 죽었다. 태평양에 빠져 익사한 데다 그 시체를 상어들이 먹어치웠으니 두 번 죽은 셈이다.

나는 돈 아킬레의 장남을 한 번도 본 적이 없는데도 왠지 어렴풋이 그에 대한 기억이 나는 것도 같았다. 멜키오레네는 가족 모두가 폭격 때 서로를 끌어안고 두려움에 소리치다 죽었고 처녀로 늙은 클로린다 할머니는 공기 대신 가스를 마시고 죽었다. 우리가 1학년일 때 4학년이었던 잔니노는 어느 날 우연히 발견한 폭탄에 손을 댔다가 죽고 말았다. 언젠가 우리와 함께 뜰에서 놀았던 것도 같은 루이지나는 출혈성 티푸스로 목숨을 잃었다.

우리는 그런 시대에 살고 있었다. 우리가 살아온 세상은 후두염, 파상풍, 출혈성 티푸스, 가스, 전쟁, 절단기, 돌담, 노동, 폭격, 폭탄, 결핵에서 화농까지 목숨을 앗아가는 단어들로 가득 찬 그런 세상이었다. 아주 일상적인 일들도 죽음의 요인이 될 수 있었다. 땀을 많이 흘린 다음 두 손목에 물을 살짝 적시지 않고 급하게 차가운 수돗물을 들이켜다 죽기도 했다. 갑자기 온몸에 붉은 반점이 돋아나서 죽기도 했고 기침하다 숨이 막혀 죽기도 했다. 검붉은 색으로 잘 익은 체리를 먹다 씨가 목에 걸려 죽는 일도 있었고 미제 껌을 씹다 무심코 삼켜 죽기도 했다.

가장 두려운 것은 머리가 깨져서 죽는 것이었다. 머리야말로 우리 몸에서 가장 약한 부분이기 때문에 우리는 행여나 머리를 다칠까봐 늘 조심했다. 돌팔매로 날아온 돌에 머리를 맞기라도 하면 끝장이었다. 당시 돌팔매질은 흔하디흔한 일이었으니까.

방과 후 집으로 돌아가는 길에는 항상 한 무리의 사내아이들이 들판에 모여 놀고 있었다. 아이들의 우두머리는 엔주초라고도 불리는 엔초라는 아이였다. 엔초는 야채장수인 아순타 아주머니네 아들이었다. 그는 여자아이들을 보면 항상 돌멩이를 던졌다. 사내아이들은 여자아이들이 자신들보다 학교에서 뛰어난 것을 못마땅하게 생각했었다.

사내아이들의 돌팔매질이 시작되면 여자아이들은 모두 도망치기에 바빴지만 릴라는 달랐다. 그녀는 흐트러짐 없는 자세로 계속 걸어가다가 이따금 멈춰서기까지 했다. 릴라는 날아오는 돌의 궤적을 자세히 관찰하고 침착한 태도로 피했는데 지금 다시 생각해봐도 우아함이 느껴지는 몸놀림이었다.

릴라에게는 오빠가 있었는데 그에게서 돌 던지는 방법을 배웠는지도 모르겠다. 내게도 남자 형제가 있기는 했지만 모두 나보다 어려서 내가 그들에게 배울 것은 아무것도 없었다.

어쨌든 릴라가 뒤에 홀로 남아 있다는 것을 알아챈 나는 겁이 났지만 멈춰 서서 그녀를 기다렸다. 그때부터 왠지 나는 그녀를 내버려둘 수 없었다. 사실 그때만 해도 나는 릴라를 잘 알지 못했다. 학교 안팎에서 우리는 언제나 경쟁하는 사이였지만 서로 대화를 나눈 적은 단 한 번도 없었다. 그 순간 나는 혼란스러웠지만 다른 아이들과 도망가버리면 내게 속한 무엇인가를 릴라에게 맡겨두고 다시는 돌려받지 못할 것이라는 느낌을 받았다.

나는 처음에는 건물 모퉁이에 숨어서 릴라가 오는지 훔쳐보았다. 하지만 릴라가 움직일 기미가 보이지 않았기 때문에 어쩔 수 없이 그녀 곁으로 다가가 돌멩이를 집어주기 시작했다. 그러다 어느 순간부터 나도 그녀와 함께 돌을 던지기 시작했다. 그렇지만 이런 내 행동에는 확신이 없었다. 사실 인생을 살아가며 많은 일을 했지만 확신에 차서 해낸 일은 거의 없었다.

나는 내 행동과 내가 항상 분리되어 있는 것처럼 느껴졌다. 릴라는 달랐다. 그때 우리가 여섯 살이었는지 일곱 살이었는지는 기억나지 않는다. 우리 둘이 돈 아킬레의 집 현관을 향해 계단을 올라갔을 때가 아마도 여덟 살이나 아홉 살 정도였을 것이다. 분명한 것은 아주 어렸을 때부터 릴라는 자신의 행동에 대해 절대적인 확신을 가진 아이였다는 사실이다.

이탈리아 국기의 삼색으로 채색된 펜이든, 돌멩이든, 어두운 계단의 난간이든, 손에 움켜쥔 것이 무엇이건 간에 그녀는 다음에 취해야 할 행동을 이미 잘 알고 조금의 망설임도 없이 실행할 것처럼 보였다. 그것이 정확한 손놀림으로 나무 책상에 펜촉을 꽂아놓거나, 잉크를 적신 종잇조각으로 무장하거나, 돌멩이를 던져 동네 사내아이들을 맞히거나, 돈 아킬레의 집 현관 입구까지 걸어가거나 어떤 행위든 상관없었다. 릴라는 어떤 일에도 망설임이 없었다.

사내아이들은 돌멩이들을 주워들고 철도가 깔린 제방 쪽에서 다가오고 있었다. 그들의 우두머리인 엔초는 우리보다 세 살 정도 위였고 짧게 자른 금발에 밝은 색 눈동자를 가진 아이였다. 낙제생인데다가 위험하기 짝이 없는 아이였다. 엔초는 작지만 모서리가 날카로운 돌멩이들을 정확하게 던졌는데 릴라는 가만히 기다리고 있다가 날아오는 돌멩이들을 보란 듯이 모두 피해냈다. 그러고는 엔초만큼이나 정확하고 위협적인 자세로 돌을 던져 그 아이의 약을 바싹 올렸다. 그러다가 우리는 돌멩이를 엔초의 오른쪽 발목에 명중시켰다. 우리가 명중시켰다고 하는 이유는 모서리가 울퉁불퉁한 그 납작한 돌멩이를 찾아서 릴라에게 건네준 것이 바로 나였기 때문이다.

돌멩이는 면도날처럼 날카롭게 엔초의 피부를 베어내며 빨간 선을 남겼고 상처에서는 이내 피가 흐르기 시작했다. 엔초가 발목에 난 상처를 바라보던 광경이 아직까지도 눈에 선하다. 엔초는 엄지와 검지 사이에 돌멩이를 움켜쥐고 당장이라도 던질 것처럼 팔을 치켜들었다가 발목에 부상을 입자 놀라서 그대로 얼어붙어버렸다. 엔초의 어린 추종자들도 믿을 수 없다는 표정으로 상처에서 흐르는 피를 바라보았다. 그에 반해 릴라는 표적에 돌멩이를 명중시킨 것에 만족하지 않고 곧바로 다른 돌멩이를 주우려고 몸을 숙였다. 순간 나는 재빨리 그녀의 팔을 잡아끌었다. 그것이 바로 거칠고 겁에 질린 우리의 첫 접촉이었다.

나는 사내아이들이 난폭해질 것을 직감해 릴라와 함께 그 자리에서 떠나려고 했다. 하지만 그럴 틈이 없었다. 엔초는 이내 정신을 차려 손에 쥐고 있던 돌을 던졌고 그 돌은 정확하게 릴라의 이마를 맞혔다. 나는 그때 릴라를 꼭 붙잡고 있었는데 돌멩이를 얼마나 세게 던졌는지 머리를 맞는 순간 그녀는 내게서 떨어져나가고 말았다. 정신을 차리고 보니 릴라는 머리가 깨진 채 바닥에 쓰러져 있었다.

4

피. 피를 보는 상황에까지 이르게 된 것은 끔찍한 저주와 역겨운 욕설이 난무하는 과정을 거친 다음이다. 이것은 공식 같은 것이다. 내 아버지는 좋은 사람이었지만 아버지의 기준에 상대방이 지구상에 존재할 가치조차 없는 사람이라면 그에 대한 욕설과 협박을 멈추지 않았다.

아버지가 특히 싫어한 사람이 바로 돈 아킬레였다. 아버지는 언제나 돈 아킬레를 비난했는데 그때 아버지의 표현이 어찌나 험악한지 때로는 충격을 받지 않으려고 두 귀를 막아버리곤 했다. 아버지는 어머니에게 돈 아킬레를 욕하며 '당신 사촌'이라고 했다. 그러면 어머니는 돈 아킬레와의 혈연관계를 부정해보려다가(사실 그들은 먼 친척관계라고 한다) 욕을 두 배로 얻어먹곤 했다. 나는 이럴 때마다 내 부모님이 쏟아내는 분노의 수위에 놀랐고 돈 아킬레가 아무리 멀리 있어도 내 부모님의 대화를 다 들을 수 있을 만큼 귀가 밝다는 소문을 기억해내고 두려움에 떨곤 했다. 나는 돈 아킬레가 부모님을 죽이러 올까봐 겁이 나서 견딜 수 없었다. 하지만 정작 돈 아킬레의 최대 숙적은 우리 아버지가 아니라 알프레도 아저씨였다.

알프레도 아저씨는 솜씨 좋은 목수였지만 돈을 버는 족족 솔라라네 주점 뒤에 있는 창고에서 벌어지는 도박판에서 탕진해버렸기 때문에 수중에는 언제나 땡전 한 푼 없었다. 알프레도 아저씨는 우리와 함께 학교에 다니는 카르멜라와 파스콸레의 아버지다. 카르멜라는 우리와 동갑이었고 파스콸레는 우리보다 몇 학년 위였다.

알프레도 아저씨에게는 카르멜라와 파스콸레 말고도 두 아이가 더 있었다. 우리는 가끔 이 아이들과 어울려 놀곤 했는데 우리보다도 가정 형편이 좋지 않았던 아이들은 펜이며 지우개, 마르멜로 잼 따위를 훔치려다가 두들겨 맞고 온몸에 멍이 든 채 집으로 돌아가곤 했다.

알프레도 아저씨는 볼 때마다 점점 절망적인 상태로 변해갔다. 아저씨는 계속해서 도박판에서 돈을 잃었고 가족을 먹여살리지 못해 공개적으로 뺨을 얻어맞기도 했다. 이유는 알 수 없지만 자신이 망한 것은 모두 돈 아킬레 때문이라고 했다. 아저씨는 돈 아킬레가 목공소 연장을 몽땅 가져가버렸다고 했다. 마치 거대한 자석 같은 돈 아킬레의 몸이 철로 된 연장들을 끌어당기기라도 한 것처럼 말이다.

아무튼 알프레도 아저씨는 돈 아킬레가 연장을 가져가버렸기 때문에 목공소를 닫을 수밖에 없었다고 떠벌리고 다녔다. 그러고는 자신의 목공소를 식료품점으로 바꿔버린 돈 아킬레를 계속해서 원망했다. 어린 시절, 나는 수년 동안 집게며 톱, 부젓가락, 망치, 쥠쇠와 수천 개의 못 같은 쇠붙이가 철새처럼 떼를 지어 돈 아킬레의 몸에 빨려 들어가 몸의 구성체로 체화되는 장면을 상상했다. 나는 수년 동안 거칠고 균형 잡히지 않은 그의 몸에서 살라미 햄, 프로볼로네 치즈, 모르타델라 햄, 돼지기름, 프로슈토 햄 따위의 식료품이 쇠붙이 같은 모양으로 떼 지어 내뿜어져 나오는 모습을 상상했다.

모두 암울한 시절에 일어난 일들이다. 돈 아킬레는 우리가 태어나기 전부터 그의 끔찍스러운 본성을 드러냈을 것이다. 언젠가부터 릴라는 '예전에'라는 표현에 집착했다. 학교에서든 학교 밖에서든 말이다. 난 릴라가 단순히 우리가 태어나기 전에 일어난 일들이 무엇이었는지 알아내고 싶었던 것은 아니었다고 생각한다. 그런 일들은 대개 어른들이 숨기려 하거나 마지못해 이야기해주는 암울한 것이었다. 릴라가 정말 알려고 했던 것은 '예전'의 기준이 되는 최초의 순간이 과연 존재했는지 하는 것이다.

그때 릴라는 언제나 이 문제에 대한 의구심을 떨쳐내지 못했고 가끔은 신경질적이 되기까지 했다. 우리가 친해지고 난 뒤에도 '우리 이전'이라는 말을 하도 많이 들어서 나까지 불안해지곤 했다. '우리 이전'에는 우리가 아직 존재하지 않았던 길고 긴 시간이 있었다. 그렇지만 돈 아킬레는 이미 그때부터 모두에게 자신이 어떤 존재인지를 드러냈다. 짐승과 광물 사이의 그 무엇인 사악한 본모습을. 그는 다른 모든 이의 피를 말렸지만 다른 사람들은 그에게 피 한 방울은 커녕 생채기 하나 낼 수 없었다.

초등학교 2학년 때의 일이었던 것 같다. 그러니까 그때만 해도 릴라와 내가 아직 친해지기 전이었다. 당시 동네에 떠도는 소문으로는 어느 날 미사가 끝난 후 성가족 성당 앞에서 알프레도 아저씨가 돈 아킬레에게 고함을 치기 시작했다고 한다. 돈 아킬레는 장남인 스테파노, 피누차, 그리고 우리 동갑내기였던 알폰소와 아내를 내버려두고 자신의 가장 무시무시한 모습을 한순간 드러내며 알프레도 아저씨를 향해 돌진했다. 돈 아킬레는 알프레도 아저씨를 번쩍 들어 동네 공원의 나무를 향해 집어던졌다. 그러고는 반죽음 상태로 머리에 상처가 나서 피를 흘리는 알프레도 아저씨를 내버려두고 자리를 떠났다. 불쌍한 알프레도 아저씨가 도와달라고 할 틈도 없이 일어난 일이었다.

5

내겐 어린 시절에 대한 그리움이 없다. 우리의 유년기는 폭력으로 가득했다. 집에서나 밖에서나 매일매일 별의별 일들이 일어났지만 그렇다고 우리의 인생이 특별하게 기구하다고 생각해본 적은 없다. 인생이란 원래 그런 것이고 어쩔 수 없으니까. 우리는 타인의 인생을 힘들게 할 숙명을 타고 태어났고 타인들도 우리 인생을 힘겹게 할 숙명을 타고 태어났다.

나는 학교 선생님과 교구 신부님의 친절한 태도를 좋아했다. 그렇지만 마음속으로는 그런 태도가 우리가 살고 있는 동네와는 어울리지 않는다는 것을 알고 있었다. 내가 여자아이였는데도 말이다.

우리 동네에서는 여자들이 사내들보다 더 격렬하게 싸웠다. 머리를 쥐어뜯고 싸우면서 서로 상처를 입혔다. 타인에게 입히는 상처는 전염병 같았다. 나는 어린 시절 눈에 보이지 않을 정도로 작은 생명체들이 밤마다 하수구나 제방에 버려진 고장 난 기차 칸에서, 악취 나는 풀숲 사이에서, 두꺼비 · 도마뱀 · 파리 · 돌멩이와 먼지 속에서 기어 나와 동네 사람들의 식수와 음식, 공기로 스며드는 모습을 상상했다. 그 작은 짐승들 때문에 어머니와 할머니들이 목마른 개처럼 사나워지는 것이라고 생각했다.

우리 동네 여자들은 남자들보다 더 심하게 오염됐다. 남자들은 분노하다가도 어느 순간 정신을 되찾았지만 여자들은 겉으로는 조용하고 고요한 듯 보이지만 일단 화가 나면 멈추지 않고 분이 풀릴 때까지 갔다.

어린 시절, 릴라는 멜리나 카푸초에게 일어난 일에 깊은 인상을 받았다. 그것은 나도 마찬가지였다. 멜리나는 릴라 어머니의 친척으로 우리와 같은 건물에 살고 있었다. 우리 가족은 3층, 그녀는 4층에 살았다. 그녀는 갓 서른이 넘은 나이에 이미 아이를 여섯 명이나 낳았다. 그래서인지 우리 눈에는 아주 나이 들어 보였다.

멜리나의 남편은 그녀와 동갑으로 야채시장에서 상자를 나르는 인부였다. 내 기억에 그는 키가 작고 몸이 떡 벌어진 사내였다. 하지만 그는 잘생긴 얼굴에 표정이 당당했다. 그런 그가 어느 날 밤 평상시처럼 집을 나서다 죽어버렸다. 누군가에게 살해당했을 수도 있고 과로로 급사했을 수도 있다. 내 부모님과 릴라의 부모님을 비롯한 거의 모든 동네 주민이 참석한 그의 장례식은 비통했다.

얼마간의 시간이 지났을까. 그동안에 무슨 일이 있었는지 모르지만 멜리나가 정신줄을 놓고 말았다. 비쩍 마른 몸에 커다란 코, 이미 희끗희끗해진 잿빛 머리의 멜리나는 저녁이면 가늘고 높은 목소리로 창가에서 아이들의 이름을 한 명씩 불러댔다. 분노에 찬 절망적인 목소리로 아이들 이름의 음절을 하나하나 길게 끌어가면서.

"아-아-다-아-아!"

"미-이-이-케-에-에!"

처음에는 멜리나네 집의 위층인 건물 4층 꼭대기 층에 살던 도나토 사라토레 아저씨가 멜리나에게 많은 도움을 주었다. 도나토 아저씨는 성가족 성당에 열심히 나가는 신실한 가톨릭 신자였다. 멜리나를 위해 돈을 걷기도 하고 헌 옷가지며 헌 신발 등을 모아주었다. 장남인 안토니오를 자신의 지인인 고레시오 씨네 정비소에서 일할 수 있도록 주선해주기도 했다. 그의 친절에 너무나 감동한 나머지 비탄에 잠긴 멜리나의 마음속에 그에 대한 사랑과 열정이 싹트고 말았다.

도나토 아저씨가 그녀의 마음을 알고 있었는지는 잘 모르겠다. 그는 아주 정중하고 진지한 인물로 집과 성당, 직장만을 오갔다. 국영철도회사에 근무하는 기차 승무원이었고 안정적인 급여로 아내인 리디아를 비롯해 다섯 아이를 풍족하게 부양하고 있었다. 아이들 가운데 장남의 이름은 니노였다. 도나토 아저씨는 나폴리와 파올라를 오가는 왕복 열차에 타지 않을 때면 집 안에서 물건을 고치고, 장을 보고, 막내를 태운 유모차를 끌고 산책을 하곤 했다.

도나토 아저씨의 이런 행동은 우리 동네에서는 기이한 일이었다. 동네 사람들 누구도 그가 아내의 수고를 덜어주기 위해서 그런 일을 한다고는 생각하지 않았다. 내 아버지도 그는 여자들이 하는 일을 너무나 좋아해서 시 나부랭이를 쓰는 것이라고 했고 그래서 자신이 쓴 시를 아무에게나 읽어주는 것이라고 생각했다. 멜리나까지도 그렇게 생각했다. 멜리나는 도나토 아저씨가 너무 친절해서 부인에게 이용당하는 것이라 믿었고 그래서 리디아를 맹렬히 공격하기로 마음먹었다. 그를 그녀에게서 벗어나게 하여 자신과 함께 살 수 있게 하기 위해서였다.

이 전쟁이 시작될 때만 해도, 나는 이 상황을 재미있게 여겼다. 두 여자의 신경전은 우리 집뿐 아니라 동네 사람들 입에 오르며 비웃음거리가 되었다. 리디아 아주머니가 침대 시트를 세탁해서 테라스에 널어놓으면 멜리나는 일부러 끝을 불에 태워 준비해둔 사탕수수로 시트를 더럽혀놓았다. 리디아 아주머니가 창문 아래로 지나가면 멜리나가 머리에 침을 뱉거나 구정물을 쏟아부었다.

어느 날 멜리나네 위층에 살던 리디아 아주머니가 말썽꾸러기 아이들의 뒤를 쫓으며 발소리를 냈는데 그날 밤 멜리나는 밤새 대걸레로 천장을 두들겨대며 소란을 피웠다. 도나토 아저씨는 평화를 유지하고 싶었지만 그러기에는 너무나 섬세하고 상냥한 사람이었다. 두 여자는 서로를 계속 공격하더니 길에서 마주치거나 계단에서 만날 때마다 험한 욕지거리를 주고받기에 이르렀다.

사태가 이 지경에 이르자 나도 슬슬 겁이 나기 시작했다. 내가 기억하는 어린 시절의 가장 끔찍한 장면은 멜리나와 리디아 아주머니의 고함소리로 시작되었다. 어느 날 창가에서 시작된 그들의 욕설이 계단까지 이어졌다. 계속되는 욕설에 어머니가 현관으로 뛰어나가 문을 열었다. 어머니 뒤를 쫓아간 우리들의 눈앞에는 두 여자가 엉켜서 계단 아래로 데굴데굴 굴러 떨어지는 진풍경이 펼쳐졌다. 나는 내 발치에서 불과 몇십 센티미터 떨어지지 않은 곳에서 손에서 미끄러져 바닥에 떨어진 하얀색 멜론마냥 멜리나의 머리가 쿵게 바닥에 부딪히는 광경을 멍하니 지켜보았다.

어린 시절 내 또래 여자아이들이 왜 리디아 아주머니 편을 들었는지는 잘 모르겠다. 아마도 금발머리에 몸매가 단정했기 때문이었을 것이다. 아니면 도나토 아저씨는 리디아 아주머니의 남편이고 멜리나는 그녀에게서 남편을 빼앗으려고 했다는 사실을 이미 이해했기 때문일 것이다. 그것도 아니라면 멜리나의 아이들은 항상 꾀죄죄하고 남루한 데 비해 리디아 아주머니의 아이들은 언제나 단정하게 빗어넘긴 머리에 항상 깔끔했기 때문일 수도 있다.

리디아 아주머니의 장남인 니노는 우리보다 나이가 몇 살 더 많았다. 우리는 잘생겼기 때문에 그를 좋아했다. 릴라만이 멜리나 편을 들었는데 그 이유를 설명해주지는 않았다. 언젠가 릴라가 리디아 사라토레는 죽어도 싸다고 했던 말이 기억난다. 나는 그때 릴라가 그렇게 말한 것은 그녀에게 못된 구석이 있고 멜리나가 그녀의 먼 친척이기 때문이라고 생각했다.

어느 날 아이들과 함께 학교에서 돌아오는 중이었다. 여자아이 네다섯 명 정도 무리 속에는 마리사 사라토레도 있었다. 우리가 그녀를 끼워준 이유는 그녀가 좋아서라기보다는 그 애를 통해서 오빠인 니노와 만날 수 있기를 바라서였다. 우리들 가운데 멜리나를 가장 먼저 알아본 것은 마리사였다. 멜리나는 길 건너편에서 한 손에는 종이 봉지를 들고 다른 한 손으로는 그 안에 든 무엇인가를 먹으며 느릿느릿 걸어가고 있었다.

마리사는 그녀를 손으로 가리키며 창녀라고 불렀다. 그렇다고 그 아이가 경멸하는 뜻으로 멜리나를 그렇게 부른 것은 아니었다. 마리사는 그저 자기 어머니가 매일 멜리나를 부르는 호칭을 사용했을 뿐이었다. 당시 릴라는 마리사보다 키도 작고 마른 아이였다. 하지만 릴라는 창녀라는 말을 듣자마자 마리사의 뺨을 야무지게 갈겼다. 그 힘이 어찌나 셌던지 마리사가 땅바닥으로 나동그라지고 말았다. 릴라는 다른 아이들에게 폭력을 행사할 때면 언제나 그랬듯이 냉정하게 마리사의 뺨을 때렸다. 소리도 지르지 않았고 경고의 말조차 하지 않았다. 차갑고 결연한 두 눈을 깜빡거리지도 않았다.

나는 울음을 터뜨린 마리사에게 달려가 그녀를 일으켜 세웠다. 그러고는 릴라가 무엇을 하는지 보기 위해 뒤를 돌아보았다. 릴라는 인도를 내려가 찻길을 건너 멜리나에게 다가가고 있었다. 찻길을 달리는 트럭들도 아랑곳하지 않고 말이다. 나는 그때 릴라에게서, 그러니까 릴라의 표정보다는 그녀의 태도에서 무엇인가를 느꼈는데 그 느낌 때문에 힘들었던 기억이 난다. 사실 아직도 그때 무엇이 나를 그토록 힘들게 했는지 설명할 수는 없다. 당시 상황을 이렇게 정리해보는 수밖에.

신경질적인 자그마한 계집아이는 잔뜩 뿔이 나 그녀 특유의 결연한 몸짓으로 찻길을 건너다 갑자기 멈춰 섰다. 자기 어머니의 친척이 하는 행동을 보고서는 고통스러운 나머지 소금기둥이 된 것처럼 몸이 굳어버린 것이다. 멜리나의 고통에 동화된 것 같았다. 멜리나는 방금 카를로네 지하창고에서 산 아직도 부드러운 짙은 색 비누가 담긴 봉지를 한 손에 들고 다른 손으로는 그것을 입으로 가져가 먹고 있었다.

6

올리비에로 선생님이 교단에서 넘어지며 책상 모서리에 광대뼈를 부딪치던 날, 나는 선생님이 일하다가 돌아가신 우리 할아버지나 멜리나의 남편처럼 죽은 줄 알았다. 이 일 때문에 릴라도 혹독한 벌을 받고 죽게 될 것이라고 생각했다. 하지만 얼마 동안은 아무런 일도 일어나지 않았다. 그 기간이 길었는지 짧았는지는 기억나지 않는다. 하지만 그동안 선생님과 릴라 둘 다 우리의 일상과 기억에서 완전히 사라졌다. 그리고 그다음에 일어난 모든 일은 놀라움의 연속이었다.

살아 돌아온 올리비에로 선생님은 릴라에게 벌을 주기는커녕 그녀에게 특별히 신경을 쓰고 그녀에 대한 경탄을 금치 못했다. 이 새로운 국면은 릴라의 어머니인 눈치아 아주머니가 학교로 불려오면서 시작된다. 어느 날 아침 수위아저씨가 교실 문을 두드렸다. 뒤이어 릴라의 어머니인 눈치아 아주머니가 교실로 들어왔는데 나는 하마터면 아주머니를 알아보지 못할 뻔했다. 다른 동네 아주머니들처럼 눈치아 아주머니도 평소에는 슬리퍼를 신고 낡고 허름한 차림으로 다녔다. 그러던 아주머니가 결혼식이나 첫 영성체식, 견진성사나 장례식 같은 예식 때나 입을 법한 옷을 입고, 광채 나는 핸드백을 들고 부은 발을 조여오는 굽 있는 구두를 신고 나타난 것이었다. 아주머니는 올리비에로 선생님에게 커피와 설탕이 든 봉지를 두 개 건넸다.

선생님은 정중히 선물을 받은 뒤 아주머니를 비롯하여 학급 전체를 대상으로 책상에 시선을 고정시킨 채 앉아 있는 릴라를 바라보며 나로서는 도무지 이해할 수 없는 이야기를 했다. 그때 우리는 겨우 1학년이었고 알파벳과 1부터 10까지 숫자를 막 배우기 시작할 때였다. 나는 이미 알파벳을 모두 익혔고 1, 2, 3, 4를 비롯하여 그밖의 숫자들을 셀 수 있었기 때문에 학급에서 가장 공부 잘하는 아이로 인정받고 있었다. 선생님은 언제나 내가 글씨를 잘 쓴다고 칭찬했다. 선생님이 직접 만든 삼색 꽃 장식을 상으로 받은 아이도 나였다. 그런데 놀랍게도 올리비에로 선생님은 우리 학급 1등은 릴라라고 했다. 릴라 때문에 넘어져서 병원까지 갔었는데도 말이다.

릴라는 반론의 여지없이 학급에서 가장 못된 아이였다. 릴라는 잉크에 적신 종잇조각을 아이들에게 던지는 못된 장난을 쳤다. 릴라가 그렇게 버릇없이 행동하지 않았다면 선생님이 교단에서 넘어져서 광대뼈를 다치는 일도 없었을 것이다.

올리비에로 선생님은 나무 막대로 그녀를 때리거나 칠판 앞 딱딱한 바닥에 무릎을 꿇려가며 벌을 줘야 했다. 그런데 이제 와서 얼마 전 우연히 릴라에 대한 놀라운 사실을 알게 되었고 그래서 진심으로 기뻤다고 말하는 것이다.

여기까지 이야기를 마친 올리비에로 선생님은 잠시 말을 멈췄다. 이야기만으로는 부족하다는 듯이. 말보다는 행동을 중요시하는 눈치아 아주머니와 우리에게 무엇인가를 가르쳐주고 싶은 것처럼. 선생님은 분필을 들고 칠판에 글씨를 썼다. 그 단어가 무엇이었는지는 기억이 나지 않는다. 그냥 '태양'이라고 썼다고 하자. 그러고는 릴라에게 물었다.

"릴라, 여기에 뭐라고 쓰여 있지?"

교실에는 호기심 어린 침묵이 흘렀다. 릴라는 인상을 쓰는 것처럼 보이는 희미한 미소를 지으며 옆에 앉은 아이에게 몸을 기대다시피 해 책상 한쪽으로 몸을 기울였다. 그 아이는 릴라의 그런 행동에 불편해하는 기색이 역력했다.

"태양이오."

릴라가 퉁명스럽게 말했다.

눈치아 아주머니가 선생님을 바라보았다. 아주머니 시선이 어찌나 불안한지 겁에 질린 것처럼 보일 지경이었다.

올리비에로 선생님은 릴라의 어머니가 왜 자기처럼 기뻐하지 않는지 의아해했다. 그러다가 눈치아 아주머니가 아예 글을 읽을 줄 모르거나 아니면 적어도 칠판에 쓰인 단어가 '태양'이라는 것은 잘 모르는 것 같다는 사실을 깨닫고 얼굴을 찌푸렸다. 눈치아 아주머니의 이해를 돕기 위해서, 릴라를 칭찬하기 위해서 선생님이 말했다.

"잘했어. 바로 그렇게 쓰여 있단다."

그러고는 릴라에게 말했다.

"이리 오렴. 릴라, 칠판 앞으로 나와."

릴라가 마지못해 칠판 앞으로 나가자 올리비에로 선생님이 그녀에게 분필을 내밀었다.

"한 번 써보렴."

그녀가 말했다.

"분필이라고 말이야."

릴라는 너무나 집중한 나머지 떨리는 글씨로 알파벳 하나하나를 삐뚤빼뚤 칠판에 써내려갔다.

'부필.'

올리비에로 선생님은 여기에 'ㄴ'을 덧붙였고 선생님이 고치는 것을 본 눈치아 아주머니가 릴라에게 우울한 목소리로 말했다.

"틀렸구나."

선생님은 곧바로 눈치아 아주머니를 안심시켰다.

"아니, 아닙니다. 릴라는 약간의 연습이 필요할 뿐이에요. 그렇지만 릴라는 이미 읽고 쓸 줄 안답니다. 누가 릴라에게 글자를 가르쳐 준 거죠?"

눈치아 아주머니가 눈을 내리깔고 대답했다.

"저는 아니에요."

"그러면 댁에서나 이웃 중에서 릴라에게 글자를 가르쳐줄 만한 사람이 있나요?"

눈치아 아주머니는 세차게 고개를 흔들었다.

선생님은 매우 감탄하는 목소리로 모두가 바라보는 가운데 물었다.

"릴라, 대체 누가 네게 글자를 가르쳐준 거지?"

자그마한 몸집에 짙은 색 머리와 눈동자, 그만큼이나 짙은 색 앞치마를 입고 목에는 분홍색 리본을 단, 기껏해야 6년의 세월을 살아온 릴라는 올리비에로 선생님의 질문에 이렇게 대답했다.

"제가요."

7

릴라의 오빠인 리노는 그녀가 세 살 무렵 자신의 알파벳 학습교재에 그려진 그림과 알파벳을 보며 글 읽는 법을 익혔다고 했다. 리노가 식탁에서 숙제를 할 때 릴라도 오빠 옆에 함께 앉아 있었는데 그때부터 이미 릴라가 자기보다 이해력이 훨씬 좋았다고 했다.

리노는 릴라보다 여섯 살이나 많았다. 그는 용기 있는 소년이었고 집 바깥에서 하는 모든 놀이에서 두각을 나타냈다. 특히 팽이치기에 뛰어난 소질을 보였다. 이에 비해 읽기와 쓰기, 셈하기와 시 암송 따위는 그와는 영 맞지 않는 일들이었다. 리노가 열 살도 되기 전에, 그의 아버지인 페르난도 아저씨는 큰길 너머 좁은 골목 안에 있는 작업장으로 그를 데려가 구두 수선 기술을 가르쳐주기 시작했다. 어린 시절 그에게서는 언제나 찌든 발 냄새, 낡은 갑피, 광택제 냄새가 났고 우린 그런 그를 놀려먹곤 했다. 나는 그를 구두쟁이라고 불렀다.

아마도 그런 이유로 릴라가 자신을 닮아 똑똑하다며 으스댔던 것 같다. 그렇지만 사실 리노는 알파벳 교재를 가져본 적도 없었고 숙제를 하려고 책상 앞에 앉은 적은 단 일 분도 없었다. 그러니 릴라가 리노에게서 글자를 배웠을 리는 없었다. 페르난도 아저씨는 이따금 재미있는 기사를 읽어주려고 손님들이 구두를 싸온 신문을 집으로 가져오곤 했는데 릴라는 그 신문을 보면서 글자 읽는 법을 배웠는지도 모른다.

경위야 어찌됐든 확실한 것은 릴라가 이미 글을 읽고 쓸 줄 안다는 사실이었다. 선생님이 우리에게 그 사실을 알려준 흐린 날 아침, 나는 내 자신이 한없이 작게만 느껴졌다.

내게 학교는 등교 첫날부터 집보다 훨씬 좋은 곳이었다. 동네에서 가장 안전하게 느껴지는 곳이었고 등굣길은 언제나 즐거웠다. 수업 시간에 언제나 집중했고 선생님이 시키는 일은 무엇이든지 성심성의껏 해내고 배우려 했다. 그 가운데서도 내가 가장 좋아한 것은 선생님이 나를 좋아하게 만드는 일이었다. 아니, 나는 모두가 좋아하는 아이가 되고 싶었다. 집에서 나는 아버지가 가장 아끼는 딸이었고 내 동생들도 나를 좋아했다.

문제는 어머니였다. 어머니와 관련된 일치고 잘 되는 일이 하나도 없었다. 어머니는 여섯 살밖에 되지 않은 나에게 내가 그녀의 인생에서 있으나 마나 한 존재라는 것을 이해시키기 위해 안간힘을 쓰고 있는 것 같았다. 어머니는 나를 좋아하지 않았고 나 역시 어머니를 좋아하지 않았다. 나는 어머니 신체에 거부감을 느꼈고 어머니도 이런 내 감정을 알고 있었던 것 같다.

어머니의 머리는 금발에 가까웠고 눈은 푸른색이었으며 몸매는 풍만했다. 그렇지만 어머니의 오른쪽 눈은 어디를 바라보는지 알 수 없었고 오른쪽 다리에도 문제가 있었다. 어머니는 오른쪽 다리를 뿔난 다리라고 불렀다. 절뚝거리는 어머니의 걸음걸이 때문에 나는 늘 불안했다. 특히 잠을 놓친 늦은 밤이면 어머니는 복도를 지나 주방으로 갔다가 다시 침실로 되돌아오기를 끊임없이 반복했다. 그러다가 가끔은 현관문으로 들어오는 바퀴벌레들을 분노에 가득 찬 발길로 짓밟아버리곤 했다. 신발 뒷굽으로 바닥을 치는 소리가 들려오면 나는 어머니가 화를 낼 때 나를 쏘아보는 분노에 찬 눈빛을 떠올렸다.

어머니가 행복하지 않다는 것은 확실했다. 힘든 집안일은 어머니를 지치게 했고 돈은 항상 부족했다. 어머니는 시청 수위인 아버지에게 자주 화를 냈다. 도저히 이렇게는 살 수 없으니 어떻게든 다른 방법을 찾아야 한다고 소리 질렀다. 그러다가 두 분은 싸움을 시작했는데 나는 아버지가 인내심을 잃는 순간까지도 목소리를 높이지 않았기 때문에 언제나 아버지 편을 들었다. 비록 아버지도 가끔 어머니를 때리기도 하고 내게 위협적인 행동을 할 때도 있었지만.

그런 아버지가 학교에 가는 첫날 내게 말했다.

"레누차, 선생님께 인정받는 학생이 되어야 한다. 그래야 엄마 아빠는 너를 공부시켜줄 거야. 하지만 학급에서 가장 훌륭한 학생이 되지 못하면 너도 당장 일터로 내보낼 거야. 어차피 아빠 도움이 필요하니까."

나는 아버지의 그 말이 몹시 두려웠다. 말 한마디 한마디가 아버지 입에서 나오긴 했지만 아버지에게 그렇게 말하라고 억지로 시킨 사람이 어머니라는 것을 알 수 있었다. 어찌됐든 나는 두 분 모두에게 학교에서 잘 행동하겠다고 약속했다. 모든 일이 순조롭게 풀려서 나는 곧잘 선생님께 "그레코, 이리 와서 내 옆에 앉으려무나"라는 말을 듣곤 했다.

선생님 옆에 앉는다는 것은 엄청난 혜택이었다. 올리비에로 선생님은 자기 옆에 의자를 가져다놓고 학급에서 가장 뛰어난 아이를 불러다 앉히곤 했다. 학기 초에 나는 거의 항상 선생님 옆에 앉았다. 선생님은 칭찬을 아끼지 않고 언제나 나를 격려해주셨고 곱슬한 내 금발머리에 찬탄을 금치 못했다. 그런 선생님 때문에라도 나는 모든 것을 잘하고 싶었다.

선생님의 태도는 어머니와 전혀 달랐다. 어머니는 내가 집에 있을 때 항상 야단만 쳤고 가끔은 욕설을 퍼붓기까지 했다. 그러다보니 나는 어머니가 나를 찾아내지 못하기를 바라며 언제나 어두운 구석에 틀어박혀 있곤 했다.

그러던 와중에 눈치아 아주머니가 학교에 찾아왔고 올리비에로 선생님은 릴라가 우리보다 훨씬 앞서 있다고 말했다. 그뿐만이 아니었다. 그 후로는 나보다도 릴라를 더 자주 선생님 옆에 앉혔다. 갑작스러운 좌천이 나의 내면에 어떤 영향을 끼쳤는지는 잘 모르겠다. 지금도 그때의 내 감정을 명쾌하게 설명하기가 힘들다. 아마도 그때 내가 느꼈던 것은 그 또래 다른 여자아이들처럼 가벼운 질투심 정도였을 것이다. 그렇지만 나만의 새로운 근심거리가 생긴 것도 바로 그 시기였다.

지금은 튼튼하지만 언젠가는 나도 절름발이가 될 수 있다는 생각에 사로잡혔다. 한 번 그런 생각이 머릿속에 자리를 잡으니 아침에 잠에서 깰 때마다 내 다리가 멀쩡한지 보기 위해 황급히 침대에서 일어나게 되었다. 아마도 이런 이유 때문에 다리가 가늘고 늘씬한 릴라에게 더욱 집착하게 됐는지도 모르겠다. 릴라는 그 늘씬한 다리를 쉴 새 없이 움직여댔다. 선생님 옆에 앉아 있을 때조차도 끊임없이 발차기를 했다. 그러면 올리비에로 선생님은 신경이 날카로워져서는 릴라를 제자리로 돌려보냈다.

이유는 알 수 없지만 그때 나는 릴라의 뒤를 쫓아다니기만 해도 뇌리에 깊이 박혀 떨쳐낼 수 없었던 어머니의 걸음걸이가 더 이상 나를 위협하지 않을 것이라고 확신했다. 그때부터 나는 릴라를 내 기준으로 삼고 아무리 그녀가 나를 귀찮아하고 쫓아내려 해도 절대 그녀를 시야에서 놓치지 않을 것이라고 다짐했다.

8

아마도 이것이 질투나 증오 같은 감정에 대한 나의 반응이자 나름의 대응방식이었던 것 같다. 아니면 내가 릴라에게 느낀 종속감과 그 미묘한 매력을 이런 식으로 포장하려 한 것일지도 모르겠다. 분명한 것은 릴라가 나보다 훨씬 뛰어난 아이라는 것을 인정하면서 그녀가 제멋대로 구는 것도 함께 받아들이도록 나 자신을 훈련시켰다는 점이다.

올리비에로 선생님은 이 부분에 대해서 아주 신중하게 행동하셨다. 릴라를 자주 선생님 옆에 앉힌 것이 사실이기는 하지만 그녀를 칭찬하기 위해서라기보다는 가까이 두고 가만히 있게 만들기 위해서인 것처럼 보였다. 선생님은 마리사 사라토레와 카르멜라 펠루소, 그리고 누구보다도 내 칭찬을 많이 하셨다. 선생님은 내가 환하게 빛날 수 있게 해주셨고 더욱 예의바르고 성실하며 명민한 아이가 되도록 용기를 북돋아주셨다. 그러다가 릴라가 자신만의 세계에서 빠져나와 별것도 아닌 양 수월하게 나를 앞서나가면, 올리비에로 선생님은 우선 내게 적당한 격려의 말을 건네고 릴라에게는 찬탄에 가까운 칭찬을 했다. 난 마리사나 카르멜라가 나보다 잘하면 패배의 아픔을 뼈저리게 느꼈지만, 릴라가 나를 앞서갈 때면 인정한다는 표정을 수줍게 지어보이곤 했다.

당시 내가 두려워한 것은 단 한 가지. 올리비에로 선생님의 계급 체계 안에서 릴라와 동급으로 분류되지 못하는 것이었다. 그러니까 나는 선생님이 릴라와 레누차가 학급에서 가장 뛰어난 아이들이라는 생각을 바꿀까봐 두려웠다. 갑자기 선생님이 우리 학급에서 가장 뛰어난 아이들은 릴라와 마리사라고 하거나 릴라와 카르멜라라고 한다면 나는 그 순간 충격으로 죽었을 것이다. 그러니까 나는 반에서 1등을 하기 위해서가 아니라(사실 그건 불가능해 보였으니까) 3등에서 4등으로, 4등에서 꼴찌로까지 밀려나지 않기 위해서 온 힘을 쏟아부은 것이다. 나는 끔찍하지만 빛나는 그 아이 곁에 머물러 있기 위해 나와는 거리가 먼 온갖 힘든 일과 공부를 하는 데 몰입했다.

하지만 릴라가 빛나는 아이라고 생각하는 사람은 나뿐이었다. 다른 학급 친구들에게 릴라는 끔찍한 아이일 뿐이었다. 초등학교 시절 내내 릴라는 학교와 동네에서 가장 밉상스러운 아이였는데 이것은 교장선생님과 담임선생님 탓이기도 했다. 1년에 두 번 정도 교장선생님은 학교에서 가장 뛰어난 학생을 뽑기 위해 학급끼리 경쟁을 하게 했다. 가장 뛰어난 학생을 뽑는 것이니 선생님들의 실력을 비교할 수 있는 기회이기도 했다.

올리비에로 선생님은 이 경쟁을 좋아했다. 동료교사들과 사이가 좋지 않았던 선생님은 몇몇 선생님과는 자칫 몸싸움까지 갈 뻔했던 적도 있었다. 그런 선생님에게 릴라와 나는 선생님의 뛰어난 자질을 증명해줄 수 있는 학생들이었다. 우리는 동네 초등학교 선생님 중 가장 뛰어난 선생님으로 인정받기 위한 확실한 증거였다.

교장선생님이 명하지 않았을 때도 선생님은 종종 우리를 이끌고 다른 학급으로 가서 남학생과 여학생을 가리지 않고 경쟁시키곤 했다. 그럴 때면 나는 정찰병처럼 적군의 수준을 탐색하기 위해 먼저 나섰다. 나는 이런 경쟁에서 대개 승리를 거두었지만 선생님과 상대방 아이 그 누구도 기분이 상하지 않도록 적당한 수준에서 상대를 무찔렀다.

나는 곱슬곱슬한 금발머리에 얼굴이 예쁘장한 아이였고 이목을 끄는 것을 즐겼으나 건방지지 않았으며 상대방의 마음을 부드럽게 만드는 섬세한 마음씨의 아이였다. 그래서인지 시를 암송하거나 구구단을 외우거나 곱셈과 나눗셈을 하거나 알프스의 주요 산맥으로는 마리팀 산맥, 코티엔느 산맥, 그라이언 산맥, 페나인 산맥 등이 있다고 읊으면 선생님들은 내 머리를 부드럽게 쓰다듬어주었다. 아이들도 내가 그 많은 것을 외우기 위해 얼마나 애썼는지 알기 때문에 나를 미워하지 않았다.

릴라는 나와 달랐다. 이미 1학년 때부터 릴라의 경쟁상대는 없었다. 올리비에로 선생님은 릴라가 조금만 노력하면 바로 2학년으로 월반하고 일곱 살이 되기 전에 3학년으로 진급할 수도 있을 것이라고 했다.

시간이 지나자 릴라와 다른 아이들 간의 격차는 더 벌어졌다. 릴라는 복잡한 계산을 거뜬히 암산으로 해냈고 받아쓰기에서 실수하는 법도 없었다. 평소에는 다른 아이들처럼 사투리로 이야기하다가도 가끔은 완벽한 문어체 이탈리아어를 구사하곤 했다. 그것도 '숙련된'이니 '풍성한'이니 '기꺼이' 같은 표현들을 섞어가면서 말이다. 담임선생님이 릴라를 경합에 투입해 동사의 시제를 묻거나 계산문제를 풀게 할 때면 그녀는 이미 승패가 난 싸움에 대해 표정관리 따위는 하지 않았다. 그러다보니 주변 분위기는 언제나 험악해졌다. 말하자면 릴라는 모두에게 부담스러운 아이였다.

릴라는 착해 보이는 구석이라고는 조금도 없는 아이였다. 릴라는 너무나 뛰어나서 우리 같은 평범한 아이들은 아무리 애를 써도 그녀의 경쟁 상대가 될 수 없었다. 선생님들도 릴라에 비하면 어린 시절 자신들이 멍청했었다는 것을 인정하지 않을 수 없었다. 릴라의 완벽한 지성은 날카롭고 도발적이고 치명적이었다.

게다가 릴라의 외모는 이런 점을 보완해주지 못했다. 릴라는 언제나 구깃구깃한 옷차림에 지저분했다. 팔꿈치와 무릎에는 미처 상처가 아물 틈도 없이 또 다치는 바람에 항상 딱지가 붙어 있었다.

릴라는 어떤 문제에 대해 놀랄 만큼 뛰어난 대답을 내놓기 전에 커다랗고 반짝이는 두 눈을 가늘게 뜨곤 했는데 이때 그녀의 눈빛에는 어린아이답지 않다기보다 초인적인 그 무엇인가가 있었다.

릴라를 바라보고 있으면 그녀에게 상처를 주려고 해봤자 소용없을 것이라는 것을 알 수 있었다. 어떤 일을 당하든 두 배로 되갚아줄 만한 아이라는 것을 인정하지 않을 수 없었다.

릴라에 대한 미움은 널리 퍼져 있었다. 그것은 내가 느낄 수 있을 정도였다. 여자아이도 남자아이도 모두 릴라를 싫어했는데, 남자아이들은 그 미움을 더 노골적으로 나타내는 편이었다.

올리비에로 선생님은 왠지 모를 개인적인 이유로 여자선생님이 가르치는 여자학급보다는 남자선생님이 가르치는 남자학급으로 대결하러 가는 것을 더 좋아했다. 교장선생님도 알 수 없는 그분 나름의 이유로 그런 경쟁을 선호했다. 나중에 나는 선생님들끼리 학생들의 경합을 두고 내기를 하는 것이 아닌가 생각해본 적도 있다. 그것도 상당히 고액의 판돈을 두고. 하지만 그렇지는 않았을 것이다. 아마도 그것은 묵은 앙금을 털어내기 위한 방법이었거나 교장선생님이 비교적 성실하지 않은 선생님들을 관리하기 위한 방편이었을 것이다.

어쨌든 이런저런 이유로 초등학교 2학년 어느 날 아침, 올리비에로 선생님은 나와 릴라를 무려 4학년 학급으로 데려갔다. 그 반은 페라로 선생님의 반이었고 야채장수 아주머니의 몹쓸 아들인 엔초 스칸노와 내가 연모해 마지않았던 마리사의 오빠 니노가 있는 반이었다.

엔초에 대해서 이야기하자면, 학교에서 그 애를 모르는 학생은 아무도 없었다. 엔초는 적어도 2년 정도 낙제를 한 문제아였다. 부스스한 잿빛 머리와 길쭉하고 비쩍 마른 몸에 윤곽이 뚜렷한 작은 얼굴, 경계심 가득한 눈빛을 가지고 있던 엔초는 종종 페라로 선생님의 손에 이끌려 '멍청이'라고 쓰인 판을 목에 걸고 학교를 순례하곤 했다. 이에 비해서 니노는 너무나 착하고 온순하고 조용한 소년이었다. 내겐 특별히 마음이 가고 소중하게 느껴지는 아이였다. 엔초는 당연히 공부에는 젬병이었다. 손을 함부로 쓰는 아이였기 때문에 신경 쓰일 뿐이었다.

지적 영역에서 릴라와 나의 적수는 니노와 교실에 가서야 알게 된 사실이었지만 돈 아킬레네 셋째 아들인 알폰소 카라치였다. 알폰소는 단정한 아이였는데 우리와 같은 2학년이었지만 일곱 살도 안 된 것처럼 어려 보였다. 페라로 선생님의 태도로 봐서는 두 살 위인 니노보다 알폰소에게 거는 기대가 더 커서 그 아이를 특별히 부른 것 같았다.

알폰소를 내보낸 것에 대해 올리비에로 선생님과 페라로 선생님 사이에 실랑이가 약간 있었지만 이내 우리는 두 학급 학생들이 한 교실에 모여 있는 가운데서 경합을 시작했다. 선생님들은 우리에게 동사변화와 구구단을 물었다. 사칙연산 문제도 내주었는데 처음에는 칠판에 쓰게 했지만 나중에는 암산으로 문제를 풀게 했다. 그날 일어난 많은 일 가운데 세 가지가 아직까지도 내 뇌리에 뚜렷이 남아 있다.

첫째는 몸집이 왜소한 알폰소가 나를 쉽게 앞질렀다는 사실이다. 그 애는 침착하고 정확하게 문제를 풀어냈지만 특유의 선한 느낌 때문에 상대방을 깔아뭉갰다는 사실에 전혀 기뻐하지 않는 것처럼 보였다.

둘째는 니노가 의외로 얼어붙어서는 대답을 전혀 하지 못했다는 사실이다. 니노는 넋이 나가서 선생님들의 질문을 이해조차 못하는 것 같았다.

셋째는 릴라가 시합에서 져도 아무런 상관이 없다는 듯이 귀찮은 표정으로 돈 아킬레의 아들을 바라보던 모습이었다.

분위기가 달아오르기 시작한 것은 선생님들이 사칙연산을 암산으로 풀게 했을 때였다. 릴라는 귀찮은 내색을 역력하게 나타내며 가끔 선생님의 질문을 듣지 못한 것처럼 대답조차 하지 않았다. 그런데 알폰소가 어느 순간 정신줄을 놓은 듯 틀린 답을 내놓기 시작했다. 특히 곱셈과 나눗셈 문제에서 무너지기 시작했다. 하지만 릴라의 성적도 그다지 좋지 못했기 때문에 알폰소가 흔들리더라도 둘의 실력은 비슷한 수준으로 보였다.

그런데 예기치 못한 상황이 발생했다. 릴라가 선생님들의 질문에 대답을 하지 않거나 알폰소가 틀린 답을 내놓는 사태가 두어 번 반복됐을 때 갑자기 비웃는 듯한 엔초의 커다란 목소리가 들려왔다. 교실 맨 끝에 틀어박혀 있던 엔초가 정답을 말한 것이다.

순간 아이들, 선생님들, 교장선생님, 나, 릴라 할 것 없이 모두 놀랐다. 엔초같이 게을러 빠진 데다 덜떨어진 아이가 어떻게 나나 알폰소나 니노보다 어려운 암산을 더 잘할 수 있단 말인가. 바로 그 순간 릴라가 정신을 차렸다. 알폰소는 그 즉시 경합에서 제외되었고 페라로 선생님은 의기양양한 태도로 챔피언 자리를 엔초에게 내주었다. 곧바로 릴라와 엔초의 결투가 시작되었다.

둘의 대결은 상당히 오랫동안 계속되었다. 갑자기 교장선생님이 페라로 선생님을 제치고 야채장수 아주머니의 아들 엔초를 칠판 앞으로 불러 릴라 곁에 세웠다. 엔초는 신경질적으로 웃으며 교실 맨 끝자리에서 일어나 불편한 듯 어정쩡하게 릴라 앞에 섰다. 엔초가 웃자 그의 추종자들도 따라 웃었다. 대결이 진행될수록 문제의 난도는 점점 더 높아져갔다. 엔초는 학교가 아니라 길바닥에서나 쓸 법한 사투리로 대답했다. 그럴 때마다 선생님이 표현을 고쳐주기는 했지만 모두 정답이었다.

영광스러운 순간, 엔초는 의기양양했고 그도 자신의 뛰어남에 놀라는 것 같았다. 그렇지만 일단 릴라가 완전히 정신을 차리자 그는 조금씩 밀리기 시작했다. 릴라는 그녀 특유의 확신에 찬 가느다란 눈초리로 모든 질문에 정확하게 대답했고 결국 엔초는 그 대결에서 패배하고 말았다. 엔초는 패배는 했을지언정 포기하지는 않았다. 엔초는 욕지거리를 내뱉고 음란한 욕설을 퍼붓기 시작했다. 참다못한 페라로 선생님이 엔초에게 칠판 앞으로 가서 무릎을 꿇으라고 했지만 엔초는 말을 듣지 않았다. 결국 그 애는 몽둥이로 손바닥을 얻어맞고 선생님에게 귀를 잡혀 교실 구석으로 끌려가고 말았다. 그날의 대결은 그렇게 끝났다. 골목의 사내아이들이 릴라에게 돌을 던지기 시작한 것은 그날 이후였다.

9

그날의 결투는 릴라와 엔초에게는 아주 중요한 사건이었다. 이 사건 이후 해석하기 쉽지 않은 몇 가지 현상이 나타났다. 예컨대 이 사건으로 인해서 릴라가 자신의 능력을 조절할 수 있다는 사실이 명확해졌다. 알폰소와 대결할 때 그랬던 것처럼 말이다. 그와 시합을 할 때, 릴라는 알폰소에게 이기지도 지지도 않으려고 대답을 하지 않거나 적당히 오답을 섞어가며 균형을 유지했다. 그때만 해도 아직 릴라와 친하지 않아서 왜 그런 행동을 했는지 직접 물어볼 수 없었다. 하지만 굳이 묻지 않아도 그 일에 대해서는 내 나름대로 이유를 추측할 수 있었다. 릴라 역시 나처럼 돈 아킬레를 비롯한 그의 가족에게 실수하고 싶지 않았을 것이다.

그렇다. 우리 부모님들이 카라치 집안에 대해서 가진, 또 우리 같은 어린아이들에게까지 전염된 두려움, 뿌리 깊은 원한, 증오와 맹목적인 순종이 뒤섞인 미묘한 감정이 도대체 어디에서부터 시작된 것인지는 알 수 없지만 분명한 것은 그 감정이 실제로 존재한다는 사실이다. 우리 동네와 동네에 들어선 허연 건물들, 층계참에 밴 빈곤의 냄새와 길가에 이는 먼지들이 실제로 존재하는 것처럼 말이다. 아마 알폰소가 빛날 수 있도록 니노가 대답을 하지 않은 것도 같은 이유였을 것이다. 속눈썹이 긴 잘생긴 얼굴에 단정하게 머리를 빗어 넘기고 호리호리한 몸에 약간 예민한 인상의 니노는 몇 마디 정도 웅얼거리다가 결국 입을 다물고 말았다.

나는 니노에 대한 내 사랑의 감정을 망가뜨리지 않기 위해서 그 역시 릴라와 같은 이유로 시합에 최선을 다하지 않은 것이라고 생각했다. 하지만 마음속 깊은 곳에서 이런 의구심이 들기도 했다.

니노의 행동도 릴라와 같이 의도된 것이었을까. 나는 확신이 들지 않았다. 내가 어느 순간 뒤로 물러난 것은 알폰소가 정말 나보다 뛰어났기 때문이었다. 릴라의 경우에는 원한다면 알폰소쯤이야 즉시 물리칠 수 있었지만 무승부를 내기로 마음을 먹었기 때문이다. 그런데 니노는?

그의 태도에는 나를 혼란스럽게 하는, 아니 혼란을 넘어 고통스럽게 하는 무엇인가가 있었다. 그것은 무능력함도 단념도 아니었다.

나를 그토록 힘들게 한 것이 무엇이었는지 지금에 와서야 어렴풋이 알 수 있을 것 같은데, 그것은 아마도 무기력한 포기였던 것 같다. 더듬거리는 그의 말투, 창백한 얼굴, 갑작스레 그의 눈을 집어삼킨 묘한 보랏빛. 아, 무기력한 그의 모습이 얼마나 아름다웠는지. 나는 그의 나약함에 마음이 아팠다.

릴라도 어느 순간 내 눈에는 아름답게 보였다. 대개 예쁘다는 칭찬을 받는 쪽은 나였다. 릴라는 소금에 절인 멸치처럼 깡마른 데다 야생의 체취를 풍겼다. 그녀는 긴 얼굴에 관자놀이가 좁았는데 그 기다란 얼굴은 보통 칠흑같이 까만 생머리 뒤에 가려져 있었다. 그렇지만 알폰소와 엔초를 이기기로 마음먹은 순간 그녀는 성스러운 여전사처럼 빛났다. 온몸에서 발산되는 열기로 두 뺨에 홍조를 띤 릴라를 보며 나는 그녀가 나보다 아름답다고 생각했다. 결국 나는 모든 면에서 2등이었던 셈이다. 나는 그 누구도 그 사실을 눈치채지 못하기를 바랐다.

하지만 그날 아침에 일어난 가장 중요한 일은 우리가 평소에 벌을 받지 않기 위해 사용하던 표현이 진실하기 때문에 통제할 수 없고 그렇기 때문에 결국은 위험한 요소를 내포하고 있다는 것을 깨달았다는 사실이다. 그 표현은 바로 "일부러 하지 않았어요"였다.

실제로 엔초는 그날 일부러 경합에 끼어들어 알폰소를 몰아낸 것이 아니었다. 릴라가 엔초에게 승리를 거둔 것은 온전히 자기 의지에 따른 것이었지만 알폰소의 경우에는 일부러 그 아이에게 모욕감을 주려 한 것은 아니었다. 불가피한 과정이었을 뿐이다.

이로 인해 나타난 결과는 우리에게 모든 일을 미리 계획해서 의도한 바대로 이끌어나가는 편이 더 좋았을 뻔했다는 사실을 깨닫게 했다. 그러면 모든 결과에 대비할 수 있었을 테니까.

그날 이후 예상치 못한 일이 많이 일어났다. 그날 아침에 한 그 어떤 일도 '일부러' 한 일이 아니었기 때문에 일련의 예기치 않은 일들이 꼬리에 꼬리를 물고 용암처럼 우리를 덮쳐왔다. 우선 알폰소는 패배의 씁쓸함에 펑펑 울며 집으로 돌아갔고 열네 살이었던 그의 형 스테파노는 다음 날 당장 학교로 쫓아와 릴라에게 협박에 가까운 욕설을 해댔다.

스테파노는 알프레도 아저씨가 소유했던 목공소 자리에 자기 아버지가 차린 식료품점에서 일을 배우고 있었다. 하지만 정작 상점 주인인 돈 아킬레는 가게에 나타나는 법이 없었다. 아무튼 그 와중에 릴라도 스테파노에게 욕을 퍼붓기 시작했다. 그러자 스테파노는 릴라를 벽 쪽으로 밀어붙이고는 혀에 바늘을 쑤셔버리겠다고 소리치며 손으로 그녀의 혀를 잡아 빼려 했다. 릴라는 집에 돌아가 이 모든 사건을 오빠인 리노에게 들려주었다. 이야기를 듣는 동안 리노의 얼굴은 점점 더 새빨갛게 달아올랐고 두 눈은 번뜩거렸다. 그러는 사이 엔초는 어느 날 저녁 자신의 패거리 없이 혼자 집으로 돌아가다가 스테파노에게 붙잡혀 따귀를 맞았다. 주먹과 발로 온몸을 얻어맞았다.

리노는 다음 날 아침 스테파노를 찾아가 싸움을 벌였는데 이들은 엇비슷하게 주먹질을 주고받았다. 그로부터 며칠 후 돈 아킬레의 아내인 마리아 아주머니가 릴라네 현관문을 두드리면서 릴라의 어머니인 눈치아 아주머니에게 고함을 치며 욕설을 퍼부었다. 얼마 후 일요일에 미사가 끝난 후 구두수선공이자 릴라와 리노의 아버지인 작고 체격이 왜소한 페르난도 체룰로 씨는 돈 아킬레 곁으로 수줍게 다가가 이유도 밝히지 않고 무조건 사과했다.

내가 그 광경을 직접 목격한 것은 아니었다. 목격했는데 기억하지 못하는 것일 수도 있었다. 어쨌든 페르난도 아저씨는 주변 사람들이 모두 들을 수 있을 만큼 큰 소리로 돈 아킬레에게 사과했지만 돈 아킬레는 구두수선공이 자신에게 건네는 말을 들은 체도 않고 지나쳐버렸다는 소문이 나돌았다. 그리고 얼마 지나지 않아 릴라와 내가 돌멩이를 던져 엔초의 발목에 상처를 냈고 이에 대한 응답으로 엔초도 릴라의 머리를 향해 돌을 던졌다.

내가 겁에 질려 소리를 지르자 릴라가 머리에 피를 흘리며 일어났다. 머리카락 사이에서는 피가 뚝뚝 떨어지고 있었다. 엔초 역시 발목에 피를 흘리며 제방에서 내려왔다. 어린아이로서는 도저히 이해할 수 없는 예상치 못한 사태를 보고 엔초는 울음을 터뜨리고 말았다.

얼마 지나지 않아 릴라가 사랑해 마지않는 그녀의 오빠 리노가 학교까지 쫓아와 엔초를 흠씬 두들겨 팼다. 리노는 엔초보다 나이도 많고 몸집도 큰 데다 때릴 만한 이유가 충분히 있었기 때문에 엔초는 그의 상대가 되지 못했다. 그뿐만 아니라 엔초는 그 일이 있은 후 자신이 리노에게 얻어맞았다는 이야기를 아무에게도 하지 않았다. 그의 패거리에게도, 그의 어머니에게도, 그의 아버지에게도, 형제들에게도, 농사일을 하고 수레에 과일이며 야채를 싣고 다니며 팔던 사촌들에게조차 입을 다물었다. 그의 침묵은 꼬리에 꼬리를 물고 이어지던 복수에 마침표를 찍었다.

10

그 후로 얼마 동안 릴라는 붕대 감은 머리를 자랑스레 꼿꼿이 들고 돌아다녔다. 붕대를 풀고 난 다음에도 누군가 상처를 보여달라고 하면 머리카락이 나는 경계선부터 이마까지 붉은 기가 감도는 시꺼면 상처를 거리낌 없이 보여주었다. 그러고는 그 일에 대해서 완전히 잊은 것 같았다. 피부에 남은 허연 상처 자국을 누군가가 물끄러미 바라보기라도 하면 '뭘 쳐다보고 있어? 네 일이나 해'라고 말하는 듯 위협적인 표정을 지어보였다.

릴라는 내게 단 한마디도 하지 않았다. 돌멩이를 집어주고 흐르는 피를 앞치마로 닦아준 것에 대해서 고맙다는 인사조차 하지 않았다. 대신 그 무렵부터 그녀가 학교 일과는 별개로 내게 서로의 용기를 시험하는 놀이를 제의했다.

시간이 지날수록 릴라와 내가 뜰에서 만나는 횟수가 잦아졌다. 우리는 각자의 인형을 꺼내 보여주었지만 인형들을 더 자세히 살펴볼 수 있게 서로 바꾸어본 적은 없었다. 우리는 곁에 있으면서도 혼자 있는 것처럼 따로 놀았다. 그러던 어느 날 릴라와 나는 시험 삼아 인형들의 만남을 주선해보았다. 둘이 서로 잘 어울리는지 알아보기 위해서였다. 그러다가 또 얼마간의 시간이 흐르고, 그날 지하창고의 구멍난 철조망 옆에 앉아 있다가 드디어 각자의 인형을 맞바꿔본 것이다. 릴라는 잠시 내 인형을 들었다가 다시 자신의 인형을 집어 들었다. 그러더니 갑자기 티나를 뚫린 철조망 틈새로 떨어뜨리고 말았다.

그 순간 나는 형용할 수 없는 고통을 느꼈다. 내 셀룰로이드 인형은 내가 가진 가장 소중한 것이었다. 릴라에게 못된 구석이 있다는 것은 알고 있었지만 그래도 이토록 악의에 찬 행동을 할 줄은 상상조차 할 수 없었다. 나에게 티나는 살아 있는 생명체였다. 그런 그녀를 창고 속에 살고 있을 수많은 짐승 사이에 던져 넣었다는 사실은 나를 절망하게 했다. 그렇지만 바로 그 순간, 나는 이후로 수많은 일을 겪으며 경지에 오르게 될 어떤 기술을 터득하게 되었다. 그것은 바로 절망을 참아내는 것이었다. 내가 젖어드는 눈가에 절망을 어찌나 잘 숨겨냈는지 릴라는 나에게 사투리로 물었다.

"인형을 버렸는데 넌 아무렇지도 않니?"

나는 대답하지 않았다. 강렬한 고통을 느꼈지만 릴라와 싸워서 얻게 될 고통은 이보다 더 클 것 같았기 때문이다. 나는 두 가지 고통 사이에서 숨을 쉴 수 없었다. 하나는 이미 일어난 일에 대한 고통, 즉 인형을 잃어버려서 느끼는 고통이고 다른 하나는 일어날지도 모르는 일에 대한 고통, 즉 릴라를 잃어버릴 수도 있다는 사실 때문에 느끼는 고통이었다.

나는 아무 말도 하지 않고 다음 행동을 그 순간 할 수 있는 가장 자연스러운 행동인 양 취했다. 만약 릴라가 그 행동을 자연스럽게 받아들이지 않았다면 나는 상당히 큰 위험을 감수해야 했을 것이다. 그렇게 나는 지하창고 바닥에 릴라가 내게 막 건네준 그녀의 인형 누를 던져버렸다. 릴라는 믿을 수 없다는 눈빛으로 나를 바라보았다.

"네가 하는 일이라면 나도 할 수 있어."

나는 겁에 질려 소리 높여 말했다.

"당장 가서 가지고 와."

"네가 내 인형을 가지러 간다면 나도 그렇게 할게."

이렇게 해서 우리는 함께 가게 되었다. 건물 현관 옆에는 지하창고로 내려갈 수 있는 눈에 익은 작은 문이 있었다. 한쪽 문의 경첩이 빠져서 헐거워져 있었기 때문에 문은 대충 두른 쇠사슬로 지탱되고 있었다. 동네 아이들이라면 누구나 그 작은 문을 한껏 밀어 생긴 틈새를 통해 지하창고 안으로 들어가보고 싶은 유혹과 이에 대한 두려움을 동시에 느껴보았을 것이다.

우리는 그날 유혹을 실행에 옮겼다. 우리의 작고 유연한 몸뚱이가 지나갈 수 있을 만한 공간을 만들어 지하창고 안으로 미끄러지듯 들어갔다.

일단 지하실 안으로 들어간 다음에는 릴라가 앞장 서고 나는 그 뒤를 따랐다. 돌계단을 따라 다섯 계단 정도 내려갔다. 지하창고 안 공기는 축축했고 길 쪽으로 난 틈새에서 희미한 빛이 새어 들어오고 있었다. 나는 겁에 질려 계속 릴라의 뒤쪽에 있으려 했다. 릴라는 화가 난 듯 보였고 자신의 인형을 찾기 위해 망설임 없이 앞으로 나아갔다. 나는 주변을 더듬거리며 그녀의 뒤를 따랐다.

샌들 아래로 유리 조각, 파편, 벌레 따위가 바스락거리며 부서지는 것이 느껴졌다. 주위에는 여기저기 쌓여 있는 뾰족하거나 각지거나 둥그스름한 물건들의 어두운 윤곽이 보였다. 암흑을 뚫고 들어오는 희미한 빛에 가끔가다 알아볼 수 있을 만한 물건이 보이기도 했다. 앙상하게 틀만 남은 의자, 전등 대, 과일 상자, 장롱 바닥과 문짝, 철 조각 따위의 물건이 희미한 빛 아래 모습을 드러냈다.

나는 커다란 유리 눈과 상자 모양의 턱이 달린 생기 없는 얼굴을 발견하고 깜짝 놀랐다. 비통한 표정의 그 얼굴은 나무로 만든 건조대 위에 걸려 있었다. 나는 놀라 소리를 지르며 릴라에게 손가락으로 가면을 가리켜 보였다. 릴라는 나에게 등을 돌리고 냉큼 뒤돌아서서 가면을 향해 나아가서는 조심스럽게 팔을 뻗어 가면을 건조대에서 떼어냈다. 그러고서 다시 나를 뒤돌아보았을 땐 커다란 유리 눈이 달린 가면을 뒤집어써서 릴라의 얼굴이 엄청나게 커져 있었다. 거대한 얼굴에는 동공 없는 텅 빈 타원형 눈구멍이 나 있었고 입 부분은 막혀 있었다. 아가미 모양의 입마개가 릴라의 가슴께에서 대롱거렸다.

나는 그 순간을 선명하게 기억한다. 릴라의 모습을 보고 나는 겁에 질려 소리를 질렀던 것 같다. 그러자 릴라가 큰 소리로 다급하게 방독 마스크일 뿐이라고 말했던 것이다. 릴라네 집 창고에도 똑같은 가면이 있는데 자기 아버지는 그 가면을 방독면이라고 부른다고 설명해주었다.

나는 계속 두려움에 몸을 떨며 울기 시작했다. 그런 내 모습을 본 릴라가 가면을 벗어 한쪽 구석에 내동댕이쳤다. 가면은 창문 틈으로 흘러나오는 빛 사이로 엄청나게 먼지를 날렸고 요란스러운 소리를 내며 떨어졌다.

나는 곧 평정심을 되찾았다. 릴라는 주변을 살펴보고 티나와 누를 떨어뜨린 철망 아래 지점을 찾아냈다. 우리는 거칠고 울퉁불퉁한 벽에 기대어 어둠 속을 살펴보았지만 인형들은 보이지 않았다. 릴라는 사투리로 "인형이 없어, 인형이 없어"라고 중얼거렸다. 그러고는 손으로 바닥을 샅샅이 훑기 시작했다. 나는 도저히 그럴 엄두가 나지 않았다.

끝나지 않을 것같이 느껴지던 몇 분의 시간이 지나갔다. 한 번은 티나를 본 것도 같아서 인형을 집으려고 몸을 구부렸지만 막상 손에 잡힌 것은 오래된 신문 뭉치였다. 릴라는 인형들은 그곳에 없다고 또다시 중얼거리며 출구 쪽으로 나아갔다. 혼자 그곳에 남아 계속해서 인형을 찾을 용기가 내겐 없었지만 그렇다고 인형도 못 찾았는데 릴라를 따라갈 수도 없어 어찌할 바를 모르고 서 있었다. 계단 끝에 다다른 릴라가 내게 소리쳤다.

"돈 아킬레가 가져간 것이 분명해. 돈 아킬레가 검은 가방에 인형들을 집어넣은 거야."

바로 그 순간, 나는 분명 돈 아킬레의 기척을 느꼈다. 그는 잡동사니들의 희미한 형체 사이에서 몸을 끌며 기어오고 있었다. 나는 티나를 그녀의 운명에 맡겨놓고 이미 헐거워진 문틈으로 능숙하게 빠져나가고 있는 릴라를 따라 도망쳤다.

11

나는 릴라가 하는 말이라면 무엇이든 다 믿었다. 내 머릿속에는 한 손에는 누의 머리를, 다른 한 손에는 티나의 머리를 들고 긴 팔을 흔들거리며 지하터널을 뛰어다니는 돈 아킬레의 기형적인 형상이 자리 잡았다. 나는 너무나 괴로웠고 그 때문에 성장통이 왔다. 조금 나아졌나 싶다가 다시 앓아눕고 말았다.

그 무렵 나는 일종의 촉각장애를 앓고 있었다. 내 주변의 생명체들이 각자의 생활 리듬에 맞춰 바삐 움직이는 동안, 손가락 아래 딱딱한 표면이 말랑말랑하게 변하거나 안에 있는 내용물과 표층 사이에 빈 공간이 생기며 부풀어 오르는 것처럼 느껴졌다. 내 몸도 만져보면 부은 듯했다.

이 사실은 나를 우울하게 만들었다. 나는 내가 공처럼 부풀어 오른 뺨과 톱밥으로 채운 손과 너무 익은 마가목 열매 같은 귓불과 커다란 빵 덩어리 모양의 발을 가졌다고 생각했다. 몸이 나은 후 다시 밖으로 나갔을 때 학교며 거리며 나를 둘러싼 공간 자체가 변한 것 같았다.

주변 세상이 어두운 두 극 사이에 낀 것처럼 느껴졌다. 양극의 한쪽에는 지면 밑에서 건물의 지반과 인형이 떨어진 어두운 동굴을 압박하는 거대한 공기방울이 있고 다른 한쪽에는 위에서 우리들의 인형을 훔쳐가버린 돈 아킬레가 살고 있는 건물 5층을 짓누르는 거대한 구체가 있다고 생각했다. 두 개의 거대한 구체가 철로 만든 봉 끝에 고정되어 건물, 길, 들판, 터널, 선로를 지나며 이 모든 것을 납작하게 해버리는 상상을 했다.

나는 주변의 모든 사람과 사물과 함께 그 사이에 끼어서 짓눌린 느낌이었다. 입에서는 기분 나쁜 맛이 났고 계속되는 구역질에 기진맥진해 있었다. 모든 것이 나를 짓누르며 옥죄어 들어와 결국에는 내 몸이 역겨운 크림처럼 짓뭉개질 것만 같았다.

그런 불편한 상태는 상당히 오래갔다. 사춘기 중반으로 들어설 때까지 몇 년 동안 그런 상태가 지속되었던 것 같기도 하다. 그런 느낌이 막 시작되었을 때 즈음, 나는 예기치 않게 처음으로 남자아이에게 고백을 받았다.

릴라와 내가 아직 돈 아킬레네 계단을 오르기 전에, 그러니까 티나를 잃어버린 슬픔에서 완전히 벗어나지 못했을 때의 일이었다. 나는 어머니 심부름으로 마지못해 빵을 사러 갔다. 행여나 잔돈을 잃어버리기라도 할까봐 주먹을 꼭 쥐고 아직도 따뜻한 빵을 가슴에 껴안고 집으로 돌아오는 길이었다.

나는 불현듯 니노가 동생 손을 잡고 내 뒤로 뚜벅뚜벅 걸어오고 있다는 것을 눈치챘다. 니노의 어머니인 리디아 아주머니는 여름이면 니노에게 그의 동생 피노를 딸려 밖으로 내보내곤 했다. 피노는 다섯 살이 채 안 된 아이였다. 니노에게는 동생에게서 눈을 떼면 안 된다는 의무가 주어졌다.

돈 아킬레의 식료품점을 지나 골목 모퉁이에 이르자 니노가 갑자기 나를 앞서나갔다. 그는 나를 앞질러 계속 걸어가지 않고 내 앞을 가로막고 나를 벽 쪽으로 밀어붙였다. 그러고는 자유로운 한쪽 손으로 벽을 짚어 내가 도망가지 못하게 한 다음, 다른 한 손으로는 숨죽이고 이 모든 광경을 보고 있는 자기 동생을 옆으로 끌어당겼다. 니노는 내가 알 수 없는 그 무엇인가 때문에 힘겨워했다. 그의 얼굴은 창백했다. 처음에는 미소를 짓다가 이내 진지한 표정으로 바뀌었다 다시 미소를 지어보였다. 그러고는 학교에서나 쓸 법한 표준어로 말했다.

"우리가 어른이 되면 너와 결혼하고 싶어."

니노는 어른이 되기 전까지 자신과 사귀지 않겠느냐고 했다. 니노는 나보다 키가 약간 컸고 비쩍 마른 체형에 목이 길었다. 귀와 머리 사이가 넓은 편이었고 머리카락은 헝클어져 있었으며 긴 속눈썹 아래 눈빛은 강렬했다. 수줍음을 이겨낸 그의 용기는 감동적이기까지 했다. 그와 결혼하고 싶은 생각이 간절했지만 정반대의 대답을 하고 말았다.

"아니. 그럴 수 없어."

그는 입을 벌린 채 멍하니 나를 바라보았다. 그러다 피노가 그를 세게 잡아당겼고 나는 그 틈을 타 도망치고 말았다. 그때부터 나는 그가 보일 때마다 피하기 시작했다. 사실 나는 니노가 정말 잘생긴 아이라고 생각했다. 니노와 함께 집으로 돌아가고픈 마음에 마리사 곁에 있었던 적이 얼마나 많았던가. 불행히도 니노는 고백할 타이밍을 잘못 선택했다. 내 자신이 얼마나 경솔하게 느껴지는지, 티나가 사라져서 얼마나 고통스러운지, 릴라를 따라다니기 위해 애쓰는 일이 얼마나 힘겨운지 니노가 알 리 없었다.

정원이며 건물, 동네의 짓눌린 공간들은 나를 숨 막히게 했다. 니노는 꽤 오랫동안 멀리서 나를 걱정스럽게 바라보다가 어느 순간부터 나를 피하기 시작했다. 아마도 내가 그 일을 다른 여자아이들, 특히 자신의 동생에게 이야기할까봐 걱정했을 것이다.

니노가 내게 고백하기 얼마 전에 엔초가 제과점집 딸인 질리올라 스파뉴올로에게 사귀자고 한 일이 있었다. 질리올라는 곧바로 그 일을 친구들에게 떠벌리고 다녔고 엔초는 그 사실을 알고 불같이 화를 냈다. 그는 학교까지 쫓아와서 질리올라는 거짓말쟁이라며 그 아이를 찔러 죽이겠다고 협박했다. 나 역시 니노가 내게 프러포즈한 일에 대해 자세히 이야기하고 싶었지만 결국 아무에게도 이야기하지 않았다. 릴라와 친구가 된 다음에도 이야기하지 않았다. 나 자신도 그 일을 서서히 잊어갔다.

내가 그 일을 다시 떠올린 것은 그로부터 얼마 후 사라토레 가족이 이사를 가게 됐을 때였다. 어느 날 뜰에 아순타 아주머니의 남편인 니콜라 스칸노 아저씨의 말과 수레가 나타났다. 아저씨와 아주머니가 함께 길에서 과일과 야채를 팔 때 쓰는 수레였다. 니콜라 아저씨는 얼굴이 약간 넓적하지만 이목구비가 잘생겼고 아들인 엔초와 같이 푸른 눈에 금발머리였다.

니콜라 아저씨는 과일과 야채를 파는 일 외에 부업으로 이삿짐도 날랐다. 니노와 그의 아버지 도나토 아저씨, 그의 어머니 리디아 아주머니는 집 안에 있는 것을 밑으로 나르기 시작했다. 그들은 싸구려 잡동사니며 침대 매트리스, 가구 따위를 수레에 실었다.

뜰에서 수레 굴러가는 소리가 나자 동네 여자들은 모두 창가로 달려 나왔다. 나도 어머니와 함께 창가로 몸을 내밀었다. 모두 호기심에 가득 차 있었다. 도나토 아저씨는 이탈리아 국영 철도공사에서 임대해주는 주택을 얻어 이사가게 되었다고 했다. 나치오날레 광장 근처에 있는 건물로 말이다. 하지만 우리 어머니의 말처럼 리디아 아주머니가 호시탐탐 남편을 빼앗으려는 멜리나의 괴롭힘에서 벗어나기 위해 도나토 아저씨에게 이사를 가자고 졸랐을 수도 있다.

사실 충분히 있을 법한 일이었다. 어머니는 언제나 사람들의 좋지 않은 면을 꿰뚫어보았는데 짜증스럽게도 결국에는 그런 좋지 않은 면이 실제로 존재한다는 사실을 언제나 인정할 수밖에 없었다. 어머니가 사시인 이유는 동네 사람들의 비밀스러운 움직임을 꿰뚫어보기 위해서인 것 같았다.

도나토 아저씨의 이사에 멜리나는 어떻게 반응할까. 사람들이 수군대는 것처럼 정말로 멜리나는 도나토 아저씨와 아기를 낳고는 그 애를 몰래 죽여버렸을까. 정신이 나가 소리 지를 때 이 비밀을 누설했다는 것이 정말일까.

어른 아이 할 것 없이 우리들은 모두 창문 밖을 내다보았다. 동네를 떠나가는 이웃에게 인사를 하기 위해서일 수도 있고 못생기고 비쩍 마른 과부가 광기를 부리는 현장을 구경하기 위해서일 수도 있었다.

어머니인 눈치아 아주머니와 함께 창가에 머리를 내밀고 있는 릴라의 모습이 내 눈에 들어왔다. 나는 니노와 시선을 마주치려고 했지만 그는 다른 일에 열중해 있었다. 이유는 알 수 없지만 나는 순간 극심한 피로감이 엄습해오더니 주위의 모든 것이 아득하게 느껴졌다. 나는 니노가 자신이 떠나갈 것을 알고 있었기 때문에 내게 고백을 한 것이라고 생각했다. 떠나기 전에 나에 대한 그의 감정을 표현하려 했던 것이라고 말이다. 나는 물건이 가득 들어 있는 서랍을 낑낑거리며 옮기고 있는 그의 모습을 바라보면서 고백을 거절한 것에 대한 고통과 죄책감을 느꼈다. 이제 그는 작은 새처럼 내게서 떠나버리려 하고 있었다.

드디어 가구와 이삿짐을 모두 날랐다. 니콜라 아저씨와 도나토 아저씨가 밧줄로 물건들을 수레에 단단히 묶어 고정시켰다. 리디아 아주머니는 파티에라도 가는 사람처럼 차려입고 집을 나섰다. 머리에 푸른 짚으로 만든 여름 모자까지 쓰고 있었다. 아주머니는 어린 아들을 태운 유모차를 밀고 있었고 아주머니의 양 옆에는 여덟아홉 살쯤 된 마리사와 여섯 살 된 클렐리아가 있었다.

갑자기 4층에서 물건 깨지는 소리가 났다. 동시에 멜리나가 고함을 지르기 시작했다. 너무나 끔찍한 소리여서 릴라는 끝내 두 손으로 귀를 막았다. 멜리나의 둘째 딸이 고통스러워하는 소리도 들려왔다. "엄마, 안 돼요. 엄마, 제발요"라고 소리쳤다. 잠시 망설였지만 결국 나도 귀를 막고 말았다.

멜리나의 집에서 물건들이 창밖으로 내던져졌다. 나는 호기심을 이기지 못하고 귀를 막고 있던 두 손을 내렸다. 소리를 똑똑히 듣고 사태를 잘 이해하기 위해서였다.

멜리나의 입에서 나는 소리는 이미 언어가 아니었다. 다쳤을 때 내는 신음 같은 소리로 고함을 치고 있었다.

창가에 멜리나의 모습이 보이지는 않았다. 물건을 집어던지는 팔이나 손조차도 보이지 않았다. 집 안에서 구리로 만든 냄비며 컵, 병, 접시들이 마치 자신들의 의지로 창문에서 날아오르는 것같이 튀어나왔다.

리디아 아주머니는 고개를 숙이고 몸을 유모차 쪽으로 한껏 구부린 채 자리를 피했고 두 딸은 아주머니 뒤를 따랐다. 도나토 아저씨는 수레에 기어 올라가 이삿짐 사이에 자리를 잡았고 니콜라 아저씨는 재갈을 잡고 말을 붙들고 있었다. 그러는 동안에도 물건들은 아스팔트가 깔린 도로 위에 떨어져 부딪히고, 튕겨져 나가고, 산산조각이 났다. 부서진 조각이 잔뜩 신경이 곤두서 있는 말 다리 사이에 떨어졌다.

릴라를 바라보자 그녀의 망연한 표정이 눈에 들어왔다. 순간 릴라는 자신을 바라보는 내 시선을 느꼈는지 창가에서 자취를 감췄다. 이윽고 수레가 벽 쪽에 딱 붙어서 움직이기 시작했다. 사라토레 가족은 아무에게도 인사하지 않고 정원 문 쪽으로 도망치듯 갔다. 리디아 아주머니와 네 아이도 수레 뒤를 따랐다. 니노만이 그곳을 떠나고 싶은 마음이 전혀 없다는 듯 아스팔트 바닥에 산산조각 난 물건들을 홀린 듯이 바라보고 있었다.

내가 마지막으로 본 것은 멜리나의 집 창문에서 검은 점 같은 것이 날아가는 장면이었다. 그것의 정체는 다름 아닌 강철로 만들어진 다리미였다. 손잡이와 몸통 모두 철로 만들어진 다리미인 것이다. 티나가 아직 내 곁에 있었을 때 집에서 그 다리미와 똑같이 생긴 뱃머리 모양의 다리미를 폭풍 속을 헤쳐 나가는 배인 양 가지고 놀았기 때문에 바로 알아볼 수 있었다. 다리미는 마르고 둔탁한 소리를 내며 떨어져 땅에 구멍을 냈다. 그 지점에서 불과 몇 센티미터밖에 떨어지지 않은 곳에 니노가 있었다. 니노는 정말이지 아슬아슬하게 죽음을 면했다.

12

아무도 릴라에게 고백하지 않았지만 그녀는 내게 그런 일에 별로 신경 쓰지 않는다고 했다. 질리올라는 사귀자는 제의를 쉴 새 없이 받았고 나도 꽤나 인기가 좋은 편이었다. 하지만 막대처럼 비쩍 마른 몸에 지저분하고 상처투성이인 릴라를 좋아하는 사내아이는 아무도 없었다. 게다가 그녀는 칼처럼 날카로운 혀를 가지고 있어서 모욕적인 별명을 지어내는 데 뛰어난 소질을 보였다. 릴라는 선생님과 이야기할 때는 아무도 이해하지 못할 정도로 수준 높은 완벽한 표준어를 구사했지만, 아이들과 이야기할 때는 사랑스러운 감정이 생기다가도 싹 사라질 것 같은 욕설이 잔뜩 섞인 거친 사투리를 썼다. 고전적인 방식의 고백은 아니었지만 엔초만은 릴라에게 나름의 존경과 감탄의 감정을 표현했다. 릴라의 머리를 돌멩이로 박살낸 후 오랜 시간이 지나서, 아마도 질리올라가 그의 고백을 거부하기 얼마 전에 엔초는 길에서 우리 뒤를 쫓아왔다. 믿을 수 없다는 듯이 바라보는 내 시선을 의식하며 그는 릴라에게 마가목 화관을 내밀었다.

"이걸로 뭘 하라는 건데?"

"먹어."

"아직 덜 익었는데?"

"더 익히면 되지."

"싫은데."

"그럼 버리든가."

그게 끝이었다. 엔초는 뒤돌아서 일하러 갔고 나와 릴라는 소리내어 웃었다.

우리는 말이 많지는 않았지만 별일 아닌 일에도 웃음을 터뜨리곤 했다. 나는 짐짓 흥미롭다는 듯이 말했다.

"난 좋아하는데. 마가목 열매 말이야."

거짓말이었다. 나는 마가목 열매를 그다지 좋아하지 않았다. 설익었을 때의 붉은색과 노란색이 뒤섞인 열매 특유의 색깔은 마음에 들었다. 오밀조밀하게 열려서 날씨가 좋은 날이면 햇빛을 반사하며 밝게 빛나는 모습도 마음에 들었다. 하지만 따서 발코니에 내놓은 마가목 열매는 익으면 갈색으로 변했고 너무 익은 배처럼 물렁물렁해졌다. 잘 익은 마가목 열매는 쉽게 껍질을 벗겨낼 수 있었는데 그러면 오돌토돌한 과육이 드러났다. 맛이 없다고는 할 수 없지만 모양이 너무 망가져 길가에 나뒹구는 쥐의 시체가 떠올라서 나는 평소에 손도 대지 않았다.

내가 릴라에게 마가목 열매를 좋아한다고 말한 것은 그녀를 시험해보기 위해서였다. 나는 릴라가 내게 마가목 열매를 내밀며 "그럼 네가 가져"라고 말해주기를 바랐다. 엔초가 준 그 열매를 내게 준다면 나는 마치 릴라의 보물을 받은 것처럼 기쁠 것 같았다. 하지만 릴라는 내게 열매를 주지 않았다. 나는 그녀가 마가목 열매를 집으로 가져갔을 때 느낀 일종의 배신감을 아직도 기억하고 있다. 릴라는 직접 창틀에 못을 박았고 나는 그녀가 열매로 만든 화관을 못에 거는 장면을 보았다.

13

그날 이후 엔초가 릴라에게 다시 선물을 주는 일은 없었다. 자신이 고백했다는 사실을 떠벌리고 다닌 질리올라와 한판 붙은 다음부터 엔초를 보기가 점점 더 힘들어졌다. 암산에 뛰어난 소질이 있었지만 엔초에게는 공부하려는 마음이 없었다. 그래서인지 선생님도 중학교 입학시험을 보라고 권하지 않았고 엔초 역시 이에 대해서 불만은 없어보였다. 오히려 시험을 보지 않아도 되어 더 기뻐하는 것 같았다.

그는 직업학교에 등록했지만 사실 이미 부모님과 함께 일을 시작한 셈이었다. 엔초는 아주 이른 아침부터 일어나 아버지와 함께 야채시장에 가거나 들에서 거둔 수확물을 수레에 싣고 동네를 돌아다니며 팔기 시작했다. 학교와는 금세 거리가 멀어졌다.

그에 비해서 우리는 5학년이 끝나갈 무렵 공부를 계속하라는 선생님의 조언을 받았다. 담임선생님은 우리의 부모님들, 그러니까 나와 질리올라와 릴라의 부모님을 차례로 불러서 무슨 일이 있어도 우리들은 초등학교 졸업시험뿐 아니라 중학교 입학시험까지 봐야 한다고 이야기했다.

나는 어머니 대신 아버지를 학교에 보내기 위해 온갖 수단과 방법을 가리지 않았다. 어머니는 절름발이에다가 시시때때로 눈꺼풀을 떨었고 더 결정적인 것은 항상 화가 나 있었다는 사실 때문이었다. 반면 아버지는 시청에서 수위로 근무했기 때문에 정중하게 행동할 줄 아셨다. 그렇지만 내 계획은 실패했고 결국 어머니가 담임선생님과 만나고 말았다. 선생님을 만난 어머니는 어두운 표정으로 집에 돌아왔다.

"선생이 돈을 원하는 것 같아요. 시험이 어렵기 때문에 따로 수업을 받아야 한대요."

"시험은 왜 봐야 하는 거요?"

아버지가 물었다.

"라틴어를 배우기 위해서랍디다."

"라틴어는 대체 왜?"

"재가 공부를 잘하기 때문이래요."

"공부를 잘하는데 왜 따로 돈을 내고 선생님한테 수업을 들어야 하는 건데?"

"재는 잘되고 우리는 더 힘들어지게 하려는 것이죠."

어머니와 아버지는 꽤나 오랜 시간 의논을 했다. 처음에는 어머니는 무조건 반대했고 아버지는 결정을 내리지 못했다. 그러다가 아버지가 조심스럽게 찬성의 뜻을 내비쳤고 어머니는 한발 양보해 반대

수위를 낮췄다. 결국 두 분 다 내게 시험을 보게 하는 것으로 의견일치를 보았다. 그러나 성적이 좋지 않으면 당장 학교를 그만두게 하겠다는 조건을 붙였다.

릴라의 부모님은 릴라가 시험보는 것을 허락하지 않았다. 눈치아 아주머니가 자신 없는 목소리로 몇 번인가 남편을 설득하려고 했지만 릴라의 아버지는 들어보려고조차 하지 않았다. 리노는 릴라를 공부시키지 않는 것은 큰 실수라고 하다가 아버지에게 뺨까지 얻어맞았다. 릴라의 부모님은 아예 선생님을 만나지 않으려고 했지만 담임선생님이 교장선생님에게 부탁하여 학교를 방문하도록 요청했기 때문에 결국 눈치아 아주머니는 마지못해 학교에 와야 했다.

겁에 질린 듯한 표정의 눈치아 아주머니가 수줍지만 확고하게 거부 의사를 밝혔다. 올리비에로 선생님은 이내 시무룩해졌다. 하지만 침착하게 릴라의 뛰어난 작문 실력과 난해한 문제해결 능력, 뛰어난 그림 솜씨를 칭찬하기 시작했다. 선생님은 릴라가 지오토의 그림을 흉내 내면서 상당히 사실주의적인 화풍으로 공주의 모습을 그린다고 했다. 릴라가 그린 공주의 머리 모양, 보석, 옷, 신발은 그 어떤 책에서도 보지 못한 것이고 교구 성당에서 가끔 틀어주는 영화에서도 보지 못한 독창적인 것들이라고 했다. 릴라가 그린 화려한 색채의 그림을 교실에 걸어놓으면 보는 이들의 시선을 사로잡는다고 했다.

눈치아 아주머니는 뜻을 굽히지 않았다. 올리비에로 선생님은 침착성을 잃고 눈치아 아주머니를 마치 버릇없는 행동을 한 아이라도 되는 양 교장선생님 앞에까지 이끌고 갔다. 하지만 아주머니에게는 남편의 허락 없이 양보할 수 있는 권한이 없었다. 그러다보니 담임선생님도 교장선생님도 아주머니 자신까지도 기절할 지경에 이를 때까지 안 된다는 말만 반복할 수밖에 없었다.

다음 날 등굣길에 릴라는 평상시와 같은 목소리로 그래봤자 자신은 시험을 치를 것이라고 말했다. 나는 그 말을 믿었다. 릴라에게 무엇인가를 못하게 하는 것은 불가능한 일이었으니까. 우리는 모두 그 사실을 잘 알고 있었다. 릴라는 우리 여자아이들 중에서 가장 강한 아이였다. 엔초나 알폰소, 스테파노보다도, 오빠인 리노보다도, 심지어는 우리의 부모님들보다도, 담임선생님과 사람을 감옥에 가두는 경찰아저씨들보다도 더 강한 아이였으니까.

겉모습은 연약해보였지만 릴라 앞에서는 그 어떤 금지사항도 의미가 없었다. 그녀는 결과에 승복하지 않고 한계를 넘을 줄 아는 아이였다. 모든 사람은 그녀 앞에서 결국 고집을 꺾었고 릴라를 못마땅하게 생각하면서도 그녀에 대해 경탄했다.

14

돈 아킬레의 집으로 가는 것도 금기사항의 하나였다. 하지만 릴라는 이를 무시하기로 결심했고 나는 그런 그녀의 뒤를 따라갔다. 내가 그 무엇으로도 릴라를 멈추게 할 수 없다는 확신을 가지게 된 것도 그녀의 불복종이 숨을 멈추게 할 정도의 경이로운 결과로 나타난다는 사실을 알게 된 것도 바로 그날의 경험을 통해서였다.

우리는 돈 아킬레가 인형을 돌려주길 바랐다. 오직 그 생각으로 계단을 올라가기 시작했다. 한 계단 한 계단씩 올라갈 때마다 뒤돌아서 건물 밖 뜰로 돌아가고 싶은 충동에 시달려야 했다. 아직까지도 내 손을 꼭 잡고 있던 릴라의 손길이 느껴지는 듯하다. 그때 릴라가 내 손을 잡은 것은 나 혼자 마지막 계단까지 올라갈 용기가 없다는 것을 알아챘기 때문만이 아니라 사실은 그녀도 내 손을 잡음으로

써 계속해서 나아갈 힘을 얻으려고 했기 때문이었다고 생각하면 마음이 흐뭇해진다. 나는 벽 쪽에 붙고 그녀는 난간 쪽에 서서 땀에 젖은 서로의 손을 꼭 잡고 계단의 마지막 층을 오르고 있었다.

돈 아킬레의 현관문 앞에 이르자 내 심장은 소리가 들릴 정도로 큰 소리로 뛰기 시작했다. 나는 릴라의 심장에서도 같은 소리가 날 것이라고 생각하면서 위안을 삼았다. 집 안에서는 알폰소나 스테파노 아니면 피누차인 듯한 목소리가 흘러나왔다. 릴라는 한참 동안 문 앞에서 아무 말도 하지 않고 서 있다가 초인종을 눌렀다.

잠시 정적이 흐르다 신발 끄는 소리가 들려왔다. 연한 녹색 가운을 걸친 마리아 아주머니가 문을 열어주었다. 아주머니가 입을 열자 입 안에 반짝이는 금니가 보였다. 아주머니는 우리가 알폰소를 찾아온 줄 알고 약간 놀라는 기색을 보였다. 그때 릴라가 사투리로 말했다.

"아뇨, 저희는 아킬레 아저씨를 뵈러 왔어요."

"내게 말해보렴."

"아저씨께 직접 말씀드려야 해요."

아주머니가 소리를 질렀다.

"여보!"

다시 신발 소리가 들렸다. 희미한 어둠 속에서 돈 아킬레의 비대한 형상이 모습을 드러냈다. 돈 아킬레는 상체는 길고 다리는 짧으며 팔은 무릎까지 내려올 만큼 길었다. 입에는 담배를 물고 있었고 담배 끝에는 불붙인 흔적이 보였다. 그는 잠긴 목소리로 물었다.

"누군데 그래?"

"구둣방네 딸내미랑 그레코네 큰딸이유."

돈 아킬레가 불빛 아래 등장했고 그제야 나는 처음으로 그의 모습을 제대로 볼 수 있었다. 돈 아킬레의 몸은 광물로도 반짝이는 유리 조각으로도 만들어지지 않았다. 살로 빚어진 것이 분명한 그의 얼굴은 길쭉했고 머리카락이 귀까지 흘러내렸지만 머리 가운데는 매끄럽게 비어 있었다. 번뜩이는 흰자위에 붉은 핏줄이 서 있었고 입술은 얇고 길쭉했다. 두툼한 턱 가운데는 폭 파여 있었다. 분명 못생겼지만 내가 상상한 정도는 아니었다.

"그래, 무슨 일이냐?"

"인형들 말이에요."

릴라가 말했다.

"인형이라니?"

"우리 인형 말이에요."

"우리는 인형이 필요 없는데?"

"아저씨가 지하창고에서 가져가셨잖아요."

돈 아킬레는 몸을 돌려 집 안에 대고 소리쳤다.

"피누차, 네가 구둣방네 딸아이의 인형을 가져갔니?"

"전 아닌데요."

"알폰소, 그럼 네가 그런 거니?"

안에서 킥킥거리는 소리가 들려왔다.

릴라는 눈 하나 깜짝하지 않았다. 도대체 어디서 그런 용기가 나온 것인지 알 수 없었다.

"아저씨가 가져가셨잖아요. 우리가 봤어요."

"누구? 내가 말이냐?"

돈 아킬레가 물었다.

"네, 아저씨가 검은 가방 안에 인형을 집어넣는 것을 봤어요."

그 말을 듣자 그는 성가시다는 듯이 인상을 썼다.

나는 우리가 돈 아킬레의 현관문 앞에서 그를 마주보고 있다는 사실을 릴라가 그런 식으로 돈 아킬레에게 이야기하고 있다는 사실을 믿을 수 없었다. 돈 아킬레가 의아한 눈빛으로 릴라를 바라보고 있고 문간 너머로는 알폰소, 스테파노, 피누차의 모습과 식탁에 저녁 먹을 준비를 하고 있는 마리아 아주머니의 모습이 보이는 눈앞의 광경을 믿을 수가 없었다. 약간 작은 키에 살짝 머리가 벗겨지고 어딘가 불균형스럽지만 정상적인 범주에 속하는 이 사람이 돈 아킬레라는 사실도 믿을 수가 없었다.

나는 그가 갑자기 본모습으로 변신할까봐 마음을 졸이고 있었다.

돈 아킬레는 릴라가 하는 말의 뜻을 이해하기 위해서인 양 그녀의 말을 반복했다.

"그러니까 내가 너희들의 인형을 가져가서는 검은색 가방에 넣었다는 거니?"

난 그가 화를 내는 것은 아니지만 이미 알았던 사실을 확인하는 것처럼 괴로워한다는 것을 느낄 수 있었다. 돈 아킬레는 사투리로 무엇인가를 말했지만 나는 알아듣지 못했다. 그때 그의 아내가 소리쳤다.

"저녁 준비 다 됐어요!"

"갈게!"

돈 아킬레는 두툼하고 넓적한 손을 바지 뒷주머니로 가져갔다. 우리는 그가 주머니에서 칼을 꺼낼까봐 두려움에 떨며 손을 꽉 쥐었다. 그렇지만 정작 그가 꺼낸 것은 지갑이었다. 그는 지갑을 열고 안을 들여다본 다음 릴라에게 얼마간의 돈을 내밀었다. 액수는 잘 기억이 나지 않는다.

"이 돈으로 인형을 사려무나."

릴라는 돈을 낚아채고는 나를 계단 아래로 잡아끌었다. 돈 아킬레는 난간 쪽으로 몸을 숙이며 중얼거렸다.

"적어도 인형을 사준 것이 나라는 것은 기억을 해라."

그 말에 나는 계단에서 떨어지지 않도록 주의를 기울이며 표준어로 깍듯하게 대답했다.

"안녕히 계십시오. 식사 맛있게 하십시오."

15

질리올라와 나는 부활절이 지나자마자 담임선생님 집에서 중학교 입학시험을 준비하기 시작했다. 선생님의 집은 성가족 성당 바로 옆에 있었다. 선생님 집 창문은 공원을 향해 있었고 그곳에서는 녹음이 우거진 들판 너머 철도의 첨탑까지 훤히 보였다. 질리올라가 우리 집 창문 아래서 내 이름을 부르면 나는 준비를 마치고 기다리다가 바로 집 밖으로 달려 나갔다. 나는 일주일에 두 번 정도 선생님과 하는 과외수업을 좋아했다. 수업이 끝나면 올리비에로 선생님은 우리에게 하트 모양의 마른 비스킷과 탄산음료를 주시곤 했다.

릴라는 단 한 번도 수업에 오지 못했다. 그녀의 부모님은 선생님에게 따로 수업료를 낼 수 없다고 했다. 하지만 그때는 이미 우리가 아주 가까워진 후였기 때문에 자신은 시험을 볼 것이며 나와 함께 중학교에 다니게 될 것이라고 했다.

"교과서는?"

"네가 빌려주면 되지."

돈 아킬레가 준 돈으로는 『작은 아씨들』을 샀다. 릴라는 이미 『작은 아씨들』을 읽었지만 너무나 마음에 들었기 때문에 그 책을 사기로 했다. 우리가 4학년 때, 올리비에로 선생님은 성적이 가장 좋은 학생들에게 읽을 만한 소설들을 빌려주셨다. 그때 릴라가 받은 책이 바로 『작은 아씨들』이었다. 선생님은 릴라에게 그 책을 빌려주면서 말했다.

"이 책은 어른들을 위한 책이지만 너는 읽을 수 있을 게다."

내게는 『사랑의 학교』란 책을 주셨는데 나를 위해 그 책을 고른 이유 따윈 설명해주지 않으셨다. 릴라는 『작은 아씨들』과 『사랑의 학교』를 단숨에 읽어버렸다. 그러고는 『작은 아씨들』이 비교할 수 없이 더 좋다고 했다. 나는 정해진 기간에 『사랑의 학교』도 겨우겨우 읽은 터라 『작은 아씨들』은 읽어보지 못했다. 나는 더디게 책을 읽는 편이었고 지금까지도 그렇다. 선생님께 책을 돌려주면서 릴라는 이제 『작은 아씨들』을 읽을 수 없다는 사실과 그 책을 아직 읽지 못한 나와 책에 대한 대화를 나눌 수 없다는 사실을 아쉬워했다.

그러던 어느 날 아침, 릴라는 큰 결심을 하고 나를 찾아와 집 밖에서 내 이름을 불렀다. 우리는 돈 아킬레가 준 돈을 넣어둔 철통을 묻어놓은 저수지로 함께 가서 돈을 꺼내들고 욜란다 아주머니의 문구점을 찾아갔다. 욜란다 아주머니는 문구점 쇼윈도에 언제부턴지 알 수 없는 오랜 옛날부터 『작은 아씨들』을 진열해놓았다. 어찌나 오랫동안 진열되어 있었는지 종이가 햇빛에 누렇게 바래 있었다.

가져간 돈이 그 책을 사기에 충분한지 묻자 다행히 그렇다고 했다. 릴라와 내가 책의 공동소유주가 된 뒤 『작은 아씨들』을 읽기 위해 뜰에서 만나는 일이 우리의 일상이 되었다. 우리는 나란히 앉아서 그 책을 눈으로 읽기도 하고 때로는 큰 소리로 읽기도 했다. 몇 달 동안 어찌나 많이 읽었는지 책은 이내 너덜너덜해졌다. 책등이 뜯어지고 실이 풀어지기 시작했다. 책장도 나달나달해졌다. 하지만 그 책은 우리의 책이었고 릴라와 나는 그 책을 너무나 사랑했다. 책 지킴이 역할은 내가 맡았다. 릴라가 자신의 집에 그 책을 두고 싶어 하지 않았기 때문에 나는 『작은 아씨들』을 우리 집 책꽂이의 교과서 사이에 꽂아두었다. 릴라의 아버지는 릴라가 책을 읽는 것만 봐도 화를 냈다.

리노는 그런 릴라를 보호해주었다. 중학교 입학시험 문제를 결정할 때도 리노와 그의 아버지는 다툼을 벌였다. 그때 리노는 열여섯 살쯤이었던 것으로 기억한다.

리노는 몹시 신경질적인 소년이었는데 바로 그 무렵 자신의 임금 문제로 아버지를 상대로 투쟁하기 시작했다. 리노는 새벽 6시에 일어나 구둣방으로 출근해서 저녁 8시까지 일하니 자신에게도 합당한 임금을 달라고 주장했다. 이런 리노의 주장에 그의 아버지와 어머니는 모두 경악을 금치 못했다. 몸뚱이를 눕힐 침대가 있고 삼시 세끼 걱정할 필요가 없는데 대체 왜 돈이 필요하단 말인가. 그의 의무는 가족을 돕는 것이지 가난하게 만드는 것이 아니었다. 하지만 리노는 포기하지 않았다. 그는 자신도 아버지와 똑같이 힘들게 일하는데 돈 한 푼 받지 못하는 것은 합당하지 않은 일이라고 생각했다.

페르난도 아저씨는 인내심을 가지고 리노에게 말했다.

"얘야, 난 네게 이미 임금을 지급하고 있단다. 기술을 가르쳐주는 것만으로도 후한 임금이라고 생각해야 해. 조금만 더 배우면 너 혼자서 굽도 수선하고 테두리도 수선하고 밑창도 수선할 수 있게 될 거야. 난 내가 아는 모든 것을 네게 알려주고 있어. 조금만 있으면 혼자서 처음부터 끝까지 정석대로 신발을 만들 수 있게 될 게다."

그렇지만 이런 식의 임금 지급 방식으로는 리노를 설득하지 못해 아버지와 아들은 저녁 식사를 하면서 언제나 이 문제로 실랑이를 벌이곤 했다. 그들의 싸움은 언제나 돈 문제로 시작해서 릴라 문제로 끝을 맺었다.

"아버지가 월급을 주면 제가 릴라를 공부시킬게요."

리노가 말했다.

"공부? 내가 공부를 한 적이 있니?"

"아니요."

"그럼 너는 공부를 했냐?"

"아니요."

"그런데 여자인 네 동생은 왜 공부를 시켜야 한단 말이냐?"

이들의 다툼은 늘 아버지에게 버릇없게 행동했다는 이유로 리노가 뺨을 얻어맞으면서 끝이 났고 그럴 때마다 리노는 눈물 한 방울 보이지 않고 마지못해 아버지에게 죄송하다고 했다.

릴라는 아버지와 오빠의 싸움을 말없이 지켜보았다. 내게 특별히 이야기한 적은 없지만 어머니를 진심으로, 마음속 깊은 곳에서부터 증오했던 나와는 달리 릴라는 아버지에 대한 불만이 전혀 없는 것 같았다. 그녀는 자신의 아버지가 언제나 친절하고 계산을 해야 할 일이 있으면 자신에게 부탁한다고 했다. 딸아이가 동네에서 가장 똑똑한 아이라고 아버지 친구들에게 자랑하는 것을 들은 적도 있다고 했다. 또 릴라의 성명축일에는 직접 그녀에게 따뜻한 코코아를 만들어서 비스킷 네 조각을 곁들여 침대로 가져다준다고 했다. 그렇지만 페르난도 아저씨의 기준으로 릴라는 공부할 필요가 없었다. 사실 릴라에게 공부를 시키는 것은 경제적으로 불가능한 일이기도 했다.

체룰로네는 식구가 많았는데 모두 구둣방 하나만 바라보고 있었다. 미혼인 페르난도 아저씨의 두 여동생과 눈치아 아주머니의 부모님들까지도 그랬다. 아저씨에게 릴라의 공부에 대해 이야기하는 것은 벽에 대고 이야기하는 것과 다를 바 없었고 그것은 눈치아 아주머니도 마찬가지였다. 오빠인 리노만이 의견이 달랐고 용기 있게 아버지에게 맞섰다.

릴라는 믿을 구석도 없는데 리노가 결국은 아버지를 설득해낼 것이라는 확신에 차 있었다. 릴라는 리노가 아버지에게서 임금을 받아내 그 돈으로 자신을 학교에 보내줄 것이라는 사실을 믿어 의심치 않았다.

"수업료를 내야 한다면 리노 오빠가 내줄 거야."

릴라가 내게 설명했다.

릴라는 리노가 수업료뿐 아니라 교과서며 펜, 필통, 색연필, 세계지도, 앞치마, 리본을 살 돈도 모두 줄 거라고 생각했다. 릴라는 오빠를 진심으로 좋아했다. 릴라는 공부를 마치면 오빠를 동네에서 제일 가는 부자로 만들어주기 위해 돈을 아주 많이 벌 것이라고 나에게 말했다.

초등학교 마지막 학년을 다닐 때 우리의 관심은 부자가 되는 것에 꽂혀 있었다. 소설에 언제나 보물 찾는 이야기가 나오듯이 우리는 매일같이 부자가 되면 할 수 있는 일들에 대해서 이야기했다. 우리는 '부'라는 것이 보물 상자 속에 담겨서 동네 어딘가에 숨겨져 있을 거라고 생각했다. 눈부신 광채를 뿜어내며 상자가 열릴 순간까지 말이다.

이유는 기억나지 않지만 그러다 언젠가부터 생각이 바뀌어서 돈을 공부와 연결해 생각하기 시작했다. 우리는 공부를 열심히 하면 책을 쓸 수 있고 책이 팔리면 부자가 될 수 있을 것이라고 생각했다. 부가 수많은 상자에 담긴 빛나는 금화 같은 것이라는 생각에는 변함이 없었지만 그 보물 상자들이 있는 곳까지 가기 위해서는 공부를 열심히 해서 책을 쓰면 된다고 생각했다.

"우리 함께 책을 쓰기로 하자."

언젠가 릴라가 내게 이렇게 말했을 때 나는 진심으로 기뻤다.

릴라가 그렇게 생각하기 시작한 것은 『작은 아씨들』의 저자가 돈을 아주 많이 벌어 일부를 가족들에게도 나누어줬다는 사실을 알고부터였던 것 같지만 실은 그조차도 확실하지는 않다. 나는 릴라의 제안에 대해 잘 생각해보고는 중학교 입학시험만 끝나면 바로 책을 쓰기 시작하자고 했다. 릴라도 이에 동의했지만 그때까지 기다리지 않았다. 질리올라와 함께 담임선생님에게 오후 과외수업까지 받느라고 공부할 것이 많았던 나에 비해 릴라는 자유시간이 많았다. 릴라는 나 없이 혼자서 소설을 쓰기 시작했다.

릴라가 내게 소설을 가져와 읽어보라고 내밀었을 때, 사실 나는 기분이 조금 상했다. 그러나 내색하지 않고 실망감을 감추고 되레 호들갑을 떨었다.

릴라가 내민 것은 네모난 칸이 그려진 열 장 남짓한 종이를 잘 접어서 재단용 바늘로 고정시킨 종이 뭉치였다. 색연필로 그림을 그린 겉표지도 있었다. 그 소설의 제목도 기억한다. 『푸른 요정』이었다. 아, 얼마나 열정적인 이야기였던가. 어려운 단어도 수없이 많았다. 나는 릴라에게 이 책을 선생님께 보여드려야 한다고 말했다. 릴라는 내키지 않아 했지만 내가 직접 선생님께 보여드리겠노라고 했다.

릴라는 못내 망설이며 고개를 끄덕였다.

나는 올리비에로 선생님 댁에 수업을 받으러 가서 질리올라가 화장실에 간 틈을 타 선생님 눈앞에 『푸른 요정』을 들이밀었다. 릴라가 쓴 아름다운 소설이라고 설명하면서 릴라가 선생님께 보여드리고 싶어 한다고 덧붙였다. 그런데 지난 5년간 못된 짓거리를 할 때 빼고는 릴라가 하는 일이라면 무엇이든지 좋아했던 선생님이 이번만큼은 차갑게 대답했다.

"체룰로에게 이럴 시간이 있으면 시험공부나 하라고 전해주렴."

선생님은 릴라의 소설을 받아들기는 했지만 눈길 한 번 주지 않고 그대로 탁자 위에 올려놓았다. 나는 선생님의 태도에 당황했다. 대체 무슨 일이지? 릴라의 어머니 때문에 화가 나신 걸까? 어머니 때문에 릴라까지 미워진 걸까? 릴라네 부모님이 수업료를 주지 않아서 기분이 상하신 걸까?

나는 도무지 이해할 수 없었다. 며칠이 지난 다음 나는 조심스럽게 선생님께 『푸른 요정』을 읽어보셨는지 물어보았다. 선생님은 평소와는 다른 우울한 목소리로, 마치 나와 선생님만이 서로를 이해할 수 있다는 투로 말했다.

"그레코, 얘야. 너 천민이 무슨 뜻인 줄 알고 있니?"

"네, 천민이오? 그라쿠스 형제에 대해서 공부할 때 배웠어요. 천민들의 호민관 제도를 배울 때요."

"천민은 좋지 않은 것이란다."

"네."

"천민의 신분에서 벗어나려는 의지가 없으면 본인뿐 아니라 자식들도, 자식의 아이들도 천민으로 남는 거란다. 그러니 체룰로는 내버려두고 네 생각이나 하렴."

그 후에도 올리비에로 선생님은 단 한 번도 『푸른 요정』에 대한 이야기를 꺼내지 않았다. 릴라는 한두 번 정도 내게 소식을 묻다 결국 포기했다. 릴라는 우울한 목소리로 말했다.

"시간이 조금만 생기면 다른 소설을 쓸 거야. 그 소설은 별로였어."

"난 훌륭하다고 생각하는데."

"아니, 형편없었어."

하지만 그 일이 있고 나서부터 릴라는 눈에 띄게 학급에서 활기를 잃었다. 아마도 담임선생님이 예전처럼 그녀를 칭찬하지 않았고, 가끔은 지나치게 특출난 릴라를 성가셔했기 때문인지도 모르겠다. 그런데도 학년 말 경합에서 그녀는 가장 뛰어난 실력을 보였다. 물론 오만함에 가까운 예전의 의기양양한 모습은 없어졌다. 경합이 거의 끝나갈 무렵, 교장선생님은 마지막으로 살아남은 경쟁자들, 그러니까 릴라와 질리올라와 나에게 교장선생님이 직접 만든 가장 어려운 문제를 내놓았다. 질리올라와 나는 낑낑대며 문제를 풀어보려 했지만 불가능했다. 릴라는 언제나처럼 두 눈을 가늘게 뜨고 문제에 도전했다. 릴라는 마지막까지 문제를 풀어보려다가 평소와는 다른 수줍은 목소리로 문제에 오류가 있어서 풀지 못하겠다고 했다. 하지만 그 오류가 정확하게 무엇인지는 자신도 잘 모르겠다고 했다.

올리비에로 선생님이 기다렸다는 듯이 릴라를 몰아세웠다. 창백한 얼굴로 분필을 들고 칠판 앞에 서서 선생님의 악의에 찬 공격을 받고 있는 릴라의 모습은 연약해 보였다. 릴라의 고통은 내게 고스란히 전해져왔다. 나는 릴라의 아랫입술이 떨리는 것을 참을 수 없는 심정으로 바라보았다. 당장이라도 울음이 터질 것만 같았다.

"문제를 풀 수 없으면 문제가 틀렸다고 할 것이 아니라 그 문제를 못 풀겠다고 해야지."

마지막으로 담임선생님이 차갑게 말했다.

교장선생님은 아무 말도 하지 않았고 내가 기억하기로는 그날 수업은 그렇게 끝났다.

16

초등학교 졸업시험을 앞둔 어느 날, 릴라는 내게 나 혼자서는 도저히 실행에 옮길 만한 용기를 내지 못했을 또 하나의 일을 제안했다. 학교 수업을 하루 빼먹고 동네 밖으로 나가보자는 것이다. 그런 일은 한 번도 해본 적이 없었다. 기억이 닿는 한, 나는 4층 정도 높이의 하얀색 건물들과 뜰, 교구, 동네 공원의 범주를 벗어난 적이 한 번도 없었고 그렇게 하고 싶은 욕구를 느껴본 적도 없었다. 들판 너머로는 기차며 자동차, 트럭들이 쉴 새 없이 지나다녔지만 단 한 번도 아버지나 선생님이나 나 자신에게조차 대체 저 많은 자동차며, 트럭, 기차들은 어떤 도시, 어떤 세계를 향해 가는 것인지 물어본 적도 없었다. 릴라도 그때까지는 바깥 세상에 특별한 관심을 나타내지 않았었는데 그날만은 모든 것을 혼자 계획했다.

릴라는 내게 어머니에게는 방과 후에 학기 말 파티를 하러 모두 함께 선생님 댁에 가기로 했다고 이야기하라고 했다. 나는 이때까지 선생님이 자기 집에 학생들을 모두 초대한 적은 한 번도 없었다는 사실을 일깨워주려 했지만 릴라는 너무나 특별한 일이라 우리 부모님 가운데 누구도 학교까지 찾아와 사실 여부를 확인하지 않을 것이라고 했다.

나는 언제나 그랬듯이 릴라의 말을 믿었다. 일은 정확하게 그녀가 말한 대로 진행되었다. 우리 집에서는 아버지와 동생들뿐 아니라 어머니까지도 내 말을 믿었다.

전날 밤 나는 잠을 이룰 수 없었다. 동네 밖에는 무엇이 있을까. 우리가 잘 아는 그 경계선 너머에는 무엇이 있는 것일까. 동네 뒤편에는 나무가 무성한 낮은 언덕이 펼쳐져 있었고 불을 밝힌 선로를 따라서는 간간이 건물들이 서 있었다. 동네 앞쪽에는 찻길 너머로 저수지를 따라 구멍이 파인 울퉁불퉁한 좁은 길이 길게 뻗어 있었다. 현관문을 나서서 걸어가다보면 오른편에는 드넓은 하늘 아래 나무 한 그루 없는 들판이 길게 펼쳐졌고 왼편에는 입구가 세 개인 터널이 있었다. 철로가 보이는 역사까지 기어 올라가서 날씨가 좋을 때 먼 곳을 바라보면 나지막한 건물들과 석회암으로 만든 벽, 무성한 식물들 너머로 높고 낮은 두 봉우리가 있는 푸르른 산이 보였는데 이 산의 이름은 베수비오 화산이었다.

하지만 언덕만 올라가도 볼 수 있거나 매일같이 눈앞에 펼쳐지는 이런 풍경은 우리를 흥분시키지 못했다. 우리는 학교에서 한 번도 보지 못한 것들에 대해서도 자신 있게 말하는 법을 배웠다. 미지의 영역에 대한 상상은 우리를 흥분케 했다. 릴라는 베수비오 화산 방향에 바다가 있다고 말했다. 바닷가에 가본 적이 있는 리노는 릴라에게 햇빛에 반짝이는 푸른 바다가 너무나 아름다웠다고 했다.

리노는 일요일이면 친구들과 함께 바닷가로 수영하러 가곤 했다. 보통은 여름에 갔지만 가끔은 겨울에 가기도 했다. 리노는 릴라에게 언젠가는 그녀를 바다에 데려가주겠다고 약속했다. 당연한 이야기지만 우리 동네에서 바다를 본 사람이 리노만은 아니었다. 다른 사람들도 이미 바다를 보았다. 언젠가 니노와 그의 동생 마리사는 특별할 것 없다는 투로 가끔 해산물과 타랄로 비스킷을 먹으러 바닷가에 간다고 했다. 질리올라도 벌써 바닷가에 다녀온 적이 있었다. 질리올라, 니노, 마리사는 동네 공원 말고 더 먼 곳까지 아이들을 데려가주는 부모님한테서 태어난 행운아들이었다.

우리 부모님은 그렇지 않았다. 그럴 시간도 없고 돈도 없고 의지도 없었다. 어머니는 아픈 다리에 모래찜질을 하기 위해서 내가 아주 어렸을 때 나를 바다로 데려간 적이 있다고 했다. 사실 아주 희미하게 바다의 푸른빛이 기억날 것 같기도 했다. 하지만 나는 어머니의 말을 크게 신뢰하지 않았다. 릴라가 자기는 바다를 본 적이 한 번도 없다고 했을 때 그냥 나도 그렇다고 했다. 릴라는 리노처럼 바다까지 혼자 걸어가기로 결정했고 나에게 자기와 함께 가자고 했다. 그날이 바로 내일이었다.

나는 아침 일찍 일어나 평상시 학교에 가는 것처럼 준비를 마쳤다. 나는 따뜻한 우유에 빵을 적셔먹고 가방과 앞치마를 챙겼다. 언제나처럼 현관 앞에서 릴라를 기다렸다가 평소와 같이 오른편으로 향하지 않고 길을 건너 터널을 향해 왼쪽 길로 걸어갔다. 이른 아침이었는데도 날씨는 이미 더웠다. 햇볕에 바짝 마른 풀과 흙냄새가 아주 강했다. 우리는 커다란 관목 사이를 지나 선로 쪽으로 이어지는 낯선 샛길로 들어섰다. 전봇대에 다다르자 앞치마를 벗어 가방에 넣고 수풀 가운데 숨겼다. 그런 다음 익숙한 들판을 향해 달려갔다. 릴라와 나는 한껏 흥분해서 터널로 이어지는 내리막길을 날 듯 뛰어 내려갔다.

터널 맨 오른쪽 입구는 암흑에 싸여 있었다. 그때까지 그렇게 어두운 곳으로 들어간 적이 한 번도 없었다. 우리는 손을 잡고 걸었다. 터널은 한없이 길었고 반대편 끝에 보이는 빛나는 둥근 출구는 한없이 멀게 느껴졌다.

어둠에 익숙해지자 큰 소리로 울려 퍼지는 발소리와 함께 벽을 타고 흘러내리는 은빛 물줄기와 물웅덩이들이 눈에 들어왔다. 우리는 잔뜩 긴장한 상태로 계속 앞으로 나아갔다.

릴라가 갑자기 고함을 질렀다. 크게 울려 퍼지는 자신의 소리를 듣고 웃었다. 우리는 함께 또는 각각 소리를 질러대기 시작했다. 소리가 울리는 것이 신기해 웃고 소리치고, 소리치고 웃었다. 긴장이 풀렸다. 그렇게 우리의 진짜 여행이 시작되었다.

아직 남은 시간은 많았고 가족 중 누구도 우리를 찾지 않을 것이다. 자유의 기쁨에 대해서 생각할 때면 나는 항상 그날 여행의 전반부를 생각한다. 터널에서 나온 순간과 끝없이 펼쳐진 곧은 길을 마주했을 때의 그 느낌. 리노는 그 길의 끝에 바다가 있을 것이라고 했다. 나는 미지에 노출된 듯한 그 느낌을 즐겼다. 그때의 느낌은 지하실로 내려가는 계단이나 돈 아킬레의 집으로 이어지는 계단을 오를 때의 느낌과는 비교할 수 없는 것이었다.

그날 태양은 잔뜩 낀 구름 위에 떠올랐고 어디선가 강한 탄내가 났다. 우리는 잡초가 무성하게 자라는 무너져내린 담벼락을 따라서 사투리로 이야기하는 소리와 뭔가가 쨍그랑거리는 소리가 간간이 흘러나오는 낮은 건물들을 따라 걸음을 옮겼다.

가는 길에 우리는 조심스럽게 제방에서 내려와 힝힝거리며 길을 건너는 말을 보았다. 발코니에 나와 참빗으로 머리를 빗는 젊은 여자도 보았다. 또 한 무리의 괴물 같은 아이들도 보았는데 이들은 놀이를 멈추고 우리를 위협적으로 바라보았다. 폐허에서 튀어나온 셔츠 바람의 뚱뚱한 남자와도 마주쳤다. 그는 바지를 내리고는 자신의 물건을 우리에게 보여주었다. 그러나 우리는 그 어떤 광경도 두렵지 않았다.

엔초의 아버지가 허락해줘서 그의 말 돈 니콜라를 몇 번인가 만져보았기 때문에 말은 조금도 무섭지 않았다. 우리 구역의 사내아이들도 만만치 않게 위협적이었기 때문에 아이들의 시선도 두렵지 않았다. 우리 동네에서도 미미 영감이 학교에서 돌아갈 때마다 자신의 역겨운 물건을 보여주곤 했기 때문에 셔츠 바람 사내도 두렵지 않았다. 벌써 세 시간 넘게 길을 따라 걸어갔지만 그곳의 광경은 우리가 매일 마주하는 광경과 별다를 바가 없어보였다.

릴라가 있어서 내가 길을 잘 찾아야겠다는 생각은 들지 않았다. 우리는 손을 잡고 나란히 걸어갔지만 느낌으로는 릴라가 나보다 열 걸음은 더 앞서 나가는 것 같았다. 그녀는 항상 무엇을 해야 하고 어디로 가야 하는지 정확하게 알고 있는 것 같았다. 만년 2등이었던 나는 언제나 1등인 릴라라면 가는 법과 오가는 데 걸리는 시간, 바다까지 가는 길에 대한 모든 정보를 명확하게 파악하고 있을 것이라는 사실을 믿어 의심치 않았다.

릴라라면 온 세상이 머릿속에 말끔하게 정돈되어 있고 그 때문에라도 우리 주위를 둘러싼 세상이 엉망이 될 일은 없을 것이라고 생각했다. 기분 좋은 느낌에 나 자신을 맡기기로 했다.

나는 하늘이 아닌 땅속 깊은 곳에서 새어나오는 희미한 빛줄기를 본 것을 기억한다. 땅의 표면에서 보는 그 빛은 어딘가 빈곤하고 불결해보였다.

얼마 후 우리는 피로를 느끼기 시작했다. 목도 마르고 배도 고팠다. 미처 생각지 못한 일이었다. 릴라는 걷는 속도를 늦췄고 나 역시 그녀를 따라 속도를 늦췄다. 내게 못된 장난을 치려다가 후회하는 것 같은 표정으로 나를 바라보는 릴라의 시선과 두세 번 마주쳤다. 대체 무슨 일이지? 나는 릴라가 너무 자주 뒤쪽을 바라보고 있다는 사실을 깨닫고 나도 덩달아 뒤를 돌아보았다.

릴라의 손에서 땀이 나기 시작했다. 등 뒤에서 우리 동네와의 경계선인 터널의 모습이 자취를 감춘 것은 이미 한참 전의 일이었다. 우리는 이미 익숙하지 않은 길에 들어섰고 우리 앞에 펼쳐진 길도 마찬가지였다. 주변 사람들은 우리에게 신경조차 쓰지 않았다.

그 주변 풍경이 점점 더 폐허에 가까워졌다. 우리 주위에는 찌그러진 물통이며 타다 남은 나뭇조각, 고철이 된 자동차들과 바퀴살이 빠진 수레바퀴, 반쯤 부서진 가구들이며 녹슨 고철 더미 따위가 널려 있었다.

릴라는 왜 자꾸만 뒤를 돌아보는 걸까? 왜 아무 말도 하지 않는 거지? 뭔가 잘못되고 있나?

나는 주변을 주의 깊게 살펴보았다. 아침에만 해도 높던 하늘이 한껏 땅과 가까워져 있었다. 등 뒤는 이미 어둑어둑했고 무겁고 커다란 구름이 나무와 가로등 위로 내려앉았다. 우리 앞에는 아직까지 밝은 햇빛이 내리쬐고 있었지만 그마저도 보랏빛에 가까운 잿빛 영역에 침범당해 조금씩 사라져가고 있었다.

먼 곳에서 천둥소리가 들려왔다. 나는 덜컥 겁이 났지만 천둥소리보다 더 나를 두렵게 한 것은 이제까지 한 번도 본 적 없는 릴라의 표정이었다. 릴라는 입을 벌리고 눈을 크게 뜨고 안절부절못하며 앞뒤좌우를 번갈아 봤다.

릴라가 내 손을 아주 세게 잡았다. 설마 릴라가 겁이 난 걸까? 대체 무슨 일이 일어나고 있는 거지?

이윽고 빗방울이 하나둘씩 내려와 먼지 위에 떨어졌다. 땅 위에 작은 갈색 얼룩들을 남겼다.

"돌아가자."

릴라가 말했다.

"바다는?"

"너무 멀어."

"집도 멀지 않아?"

"그렇지."

"그렇다면 바다에 가자."

"안 돼."

"왜?"

나는 릴라가 그렇게 흥분하는 것을 처음 보았다. 무엇인가 있었다. 그 무엇인가는 릴라의 혀끝에서 맴돌았지만 릴라는 차마 내게 이야기하지 못했다. 대신 그녀는 나를 급히 집 쪽으로 잡아끌었다.

나는 도무지 이해할 수 없었다. 대체 왜 계속해서 바다로 가지 못한단 말인가? 시간은 충분했고 바다까지는 얼마 남지 않은 데다가 비가 온다 해도 돌아가거나 앞으로 나아가거나 젖는 것은 마찬가지 아닌가.

이런 식의 논리 전개는 릴라에게서 배운 것인데 정작 그녀 자신이 이렇게 생각하지 않는다는 사실이 놀라웠다. 그때 보라색 섬광이 검은 하늘을 두 동강냈고 아까보다 훨씬 큰 천둥소리가 났다. 릴라는 나를 확 잡아당겼고 나는 마지못해 우리 동네 방향으로 달려가기 시작했다.

바람이 불고 빗줄기가 더 거세지더니 눈 깜짝할 사이에 폭포수 같은 물이 하늘에서 쏟아졌다. 둘 중 누구도 우선 몸을 피할 곳을 찾아야겠다는 생각을 하지 못했다. 우리는 거센 비에 한치 앞도 보이지 않는 상태에서 쫄딱 젖은 채 맨발에 신은 낡은 샌들로 이미 진흙탕이 되어버린 땅을 박차며 숨이 끊어지도록 달려갔다.

도저히 더는 달릴 수 없을 지경에 이르러서야 속도를 늦췄다. 천둥번개에 빗물이 용암처럼 길가에 흘러내리고 있었다. 커다란 트럭들은 굉음을 내며 진흙물로 파도를 만들며 빠르게 달리고 있었다. 우리는 요동치는 가슴을 안고 걸음을 재촉하며 길을 걸었다. 처음에는 장대비가 쏟아지다가 잠시 뒤에는 빗줄기가 가늘어졌고 나중에는 흐린 하늘만 남았다.

릴라와 나는 흠뻑 젖은 상태였고 머리카락이 머리에 착 달라붙어 있었다. 입술은 새파랗게 질려 있었고 눈빛은 겁에 질려 있었다. 그 상태로 다시 터널을 가로질러 들판 쪽으로 나왔다.

비에 젖은 관목에 몸이 스칠 때마다 추워서 소름이 돋았다. 우리는 가방을 찾아서 젖은 옷 위에 마른 앞치마를 입고 집 쪽으로 걸음을 재촉했다. 둘 다 잔뜩 긴장해서 땅만 바라보고 걸었다. 릴라는 내게 손을 내밀지 않았다.

우리는 계획대로 진행된 것이 아무것도 없다는 사실을 알게 되었다. 수업이 끝날 때쯤 하늘이 어두워지기 시작하자 어머니가 우산을 쓰고 나를 선생님의 파티에 데려다주기 위해 학교까지 온 것이었다. 나도 학교에 없고 선생님의 파티 따위는 애초부터 없었다는 사실을 알게 된 것이다.

어머니는 몇 시간 동안 나를 찾아다니고 있었다. 나는 멀리서 힘겹게 절뚝거리는 어머니의 모습을 보고 릴라에게까지 불똥이 튈까 봐 그녀를 내버려두고 어머니에게 달려갔다. 어머니는 내게 변명할 틈도 주지 않고 뺨을 때렸다. 한 번만 더 이런 짓을 하면 죽여버리겠다고 소리치며 우산으로 나를 두들겨 패기 시작했다.

릴라는 별문제 없었다. 그녀의 가족 중 누구도 이 일에 대해서 눈치채지 못했으니까.

그날 저녁 어머니는 아버지에게 모든 일을 일러바쳤다. 아버지에게 나를 때려주라고 했다. 아버지는 불편한 기색이 역력했다. 나를 때리고 싶지 않았던 것이다. 결국 그 일로 어머니와 아버지가 싸우고 말았다. 아버지는 어머니의 뺨을 때려놓고서는 자신에게 화가 나서는 결국 나도 때렸다.

그날 밤 나는 그날 일어난 일에 대해서 생각했다. 우리는 바다로 가야 했는데 가지 못했다. 나는 아무런 소득도 없이 얻어맞았다. 그 과정에서 릴라와 나의 사고방식이 뒤바뀌는 기묘한 일이 일어났다. 나는 비가 와도 계속해서 앞으로 나아갔을 것이다. 나는 익숙했던 모든 것에서 멀리 떨어진 느낌을 받았다. 처음으로 느껴본 그 거리감은 모든 걱정과 인간관계에서 나를 자유롭게 했다. 반면 릴라는 갑작스럽게 자신의 계획을 후회했으며 바다를 포기하고 우리 동네로 돌아가기를 바랐다. 나는 도무지 그 상황을 이해할 수 없었다.

다음 날 나는 릴라를 현관에서 기다리지 않고 혼자 등굣길에 나섰다. 우리는 공원에서 만났는데 팔에 든 멍을 본 릴라가 내게 무슨 일이 있었는지 물었다. 나는 어깨를 으쓱해보였다. 이미 지난 일이 아닌가.

"부모님이 널 때리기만 했어?"

"그럼 뭘 더 했어야 하는데?"

"그래도 라틴어 수업에는 계속 보내주시겠대?"

나는 의아한 눈빛으로 릴라를 바라보았다.

설마 그런 걸까? 릴라는 부모님이 벌로 내 중학교 진학을 취소하게 하려고 나를 꼬드긴 걸까? 아니면 정말로 내가 중학교에 가지 못할까봐 그렇게 서둘러서 나를 다시 데려온 걸까? 세월이 흘러 오늘에 와서야 나는 생각해본다. 사실 릴라는 때에 따라서 이 두 가지를 모두 원했던 것은 아니었을까.

17

우리는 함께 초등학교 졸업시험을 봤다. 내가 기어코 중학교 입학시험에 응시할 것이라는 사실을 알고 나서 릴라는 힘을 잃었다. 그렇게 해서 모두를 놀라게 한 결과가 나왔다. 나는 전 과목에서 10점 만점을 받았고 릴라는 8점을 받은 산수를 제외한 전 과목에서 9점을 받았다. 릴라는 내게 화를 내거나 불편한 기색을 드러내지 않았다. 대신 목수이자 도박꾼의 딸인 카르멜라 펠루소와 짝꿍이 됐다. 나 한 명으로는 충분치 않다는 듯이.

얼마 지나지 않아 우리는 삼총사가 되었지만 전교 1등인 내가 이 그룹 안에서는 언제나 3등이었다. 릴라와 카르멜라는 쉬지 않고 자기들끼리 이야기하고 장난을 쳤다. 더 정확히 말하자면 카르멜라에게 말을 걸고 장난을 치는 것은 릴라였고 카르멜라는 그저 웃고 재미있어할 뿐이었다. 셋이 함께 큰길가로 산책을 나갈 때면 릴라는 항상 가운데 있고 우리 둘은 그녀의 양 옆에 서서 걸었다. 나는 릴라가 카르멜라 쪽으로 몸을 더 가까이 할 때마다 고통스러웠고 당장 집으로 돌아가버리고 싶었다.

초등학교의 마지막 시기에 릴라는 내리쬐는 햇볕에 정신줄을 놓은 것처럼 얼빠진 듯 행동했다. 그해 날씨가 빨리 더워져서 자주 분수 물에 머리를 적시곤 했다. 나는 머리와 얼굴에서 물을 뚝뚝 흘리면서 다음 해 우리 모두가 함께 갈 중학교에 대해 쉬지 않고 이야기를 하던 릴라를 기억한다. 중학교 이야기는 그녀가 제일 좋아하는 이야깃거리였다. 그녀는 부자가 되기 위해 쓰기로 한 소설에 대해서 이야기할 때와 똑같은 태도로 중학교에 대해서 이야기했다. 이야기를 나눌 때면 언제나 카르멜라에게 우선순위를 두었다. 졸업시험에서 전 과목 7점을 받고 중학교 입학시험 따위는 치지도 않는 카르멜라에게 말이다.

릴라는 훌륭한 이야기꾼이었다. 그녀가 이야기를 하면 모든 것이 정말인 것처럼 느껴졌다. 우리가 다닐 학교며 선생님들 이야기를 듣다보면 재미있기도 했지만 걱정이 되기도 했다. 어느 날 아침 나는 참다못해 릴라의 이야기를 중단시켰다.

"릴라."

내가 말했다.

"너는 중학교에 갈 수 없어. 시험을 보지 않았잖아. 너도 카르멜라도 중학교에는 갈 수 없다고."

릴라는 화를 냈다. 시험을 봤든 보지 않았든 중학교에는 갈 거라고 했다.

"카르멜라도?"

"그럼."

"불가능한 일이야."

"두고 보라지."

하지만 그녀가 내 말에 마음이 흔들렸음은 분명했다. 그때부터 릴라는 미래의 학교생활에 대해서 이야기하지 않았고 다시 말이 없어졌다. 그러다가 갑작스럽게 결연한 태도로 자기도 나와 질리올라처럼 라틴어를 공부하고 싶다고 소리 지르며 식구들을 고문하기 시작했다.

그녀는 누구보다도 자신을 도와주기로 해놓고 약속을 지키지 못한 오빠에게 화를 냈다. 이젠 정말 어쩔 수 없는 일이라고 아무리 그녀에게 설명해도 소용이 없었다. 그 말을 들으면 그녀는 이성을 잃고 더 악랄해졌다.

그해 여름 초, 나는 말로 설명할 수 없을 만큼 감정적으로 힘이 들었다. 릴라는 원래 그랬듯이 신경질적이고 공격적인 아이로 되돌아왔다. 나는 이런 모습이 원래의 릴라 모습처럼 느껴졌기 때문에 안심했다. 하지만 예전과 같은 그녀의 태도 이면에 고통스러운 그 무엇인가가 있다는 것을 느낄 수 있었고 그 사실은 나를 힘들게 했다.

릴라는 고통받고 있었고 나는 그녀의 고통을 원치 않았다. 나는 릴라가 나와는 달리 근심걱정과는 멀리 동떨어져 있을 때가 더 좋았다. 그녀의 약한 면을 감지함으로써 생긴 불편한 감정은 나의 우월함을 과시하고자 하는 욕망으로 비밀스럽게 변질되었다. 기회가 있을 때마다, 특히 카르멜라가 우리와 함께 있을 때를 골라 나는 조심스레 내 성적이 릴라보다 우수하다는 사실을 일깨워주곤 했다. 기회가 있을 때마다 조심스럽게 나는 중학교에 진급하지만 릴라는 그렇지 못할 것이라는 사실을 일러주었다. 처음으로 2등의 자리에 머무르지 않고 릴라를 앞질렀다는 사실은 내게 큰 자랑이었다. 릴라도 이런 내 태도를 눈치챘을 것이다. 그럴 때마다 그녀는 점점 더 까칠해졌는데 그 대상은 내가 아닌 그녀의 가족이었다.

그 무렵 뜰에서 릴라를 기다리다가 창문으로 흘러나오는 그녀의 고함소리를 듣는 일이 잦아졌다. 릴라는 길바닥에서도 듣기 힘든 험한 사투리로 가족들에게 비난을 쏟아부었다. 그 표현이 어찌나 거친지 그 말을 듣고 있으면 나라도 릴라에게 부모님을 존중하라고 한마디 해주고 싶을 정도였다.

나는 릴라가 어른들을 그런 식으로 취급하는 것은 부당하다고 생각했다. 그녀의 오빠를 포함해서 말이다. 물론 릴라의 아버지인 구둣방 페르난도 아저씨도 화가 나면 5분 정도 험악하게 구는 것이 사실이었다. 하지만 화를 내지 않는 아버지가 세상 어디에 있겠는가. 페르난도 아저씨는 릴라가 도발하지만 않으면 친절하고 호감 가는 사람이었고 성실한 일꾼이기도 했다. 그의 얼굴은 랜돌프 스콧이라는 영화배우를 떠오르게 했다. 물론 랜돌프 스콧의 곱상함은 눈을 씻고 찾아봐도 찾을 수 없었지만 말이다.

아저씨의 얼굴은 투박하고 칙칙했으며 덥수룩한 수염은 눈 밑부터 자라나고 있었다. 그의 손은 넓적하고 짤막했는데 손톱 밑과 주름 사이에는 때가 끼어 있었다.

아저씨는 장난도 곧잘 했다. 릴라네 집에 놀러 가면 검지와 중지로 내 코를 잡고 얼굴에서 떼어내는 시늉을 하곤 했다. 아저씨는 내게서 코를 훔쳤다가 손에 붙잡힌 코가 제자리로 돌아가기 위해서 아저씨의 손에서 도망치려 하는 시늉을 했고 나는 그 장난이 몹시 재미있었다. 그런 페르난도 아저씨도 리노나 릴라나 다른 아이들이 성질을 돋우면 바깥에서 듣고만 있어도 겁이 날 정도로 화를 냈다.

그날 저녁 무슨 일이 일어났는지는 모르겠다. 날씨가 더울 때면 동네 아이들은 저녁 식사시간까지 밖에서 놀곤 했다. 그날은 릴라가 보이지 않아서 나는 1층에 사는 릴라네 창문 아래로 그녀를 부르러 갔다. 나는 "리! 리! 리!"라고 그녀를 큰 소리로 불렀는데 내 소리는 엄청나게 큰 페르난도 아저씨의 고함소리와 그보다는 작은 아주머니 소리, 내 친구의 고집스러운 목소리와 화음을 이뤘다.

나는 몸이 떨릴 정도로 심각한 일이 일어나고 있음을 직감했다. 창문에서는 듣기 싫은 나폴리 사투리와 함께 물건이 부숴지는 소리가 났다. 언뜻 듣기에는 우리 집에서 어머니가 돈이 부족하다고 화를 내고 아버지가 어머니에게 준 월급의 일부분을 벌써 다 써버린 것에 대해 성질낼 때의 상황과 별반 다를 것이 없어보였다. 하지만 사실 우리 집에서 일어나는 일상적인 상황과는 근본적으로 차이가 있었다.

우리 아버지는 정말 화가 많이 났을 때조차도 자제력을 잃지 않았다. 침묵 속에서 폭력적인 모습을 보이기는 했지만 소리가 터져 나오는 것만은 어떻게든 참아냈다. 고함칠 때와 똑같이 목은 핏줄이 터질 듯이 부어오르고 눈에는 핏발이 섰지만. 반면 페르난도 아저씨는 고함을 지르고 물건을 때려 부쉈다. 그러다보면 분노가 더욱 커져갔고 멈출 수 없는 지경에까지 이르렀다. 아내가 말리려고 하면 할수록 아저씨의 분노는 더 커져만 갔다.

애당초 눈치아 아주머니 때문에 화가 난 것이 아닌데도 아주머니에게 손찌검을 하고 말았다. 나는 릴라를 고함소리와 욕설이 난무하는 그 암울한 환경에서 빠져나오게 하려고 계속해서 그녀의 이름을 불렀다.

"리! 리! 리!"

릴라는 아버지에게 비난을 멈추지 않았다.

우리는 그때 열 살이었고 얼마 안 있어 열한 번째 생일을 앞두고 있었다. 내 몸은 점점 살이 올랐지만 릴라는 아직까지도 작고 깡마른 아이였다. 그녀의 몸은 가볍고 섬세했다.

갑자기 고함소리가 멈췄다. 잠시 후 내 친구는 창문에서 날아올라 내 머리 위를 지나 등 뒤 아스팔트 바닥으로 떨어졌다. 나는 놀라서 입을 다물지 못했다. 그 와중에도 페르난도 아저씨는 창가로 다가와 딸에게 험악한 욕설을 퍼부었다. 아저씨는 릴라를 물건 던지듯 창문 밖으로 내던져버린 것이다.

나는 그런 상황을 즐기는 듯한 표정을 짓고 몸을 일으키려고 애쓰는 릴라를 넋을 잃고 바라보았다.

"하나도 안 아파."

말은 그렇게 했지만 릴라는 피를 흘리고 있었다. 한쪽 팔이 부러져버린 것이다.

18

아버지라면 오만방자한 딸들에게 무슨 짓이라도 할 수 있던 때였다. 하지만 그 일이 일어난 후 페르난도 아저씨는 평소보다 더 침울해졌고 평소보다 더 열심히 일에 열중했다. 그해 여름 카르멜라와 릴라와 함께 페르난도 아저씨네 구둣방 앞을 지나갈 때면 리노는 언제나 우리에게 명랑하게 인사했지만, 아저씨는 릴라가 팔의 깁스를 풀 때까지 그녀를 쳐다보지도 않았다. 아저씨가 마음 아파하고 있다는 것이 느껴졌다.

아버지의 폭력은 동네에 널리 퍼져 있는 폭력의 수위에 비하면 아무것도 아니었다. 솔라라네 주점에서는 도박판의 열기와 돈을 잃은 분노와 머리가 지끈대는 취기 때문에 절망에 빠진 인간들이 몽둥이를 들고 싸움판을 벌이는 일이 종종 일어났다. 나폴리에서 절망이란 희망을 잃어버린 상태를 뜻하거나 땡전 한 푼 남지 않은 상태를 뜻한다. 뚱뚱한 몸집에 푸른 눈, 넓은 이마와 인상적으로 배가 튀어나온 주점 주인 실비오 솔라라는 카운터 뒤 구석에 짙은 색 몽둥이를 구비해놓고 있었다. 그는 술값을 내지 않거나 빌린 돈을 정해진 기한 내에 갚지 않거나 그와 비슷한 계약을 했는데 약속을 지키지 않으면 조금의 망설임도 없이 몽둥이로 내리쳤다.

그는 종종 두 아들 마르첼로와 미켈레의 도움을 받았다. 그들은 릴라네 오빠와 동갑이었지만 아버지보다 더 모질었다. 솔라라네 주점에서 사내들은 서로 몽둥이 세례를 주고받았다. 사람들은 도박에 돈을 잃고, 술에 취하고, 빚과 대출기간에 시달리고 뭇매에 까칠해질 대로 까칠해져서 집으로 돌아갔고 한마디라도 듣기 싫은 말을 들으면 가족들을 때리기 시작했다. 잘못된 일이 다른 잘못된 일을 낳는 악순환이 반복되었다.

그해 긴 여름이 가기 전에 동네 사람을 충격에 빠뜨린 사건이 일어났다. 특히 릴라는 그 사건에 큰 영향을 받았다. 사건은 바로 돈 아킬레가, 그 악명 높은 돈 아킬레가 비가 쏟아지던 8월의 어느 날 오후 자신의 집에서 살해를 당한 것이다.

사건은 돈 아킬레의 부엌에서 일어났다. 그는 비가 와서 시원해진 바깥 공기를 쐬려고 창문을 열었다. 낮잠을 자다 창문을 열기 위해 침대에서 일어난 것이다. 돈 아킬레는 아주 낡은 하늘색 파자마를 입고 있었고 발뒤꿈치 부분은 새까만 때가 낀 누르스름한 양말을 신고 있었다. 창문을 여는 순간 빗줄기가 그의 얼굴을 때렸고 그와 동시에 누군가가 단검을 돈 아킬레의 오른쪽 목, 정확하게 말하면 턱과 쇄골 사이에 찔러 넣었다.

그의 목에서 피가 뿜어져 나와 벽에 걸린 구리 냄비에 튀었다. 릴라의 표현에 따르면 구리 냄비가 어찌나 반짝이는지 냄비에 묻은 피가 잉크 자국처럼 보였다고 했다. 그 피가 검은 선을 그리며 잉크 자국처럼 천천히 흘러내렸다고 했다. 돈 아킬레를 죽인 사람은 여자라고 확신했다. 살인자는 꼬맹이들과 어린아이들이 밖에 있고 어른들은 일하거나 쉬고 있을 시간을 골라 조용히 집 안에 들어갔던 것 같다. 살인자는 아마도 복제한 열쇠로 문을 열었을 것이다. 원래는 돈 아킬레가 잠든 틈을 타 심장을 찌르려고 했지만 그가 깨어 있는 바람에 목을 찌른 것이다. 돈 아킬레는 목에 칼이 박힌 채 뒤를 돌아보았다. 그의 눈은 크게 열려 있었고 피는 강물처럼 흘러나와 파자마 위로 흘러내렸다. 그는 곧바로 무릎을 꿇고 얼굴을 땅에 박으며 쓰러졌다.

릴라는 그 살인사건이 인상 깊었는지 매일 새로운 디테일을 하나씩 더해가며 진지한 얼굴로 이야기를 들려주었다. 직접 현장에 있었던 것처럼 실감나게 이야기했기 때문에 나와 카르멜라는 릴라의 이야기를 들으며 두려움에 떨었다. 카르멜라는 너무나 겁에 질린 나머지 밤에 잠을 이루지 못했다. 이야기가 가장 끔찍한 순간에 이르면, 그러니까 구리 냄비에 피가 흘러내리는 장면에 이르면 릴라의 두 눈은 가늘고 사납게 변했다. 살인자를 여자로 상상한 것도 몰입하기가 더 쉬웠기 때문이었을 것이다.

당시 우리는 종종 카르멜라네 집에서 장기를 두거나 빙고놀이를 하곤 했다. 릴라가 갑자기 게임에 빠졌기 때문이다. 카르멜라의 어머니는 우리에게 식당을 내주었다. 식당의 모든 가구는 돈 아킬레에게 공구와 목공소를 빼앗기기 전 알프레도 아저씨가 직접 만든 것들이었다. 우리는 거울이 달린 두 개의 간이 탁자 사이에 있는 식탁에 자리를 잡고 게임을 했다.

나는 가면 갈수록 점점 카르멜라가 마음에 들지 않았지만 릴라만큼이나 카르멜라와도 친한 척을 했다. 아니 가끔은 릴라보다 카르멜라를 더 좋아하는 척하기도 했다.

하지만 나는 주세피나 아주머니는 정말 좋아했다. 아주머니는 담배 제조공장에서 일했는데 몇 달 전부터 그 직장마저도 잃고 집에 있었다. 아주머니는 자신에게 온갖 불운이 닥쳤는데도 명랑하게 행동했다. 아주머니는 뚱뚱하고 가슴이 컸으며 두 뺨에는 항상 홍조를 띠고 있었다. 돈이 씨가 말랐을 것이 분명한데도 언제나 우리에게 먹을 것을 대접했다.

알프레도 아저씨도 이제 조금 안정을 되찾은 것 같았다. 지금은 피자집에서 웨이터로 일하며 그마저도 도박으로 날리지 않기 위해 솔라라네 주점에 가는 것을 최대한 자제하고 있었다.

어느 날 아침, 식당에 앉아 카르멜라와 내가 한편이 되어 릴라를 상대로 장기를 두고 있었다. 나는 카르멜라와 함께 탁자 한쪽 편에 앉아 있었고 릴라는 우리 반대편에 앉아 있었다. 릴라와 우리의 등 뒤에는 똑같은 모양의 거울이 달린 가구들이 있었다. 짙은 색 목재에 소용돌이 모양의 음각으로 장식된 틀이 달린 가구들이었다. 나는 거울 속으로 우리 셋의 모습이 무한대로 반복되는 모습을 바라보고 있었다. 거울 속에 비친 우리 모습이 마음에 들지 않기도 하고, 그날따라 신경이 잔뜩 곤두서서 아내인 주세피나 아주머니에게 고함을 지르는 알프레도 아저씨 때문에 놀이에 집중할 수가 없었다.

그러다 갑자기 노크소리가 들렸고 주세피나 아주머니가 문을 열어주었다. 뒤이어 절박한 고함소리가 들려왔다. 우리 셋은 복도를 향해 뛰어나갔고 당시 우리들에게는 막연한 공포의 대상이었던 경찰들을 보았다. 경찰들이 알프레도 아저씨를 붙잡아 끌고 가고 있었다. 아저씨는 팔을 뿌리치며 고래고래 소리를 지르면서 아이들의 이름, 파스콸레, 카르멜라, 치로와 임마콜라타를 불렀다. 자신의 손으로 직접 만든 가구와 의자에 매달리며 아내에게 돈 아킬레를 죽인 것은 자신이 아니라고, 자신은 결백하다고 맹세했다.

카르멜라는 절망에 빠져 울음을 터뜨렸다. 모두들 울고 있었다. 나도 울기 시작했다. 단 한 명, 릴라만은 울지 않았다. 릴라는 몇 년 전 멜리나를 바라볼 때와 같은 시선으로 이 광경을 지켜보고 있었다. 한 가지 다른 점이 있다면 그녀가 그 자리에 꼼짝도 하지 않고 서 있는데도 쉰 목소리로 악에 받친 소리를 질러대는 알프레도 아저씨와 함께 움직이는 듯이 보였다는 점이다.

그 광경은 우리가 유년 시절에 목격한 가장 끔찍한 장면이었고 내게 아주 강한 인상을 남겼다. 릴라는 카르멜라를 걱정하며 그 애를 위로하기 시작했다. 그녀는 카르멜라에게 정말로 알프레도 아저씨가 돈 아킬레를 죽인 것이라면 그 또한 잘한 일이겠으나 아저씨가 그랬을 리는 없다고 했다. 아저씨는 결백함에 틀림없고 감옥에 가더라도 곧 탈출할 것이라고 말했다. 아이들은 자기들끼리 소곤거렸고 내가 조금이라도 다가가면 자기들의 이야기를 엿듣지 못하도록 멀찌감치 자리를 옮겼다.

사춘기

구두 이야기

1

1958년 12월 31일 릴라는 처음으로 경계의 해체를 경험한다. 경계의 해체는 내 표현이 아니다. 단어가 가지는 일반적인 의미를 극대화해서 릴라가 스스로 만들어낸 것이다. 릴라는 사람이나 사물을 구성하는 윤곽의 경계가 해체되는 순간이 있다고 했다. 1959년의 시작을 축하하기 위해 옥상에 모인 그날 밤, 릴라는 생전 처음 경계의 해체를 강렬하게 체험한다. 그때만 해도 그 느낌이 무엇인지 정확히 규정짓지 못했기에 혼자서만 간직했다가 오랜 세월이 지난 1980년 11월 어느 날 밤에 이르러서야, 옥상에서 경험했던 현상에 대해 내게 상세히 설명해주었다. 세월이 흘러 결혼도 하고 자식도 둔 36세의 여자가 되어서도 때때로 비슷한 경험을 한다고 고백했는데 그때 처음으로 경계의 해체라는 표현을 썼다.

그날 밤 우리는 동네 건물 옥상에 모여 있었다. 날씨가 몹시 추웠는데도 예쁘게 보이고 싶은 마음에 가슴이 깊게 파인 얇은 옷을 걸치고 있었다. 우리의 시선은 음식, 샴페인, 파티 분위기에 한껏 취한 쾌활하고 거친 사내들의 어두운 그림자를 쫓고 있었다. 그들은 새해를 축하하기 위해 준비한 폭죽의 심지에 불을 붙이고 있었다.

불꽃놀이 준비를 열심히 도운 릴라는 하늘을 가로지르는 불꽃을 흐뭇하게 바라보고 있었다. 나중에 릴라는 날씨가 아주 추웠는데도 갑자기 온몸에 땀이 나기 시작했다고 말했다. 주위의 모든 사람이 한꺼번에 너무나 큰 소리로 고함을 지르고 너무나 빨리 움직이는 것처럼 느껴졌다고 했다. 구역질이 나면서 그녀를 비롯한 모든 이를 감싸고 있던, 언제나 존재했지만 그때까지 한 번도 인지하지 못했던, 철저히 물질적인 그 무엇인가가 사람과 사물의 테두리를 잘게 부수며 모습을 드러내는 것을 느꼈다고 했다.

릴라의 심장은 주체할 수 없을 정도로 빨리 뛰기 시작했다. 그녀는 폭발음이 터져 나오는 가운데 연기가 자욱한 테라스를 분주하게 오가는 사람들의 입에서 터져 나오는 고함소리에 공포를 느끼기 시작했다. 그들의 외침에서 나는 울림은 알 수 없는 세계의 새로운 법칙의 지배를 받는 소리처럼 느껴졌다. 구역질이 더 심해졌고 사투리가 뒤섞인 사람들의 말투가 어색하게 들렸다. 단어 하나하나가 사람들의 축축한 입에서 분비되는 타액으로 젖어드는 것 같아 참을 수 없게 느껴졌다.

움직이는 모든 육체와 그 육체를 구성하는 골격, 그것들을 사로잡은 광기에 대해서 혐오감이 느껴졌다. '볼품없는 존재들이구나'라고 생각했다. 정말이지 보잘것없는 존재들이다. 떡 벌어진 어깨며 팔, 다리, 귀, 코, 눈이 어두운 하늘 먼 곳에서 땅으로 추락한 괴물들에게서 떨어져 나온 신체의 일부분인 것처럼 느껴졌다.

이유는 알 수 없지만 그 순간 릴라를 가장 몸서리치게 한 것은 다름 아닌 그녀의 오빠 리노의 육체였다. 그 누구보다도 친숙하고, 그 누구보다 사랑하는 오빠였는데도 그제야 처음으로 리노의 본모습을 보는 것 같았다. 육중하고 튼실한 짐승의 형상. 가장 격렬하게 소리 지르고, 가장 사납고, 가장 비참하고, 가장 굶주린 존재. 오빠의 모습에서 받은 충격이 어찌나 컸던지 숨이 막힐 지경이었다. 자욱한 연기와 심한 악취, 얼어붙을 것 같은 추위 속에서 폭죽의 불꽃이 사납게 번쩍거렸다. 릴라는 어떻게 해서든 진정하려 했다. 자신을 덮쳐오는 이 거센 물살에 휩쓸려 가지 않아야 한다고 생각했다.

'이 느낌을 떨쳐버려야만 해.'

바로 그 순간, 환희에 찬 고함소리와 폭발음을 뒤로하고 한 줄기 바람이 그녀의 옆을 스치고 지나갔다. 누군가가 폭죽과 딱총을 쏘아대는 것에 만족하지 않고 진짜 총을 쏜 것이다. 리노는 노란색 불빛 쪽을 향해 들어주기 힘든 욕설을 퍼부었다.

릴라는 자신이 경계의 해체라고 부르는 현상을 경험한 것은 그때가 처음이었지만, 그 느낌이 완전히 새로웠던 것은 아니었다고 했다. 1초도 되지 않는 찰나에 자신이 다른 사람, 물건, 숫자, 글자 따위의 경계를 파괴하며 그 속으로 이전되는 듯한 느낌을 몇 번인가 경험한 적이 있다고 했다. 자기 아버지가 자신을 내던져 몸이 창밖으로 날아갈 때도 확실히 그런 느낌을 받았다고 했다. 자신의 몸이 아스팔트 바닥으로 떨어질 때, 붉은색의 친절한 작은 동물들이 땅을 구성하는 물질을 분해해서 매끈하고 부드러운 재질의 어떠한 것으로 바꾸는 것을 느꼈다고 했다. 그리고 그해 선달 그믐날 밤, 그녀는 생전 처음으로 미지의 존재가 세계의 윤곽을 잘게 부수어 그 끔찍한 본모습을 드러내는 것을 목격했고 이 때문에 심한 충격을 받았다.

2

깁스를 풀자 하얗고 가녀린, 그렇지만 완전히 제 기능을 되찾은 팔이 모습을 드러냈다. 페르난도 아저씨는 심사숙고하여 릴라를 직업학교 같은 곳에 보내기로 했다. 잘은 모르지만 그곳에서는 타자 치는 법이나 부기나 가정 또는 이 세 과목을 모두 가르친다고 했다. 페르난도 아저씨는 자신이 직접 릴라에게 그 결정을 이야기해주지 않고 리노와 눈치아 아주머니를 통해 전달했다.

릴라는 마지못해 학교에 갔다. 눈치아 아주머니는 릴라가 이유 없이 결석을 하고, 수업을 방해하고, 질문을 받으면 대답을 거부하고, 문제는 5분 만에 풀어버리고는 학급 친구들을 방해했다는 이유로 학교에 불려갔다. 이 와중에 평소에는 병과는 거리가 멀던 릴라가 심한 독감에 걸렸다. 릴라는 모든 것을 포기하는 마음으로 감기를 받아들였고 그래서인지 바이러스는 그 애의 모든 에너지를 앗아가 버렸다.

꽤 오랜 시간이 지났는데도 릴라는 안정을 되찾지 못했다. 다시 정상적인 생활로 돌아가려고 할 때마다 얼굴이 창백해지고 열이 났다. 하루는 릴라와 길에서 마주쳤는데 어찌나 창백한지 언젠가 올리비에로 선생님의 책에서 본 독이 든 산딸기를 먹고 죽은 소녀의 유령 같아 보였다. 릴라가 곧 죽을 것 같다는 소문이 한동안 온 동네에 파다했고 나는 걱정이 되어 어찌할 바를 몰랐다. 그러던 릴라가 갑자기 완쾌했지만 정작 본인은 달가워하지 않는 것 같았다. 아프다는 핑계로 학교에 빠지는 날은 더 많아졌고 결국 학년 말에 낙제하고 말았다.

중학교 1학년 때 내 상황도 그다지 좋지 못했다. 학기 초에는 나 자신에 대한 기대가 컸다. 대놓고 표현하지는 않았지만 릴라 대신 질리올라와 중학교에 진학하게 되어 기분이 좋았다. 마음속 깊은 곳에서 릴라는 갈 수 없게 된 학교에 나는 가게 됐다는 사실에 대한 기쁨을 은밀히 만끽하고 있었다. 릴라가 없으면 내가 학교에서 가장 뛰어난 학생으로 인정받을 테고 그녀에게 뽐낼 수 있을 테니 말이다. 그런데 막상 중학교에 가보니 나보다 훨씬 뛰어난 아이들이 너무 많았고 수업을 따라가기에도 벅찼다. 나와 질리올라는 늪에서 헤어나오지 못했다. 우리는 우리가 얼마나 보잘것없는 존재였는지 깨달은 겁에 질린 작은 동물들 같았고 꼴찌를 하지 않기 위해서 1년 내내 아등바등 공부해야 했다.

나는 너무나 속상했다. 릴라가 없으면 최정예 그룹에 속하는 기쁨을 다시는 만끽하지 못할 것이라는 생각이 내 마음속에 조용히 자리잡기 시작했다.

가끔 등굣길에 돈 아킬레의 아들인 알폰소와 마주치기도 했지만 모르는 사이처럼 행동했다. 난 알폰소에게 무슨 말을 해야 할지 몰랐다. 속으로 돈 아킬레는 알프레도 아저씨의 손에 죽어 마땅했다고 생각하고 있었기 때문에 위로의 말이 나오지 않았다. 아버지를 잃어서 안됐다는 생각조차 들지 않았다. 수년 동안 가져온 돈 아킬레에 대한 두려움이 조금은 그 애에 대한 감정에까지 영향을 미친 탓이리라.

알폰소는 재킷에 바늘로 꿰맨 검은 띠를 붙이고 있었고 웃는 일이 없었다. 언제나 자기 할 일만 했다. 반은 달랐지만 공부를 아주 잘한다는 소문은 익히 들어 알고 있었다. 학년 말에 알폰소는 전 과목 평균 8점의 성적으로 진급했는데, 나는 이 소식을 듣고 한없이 우울해졌다. 질리올라는 라틴어와 수학에서 낙제했고 나는 6점을 받아 가까스로 낙제를 면했다.

성적표가 나오자 선생님이 어머니를 학교에 불러서 나를 앞에 두고 내가 라틴어에서 낙제를 면한 것은 순전히 자신의 관대함 덕분이라고 했다. 과외수업을 받지 않으면 내년에는 낙제할 것이 뻔하다며 말이다.

순간 나는 이중으로 수치심을 느꼈다. 한편으로는 초등학교 때처럼 성적이 좋지 않다는 사실에 대해 수치심을 느꼈고 다른 한편으로는 선생님과 어머니의 대조적인 모습에 수치심을 느꼈다. 선생님은 균형 잡힌 몸매에 품위 있는 옷을 입고 어딘가 일리아드의 문체를 연상케 하는 완벽한 표준어를 구사하고 있었다. 그에 비해서 어머니는 푸석한 머릿결에 헌 신발을 신고 구부정한 자세로 서서 문법이 엉망이고 사투리가 뒤섞인 말투로 이야기하고 있었다.

아마 어머니도 비슷한 모욕감을 느꼈던 것 같았다. 화가 잔뜩 난 채 집에 돌아와서는 선생님들은 나에 대해서 만족하지 못하고 있고 어머니 자신은 집안일을 도와줄 사람이 필요하니 학교를 그만다니게 하자고 했다. 아버지와 어머니는 내 문제를 두고 한참 동안 논쟁을 벌이면서 티격태격했지만, 결국 아버지가 두 과목에서나 낙제한 질리올라에 비해서 어찌됐든 나는 진급했으니 계속 공부할 자격이 있다고 결정내렸다.

그해 나는 아주 무기력하게 여름을 보냈다. 뜰이나 저수지 근처에서 시간을 보내곤 했는데 대부분 질리올라와 함께였다. 질리올라는 과외수업을 하러 집에 오는 대학생 이야기에 정신이 팔려 있었다. 대학생이 자신을 사랑하는 것 같다고도 했다. 나는 질리올라의 이야기를 듣고 있기는 했지만 너무나 지루했다.

이따금 카르멜라와 산책을 하는 릴라의 모습이 보였다. 그녀도 학교 비슷한 곳에 다니긴 했지만 낙제했다고 들었다. 나는 릴라가 이제는 나와 친구로 지내고 싶어 하지 않는다고 느꼈고 그 생각 때문에 항상 나른한 피로감에 시달렸다. 가끔은 어머니에게 발각되지 않기를 바라며 침대에 누워 있다 까무룩 잠이 들곤 했다.

어느 날 오후 정말로 잠이 들었는데 일어나보니 몸이 축축한 것 같았다. 화장실에 가서 보니 팬티가 피로 더러워져 있었다. 나는 왠지 모르게 풀이 죽어서 팬티를 깨끗하게 빨아 물을 짠 다음 축축한 채로 다시 입었다. 아마도 다리 사이를 다쳤다고 어머니에게 야단맞을까봐 그랬던 것 같기도 하다. 그런 다음 두려움에 콩닥거리는 가슴을 안고 무더운 뜰로 나왔다.

때마침 릴라와 카르멜라를 만나 그 아이들과 함께 성당까지 걸어갔다. 걸어가는 새 몸이 다시 젖어드는 것이 느껴졌지만 팬티가 축축해서 그런 것이라고 생각하며 마음을 가라앉히려 했다. 결국 두려운 마음을 주체할 수 없는 지경에 이르자 나는 릴라에게 속삭였다.

"할 말이 있어."

"뭔데?"

"너한테만 얘기하고 싶은데."

나는 카르멜라에게서 릴라를 떼어내려고 팔을 잡아당겼지만 카르멜라는 우리 뒤를 따라왔다. 나는 너무나도 겁이 나서 결국 모두에게 하지만 시선을 릴라에게 고정시킨 채 고백했다.

"왜 이러는 걸까?"

카르멜라는 모든 것을 알고 있었다. 그 애는 벌써 1년 전부터 한 달에 한 번씩 피를 흘린다고 했다.

"정상적인 거야."

카르멜라가 말했다.

"여자아이들은 다 그런 거야. 며칠 동안 피가 나고 배랑 등이 아프다가 괜찮아져."

"정말?"

"그렇다니까."

릴라의 침묵은 나를 카르멜라 쪽으로 떠밀었다. 많이 알지는 못하지만 자연스럽게 말하는 카르멜라의 태도는 나를 안심시켰고 그녀에게 호감을 느끼게 했다.

그날은 오후부터 저녁까지 카르멜라와 이야기를 하며 시간을 보냈다. 카르멜라는 그 상처 때문에 죽을 일은 없다고 했다. 오히려 이렇게 설명했다.

"그건 네가 다 컸다는 뜻이야. 남자가 네 배에 자신의 물건을 집어넣으면 아이를 가질 수 있게 된 거지."

릴라는 말을 거의 하지 않고 듣고만 있었다. 우리는 릴라에게 너도 피를 흘리고 있느냐고 물었다. 릴라는 잠시 망설이다가 마지못해 아니라고 했다. 갑자기 그녀가 작게 느껴졌다. 이제까지 보아온 모습보다 더 작게 느껴졌다. 릴라는 나보다 키가 6, 7센티미터쯤 작았고 말라서 몸에 가죽밖에 없었다. 항상 밖에서 시간을 보내는데도 피부는 백짓장처럼 창백했다. 학교에서 낙제한 데다 생리가 뭔지도 몰랐고 사내아이에게 고백을 받은 적도 없었다.

"너도 피를 흘리게 될 거야."

우리는 짐짓 위로하는 체하며 말했다.

"그딴 거 필요 없어."

릴라가 말했다.

"난 하고 싶지 않아서 안 하는 것뿐이야. 그것은 역겨운 일이야. 그걸 하는 사람도 역겹고."

그러고는 자리를 떠나려다 멈춰 서서 내게 물었다.

"라틴어는 어때?"

"재밌어."

"공부는 잘하고 있니?"

"그럼."
릴라는 잠시 생각에 잠겼다 중얼거렸다.
"학교에 가기 싫어서 일부러 낙제한 거야. 이제는 어떤 학교든 가고 싶지 않아."
"그럼 뭘 할 거야?"
"내가 좋아하는 걸 해야지."
그러고는 우리를 뜰에 남겨두고 가버렸다.

릴라는 여름 내내 나타나지 않았고 나는 카르멜라와 친해졌다. 그 애는 짜증 날 정도로 웃음과 불평 사이를 심하게 오갔다. 릴라에게 너무나 강하게 영향을 받은 나머지 가끔은 그녀의 분신이라도 된 것처럼 행동했다. 말할 때 릴라의 억양을 흉내 냈고 릴라를 생각나게 하는 표현을 사용했으며 릴라와 비슷한 몸짓으로 움직였다. 심지어는 걸어가는 모습까지 릴라를 따라했다. 하지만 그 애의 체형은 릴라보다는 나와 비슷했다. 보기 좋게 토실토실한 카르멜라는 건강함 그 자체였다.

나는 그 애의 어울리지 않는 릴라 흉내 내기에 마음이 불편하기도 했고 이끌리기도 했다. 릴라의 리메이크 캐리커처 버전에 짜증이 나기도 했지만 한편으로는 많이 희석되긴 했어도 카르멜라에게서 엿볼 수 있는 릴라의 모습에 마음이 끌렸다. 결국 나는 이런 그 애의 모습에 매료되고 말았다.

카르멜라는 학교가 정말 싫다고 했다. 모두들 자신을 못살게 굴고 선생님들은 자신을 눈엣가시처럼 여긴다고 했다. 포조레알레 감옥에 가족들과 아버지를 만나러가는데 가서는 모두들 한바탕 울고 온다는 이야기도 해주었다.

알프레도 아저씨는 결백하고 돈 아킬레를 죽인 것은 남자보다는 여자의 몸에 더 가까운 검은 생명체라고 했다. 그것은 쥐새끼들과 같이 살다가 가끔은 대낮에도 하수구 수챗구멍에서 나와 끔찍한 일을 저지르고는 다시 지하세계로 사라진다고 했다. 때로는 백치 같은 미소를 지으며 알폰소에게 반했다고 했다. 그러다 금세 웃음기를 거두고 눈물을 흘렸다. 살인자의 딸이 살해된 자의 아들을 사랑하다니. 그녀는 기절할 듯 고통스러워했다. 알폰소가 뜰을 지나가는 모습이나 큰길가를 걷는 모습만 봐도 정신을 잃을 것 같다고 했다.

알폰소에 대한 연정은 비밀 이야기였다. 나는 그 이야기에 충격을 받고 카르멜라와 더 가까워졌다. 카르멜라는 아무에게도 알폰소에 대한 이야기를 털어놓지 않았다고 했다. 릴라에게도. 내게 비밀을 털어놓는 이유는 더는 혼자서 참기 힘들기 때문이라고 했다.

난 카르멜라의 극적인 말투가 마음에 들었다. 방학 내내 우리는 그녀의 열정이 가져올 결과에 대해서 생각했다. 그러다 새 학기가 시작됐고 나는 카르멜라의 이야기를 더 들어줄 시간이 없었다. 지금 생각해도 정말 황당한 이야기가 아닐 수 없다. 아마 릴라조차도 그런 이야기는 지어낼 수 없었을 것이다.

3

불행한 시기가 시작되었다. 나는 살이 찌기 시작했고 가슴에는 피부 아래로 단단한 멍울이 솟아나기 시작했다. 게다가 겨드랑이와 사타구니에는 털이 나기 시작했다. 나는 점점 더 우울하고 신경질적인 아이로 변해갔다. 해가 갈수록 학교 공부를 따라가기가 힘겨웠다. 수학 문제를 풀어도 정답이 나올 때가 거의 없었고 라틴어 문장은 어디가 앞이고 어디가 끝인지 종잡을 수 없었다. 나는 틈만 나면 화장실에 숨어들어가 옷을 벗고 거울 속에 비친 몸을 관찰했는데 그럴 때마다 내가 누구인지 알아볼 수 없었다. 내 몸이 계속 변해서 어느 순간 절름발이에다 사시인 어머니의 모습이 튀어나올까봐 두려웠다. 그렇게 되면 아무도 나를 좋아해주지 않겠지. 시시때때로 눈물이 나왔다. 그러는 사이에 단단했던 가슴에 살이 붙고 말랑말랑해졌다. 나는 몸속에서 꿈틀대는 어두운 힘에 사로잡혀 언제나 근심에 차 있었다.

어느 날 아침 등굣길에 약국집 아들 지노가 내 뒤를 따라오더니 자기 친구들이 내 가슴이 진짜가 아니라고 했다고 말했다. 패드 같은 것을 넣은 것이 분명하다고 했다는 것이다. 지노는 만면에 웃음을 띠며 자기는 내 가슴이 진짜라고 생각하기 때문에 친구들과 20리라를 걸고 내기를 했다고 말했다. 내기에서 이기면 10리라를 나눠줄 테니 패드를 했는지 확인할 수 있게 가슴을 보여 달라고 했다.

나는 지노의 제안에 몹시 겁이 났지만 어찌해야 할 바를 몰라서 릴라의 뻔뻔스러운 목소리를 흉내 내어 말했다.

"우선 10리라를 내놔."

"왜? 내 말이 맞아?"

"응."

지노는 도망쳤고 나는 실망했다. 그렇지만 얼마 지나지 않아 이름은 잘 기억나지 않지만 비쩍 마른 몸에 입술 위에 거뭇한 솜털이 나기 시작한 같은 반 사내아이와 같이 돌아왔다.

지노가 내게 말했다.

"얘도 있어야 해. 그래야 다른 아이들이 내 말을 믿지."

나는 다시 릴라의 말투로 말했다.

"돈 먼저 줘."

"패드가 있으면 어떡해?"

"없다니까."

지노는 내게 10리라를 건네주었고 우리 셋은 아무 말 없이 공원에서 얼마 떨어져 있지 않은 곳에 있는 건물 꼭대기로 올라갔다. 테라스로 이어지는 작은 철문 옆에서 나는 내 몸의 윤곽을 뚜렷이 드러내는 흐린 불빛 아래 스웨터를 들어 올리고 가슴을 보여주었다. 둘은 꼼짝도 하지 않고 눈앞에 펼쳐진 광경을 바라보더니 이내 돌아서서 계단 아래로 도망쳐버렸다.

나는 안도의 한숨을 내쉬고 솔라라네 가게에서 아이스크림을 사 먹었다.

그 사건은 내 기억 속에 뚜렷이 각인되었다. 사내들을 끌어당기는 자석 같은 내 몸의 힘을 그때 처음으로 깨달았기 때문이다. 하지만 그보다 더 그 사건이 뇌리에 남은 이유는 릴라라는 존재가 카르멜라뿐 아니라 요구 사항 많은 유령처럼 내 주위를 맴돌며 영향을 미치고 있다는 사실을 깨달았기 때문이다.

그 순간 단순히 혼란스러운 감정에 사로잡혀 결정을 내렸다면 나는 어떻게 행동했을까. 아마도 바로 도망쳤을 것이다. 릴라와 함께 있을 때 그런 일을 당했다면? 나는 분명 릴라의 팔을 잡아끌면서 어서 가자고 속삭였을 것이다. 그러다 릴라가 남기로 결정을 내리면 그녀 옆에 남았을 것이다. 그런데 정작 그녀가 옆에 없으니, 잠시 망설이긴 했지만, 나는 릴라가 했을 법한 결정을 내렸다. 아니, 좀더 정확히 말하자면 내 마음을 그녀에게 내준 것이다.

지노가 그런 제안을 했을 때 내 안의 자아를 뒤로 밀어내고 싸움할 태세를 갖출 때 릴라가 취하는 건방진 눈빛, 억양, 몸짓을 모방하고는 흡족해했다. 순간 약간 걱정이 되었다. 결국 나도 카르멜라와 별다를 바가 없나? 그런 것 같지는 않았다. 나는 카르멜라와 다른 것 같았다. 그렇지만 내가 어떻게 카르멜라와 다른지는 설명할 수 없었다. 생각이 여기에 이르자 흡족한 마음이 사라졌다.

아이스크림을 손에 들고 페르난도 아저씨의 구둣방을 지날 때 긴 선반 위에 신발을 가지런히 정리하고 있는 릴라의 모습이 눈에 들어왔다. 문득 릴라를 불러서 오늘 일어난 일을 이야기해주고 의견을 듣고 싶었지만 릴라는 내 모습을 보지 못했고 나는 구둣방을 그냥 지나쳤다.

4

릴라는 언제나 바빴다. 그해 리노는 릴라를 억지로 학교에 재등록시켰지만 릴라는 계속 수업을 빼먹었고 결국 또 의도적으로 낙제했다. 릴라의 어머니는 릴라에게 집안일을 도와달라고 했고 아버지는 릴라에게 가게를 봐달라고 했다. 릴라는 의외로 거부하지 않았다. 양쪽 일을 악착같이 해내는 것에 대해서 오히려 만족해하는 것 같았다. 우리는 주일 예배를 마친 후에나 공원으로 산책 갈 때, 아니면 큰길에서 가끔 마주치곤 했다. 그때마다 릴라는 내 학교생활에 대해서는 전혀 호기심을 나타내지 않고 자기 아버지와 오빠 일에 대해서 열정적으로 이야기했다.

릴라는 자신의 아버지가 소년 시절에 지금의 아버지처럼 신발을 만들던 할아버지의 작업장에서 도망쳤다고 했다. 아버지는 자유를 찾아 카소리아까지 가서 구두공장에 취직했다고 했다. 그곳에서 아버지는 각양각색의 사람을 위해서 신발을 만들었다. 전쟁터에 나가는 사람들을 위해서도 신발을 만들었다. 릴라는 아버지가 수제화 제

조과정을 완벽하게 꿰고 있다는 사실을 알게 되었고, 신발 만드는 데 필요한 도구를 잘 다룬다는 사실도 알게 되었다. 제단기와 가죽을 손질하는 기구, 연마기 등의 도구를 능숙하게 다룰 줄 안다는 사실도 알게 되었다.

릴라는 내게 피혁, 구두의 갑피, 가죽제품 제작업체와 판매처, 높고 낮은 굽, 끈 만드는 법과 신발 디자인 도면, 구두바닥을 접착하고, 색을 입히고, 광택 내는 법에 대해서 이야기해주었다. 릴라는 마법의 주문처럼 구두 만드는 사람들이 쓰는 용어들을 사용했다. 구두공장이 마법의 세계라도 되는 양 아버지가 그런 용어들을 카소리아에 있는 공장에서 배웠다고 이야기했다. 페르난도 아저씨는 그 마법의 세계에서 모험의 결과에 만족한 탐험가처럼 돌아왔고 이제는 편안한 작업대, 망치, 철로 만든 신발본, 헌 신발과 풀 냄새가 뒤섞인 좋은 냄새가 나는 자신의 보잘것없는 작업실에 있는 것을 더 좋아하게 되었다고 했다.

릴라는 열정적으로 나를 그 언어의 세계로 이끌었다. 그래서인지 사람들의 발을 편안하고 튼튼하게 감싸는 신발을 만들 수 있는 능력을 갖고 있는 리노와 페르난도 아저씨야말로 동네에서 가장 뛰어난 사람들인 것처럼 느껴졌다. 릴라의 이야기를 듣고 집에 돌아가면 구둣방에서 일도 할 수 없고 아버지는 한낱 시청 수위에 지나지 않는 나는 릴라가 누리는 특별한 혜택에서 제외된 듯한 느낌을 받았다.

학급에서도 의미 없이 자리만 채우고 있는 것처럼 느껴졌다. 수개월이 지나도록 나는 교과서에서 미래에 대한 희망을 찾거나 힘을 얻지 못했다. 불행함에 정신이 혼미해진 상태로 집으로 돌아갈 때면 작업장 구석에 있는 릴라만의 작업 공간인 작은 탁자 앞에서 일하고 있는 그녀의 모습을 보기 위해 구둣방을 지나가곤 했다.

릴라의 마른 상체에서 가슴이 커질 기색은 아직 없었고 가녀린 목에 얼굴은 수척했다. 하는 일이 정확하게 뭔지는 알 수 없었지만 릴라는 유리문 너머로, 아버지와 오빠가 머리를 수그리고 있는 사이에 못 박힌 듯 자리를 잡고 앉아 부지런히 일하고 있었다. 책도 수업도 숙제도 없는 세상이었다.

나는 가끔 진열장에 진열된 광택제가 담긴 상자와 새로 바닥을 댄 헌 신발이며 앞볼을 늘리기 위해 틀에 끼워놓은 새 신발들을 손님이라도 되는 양, 신발에 관심이라도 있는 것처럼 바라보곤 했다. 그러다보면 릴라가 내 존재를 눈치채고 내게 알은체를 했고 나는 그녀에게 응답했다. 릴라는 이내 다시 작업에 열중했고 나는 마지못해 자리를 떴다. 리노가 릴라보다 먼저 내 존재를 알아챌 때가 더 많았다. 그럴 때면 그는 나를 웃기려고 이상한 표정을 지어보였고 나는 부끄러워서 릴라가 나를 바라보기 전에 도망치듯 그곳을 떠났다.

어느 일요일, 어느새 내가 카르멜라에게 열정적으로 신발에 대해서 이야기하고 있다는 사실을 깨닫고 깜짝 놀랐다. 카르멜라는 『꿈』이라는 잡지와 싸구려 연애소설을 닥치는 대로 읽고 있었다. 나는 처음에는 별 관심을 두지 않다가 그녀가 책을 읽을 때 조금씩 옆에서 흘끔거리게 되었고 결국에는 검은 바탕에 하얀 글씨로 쓴 그 소설들을 카르멜라와 공원에서 함께 읽고는 소설의 줄거리와 등장인물들의 대사에 대해서 대화를 나누기 시작했다. 카르멜라는 대화의 흐름과는 상관없이 언제나 연애소설의 가짜 사랑 이야기에서 알폰소에 대한 자신의 진실한 사랑으로 주제를 옮겼다.

나는 카르멜라에게 지지 않으려고 약국집 아들인 지노가 나를 좋아한다고 했다. 카르멜라는 내 말을 믿으려 하지 않았다. 카르멜라의 눈에 약국집 아들은 범접할 수 없는 왕자님이자 약국의 후계자였으며 수위의 딸과는 절대 결혼하지 않을 신사로 보였기 때문이다.

카르멜라에게 지노가 내게 가슴을 보여달라고 했던 일이며 그렇게 하고 10리라를 받은 이야기를 막 털어놓으려던 참에 무릎 위에 소중히 펼쳐진 『꿈』에 실린 여배우들 중 한 명이 신고 있는 아름다운 구두가 눈에 들어왔다. 나는 가슴 이야기보다는 더 큰 반향을 이끌어낼 수 있을 것이라는 생각에 참지 못하고 아름다운 구두와 그 아름다운 구두를 만든 사람에 대해 칭찬을 늘어놓기 시작했다. 또 카르멜라와 내가 저렇게 아름다운 구두를 신는다면 지노나 알폰소도 우리를 거부할 수 없을 것이라고 했다.

이야기를 하면 할수록 릴라의 새로운 열정을 내 것으로 만들려 하고 있다는 생각에 수치스러웠다. 카르멜라는 무심하게 내 이야기를 듣다가 그만 가봐야겠다고 했다. 그녀는 신발이나 신발 만드는 사람에게는 관심이 전혀 없었다. 나와는 달리 카르멜라는 릴라의 행동만 흉내 낼 뿐이었고 사랑과 연애소설같이 그녀를 사로잡은 것들에만 관심을 나타냈다.

5

그 시기는 그런 식으로 지나갔다. 나는 혼자 하는 일에 심장이 뛰지 않는다는 것을 곧 인정해야만 했다. 무슨 일이든 릴라의 손길을 거칠 때 비로소 의미가 생겼다. 그러다 그녀가 멀어지면, 그녀의 목소리가 의미를 부여하지 않으면 모든 것이 더러워지고 먼지투성이가 된다. 중학교, 라틴어, 선생님, 교과서와 교과서 내용은 신발 마감법보다 고무적이지 못했고 이 사실은 나를 더욱 우울하게 만들었다.

그러던 어느 일요일, 모든 것이 바뀌었다. 카르멜라와 릴라와 나는 첫 영성체식을 준비하기 위해서 교리공부를 하러 갔다. 교리수업을 마치고 나오는 길에 릴라는 할 일이 있다며 먼저 가버렸다. 나는 그녀가 집 방향으로 가지 않는 것을 목격했다. 놀랍게도 릴라는 초등학교로 들어갔다.

나는 카르멜라와 함께 걸어가다 지겨워져서 그녀와 헤어지고 난 뒤 건물을 한 바퀴 돈 다음 왔던 길로 되돌아갔다. 일요일이라 학교 문이 닫혔을 텐데 릴라는 왜 학교로 들어간 걸까. 나는 망설이며 정문을 지나 복도로 들어섰다. 졸업 후 한 번도 초등학교를 찾은 적이 없었기 때문에 감정이 복받쳐 올랐다. 예전부터 나던 학교의 익숙한 냄새에 편안함을 느꼈다. 오랜만에 느껴보는 감정이었다. 나는 1층에서 유일하게 열려 있는 문으로 들어갔다. 전등불이 환하게 켜진 넓은 홀이 나타났다. 벽면에는 오래된 책이 가득 꽂힌 선반들이 들어서 있었다. 어림잡아 열 명 정도 되는 어른과 그보다 훨씬 많은 아이와 10대 청소년의 모습이 눈에 들어왔다. 그들은 책을 집어 들고 책장을 넘기다가 손에 든 책을 다시 제자리에 놓고는 다른 책을 골라서 책상 앞으로 가 줄을 섰다. 책상 뒤로는 올리비에로 선생님의 숙적인 페라로 선생님의 깡마른 몸과 짧게 자른 잿빛 머리가 삐져나와 있었다. 선생님이 사람들이 고른 책을 살펴보고는 기록부에 무엇인가를 적으면 사람들은 한두 권의 책을 받아들고 밖으로 나갔다.

나는 주변을 둘러보았지만 릴라의 모습은 보이지 않았다. 이미 그곳을 떠난 것 같았다. 그곳에서 무엇을 한 걸까. 학교에 다니지도 않고 이제는 새 신발, 낡은 신발 할 것 없이 신발에만 열정을 쏟으면서 왜 내게는 한마디도 하지 않고 책을 빌리러 학교에 왔던 걸까. 릴라는 그 장소를 좋아한 걸까. 왜 내게 함께 가자고 하지 않았던 걸까. 왜 나를 카르멜라와 남겨둔 걸까. 신발 밑창 가는 법에 대해서는 내게 그렇게 신나게 떠들어댔으면서 읽고 있는 책에 대해서는 왜 한마디도 하지 않은 거지?

나는 화가 나서 도망치듯 그곳을 떠났다.

학교생활은 전보다 더 의미 없게 느껴졌다. 엄청난 양의 과제물과 학년 말 구두시험이 나를 덮쳤다. 나는 좋지 않은 점수를 받을까봐 열심히, 하지만 어떠한 보람도 느끼지 못하면서 공부했다.

설상가상으로 새로운 고민거리가 생겨 짜증이 났다. 어머니가 가슴 때문에 내가 단정해보이지 않는다며 나를 끌고 브래지어를 사러 간 것이다. 어머니의 태도는 평소보다 더 퉁명스러웠다. 가슴이 생기고 생리를 시작한 것을 수치스럽게 생각하는 것 같았다. 어머니의 설명은 쌀쌀맞고 불충분했으며 그마저도 마지못해 중얼거리듯 말했다. 그러고는 질문을 할 틈도 주지 않고 몸을 돌려 절뚝거리며 나가버렸다.

브래지어를 하니 가슴이 더 눈에 띄었다. 학기의 마지막 몇 달 동안 나는 사내아이들의 놀림감이 됐는데 곧 그 이유를 알 수 있었다. 지노와 그 애의 친구가 내가 흔쾌히 가슴을 보여주었다고 소문을 낸 것이다. 자기들에게도 가슴을 보여달라는 아이들 때문에 팔짱을 껴서 가슴을 가리고 그들을 피해 다녔다. 나는 알 수 없는 죄책감에 시달렸고 그 때문에 외로웠다. 사내아이들은 길에서건 뜰에서건 내게 억지를 부렸다. 그들은 웃으며 나를 놀렸다. 한두 번은 릴라식으로 그들을 밀쳐내려고 했지만 쉽지 않았다. 결국 참지 못하고 울음을 터뜨렸다. 나는 괴롭힘을 당할까봐 두려워 집 안에 틀어박혔다. 엄청나게 공부를 했고 학교에 가야 할 때만 마지못해 집 밖으로 나왔다.

5월의 어느 아침, 지노가 내 뒤를 쫓아와 자기와 사귀자고 했다.

지노의 태도는 전혀 거만하지 않았고 오히려 약간은 겁에 질린 것 같았다. 나는 조금은 그에 대한 원망 때문에, 조금은 복수심 때문에, 조금은 부끄러운 마음에, 그리고 무엇보다도 약국집 아들이 날 원한다는 사실에 우쭐해져서 그에게 싫다고 했다. 그는 그다음 날도 내게 사귀자고 했다. 부모님들의 복잡한 사정 때문에 첫 영성체식이 6월로 늦춰졌는데 지노는 그때까지 자기와 사귀어달라고 끈질기게 되물었다.

영성체식 후 우리는 순백의 신부 차림 그대로 성당 앞 광장에서 사랑에 대한 이야기를 하는 죄를 저질렀다. 카르멜라는 릴라에게 내가 약국집 아들의 고백을 거부했다는 사실을 이해할 수 없다고 했다. 그런 일 따위에는 관심 없다는 듯한 태도를 보일 줄 알았는데 예상외로 릴라는 내게 일어난 일에 흥미를 나타냈다.

"왜 사귀지 않겠다고 한 거니?"

릴라가 사투리로 물었다.

나는 릴라에게 강한 인상을 남기고 싶은 마음에, 그리고 남자아이들에 대해서 이야기를 할지언정 나는 카르멜라와는 다르다는 것을 알리고 싶은 마음에 갑자기 표준어로 대답했다.

"내 감정에 확신이 서지 않아서야."

이것은 『꿈』에서 읽었던 문장인데 릴라는 내가 그런 표현을 사용한 것에 대해서 놀라는 것 같았다. 우리는 그 옛날 초등학교 때 서로 겨루던 것처럼 경쟁하듯 만화나 책에 나올 법한 언어로 대화를 나누기 시작했다. 카르멜라는 듣기만 할 뿐 감히 이야기에 끼어들지 못했다. 릴라와 함께 훌륭하게 구성된 문장들을 주고받으며 내 마음과 머리가 모두 깨어난 듯한 느낌을 받았다. 중학교에 들어간 다음부터는 학급 친구들이나 선생님과 한 번도 그런 식으로 대화를 나눈 적이 없었는데 그런 대화를 나눌 수 있다는 것은 정말 멋진 일이었다.

릴라는 고백한 사람을 시험해봐야만 그의 사랑을 확신할 수 있다고 나를 설득했다. 그러더니 갑작스레 다시 사투리로 지노와 사귀되 지노에게 여름 내내 우리에게 아이스크림을 사주게 하라고 했다.

"싫다고 하면 진실한 사랑이 아닌 거지."

나는 릴라가 시키는 대로 했고 그 후 지노는 내 앞에서 사라졌다. 진실한 사랑이 아니었던 것이다. 그렇다고 딱히 속상하지도 않았다. 릴라와의 대화로 얻은 기쁨이 너무나 커서 시간 여유가 있는 여름방학 동안에는 릴라에게만 집중하기로 마음먹었다. 다음에 만날 때도 그날 나눈 이야기 같은 대화가 이어지기를 진심으로 바랐다. 그 순간만큼은 머리를 어딘가에 부딪치는 바람에 머릿속에 있던 온갖 이미지며 단어들이 표면으로 떠오른 것 같았고 그 덕분에 오랜만에 다시 똑똑한 아이가 된 것 같았다.

하지만 내가 원하던 일은 일어나지 않았다. 그날의 대화로 우리의 우정이 다시 돈독해지거나 둘의 관계가 특별해지기는커녕 릴라 곁에 다른 여자아이들이 모여들기 시작했다. 우리가 나눈 대화와 릴라가 내게 해준 조언이 어찌나 인상 깊었던지 카르멜라가 그 일을 여기저기에 떠들고 다닌 것이다. 그 결과 아직 가슴도 나오지 않고, 생리도 시작하지 않고, 좋아해주는 남자아이도 없는 구두수선공네 딸내미는 얼마 지나지 않아 마을의 공식 연애 상담사로 자리매김했다. 놀랍게도 릴라는 그 역할을 기꺼이 받아들였다. 집안일이나 구둣방 일로 바쁘지 않을 때면 언제나 상대를 바꿔가며 이야기하는 그녀의 모습이 보였다. 나는 일부러 그녀 가까이 지나가며 알은체했지만 릴라는 너무나 집중해 있어서 내 소리를 듣지 못했다. 그녀의 입에서는 언제나 아름다운 문장들이 흘러나왔고 나는 그 소리를 들을 때마다 괴로웠다.

6

바야흐로 비통한 날들의 연속이었고 예기치 못한 수치스러운 일에 고통의 수위는 최고조에 달했다. 알폰소가 전 과목 평균 8점으로 진급하고 질리올라는 7점으로 진급했는데 나는 평균 6점에 라틴어에서는 4점을 받은 것이다. 나는 9월에 라틴어 재시험을 치러야 했다. 사실 이 모든 사태는 충분히 예상할 수 있었지만 나는 애써 모른 척해왔던 것이다.

사태가 이 지경에 이르자 아버지는 나에게 공부를 계속 시키는 것은 무의미한 일이라고 했다. 교과서 구입비도 감당하기 힘들었다. 캄파니니와 카르보니판 라틴어 사전은 중고로 구입해도 비쌌고 재시험을 치르기 위해 여름방학에 과외수업을 받을 돈은 있을 턱이 없었다. 무엇보다도 내가 그다지 뛰어난 학생이 아니라는 사실이 자명해졌다. 돈 아킬레의 작은아들은 해냈는데 나는 그렇지 못했다. 심지어는 제빵사네 딸내미보다도 못했다. 이렇게 되면 공부를 포기하는 수밖에.

나는 밤낮을 가리지 않고 울었고 나 자신에게 벌을 주기 위해서 스스로를 더욱 가꾸지 않았다. 나는 장녀였고 내 밑으로는 두 남동생과 막내인 엘리사가 있었다. 내 남동생들인 페페와 잔니는 번갈아 가면서 나를 위로하며 과일을 가져다주거나 자신들과 놀아달라고 했다. 하지만 나는 세상에 홀로 남아 험난한 운명에 대적해야 하는 것처럼 느껴져 안절부절못했다. 그러던 어느 날 오후 등 뒤에서 어머니의 기척이 느껴졌다. 어머니는 평소처럼 사투리 섞인 통명스러운 말투로 말했다.

"과외수업에 내줄 돈은 없다. 하지만 혼자서 공부해보는 것은 괜찮아. 시험에 통과하는지 한 번 보자꾸나."

나는 의심스러운 눈빛으로 어머니를 바라보았다. 내 어머니가 틀림없었다. 푸석한 머리에 어디를 바라보는지 알 수 없는 시선, 커다란 코와 뚱뚱한 몸. 어느 때와 다름없는 내 어머니의 모습이었다. 어머니는 덧붙였다.

"너라고 못하라는 법은 없지 않니."

그게 다였다. 아니 적어도 내가 기억하는 것은 여기까지다. 나는 그다음 날부터 뜰에도 공원에도 나가지도 않고 공부에 온 힘을 쏟았다.

어느 날 아침, 밖에서 나를 부르는 소리가 들려왔다. 릴라였다. 초등학교를 졸업한 후로는 그런 식으로 밖에서 서로 이름을 부르는 일은 거의 없었다.

"레누!"

릴라가 나를 불렀다.

나는 창밖으로 얼굴을 내밀었다.

"네게 할 말이 있어."

"뭔데?"

"이리 내려와봐."

나는 마지못해 밖으로 나갔다. 낙제한 사실을 고백하기가 싫었던 것이다. 우리는 한동안 햇볕을 쬐며 뜰을 걸었다. 나는 시큰둥하게 연애 사업에 새로운 소식이 있는지 물었다. 카르멜라와 알폰소 사이에 진전이 있는지 노골적으로 물었던 것 같다.

"진전이라니?"

"카르멜라가 알폰소를 좋아하잖아."

릴라는 눈을 가늘게 떴다. 웃음기 하나 없는 얼굴로 동공에 아주 작은 틈만을 허용해 세상을 더욱 예리하게 바라보려는 것처럼. 그런 눈을 할 때 릴라의 모습은 언젠가 교구 성당에서 상영한 영화에서 본 맹금류를 떠오르게 했다. 하지만 그때만큼은 그녀가 무엇인가에 화가 남과 동시에 두려워하는 것 같았다.

"카르멜라가 자기 아버지에 대해서 얘기한 적은 없어?"

내게 물었다.

"아저씨가 결백하다는 말은 했지."

"그럼 진짜 살인자는 누군데?"

"하수구에 숨어 있다가 쥐새끼처럼 수챗구멍을 통해 밖으로 나오는 자웅동체의 생명체."

"역시 그렇구나."

릴라는 갑자기 괴로운 듯 낮은 목소리로 말했다. 그러고는 카르멜라를 비롯해 뜰에 몰려드는 여자아이들이 자신의 말이라면 무조건 사실이라고 생각한다고 덧붙였다.

"이제 말하기 싫어. 아무하고도 이야기하고 싶지 않아."

릴라는 뾰로통해서 중얼거렸다. 나는 릴라가 아이들을 경멸해서 그렇게 말하는 것도 아니고 우리에게 미치는 자신의 영향력을 자만해서도 아니라는 것을 느낄 수 있었다. 나는 그녀를 이해할 수 없었다. 내가 그 애라면 잘난 체할 것 같은데. 릴라에게서는 자부심을 조금도 느낄 수 없었다. 그보다는 책임감과 부담감이 뒤섞인 조바심 같은 것이 느껴졌다.

"사람들과 대화를 나누는 것은 멋진 일이야."

내가 속삭였다.

"그거야 내 말에 응답을 해주는 사람이 있을 때 그렇지."

순간 가슴이 기쁨으로 벅차올랐다. 이 말은 무슨 뜻일까? 내가 릴라의 말을 곧이곧대로 받아들이기만 하지 않고 응답할 줄 알기 때문에 나하고만 이야기하고 싶다는 건가. 자신의 머릿속에서 일어나는 일을 이해할 수 있는 사람은 나밖에 없다는 뜻인가.

그렇다. 게다가 이 말을 할 때의 릴라의 말투는 언제나처럼 퉁명스러웠지만 이제까지 그녀에게서 들어보지 못한 힘없는 목소리였다. 릴라는 어떤 소설인지 영화에서 살인자의 딸이 피해자의 아들을 사랑하게 되는 것을 본 적이 있다고 카르멜라에게 이야기해줬다고 했다. 하지만 그것은 허구일 뿐 현실이 되려면 진실한 사랑이 생겨나야 한다고 했다.

카르멜라는 그 의미를 이해하지 못하고 다음 날부터 알폰소와 사랑에 빠졌다고 떠들고 다녔다. 그녀의 말은 다른 소녀들에게 멋있게 보이려고 만들어낸 거짓말일 뿐이고 이 때문에 무슨 일이 생길지는 알 수 없었다.

우리는 이에 대해 이야기를 나눴다. 그때 나이가 기껏해야 열두 살이었다. 하지만 이따금 지나가는 트럭 뒤로 일어나는 먼지와 파리 사이로 타는 듯이 뜨겁게 달아오른 길을 따라 걷는 우리의 모습은 실망스럽기 짝이 없었던 지난날의 삶을 되돌아보면서 서로의 몸에 의지하며 걸어가는 두 노인네 같았다.

나는 그 누구도 우리를 이해할 수 없다고 생각했다. 우리 둘만 서로를 이해할 수 있다고 말이다. 돈 아킬레의 목에 칼을 꽂은 것이 전직 목수인 알프레도 아저씨가 아니라 하수구의 생명체이고, 살인자의 딸이 희생자의 아들과 결혼한다면 기억하는 한 언제나 존재했던 온 동네를 뒤덮고 있는 거대한 장막이 조금이나마 걷힐 것이라는 사실을 아는 사람도 우리밖에 없었다.

사물, 사람들, 건물, 거리가 참아내기 힘든 무엇인가를 내포하고 있어서 그것을 받아들이려면 게임을 하듯이 모든 것을 다시 만들어 내야만 했다. 여기서 중요한 것은 게임의 법칙을 이해하는 것인데 그것을 할 수 있는 사람은 오직 나와 그녀, 나와 릴라뿐이었다.

릴라는 뜬금없이 하지만 우리가 나눴던 모든 대화가 결국은 이 말을 하기 위해서였다는 듯이 이렇게 물었다.

"우린 아직 친구지?"

"그럼."

"그럼 내 부탁 좀 들어줄래?"

릴라와 다시 가까워진 그날 아침, 나는 릴라의 부탁이라면 무엇이든 들어줬을 것이다. 집에서 도망칠 수도 있고, 동네를 떠나 농장에서 잘 수도 있고, 나무 뿌리로 연명할 수도 있었다. 수챗구멍을 지나 하수구로 내려갈 수도 있고, 비가 오거나 날씨가 추워지더라도 집에 되돌아가지 않을 수도 있었다. 그런데 정작 그녀가 내게 부탁한 건 별일이 아니었고 그래서 그 순간에는 약간 실망했다. 릴라는 하루에 한 번씩, 한 시간이라도 괜찮으니 라틴어 책을 가지고 저녁 시간 전에 공원에서 만나자고 했다.

"성가시게 굴지 않을게."

릴라가 말했다.

릴라는 내가 낙제한 것을 이미 알고 나와 함께 공부하고 싶어 했다.

7

중학교 시절, 주변에서 많은 변화가 일어났지만 서서히 진행됐기 때문에 실감이 잘 나지 않았다. 우선 솔라라네 가족은 주점을 확장해 제과점을 시작했고 질리올라의 아버지가 제빵사직을 맡게 되었다. 일요일이면 남녀노소 할 것 없이 가족과 함께 먹을 갓 만들어낸 빵을 사기 위해 새로 생긴 제과점 앞에 줄을 섰다. 실비오 솔라라의 두 아들, 스무 살 정도 된 마르첼로와 그보다 약간 어린 미켈레는 흰색과 푸른색이 섞인 밀레첸토를 구입했고 일요일이면 자가용을 타고 동네를 오가며 으스댔다.

돈 아킬레가 식료품점으로 바꾼 알프레도 아저씨의 옛 목공소에는 맛있는 음식들이 가득 차 인도에까지 상품을 진열해야 했다. 그 앞을 지나갈 때면 온갖 종류의 향신료와 올리브, 돼지고기 햄, 갓 구운 빵, 돼지 껍데기와 돼지 기름 냄새에 없던 허기도 생길 정도였다.

돈 아킬레의 죽음으로 식료품점과 그의 가족에게 드리웠던 냉혹한 그늘이 서서히 걷혔다. 돈 아킬레의 미망인 마리아 아주머니는 언젠가부터 항상 정중한 태도를 취했고 열다섯 살이 된 딸 피누차와 아들 스테파노와 함께 직접 식료품점을 운영했다. 스테파노로 말하자면 릴라의 혀를 뽑아버리겠다고 날뛰던 과거의 소년이 아니었다. 그는 어느샌가 매력적인 눈빛에 온화한 미소를 띤 균형 잡힌 청년으로 성장해 있었다. 그러다보니 손님이 늘어났다. 우리 어머니도 나를 스테파노네 식료품점으로 심부름 보냈고 아버지도 굳이 반대하지 않았는데 그 이유는 당장 돈이 없어도 스테파노가 장부에 기록해뒀다가 월말에 한꺼번에 돈을 낼 수 있게 해주기 때문이었다.

남편인 니콜라 아저씨와 길가에서 야채와 과일을 팔던 아순타 아주머니는 허리가 아파서 일을 그만둬야 했고 그로부터 몇 달 후 니콜라 아저씨마저 폐렴에 걸려 죽을 뻔했다. 하지만 그들을 찾아온 일련의 불행한 사건들은 결국 잘 마무리되었다. 그들 대신 장남인 엔초가 봄, 여름, 가을, 겨울 할 것 없이 눈이 오나 비가 오나 매일 아침 말 수레를 끌고 동네를 돌아다니게 된 것이다. 그에게 우리를 향해 돌멩이를 던지던 사내아이의 모습은 남아 있지 않았다. 엔초는 곱슬한 금발과 푸른 눈을 가진 강인하고 건강한 느낌의 건장한 청년으로 성장했다. 그는 굵은 목소리로 자신의 물건을 선전하며 동네를 돌아다녔다. 엔초는 정직한 데다 고객에게 신뢰를 주는 태도를 취할 줄 알았고 물건의 품질도 좋았다.

엔초는 숙달된 솜씨로 저울을 다뤘다. 나는 그가 신속한 손놀림으로 저울추를 움직여 균형점을 찾아 무게를 재는 모습과 금속으로 된 저울추와 저울봉을 마찰하며 내는 소리가 좋았다. 엔초는 감자나 과일을 종이로 포장해서 스파뉴올로 아주머니나 멜리나, 내 어머니의 장바구니에 넣어주기 위해 뛰어다녔다.

동네 여기저기에서 새로운 사업들이 시작되었다. 얼마 전부터 카르멜라가 일하기 시작한 잡화점은 젊은 재봉사를 갑작스럽게 채용해서 확장 공사를 했다. 여성들을 위한 양장점으로 업종을 전환하기 위한 야심찬 계획의 일환이었다. 멜리나의 아들인 안토니오가 일하던 정비소도 옛 소유주인 젠틸레 고레시오의 아들 덕분에 오토바이 쪽으로 사업을 확장하려고 했다.

모든 것이 변하고 있었다. 마을은 마치 오랜 세월에 걸쳐 축적된 과거의 증오나 대립관계, 추악한 면으로 이뤄진 본연의 모습을 바꾸고 새로운 얼굴을 드러내려는 것처럼 형태를 바꾸고 있었다. 나와 릴라가 공원에서 라틴어 공부를 하는 동안에도 주변의 평범한 환경이 변하고 있었다. 분수·수풀·길가에 난 구멍까지도 변하고 있었다. 공기에는 늘상 아스팔트 냄새가 배어 있었고 커다란 압착 롤러가 달린 차가 연기를 내며 느린 속도로 아스팔트 위를 지나다녔다. 노동자들은 웃통을 벗거나 셔츠 바람으로 큰길과 가로변 길에 아스팔트를 깔고 있었다.

주변 환경의 색깔도 변하고 있었다. 카르멜라의 오빠 파스콸레는 기찻길 옆 나무를 베는 작업에 선발되었다. 어찌나 많은 나무를 잘라냈는지 나무 쓰러지는 소리가 며칠이고 계속됐다. 나무들은 부르르 떨다 신선한 나무 향과 풀 향을 내뿜었고 한숨과도 같은 긴 소리와 함께 공기를 가르면서 땅에 쓰러졌다. 파스콸레와 다른 일꾼들은 톱질을 하고, 도끼로 가지를 쪼개고, 땅속 흙냄새가 진동하는 뿌리를 뽑아냈다. 녹지가 사라지고 누르스름한 평지가 모습을 드러냈다.

파스콸레가 그 일자리를 찾은 것은 순전히 운이 좋아서였다. 얼마 전에 그의 친구가 솔라라네 주점에 한 무리 외지인들과 함께 와서는 밤에 나폴리 시내 광장에 있는 나뭇가지를 베어낼 사람들을 구한다는 소식을 전해주었다. 파스콸레는 실비오 솔라라와 그의 아들들을 좋아하지 않았지만(그의 아버지가 망가진 것은 결국 그 주점 때문이 아닌가) 가족을 부양해야 했기에 일하러 나갔다. 그는 녹초가 되어 새벽녘에야 돌아왔다. 그의 숨결에는 신선한 나무와 고통스럽게 죽어간 나뭇잎사귀, 바다 냄새가 진동했다. 그 일을 계기로 이런저런 일자리가 연결되어서 결국에는 기찻길 옆 나무를 베어내는 작업까지 맡게 된 것이다. 요즘은 기찻길 옆 공사장에서 일하고 있었는데 지나갈 때 보면 건물 높이를 한 층 한 층 올리기 위해 설치한 임시 가설물을 오르고 있거나 신문지로 만든 모자를 쓰고 뙤약볕 아래 앉아 소시지와 야채가 들어간 샌드위치를 점심으로 먹고 있었다.

릴라는 내가 파스콸레에게 정신을 팔면 화를 냈다. 얼마 지나지 않아 나는 릴라의 라틴어 실력이 나보다 낫다는 놀라운 사실을 알게 되었다. 그녀는 어미변화와 동사변화를 완벽하게 알고 있었다. 나는 조심스럽게 어찌된 영문인지 물었다. 그녀는 시간 낭비하기 싫다는 듯, 특유의 정 떨어지는 태도로 내가 중학교에 진학했을 때 그녀도 페라로 선생님의 도서관에 가서 라틴어 문법책을 빌려왔다고 했다. 릴라에게 그 도서관은 큰 자산이었다. 수다를 떨다가 내게 자랑스럽게 대여증을 네 개 보여줬는데 하나는 자신의 이름으로, 하나는 리노의 이름으로, 하나는 아버지 이름으로, 나머지 하나는 어머니 이름으로 발급되어 있었다. 대여증 하나에 책을 한 권씩 빌려서 한꺼번에 책 네 권을 빌렸던 것이다. 릴라는 책을 모조리 읽어치운 다음 일요일마다 책을 반납하고 새로운 책 네 권을 다시 빌렸다.

난 릴라에게 어떤 책을 읽었고 지금 읽고 있는 책은 무엇인지 한 번도 물어보지 않았다. 그럴 시간이 없었다. 우리는 공부해야만 했다. 릴라는 내게 질문을 던지고 대답을 못하면 화를 냈다. 한번은 그 마르고 긴 손으로 내 팔을 꽤 세게 찰싹 때리고는 미안하다는 말도 하지 않았다. 오히려 또 틀리면 더 세게 때리겠다고까지 했다. 릴라는 라틴어 사전에 매료되어 있었는데 그렇게 두껍고 페이지 수가 많고 무거운 책은 처음이라고 했다. 릴라는 끊임없이 사전에서 새로운 단어를 찾았다. 문제에 나오는 단어뿐 아니라 머릿속에 떠오르는 모든 단어를 닥치는 대로 찾았다.

릴라는 올리비에로 선생님이라도 된 것 같은 태도로 내게 숙제를 내주기도 했다. 하루에 문장을 삼십 개씩 번역하라고 했다. 그 가운데서 스무 문장은 라틴어에서 이탈리아어로, 나머지 열 문장은 이탈리아어에서 라틴어로 번역하라고 했다. 릴라도 문장을 번역했는데 속도가 나보다 훨씬 빨랐다.

여름이 끝날 무렵 시험이 얼마 남지 않았을 때였다. 문장에 쓰여 있는 순서대로 모르는 단어를 사전에서 찾고 중요한 단어의 뜻을 적은 다음 나열된 단어를 보며 문장의 뜻을 이해하려고 낑낑대는 내 모습을 회의적인 시선으로 바라보던 릴라가 조심스럽게 물었다.

"선생님이 그렇게 하라고 했니?"

선생님은 내게 아무런 이야기도 해주지 않았다. 문제만 내줄 뿐이었다. 그것은 내 나름의 공부법이었다.

릴라는 잠시 아무 말도 하지 않고 있다가 이렇게 조언했다.

"먼저 라틴어로 된 원문을 읽어봐. 그런 다음에 동사가 어디에 있는지 찾아내야 해. 동사의 인칭을 알면 주어를 찾아낼 수 있어. 주어를 찾으면 보어를 찾을 수 있는데 동사가 타동사면 목적격 보어인 거고 그렇지 않으면 다른 종류의 보어겠지. 이런 식으로 해봐."

나는 그렇게 했다. 갑자기 번역이 쉬워졌다. 9월 달에 학교에서 재시험을 봤는데 필기시험에서는 단 하나의 오답도 없었고 구두시험에서도 정답을 다 맞혔다.

"누구에게 과외를 받은 거니?"

약간 맘이 상한 듯 선생님이 물었다.

"친구가 가르쳐줬어요."

"대학생이니?"

나는 대학이 무슨 뜻인지 몰라 그냥 그렇다고 했다.

릴라는 교문 밖 그늘 아래서 나를 기다리고 있었다. 나는 학교에서 나와 그녀를 껴안고 시험을 아주 잘 봤다고 했다. 나는 계속해서 함께 공부하자고 했다. 그녀가 먼저 같이 공부하자고 했기 때문에 이렇게 말하는 것이 기쁘고 감사한 마음을 표현하는 방법이라고 생각해서였다. 그녀는 성가신 듯 내게서 몸을 빼내더니 자신은 그저 흔히 공부 잘한다는 아이들이 공부한다는 라틴어라는 것이 어떤 것인지 알고 싶었을 뿐이라고 했다.

"그래서?"

"알았으니 이걸로 됐어."

"라틴어가 좋지 않아?"

"좋아. 도서관에서 책을 더 빌리려고."

"라틴어 책?"

"응."

"아직 공부해야 할 게 많은데?"

"네가 내 대신 공부해줘. 내가 힘들어하면 네가 도와주면 되지. 난 이제 오빠와 할 일이 있어."

"그게 뭔데?"

"곧 보여줄게."

8

새 학기부터 나는 모든 과목에서 우수한 성적을 내기 시작했다. 나는 릴라가 라틴어나 학교에서 배우는 다른 과목에 대해서 물어봐 주길 기다렸다. 그때 나는 학교에서 좋은 성적을 내기 위해서라기보다는 릴라를 위해서 공부를 열심히 했던 것 같다. 나는 반에서 1등을 했다. 초등학교 때도 이 정도로 좋은 성적을 받은 적이 없었다.

그해 들어 내 몸은 피자를 만들 때 사용하는 밀가루 반죽처럼 부풀어 오르고 있었다. 날이 갈수록 가슴과 허벅지, 엉덩이에 살이 꽉 차오르고 있었다. 어느 일요일, 질리올라를 만나러 공원에 가고 있는데 밀레첸토를 탄 솔라라 형제가 다가왔다. 형인 마르첼로가 운전대를 잡고 있었고 동생인 미켈레는 옆 좌석에 앉아 있었다. 둘 다 윤기가 흐르는 검은 머리에 하얀 이가 드러나는 멋진 미소를 가진 잘생긴 청년들이었다. 둘 중에 굳이 마음에 드는 사람을 고르자면 나는 마르첼로 쪽이었다. 그의 외모는 문고판 일리아드에 나오는 헥토르를 생각나게 했다. 그들은 줄곧 나를 쫓아왔다. 나는 인도 쪽에서 걷고 있었고 그들은 밀레첸토를 타고 한쪽 차선을 따라왔다.

"너 차에 타본 적 있어?"

"아니요."

"그럼 타. 드라이브 시켜줄게."

"아버지가 안 된다고 하셨어요."

"말하지 않으면 되지. 언제 이런 차에 타보겠니?"

절대 못 타겠지라고 나는 생각했다. 그렇지만 나는 싫다고 했다. 공원에 다다를 때까지 계속 싫다고 하자 그들은 속도를 내며 순식간에 공사가 한창인 건물 사이로 자취를 감췄다. 나는 그들의 차에 내가 탄 것을 아버지가 알게 될까봐 싫다고 했다. 우리 아버지는 다정하고 착한 사람이었고 나를 아주 좋아했지만 내가 솔라라 형제의 차에 탄 사실을 알면 나를 죽도록 때렸을 것이다. 내 동생 페페와 잔니는 아직 어렸지만 지금이 아니라 먼 훗날이라도 언젠가는 솔라라 형제를 죽여야 한다는 의무감에 시달려야 했을 것이다. 그렇게 해야 한다는 법은 없었지만 당시에는 이것이 순리였다. 솔라라 형제도 이런 법칙을 알고 있었기 때문에 강요하지 않고 친절하게 차에 타라고 권했던 것이다.

하지만 멜리나 카푸초, 그러니까 동네를 떠난 사라토레 집안 가장과 스캔들이 있었던 그 정신 나간 과부의 큰딸인 아다는 나와 같은 대우조차 받지 못했다. 아다는 열네 살이었는데 어느 일요일 어머니 몰래 립스틱을 바르고 거리에 나갔다. 그녀는 곧고 긴 다리에 나보다 가슴이 더 컸기 때문에 나이보다 성숙해 보이는 편이었고 아름다웠다. 솔라라 형제는 이런 그녀에게 저속한 말을 던졌고 급기야는 미켈레가 아다의 팔을 잡고 자동차 안으로 그 애를 잡아끌기에 이르렀다. 한 시간 후에 아다를 그 자리에 다시 데려다줬는데 그녀는 약간 화가 난 것 같기도 했지만 얼굴에는 웃음기가 있었다.

그녀가 억지로 자동차에 타는 것을 본 누군가가 그 사실을 고레시오 씨네 정비소에서 정비공으로 일하는 아다의 오빠인 안토니오에게 전했다. 안토니오는 수줍은 성격에 예의바르고 성실한 일꾼이었다. 그는 아버지의 죽음과 온전하지 못한 어머니의 정신 상태 때문에 큰 상처를 받았다. 그런 안토니오가 친지들에게 한마디 상의 없이 솔라라네 주점으로 가서 마르첼로와 미켈레가 나오기를 기다렸다. 안토니오는 두 사람이 나타나자 경고의 말도 하지 않고 달려들어 주먹을 휘두르고 발로 걷어찼다. 얼마간은 두 형제를 상대로 선방했지만 이내 형제의 아버지가 바텐더 한 명과 함께 모습을 드러냈다. 이들 넷은 안토니오가 피범벅이 될 때까지 그를 흠씬 두들겨 팼다. 지나가는 사람들이나 주점에 있던 손님들 그 누구도 안토니오를 도와주지 않았다.

여자아이들은 이 사건을 두고 견해가 나뉘었다. 질리올라와 카르멜라는 솔라라 형제 편을 들었다. 단지 그들이 잘생긴 데다 밀레첸토를 가지고 있기 때문이었다. 나는 생각이 오락가락했다. 질리올라와 카르멜라가 있을 때는 솔라라 형제의 편을 들면서 우리 중 누가 그들을 더 좋아하는지를 두고 경쟁을 벌였다. 사실 마르첼로와 미켈레는 잘생긴 청년들이었다. 여자아이 치고 둘 가운데 어느 한 사람

옆에 앉아 자동차를 타는 상상을 한 번 정도 해보지 않은 아이는 없을 것이다.

그렇지만 나는 이들이 아다와 안토니오에게 한 행동이 무례했다는 사실도 알고 있었다. 비록 안토니오는 솔라라 형제처럼 잘생기지도 않고 매일같이 체육관에서 아령 운동을 하는 그들처럼 근육질도 아니었지만 적어도 용기를 내어 그들과 맞서지 않았는가. 나의 이런 생각과 같은 말을 서슴지 않고 하는 릴라가 옆에 있을 때면 나도 소극적이나마 같은 의견을 표했다.

어느 날 토론이 너무나 격렬해져서 릴라가 평소보다 더 창백해진 얼굴로 만약 자기에게 아다와 같은 일이 일어난다면 오빠와 아버지가 곤란에 빠지지 않도록 자기가 직접 해결했을 것이라고 했다. 릴라가 이토록 격한 반응을 보이는 것은 그녀의 몸이 아직 우리처럼 성숙하지 않아서일 수도 있고 솔라라 형제의 눈길을 온몸으로 느끼는 그 기분 좋은 경험을 한 번도 해보지 못해서일 수도 있다.

"어차피 마르첼로와 미켈레는 널 거들떠보지도 않을 텐데 뭐."

질리올라가 이렇게 말했다. 카르멜라와 나는 릴라가 화를 낼 것이라고 생각했는데 의외로 릴라는 진지하게 말했다.

"그게 나야."

릴라는 언제나처럼 가냘팠지만 온몸이 긴장감으로 팽팽해져 있는 것 같았다. 나는 그녀의 손을 바라보다 깜짝 놀랐다. 그녀의 손끝은 어느새 누렇고 두껍게 굳은살이 붙은 리노와 그의 아버지 손처럼 변해 있었다. 누가 시킨 것도 아니고 그녀가 맡은 일도 아닌데 릴라는 직접 신발을 수선하기 시작했다. 실을 준비하고, 바느질을 하고, 풀을 붙이고, 구두에 박음질까지 했다. 이제는 페르난도 아저씨의 도구들을 오빠인 리노만큼이나 능숙하게 다루게 되었다. 그래서 그해 들어 내게 라틴어에 대해 더 이상 물어보지 않았던 것이다.

릴라는 얼마 후 책과는 전혀 관계없는 자신의 새로운 계획에 대해서 설명해주었다. 새 신발을 제작하도록 아버지를 설득하려 한다는 것이다. 하지만 페르난도 아저씨는 릴라의 이야기를 들으려고도 하지 않았다.

"수제화를 만드는 것은 미래가 없는 사업이다. 요즘은 기계로 신발을 만드는데 기계를 사려면 돈이 필요하지. 그런데 돈은 은행 아니면 고리대금업자에게나 있는 거야. 체룰로 가족의 주머니 속에 있는 게 아니라고."

그렇지만 릴라는 의견을 굽히지 않고 아버지를 성심성의껏 칭찬했다.

"아버지처럼 신발을 만들 수 있는 사람은 아무도 없어요."

페르난도 아저씨는 그 말이 사실일 수도 있지만 이미 기계를 사용해서 저렴한 가격으로 대량 생산하는 시대가 왔다고 했다. 그러면서 자신도 공장에서 직접 일해봐서 시장에서 판매되는 신발이 얼마나 형편없는지는 잘 알고 있지만 어쩔 수 없는 일이라고 했다. 새 신발이 필요할 때 동네 구둣방을 찾는 사람은 아무도 없었다. 레티필로에 있는 상점에 가면 그만인 것이다. 그러니까 수제화를 아무리 정성들여 만들어도 팔 수 없을 테니 결국 땀과 돈만 허비하고는 망하고 말 것이라고 했다.

릴라는 이에 굴복하지 않고 언제나처럼 리노를 제 편으로 끌어들였다. 리노는 처음에는 릴라가 책 나부랭이가 아니라 자신의 분야에 대해서 아는 척하는 태도에 화가 나서 아버지 편을 들었다. 그렇지만 서서히 동생의 말에 현혹되어 이제는 하루 걸러 한 번꼴로 릴라가 그의 머릿속에 심어놓은 말을 그대로 반복하며 아버지와 말다툼을 벌였다.

"한 번쯤 시도라도 해볼 수 있잖아요."

"어림없는 소리."

"솔라라네 자동차를 보셨어요? 카라치네 식료품점이 얼마나 잘 되는지 보셨어요?"

"나는 잡화상이 양장점을 하려다 포기하는 것도 보았고 고레시오가 그 어리석은 아들놈 때문에 과욕을 부린 것도 보았다."

"하지만 솔라라네는 계속 번창하잖아요."

"솔라라는 내버려두고 네 일이나 생각하렴."

"기찻길로 새로운 도심지가 형성되고 있어요."

"그게 무슨 상관이란 말이냐."

"사람들은 돈을 벌고 나면 번 돈을 쓰고 싶어 한다고요, 아버지."

"사람들이 먹는 데 돈을 쓰는 것은 매일 먹어야 살기 때문이다. 그렇지만 신발은 먹을 수 있는 것이 아닌 데다가 망가지면 고치면 돼. 고치고 나면 20년이라도 신을 수 있지. 우리가 할 일은 신발을 수선하는 것이지 그 이상도 그 이하도 아니야."

내게는 언제나 친절했지만 때로는 아버지도 겁을 먹게 할 정도로 강한 면이 있는 리노가 항상 동생 편을 들어주는 것이 나는 마음에 들었다. 그렇게 강한 오빠가 있는 릴라가 부러웠다. 나와 릴라의 근본적인 차이는 내게는 동생밖에 없어서 어머니의 영향에서 벗어나 자유롭게 생각할 수 있도록 용기를 주거나 지지해줄 사람이 없는 반면 릴라에게는 누구에게서든 그녀를 보호해줄 수 있는 리노가 있어서 무슨 생각을 하든지 그에게 의지할 수 있는 것이라고 생각한 적도 있었다. 그렇지만 나는 페르난도 아저씨 말이 옳다고 생각했다. 나는 아저씨 편이었다. 릴라와 이야기를 나누어보니 그녀도 나와 같은 생각이었다.

언젠가 한 번은 릴라가 내게 오빠와 함께 제작할 신발 디자인을 보여준 적이 있었다. 남성 신발과 여성 신발이 다 있는 멋진 디자인이었다. 네모난 칸이 그려진 공책에서 뜯어낸 종이에 그린 그 그림들은 디테일이 살아 있고 꼼꼼하게 채색되어 있었다. 마치 3차원의 세계에서 이와 똑같은 신발들을 직접 보고 돌아와서는 종이에 정확하게 베껴 그린 것 같았다. 하지만 세밀한 디테일에서부터 전체적인 모양까지 모두 릴라가 생각해낸 것이었다. 초등학교 시절 공주 그림을 그릴 때 그랬던 것처럼. 그때 그린 신발도 언뜻 보면 평범한 듯 보였지만 그 어디에서도 본 적이 없는 모양이었다. 연애소설에 나오는 여배우들의 구두와도 닮지 않은 모양이었다.

"마음에 들어?"

"아주 세련된 신발들이네."

"리노는 만들기 힘든 디자인이래."

"할 수는 있겠대?"

"그렇다고 맹세했어."

"아버지는?"

"아버지야 당연히 만들 수 있지."

"그럼 만들어봐."

"그런데 아버지는 만들기 싫어하셔."

"왜?"

"나 혼자 장난삼아 해보는 것은 괜찮지만 아버지와 리노는 나 때문에 낭비할 시간이 없다고 하셔."

"무슨 뜻이야?"

"실제로 작업을 착수한다는 것은 그만큼의 시간과 돈이 필요하다는 것을 의미하지."

릴라는 리노 몰래 계산한 제작비 내역서를 내밀려다가 잠시 머뭇거리다 손에 들고 있던 종이를 다시 접었다. 그러고는 아버지의 말이 옳고 시간 낭비일 뿐이라고 했다.

"그래서 어떻게 할 건데?"

"그래도 해봐야지."

"페르난도 아저씨가 화를 내실 텐데."

"시도하지 않으면 변화할 수 없어."

여기서 변화란 단 한 가지, 부자가 되는 것을 의미했다. 아무것도 가지지 못한 사람에서 모든 것을 가진 사람이 되는 것. 나는 『작은 아씨들』의 저자처럼 소설을 쓰려고 했던 릴라를 떠올렸다. 나는 그 계획에 아직도 미련이 있었다. 사실 라틴어를 배우는 것도 이를 위해서였고 릴라가 페라로 선생님의 도서관에서 책을 빌리는 이유도 나와 함께 소설을 써서 돈을 벌기 위해서일 것이라는 생각을 내 마음속 깊은 곳에 간직하고 있었다. 비록 지금 그녀의 관심은 온통 신발에 쏠려 있지만 말이다. 하지만 릴라는 내 말에 별 관심이 없는 양 어깨를 한 번 으쓱해 보일 뿐이었다. 그녀는 『작은 아씨들』에 대한 계획을 완전히 재정비했다.

"이제는 부자가 되려면 사업을 해야만 해."

릴라가 말했다. 우선 신발 한 켤레를 만들어서 그 신발이 얼마나 보기 좋고 편한지 아버지에게 보여주겠다고 했다. 그렇게 페르난도 아저씨를 설득하면 신발 생산을 시작할 수 있다고 했다. 오늘의 두 켤레가 내일 네 켤레가 되고, 한 달 안에 서른 켤레를 만들고 1년이면 사백 켤레를 만들게 될 것이라고 했다. 그러다보면 얼마 지나지 않아 아버지와 리노, 어머니와 다른 형제들과 함께 구두공장을 차릴 수 있을 것이고 여기에 기계를 갖추고 직원을 오십여 명 채용하면 '체룰로 구두공장'을 열 수 있을 것이라고 했다.

"구두공장이라고?"

"그래."

릴라는 그녀 특유의 확신에 찬 목소리로 표준어를 또박또박 사용하여 '체룰로'라는 글씨가 쓰인 공장 간판과 구두 위에 새겨진 '체룰로' 상표를 묘사했다. 이야기를 듣고 있자니 내 눈앞에 간판과 상표가 실제로 보이는 듯했다.

릴라는 체룰로 컬렉션 전체를 설명하기 시작했다. 체룰로 상표를 새긴 신발은 그녀의 그림처럼 눈부시도록 아름답고 세련되었을 것이다. 릴라는 신발이 예쁜 데다 잠자리에 들 때에도 신고 잘 정도로 편할 것이라고 했다.

우리는 이런 이야기를 주고받으면서 함께 웃었다.

그런데 릴라가 갑자기 웃음을 멈췄다. 먼 옛날 티나와 누를 데리고 지하창고 통풍구 앞에 앉아 놀던 어린아이들로 되돌아간 것처럼 느껴졌는지 이제는 그녀의 특징이 되어버린 애늙은이 같은 태도로 짚고 넘어갈 것이 있다는 듯이 말했다.

"솔라라 형제가 왜 이 동네 주인인 양 행세하고 다니는지 아니?"

"포악한 인간들이니까."

"아니. 돈이 많아서야."

"그래?"

"그럼. 그치들이 언제 피누차에게 치근거린 적이 있니?"

"아니."

"그런데 아다는 왜 그렇게 취급했는지 알아?"

"아니."

"아다는 아버지도 없고 오빠인 안토니오는 별 볼일 없는 인간인 데다가 엄마인 멜리나와 건물 청소나 하고 다니는 신세이기 때문이야."

결론은 솔라라 형제에게서 스스로를 보호하기 위해서는 우리가 그들보다 더 부자가 되든지 아니면 먼저 공격을 가해야 한다고 했다. 릴라는 아버지의 작업장에서 가지고 온 날카로운 가죽용 칼을 보여주며 말했다.

"난 못생긴 데다 생리도 안 하기 때문에 나를 건드리지는 않을 거야."

릴라가 다시 말했다.

"하지만 네겐 치근덕거릴 수도 있어. 그런 수작을 부리면 알려줘."

나는 혼란스러운 눈빛으로 릴라를 바라보았다. 겨우 열세 살인 우리들은 제도나 법률이나 정의에 대해서는 아무것도 몰랐다. 그저 어린 시절부터 보고 들은 것을 따라하고 그렇게 하는 것이 옳은 일이라고 생각할 뿐이었다. 원래 정의는 폭력으로 실현되는 것이 아니었던가. 알프레도 아저씨가 돈 아킬레를 죽인 것도 그래서가 아닌가.

집으로 돌아와 릴라가 마지막으로 내게 한 말의 의미를 생각해보았다. 릴라가 나를 매우 소중하게 여긴다는 사실을 깨닫고 행복해졌다.

9

나는 전 과목 평균 8점에 이탈리아어와 라틴어는 9점을 받고 중학교 졸업시험을 통과했다. 내 성적은 학교를 통틀어 가장 우수했다. 평균 8점인 알폰소보다 성적이 좋았고 질리올라와는 비교도 할 수 없는 성적이었다. 얼마 동안 나는 절대적인 1등의 기쁨을 누렸다. 아버지는 내게 칭찬을 아끼지 않았다. 그때부터 아버지는 당신의 큰딸이 이탈리아어에서 9점을 받고 다른 과목도 아닌 라틴어에서도 9점을 받았다고 여기저기 자랑하고 다니기 시작했다. 놀랍게도 어머니까지 내게 이렇게 말했다.

"일요일에 내 은팔찌를 차고 나가도 좋아. 하지만 절대로 잃어버리면 안 돼."

비록 싱크대 옆에 서서 야채를 손질하며 뒤돌아보지도 않고 말했지만.

친구들의 반응은 별로였다. 그들에게는 사랑과 연애 이야기만이 중요할 뿐이었다. 카르멜라에게 전교 1등을 했다고 하자 그녀는 이내 알폰소가 지나가면서 어떤 눈으로 자신을 바라보았는지에 대해 이야기하기 시작했다. 질리올라는 라틴어와 수학에서 낙제했기 때문에 몹시 씁쓸해했다. 지노가 매일 자기를 쫓아다니지만 자기는 마르첼로에게 반했기 때문에 지노를 받아들이지 않았으며 사실 마르첼로도 자기를 좋아하는 것 같다는 이야기로 점수를 만회하려 했다. 릴라마저도 특별히 기뻐하는 것 같지 않았다. 내가 과목의 점수를 하나하나 열거하자 그녀 특유의 심술궂은 목소리로 웃으며 물었다.

"그런데 10점은 못 받았네?"

나는 속이 상했다. 10점은 수업 태도에 대한 점수를 매길 때만 주는 점수였다. 중요 과목에서 그 정도 점수를 주는 선생님은 아무도 없었다. 하지만 그녀의 말 때문에 마음속에 은밀히 품고 있던 생각이 확실해졌다. 릴라가 나와 같이 학교에 다녔다면, 우리가 같은 반이었다면, 부모님이 그렇게 하도록 허락만 해줬다면, 그 애는 모든 과목에서 만점을 받았을 것이다. 나는 언제나 이 사실을 알고 있었고 릴라도 그랬다. 이 사실의 무게감이 내 어깨를 짓눌렀다.

나는 진정한 1등이 없는 상태에서 1등을 했다는 생각을 곱씹으며 집으로 돌아갔다. 설상가상으로 부모님은 중학교 학위를 딴 딸을 어디에서 일하게 해야 할지에 대해서 의논하기 시작했다. 어머니는 문구점 주인아주머니에게 나를 채용해달라고 부탁할 속셈이었다. 어머니는 나는 똑똑한 아이라 펜과 연필, 공책과 교과서를 파는 일에 적합할 것이라고 생각했다. 아버지는 시청의 인맥을 이용해 어떻게 해서든 내게 좋은 자리를 마련해줄 꿈에 부풀어 있었다. 그러나 그동안 뭐라고 정의내릴 수 없는 내면의 슬픔은 점점 더 커져서 일요일에도 밖에 나가고 싶지 않았다.

나는 내 자신에게 만족할 수 없었다. 모든 것이 빛이 바랜 느낌이었다. 거울 속의 내 모습은 내가 원하는 모습이 아니었다. 금발이었던 머리는 갈색으로 변해 있었고 코는 옆으로 벌어진 데다 납작했다. 계속해서 살이 쪘지만 키는 그대로였다. 피부도 망가지고 있었다. 이마와 턱 주변으로 불그스름한 뾰루지가 무리를 이루며 늘어나고 있었다. 뾰루지들은 이내 보랏빛으로 익어서 끝에는 누런 고름이 맺혔다.

나는 어머니를 도와 집 안 청소를 하고 음식도 만들었다. 동생들의 뒤치다꺼리를 하고 막내인 엘리사를 돌보기 시작했다. 틈이 나도 나가지 않고 집구석에 틀어박혀 도서관에서 빌린 델레다, 피란델로, 체호프, 고골, 톨스토이, 도스토옙스키 같은 작가들의 소설을 읽었다. 이따금 아버지의 구둣방에서 일하고 있을 릴라를 찾아가 특히 마음에 들었던 인물들이나 너무 좋아서 통째로 외워버린 문장에 대해서 대화를 나누고 싶은 욕망이 강하게 일기도 했지만 이내 그런 생각을 떨쳐버렸다. 말해봤자 기분만 상할 것 같았다. 보나마나 리노와 함께하고 있는 계획, 신발과 신발공장, 돈 버는 방법에 대해서 이야기를 시작할 것이다. 그 이야기를 듣다보면 나는 서서히 소설 따위는 아무런 쓸모가 없고, 내 인생과 미래는 암울하기 그지없다고 생각할 것이다. 결국 나는 성당 앞 문구점의 뚱뚱한 여드름쟁이 직원이 되거나 시청의 노처녀 공무원이 되거나 사시에 절름발이가 될 운명이라고 생각하게 될 것이다.

일요일 아침에 도서관으로 와달라는 페라로 선생님의 초대장을 받고 나는 이 상황에 맞서기로 했다. 나는 어렸을 때처럼 예쁘게 보이려고 한껏 몸치장을 하고 외출했다. 여드름을 짜내느라 꽤 많은 시간을 허비했는데 결과적으로 여드름 자국이 한층 더 벌게지고 말았다. 그래도 꿋꿋하게 어머니가 빌려준 팔찌를 하고 머리를 풀었다. 하지만 여전히 내 모습이 맘에 들지 않았다. 그 즈음이면 열기에 들뜬 뜨거운 손이 온 동네를 덮고 있는 것처럼 아침부터 무더웠다. 나는 절망적인 마음으로 더위 속에서 도서관까지 걸어갔다.

정문으로 쏟아져 들어오는 부모님들과 초등학생 중학생 무리를 보고 도서관이 평소와 다르다는 것을 깨달았다. 도서관에 들어서니 좌석은 이미 사람들로 꽉 차 있었고 형형색색의 리본 장식이 여기저기 달려 있었다. 교구 담임신부님, 페라로 선생님, 올리비에로 선생님과 심지어는 교장선생님까지 나와 있었다. 알고 보니 페라로 선생님이 도서관 이용자 가운데 가장 열성적인 독자들에게 상으로 책을 한 권씩 주기로 했다는 것이었다. 기념식이 막 시작된 참이라 도서대여가 잠시 중단됐기 때문에 나는 홀 끝에 자리를 잡고 앉았다. 릴라를 찾아봤지만 질리올라와 지노, 알폰소의 모습만 눈에 들어왔다.

나는 불편한 마음으로 의자에 앉아 안절부절못하고 있었다. 얼마 지나지 않아 내 옆에 카르멜라와 그녀의 오빠 파스콸레가 자리를 잡았다. 안녕 하고 인사하고는 여드름 때문에 울긋불긋해진 뺨을 머리카락으로 가렸다.

이내 소박한 기념식이 시작되었다. 1등은 라파엘라 체룰로, 2등은 페르난도 체룰로, 3등은 눈치아 체룰로, 4등은 리노 체룰로, 5등은 엘레나 그레코. 그렇다. 5등은 나였다.

난 웃음이 터져나왔고 파스콸레도 마찬가지였다. 우리는 서로를 바라보며 숨죽여 웃었고 카르멜라는 계속해서 대체 왜 웃느냐고 작은 소리로 물었다. 우리는 그 질문에 대답하지 않고 다시 눈빛을 교환하면서 손으로 입을 가리고 웃었다.

갑자기 기분이 좋아져서 눈가에 아직도 웃음기가 남아 있는데 체룰로네 가족 가운데 온 사람이 아무도 없느냐고 몇 번이나 묻던 페라로 선생님이 5등인 내 이름을 불렀다. 상을 받으러 앞으로 나가자 페라로 선생님은 나를 칭찬하며 제롬의 『보트 위의 세 남자』를 건넸다. 나는 선생님께 감사 인사를 하고 조그마한 소리로 물었다.

"체룰로네 식구들의 상도 제게 주실 수 있나요? 가는 길에 전해주려고요."

선생님은 내게 체룰로 가족을 위해 준비했던 책들을 주었다.

식이 끝나자 카르멜라는 알폰소와 지노와 수다를 떨고 있는 질리올라에게 흥분해서 씩씩거리며 달려갔다. 파스콸레는 사투리로 독서에 열중해 시력이 나빠진 리노와 책을 읽느라 밤잠을 이루지 못하는 구두수선공 페르난도 아저씨, 한 손에는 국자를 한 손에는 책을 들고 화덕 옆에 서서 감자가 들어간 파스타를 요리하는 눈치아 아주머니의 모습을 묘사하며 나를 웃겼다. 리노와 파스콸레는 초등학교 때 같은 반 짝꿍이었다. 그는 너무 웃어서 눈물이 그렁그렁한 눈으로 낙제한 것까지 합해서 초등학교를 6, 7년 다닌 결과 자신과 리노가 읽을 수 있는 것은 담뱃가게, 식료품점, 우체국 간판 정도일 것이라고 했다. 그것도 둘이 서로 힘을 모아 겨우겨우 읽을 수 있을 것이라고 했다. 그러고는 리노가 받은 상은 무엇이냐고 물었다.

"『죽음의 브뤼헤』."

"그게 뭐야? 유령 이야기인가?"

"몰라."

"그 책 전해주러 갈 때 같이 가도 돼? 아니, 그 책은 내가 전해줘도 될까?"

우리는 다시 웃음을 터뜨렸다.

"그럼."

"우리 리노에게 상을 다 주다니. 믿을 수 없는 일이야. 정작 그 책들을 다 읽은 건 리나지. 정말 놀라운 아이야."

파스콸레의 관심에 나는 마음이 풀렸다. 그가 나를 웃게 해주는 것도 좋았다. 내가 그렇게 못생긴 것은 아닌 모양이라고 생각했다. 아직 내 자신의 모습을 내가 잘 모르는 것뿐이다.

그때 누군가 내 이름을 불렀다. 올리비에로 선생님이었다.

선생님께 다가가자 어린 시절 우리에게 점수를 매길 때와 같은 눈빛으로 나를 바라보더니 내 외모에 대해서 내가 방금 한 생각에 확신을 주는 이야기를 해주었다.

"너 정말 많이 컸구나. 아주 예뻐졌어."

"아니에요. 선생님."

"아니다. 넌 정말 예뻐. 건강해보이고 적당히 살도 찌고. 공부도 아주 잘한다지? 전교 1등을 했다고 들었다."

"네."

"이제 뭘 할 거니?"

"일자리를 찾아봐야죠."

순간 선생님의 얼굴이 어두워졌다.

"말도 안 되는 소리. 넌 공부를 계속해야 해."

나는 놀라서 선생님을 쳐다보았다. 대체 무엇을 더 공부해야 한단 말인가? 나는 학제에 대해서는 아무것도 몰랐고 중학교 다음에 어떤 학교가 있는지도 몰랐다. 인문계 고등학교나 대학 같은 단어는 내게 와닿지 않았다. 소설에서나 읽을 수 있는 그런 단어였다.

"안 돼요. 부모님이 보내주지 않으실 거예요."

"작문선생님이 라틴어 점수를 어떻게 주셨니?"

"9점이오."

"정말?"

"네."

"그러면 내가 부모님과 이야기를 해봐야겠구나."

나는 그만 선생님과 헤어지려 했다. 약간 겁이 나기도 했다. 올리비에로 선생님이 정말 부모님께 내가 공부를 계속해야 한다고 말하러 오면 부모님은 또다시 싸우기 시작할 테고, 나는 그런 상황을 견딜 자신이 없었다. 지금 이대로가 좋았다. 어머니를 돕고, 문구점에서 일하고, 통통하고 건강하지만 못생긴 여드름투성이의 내 얼굴을 받아들이면서 말이다. 그러니까 올리비에로 선생님의 표현대로 말하자면 빈곤 속에서 뼈빠지게 일하면서 말이다. 구두수선공 집안의 딸내미가 꾸기엔 너무 허무맹랑한 꿈 부분을 뺀다면 릴라도 3년 전부터 이미 그렇게 살아오지 않았는가.

"감사합니다. 선생님."

내가 말했다.

"다음에 봬요."

올리비에로 선생님이 내 팔을 붙잡았다.

"저런 아이와 시간 낭비하지 말아라."

선생님이 나를 기다리고 있는 파스콸레를 턱으로 가리키며 말했다.

"평생 벽돌공이나 할 아이야. 게다가 집안도 형편없어. 아버지는 공산당인 데다 돈 아킬레의 살인범이지. 저 애와 절대로 함께 다니지 말아라. 보나마나 제 아버지처럼 공산당일 게야."

나는 고개를 끄덕이고는 파스콸레에게 인사하지 않고 자리를 떠났다. 그는 약간 당황하는 듯했지만 이내 열 걸음쯤 뒤에서 나를 따라왔다. 그가 따라오니 기분이 좋았다. 특별히 잘생긴 아이는 아니었지만 이제는 나도 그다지 예쁜 아이는 아니었다. 파스콸레는 심하게 곱실거리는 검은 머리에 원래 어두운 피부색은 햇볕에 타서 더 까맣게 보였고 입이 컸다. 살인자의 아들인 데다 공산당일 수도 있었다.

나는 공산당이라는 단어를 머릿속으로 되뇌어봤다. 아무런 의미가 없는 단어였는데 선생님 때문에 부정적인 느낌이 들었다. 공산당, 공산당, 공산당이라. 공산당이자 살인자의 아들이라는 조합은 나를 사로잡았다.

모퉁이를 돌자 파스콸레가 기다렸다는 듯이 내게 다가왔다. 우리는 집 근처까지 웃으며 함께 걸어갔다. 다음 날 릴라와 리노에게 책을 전해주러 구둣방에 함께 가자고 약속했다. 헤어지기 전에 파스콸레는 일요일마다 동생과 함께 질리올라네로 춤을 배우러 가는데 원하는 사람은 누구든지 올 수 있다고 했다. 그러면서 내게 함께 가겠느냐고 물었다. 원한다면 릴라도 함께 말이다.

나는 바로 대답하지 못했다. 어머니가 보내주지 않을 것은 뻔했다. 그렇지만 좋다고 생각해보겠다고 했다. 파스콸레는 내게 손을 내밀었다. 아직까지 그런 행동에 익숙하지 않은 나는 망설이다가 그의 단단하고 거친 손을 살짝 잡았다가 빼냈다.

"아직도 벽돌공 일을 하고 있어?"

나는 알면서도 다시 물었다.

"그래."

"정말 공산당이야?"

그는 미심쩍은 눈초리로 나를 바라보았다.

"그래."

"아직도 포조레알레 감옥으로 아저씨 면회를 가?"

그는 갑자기 진지해졌다.

"시간이 되면."

"안녕."

"안녕."

10

올리비에로 선생님은 그날 오후에 바로 우리 집을 찾아왔다. 예기치 않은 선생님의 방문으로 아버지의 불안은 극에 달했고 어머니는 잔뜩 화가 났다. 선생님은 부모님께 가장 가까운 인문계 고등학교에 나를 등록시킬 것을 맹세하게 했다. 선생님은 내게 필요한 책을 직접 구해주겠다고도 했다. 그러고는 아버지에게, 하지만 시선은 내게 고정시킨 채, 내가 파스콸레와 단둘이 있는 모습을 보았다고 했다. 미래가 창창한 나 같은 아이에게 파스콸레 같은 남자아이는 당치도 않다고 했다.

부모님은 감히 선생님 의견에 반대하지 못했다. 오히려 선생님에게 나를 고등학교에 보내겠다고 맹세했다. 아버지가 화난 어투로 말했다.

"레누야, 파스콸레와는 이야기할 생각도 말아라."

작별인사를 하기 전에 선생님은 내게 부모님 앞에서 릴라에 대해 물었다. 나는 릴라가 아버지와 오빠의 일을 돕고 있다고 했다. 계산서를 정리하거나 구둣방을 청소하면서 지낸다고 했다. 선생님은 경멸에 찬 표정으로 인상을 찌푸리더니 다시 물었다.

"그 애는 네가 라틴어에서 9점을 받은 걸 아니?"

나는 고개를 끄덕였다.

"이제 그리스어도 공부하게 됐다고 전하려무나. 꼭 그렇게 말하렴."

선생님은 꼿꼿한 자세로 부모님께 인사를 했다.

"레누는 말입니다."

선생님이 말했다.

"우리를 뿌듯하게 해줄 거예요."

그날 밤 어머니는 어쩔 수 없이 나를 귀족들이나 다니는 학교에까지 보내게 됐다며 화를 냈다. 그렇게 하지 않으면 올리비에로 선생에게 괴롭힘을 당할 것이고 자신의 말에 따르지 않은 보복으로 막내인 엘리사를 몇 년이고 낙제시킬 것이라고 했다. 그 와중에 아버지는 그보다 더 중요한 일은 있을 수 없다는 듯이 다시 한 번 파스콸레와 단둘이 만나면 두 다리를 분질러버리겠다고 위협했다. 순간 째지는 듯한 고함소리에 모두 입을 다물었다. 멜리나의 딸 아다가 도움을 청하는 소리였다.

창가로 달려가 보니 뜰에 큰 소동이 벌어지고 있었다. 사라토레

일가가 이사 가고 난 뒤, 전반적으로 안정된 모습을 보이던 멜리나의 광기가 다시 시작된 것이었다. 물론 그동안 멜리나는 약간 우울해했고 조금은 멍한 상태였다. 하지만 특이한 행동을 보이는 횟수가 줄어들었고 그마저도 계단 청소를 하며 큰 소리로 노래를 부른다든지 지나가는 사람을 살피지 않고 더러운 물을 길 밖에 쏟아버리는 정도의 무해한 것이었다. 그러던 그녀가 일종의 환희에 찬 광란 상태에 빠진 것이다.

멜리나는 웃으며 침대 위에서 뛰다가 치마를 걷어 올리고 두려움에 질린 아이들 앞에 메마른 허벅지와 속옷을 드러냈다. 어머니는 창밖을 내다보고 있는 동네 여자들에게 질문을 던져가며 여기까지 알아냈다. 나는 무슨 일이 일어나고 있는지 보기 위해 눈치아 아주머니와 함께 달려오는 릴라의 모습을 보고 그녀에게 가기 위해 문 쪽으로 달려 나갔지만 어머니에게 제지당했다. 어머니는 머리를 손질한 뒤 직접 사태를 파악하러 절뚝거리며 밖으로 나갔다.

집으로 돌아온 어머니는 분개했다. 누군가 멜리나에게 책을 한 권 보냈다고 했다. 그렇다. 책 말이다. 초등학교 2학년도 마치지 못한, 평생 책 한 권 읽어본 적 없는 멜리나에게 책을 보낸 것이다. 책 앞표지에는 도나토 사라토레의 이름이 쓰여 있었다. 첫 번째 페이지에는 멜리나에게 바치는 헌사와 그녀를 위해 펜으로 직접 쓴 시가 붉은색 글씨로 적혀 있었다는 것이다.

아버지는 그 요상한 이야기를 듣고 철도원이자 시인인 도나토 아저씨에게 험한 욕을 퍼부었다. 어머니도 똥으로 가득 찬 그 인간의 똥 같은 머리를 누군가 진작 박살내버려야 했다고 맞장구쳤다. 동네 사람들은 밤새 멜리나의 행복한 노랫소리를 들어야 했다. 노랫소리와 함께 그녀의 아이들이, 특히 안토니오와 아다가 그녀를 안정시키려고 부질없이 애쓰는 소리도 들려왔다.

하지만 나는 경외심에 가까운 감정을 느꼈다. 같은 날 파스콸레 같은 어두운 매력이 있는 청년의 관심을 받았고, 새로운 학문을 향한 문이 눈앞에 열린 데다, 얼마 전까지 같은 동네 더군다나 우리 집 맞은편 건물에 살던 사람이 책을 출판한 것을 알게 된 것이다. 특히 마지막 사실은 우리도 책을 쓸 수 있다고 생각했던 릴라가 옳았음을 증명했다. 물론 릴라는 책 쓰기를 포기했지만 나라면, 파스콸레의 사랑에 힘을 얻고 그 어렵다는 고등학교라는 곳에서 공부를 해낸다면 도나토 아저씨처럼 혼자서 책을 쓸 수 있을지도 모른다고 생각했다. 모든 일이 잘 풀리면 릴라가 구두그림과 구두공장으로 돈을 벌기 전에 내가 먼저 부자가 될 수 있을지도 모른다고 생각했다.

11

나는 다음 날 몰래 파스콸레와 약속한 장소에 나갔다. 그는 작업복 차림으로 헐떡거리며 나타났다. 온몸은 땀에 젖어 있었고 여기저기 하얀 석회 자국이 튀어 있었다. 함께 걸어가면서 나는 그에게 도나토 아저씨와 멜리나 이야기를 들려주었다. 나는 최근 일어난 일을 종합해볼 때 멜리나가 미친 것이 아니고 도나토 아저씨가 정말로 그녀를 사랑했으며 아직까지도 사랑하고 있는 것이 분명하다고 했다. 하지만 그렇게 말하는 동안에도, 파스콸레가 내 이야기에 민감하게 반응하면서 맞장구칠 때도, 이 모든 일 중에서 내게 가장 인상 깊었던 일은 도나토 아저씨가 책을 출간했다는 사실이라는 것을 깨달았다. 내가 알고 있는 그 철도청 직원이 페라로 선생님이 도서관에 비치해뒀다가 빌려줄 수도 있는 그런 책의 저자가 된 것이다.

나는 파스콸레에게 우리가 알던 도나토 아저씨가 아내인 리디아 아주머니에게 조종이나 당하는 평범한 사람이 아니라 시인이었다고 말했다. 그의 비극적인 사랑은 우리가 지켜보는 가운데 시작되었고 그에게 영감을 준 사람은 다름 아닌 멜리나라고 말했다.

나는 흥분되어 심장이 강하게 뛰는데 파스콸레는 내 감정선을 따라오지 못하고 있다는 사실을 깨달았다. 그저 내게 반대하지 않기 위해서 그렇다고 대답해주고 있을 뿐이었다.

아니나 다를까 얼마 지나지 않아 그는 주제를 바꾸려고 릴라에 대해 묻기 시작했다. 릴라가 학교 다닐 때 어땠는지, 내가 그녀를 어떻게 생각하는지, 우리가 정말 친한지 말이다.

나는 기쁘게 대답했다. 누군가가 우리의 우정에 대해 묻는 것은 처음이기 때문에 가는 내내 즐겁게 대화했다. 준비되지 않은 상태에서 그녀와 나의 관계를 설명하기 위한 적당한 단어를 찾다보니 내가 우리의 관계를 과장된 표현과 긍정적인 감탄사로 단순화하려 한다는 사실도 깨달았다.

페르난도 아저씨의 구둣방에 도착할 때까지 우리는 이야기를 계속했다. 아저씨는 낮잠을 자러 집에 갔고 릴라와 리노만이 우울한 표정에 구부정한 자세로 무엇인가를 적의에 찬 눈초리로 바라보고 있었다. 그러다 유리문 밖에 서 있는 나와 파스콸레의 모습을 발견하고 작업대를 깨끗이 치웠다. 나는 릴라에게 페라로 선생님의 선물을 전해주었고 파스콸레는 리노의 코앞에 상으로 받은 그의 책을 펼쳐 보이며 놀려댔다.

"이 『죽음의 브뤼헤』를 읽고 나서 책이 마음에 들었는지 이야기해줘. 그러면 나도 읽어볼게."

그들끼리 낄낄대며 이따금 귓속말로 브뤼헤에 대해 이야기했다.

들어보나마나 야한 이야기였을 것이다. 문득 나는 파스콸레가 리노와 농담 따먹기를 하다가도 몰래 릴라의 모습을 훔쳐보는 것을 눈치챘다. 왜 릴라를 바라보는 걸까. 무엇을 찾는 거지. 그녀에게서 무엇을 보는 걸까. 그는 강렬한 눈빛으로 오랫동안 릴라를 바라보았지만 그녀는 전혀 눈치채지 못하는 것 같았다. 오히려 릴라보다 리노가 먼저 파스콸레의 눈빛을 알아채고 그를 밖으로 데리고 나가는 것 같았다. 겉으로는 릴라와 내가 브뤼헤에 대한 농담을 듣지 못하게 하려고 자리를 옮기는 것같이 보였지만 실은 여동생을 바라보는 친구의 시선이 못마땅해서였다.

나는 릴라와 함께 작업장 뒤편으로 가면서 그녀의 어떤 점이 파스콸레의 시선을 사로잡았는지 찾아내려 했다. 내 눈에는 여느 때와 다름없이 뼈밖에 없는 깡마른 몸에 빈혈기까지 있어 보이는 연약한 여자아이일 뿐이었다. 약간 다른 점이 있다면 살짝 커진 듯이 보이는 눈매와 가슴에 나타난 아주 작은 굴곡 정도였다. 릴라는 새로 받은 책들을 헌 신발과 표지가 너덜너덜해진 공책 사이에 보관하고 있던 다른 책과 함께 꽂아놓았다.

나는 릴라에게 광란에 빠진 멜리나에 대한 이야기를 꺼냈다. 우리가 알고 있던 누군가가, 다른 사람도 아닌 도나토 아저씨가 책을 출간했다는 사실에 대해 내가 느낀 흥분을 그녀와 공유하고 싶은 마음이 컸다. 나는 표준어로 속삭였다.

"아저씨의 아들 니노가 우리와 함께 학교에 다녔던 걸 생각해봐. 사라토레 가족은 모두 부자가 될 거야."

릴라는 희미하게 비꼬는 듯한 미소를 지었다.

"이걸로?"

릴라는 손을 뻗어 내게 도나토 아저씨의 책을 내밀었다.

멜리나의 장남인 안토니오가 어머니의 눈앞에서 책을 치워버리기 위해 릴라에게 줬다고 했다. 나는 얇은 책을 받아들고 찬찬히 살펴보았다. 『평온을 찾아서』라는 제목이었다. 붉은색 책 표지에는 산 위에서 빛나는 태양이 그려져 있었다. 제목 위에 '도나토 사라토레' 라고 쓰인 것을 보니 흥분이 되었다. 나는 책을 펼쳐서 큰 소리로 펜으로 쓰인 헌사 부분을 읽어보았다.

'내 노래의 영감이 되어준 멜리나에게 도나토가. 1958년 6월 12일 나폴리에서.'

나는 감동한 나머지 목덜미에서부터 머리끝까지 소름이 끼쳤다. 내가 말했다.

"니노는 솔라라 형제보다 더 좋은 자동차를 갖게 되겠다."

하지만 릴라는 특유의 강렬한 눈빛으로 나를 쏘아보더니 내 손에 있는 책을 뚫어지게 바라보았다.

"때가 되면 알게 되겠지."

릴라가 중얼거렸다.

"하지만 지금까지 그 시는 피해만 줬을 뿐이야."

"왜?"

"도나토 아저씨가 멜리나를 직접 찾아올 용기를 내지 못하고 대신 책만 보냈기 때문이지."

"아름다운 일이지 않아?"

"글쎄. 덕분에 멜리나가 진심으로 그를 기다리기 시작했어. 만약 그가 모습을 나타내지 않는다면 지금까지 괴로워했던 것보다 더 괴로워하겠지."

아, 이 얼마나 멋진 대화인가. 나는 흠집 하나 없이 매끄러운 릴라의 새하얀 피부를 바라보았다. 그녀의 입술과 섬세한 모양의 귀를 바라보았다. 그래. 그녀도 변하고 있는 것 같다고 나는 생각했다. 겉모습뿐 아니라 표현하는 방식까지도. 요즘 말로 표현하자면 이야기를 잘하는 정도가 아니었다. 익히 알고 있던 그녀만의 재능이 한층 더 발전하고 있는 것 같았다. 어릴 때도 그랬지만 그때보다 훨씬 뛰어나게 어떠한 사건에 대해서 이야기할 때 자연스러운 긴장감을 부여하고 있었다. 현실을 단어로 풀어내는 과정에서 어떠한 기운을 불어넣어 똑같은 현상이라도 더 강렬하게 느껴지게 했다. 릴라가 그런 식으로 말할 때마다 나도 그렇게 할 수 있을 것 같았고 그렇게 시도했을 때의 결과가 꽤 좋다는 사실에 흐뭇해했다.

나는 카르멜라나 다른 아이들과는 이런 면에서 다르다고 만족스럽게 생각했다. 그 애들과는 달리 나는 릴라가 내게 이야기를 하는 그 순간, 그곳에서 함께 불타오를 수 있었다. 열중해서 이야기할 때 릴라의 손놀림, 몸짓, 눈빛이 얼마나 아름다웠는지 모른다.

그렇게 릴라와 함께 사랑에 대한 이야기를 나누고 있는데 불현듯 기쁨은 사라지고 불쾌한 생각이 들었다. 순간 내가 잘못 짚었었다는 것을 깨달았다. 벽돌공이자 공산당이며 살인자의 아들인 파스콸레는 내가 좋아서 구둣방까지 나를 데려다준 것이 아니었다. 그가 보고 싶었던 것은 릴라였던 것이다.

12

거기에 생각이 미치자 숨이 탁 막혔다. 때마침 두 청년이 돌아와 우리의 대화는 중단되었다. 파스콸레가 웃으면서 작업 감독관에게 아무런 말도 하지 않고 도망쳐온 것을 고백하며 일터로 돌아가야 한다고 했다. 나는 그가 또다시 릴라를 오랫동안 강렬한 눈빛으로 바라보는 것을 눈치챘다. 자신을 주체할 수 없다는 듯이 그녀를 바라보고 있었다. 릴라에게 '너를 위해서 해고당할지도 모를 위험을 무릅쓰고 찾아왔어'라고 말하고 싶어 하는 듯했다. 그는 이내 리노를 바라보며 말했다.

"일요일에 모두 함께 질리올라네로 춤추러 갈 거야. 레누차도 오기로 했는데 너희도 오는 게 어때?"

"일요일까지는 시간이 있으니 생각해볼게."

리노가 대답했다.

파스콸레는 릴라를 한 번 더 바라보았지만 그녀는 전혀 관심을 나타내지 않았다. 그는 내게 같이 가겠느냐고 묻지도 않고 자리를 떠났다.

나는 짜증이 났다. 신경이 날카로워졌다. 나도 모르게 뺨에서 여드름이 가장 심한 부분을 손가락으로 만지작거리다가 알아채고는 억지로 손을 뗐다. 리노는 우리가 도착하기 전에 작업하고 있던 것들을 작업대 위로 다시 꺼내놓고 미심쩍은 눈으로 관찰했다. 나는 다시 릴라에게 책이며 사랑 이야기를 꺼냈다. 우리는 도나토 아저씨와 멜리나의 광란의 사랑과 도나토 아저씨의 책이 가지는 의미를 한도 끝도 없이 부풀려 말했다. 이제 무슨 일이 일어날까. 책 제목과 표지와 그 위에 쓰인 도나토 사라토레의 이름만으로도 멜리나의 가슴속에 사랑의 불씨가 다시 타올랐는데, 시가 아니라 본인이 직접 나타나면 그녀는 어떤 행동을 할까. 우리는 대화에 너무나 열중했다. 결국 리노가 참지 못하고 소리쳤다.

"이제 그만들 두지 그래? 리나, 이리 와서 일해. 아버지가 돌아오시면 아무것도 할 수 없잖아."

우리는 대화를 멈췄다. 나는 그들이 만들고 있는 것을 바라보았다. 작업대 위에는 밑창과 가늘고 긴 가죽 끈, 두꺼운 가죽 조각 등에 둘러싸인 나무 모형이 칼과 송진, 다른 여러 가지 연장 사이에 놓여 있었다. 릴라는 리노와 함께 남성 여행신발을 제작하고 있는 중이라고 했다. 그러더니 걱정스런 얼굴로 막냇동생 엘리사의 이름을 걸고 아무에게도 이 비밀을 이야기하지 않을 것을 맹세하게 했다.

그들은 아버지 몰래 작업하고 있었다. 리노는 통가죽과 무두질을 한 가죽을 폰테 디 카사노바의 피혁공장에서 일하는 친구를 통해 몰래 구했다. 릴라와 리노는 페르난도 아저씨를 설득하지 못했기 때문에 매일 틈틈이, 오늘은 5분, 내일은 10분씩으로 몰래 작업했다. 페르난도 아저씨는 계획에 참여하기는커녕 그 이야기를 꺼낼 때마다 구둣방에 나오는 꼴도 보기 싫다며 릴라를 집으로 쫓아 보냈고 리노에게는 열아홉 살밖에 안 된 것이 벌써 자기를 무시한다며 죽여버리겠다고 위협했다.

나는 그들의 비밀 작전에 관심이 있는 척했지만 사실은 우울했다. 남매가 내게 비밀을 털어놓기는 했지만 나는 제3자일 뿐 함께 참여할 수는 없었다. 릴라는 혼자서 대단한 일들을 해낼 테지만 나는 함께할 수 없는 분야였다. 게다가 어떻게 사랑과 시에 대해서 그렇게 심도 있게 이야기하고 나서 한날 신발에 대해 훨씬 더 흥미를 나타내며 나를 문밖으로 내몰 수 있단 말인가. 도나토 아저씨와 멜리나에 대해서 그렇게 즐겁게 이야기를 했는데 말이다. 나는 가죽 더미와 도구에 정신이 팔려서 사랑 때문에 고통받는 여자의 괴로움을 마음속에서 싹 지워버린 릴라를 이해할 수 없었다. 신발이 무슨 소용이란 말인가. 내 마음은 아직도 배신당한 믿음과 정열적인 사랑, 책으로 태어난 노래로 뒤얽힌 은밀한 이야기에 온통 쏠려 있었다.

그날 이야기를 나누며 릴라와 함께 작업장 뒤에서 소설을 한 편

읽은 것 같기도 했고, 교구 성당도 아닌 구둣방에서 극적인 영화를 한 편 관람한 것 같은 느낌을 받기도 했다. 그랬던 곳에서 쫓겨나가야 한다는 사실이 슬프고 비참했다. 그녀가 우리의 이야기보다 신발과 관련된 모험을 더 좋아했기 때문에, 그녀는 독립적인데 나는 그녀에게 의존할 수밖에 없었기 때문에, 그녀에게는 내가 접근할 수 없는 내면의 세계가 있었기 때문에, 소년이 아닌 어엿한 어른인 파스콸레가 그녀를 찾아와 결국에는 몰래 그와 사귀게 될 것 같아서, 애인들끼리는 그렇듯이 그가 그녀에게 키스하고 그녀의 몸을 만질 것 같아서, 그러니까 결국 시간이 갈수록 릴라는 점점 더 내가 필요하지 않을 것이기 때문에 슬프고 비참했다.

이런 생각에 점점 더 심해지는 자기혐오감을 쫓아버리고, 내 가치와 필요성을 인정받기 위해 나는 밑도 끝도 없이 고등학교에 가게 됐다고 선포했다. 구둣방을 나서는 길에 이미 한 발은 길에 내딛고 서서 이 소식을 전했다. 올리비에로 선생님이 부모님에게 내가 공부를 계속해야 한다고 강조했고 공짜로 헌책들을 직접 구해주겠다고 한 것을 말해줬다. 나 같은 친구는 다시 만날 수 없을 테니 리노와 함께 신발을 만들어서 부자가 되더라도 내게 그녀가 없으면 안 되듯이 그녀에게도 내가 없으면 안 될 것이라는 것을 알려주고 싶어서 한 이야기였다.

릴라가 미심쩍은 눈빛으로 나를 바라보았다.

"고등학교가 뭔데?"

내게 물었다.

"중학교를 마치면 가는 중요한 학교야."

"거기에는 왜 가?"

"공부하러 가지."

"뭘 공부하는데?"

"라틴어."

"그것만?"

"그리스어도."

"그리스어라고?"

"그래."

릴라는 혼란스럽고 할 말을 잃은 듯한 표정을 지었다.

그러더니 전혀 상관없는 말을 중얼거렸다.

"나 지난주에 생리를 시작했어."

그러고는 리노가 부른 것도 아닌데 가게 안으로 들어가버렸다.

13

이제는 릴라도 생리를 한다. 내게 먼저 찾아온 육체의 비밀스러운 변화가 이제는 여진처럼 그녀에게도 도달한 것이다. 이제 그녀도 변화할 것이다. 변화는 이미 시작되었다.

나는 파스콸레가 릴라의 변화를 나보다 먼저 알아챈 것이라고 생각했다. 파스콸레를 비롯하여 다른 남자아이들 모두 그랬을 것이다. 내가 고등학교에 진학할 것이라는 소식은 빠르게 광채를 잃어갔다. 며칠간 나는 릴라에게 찾아올 미지의 변화 외에는 아무것도 생각할 수 없었다. 릴라도 피누차나 질리올라나 카르멜라처럼 아름다워질까. 아니면 나처럼 못생겨질까. 집으로 돌아가서 거울 속의 내 모습을 찬찬히 살펴보았다. 나는 정말 어떤 사람일까. 릴라는 곧 어떤 사람이 될까.

나는 외모에 더 신경 쓰기 시작했다. 어느 일요일 오후, 평소처럼 공원으로 산책을 나가면서 특별한 일이 있을 때나 입는 옷을 꺼내 입어보았다. 네모나게 가슴이 파인 푸른 원피스를 입고 어머니의 은 팔찌까지 찼다. 그렇게 차려입고 릴라를 만났을 때, 평상시와 다름없는 그녀의 모습에 은밀한 기쁨을 맛보았다. 그녀는 헝클어진 검은 머리에 색이 바래고 오래되어 번들거리는 옷을 입고 있었다. 평소와 다를 바 없는 메마르고 신경질적인 어린 아이 모습이었다. 키만 부쩍 큰 것 같았다. 자그마했던 키가 거의 나와 비슷한 정도로, 기껏해야 1센티미터 정도 차이가 날 정도로 자라 있었다. 그런데도 그녀가 변한 것처럼 느껴지는 것은 대체 무엇 때문일까. 나는 가슴도 다 자랐고 몸은 이미 여인의 형태를 갖추었다.

공원에 한 번 갔다 왔다가 다시 공원으로 가는 길이었다. 아직 이른 시간이라 일요일이라도 소란스럽지 않았다. 호두와 구운 아몬드와 부채꽃 열매를 파는 상인들이 거리에 나오기 전이었다. 릴라는 조심스럽게 내게 고등학교에 대해서 물었다. 나는 얼마 되지 않은 지식을 한껏 과장해서 얘기했다. 릴라의 호기심을 자극해서 외지에서 일어나는 내 모험에 조금이라도 동참하게 하고 싶었다. 내가 그녀의 많은 것을 놓치게 될까봐 두려워하듯이 그녀도 나에 대해서 뭐라도 놓치게 될까봐 조금은 두려워하기를 바랐다. 나는 차도 쪽으로 걷고 있었고 릴라는 길 안쪽으로 걷고 있었다. 그녀는 내 말에 열중하고 있었다.

그때 솔라라 형제가 밀레첸토를 타고 다가왔다. 운전석에는 미켈레가 있었고 마르첼로는 조수석에 타고 있었다. 마르첼로가 우리에게 농담을 지껄이기 시작했다. 나에게만이 아니라 우리 둘에게 던지는 말이었다. 그는 사투리로 예쁜 아가씨들이 걸어 다니기에는 피곤하지 않느냐는 둥, 나폴리는 크고 세상에서 가장 아름다운 도시라는 둥, 우리도 나폴리처럼 아름답다는 둥, 잠깐만 차에 타면 30분 후에 이곳으로 데려다주겠다는 둥의 말을 늘어놓았다.

그때 나는 하지 않았어야 할 행동을 했다. 마르첼로도 그의 자동차도 그의 동생도 존재하지 않는 것처럼 똑바로 길을 걸어가야 했었나. 그를 무시하고 릴라와 이야기를 계속해야 했었다. 그런데 신사들이나 다닐 수 있는 학교에 다니게 되었고 그곳에는 솔라라 형제의 차보다 더 좋은 차를 가지고 있는 남자아이가 많을 것이라는 생각에, 내가 얼마나 운이 좋고 매력적인지 느껴보고 싶은 마음에 뒤돌아보며 완벽한 표준어로 말했다.

"고맙지만 사양하겠어."

마르첼로가 창문 밖으로 팔을 뻗었다. 키가 크고 잘생긴 청년의 팔치고는 짧고 뚱뚱해 보였다. 손가락 다섯 개가 차창을 넘어 내 팔목을 잡으며 말했다.

"미케, 멈춰봐. 수위 딸년 주제에 어떻게 이런 좋은 팔찌를 차고 있지?"

차가 멈췄다. 팔목을 붙잡고 있는 마르첼로의 손가락이 내 손목을 조여왔다. 나는 혐오감에 팔을 잡아 빼냈다. 그 와중에 팔찌가 끊어져 자동차와 인도 사이로 떨어졌다.

"세상에, 대체 무슨 짓이야!"

나는 어머니를 생각하며 소리쳤다.

"진정해."

마르첼로가 차문을 열고 밖으로 나오며 말했다.

"내가 고쳐줄게."

마르첼로는 밝은 태도로 정중하게 말했다. 나를 진정시키기 위해 한층 더 다정하게 내 팔을 잡으려 했다. 그때였다. 마르첼로 키의 반

밖에 되지 않는 릴라가 그를 자동차 쪽으로 밀어붙이고는 목에 칼을 들이댔다.

릴라는 침착하게 사투리로 말했다.

"한 번만 더 그 애에게 손을 대면 무슨 일이 일어날지 각오해야 할걸?"

마르첼로는 믿을 수 없다는 듯이 동작을 멈췄다. 미켈레가 차에서 나와 안심하라는 듯이 말했다.

"걱정 마. 형. 어차피 저 창녀 년은 용기가 없어."

"다가오기만 해봐."

릴라가 말했다.

"한 발짝만 더 다가오면 내가 뭘 할 수 있는지 보여주지."

미켈레가 자동차 주위를 도는 동안 나는 울기 시작했다. 내가 있는 자리에서는 릴라의 칼끝이 벌써 마르첼로의 피부를 파고들고 있는 모습이 선명히 보였다. 찔린 곳에서는 핏줄기가 가느다랗게 흘러나오고 있었다.

나는 아직도 그 장면을 선명하게 기억하고 있다. 날씨가 몹시 더웠고 길을 지나는 사람은 거의 없었다. 릴라는 얼굴에 붙은 끔찍한 벌레를 떼어내주려는 것처럼 마르첼로 위에 올라타 있었다. 그 순간 나는 절대적으로 확신했다. 릴라는 망설이지 않고 마르첼로의 멱을 따버릴 것이라고. 아마 미켈레도 똑같이 느꼈을 것이다.

"그래, 대단하네."

미켈레는 아까같이 침착하게 이 상황을 즐기고 있는 듯한 목소리로 말하고서는 차에 탔다.

"어서 와, 마르첼로 형. 아가씨들에게 사과하고 그만 가자."

릴라가 천천히 칼끝을 마르첼로의 목에서 거둬들였다. 그는 혼란스러운 눈빛으로 수줍게 미소지어 보였다.

"잠깐만."

마르첼로가 말했다.

그는 마치 가장 굴욕적인 자세로 사과를 하려는 것처럼 내 앞 인도에서 무릎을 꿇었다. 그러고 나서 자동차 밑을 더듬어 팔찌를 찾아내서 찬찬히 살펴본 다음 헐거워진 은고리를 손톱으로 조여서 고쳐주었다. 그는 내가 아니라 릴라를 바라보며 팔찌를 내게 돌려주었다. 그리고 릴라에게 미안하다고 사과하고는 차를 타고 떠났다.

"겁이 나서 운 게 아니라 팔찌 때문에 운 거야."

내가 말했다.

14

그해부터 나는 동네의 경계에서 벗어나게 되었다. 어느 날 아침 아버지는 나를 시내에 데리고 갔다. 10월부터 다니게 될 고등학교에 등록하러 가는 김에 학교에 갈 때 이용할 교통수단과 길을 알려주려고 하셨다.

그날은 바람이 많이 부는 맑고 쾌청한 날이었다. 그날따라 아버지가 나를 사랑하고 귀여워한다는 느낌을 받았다. 시간이 지남에 따라 평소에 가지고 있던 아버지에 대한 애정에 존경심이 더해졌다.

아버지는 엄청나게 넓은 도시의 구석구석을 잘 알고 있었다. 어디에서 지하철을 타야 하는지 전차나 버스는 어디에서 타는지 너무나 잘 알고 있었다. 길에서 마주치는 모든 사람에게 친절하고 느긋하고 정중한 태도를 취했는데 집에서는 한 번도 보지 못한 모습이었다. 아버지는 대중교통을 이용할 때나 사무실에서 만나는 모든 사람과 쉽게 친해졌다. 모든 대화상대에게 자신은 시청에서 일하고 있고, 원한다면 서류를 빨리 처리해주거나 문을 열어줄 수 있다고 말했다.

아버지와 나는 그날 온종일 함께 시간을 보냈는데 그 외 별다른 기억이 없는 것을 보니 아마도 아버지와 그렇게 시간을 보낸 것은 그날이 처음이자 마지막이었던 것 같다. 아버지는 그날 짧은 시간 안에 당신이 인생을 살아오면서 배운 쓸모 있는 모든 것을 가르쳐주고 싶다는 듯이 내게 온 신경을 집중했다. 가리발디 광장과 공사가 한창 진행 중인 역사를 보게 된 것도 그날이었다.

아버지는 최첨단 역사가 곧 완공될 것이라고 말했다. 이번 공사에 사용된 건축 기술이 얼마나 뛰어난지 일본에서까지 견학 올 정도라고 했다. 일본인들은 나폴리 역사를 잘 연구해서 자기 나라에 똑같은 건물을 올리기 위해 여기까지 왔는데 특히 기둥 건축법에 관심을 보였다고 했다. 하지만 아버지는 그 전의 역사가 더 좋다고 고백했다. 더 정이 들었기 때문이다. 그렇지만 어쩔 수 없는 일이다. 나폴리에서는 언제나 무언가를 잘라내고 무언가를 부쉈다 다시 만드는 일이 반복됐고 그 과정에서 돈이 돌았다. 힘겨울지언정 일자리가 생겼다.

아버지는 가리발디 가를 지나 내가 다닐 학교 건물까지 나를 데리고 가서 학교 교무처에서 예의 바르게 일을 처리했다. 아버지에게는 모두에게 호감을 주는 재능이 있었다. 동네에서나 집에서는 감춰두었던 재능이었다. 학교 수위에게 내 뛰어난 성적표를 자랑하다가 그의 결혼식에서 증인을 선 사람과 서로 잘 아는 사이라는 것을 알게 되었다. 나는 아버지가 "잘 되어가나요?"라고 묻거나 "할 수 있는 만큼 해봐야죠"라고 말하는 것을 자주 들었다.

아버지는 내게 카를로 3세 광장과 알베르고 데이 포베리 궁, 식물원, 포리아 가와 박물관을 보여주었다. 코스탄티노폴리까지 가서 알

바 항을 보여주고 단테 광장과 톨레도 가까지 갔다. 나는 너무나 많은 명칭과 지나다니는 자동차의 소음, 사람들의 목소리며 수많은 식당과 주변에서 느껴지는 축제 분위기에 압도되었다. 릴라에게 이야기해줘야겠다는 생각에 모든 것을 잘 기억하려고 애썼다. 내게 주려고 입을 델 정도로 뜨거운 리코타 치즈 피자를 살 때나 잘 익은 노란 복숭아를 살 때 상점 주인들과 이야기를 나누는 아버지의 능숙한 모습도 나를 압도했다. 세상은 이렇게 밝고 따뜻한데 어째서 우리 동네만 폭력과 긴장으로 가득 차 있는 걸까.

시청 광장에 있는 아버지의 직장에도 가보았다. 그 건물도 다 새로 지은 곳이라고 했다. 아버지는 나무를 자르고 옛 건물을 부숴버리고 나니 공간이 얼마나 넓어졌는지 모른다고 했다. 나폴리에 유일하게 남아 있는 오래된 것은 마스키오 안조이노('마스키오 안조이노'에서 '마스키오'는 남자라는 뜻이다-옮긴이) 성밖에 없지만 그 성은 정말 멋지다고 했다. 아버지는 "나폴리의 진짜 사나이는 단 둘뿐인데, 하나는 마스키오 안조이노 성이고 다른 하나는 바로 네 아버지란다"라고 말했다.

아버지는 나를 시청에 데려가서 여기저기에 인사시켰다. 아는 사람이 참 많았다. 어떤 사람들에게는 쾌활한 태도로 대하며 내가 라틴어와 이탈리아어에서 9점을 받았다는 이야기를 또다시 반복했고 어떤 사람들에게는 거의 말을 걸지 않고 '네네. 시키는 대로 하옵지요'라는 듯한 태도로 일관했다. 마지막으로 바다 가까이 가서 베수비오 화산을 보여주겠노라고 했다.

잊을 수 없는 순간이었다. 아버지와 함께 카라촐로 가 쪽으로 가는데 갈수록 바람은 거세지고 햇살은 강하게 내리쬐였다. 베수비오 화산은 파스텔 톤의 섬세한 자태를 드러내고 있었는데 산등성이에는 도시의 건물들이 희끄무레한 조약돌 무더기처럼 켜켜이 쌓여 있었고 오보 성의 흙빛 단층은 그 조약돌 무더기를 가로지르며 뻗어 있었다. 아래로는 바다가 보였다.

아! 그때 그 바다의 모습이란… 그날 바다는 심하게 요동쳤고 파도소리가 요란했다. 세찬 바람에 숨을 쉴 수조차 없었다. 옷은 몸에 착 달라붙었으며 머리카락이 흩날려 이마가 드러났다. 아버지와 나는 그 진경을 바라보는 한 무리의 사람들과 함께 바다 반대편 길에 자리를 잡았다. 파도가 하얀 계란 거품을 이고 있는 시퍼런 금속관처럼 맹렬히 굴러 들어와서는 놀라움과 두려움이 섞인 감탄사를 연발하며 지켜보고 있는 우리들이 있는 길까지 밀려와서 수천 개의 빛나는 파편으로 부서졌다. 릴라가 없는 것이 어찌나 안타까웠던지. 거센 돌풍과 굉음에 넋이 나갈 것 같았다. 그 엄청난 광경을 온몸으로 흡수하면서도 그 가운데 많은 부분이, 너무나 많은 부분이 미처 손에 쥘 새도 없이 흩어져버리는 것 같은 느낌을 받았다.

아버지는 마치 내가 떠내려가기라도 할 것처럼 내 손을 꼭 잡았다. 실제로 나는 아버지의 손을 놓고 달려 나가서 길을 건너 바다의 빛나는 파편에 몸을 내맡기고 싶었다. 무시무시하면서도 빛과 소리가 충만했던 그 순간, 나는 새로운 도시에 홀로 남게 되는 상상을 했다. 새로운 인생을 앞두고 나 자신도 새로워져서 말이다.

나는 거칠게 변화하는 모든 것에 완전히 노출되겠지만 분명 승리할 터였다. 나는, 나와 릴라는, 오직 함께 있을 때만 발휘할 수 있는 그 능력으로 색채와 소리와 사물과 사람들을 총체적으로 취합해 이야기를 만들고 힘을 부여했을 터였다.

동네에 돌아오니 긴 여행을 마친 듯한 느낌이 들었다. 눈앞에는 친숙한 길과 스테파노와 피누차의 식료품점 모습, 과일을 파는 엔초의 모습, 주점 앞에 서 있는 솔라라 형제의 밀레첸토 모습이 펼쳐졌다. 솔라라 형제에 대해 말하자면 이제 그들을 지구상에서 사라지게 할 수만 있다면 무엇이든지 할 수 있을 것 같았다. 다행히 어머니는 팔찌에 얽힌 일을 알지 못했고, 아무도 리노에게 그날 일어난 일을 전하지 않았다.

나는 릴라에게 그날 내가 지나간 길의 전경과 이름, 요란스러운 소음과 찬란한 빛에 대해서 이야기해줬다. 하지만 이내 마음이 불편해졌다. 만약에 내가 아닌 릴라가 그날 겪은 일을 이야기했다면 나는 호응하며 때때로 맞장구를 쳐줬을 것이다. 내가 직접 그 광경들을 보지 않았더라도 생기를 띠며 흥분했을 것이다. 이런저런 질문도 하고 의문도 제기하며 언젠가는 꼭 그 길을 같이 걷자고 그녀를 설득했을 것이다. 나와 함께할 때 그 경험은 더욱 풍성해지고 나야말로 릴라의 아버지보다는 훨씬 좋은 길동무가 되어줄 것이니 말이다.

그런데 릴라는 호기심을 조금도 나타내지 않고 내 말을 흘려들었다. 순간 나는 릴라가 내게 못되게 구는 것이라고 생각했다. 내 기쁨을 줄어들게 하려고 그러는 것 같았다. 하지만 그렇게 생각하지 않기로 했다. 그저 책이나 조그만 분수같이 일상적인 것들로 구성된 그녀만의 생각에 빠져 있을 뿐이라고 생각하기로 했다. 귀로는 분명 내 이야기를 듣고 있었지만 시선과 생각은 온통 익숙한 동네의 길, 공원의 몇 그루 안 되는 나무들, 알폰소와 카르멜라와 산책하는 질리올라, 공사장 임시 구조물 위에서 인사하는 파스콸레, 도나토 아저씨에 대해서 큰 소리로 이야기하는 멜리나와 그런 그녀를 집 안으로 잡아끄는 아다, 조수석에는 어머니를 뒷좌석에는 동생 피누차를 태우고 얼마 전에 산 자가용 자르디네타를 운전하는 돈 아킬레의 아들 스테파노, 밀레첸토를 타고 지나가는 마르첼로와 미켈레, 모른

척 지나가는 미켈레와는 달리 우리를 볼 때마다 정중하게 눈인사를 하는 마르첼로, 그리고 무엇보다도 아버지 몰래 진행하고 있는 신발 제작 작업에 쏠려 있었을 것이다.

지금 릴라에게 내 이야기는 자신과 상관없는 공간에서 방출되는 쓸모없는 기호의 집합체일 뿐, 정말로 그곳에 갈 기회가 생길 때에야 진정 관심을 기울일 것이다. 실제로 한참 동안 내 이야기를 듣고 난 릴라는 고작 이렇게 말했다.

"리노에게 이번 일요일에는 파스콸레의 초청에 응해야 한다고 말해야겠어."

그렇다. 나는 나폴리 시내에 대해서 이야기해줬는데 그녀는 동네의 수많은 집 가운데 하나일 뿐인 질리올라네 집에 대해 말했다. 파스콸레가 우리를 데리고 춤추러 가고 싶어 하는 바로 그곳 말이다.

나는 마음이 상했다. 우리는 파스콸레의 초대에 말로만 간다고 하고 실제로 간 적은 한 번도 없었다. 나는 부모님과의 언쟁을 피하고 싶었고 릴라는 오빠가 반대했기 때문이었다. 하지만 휴일마다 파스콸레가 깔끔한 옷차림으로 친구들을 기다리는 모습을 자주 훔쳐보곤 했다. 그를 찾는 친구 중에는 나이가 많은 친구도 있었고 나이가 어린 친구도 있었다. 파스콸레는 관대한 청년이었기 때문에 나이에 상관하지 않고 누구든 반갑게 맞이했다. 파스콸레가 주유소 앞에 자리 잡고 있으면 엔초, 질리올라, 이제는 카르멘이라 불리는 카르멜라가 삼삼오오 짝을 지어 나타났다. 시간 여유가 있으면 리노도 파스콸레를 찾았고 어머니 멜리나의 무게를 어깨에 지고 살아가는 안토니오와 그의 동생인 아다도 멜리나가 잠잠할 때를 틈타 모습을 나타냈다. 솔라라 형제의 자동차를 타고 한 시간 동안 알 수 없는 곳에 끌려갔던 바로 그 아이 말이다.

날씨가 좋으면 이들은 함께 바닷가에 갔다가 햇볕에 얼굴이 불그스름하게 타서 돌아오곤 했다. 하지만 바닷가에 가는 것보다는 질리올라네 집에서 모일 때가 더 많았다. 그녀의 부모님은 우리 부모님보다 여유가 있는 분들이셨다. 그곳에서 춤을 잘 추는 아이들은 춤을 췄고 그렇지 못한 아이들은 춤을 배우기도 했다.

릴라는 그 모임에 나를 데리고 가기 시작했다. 이유는 알 수 없지만 언제부턴가 춤에 관심을 보이기 시작한 것이다. 알고 보니 파스콸레와 리노는 이미 춤 실력이 뛰어났다. 우리는 그들에게서 탱고, 왈츠, 폴카와 마주르카 같은 춤을 배웠다. 솔직히 리노는 선생님치고는 너무 신경질적이었다. 특히 동생을 가르칠 때는 자주 짜증을 냈다. 이에 비해 파스콸레는 훨씬 인내심이 많았다. 처음에는 스텝을 익힐 수 있도록 우리를 자신의 발등 위에 올라서게 했다. 그러다 실력이 늘자 함께 온 집 안을 활개치고 다니며 춤을 췄다.

나는 이내 내가 춤추는 것을 좋아한다는 사실을 깨달았다. 평생 춤만 출 수도 있을 것 같았다. 이에 비해 릴라는 언제나처럼 춤추는 법을 잘 이해하려고 하는 것 같았다. 배우는 과정에서 재미를 찾는 것 같았다. 실제로 릴라는 의자에 앉아서 다른 사람들이 춤추는 모습을 연구했고 가장 호흡이 잘 맞는 커플들에게 박수를 보냈다.

한 번은 릴라의 집에 갔더니 내게 도서관에서 빌린 얇은 책을 보여주었다. 그 책에는 춤에 대한 모든 것이 나와 있었고 춤동작 하나하나가 검은색 남녀의 그림으로 설명되어 있었다.

그 무렵 릴라는 그녀답지 않게 과하다 싶을 만큼 명랑했다. 릴라는 다짜고짜 내 허리를 끌어당기고는 자기가 남자 파트를 맡고 입으로 음악소리를 내며 탱고를 추게 했다. 그런 우리의 모습을 본 리노는 웃음을 터뜨렸고 자신도 합세했다. 그는 음악도 없이 나와 먼저 춤을 추고는 동생과 춤을 이어나갔다. 리노는 춤을 추면서 릴라가 춤에 대해서 광적인 완벽주의에 사로잡혀 전축도 없는데 쉴 새 없이 연습한다고 했다. 리노의 입에서 그 단어 그러니까 전축이라는 단어가 흘러나오자 릴라가 방구석에서 눈을 가늘게 뜨고 외쳤다.

"너 전축이 어떤 단어인지 아니?"

"아니."

"그리스어야."

나는 의심스러운 눈으로 그녀를 바라보았다. 그새 리노는 나를 버려두고 동생과 춤을 추러 갔다. 릴라는 가녀린 탄성을 터뜨리며 내게 춤 설명서를 건넨 다음 오빠와 함께 날아다니듯 춤을 췄다. 나는 그녀가 책을 꽂아놓은 곳에 춤 설명서를 놓아두었다. 지금 릴라가 뭐라고 한 거지? 전축은 이탈리아어지 그리스어가 아니다. 순간 『전쟁과 평화』 아래 페라로 선생님의 도서관 분류번호가 붙은 너덜너덜한 책이 내 눈에 들어왔다. 제목이 『그리스어 문법』이었다. 문법책이라니. 그리스어라니. 릴라는 헐떡거리며 내게 말했다.

"나중에 그리스어 알파벳으로 전축을 어떻게 쓰는지 알려줄게."

나는 할 일이 있다고 말하고는 자리를 떴다.

15

릴라는 내가 고등학교에 가기도 전에 그리스어를 공부하기 시작한 건가? 나는 공부할 생각도 하지 않고 있었는데. 그것도 여름 방학 동안에 혼자서 공부했단 말인가? 릴라는 왜 항상 내가 해야 할 일을 나보다 빨리, 나보다 더 잘하는 걸까. 내가 따라가면 도망가면서 정작 자신은 언제나 내 뒤를 쫓아와 나보다 앞서나가려 하는 걸까.

나는 한동안 릴라를 피했다. 그만큼 화가 났다. 나도 그리스어 문법책을 빌리려고 도서관에 갔지만 우리 도서관에 비치된 유일한 그리스어책은 체룰로네 온 식구가 번갈아가며 빌려보고 있었다. 어쩌면 칠판에 그려진 그림을 지우듯이 나에게서 릴라를 지워버려야 할지도 모르겠다고 생각했다. 그렇게 생각한 것은 처음이었던 것 같다. 내 자신이 연약하게 느껴졌고 모든 것에 무방비 상태로 노출된 것처럼 느껴졌다. 평생 그녀를 뒤쫓아 다니거나 반대로 그녀가 나를 뒤쫓아 온다고 생각하면서 살 수는 없었다. 게다가 그 어느 경우건 그녀보다 못한 것은 나였다.

하지만 이번에도 버티지 못하고 다시 릴라를 찾았다. 나는 그녀가 내게 넷이서 함께 추는 춤의 일종인 카드리유 춤을 가르쳐주게 내버려두었다. 내게 이탈리아어 단어를 그리스어 알파벳으로 쓰는 모습을 보여주도록 내버려두었다. 릴라는 학기 시작 전에 나도 그리스어 알파벳을 익히기를 원했고 결국 내게 그리스어로 읽고 쓰는 법을 가르쳤다. 그러는 동안 내 얼굴의 뾰루지는 늘어만 갔다. 나는 영원히 지속될 것 같은 자신감 부족과 수치심에 시달리며 질리올라네로 춤추러 갔다.

한사코 벗어나길 바랐지만 내 느낌은 강해져만 갔다. 언젠가 릴라가 그녀의 오빠와 함께 왈츠를 춘 적이 있다. 얼마나 멋들어지게 춤을 추던지 모든 사람이 그들의 독무대를 위해 자리를 만들어줄 정도였다. 나도 매혹되어 그들을 바라보았다. 둘 다 아름답고 호흡이 잘 맞았다. 나는 그들을 바라보면서 얼마 지나지 않아 릴라가 애늙은이 같은 모습에서 완전히 벗어날 것이라는 사실을 깨달았다. 너무 뛰어나게 편곡을 하면 원곡의 익숙한 멜로디가 잊히는 것처럼 말이다.

릴라의 얼굴은 균형이 잡혀가고 있었다. 시원한 이마와 갑작스럽게 가늘어지는 커다란 눈, 아담한 코와 광대뼈, 입술이며 귀가 가장 아름다운 조화를 찾아나가고 있었고 머지않아 그 균형점을 찾을 것 같았다. 말총머리로 묶으면 마음을 사로잡는 기다란 목이 선명하게 드러났다. 사랑스러운 작은 가슴은 점점 더 봉긋이 솟아오르고 있었다. 등의 깊은 곡선은 팽팽한 둔부의 오목한 부분까지 이어져나갔다. 발목은 아직 어린아이 발목처럼 가늘었다. 하지만 그 발목이 이미 소녀의 형태를 갖추기 시작한 신체에 적응하는 데는 오랜 시간이 걸리지 않을 것이다.

리노와 춤을 추는 릴라의 모습을 바라보는 사내아이들은 나보다 더 많은 것을 보고 있다는 사실을 깨달았다. 파스콸레가 특히 그랬고 안토니오나 엔초도 마찬가지였다. 그들은 다른 여자아이들은 그 자리에 없는 것처럼 릴라에게 시선을 고정하고 있었다. 내 가슴이 릴라의 가슴보다 큰데도, 질리올라가 균형 잡힌 몸매에 완벽한 다리를 가진 눈부신 금발머리인데도, 눈이 아름다운 카르멜라가 도발적으로 몸을 움직였는데도 말이다.

우리 가운데 누구도 릴라와 대적할 수 없었다. 쉴 새 없이 움직이는 릴라의 신체는 남성들만이 느낄 수 있는 무엇인가를 발산하기 시작했다. 아름다움이 가까이 다가오며 내는 소리처럼 그들의 넋을 빼내는 기운 같은 것이었다. 남자들은 음악이 멈추고 나서야 정신을 차리고 겸연쩍게 미소 지으며 과장된 박수를 보냈다.

16

릴라는 못된 아이였다. 나는 마음속 깊은 은밀한 곳에 언제나 그런 생각을 간직하고 있었다. 릴라는 말로 상처를 줄 수 있을 뿐 아니라 마음만 먹으면 살인도 서슴지 않을 아이였다. 그런데 이제 이 정도의 잠재력은 별것 아닌 것처럼 느껴졌다. 나는 릴라가 지금보다 더 악한 모습을 드러내보일 것이라고 생각했다.

내 마음속에 사악함이라는, 어린 시절 동화 속에서나 존재하던 과장된 단어가 떠올랐다. 비록 유년 시절의 경험 때문에 이런 생각에 사로잡히긴 했지만 내 걱정은 어느 정도 사실이었다. 릴라가 매혹적인 것을 넘어 위험한 그 무엇인가를 뿜어내고 있다는 사실은 초등학교 1학년부터 항상 그녀를 관찰해온 나뿐 아니라 다른 모든 사람에게도 명확해졌다.

여름이 끝날 무렵 무리지어 동네 밖으로 피자를 먹으러 가거나 산책을 나갈 때 리노에게 릴라를 데려오라는 압력을 가하는 사람이 많아졌다. 하지만 리노는 자신만의 공간을 원했다. 내가 보기에는 리노도 변하고 있었다. 릴라는 그에게 환상과 희망을 불어넣었는데 결과는 그리 좋아 보이지 않았다. 그는 허풍스러워졌고 기회가 있을 때마다 자신의 솜씨가 얼마나 훌륭한지, 얼마나 큰 부자가 될지에 대해 이야기하곤 했다.

리노는 운이 조금만 따라준다면 솔라라 형제 따위 얼굴에 오줌을 갈겨주겠다는 말을 즐겨 하곤 했다. 그렇게 허풍을 떨려면 동생이 없어야 했다. 릴라가 있으면 리노는 혼란스러워하며 한두 마디 중얼거리다가 이내 입을 다물었다. 그의 말과 태도에서 그들만의 은밀한 계약에 위배되는 점을 발견하고 릴라가 자신을 째려보는 것을 느꼈기 때문이다.

리노는 릴라가 없을 때가 더 편했다. 이미 구둣방에서 하루 종일 함께 악착같이 일하는 것만으로도 충분하지 않은가. 보통은 릴라를 피해 친구들에게 공작새처럼 잘난 체하러 혼자 나가곤 했지만 양보를 해야 할 때도 있었다.

어느 일요일, 부모님의 반대를 무릅쓰고 드디어 저녁에 외출을 할 수 있게 되었다. 리노가 고맙게도 부모님께 나도 함께 돌봐주겠다고 한 것이다. 우리는 간판 불빛으로 환하게 빛나는 도시와 사람들이 가득한 거리를 보았다. 더위 때문에 상한 생선의 악취도 맡고 이와는 대비되는 레스토랑과 튀김가게, 솔라라네 가게보다 훨씬 화려한 주점과 제과점에서 나는 맛있는 냄새도 맡았다.

릴라가 이전에 그의 오빠나 다른 친구들과 함께 시내에 나온 적이 있었는지는 기억이 나지 않는다. 만약 그랬다면 나에겐 이야기해주지 않았음이 분명하다. 확실한 것은 그날 릴라가 입을 꾹 다물고 있었다는 사실이다. 가리발디 광장을 지나는 동안 릴라는 계속 뒤처져 걸어왔다. 그녀는 구두닦이와 덩치 큰 매춘부, 우울한 표정의 남자들과 아이들을 보느라 걸음을 멈췄다. 지나가는 사람들을 유심히 바라보기도 했다. 그녀가 얼굴을 똑바로 쳐다보자 어떤 사람들은 웃음을 터뜨렸고 어떤 사람들은 그녀에게 원하는 게 무엇이냐고 묻는 듯한 몸짓을 해보이기도 했다. 나는 가끔 그녀를 툭 치기도 하고 리노, 파스콸레, 안토니오, 카르멜라, 아다와 헤어질까봐 잡아끌기도 했다.

그날 저녁은 레티필로에 있는 피자집에 가서 즐겁게 식사를 했다. 수줍은 성격인 안토니오가 내게 약간 관심을 보이는 것 같아서 기분이 좋았다. 릴라에 대한 파스콸레의 관심과 균형을 맞추게 된 것 같았다. 그때 서른 살 정도 되어 보이는 피자 만드는 사람이 피자 반죽을 공중에 던지는 묘기를 보여주었다. 그는 과장된 기교를 선보였고 그 모습을 감탄하면서 바라보는 릴라와 미소를 주고받았다.

"그만두지 못해?"

리노가 말했다.

"아무 짓도 안 했는데."

릴라가 애써 다른 곳으로 시선을 돌리며 대답했다.

상황은 곧 나빠졌다. 파스콸레가 피자 만드는 사람이 손끝으로 릴라에게 몰래 키스를 보냈다고 웃으며 말했다. 우리 소녀들이 보기에 그는 나이가 많아 보였다. 손에는 결혼반지를 끼고 있었는데 분명 자식도 있을 것 같았다. 우리는 고개를 돌려 그를 바라보았다. 그는 할 일을 하고 있을 뿐이었다. 그런데 파스콸레가 계속 히죽거리며 릴라에게 물었다.

"내 말이 맞아 아니면 틀려?"

여유 있게 미소 짓는 파스콸레와는 달리 릴라는 불안하게 웃으며 말했다.

"난 아무것도 못 봤어."

"그만둬, 파스카."

리노가 동생을 잡아먹을 듯 노려보며 말했다.

그런데 파스콸레가 갑자기 화덕 앞으로 가더니 입가에 악의 없는 미소를 지으며 피자를 만드는 남자의 뺨을 때려 화덕 입구 쪽으로 쓰러뜨렸다.

키가 작고 얼굴이 창백한 예순 살쯤 되어 보이는 식당 주인이 즉시 달려왔다. 파스콸레는 침착하게 걱정할 것 없고 식당 직원에게 그가 잘 모르고 있는 사실을 가르쳐줬을 뿐이라고, 이제는 별문제 없을 것이라고 했다. 우리는 침묵 속에서 눈을 아래로 내리깔고 마치 독이라도 먹는 것처럼 천천히 피자를 씹어 삼켰다.

식당에서 나오자 리노는 릴라에게 잔소리를 해대기 시작했다. 계속 이런 식으로 행동하면 다시는 데리고 나오지 않겠다는 위협으로 잔소리는 끝이 났다.

무슨 일이 생긴 걸까. 거리를 지나가는 모든 남정네는 우리를 쳐다보았다. 예쁘든, 조금 덜 예쁘든, 못생겼든 간에 말이다. 우리를 쳐다보는 사람 중에는 우리 또래 소년들보다 어른이 더 많았다. 아다와 카르멜라와 나는 솔라라 형제와의 일이 일어난 후부터는 본능적으로 시선을 아래로 내리깔고 우리에게 던지는 저속한 말을 못들은 척 빠른 걸음으로 앞으로 나아가는 법을 배웠다.

릴라는 달랐다. 그녀와 함께하는 일요일 산책은 언제나 긴장의 연속이었다. 누군가 자신을 바라보면 시선을 맞받았다. 누군가 자신에게 뭐라고 하면 정말 자신에게 말을 거는 건지 의심스럽다는 듯이 멈춰 서서 가끔 호기심 어린 태도로 대꾸하기도 했다. 그런데도 남자들은 우리에게 던지는 저속한 농담을 오히려 릴라에게는 하지 않았다.

8월이 끝날 무렵의 어느 날 오후, 우리는 빌라 코무날레 공원까지 산책을 나갔다. 그 즈음 한창 자신이 귀족이라도 되는 것처럼 행동하기를 즐기던 파스콸레가 모두에게 아이스크림을 사주겠다고 해서 우리는 카페에 자리를 잡았다. 우리 앞에는 테이블에 앉아서 아이스크림을 먹고 있는 단출한 가족이 있었다. 아버지와 어머니, 일곱 살에서 열두 살 사이의 세 아이가 있는 가족이었고 언뜻 보기에도 교양 있는 사람들 같았다. 뚱뚱한 몸집에 50대 정도 되어 보이는 아버지는 교수님 같은 분위기를 풍겼다. 난 맹세코 그날 릴라가 눈에 띌 만한 짓은 아무것도 하지 않았다는 것을 알고 있다. 립스틱을 바르지도 않았고 어머니가 만들어준 허름한 옷을 입고 있었다. 릴라보다는 우리가, 특히 카르멜라가 오히려 눈에 띌 만했다. 그런데 그 신사는 릴라에게서 시선을 떼지 못했다. 이번에는 우리 모두가 그 사실을 알아챘다.

릴라가 어느 정도 참으려고 했는지는 모르지만 기어코 그 경탄 어린 시선을 이해하지 못하겠다는 듯이 신사의 눈빛을 맞받아쳤다. 테이블에 앉아 있던 리노와 파스콸레와 안토니오가 눈에 띄게 불편한 기색을 드러내기 시작했을 때, 신사는 자신이 어떤 위험에 처했는지도 알지 못하고 자리에서 일어나더니 릴라 앞에 서서 우리 테이블 쪽 남자들에게 정중하게 말했다.

"자네들은 정말 행운아네. 보티첼리의 그림에 나오는 비너스보다 더 아름다워질 여인이 여기 있으니 말이야. 무례했다면 용서들 하게나. 그렇지만 집사람과 아이들에게도 같은 말을 했고 자네들에게도 이 말은 꼭 해주고 싶었다네."

릴라는 너무 긴장한 나머지 웃음을 터뜨렸다. 노신사는 미소를 머금고 절도 있게 고개를 숙여보이고는 자기 자리로 돌아가려고 했다. 그때 리노가 그의 멱살을 잡더니 거칠게 뒤로 밀어붙여서 억지로 제자리에 앉혔다. 그의 부인과 아이들 앞에서 말이다. 그러더니 우리 동네에서 하는 것처럼 걸쭉한 욕설을 퍼부어댔다. 노신사는 화를 냈고 부인은 그들 사이에 끼어들며 소리를 지르기 시작했다. 그러자 안토니오가 나서서 리노를 데리고 왔다. 또 한 번의 일요일 오후를 그렇게 망쳤다.

최악의 사태는 리노가 없을 때 일어났다. 내가 충격을 받은 것은 사건 그 자체 때문이 아니라 릴라 주변에 형성되는 원인을 알 수 없는 긴장감 때문이었다. 질리올라의 어머니가 자신의 성명축일을 기념하는 파티를 열었을 때였다. 잘 기억이 나지는 않지만 아마도 로사라는 이름이었던 것 같다. 아무튼 질리올라의 어머니는 파티에 연령대와 상관없이 많은 사람을 초대했고 남편이 솔라라네 가족이 운영하는 제과점의 제빵사이다보니 잔칫상을 풍성하게 차렸다. 베이 비슈와 아이스크림으로 속을 채운 페스트리, 스폴리아텔레 과자와 아몬드 페스트리며 온갖 종류의 술과 아이들을 위한 음료가 준비되었다. 음악과 함께 클래식한 춤부터 최신 춤까지 다양한 장르의 춤이 이어졌다.

그날 잔치에는 우리들의 소박한 파티에는 오지 않을 법한 사람들도 참석했다. 약사 부부와 나와 함께 고등학교에 진학하게 된 그들의 장남 지노도 왔고 페라로 선생님도 대가족을 이끌고 왔다. 돈 아킬레의 미망인인 마리아 아주머니와 아들 알폰소, 딸 피누차가 화려하게 차려입고 등장했다. 장남인 스테파노도 모습을 나타냈다.

이들의 등장에 약간의 동요가 일었다. 그날 파티에는 돈 아킬레를 죽인 살인자의 자식인 파스콸레와 카르멜라도 있었기 때문이다. 하지만 별다른 일은 일어나지 않았다. 알폰소는 상냥한 아이였고(그 역시 나처럼 고등학교 진학을 앞두고 있었다) 심지어는 카르멜라와 몇 마디 대화를 나누기까지 했다. 식료품점에서 청춘을 허비하던 피누차는 파티에 참석해서 너무나 행복해보였다. 장사의 대상에는 예외가 없다는 원칙을 어린 나이에 깨달은 스테파노는 동네의 모든 사람을 자신의 가게에서 돈을 쓸 수 있는 잠재적 고객으로 간주하고 마주치는 모든 이에게 사람 좋은 미소를 지어보였다. 그래서인지 그날은 파스콸레와 눈빛을 마주치는 것을 되도록 피하는 선에서 끝냈다. 보통 주세피나 아주머니를 보면 시선을 매몰차게 다른 곳으로 돌려버리던 마리아 아주머니도 그날만은 펠루소네 아이들에게 신경을 쓰지 않고 질리올라의 어머니와 오랫동안 수다를 떨었다.

춤판이 본격적으로 벌어지며 남아 있던 약간의 긴장감마저도 깨끗이 사라졌다. 주변이 소란스러워지며 모두들 그 무엇에도 신경 쓰지 않게 되었다. 그렇게 해서 먼저 고전적인 춤이 시작되었다가 최신 유행인 로큰롤로 이어졌다. 남녀노소 할 것 없이 로큰롤에 대한 관심이 컸다.

나는 흥분된 표정으로 한쪽 구석에 자리를 잡았다. 물론 로큰롤을 출 줄은 안다. 집에서 동생 페페와 추기도 하고 일요일마다 릴라네에서 함께 춤을 추곤 했으니까. 하지만 나는 그 나긋나긋하고 민첩한 동작을 소화하기엔 아직 서툴렀기 때문에 아쉽지만 바라만 보기로 했다. 릴라도 로큰롤을 그다지 잘 추지 못했다. 그녀에게 직접 말한 적도 있는데 로큰롤을 출 때 그녀의 움직임은 약간 우스꽝스럽게 느껴졌다. 그녀는 내 평가를 도전으로 받아들이고 이를 악물고 열심히 연습했다. 리노가 로큰롤을 추지 않아서 릴라 혼자 연습했다. 그렇지만 완벽주의자인 릴라였기에 그날 밤은 내 곁에 앉아서 파스콸레와 카르멜라가 얼마나 춤을 잘 추는지 구경만 했고 나는 은근히 이 사실이 흐뭇했다.

갑자기 엔초가 릴라에게 다가왔다. 어린 시절 우리에게 돌팔매질을 하고 릴라와 산수 문제로 예기치 않은 승부를 벌였고 언젠가 마가목 화관을 선물한 그 엔초였다. 세월은 그를 체구는 작지만 힘든 노동에 익숙한 강인한 육체의 남성으로 변모시켰다. 엔초는 우리 가운데 가장 나이가 많은 리노보다 더 나이 들어 보였다. 엔초의 몸은 새벽같이 일어나는 그의 생활을 잘 나타내고 있었다. 야채시장에서 나폴리 지역의 마피아인 카모라 일당을 상대하면서 비가 오든 눈이 오든 계절을 가리지 않고 수레를 끌고 온 동네를 누비며 야채와 과일을 팔고 있는 그의 삶이 그의 육체에 고스란히 드러났다. 하지만 금빛 눈썹과 속눈썹, 푸른 눈동자의 금발머리 청년의 환한 얼굴에는 아직도 어린 시절 우리와 연을 맺었던 반항적인 소년의 흔적이 남아 있었다. 말하는 일이 드물었지만 일단 입을 열면 사투리일지언정 신뢰감을 주는 말투로 이야기했다. 우리 가운데 누구도 그에게 농담을 하거나 대화를 해볼 생각은 하지 못했다.

그날 먼저 우리에게 다가온 것도 엔초였다. 릴라에게 왜 춤을 추지 않느냐고 물었다. 그녀는 아직 로큰롤을 잘 모르기 때문이라고 했다. 엔초는 잠시 말이 없다가 자신도 마찬가지라고 했다. 다시 로큰롤 음악이 나오자 엔초는 자연스럽게 릴라의 팔을 잡아 홀 가운데로 이끌었다. 보통 릴라는 자기의 허락을 받지 않고 누군가가 자기 몸을 스치기만 해도 독사에 물린 양 펄쩍 뛰었는데 웬일인지 그날은 별다른 거부 반응을 보이지 않았다. 그만큼이나 춤을 추고 싶었던 것일까. 오히려 고맙다는 듯한 눈빛으로 잠시 그를 바라보고는 음악에 몸을 맡겼다.

엔초의 춤 실력은 금방 들통이 났다. 그는 거의 움직이지 않았고 그나마도 뻣뻣하고 자로 잰 듯했다. 하지만 릴라를 세심하게 배려하며 그녀가 빛날 수 있도록 해주었다. 릴라의 마음에 들고 싶어 한다는 속마음이 빤히 보였다. 릴라는 카르멜라처럼 실력이 뛰어나지는 않았지만 언제나 그렇듯이 모든 사람의 시선을 끌었다. “엔초도 릴라를 좋아하는구나”라고 나는 쓸쓸히 중얼거렸다. 나는 이내 엔초뿐 아니라 식료품점 주인 스테파노도 영화 속 여주인공을 바라보는 듯한 눈빛으로 시종일관 릴라에게서 눈을 떼지 못하고 있다는 사실을 알았다.

그러는 사이에 솔라라 형제가 등장했다. 나는 그들의 모습을 보기만 해도 불안해졌다. 그들은 제빵사 부부에게 인사하고 스테파노와 손바닥을 마주치며 인사하고는 춤추는 사람들의 모습을 바라보았다. 처음에는 마치 마을 영주라도 되는 듯한 태도로 아다를 부담스러운 눈초리로 쳐다보았다. 아다가 시선을 피하자 자기들끼리 수군

거리다가 안토니오를 손으로 가리키더니 그에게 과장된 몸짓으로 인사했다. 안토니오가 무시하자 이내 릴라에게 시선을 돌리고 한참 동안 그녀를 바라보았다. 그러더니 무엇인가를 귓속말로 속삭였고 미켈레가 크게 고개를 끄덕이며 동의를 표했다.

그들을 쭉 지켜보고 있었기 때문에 나는 이내 둘 중에서 특히 마르첼로가, 동네 모든 소녀의 이상형인 마르첼로가 과거 릴라가 그를 단칼로 위협했던 일에 전혀 기분이 상하지 않았다는 사실을 알 수 있었다. 오히려 얼마 지나지 않아 릴라의 우아하게 굴곡진 몸매와 시골동네에 어울리지 않는, 아니 어쩌면 나폴리 전체에서도 찾아보기 힘든 그 묘한 얼굴에 매료되었다는 사실을 깨달았다. 마르첼로는 그나마 얼마 되지 않는 뇌의 기능마저 상실한 사람처럼 릴라에게서 시선을 떼지 못했다. 음악이 끝나도 마찬가지였다. 엔초가 내가 있는 구석으로 릴라를 이끌자 눈 깜짝할 사이에 스테파노와 마르첼로가 동시에 릴라를 향해 움직였지만 파스콸레가 한 발짝 빨랐다. 릴라는 동의한다는 의미로 사랑스럽게 폴짝 뛰어보이고는 행복하다는 듯이 손뼉을 쳤다. 다양한 연령에, 각자 다른 방식으로 각자의 강인함에 대한 자신감이 충만한 네 남성이 열네 살짜리 작은 소녀를 향해 동시에 다가간 것이다.

전축 바늘이 전축 판 표면을 긁으며 다시 음악이 시작되었다. 스테파노, 마르첼로, 엔초는 마지못해 뒤로 물러났다. 파스콸레는 릴라와 춤을 추기 시작했고 워낙 실력이 출중한 파스콸레 덕분에 릴라는 마음껏 실력을 발휘할 수 있었다.

미켈레가 형에 대한 우애 때문인지 그저 문제를 일으키고 싶어서인지는 모르지만 상황을 복잡하게 만들었다. 그는 스테파노를 팔꿈치로 찌르며 큰 소리로 물었다.

"너는 몸에 피가 흐르기는 하는 놈이냐? 저기에 네 아버지를 죽인 살인자의 자식이 있어. 공산당인 데다가 네가 춤추고 싶어 했던 아이와 춤추고 있는데 여기서 보고만 있을 거야?"

파스콸레는 분명 이 말을 듣지 못했을 것이다. 음악소리가 큰 데다 릴라와 춤을 추느라 정신이 없었으니까. 하지만 내 귀에 그 말이 똑똑히 들렸으니 내 옆에 있던 엔초에게도 들렸을 것이다. 스테파노는 말할 것도 없었다. 우리는 당장에 무슨 일이 벌어질 것이라고 생각했지만 그렇지 않았다. 스테파노는 자신이 해야 할 일을 아는 청년이었다. 식료품점은 성황리에 운영되고 있었고 근처 건물을 사들여 확장할 계획도 있었다. 그는 자신이 행운아라고 생각했고 원하는 것은 무엇이든지 할 수 있을 것이라고 확신하고 있었다. 그는 사람 좋아 보이는 미소를 지으며 미켈레에게 말했다.

"놔두지. 춤 한번 참 잘 추네."

그러고는 그 순간 중요한 것은 오직 릴라밖에 없다는 듯이 다시 그녀를 바라보았다. 미켈레는 불쾌하다는 듯이 인상을 쓰고는 제빵사 부부를 찾으러 갔다.

뭘 하려는 거지? 나는 그가 파티의 호스트들과 흥분하여 이야기하는 모습을 지켜보았다. 때때로 한쪽 구석에 있는 마리아 아주머니를 가리키기도 하고 스테파노, 알폰소, 피누차를 가리키다가 춤에 푹 빠진 파스콸레와 안토니오의 환심을 사려고 부단히 노력하고 있는 카르멜라를 가리켜 보이기도 했다. 음악이 멈추자 질리올라의 어머니가 다정하게 파스콸레의 팔짱을 끼고 한쪽 구석으로 그를 데려가서는 귀에 대고 몇 마디 속삭였다.

"이제 가봐."

미켈레가 형에게 웃으며 말했다.

"길 뚫렸어."

그러자 마르첼로가 릴라에게 다가갔다.

나는 릴라가 마르첼로를 극도로 싫어하는 것을 알고 있었기 때문에 춤을 거부할 것이라는 사실을 믿어 의심치 않았다. 하지만 그렇지 않았다. 음악이 다시 시작되자 온몸의 근육으로 춤을 갈망하던 릴라는 먼저 파스콸레를 찾다가 그가 보이지 않자 마르첼로의 손을 잡았다. 팔 외에 그의 몸의 다른 부분은 존재하지 않는 것 같았다. 그러더니 땀을 뻘뻘 흘리며 춤을 추기 시작했다. 그 순간 그녀에게 가장 중요한 행위는 춤이었다.

나는 처음에는 스테파노를, 그러곤 엔초를 바라보았다. 긴장감이 극에 달했다. 걱정스러운 마음에 심장이 세차게 뛰기 시작했다. 파스콸레가 매서운 눈빛으로 카르멜라에게 다가가 뭐라고 거칠게 말했다. 카르멜라가 낮은 소리로 반박하자 그 역시 낮은 소리로 그녀의 입을 다물게 했다. 안토니오가 다가가 파스콸레와 이야기를 하며 성난 눈빛으로 마르첼로와 미켈레 형제를 노려보았다. 미켈레는 다시 스테파노를 붙들고 이야기하고 있었고 마르첼로는 릴라를 끌어당기고 들어 올리고 그녀와 몸을 부딪치며 춤추고 있었다. 그러는 사이에 안토니오가 춤을 추던 아다를 데리고 왔다. 음악이 끝나고 릴라가 내 곁으로 돌아오자 나는 말했다.

"뭔가 심상치 않은 일이 일어나고 있어. 그만 가자."

릴라가 웃으며 소리쳤다.

"지진이 일어난다고 해도 난 춤을 춰야겠어."

그러더니 벽에 기대고 있는 엔초를 바라보았다. 그 사이에 마르첼로가 돌아왔고 릴라는 그에게 이끌려 다시 춤에 빠져들었다.

파스콸레가 내게 다가와서 우울한 목소리로 떠나야 한다고 했다.

"릴라가 춤을 마칠 때까지만 기다리자."

"안 돼. 당장 나가야 해."

그는 반대 의견은 허용하지 않겠다는 듯이 엄하고 거칠게 말했다. 그러고는 미켈레 곁을 지나며 그를 어깨로 세게 쳤다. 미켈레는 한 번 웃어보이고는 입 모양으로 욕을 했다. 파스콸레는 재빨리 현관 쪽으로 갔다. 카르멜라는 머뭇거리며 그 뒤를 따랐고 안토니오도 아다를 끌고 갔다.

나는 엔초가 무엇을 하는지 보려고 뒤돌아보았다. 그는 릴라가 춤추는 모습을 바라보며 계속 벽에 기대 있었다. 음악이 끝나자 기쁨에 찬 눈빛의 마르첼로를 뒤에 달고 릴라가 내게 다가왔다.

"이제 정말 가야 해."

나는 불안한 마음에 소리치듯 말했다.

내 목소리가 정말 걱정스럽게 들렸는지 드디어 릴라는 깨어난 듯 주변을 둘러보았다.

"그래. 이제 가자."

그녀가 미심쩍은 듯이 말했다.

나는 더는 기다리지 않고 문 쪽으로 발걸음을 옮기기 시작했다. 그때 음악이 다시 시작되었다. 마르첼로가 릴라의 팔을 잡고 웃음 섞인 애원조로 말했다.

"기다려. 내가 집에 데려다줄게."

릴라는 그제서야 그를 알아보았다는 듯이 믿을 수 없다는 눈초리로 바라보았다. 마르첼로가 그토록 자연스럽게 자기 몸에 손을 대고 있다는 것이 믿기지 않는 눈치였다. 팔을 빼내려고 했지만 마르첼로는 손에 힘을 주며 말했다.

"한 번만 더 추자."

그러자 엔초가 벽에서 떨어져 나와 말 한마디 없이 마르첼로의 손목을 꽉 잡았다. 그 광경이 아직도 눈에 선하다. 그는 마르첼로보다 몇 살 어렸는데도 침착함을 잃지 않았고 심지어는 전혀 힘을 주는 것 같지도 않았다. 엔초의 악력이 어느 정도인지는 마르첼로의 얼굴에 고스란히 드러났다. 그는 고통스러운 표정으로 릴라를 놓아주고는 다른 한 손으로 손목을 어루만졌다. 나가는 동안 릴라는 경멸에 찬 심한 사투리로 엔초에게 말했다.

"그 빌어먹을 자식이 나를 만지는 거 봤어? 리노가 없었으니 망정이지. 한 번만 더 그런 짓을 하면 목숨을 부지하기 힘들 거야."

마르첼로와 두 번 연속 춤춘 것을 정말 기억하지 못하는 걸까. 하긴 릴라라면 그럴 수 있다.

파스콸레, 안토니오, 카르멜라와 아다는 이미 밖에 나와 있었다. 파스콸레는 제정신이 아니었다. 그가 그토록 화를 내는 것은 처음이었다. 그는 소리 높여 욕을 해댔다. 미친 사람 같은 눈빛으로 목이 쉴 정도로 소리를 질러댔다. 그는 미켈레도 욕했지만 그보다 마르첼로와 스테파노에게 분노했다. 그러면서 우리가 이해할 수 없는 이야기를 했다. 그가 말하기를 솔라라네 주점은 과거부터 고리대금을 하는 마피아 집단과 밀수꾼들의 소굴이었고 왕정복고주의자들의 자금 모집 수단이었다고 했다. 그는 또 돈 아킬레가 나치와 파시스트들의 스파이 노릇을 했고 스테파노는 그 애비가 검은 가방에 모은 돈으로 식료품점을 키운 것이라고 했다. 그러더니 "아버지가 그 자식을 죽여버린 것은 훌륭한 일이었어"라고 소리 지르고는 계속해서 "아비고 자식이고 솔라라 이름을 단 새끼들은 내가 목을 그어버리겠어. 스테파노와 그 가족들은 씨를 말려버려야지"라고 소리쳤다. 그러더니 가장 큰 잘못을 저지른 것은 릴라라는 듯이 "너는 그 개자식과 춤까지 쳤어!"라며 분노했다.

이때 파스콸레의 말에서 산소라도 공급받은 것처럼 안토니오도 같이 고함을 치기 시작했다. 그는 자신이 직접 솔라라 형제를 죽이려다가 복수할 기회를 빼앗겨서 파스콸레에게 화가 나기라도 한 것처럼 소리를 지르기 시작했다. 아다는 곧 울음을 터뜨렸고 카르멜라도 참지 못하고 이에 가세했다. 엔초는 이제 그만 자러 가자며 모두를 설득하려 했다. 하지만 파스콸레와 안토니오는 그에게 입 다물라고 하고는 자신들은 남아서 솔라라 형제와 맞붙겠다고 했다.

그들은 짐짓 침착한 척하면서, 하지만 여전히 사나운 목소리로 몇 번이고 엔초에게 "이제 그만 가. 내일 보자"라고 말했다. 그러자 엔초가 조용히 말했다.

"너희들이 가지 않으면 나도 남겠어."

사태가 이 지경에 이르자 나도 울기 시작했고 얼마 지나지 않아 릴라까지 울기 시작했다. 나는 그때까지 단 한 번도 그녀가 우는 모습을 본 적이 없었다. 그 모습은 내 마음에 적잖은 동요를 불러일으켰다.

여자아이들 넷이 모두 울었다. 그것도 아주 절망적으로. 하지만 파스콸레가 결정적으로 마음을 푼 것은 릴라가 울었기 때문이었다. 그는 포기한 듯이 말했다.

"좋아, 오늘 저녁은 그냥 가자. 솔라라 자식들은 나중에 손봐줘야겠어."

나와 릴라는 훌쩍거리면서 그의 팔을 한 쪽씩 붙잡고 잡아끌었다. 우리는 얼마 동안 그를 위로한답시고 솔라라 형제를 심하게 욕했다. 아예 무시해버리는 것이 가장 좋은 방법이라고 말해주었다. 그러다 릴라가 손등으로 눈물을 훔치며 물었다.

"그런데 나치며 파시스트는 뭐야? 왕정복고주의자들은 또 뭐고? 그리고 암시장은 뭔데?"

17

파스콸레의 대답이 릴라에게 어떤 영향을 미친 건지 정확하게 알 수는 없다. 그의 이야기가 내게는 실질적으로 아무런 영향을 주지 못했기 때문에 섣불리 얘기하다가는 이야기를 잘못 전하게 될까봐 두렵다. 그러나 릴라는 언제나처럼 그 이야기에 감응하며 변화했다. 실제로 그해 여름 내내 그녀는 단 하나의 개념을 붙잡고 늘어졌는데, 나로서는 괴롭기 짝이 없는 일이었다. 요즘 표현을 빌려 요약해 보면 이러하다. 인류는 과거부터 악행을 저질러왔고, 현재도 마찬가지이며 오늘날 인간의 모든 행동과 말과 고통은 이러한 악행의 영향을 받았다는 것이다.

물론 릴라가 이런 식으로 표현을 하지는 않았다. 하지만 중요한 것은 그녀가 폭로집착증에 걸린 것 같았다는 것이다. 그녀는 주변의 모든 것을 가리키며 내게 말했다.

"저 사람은 전쟁에 참전해서 사람을 죽였어. 저 사람은 사람을 몽둥이로 패서 억지로 피마자 오일을 먹게 했어. 저 사람은 수도 없이 많은 사람을 고소했고 저 사람은 자기 어머니를 굶겨 죽였대. 저 집에서는 사람들이 고문당하고 살해되었고 저 돌길을 따라 사람들이 파시스트식 경례를 하며 행진했고 이 골목에서는 사람들이 두들겨 맞곤 했어. 저들의 돈은 다른 사람들의 굶주림 덕분에 생긴 거고 이 자동차는 대리석 가루가 섞인 빵과 암시장에서 썩은 고기를 팔아서 마련한 거래. 저 정육점은 화물기차를 털어서 훔친 구리로 마련한 거고 저 주점은 마피아와 밀수꾼과 고리대금업자의 소굴이야."

릴라는 얼마 지나지 않아 파스콸레의 설명에 만족하지 못하게 되었다. 릴라 머릿속에 있는 어떠한 장치를 작동시킨 것은 파스콸레였지만 혼란스러운 생각들을 정리하는 것은 릴라 자신의 몫이었다. 릴라는 점점 더 긴장하고 점점 더 집착했다. 그녀 스스로 어떠한 빈틈도 없는 탄탄한 이론을 정립해야 한다는 다급함을 느꼈기 때문일 수도 있다.

릴라는 파스콸레에게서 얻은 빈약한 정보를 도서관에서 빌린 책을 읽으며 체계화했다. 이런 식으로 그녀는 어린 시절부터 동네에서 느낄 수 있었던 추상적인 긴장감에 구체적인 동기를 부여하고 익숙한 얼굴을 접합시켰다. 파시즘, 나치즘, 전쟁, 연합군, 왕정과 공화정 같은 개념들을 동네의 길, 건물, 사람들, 돈 아킬레와 검은 가방으로 상징되는 암시장, 공산당 알프레도 펠루소, 마피아 출신의 솔라라네 증조부, 마르첼로와 미켈레 형제보다도 뼛속까지 파시스트인 그들의 아버지 실비오 솔라라, 그녀의 아버지인 구두수선공 페르난도 그리고 내 아버지와 결부시켰다. 어두운 죄악으로 골수까지 오염된 이들은 모두 그녀의 눈에 냉혹한 범죄자나 아니면 고작 빵 부스러기 때문에 범죄자에게 협조한 공범자들로 비춰졌다. 릴라와 파스콸레는 나를 그 끔찍한 세계로 이끌고 도망가지 못하게 했다.

얼마 지나지 않아 하나의 사건에 다른 하나의 사건을 줄줄이 연관지어 다양한 관점에서 질문을 던지는 릴라의 능력에 파스콸레도 지쳐 침묵하기 시작했다. 나는 종종 그들이 함께 산책하는 모습을 목격했다. 처음에는 릴라가 파스콸레의 입에서 시선을 떼지 못했는데 나중에는 오히려 그가 그녀의 입에서 시선을 떼지 못하는 것을 알 수 있었다. 나는 파스콸레가 사랑에 빠졌다고 생각했다. 그러다가 언젠가는 릴라도 그를 사랑하게 될 것이라고 생각했다. 그러고는 약혼을 하고, 결혼을 해서도 언제나 정치 이야기만 하겠지. 아이들이 태어나면 아마 그 아이들도 정치 이야기만 할 거라고 생각했다. 새 학기가 시작되자 한편으로는 릴라와 함께 시간을 보내지 못할 것이라는 생각에 괴로웠지만 다른 한편으로는 우리 모두가 알고 사랑하는 사람들의 악행과 맹종과 비겁한 행위를 따지는 일에서 벗어나고 싶기도 했다. 결국 나나 릴라나 파스콸레나 리노의 몸속에도 그들과 같은 피가 흐르고 있지 않은가.

18

2년 동안의 고등학교 저학년 과정은 중학교 수업보다 훨씬 힘들었다. 우리 반 학생 수는 총 42명이었고 학교에서 몇 안 되는 남녀 합반이었다. 그나마도 여자아이는 얼마 되지 않았고 내가 아는 아이는 한 명도 없었다. 질리올라는 "나도 꼭 고등학교에 갈 거야. 확실하다니까. 우리 같은 책상에 앉자"라고 잔뜩 허풍을 떨어놓고는 결국 솔라라네 제과점에서 아버지를 도와주는 일을 하게 되었다. 남자아이들 중에서는 알폰소와 지노를 알고 있었지만 이들은 맨 앞줄에 겁먹은 눈빛으로 나란히 앉아서는 나를 모르는 사람처럼 대했다. 교실은 시큼한 땀 냄새와 더러운 발 냄새, 두려움에서 풍기는 악취에 찌들어 있었다.

처음 몇 개월 동안 나는 조용히 새로운 학교생활을 시작했다. 언제나 여드름으로 뒤덮인 이마나 턱을 만지작거리고 있었고 선생님도 칠판에 쓰여 있는 글씨도 잘 보이지 않는 교실 맨 끝에 자리를 잡았다. 내 짝꿍조차도 나를 잘 몰랐고 나도 내 짝을 잘 몰랐다. 올리비에로 선생님이 애써준 덕분에 비록 더럽고 다 해졌을 망정 필요한 책들을 빨리 구할 수 있었다. 나는 중학교 때부터 익혀온 습관에 따라 오후부터 밤 11시까지 공부하고 새벽 5시에 일어나 학교 가기 전 7시까지 공부했다.

책을 잔뜩 짊어지고 집을 나서면 구둣방을 열 준비를 하기 위해 달려가는 릴라와 마주치곤 했다. 그녀는 자기 아버지와 오빠가 도착하기 전에 먼저 나가 비질을 하고, 바닥을 닦고, 가게를 정리했다. 릴라는 그날 수업하는 과목 중 내가 공부한 부분에 대해서 질문을 하고 정확한 답을 요구했다. 원하는 답을 듣지 못하면 계속 질문을 퍼부었다. 충분히 공부하지 못해서 릴라에게 잘 대답하지 못하면 선생님들의 질문에도 확실하게 대답하지 못할 것 같은 생각이 들었다. 싸늘한 새벽에 일어나 주방에서 복습을 하다보면 내가 귀족들이 다니는 학교 선생님들에게 잘 보이기 위해서가 아니라 평생 그래왔던 것처럼 구둣방네 딸내미에게 잘 보이려고 달콤한 잠을 포기하는 것 같다는 생각을 했다. 아침도 릴라 때문에 언제나 서둘러 먹었다. 커피와 우유를 급하게 들이마시고는 릴라와 함께하는 길을 단 한 발짝도 놓치지 않으려고 달려 나갔다.

현관 앞에서 기다리다보면 릴라가 집에서 나와 걸어오는 모습이 보였다. 그녀의 변화가 확실히 느껴졌다. 우선 키가 나보다 컸고 불과 몇 달 전과 같이 모난 아이처럼 걷지도 않았다. 몸이 부드러워지면서 걸음걸이도 더 나긋나긋해진 것 같았다. 우리는 안녕 하고 인사하고 바로 이야기를 나누기 시작했다. 사거리에 이르면 작별 인사를 하고 릴라는 구둣방으로 향했고 나는 지하철역을 향하며 마지막으로 한 번 더 그녀와 눈을 마주치기 위해 계속해서 뒤돌아보았다. 두어 번 정도 파스콸레가 헐떡거리며 달려와 그녀를 바래다주는 장면을 목격했다.

지하철은 언제나 졸음과 아침 담배 냄새에 찌든 아이들로 만원이었다. 나는 담배를 피우지도 않았고 다른 사람들과 이야기를 나누지도 않았다. 지하철을 타고 가는 그 짧은 시간에도 풀이 죽어서 복습을 했다. 나는 우리 동네에서 사용하는 억양과는 다른 생소한 언어를 머릿속에 집어넣으려 광적으로 노력했다. 학교에서 낙제할까봐 두려웠고 불만에 찬 어머니의 기울어진 그림자와 올리비에로 선생님의 날카로운 눈빛도 두려웠다.

그 무렵 내 머릿속을 맴도는 생각은 단 하나였다. 릴라가 파스콸레와 사귀기로 했다고 말하기 전에 남자친구를 마련하는 것이었다. 시간이 갈수록 때를 놓칠까봐 걱정이 더 커져갔다. 학교에서 돌아오다 마주친 릴라가 부드러운 목소리로 파스콸레와 사귀기로 했다고 알려줄까봐 두려웠다. 그가 아니라면 상대가 엔초일 수도 있고 엔초가 아니라면 안토니오일 수도 있다. 그도 아니라면, 식료품점 주인 스테파노나 마르첼로와 사귀지 말란 법도 없지 않은가. 릴라는 워낙 예측할 수 없는 아이니까.

릴라 주위에서 맴도는 남자들은 자부심이 충만한 거의 다 자란 성인이었다. 그녀에게 신발 제작 계획과 우리가 태어난 끔찍한 이 세계에 대한 통찰 말고도 남자친구까지 생긴다면 나를 위해 할애할 시간이 더는 없을 것이다. 가끔은 학교에서 돌아오는 길에 일부러 멀리 돌아서 구둣방 앞을 지나가곤 했다. 아니면 우연히 멀리서 릴라의 모습을 보면 불안한 마음에 다른 길을 선택했다가 결국 참지 못하고 숙명에 이끌리듯 다시 그녀에게 다가갔다.

고등학교 건물은 상태가 좋지 않은 칙칙한 잿빛의 거대한 건물이었는데 나는 학교에 드나들 때마다 소년들을 바라보곤 했다. 그들을 바라보는 내 시선을 느끼고 그들도 나를 바라봐줬으면 하는 마음에 끈질기게 그 아이들을 바라보았다. 저학년 과정에 다니는 내 동급생 중에는 아직까지 반바지를 입고 다니는 아이도 있었고 허벅지 부분이 풍선처럼 부풀어오른 칠부 바지나 긴 바지를 입는 아이도 있었다. 이보다 성숙한 상급생들은 거의 모두 재킷에 넥타이 차림이었다. 추위에 강하다는 것을 보여줘야 했기에 코트를 입은 아이는 거의 없었다. 하나같이 짧게 깎은 머리에 허연 목덜미를 드러내고 있었다. 난 상급생들이 마음에 더 들었지만 여의치 않으면 동갑내기도 괜찮다고 생각했다. 적어도 긴 바지 정도는 입고 있어야겠지만 말이다.

어느 날 한 학생의 모습이 내 눈에 들어왔다. 발을 질질 끌며 걷는 걸음걸이며 호리호리한 몸매, 헝클어진 밤색 머리와 어딘가 친숙해 보이는 잘생긴 얼굴. 몇 살이나 되었을까. 열여섯? 열일곱? 그의 모습을 자세히 뜯어보던 나는 순간 심장이 멎는 것 같았다. 철도원이자 시인인 도나토 사라토레의 아들, 니노 사라토레였던 것이다. 그도 나를 바라봤지만 무심한 시선이었고 나를 알아보지는 못했다. 재킷은 팔뚝 부분이 해어져 있었고 어깨는 작아보였다. 바지는 올이 나가 있었고 신발은 울퉁불퉁하게 흠집이 나 있었다. 스테파노나 솔라라 형제처럼 유복해보이지는 않았다. 아버지가 시집을 냈지만 아직도 부자가 되지 못했음이 분명했다.

나는 그의 예기치 않은 출현에 적잖이 당황했다. 하굣길에 당장 릴라에게 달려가 이 사실을 알려주고 싶은 강렬한 욕망에 사로잡혔다. 하지만 이내 생각을 바꿨다. 그녀에게 니노를 봤다고 하면 분명 그를 보기 위해 함께 학교에 올 것이다. 그런 다음 무슨 일이 벌어질지는 불을 보듯 뻔했다. 니노는 초등학교 시절의 가녀린 금발머리 소녀가 열네 살의 뚱뚱하고 여드름투성이 소녀로 변한 것은 알아보지 못했지만 릴라는 당장에 알아보고 그녀에게 매료될 것이 틀림없었다.

나는 건들거리는 걸음걸이로 학교를 나서 가리발디 가 쪽으로 사라지는 니노의 구부정한 모습을 아무에게도 말하지 않고 가슴속에 품기로 했다. 그날부터 오직 그의 모습을 보기 위해서, 먼발치에서나마 그를 훔쳐보기 위해서 학교에 갔다.

가을은 쏜살같이 지나갔다. 어느 날 아침 학교에서 『아이네이스』에 대한 질문을 받았는데 이름이 불려 교단에 나가는 것은 처음 있는 일이었다. 제라체라는 이름의 선생님은 열정이라고는 찾아볼 수 없는 60대 남자선생님이었는데 큰 소리로 하품하다가 내가 '예언'의 악센트를 잘못 발음하자 웃기 시작했다. 선생님은 내가 단어의 뜻을 알더라도 그런 단어를 사용할 일이 없는 동네에서 왔다는 사실을 이해하지 못했다. 선생님뿐 아니라 학급의 모든 아이가 웃음을 터뜨렸다. 그 가운데서도 알폰소와 함께 맨 앞줄에 앉아 있던 지노가 가장 크게 웃었다. 나는 수치스러웠다. 그러고는 며칠 후 우리는 첫 번째 라틴어 시험을 보았다. 제라체 선생님은 채점을 끝낸 시험지를 가지고 와서는 물었다.

"그레코가 누구지?"

나는 손을 들었다.

"이리 오렴."

선생님은 내게 어미변화며 동사변화며 구문론에 대해서 몇 가지 질문을 던졌다. 선생님이 지금까지 그 어떤 학생에게도 보인 적이 없는 관심 어린 시선으로 나를 바라보았기 때문에 나는 두려움에 떨며 질문에 대답했다. 선생님은 아무 말 없이 시험지를 내게 내밀었다. 점수는 9점이었다.

그때부터 나는 승승장구했다. 이탈리아어 시험에서도 8점을 받고 역사 시험에서는 모든 날짜를 정확하게 맞혔으며 지리에서는 영토의 넓이며 인구, 풍부한 자원, 농업에 대해서 완벽하게 외웠다. 무엇보다도 나는 그리스어에서 선생님을 압도했다. 릴라와 함께 공부한 덕분에 나는 그리스어 알파벳에 익숙해져 있었다. 나의 빠른 독해 실력과 유려한 발음은 선생님의 공개적인 칭찬을 이끌어내기에 이르렀다.

나의 뛰어남은 종교의 교리처럼 다른 선생님들 사이에서도 기정 사실화되었다. 종교학 선생님까지도 어느 날 아침 나를 따로 부르더니 무료 신학교환 수업을 들어보지 않겠느냐고 권했다. 나는 알겠다고 했다. 크리스마스 즈음에는 내가 그레코라는 것을 모두 알았고 몇몇은 나를 엘레나라고 불렀다. 지노는 나와 함께 집에 가려고 방과 후면 정문에서 일부러 늑장을 부리며 나를 기다렸다. 그러던 어느 날 그는 다시 한 번 자신과 사귀어달라고 했다. 나는 비록 그가 아직 어린아이 티를 못 벗은 소년이기는 했지만 안도의 한숨을 내쉬었다. 없는 것보다는 낫다는 생각에 그와 사귀기로 했다.

학교생활의 기분 좋은 긴장감은 크리스마스 방학 동안 잠시 소강 상태를 맞게 되었다. 방학 동안 나는 다시 동네의 일상에 동화되었고 릴라를 만날 시간이 더 많아졌다. 릴라는 내가 영어 공부를 하게 된 것을 알고 아니나 다를까 영어 문법책을 마련해놓았다. 그녀는 이미 단어를 많이 알고 있었지만 발음은 애매모호했다. 그 점에서는 나도 나을 바 없었다. 릴라는 내게 질문 공세를 퍼부으며 새 학기가 시작되면 이런저런 단어의 발음을 물어보라고 했다.

어느 날 릴라는 구둣방으로 나를 데려가더니 종잇조각이 가득 든 양철 상자를 보여주었다. 종이 한 면에는 이탈리아어 단어가, 반대 면에는 그 단어에 해당하는 영어 단어가 적혀 있었다. '연필/펜슬' '이해하다/투 언더스탠드' '신발/슈즈' 식으로 말이다. 페라로 선생님이 알려준 단어 암기법이라고 했다.

릴라가 이탈리아어로 쓰인 단어를 읽으면 내가 영어 단어로 맞히기를 바랐다. 하지만 나는 아는 단어가 거의 없었다. 나는 릴라가 나보다 아는 것이 더 많다는 것을 깨달았다. 마치 비밀리에 학교에 계속 다닌 것처럼. 동시에 그녀가 긴장하고 있다는 사실도 알았다. 내가 공부하는 것은 자기도 충분히 해낼 수 있다는 것을 보여주고 싶었던 것이다.

정작 내가 릴라에게 하고 싶은 이야기는 따로 있었는데 릴라는 계속해서 그리스어 어미변화를 물어보았다. 보아하니 나는 아직도 1학년 과정에 머물러 있는데 릴라는 벌써 3학년 과정까지 진도를 나간 것 같았다. 그녀는 자신이 푹 빠진 『아이네이스』에 대해서도 물었다. 릴라는 책을 며칠 만에 몽땅 읽어치웠다고 했는데 나는 아직도 학교 진도에 따라 2권 중간 정도까지밖에 읽지 않았다. 특히 디도에 대해서 자세하게 이야기했는데 나는 모르는 인물이었다. 그러니까 나는 학교에서 배우기도 전에 릴라에게서 디도의 이름을 처음 들은 것이다. 어느 날 오후 릴라는 내 가슴에 깊이 각인된 화두를 던졌다.

"사랑이 없으면 사람들의 인생만 황폐해지는 것이 아니라 도시의 삶도 황폐해지는 거야."

릴라가 정확하게 어떤 단어를 사용했는지 잘 기억이 나지는 않지만 개념은 이런 것이었다. 나는 이 개념을 우리 동네의 더러운 길, 먼지가 이는 공원, 새로 들어선 건물들로 망가진 들판, 가정에서 자행되는 폭력과 연관시켰다. 그러면서도 나는 행여나 릴라가 다시 파시즘이며 나치즘, 공산주의에 대한 이야기를 꺼낼까봐 두려웠다.

나는 릴라에게 내게 좋은 일이 생겼다는 사실을 알려주고 싶었다. 그래서 참지 못하고 단숨에 우선 지노와 사귀기로 했다는 사실과 초등학교 때보다 더 잘생겨진 니노가 나와 같은 학교에 다니고 있다는 사실을 말했다.

내 말을 듣고 릴라는 눈을 가늘게 떴다. 순간 나는 릴라가 자기에게도 남자친구가 생겼다고 말할까봐 두려웠다. 하지만 릴라는 그러는 대신 나를 놀리기 시작했다. "너 약국집 아들이랑 사랑을 나누는 사이구나"라는 둥 "잘했어. 아이네이아스의 약혼녀처럼 사랑에 빠지고 말았네"라며 나를 놀렸다. 그러더니 뜬금없이 디도의 이야기에서 멜리나에 대한 이야기로 건너뛰어 그녀에 대한 이야기를 장시간에 걸쳐 들려주었다. 그 무렵 나는 오전에는 학교에 가고 오후부터 늦은 저녁까지는 공부를 했기 때문에 동네 돌아가는 일을 잘 몰랐다.

릴라는 언제나 멜리나를 지켜보고 있는 사람처럼 상세하게 이야기를 했다. 그녀와 그녀의 아이들은 가난에 시달렸고 안토니오가 벌어오는 돈이 턱없이 부족했기 때문에 아다와 함께 계단 청소를 해야만 했다.

멜리나는 이제 노래를 부르지 않았다. 과거의 희열은 사그라지고 이제는 기계적인 몸짓으로 악착같이 일만 했다. 릴라는 멜리나가 일하는 모습을 세세히 설명했다. 몸을 두 겹으로 포개고 건물 맨 위층에서부터 젖은 걸레로 난간 하나하나 층계 한 칸 한 칸을 닦으며 내려간다고 했다. 멜리나가 그 동작에 쏟아붓는 힘과 에너지는 그녀보다 훨씬 강한 사람도 지쳐 쓰러지게 할 정도라는 것이었다. 누군가 계단을 오르거나 내려가면 욕설을 퍼부으며 걸레를 내던진다고 했다. 한 번은 누군가의 발자국 때문에 자신의 작업을 망친 멜리나가 극도의 히스테리 상태에서 양동이에 든 구정물을 마셨다고 아다가 이야기해줬다고 했다. 구정물 마시는 것을 말리기 위해 어머니의 손에서 양동이를 빼앗아야만 했다는 것이다.

이제 이해가 좀 될지 모르겠다. 지노의 이야기가 디도의 이야기로, 약혼녀를 버린 아이네이아스의 이야기로, 급기야는 미친 과부의 이야기로 이어진 것이다. 그제야 릴라의 입에서 니노 사라토레라는 이름이 나왔는데 이는 곧 릴라가 내 말을 주의 깊게 들었다는 뜻이다.

"니노에게 멜리나 이야기를 해줘."

릴라가 나를 부추겼다.

"자기 아버지한테 가서 말하라고 말이야."

그러더니 좀 악랄하게 말했다.

"시 쓰는 일 따위야 너무 쉽잖아."

릴라는 웃다가 짐짓 엄숙하게 말했다.

"나는 절대 사랑에 빠지지 않을 거야. 그리고 시 따위는 절대, 절대, 절대로 쓰지 않을 테야."

"거짓말."

"정말이야."

"남자들이 네게 반할걸?"

"그거야 그 사람들 문제지."

"디도처럼 괴로워할 텐데."

"아냐. 다른 사람이랑 사귀게 될걸? 아이네이아스가 그랬던 것처럼 말이야. 그도 결국 왕의 딸과 결혼하잖아."

나는 릴라의 말이 탐탁지 않다는 표시를 했다. 그러곤 잠시 자리를 떠났다가 다시 릴라 곁으로 돌아갔다. 남자친구가 생겨서인지 연애 이야기가 마음에 들었기 때문이다. 한 번은 릴라에게 조심스레 물은 적이 있다.

"마르첼로가 쫓아다니지 않아?"

"맞아."

"너는 어때?"

릴라는 마르첼로 따위는 역겨워 참을 수가 없다는 듯이 경멸에 찬 미소를 지어보였다.

"그럼 엔초는?"

"친구 사이야."

"스테파노는 어때?"

"뭐야, 그 애들이 다 나를 좋아한다고?"

"그래."

"손님이 많을 때도 스테파노가 나부터 도와주긴 하지."

"거 봐."

"뭘 보라는 거야?"

"파스콸레는 어때? 고백했어?"

"미쳤어?"

"아침마다 가게까지 데려다주던데?"

"그거야 우리가 태어나기 이전에 일어난 일들에 대해서 이야기해 주려고 그러는 거지."

이렇게 해서 '우리 이전'이라는 화두가 재등장했다. 초등학교 때와는 확실히 다른 방식으로 말이다. 릴라는 어렸을 때나 지금이나 우리는 여전히 아는 것이 아무것도 없다고 했다. 그렇기 때문에 아무것도 이해할 수 없다는 것이다. 동네에 있는 모든 것이, 돌멩이 하나에서부터 나무 한 조각에 이르기까지 사소한 것 하나하나가 우리가 태어나기 전에 이미 존재했지만 우리는 이를 깨닫지 못하고, 그러한 사실에 대해서 생각조차 하지 않은 채 성장해온 것이라고.

우리뿐만이 아니다. 릴라의 아버지도 마치 예전에 아무 일도 일어나지 않은 양 행동하고 있었다. 그녀의 어머니도, 나의 어머니도, 나의 아버지도, 리노마저도 별다를 바가 없었다. 하지만 스테파노의 식료품점은 이전에 파스콸레의 아버지인 알프레도 아저씨의 목공소였다. 돈 아킬레의 재산과 솔라라 집안의 재산은 모두 과거에 축적된 것이다. 릴라는 자기 부모님과 과거에 대해 이야기하려고 시도해보기도 했다. 하지만 그녀의 부모님은 아무것도 몰랐고 아무런 이야기도 하려 하지 않았다. 파시즘에 대해서도 왕정에 대해서도 이야기하지 않았다. 권력남용이나 폭정, 착취에 대해서도 무지했다. 그들은 분명 돈 아킬레를 증오하고 솔라라 집안을 두려워했다. 하지만 모른 척하고 돈 아킬레 자식의 가게나 솔라라네 가게에서 자신들이 번 돈을 쓰고 때로는 우리를 그곳으로 심부름을 보내기도 한다. 그러고는 솔라라네 가족이 원하는 것처럼 파시스트나 왕정복고주의자들에게 투표를 한다. 그들은 이전에 일어난 일들은 모두 과거일 뿐이니 조용하게 살아가기 위해서 모든 것을 그냥 덮어두기로 한 것이다. 하지만 어른들은 아직도 과거의 일에 영향을 받고 있었고 우리까지 그 영향권 안으로 끌어들이고 있었다. 이렇게 해서 자신도 모르게 과거의 일을 되풀이하고 있었다.

'우리 이전'에 대한 대화는 여름 내내 나눴던 다른 어떠한 우울한 이야기들보다 내게 더 큰 충격을 주었다. 우리는 그해 크리스마스 방학을 구둣방에서 나와 길을 걷거나 정원에서 깊은 대화를 나누며 보냈다. 우리는 사소한 것까지 서로 털어놓았고 행복했다.

19

그 시절 나는 자신감에 넘쳤다. 학교에서는 완벽한 모범생이었다. 이 이야기를 올리비에로 선생님께 전하자 선생님도 내게 칭찬을 아끼지 않았다.

지노와의 만남도 이어나갔다. 우리는 매일같이 솔라라네 주점까지 산책을 했다. 지노가 내게 빵을 하나 사주면 우리는 그것을 함께 나눠먹고 집까지 다시 걸어 돌아오곤 했다. 이따금 나보다도 릴라가 내게 더 의존한다는 느낌을 받기도 했다.

나는 동네의 경계를 넘어서 고등학교를 다니며 릴라처럼 벽돌공, 자동차 정비공, 야채장수, 식료품점 주인, 구두수선공과 어울리는 대신 라틴어와 그리스어를 공부하는 학생들과 함께 지냈다. 이제 릴라가 디도나 영어 단어 암기법이나 3인칭 어미변화나 파스콸레와 나눈 이야기에 대해서 말할 때면 약간 불안해하는 것을 확연하게 느낄 수 있었다. 드디어 릴라가 자신도 나만큼 논리적으로 생각할 수 있다는 사실을 내게 증명할 필요성을 느낀 것 같았다.

그러던 어느 날 오후, 릴라가 불안해하며 리노와 비밀스럽게 제작한 신발을 보여주겠다고 했을 때, 그녀는 더 이상 내가 다가갈 수 없는 멋진 세상에서 살고 있는 것처럼 느껴지지 않았다. 오히려 릴라와 리노 모두 너무나 보잘것없는 것을 내게 보여주기를 망설이고 있는 것 같았다. 물론 그들 남매보다 내가 더 우월하다고 느낀 것은 나 혼자만의 생각일 수도 있다. 창고를 뒤져 종이봉투를 꺼내들었을 때 나는 어색하게 그들을 부추겼다.

그런데 릴라 남매가 내게 보여준 신발 한 켤레는 정말이지 범상치 않았다. 리노와 페르난도 아저씨의 치수인 43사이즈의 갈색 신발은 기억 속에 남아 있는, 과거에 릴라가 보여준 그림과 똑같았고 가벼우면서도 튼튼해 보였다. 나는 그런 신발을 신은 사람을 한 번도 본 적이 없었다. 나는 신발을 만져보고 신발의 품질을 설명하는 그들의 이야기를 듣고는 들뜬 목소리로 칭찬을 쏟아냈다.

"여기를 좀 만져봐."

내 칭찬에 고무된 리노가 말했다.

"박음질한 것이 느껴져?"

"아니. 전혀 안 느껴져."

내가 대답했다.

그러자 리노는 내 손에서 신발을 빼앗아들고는 신발을 구부려 보이고 늘려 보이면서 내구성을 자랑했다.

나는 맞장구치며 올리비에로 선생님이 우리에게 용기를 북돋아 주실 때 하던 것처럼 굉장하다고 칭찬했다. 그러나 릴라는 전혀 만족스러워하지 않았다. 리노가 신발의 장점을 나열할수록 릴라는 단점만 보여주면서 리노에게 말했다.

"아버지는 이런 실수를 바로 알아채실걸?"

그러다가 심각하게 말했다.

"물로 다시 시험해보자."

릴라의 말에 리노는 언짢아했다. 릴라는 이에 아랑곳하지 않고 그릇에 물을 채우고 신발 한쪽에 발 대신 손을 넣고는 얼마간 물속에 담갔다.

"뭐든지 장난으로 생각한다니까."

리노가 누이의 어리광을 귀찮아하는 오빠처럼 말했다. 말은 그렇게 했지만 정작 릴라가 물에서 신발을 꺼내자 걱정스럽게 물었다.

"어때?"

릴라는 신발에서 손을 빼내 손가락을 비비고는 리노에게 내밀어 보였다.

"만져봐."

리노는 신발에 손을 집어넣고 말했다.

"말랐는데?"

"축축해."

"레누, 축축한지 네가 한 번 만져봐."

내가 만져보았다.

"약간 축축한 것 같아."

내가 말했다. 릴라는 만족스럽지 않다는 듯 인상을 찌푸렸다.

"들었지? 고작 1분 정도 물에 담갔는데 벌써 축축해졌잖아. 그 정도로는 안 돼. 풀을 떼어내고 다시 박음질을 하자."

"약간 축축한 게 뭐 어떻다고 그래?"

리노가 버럭 화를 냈다. 아니 화를 낸 정도가 아니었다. 나는 그날 내 눈앞에서 리노가 변신하는 모습을 목격했다. 그는 얼굴이 벌게지더니 눈가와 광대뼈 부위가 부풀어 올랐다. 그러곤 참지 못하고 릴라에게 욕설을 퍼부었다. 이런 식이라면 결코 작업을 끝내지 못할 것이라고 불평했다. 용기를 북돋았다가 좌절시키기를 반복하는 릴라를 비난했다. 그 형편없는 곳에 머무르며 평생 아버지의 하인 노릇이나 하면서 다른 사람들이 부자가 되는 꼴을 지켜만 볼 수는 없다고 소리 질렀다. 급기야는 쇠로 만든 발 모형을 들어서 릴라에게 던지는 시늉을 했다. 리노가 정말 그 모형을 던졌다면 릴라는 그 자리에서 즉사했을 것이다.

나는 슬쩍 자리를 떴다. 한편으로는 평소에는 언제나 친절한 청년의 분노에 당황했지만 다른 한편으로는 내 의견이 비중이 있고 결정적인 역할을 한 사실이 자랑스럽게 느껴졌다.

그날 이후 여드름이 가라앉기 시작했다.

"너 요즘 정말 예쁘다. 학교에서도 잘나가고 남자친구까지 생겨서인가봐."

릴라가 시글픈 목소리로 내게 말했다.

20

연말 연휴가 가까워지자 리노는 다른 사람보다 폭죽을 더 많이 터뜨려야겠다는 강박관념에 사로잡혔다. 특히 솔라라네 폭죽을 이겨보고 싶어 했다. 릴라는 보통 때는 자기 오빠를 장난스럽게 놀렸지만 가끔은 냉정하게 대하기도 했다. 리노가 처음에는 신발로 돈을 많이 벌 수 있다는 사실에 대해 회의적이었는데 지금은 집착이 너무 심해졌다고도 했다. 리노의 머릿속에서 그는 이미 체룰로 구두공장의 주인이었고 다시는 구두수선공으로 돌아가지 않으려 했다.

릴라는 그때까지 미처 몰랐던 리노의 새로운 면모에 대해서 걱정했다. 리노는 언제나 관대한 모습을 보이려다 충동적으로 행동하기도 했고 간혹 공격적인 모습을 드러내기도 했지만 적어도 허풍쟁이는 아니었다. 그런 그가 다른 사람처럼 행동하기 시작한 것이다.

그는 자신이 곧 부자가 될 거라고 생각했다. 젊은 사장이라도 된 것처럼 말이다. 그는 솔라라 형제보다 훨씬 더 많은 폭죽을 터뜨려 새해의 첫 번째 행운의 징조를 온 동네에 알리고 싶어 했다. 리노는 솔라라 형제를 모든 젊은이의 롤모델이자 넘어서야 할 존재로 간주하고 있었다. 그들은 선망의 대상이면서도 제지하고 현재 지위에서 밀어내야 할 적이기도 했다.

릴라는 카르멜라나 정원에 모여드는 소녀들에게 했던 것과는 달리 리노에게는 아무런 얘기도 해주지 않았다.

"아무래도 내가 오빠의 머릿속에 감당할 수 없는 환상을 심어버린 모양이야."

사실 그것은 릴라 스스로도 믿고 있는 환상이었다. 릴라는 그 환상을 실현할 수 있다고 생각했고 리노는 그 계획의 중요한 일부였다.

어찌되었건 릴라는 오빠를 좋아했다. 자신보다 여섯 살이나 많은 리노가 스스로의 꿈조차 감당하지 못하는 사람이 되는 것을 원하지 않았다. 그렇지만 릴라는 종종 리노에게 구체성이 부족하며 제 분수에 맞게 자기 앞에 닥친 어려움을 감당할 줄 모르는 데다가 그냥 내버려두면 도를 넘는 경향이 있다고 이야기하곤 했다. 솔라라네 가족에 대한 경쟁심만 봐도 그렇다.

"마르첼로가 부러운가보지."

언젠가 내가 말했다.

"무슨 말이야?"

그녀가 짐짓 무슨 뜻인지 이해할 수 없다는 듯이 웃으며 물었다. 사실 내게 그런 말을 처음 해준 것은 릴라 자신이었다. 마르첼로는 매일같이 구둣방 앞에서 알짱거렸다. 걸어올 때도 있었고 차를 타고 지나갈 때도 있었다. 리노도 눈치를 채고 릴라에게 저 개자식과 가까이 지낼 생각일랑은 접어두라고 누누이 말했다. 릴라에게 관심을 보이는 솔라라 형제의 면상을 날려버릴 수 없어서 폭죽으로라도 자신의 힘을 드러내고 싶었는지도 모른다.

"그럼 내 말이 맞았네."

"네 말이 맞다니?"

"네 오빠가 허풍쟁이가 된 것 말이야. 대체 폭죽 살 돈은 어디서 구한다니?"

그랬다. 한 해의 마지막 날에는 우리 동네뿐 아니라 나폴리 전체가 전쟁터로 변했다. 사방에서 불빛이 번쩍거렸고 여기저기에서 폭죽이 터졌다. 탄약의 짙은 연기는 시야를 흐리며 집 안까지 스며 들어와 매캐한 공기에 눈물이 나고 기침이 났다. 불꽃 터지는 소리, 로켓 모양의 폭죽이 쉬익 날아가는 소리, 화약이 대포처럼 터지는 소리를 들으려면 돈이 있어야 했다. 당연한 말이지만 돈이 많을수록 폭죽도 더 많이 쏠 수 있었다.

우리 집은 가난했기 때문에 연말 폭죽을 살 예산이 별로 없었다. 우리 아버지는 손에 들고 터뜨리는 작은 폭죽 한 박스, 돌돌 말려 있는 폭죽 한 다발과 빈약한 로켓 모양의 폭죽을 사곤 했다. 자정이 되면 집안의 장녀인 내 손에 막대기 모양의 폭죽이나 회전 폭죽을 쥐어주고는 불을 붙였고 나는 내 손가락 바로 위에서 짧은 순간이나마 현란하게 움직이며 반짝이는 빛의 소용돌이를 흥분과 두려움에 사로잡혀 바라보곤 했다. 그러는 동안 아버지는 분주히 뛰어다니며 로켓 모양 폭죽을 창문 옆 대리석 바닥에 올려놓은 유리병에 꽂아 넣었다. 그러고는 담뱃불로 도화선에 불을 붙여 들뜬 표정으로 한줄기 밝은 빛을 쉬익 하는 소리와 함께 하늘을 향해 날려 보냈다. 마지막으로 유리병을 길바닥에 던지며 대미를 장식했다.

릴라네도 폭죽에 쓸 돈이 거의 없었다. 여기에 일찌감치 반기를 들고 열두 살 때부터 자기 아버지보다는 더 대담한 사람들과 연말 자정을 보내러 나가버렸다. 리노는 터지지 않은 폭죽을 모으는 걸로도 유명했다. 연말의 혼란스러운 축제가 끝나면 그것들을 모두 모아 저수지로 가져가서는 불을 붙이고 타오르는 불빛과 탁탁 소리를 내며 터지는 폭발 장면을 즐겼다. 리노의 손에는 아직도 커다란 흉터가 있다. 폭죽에 불을 붙이고 제시간에 몸을 피하지 못하는 바람에 생긴 상처였다.

1958년 12월 31일 저녁에 펼쳐진 대결의 이런저런 이유 가운데는 빈곤했던 어린 시절에 대해 보상받고 싶은 리노의 심리도 있었을 것이다. 그는 폭죽을 사기 위해 여기저기에서 돈을 모으기 시작했다. 하지만 아무리 집착해봤자 솔라라 형제와 맞붙을 사람은 아무도 없다는 사실을 리노 자신도 알고 있었다. 매년 그랬던 것처럼 그해에도 솔라라 형제는 며칠에 걸쳐서 밀레첸토 트렁크에 폭죽을 잔뜩 실어 날랐다. 그들은 연말 밤 폭죽으로 날아가는 새를 죽이고 개, 고양이, 쥐를 놀라게 하고, 온 동네 건물을 지하창고에서부터 지붕까지 휘청이게 할 셈이었다. 리노는 그들의 움직임을 증오어린 눈빛으로 바라보며 체면을 세울 정도의 폭죽이라도 마련하기 위해서 파스콸레와 안토니오, 특히 그나마 수중에 약간의 돈이 있는 엔초와 흥정을 벌였다.

릴라와 내가 어머니들의 심부름으로 스테파노 식료품점에 물건을 사러가면서 판세에 예기치 않은 작은 변화가 생겼다. 그날 스테파노의 가게는 손님으로 붐볐다. 계산대 뒤에는 스테파노와 피누차 말고 알폰소도 있었는데 그는 우리를 향해 민망한 듯 웃어보였다. 우리는 긴 줄 뒤에 서서 기다렸다. 그때 스테파노가 갑자기 나에게, 분명 나에게 고개를 끄덕여보이고는 동생에게 무엇인가를 귓속말로 속삭였다. 내 학급 친구가 계산대 밖으로 나오더니 사야 할 품목을 적은 것이 있느냐고 물었다. 릴라와 내가 사야 할 것을 적은 쪽지를 내밀자 모습을 감추더니 5분 만에 모든 것을 준비해왔다.

우리는 물건을 장바구니에 넣고 마리아 아주머니에게 계산을 한

다음 가게에서 나왔다. 몇 걸음 채 가지 않았을 때 알폰소가 아니라 스테파노가, 다른 사람도 아닌 스테파노가 직접 나와서 듣기 좋은 성숙한 청년의 목소리로 내 이름을 불렀다.

"레누."

그는 우리에게 다가왔다. 그는 편안한 표정에 정중한 미소를 짓고 있었는데 기름때에 찌든 하얀색 셔츠가 흠이라면 흠이었다. 스테파노는 사투리로 나와 릴라 모두에게 말을 걸었지만 시선은 내게 고정되어 있었다.

"연말 파티를 우리 집에 와서 함께하는 게 어때? 알폰소가 그렇게 했으면 하던데."

돈 아킬레의 아내와 아이들은 아버지가 살해된 후에도 어느 정도 격리된 삶을 살아가고 있었다. 그들의 활동 반경은 성당과 식료품점과 집을 벗어나지 않았고 가끔 빠질 수 없는 동네잔치에 참석하는 정도였다. 그러니 스테파노의 초청은 신선한 충격이었다. 나는 릴라를 가리키며 말했다.

"이미 선약이 되어 있어. 릴라네 오빠랑 오빠 친구들과 함께 있기로 했거든."

"리노에게 말해도 돼. 부모님께도 말씀드리고. 우리 집은 넓고 폭죽은 테라스에서 터뜨리면 되니까."

릴라가 단호한 어조로 끼어들었다.

"파스콸레랑 카르멜라와 그 애들의 어머니도 함께하기로 했는데?"

이 한마디로 더는 이야기할 필요가 없어졌다. 알프레도 아저씨는 돈 아킬레를 살해한 죄로 포조레알레 감옥에 수감되어 있었다. 이 상황에서 돈 아킬레의 아들이 새해 파티를 함께하자고 알프레도 아저씨의 자식들을 초대한다는 것은 있을 수 없는 일이었다. 그런데 스테파노는 마치 그때까지 릴라를 보지 못했던 것처럼 그녀를 바라보았다. 참으로 강렬한 눈빛이었다. 그러더니 태연하게 말했다.

"괜찮아. 함께 와도 돼. 모두 함께 샴페인도 마시고 춤도 추자. 새로운 해가 시작됐으니 인생도 새로 시작해야지. 새 술은 새 부대에 담아야지."

나는 그 말에 감동했다. 릴라를 보니 혼란스러워하는 것 같았다. 그녀가 웅얼거렸다.

"오빠랑 이야기를 해봐야 해."

"그럼 이야기해보고 알려줘."

"불꽃놀이는?"

"그게 뭐?"

"우리 폭죽은 우리가 가져갈 건데, 그쪽은?"

스테파노가 미소를 지었다.

"폭죽이 얼마나 필요한데?"

"아주 많이."

스테파노는 다시 내게 말했다.

"모두 우리 집으로 와. 새벽 동이 틀 때까지 폭죽을 터뜨리게 해줄 테니 말이야."

21

돌아오는 길에 우리는 배가 아프도록 웃었다.

"너 때문에 저러는 거야."

"아냐, 너 때문이야."

"아니래도. 너를 초대하려고 공산당에다가 자기 아버지를 살해한 사람의 아들까지 초대하는 거야."

"무슨 말이야. 내겐 눈길도 주지 않았잖아."

리노는 스테파노의 제안을 듣자마자 싫다고 했다. 하지만 솔라라 형제를 이기고 싶은 열망에 마음이 흔들려 결국은 파스콸레에게 이야기를 했다. 파스콸레는 화가 나서 길길이 날뛰었지만 엔초는 갈 수 있으면 가겠다고 중얼거렸다. 우리 부모님도 너무나 기뻐했다. 돈 아킬레는 사라진 지 오래되었고 그의 자식들과 부인은 부유하고 좋은 사람들이어서 이들과 친구가 되는 것은 영광이라고 생각했다.

릴라는 한동안 어리둥절해서 자신이 길에 있는 건지, 동네에 있는 건지, 구둣방에 있는 건지조차 잘 구분하지 못하는 것 같았다. 그러다가 어느 늦은 오후 모든 것을 다 이해했다는 표정으로 내 앞에 나타났다.

"우리 둘 다 틀렸어. 스테파노는 너를 좋아하는 것도 아니고 나를 좋아하는 것도 아니야."

우리는 언제나처럼 실제 현상과 상상을 뒤섞어가며 나름대로 추론을 해봤다. 우리가 좋아서 그런 게 아니라면 왜 그런 제안을 했지? 솔라라 형제에게 한 수 가르쳐주려는 것이 아닌가 하는 생각도 해보았다. 우리는 미켈레가 질리올라 어머니의 잔치에서 카라치네 집안 일에 참견하면서 파스콸레를 내쫓은 일을 기억해냈다. 그 덕분에 그날 스테파노는 자신의 아버지에 대한 추억마저 지켜내지 못한 사람이 되지 않았는가. 다시 생각해보면 그날 마르첼로와 미켈레는 파스콸레에게만 모욕을 준 것이 아니라 스테파노에게도 모욕을 준 것이다. 그렇기 때문에 이번 기회에 판돈을 올려서 펠루소네 가족과 완전히 화해하고 새해 파티에 이들을 집에까지 초대해서 솔라라 형제의 콧대를 꺾으려는 것이었다.

"그렇게 해서 스테파노가 얻는 것은 뭔데?"

나는 릴라에게 물었다.

"모르지. 이 동네에서는 아무도 하지 않을 법한 행동을 하려는 거야."

"용서?"

릴라는 고개를 저었다. 릴라는 그 상황을 이해하려고 애쓰고 있었다. 우리는 둘 다 이해하려고 애쓰고 있었는데 이것은 우리가 좋아하는 일이었다. 스테파노는 남을 용서하는 부류의 인간은 아닌 것 같았다. 릴라는 그에게 다른 꿍꿍이가 있는 것 같다고 했다. 최근 파스콸레와 이야기를 나누면서 하기 시작한 생각을 바탕으로 해답에 도달했다고 했다.

"내가 카르멜라에게 알폰소와 사귀어도 좋을 것 같다고 말했던 것 기억해?"

"응."

"스테파노도 그런 생각을 한 게 아닐까?"

"자기가 카르멜라와 결혼하려는 생각?"

"그 이상이지."

릴라의 말로는 스테파노가 원하는 것은 모든 것을 원점으로 되돌리는 일이었다. '우리 이전'에 일어난 일에서 벗어나고 싶어 하는 것이다. 우리 부모님이 했던 것처럼 아무 일도 일어나지 않은 척하며 행동하는 것이 아니라 내 아버지가 한 일은 부정할 수 없지만 이제 아버지 자리에는 나와 내 가족이 있으니 그만 멈추자고 말하고 있는 것이다. 동네 사람들에게 자신은 돈 아킬레가 아니고 펠루소네 자식들도 자신의 아버지를 살해한 전직 목수가 아니라는 사실을 알리고 싫어 한다는 것이다. 우리는 이 가정이 마음에 들었고 가정은 곧 확신이 되어 젊은 카라치에 대한 호감으로 발전했다. 우리는 그의 편에 서기로 했다.

릴라와 나는 리노, 파스콸레, 안토니오에게 스테파노의 초대는 단순한 초대가 아니며 그 이면에 중요한 의미를 내포하고 있다고 설명했다. 스테파노는 우리 이전에 좋지 않은 일들이 일어났고 우리의 아버지들은 각자 올바르게 행동하지 못했지만 이제부터는 우리가 나서서 그들의 자식들인 우리가 그들보다 더 낫다는 것을 증명해보이자고 말하고 있다는 것이다.

"더 낫다고?"

리노가 흥미를 보이며 물었다.

"낫고말고."

내가 말했다.

"마르첼로나 미켈레와는 반대지. 그 애들은 자기 할아버지와 아버지보다 못하게 행동하고 있잖아."

나는 스스로 감동해서 학교에서 말하는 것처럼 표준어로 말했다.

릴라까지도 놀란 눈빛으로 나를 바라보았고 리노, 파스콸레, 안토니오는 민망해하면서 뭐라고 중얼거렸다. 파스콸레는 표준어로 대답해보려고까지 했지만 이내 포기하고 침울하게 말했다.

"스테파노가 돈을 벌어들이는 데 사용한 돈도 그의 아버지가 암시장에서 번 돈이야. 식료품점은 우리 아버지의 옛 목공소였고."

릴라는 거의 보이지 않을 정도로 가늘게 눈을 떴다.

"맞아. 하지만 변화를 추구하는 사람 편에 서는 것이 좋겠어 아니면 솔라라네 같은 사람들 편에 서는 것이 좋겠어?"

파스콸레는 조금은 정말로 그렇게 생각하기 때문에, 조금은 릴라의 중심에 갑작스럽게 등장한 스테파노의 존재에 질투심을 느껴 당당하게 말했다.

"난 그 누구의 편도 아닌 내 편일 뿐이야."

파스콸레는 좋은 아이였기 때문에 생각하고 또 생각해본 후 어머니에게 이야기를 전했고 온 가족이 함께 의논하기에 이르렀다. 과거에는 지치지 않는 일꾼이자 언제나 느긋하고 활기가 넘치던 주세피나 아주머니는 남편이 감옥에 가고 나서부터 기구한 운명에 잠긴 초라한 여인으로 변하고 말았다.

주세피나 아주머니는 결국 이 문제를 들고 교구 신부님을 찾아갔다. 신부님은 스테파노네 가게에 가서 오랫동안 마리아 아주머니와 대화를 나눈 다음 다시 주세피나 아주머니를 찾았다. 살아가는 것은 지금도 충분히 어려우니 새해를 맞아 이웃 간 긴장감을 해소할 수 있다면 모두에게 좋은 것이라는 결론에 도달했다.

이렇게 해서 12월 31일 저녁 23시 30분, 각자의 집에서 성탄 만찬을 마친 동네 사람들, 그러니까 전직 목수네 가족, 시청 수위네 가족, 구두수선공네 가족, 야채장수네 가족과 그날을 위해서 한껏 몸단장을 한 멜리나네 가족은 삼삼오오 무리지어 다가오는 새해를 함께 축하하기 위해서 그 옛날 증오의 대상이었던 돈 아킬레의 집이 있는 오래된 건물의 5층을 향해 계단을 올라갔다.

22

스테파노는 우리를 정중하게 맞이했다. 공들여 손질한 머리와 흥분으로 약간 발그레한 그의 얼굴이 기억난다. 그는 하얀 셔츠 차림에 넥타이를 매고 소매가 없는 푸른색 조끼를 걸치고 있었다. 왕자님처럼 행동하는 그는 정말 잘생겨보였다. 계산해보니 우리보다 거의 일곱 살쯤 나이가 많았다. 그때 나는 나와 동갑인 지노와 사귀는 일이 얼마나 보잘것없는 일인지 깨달았다. 스테파노의 집에 함께 가자고 하자 지노는 부모님이 위험하다며 자정 후에 외출하는 것을 허락하지 않는다고 했다. 난 나보다 애송이가 아닌 성숙한 남자친구가 필요했다. 저쪽에 있는 스테파노나 파스콸레나 리노나 안토니오나 엔초 같은 성인 남자 말이다.

나는 저녁 내내 그들을 훔쳐보고 그들 주위를 맴돌면서 신경질적으로 귀걸이와 어머니의 은팔찌를 만지작거렸다. 나는 다시 내가 예뻐졌다고 생각했고 그 증거를 그들의 눈에서 찾아내고 싶었다. 하지만 남자들은 모두 자정의 불꽃놀이에 정신이 팔려 있었다. 그들만의 전투를 준비하느라 릴라마저 안중에 없는 것 같았다.

스테파노는 특히 주세피나 아주머니와 멜리나를 친절하게 대했다. 뭔가에 홀린 듯한 눈에 코가 큰 멜리나는 한마디도 하지 않았다. 하지만 단정하게 머리를 빗어 올리고 귀걸이를 하고 예전에 입었던 미망인 옷을 입은 그녀의 모습은 귀부인처럼 보였다.

자정이 되자 집 주인은 먼저 자기 어머니의 잔을 채운 다음 바로 파스콸레의 어머니 잔에 샴페인을 채웠다. 모두 함께 멋진 새해를 위해 축배를 들고는 옥상으로 무리지어 이동했다. 날씨가 아주 추웠기 때문에 노인들과 어린아이들은 코트를 입고 목도리를 둘렀다. 알폰소만이 마지못해 뭉그적거리는 모습이 눈에 띄었다. 나는 예의상 그를 불렀는데 내 말을 듣지 못했거나 듣지 못한 척하는 것 같았다.

나도 옥상으로 달려갔다. 별이 빼곡히 들어찬, 새까맣고 얼어붙은 듯한 무시무시한 하늘이 머리 위에 펼쳐졌다.

남자아이들은 스웨터 차림이었고 파스콸레와 엔초는 셔츠 한 장만을 걸치고 있었다. 나와 릴라, 아다, 카르멜라는 춤추러 갈 때 입는 얇은 원피스만 걸치고 있어서 추위와 흥분에 온몸이 달달 떨렸다. 벌써 폭죽이 쉬익 소리를 내며 날아가기 시작했다. 폭죽은 하늘을 가로질러 화려한 색상의 꽃처럼 폭발했다.

창문에서 물건 떨어지는 소리며 고함소리, 웃음소리가 들려왔다. 온 동네가 시끌벅적했고 여기저기서 폭죽이 터졌다. 나는 어린아이들에게 막대모양 폭죽과 소용돌이 모양의 폭죽을 주고 불을 붙여주었다. 어린 시절 내가 느꼈던 두려움에 가까운 놀라움을 아이들의 눈 속에서 찾아볼 수 있어서 좋았다.

릴라는 멜리나를 설득해서 그녀와 함께 꽃불 조명탄에 불을 붙였다. 조명탄에서 다양한 색상의 불꽃이 터져 나오자 함께 기쁨의 탄성을 지르며 껴안았다.

리노, 스테파노, 파스콸레, 엔초, 안토니오는 폭죽이 가득 든 종이 상자와 나무 상자를 운반했다. 모두 자신들이 가져온 폭죽에 대해 뿌듯해하는 눈치였다. 알폰소도 돕기는 했지만 힘이 하나도 없어 보였고 형의 재촉에 귀찮다는 듯이 반응했다. 오히려 리노에게 겁을 먹은 것처럼 보였다. 리노는 그날 광란에 빠진 상태였다. 그는 알폰소를 거칠게 밀치고 손에 든 것을 빼앗고 아이처럼 취급했다. 알폰소는 화를 내는 대신 조용히 뒤로 물러나 다른 사람들과 거리를 유지했다.

그러는 동안 여기저기에서 성냥불빛이 보였다. 어른들은 손을 컵 모양으로 오므려 서로 담배에 불을 붙여주면서 진지하고 정중하게 대화를 나누고 있었다. 로물루스와 레무스, 마리우스와 술라, 시저와 폼페이우스 사이에 일어났던 것과 같은 내전이 일어나면 저런 얼굴과 저런 눈빛과 저런 자세로 싸울 것 같다고 생각했다.

알폰소를 제외한 거의 모든 사내아이는 셔츠에 폭죽과 폭약을 쑤셔 넣고 빈 병에 로켓을 꽂아 넣었다. 리노는 시간이 갈수록 안절부절못하며 목소리가 높아졌다. 나와 릴라, 아다, 카르멜라에게 끊기지 않게 폭죽을 나르라는 명령을 내렸다. 내 동생 페페와 잔니 같은 어린아이들부터 내 아버지나 그날 손님 가운데 가장 나이가 많은 릴라의 아버지까지 모든 남자는 나이에 상관없이 추위와 어둠 속에서 부산스럽게 움직이며 도화선에 불을 붙여 폭죽을 난간 너머 하늘로 쏘아 보냈다. 축제 분위기가 점점 무르익어갔고 모두 흥분했다.

"불꽃 색깔을 봐."

"소리가 엄청나네."

"자, 이리 와."

여기저기서 이런저런 소리가 들려왔다. 이 와중에 겁에 질린 멜리나가 맥없는 탄식을 토해냈다. 도화선에 불이 제대로 붙기도 전에 폭죽을 던져 허비하지 말라고 소리 지르며 내 동생들의 손에서 폭죽을 빼앗아드는 리노만이 흥분된 분위기를 약간 망치고 있었다.

도시를 환히 비추던 광란의 불꽃이 천천히 사그라지고 자동차 달리는 소리와 경적이 들려왔다. 하늘에는 다시 어둠이 드넓게 펼쳐졌다. 솔라라네 집 발코니가 섬광과 자욱한 연기 속에서 뚜렷이 모습을 드러냈다.

우리가 있는 곳이 솔라라네 건물과 멀지 않았기 때문에 우리는 그들의 모습을 명확하게 볼 수 있었다. 솔라라네 가족들이 아버지, 아들, 친척, 친구 할 것 없이 모두 모여 우리처럼 혼돈의 갈망에 사로잡혀 있었다. 지금까지는 시작에 불과했다는 것을 알고 있었다. 빈민들이 얼마 안 되는 폭죽과 보슬비 같은 금빛 · 은빛 불꽃을 모두 소진해 보잘것없는 파티를 끝낼 즈음에야 솔라라네 가족들이 비로소 불꽃놀이를 본격적으로 시작할 것이라는 사실을 동네 사람들은 잘 알고 있었다. 그 순간 그들이야말로 잔치의 진정한 주인공으로 등극할 것이었다.

실제로 그랬다. 솔라라네 발코니에서 갑자기 강한 불빛이 일며 하늘과 건물 아래 길 쪽에서 다시 폭죽이 터지기 시작했다. 폭죽을 던질 때마다, 폭죽에 뭔가 부서지는 소리가 날 때마다 솔라라네 집 발코니에서는 환희에 찬 욕설이 들려왔다. 그 순간 놀랍게도 스테파노, 파스콸레, 안토니오, 리노가 솔라라네와 똑같이 폭죽을 터뜨리고 욕설을 맞받아쳤다. 솔라라네 가족이 로켓 폭죽을 쏘자 우리 측 남자들도 똑같이 로켓 폭죽과 폭약을 쏘아댔다. 하늘은 점점 더 불꽃으로 물들어갔고 그 아래 뻗은 길은 폭발하는 폭죽으로 진동했다.

리노는 옥상 난간 위에 올라가 욕설을 퍼부으며 폭죽을 쏘아댔다. 그의 어머니가 겁에 질려 떨어질 것 같으니 당장 내려오라고 소리 질렀다.

그때 멜리나가 흥분해서 높고 가느다란 목소리로 소리를 지르기 시작했다. 아다가 한숨을 내쉬며 어머니를 데리고 내려가려 하자 알폰소가 그녀에게 살짝 고개를 숙여 보이더니 대신 멜리나를 데리고 아래층으로 내려갔다. 우리 어머니도 절뚝거리며 그 뒤를 따라갔고 다른 여인네들도 아이들을 챙겨 내려가기 시작했다. 솔라라네 가족들이 쏘는 폭죽은 그 강도가 더 세졌다. 그 와중에 폭죽 하나가 하늘에서 터지지 않고 우리 측 난간에 부딪혀 폭음과 매캐한 연기를 일으키며 터졌다.

"저 자식들 일부러 저런 거야."

이성을 잃은 리노가 스테파노에게 소리쳤다.

차가운 어둠 속에서 어렴풋이 윤곽만 보이던 스테파노가 리노에게 진정하라는 표시를 해보였다. 그러고는 여자아이들에게 절대로 만지지 말라고 당부했던 상자를 놓아둔 구석으로 가서 사내아이들을 불러 폭죽을 꺼내가게 했다.

"엔초!"

그의 목소리에는 나긋나긋한 식료품점 주인의 흔적이 남아 있지 않았다.

"파스카! 리노! 안토! 어서들 이쪽으로 와! 저들에게 우리가 누군지 보여주자고!"

모두들 크게 웃으며 그에게 달려갔다. 저 자식들에게 본때를 보여주자는 스테파노의 말을 따랐다. 솔라라네 가족 발코니를 향해 손으로 음란한 몸짓을 해보였다. 우리는 추위에 달달 떨면서 광기에 찬 검은 형상들을 바라보았다. 여자아이들은 아무런 임무도 부여받지 못한 채 내버려졌다.

내 아버지도 릴라의 아버지와 함께 아래층으로 내려갔다. 릴라도 꿀 먹은 벙어리마냥 입을 다물고 있었다. 풀기 힘든 수수께끼에 정신을 빼앗긴 것처럼 이 모든 광경을 바라보고만 있었다.

릴라는 바로 그 순간 훗날 '경계의 해체'라고 이름 붙인 그 현상을 경험하고 있었던 것이다.

나중에 릴라는 그때의 느낌을 이렇게 설명했다.

보름달이 뜬 바다 위로 하늘에서 거대한 태풍이 시꺼멓게 몰려오면서 빛이란 빛은 모조리 집어삼키고, 달의 경계를 침식하며 그 빛나는 원반의 형체를 망가뜨려 거칠고 비정한 본연의 모습을 드러낸 것 같은 느낌이었다고.

릴라는 리노가 분해되는 모습을 마치 실제 일어나는 일인 것처럼 보고 느끼고 상상했다. 리노는 릴라가 지켜보는 앞에서 그녀가 어린 시절부터 기억하던 원래의 모습을 잃었다. 언제나 여유 있고, 정직하고, 신뢰 가는 유쾌한 모습. 아주 어릴 때부터 언제나 릴라를 즐겁게 해주고, 도와주고, 보호해주었던 사랑하는 오빠의 옆모습이 눈앞에서 사라져갔다. 그날 거칠게 폭발하는 폭죽과 얼어붙을 듯한 추위, 매캐한 연기와 독한 유황 냄새 속에서 무엇인가가 리노의 유기적 구조를 훼손했다. 엄청난 압력으로 리노를 짓누른 나머지 그의 윤곽이 산산이 부서지며 그를 구성하는 물질이 화산의 용암처럼 흘러나와 그의 본모습을 드러냈다.

릴라에게 그날 밤 축제는 순간순간이 끔찍하기 짝이 없었다. 릴라는 리노가 움직일 때마다 그가 점점 거대해지는 것같이 보였다고 했다. 리노의 윤곽이 계속해서 허물어지는 것 같았고 그녀 자신도 덩달아 흐물흐물해지고 연약해지는 것 같았다. 그 상태에서 감정을 통제하기가 쉽지 않았지만 결국 릴라는 정신을 차렸다.

릴라의 고통은 거의 티가 나지 않았다. 여기저기에서 요란하게 터지는 폭죽과 현란한 불꽃 때문에 나 역시 릴라에게 거의 신경을 쓰지 못하기도 했다. 하지만 점점 더 겁에 질려가는 그녀의 표정에 어느 순간 나도 놀랐던 것 같다.

나는 릴라가 사내들 가운데서 가장 적극적이고 가장 거만하고 가장 큰 소리로 솔라라네 집 테라스를 향해 과한 욕설을 퍼붓고 있는 자기 오빠의 그림자를 혐오스러운 눈빛으로 바라보고 있다는 사실을 알아챘다. 아무것도 두려워하지 않는 그녀인데 그날은 겁에 질려 있는 것처럼 보였다.

그러나 이런 생각은 나중에 그날 일을 되돌아보면서 깨닫게 된 것일 뿐 정작 그때는 아무것도 눈치채지 못했다. 그 순간에는 릴라보다 카르멜라나 아다와 더 가깝게 느껴졌다. 항상 그랬지만 릴라는 남자들의 관심 따위는 전혀 필요치 않아 보였다. 나를 비롯한 다른 여자아이들은 남자들의 관심도 못 받으면서 그 추위와 혼란 속에 있어야 할 의미를 찾지 못했다. 우리는 스테파노나 엔초나 리노가 전쟁을 멈추고 한 팔로 우리 어깨를 감싸 안아 몸을 바짝 붙이고 우리에게 듣기 좋은 말을 해주기를 바랐다.

하지만 그 순간 그들은 스테파노가 구입해놓은 엄청난 양의 폭죽에 감탄하면서 그의 통 큰 행동에 감동하고 있었다. 단지 승리감을 맛보기 위해서 얼마나 많은 돈이 하늘을 가르는 폭죽소리, 불꽃, 폭발과 연기로 탈바꿈할 수 있는지를 깨닫고 놀라워했다. 우리는 남자들이 굵은 도화선이 달린 원형 폭죽들을 가지러 뛰어다니는 동안 어떻게 해서든 체온을 높여보려고 우리끼리 몸을 붙이고 있어야 했다.

솔라라네와의 경쟁이 얼마나 지속됐는지는 모른다. 폭죽이 쉴 새 없이 터졌다. 솔라라네 테라스와 스테파노네 옥상은 전쟁터의 참호가 된 것 같았다. 온 동네가 동요하고 전율했다. 계속되는 굉음과 유리 깨지는 소리, 하늘이 무너져 내리는 듯한 폭음에 정신이 없어서 사태를 파악할 수 없었다. 엔초가 "이제 끝났어! 저 자식들 폭죽을 다 썼다고!"라고 소리쳤는데도 우리 편 남자들은 계속해서 폭죽을 쏘아댔다. 리노는 도화선에 불을 붙일 폭죽이 한 개도 남지 않을 때까지 계속 폭죽을 쏘아댔다. 모두 방방 뛰며 환호성을 지르고 서로 껴안았다. 그러다 점차 침착함을 되찾았고 사방이 고요해졌다.

고요함은 오래 지속되지 못했다. 먼 곳에서 어린아이의 울음소리, 고함과 욕설, 파편으로 가득한 길을 지나는 자동차 소리가 뒤섞여 들려왔다. 갑자기 솔라라네 집 테라스에서 불꽃이 보이고 팡 하고 터지는 메마른 소리가 났다. 리노가 소리쳤다.

"다시 시작하자!"

즉시 사태를 파악한 엔초가 먼저 우리들을 집 안으로 들여보냈다. 파스콸레와 스테파노도 가세했다. 리노만이 홀로 남아 테라스 난간으로 몸을 내밀고 험한 욕지거리를 퍼부어댔다. 보다 못한 릴라가 오빠를 향해 욕설을 퍼부으며 달려갔다. 여자아이들은 아래층으로 내려가며 소리를 질렀다. 솔라라네 사람들이 어떻게 해서든 우리를 이기려고 총을 쏘아대기 시작했던 것이다.

23

그날 밤 나는 많은 일을 놓쳤다. 가장 안타까운 일은 창공에서 폭발하는 불꽃보다 더 뜨거운 열기를 내뿜던 사내들의 소란스러움과 아슬아슬한 축제 분위기에 휩쓸려 릴라에게 신경을 쓰지 못한 것이다. 그런데 하필이면 바로 그날 그녀가 처음으로 내면의 변화를 겪은 것이다.

나는 그날 릴라에게 무슨 일이 일어났다는 사실을 눈치채지 못했다. 인지하기 힘든 변화였으니까. 하지만 그 결과는 바로 알아챌 수 있었다. 그날 이후 릴라는 나태해졌다. 이틀이 지난 후 아직 방학이었지만 가게 문을 열 준비를 하러 가는 릴라를 바래다주고 청소를 도와주기 위해서 일찍 일어났다. 그런데 릴라가 나타나지 않았다. 릴라는 시무룩한 모습으로 느지막하게 나타났고 우리는 구둣방으로 가는 대신 산책을 했다.

"일하러 안 가?"

"응."

"왜?"

"이제 일하기 싫어졌어."

"신발은?"

"어떻게 될지 알 수 없어."

"그러면 뭘 할 건데?"

릴라도 자신이 무엇을 원하는지 모르는 것 같았다. 확실한 것은 평소보다 훨씬 심각하게 오빠를 걱정하고 있다는 것이었다.

리노에 대한 걱정은 부에 대한 그녀의 가치관을 바꿔놓았다. 물론 여전히 부자가 되어야 할 필요는 있었다. 하지만 그 목적은 유년 시절과 달라졌다. 이제 릴라는 금고도 빛나는 금화나 보석 이야기도 하지 않았다. 릴라의 머릿속에서 돈의 이미지는 시멘트로 변해 있었다. 물건을 단단하게 하고, 강하게 하고, 고칠 수 있는 시멘트 말이다. 가장 시급하게 고쳐야 할 대상은 리노의 머릿속이었다.

리노는 릴라와 함께 만든 신발이 완성됐다고 생각하고 페르난도 아저씨에게 보여주고 싶어 했다. 하지만 릴라는 신발이 허점투성이고 아버지는 분명 그 신발을 보고서는 쓰레기통에 던져버릴 거라는 사실을 잘 알고 있었다. 리노 자신도 그 사실을 알고 있을 거라고 했다. 오빠에게 계속해서 연습하고 또 연습해야 한다고 말했다. 신발 공장을 만드는 일은 아주 힘든 일이라고 이야기했다.

리노는 기다리려고 하지 않았다. 당장 솔라라 형제나 스테파노처럼 되고 싶어서 어쩔 줄을 몰라 했다. 릴라는 그의 이성을 되찾게 할 방법을 알지 못했다. 릴라가 중요하게 생각하는 것은 부자가 되는 것 그 자체가 아닌 것 같았다. 그녀는 이제 부에 대한 동경심을 나타내지 않았다. 그녀에게 부란 오빠가 말썽 부리는 것을 막아줄 수단일 뿐인 것 같았다.

"다 내 잘못이야."

릴라는 적어도 내게는 자신의 책임을 인정했다.

"내가 오빠에게 행운은 길모퉁이에 있다고 믿게 했어."

행운이 길모퉁이에 없었기에 이제 릴라는 평소의 냉혹한 눈빛으로 오빠를 달래려면 어떻게 해야 할지 궁리하기 시작했다.

리노는 절망에 빠져 있었다. 페르난도 아저씨는 릴라가 구둣방에 나오지 않는다고 화내지 않았다. 집에서 어머니 일을 도와주는 것을 더 좋아했다.

하지만 리노는 화를 냈다. 리노와 릴라가 심하게 다투는 광경을 1월 초에만 몇 번이나 직접 보았다. 리노가 고개를 숙이고 우리를 길에서 막아서며 말했다.

"당장 일하러 오지 못해?"

릴라는 그럴 마음이 없다고 대답했다. 리노가 릴라의 팔을 잡고 끌어당기자 릴라는 험한 욕을 하며 반항했다. 리노는 릴라의 뺨을 때리면서 소리 질렀다.

"그럼 당장 집에 가서 어머니나 도와드려!"

릴라는 오빠의 말에 복종했고 내게 인사조차 하지 않고 가버렸다.

릴라와 리노의 다툼은 예수공현축일에 극에 달했다. 아침에 일어난 릴라의 침대 맡에는 석탄이 가득 든 양말이 걸려 있었다. 릴라는 리노의 짓이라는 것을 알고 아침 식탁에 리노의 자리를 준비하지 않았다. 그때 어머니가 나타났다. 어머니는 리노가 캐러멜과 초콜릿이 가득 담긴 양말을 의자에 걸어놓은 것을 보고 감동한지라 식탁에 리노의 자리가 없는 것을 보고 자리를 마련하려 했는데 릴라가 이를 제지했다. 모녀가 티격태격하는 동안 리노가 모습을 드러냈다. 릴라는 오빠에게 석탄 조각을 던졌고 이를 장난으로 받아들인 리노는 동생이 자신의 장난을 이해한 것으로 생각하고 웃음을 터뜨렸다. 하지만 이내 릴라가 작정하고 덤벼든다는 것을 알아채고 그녀를 붙잡아

때리려고 했다.

바로 그때 페르난도 아저씨가 팬티에 내의 차림으로 종이 상자를 손에 든 채 나타났다.

"베파나(Befana: 산타클로스처럼 1월 6일 예수공현축일 전날 밤 나쁜 아이에게는 석탄을, 착한 아이에게는 사탕을 가져다주는 마녀 – 옮긴이)가 내게 무엇을 가져다줬는지 다들 보라고."

누가 봐도 아저씨는 화가 나 있었다.

페르난도 아저씨는 아들과 딸이 몰래 만든 새 신발을 상자에서 꺼냈다. 릴라는 놀라서 입을 다물지 못했다. 리노는 베파나의 선물처럼 아버지에게 자신들의 작품을 보여주려는 계획을 세웠는데 릴라는 그 계획을 전혀 눈치채지 못했던 것이다.

리노의 표정은 걱정 반 기대 반이었다. 릴라는 경계심에 가득 찬 아버지의 눈빛을 보고 불꽃놀이를 하던 그날 밤, 광기와 굉음 속에서 그녀를 그토록 두렵게 한 것이 무엇인지 확신할 수 있었다. 리노는 평상시의 모습을 잃어버린 것이다. 이제 릴라는 경계가 해체되어버린 오빠의 내면에서 어떤 통제할 수 없는 것이 튀어나올지 알 수 없었다. 릴라는 리노의 미소와 눈빛에서 참을 수 없이 비천한 무엇인가를 느꼈다. 그 느낌을 참기 힘들었지만 여전히 오빠를 사랑했기에 그 옆에 머무르며 그를 돕기를 원했다. 그녀도 예전과 같이 그의 도움을 받고 싶어 했다.

"정말 멋진 신발이네."

구둣방에서 돌아가는 일에 대해서는 아무것도 모르는 눈치아 아주머니가 말했다.

페르난도 아저씨는 성난 랜돌프 스콧 같은 표정으로 의자에 앉아서 먼저 오른발 그다음은 왼발의 순서로 신발을 신어보았다.

"베파나 노파가 내 발에 꼭 맞게 신발을 만든 모양이군."

아저씨는 일어나더니 가족들이 지켜보는 앞에서 주방을 왔다갔다 걸어보였다.

"아주 편해."

아저씨가 말했다.

"귀족이나 신을 법한 신발이야."

눈치아 아주머니는 경탄의 눈초리로 아들을 바라보며 말했다.

아저씨는 자리에 앉더니 신발을 벗어들고 꼼꼼히 살펴보다 전혀 밝지 않은 표정으로 말했다.

"누가 만들었는지 모르지만 장인의 솜씨야. 솜씨 좋은 베파나로구먼."

말 한마디 한마디에서 페르난도 아저씨의 고통이 묻어났고 모든 것을 부숴버리고 싶은 심사를 얼마나 힘들게 참고 있는지 느껴졌다. 하지만 리노는 이런 사실을 전혀 눈치채지 못한 것 같았다. 아버지의 빈정거리는 말에 한껏 자랑스러워하며 얼굴이 발그스레해져서는 "이 부분은 이렇게 만들었고 저 부분은 저렇게 만들었어요"라고 더듬더듬 말했다. 릴라는 곧 들이닥칠 아버지의 불호령을 피해서 주방을 빠져나가고 싶은 생각이 간절했지만 오빠를 혼자 놔두고 싶지 않아 망설이고 있었다.

"가벼우면서도 튼튼한 신발이야."

페르난도 아저씨가 계속해서 말했다.

"가죽을 잘라낸 부분도 하나도 안 보이고. 이런 신발을 신은 사람은 어디서도 본 적이 없어. 이 넓적한 굽은 상당히 독창적이야."

아저씨는 자리에 앉아 다시 신발을 신고 끈을 묶고는 아들에게 말했다.

"뒤돌아보렴, 리노. 베파나에게 감사 인사를 해야겠어."

리노는 이 모든 상황을 아버지가 장난으로 마무리할 셈이라고 생각하고 행복해하면서도 쑥스럽게 뒤로 돌았다. 하지만 몸을 돌리자마자 페르난도 아저씨는 리노의 엉덩이를 세게 걷어찼다. 아저씨는 아들에게 짐승 같은 놈, 얼간이라고 고함치면서 손에 잡히는 대로 물건을 집어던졌고 결국 신발까지 던져버렸다.

처음에 리노는 아버지의 주먹질과 발길질을 막기만 했다. 그러다 함께 의자를 내던지고 접시를 깨뜨리기 시작했다. 울음을 터뜨렸다. 아버지를 위해 공짜로 일하느니 죽어버리겠다고 소리를 쳤다.

사태가 이 지경에 이르자 릴라가 둘 사이를 가로막았다. 아버지와 아들의 고함에 어머니와 동생들, 이웃 사람들까지 모두 겁에 질렸다. 하지만 소용없었다. 아버지와 아들은 진이 빠질 때까지 분노를 발산해야 했다. 그런 다음에 둘은 말 한마디 없이 구둣방에 틀어 박혀서 함께 일을 했다.

한동안 아무도 신발 이야기를 입에 담지 않았다. 릴라는 자신의 역할은 어머니를 도와 장을 보고 요리를 하고 빨래를 해서 너는 것이라고 마음을 정리했고 다시는 구둣방으로 돌아가지 않았다. 리노는 잔뜩 풀이 죽어 토라져서는 그 결정을 이해할 수 없는 실수라고 받아들였다. 그러고는 릴라에게 자신의 양말이며 속옷, 셔츠를 서랍에 잘 정리해놓으라고 하고 일을 마치고 집에 돌아오면 자신의 시중을 들게 했다. 마음에 들지 않는 일이 있으면 화를 냈고 여자애가 셔츠 하나 다리지 못하느냐는 식으로 말했다. 릴라는 어깨를 으쓱해보이고는 말대꾸하지 않고 꼼꼼하고 정성스럽게 자신에게 주어진 일을 해냈다.

리노 자신도 그런 식으로 행동하는 것이 싫었고 내심 괴로워했다.

어떻게 해서든 마음을 가라앉히고 예전으로 돌아가기 위해 애써보지 않은 것은 아니었다. 일요일 아침처럼 기분이 좋을 때면 릴라의 주변을 맴돌면서 장난을 치거나 친절한 목소리로 말을 걸었다.

"나 혼자 신발을 만들었다고 해서 화가 난 거야? 아버지가 네게도 화를 낼까봐 일부러 그런 거야."

물론 거짓말이었다. 리노는 다시 릴라에게 말했다.

"날 좀 도와줘. 이제 무엇을 해야 하지? 여기서 멈출 수는 없어. 난 이 상황에서 벗어나야 한다고."

릴라는 아무 말도 하지 않고 바느질을 하거나, 다림질을 하거나 가끔은 자신이 화가 나지 않았다는 뜻으로 오빠의 뺨에 입을 맞췄다. 하지만 그러는 동안 리노는 다시 화를 내기 시작했고 결국 뭔가가 부숴져야 상황이 끝이 났다. 릴라가 자신을 배신했다고 소리쳤다. 얼마 있지 않아 어떤 놈팡이와 결혼해서 자기만 혼자 이 빈곤 속에 남겨두고 떠나가버릴 것이라고 했다.

릴라는 집에 아무도 없을 때면 이따금 신발을 숨겨둔 방으로 가서 신발을 어루만져보았다. 잘 만들었건 못 만들었건 신발을 완성했다는 사실과 이 신발이 자신이 그린 그림에서 생겨났다는 사실에 감탄하곤 했다.

24

새 학기가 시작되고 나는 선생님들이 강요하는 힘겨운 리듬에 적응해야만 했다. 포기하는 동급생들이 많아졌고 학생 수가 줄어들었다. 지노는 몇몇 과목에서 낙제점을 받고 내게 도움을 청했다. 나는 지노를 도와주려고 했지만 사실 그 아이가 원하는 것은 숙제를 베끼는 것이었다. 그렇게 해줬는데 그마저도 귀찮아했다. 숙제를 베끼면서도 주의를 기울이지 않았고 이해하려 하지 않았다.

알폰소는 변함없이 성실했지만 힘겨워하기는 마찬가지였다. 그리스어 시간에 선생님의 질문에 대답하다가 울음을 터뜨렸는데 남자로서는 수치스러운 일이었다. 같은 반 아이들 앞에서 눈물을 한 방울이라도 흘리는 모습을 보이느니 죽어버리는 것이 낫다고 생각했지만 그는 참지 못하고 울고 말았다. 모두 당황해서 침묵하고 있었는데 지노만은 긴장해서인지 아니면 제 짝이 곤란해 하는 것을 보고 만족해서인지 웃음을 터뜨렸다. 수업이 끝나고 난 뒤 나는 그 웃음 때문에 그와 더 사귀고 싶지 않다고 했다. 지노는 걱정스레 물었다.

"알폰소를 좋아하는 거야?"

나는 알폰소가 좋아진 것이 아니라 지노 너를 이제는 좋아하지 않게 된 것뿐이라고 설명했다. 지노는 우리가 이제 막 시작했을 뿐인데 이렇게 헤어지는 것은 옳지 않다고 중얼거렸다.

지노와 사귀고 나서 진도가 많이 나간 것은 아니었다. 한 번 정도 키스했지만 혀를 사용하지 않았고 가슴을 만지려고 했을 때는 화를 내면서 그를 밀쳐냈다. 지노는 조금만 더 시간을 달라고 애원했지만 내 결심은 확고했다. 나는 등하굣길에 그가 없어도 전혀 상관없을 것이라는 사실을 알고 있었다.

지노와 헤어지고 나서 며칠이 지난 후, 릴라가 거의 동시에 두 사람에게서 고백을 받았다고 했다. 그녀 인생에서 처음 있는 일이었다. 어느 날 아침 파스콸레가 장을 보러 가는 릴라를 뒤쫓아왔다. 그는 피곤한 기색이 역력한 데다 흥분해 있었다. 그는 릴라에게 구둣방에서 그녀의 모습이 보이지 않아 걱정했고 아픈 줄 알았는데 이렇게 건강한 모습을 보니 기쁘다고 했다. 그러나 말은 기쁘다면서 표정은 조금도 행복해보이지 않았다. 숨이 막혀오는 것처럼 말을 멈추고 나오지 않는 목소리를 쥐어짜듯 그녀를 좋아한다고 소리쳐 말했다. 너무나 좋아하기 때문에 릴라만 괜찮다면 리노와 릴라의 부모님, 필요하다면 그 누구와도 이야기를 해서 약혼하고 싶다고 했다.

릴라는 할 말을 잃었다. 처음에는 그가 농담을 하는 것이라고 생각했다. 내가 수차례에 걸쳐서 파스쾰레가 너를 좋아한다고 했지만 릴라는 내 말을 믿지 않았다. 그런데 그가 어느 찬란한 봄날, 곧 눈물이라도 쏟을 듯한 표정으로 그녀 앞에 서서 사랑을 애원하며 거절하면 자신의 삶은 의미를 잃을 것이라고 말했다.

사랑의 감정을 해결하기란 얼마나 어려운 일인가. 릴라는 아주 조심스럽게 직접적으로 안 된다고 하지 않고 거절할 표현을 생각해냈다. 그녀는 자신도 파스쾰레를 좋아하지만 그 감정은 연인에 대한 감정과는 다르다고 했다. 파시즘이며 레지스탕스, 왕정, 공화당, 암시장, 라우로 장군, 네오파시즘, 기독교 민주당, 공산주의 등 자신에게 해준 수많은 이야기에 대해서 언제나 감사하게 생각할 것이라고 했다. 하지만 사귀는 것은 원하지 않는다고. 자신은 그 누구와도 사귀지 않을 것이라고 했다. 마지막으로 이렇게 말했다.

"나는 너도, 안토니오도, 엔초도 리노 오빠를 좋아하는 것처럼 좋아해."

그러자 파스쾰레는 "하지만 난 너를 카르멜라처럼 좋아하지는 않아"라고 중얼거리고는 고된 일터로 되돌아갔다.

"또 한 사람은 누군데?"

나는 궁금하기도 했지만 왠지 모를 불안감을 느끼며 릴라에게 물었다.

"상상도 못 한 사람일걸?"

릴라에게 고백을 한 사람은 다름 아닌 마르첼로였다.

그 이름을 듣자 나는 명치를 한 대 얻어맞은 것 같았다. 파스콸레의 사랑은 릴라가 남자들이 좋아할 만한 아이라는 것을 의미한다. 하지만 마르첼로는 잘생기고 부유하고 자가용이 있는 데다 무뚝뚝하고 거칠고 마피아와 연관이 있고 원하는 여자는 언제라도 취할 수 있었다. 그런 마르첼로의 사랑을 얻는다는 것은 그가 악명 높은 악당인데도 또는 바로 그렇기 때문에 비쩍 마른 소녀에서 어떤 남성도 사로잡을 수 있는 여인으로 승격되는 것을 의미했다.

"어떻게 된 일인데?"

마르첼로는 미켈레 없이 혼자 밀레첸토를 운전하고 가다가 큰길을 따라 집으로 돌아가고 있는 릴라를 보았다. 그는 차창 너머로 릴라에게 말을 거는 대신 자동차 문까지 활짝 열어둔 채 자동차를 찻길 한복판에 버려두고 그녀에게 뛰어갔다. 릴라는 걸음을 멈추지 않았고 마르첼로는 그런 그녀의 뒤를 쫓아갔다.

마르첼로는 지난날 자신의 행실에 대해서 용서를 구했다. 그때 릴라의 칼에 찔려 죽어도 마땅했을 것이라고 했다. 울컥해서 질리올라 어머니네 파티에서 로큰롤을 함께 춘 일을 떠올리면서 자신들이 잘 어울린다는 증거라고 했다. 마르첼로는 릴라에 대해 칭찬을 퍼붓기 시작했다.

"너 정말 많이 컸구나. 눈이 너무나 아름다워. 정말이지 아름다워졌어."

마르첼로는 전날 밤 자신이 꾼 꿈 이야기를 들려주었다. 꿈에서 그는 릴라에게 약혼하자고 했고 릴라는 승낙했다는 것이었다. 그는 다이아몬드가 세 개 박힌 자기 할머니 반지와 똑같은 반지를 릴라에게 약혼의 징표로 선물했다고 했다. 마르첼로가 여기까지 이야기하자 여전히 걸음을 멈추지 않고 릴라가 입을 열었다.

"꿈에서 내가 승낙했다고?"

마르첼로가 그렇다고 하자 릴라가 말했다.

"그럼 정말 꿈 맞네. 당신과 당신 가족, 할아버지, 아버지, 당신 동생은 모두 짐승 같은 사람들이야. 죽어도 당신과 약혼하는 일은 없을 거야."

"정말 그렇게 말했어?"

"그보다 더 심한 말도 했어."

"어떤 말?"

마르첼로는 치욕스러워했다. 자신은 섬세한 감정의 소유사이고 밤낮으로 릴라만을 생각하고 있다고 했다. 자신은 짐승이 아니라 릴라를 사랑하는 사람이라고 했다. 그러나 릴라는 아다를 그런 식으로 대한 사람은, 게다가 새해축제 때 사람들을 향해 총까지 쏜 사람은 짐승이라고 불리는 것조차 과분하다고 했다. 결국 마르첼로는 릴라가 농담이 아니라 진심으로 자신을 개구리나 도마뱀보다 못한 존재로 생각하고 있다는 사실을 깨닫고는 슬픔에 빠졌다.

마르첼로는 작은 목소리로 중얼거렸다.

"총은 쏜 건 미켈레지 내가 아니야."

마르첼로는 이렇게 말하는 순간 이 말을 들은 릴라는 자신을 더 경멸할 것이라는 사실을 스스로 깨달았다. 마르첼로가 릴라를 붙잡으려 하자 릴라는 걸음을 재촉하며 꺼지라고 소리치고는 뛰어가 버렸다. 마르첼로는 자신이 어디에 있고 무엇을 해야 하는지 잊어버린 사람처럼 한참을 서 있다가 고개를 푹 수그리고 차를 세워둔 곳으로 돌아갔다.

"너 정말 마르첼로를 그렇게 취급했어?"

"응."

"너 미쳤구나. 아무에게도 이 이야기를 하면 안 돼."

부질없는 충고 같았다. 릴라에게 일어난 일을 걱정한다는 의미로 그냥 해본 이야기일 뿐이었다. 릴라는 어떠한 현상에 대해서 분석하고 상상하는 것을 좋아했지만 나를 비롯한 다른 여자아이들처럼 가십거리를 만들어내는 아이는 아니었다. 실제로 파스콸레의 고백에 대해서는 나에게만 이야기했고 내가 알기로는 다른 누구에게도 이야기하지 않았다. 그렇지만 마르첼로에 대해서는 모두에게 이야기했다. 내가 카르멜라를 만났을 때 그녀는 "네 친구가 마르첼로의 고백을 거절한 거 알아?"라고 했다. 아다를 만났을 때도 "네 친구가 마르첼로를 거부했다며?"라고 물었다. 식료품점에서 피누차를 만났을 때도 그녀는 내 귀에 대고 "네 친구가 마르첼로에게 싫다고 한 것이 사실이니?"라고 물었다. 심지어는 알폰소마저도 학교에서 놀랍다는 듯이 물었다.

"네 친구가 마르첼로를 거부했다며?"

릴라를 만났을 때 내가 말했다.

"뭐 하러 모두에게 그 이야기를 한 거야? 마르첼로가 화낼 텐데."

릴라는 어깨를 으쓱해보였다. 동생들을 돌보고 집안일을 하고 어머니와 아버지를 도와야 했기 때문에 오랫동안 이야기할 수는 없었다. 설날 자정 이후로 릴라는 집안일에만 열중했다.

25

정말 그랬다. 그해 내내 릴라는 내가 학교에서 무슨 공부를 하는지 전혀 신경을 쓰지 않았다. 내가 릴라에게 요즘 어떤 책을 도서관에서 빌려서 읽고 있느냐고 묻자 그녀는 특유의 말투로 말했다.

"이제 책을 빌리러 가지 않아. 책을 읽으면 머리가 아프거든."

나는 공부를 계속했다. 독서는 이제 즐거운 습관이 되었다.

하지만 릴라가 나에 대해 신경을 끈 지 얼마 지나지 않아 릴라가 공부에서나 독서에서나 학교에서나 페라로 선생님의 도서실에서 책을 빌릴 때 나보다 앞서나가려고 하지 않고부터는 책을 읽는다는 것이 예전처럼 신나는 모험이 아니라 그저 내가 잘하는 일이고, 이 일로 칭찬을 받을 수 있기 때문에 하는 일 정도로 느껴진다는 사실을 인정하지 않을 수 없었다.

나는 이런 사실을 두 가지 사건을 통해 확실히 깨달았다.

한 번은 이제까지 대여하고 반납했던 책 제목이 빼곡히 적힌 대여증을 가지고 도서관에 책을 빌리러 갔는데, 페라로 선생님이 내 근면성을 칭찬하며 릴라에 대해 물어보았다. 선생님은 릴라를 비롯한 체룰로 가족이 책을 빌리지 않는다는 것을 매우 애석하게 생각했다. 어떻게 설명해야 할지 알 수 없었지만 선생님의 안타까움에 나는 마음이 아팠다. 선생님의 말에서 성실한 독서가라는 나에 대한 칭찬보다 릴라에 대한 진심어린 관심이 더 강하게 느껴져서인 것 같았다. 릴라라면 1년에 책을 한 권만 빌리더라도 그 책을 돌려줄 때 페라로 선생님이 느낄 수 있는 자신만의 지문을 남길 것이라는 생각이 들었다. 하지만 책에 내 흔적을 남긴 일은 없었다. 나는 그저 별다른 기준 없이 독서량을 한 권 한 권 늘려가는 끈기를 몸에 익혔을 뿐이다.

또 다른 사건은 학교에서 일어났다. 제라체 작문선생님이 작문숙제를 채점해서 가져왔다. "디도의 비극에 나타나는 다양한 국면"이라는 그날의 주제가 아직도 생생히 기억난다. 평소 선생님은 8점에서 9점을 오가는 내 점수에 대해 짧게 코멘트를 하는 정도였는데 그날만큼은 모두가 보는 앞에서 내게 온갖 표현을 동원해 극찬을 했고 마지막에는 내게 무려 10점 만점을 주었다고 말했다. 수업이 끝난 다음에는 나를 복도로 따로 부르더니 주제를 다루는 나의 방식에 정말 감탄했다고 했다. 때마침 지나가는 종교학 선생님을 불러 세우고는 들뜬 목소리로 내 글의 전개를 요약해 들려주었다.

며칠 후 나는 제라체 선생님이 종교학 선생님에게만 내 이야기를 한 것이 아니라 우리 반을 가르치지 않는 다른 선생님들에게도 내 글을 보여준 것을 알게 되었다. 고학년을 맡고 있던 선생님은 복도를 지나다가 내게 미소를 보냈다. 어떤 선생님은 내 글에 대해 몇 마디 감상을 말하기도 했다.

3학년 A반을 가르치던 갈리아니 선생님은 모든 사람의 찬미와 두려움의 대상이었다. 공산당인 데다가 논리전개가 잘못되면 상대방을 단 한마디로 박살을 낼 수 있었기 때문이었다. 그런 선생님이 나를 복도에서 붙들고 도시에서 사랑이 추방되면 도시는 본연의 선한 본성을 상실하고 사악한 모습으로 변한다는 내 글의 주제에 대해서 열광적인 찬사를 보냈다.

"사랑이 없는 도시란 네게 무엇을 의미하니?"

갈리아니 선생님이 내게 물었다.

"행복을 빼앗긴 백성이죠."

"예를 한 번 들어보렴."

나는 지난 9월 내내 릴라와 파스콸레와 함께 나누었던 대화를 생각했다. 순간 그런 대화야말로 매일같이 출석해서 수업을 듣는 이곳보다 진정한 의미의 학교라는 생각이 들었다.

"파시즘 체제 아래 이탈리아나 나치가 지배하던 독일, 오늘을 살아가는 인류 모두가 그러한 예라고 할 수 있어요."

제라체 선생님은 흥미롭다는 듯이 나를 유심히 바라보았다. 내 글솜씨가 아주 훌륭하다며 나에게 읽을 만한 책을 알려주고 자신의 책을 빌려주겠다고 했다. 내 아버지의 직업도 물었다. 나는 "시청 수위세요"라고 대답했다. 선생님은 고개를 푹 숙이고 내 곁을 떠났다.

나는 갈리아니 선생님의 관심에 당연히 자부심을 느꼈다. 하지만 그 이후 별다른 일이 일어나지 않았고 일상적인 학교생활로 되돌아갔다. 어느덧 학교에서 첫해부터 얻은 뛰어난 학생이라는 보잘것없는 나의 명성이 대수롭지 않게 느껴지게 되었다.

이것은 무엇을 의미하는가? 릴라와 공부하고 릴라와 대화하는 것이 얼마나 값진 일이었는지를 의미한다. 동네의 범주를 벗어난 외부 세계의 사물과 사람, 풍경과 책에 쓰인 사상을 대하면서도 릴라를 일종의 정신적인 지지대이자 자극제로 간직하는 것이 얼마나 중요한 일인지를 의미한다.

그렇다. 디도를 주제로 한 작문의 논리전개는 순전히 내가 생각해낸 것이고 유연한 문장을 구축하는 능력도 내 것이었다. 그러니 디도에 대해서 쓴 글은 나의 글이다. 하지만 주제를 발전시킨 것은 릴라와 함께한 게 아니었는가. 우리는 건설적인 자극을 주고받지 않았는가. 내 정열은 릴라의 열정 덕분에 커진 것이 아닌가. 선생님들이 그토록 좋아했던 '사랑이 없는 도시'라는 주제를 발전시킨 것은 나지만 아이디어는 결국 릴라의 것이 아니었던가. 이 모든 것은 무엇을 의미하는가.

나는 순수하게 내 재능만을 인정받아 칭찬받기를 고대했다. 하지만 갈리아니 선생님은 "아이네이아스와 디도 여왕: 두 망명자의 조우"를 주제로 내가 카르타고의 여왕에 대해 써서 제출한 작문 과제물을 돌려줄 때는 특별히 열광하지도 않았고 겨우 8점을 주는 데 그쳤다.

반면 갈리아니 선생님은 나를 볼 때마다 진지하게 고개를 끄덕여 보이며 알은체했다. 나는 선생님이 니노네 반인 A반에서 라틴어와 그리스어를 가르친다는 사실을 알게 되었다. 나에 대한 관심과 활력소가 설박하게 필요했던 나는 그 역할을 니노가 해주기를 내심 바라고 있었다. 갈리아니 선생님이 니노네 반에서 나에 대해 칭찬을 해서 그가 내가 누군지 기억해내고 내게 말을 건네주기를 바랐다. 하지만 그런 일은 일어나지 않았다. 나는 여전히 등하굣길에 눈길 한 번 주지 않고 골똘히 생각에 잠겨 걸어가는 그의 모습을 훔쳐볼 뿐이었다.

한 번은 니노가 내게 "안녕, 같은 방향으로 가네? 네 이야기 많이 들었어"라며 다가와주기를 바라면서 가리발디 가와 카사노바 가까지 그의 뒤를 따라간 적도 있었다. 하지만 그는 고개를 숙인 채 빠른 걸음으로 걸어갔고 뒤를 돌아보는 일도 일어나지 않았다. 나는 지치고 내 자신이 한심하게 느껴져서 우울하게 노바라 가 쪽으로 발길을 돌려 집으로 돌아왔다.

나는 매일같이 선생님들과 학교 친구들과 나 자신에게 근면성실성을 증명하는 일에 힘썼다. 그렇지만 내면의 외로움은 점점 커져만 갔고 내겐 배움에 대한 열정이 없다는 것을 느끼고 있었다.

나는 릴라에게 페라로 선생님이 안타까워하고 있다고 알려주면서 도서관에 가보라고 이야기해봤다. 디도에 대한 내 작문이 얼마나 칭찬받았는지도 이야기했다. 정확하게 무엇을 썼는지 이야기하지는 않았지만 이런 칭찬을 받는 데 그녀도 도움이 되었다는 말도 내비쳤다.

릴라는 무심하게 내 말을 들었다. 자신만의 고민거리에 사로잡혀 우리가 디도라는 인물에 대해서 나눈 대화를 기억조차 못하는 것 같았다.

내 말이 끝나자마자 릴라는 마르첼로가 파스콸레처럼 포기하지 않고 자기를 계속 쫓아다닌다고 했다. 장을 보러 나가면 특별히 성가시게 하지 않고 스테파노네 식료품점이나 엔초의 야채 수레로 향하는 그녀를 뒤따라갔다. 그저 릴라의 모습을 바라만 보기 위해서였다. 창문 밖을 내다보면 그녀의 모습이 나타나기를 기다리며 길모퉁이에 서 있는 그의 모습이 보였다.

릴라는 그의 끈질긴 구애 때문에 걱정하고 있었다. 아버지가 알까봐, 아니 그보다도 리노가 눈치챌까봐 걱정했다. 사내들이 하루가 멀다 하고 서로 치고받는 사태가 벌어질까봐 겁에 질려 있었다. 동네에서 그런 일은 흔히 일어났으니까.

"대체 내가 왜 좋은 걸까?"

릴라가 말했다. 그녀는 자신이 깡마르고 못생겼다고 생각했다. 그런 자신을 마르첼로는 왜 좋아하는 걸까?

"내게 문제가 있는 걸까?"

릴라가 말했다.

"사람들을 잘못된 길로 인도하게 되는 것 같아."

언젠가부터 릴라는 자주 그런 생각에 사로잡혔다. 특히 오빠에게 악영향을 주었다고 확신했다. 릴라가 말했다.

"리노만 봐도 그렇잖아."

체룰로 구두공장 설립 계획은 흐지부지됐지만 리노는 여전히 솔라라네나 스테파노처럼 부자가 되어야 한다는 강박관념에 사로잡혀 있었다. 그뿐만 아니라 구둣방의 일상적인 생활로 돌아가야 한다는 사실을 받아들이지 못했다. 리노는 릴라에게 이렇게 말하곤 했다.

"리나, 우리는 똑똑하니까 함께 노력하면 아무도 우리를 막을 수 없을 거야. 그러니 이제 뭘 해야 할지 말해줘."

리노는 자기도 자동차와 텔레비전을 살 수 있게 되기를 바랐고, 이런 물건들의 가치를 인정하지 않는 페르난도 아저씨를 경멸했다. 무엇보다도 릴라가 이제는 자신을 지지해주지 않자 그녀를 하녀보다 못하게 대하기 시작했다. 리노는 자신이 얼마나 망가졌는지 몰랐을 것이다. 하지만 매일같이 그런 오빠의 모습을 지켜봐야 했던 릴라는 걱정하기 시작했다. 한 번은 내게 이렇게 말한 적이 있다.

"잠에서 막 깨어났을 때 사람들의 모습이 괴상하고 추한 데다가 한 치 앞을 못 보잖아?"

릴라는 리노가 바로 그렇다고 했다.

26

4월 중순의 어느 일요일 저녁, 릴라와 나, 카르멜라와 파스콸레와 리노는 함께 외출했다. 여자아이들은 한껏 차려입고는 집을 나서자마자 입술을 바르고 옅은 눈 화장을 했다. 사람들로 가득 찬 지하철을 타고 가는 동안 리노와 파스콸레는 우리 옆에 딱 붙어 보초를 섰다. 사람들이 우리를 만질까봐 불안해했지만 우리에게 손대는 사람은 아무도 없었다. 그러기엔 우리의 보호자들이 너무 험상궂게 보였다.

우리는 지하철에서 내려 톨레도까지 걸어갔다. 릴라는 키아이아 가와 필란지에리 가를 지나 밀레 가를 따라 아메데오 광장까지 가자고 했다. 아메데오 광장은 세련된 부자들이 사는 구역이었다. 리노와 파스콸레는 아메데오 광장으로 가는 것을 내키지 않아 했다. 특별한 연유가 없어서인지 아니면 말하기 싫어서인지 그 이유를 우리에게 설명해주지 않았다. 다만 사투리 섞인 어조로 우리의 질문에 응답하며 그들이 '샌님들'이라 부르는 불특정한 사람들에 대해 욕지거리를 내뱉을 뿐이었다.

우리 셋은 마음을 합해 주장을 굽히지 않았다. 바로 그때 자동차 경적소리가 들렸다. 뒤를 돌아보자 솔라라 형제의 밀레첸토가 보였다. 우리는 창문 밖으로 우리를 향해 손을 흔들고 있는 질리올라와 아다의 모습에 충격을 받아 두 형제의 모습은 눈에 보이지도 않았다. 예쁜 옷을 입고, 머리를 단정하게 빗고, 반짝이는 귀걸이로 치장한 그 애들은 아름다워 보였다. 둘은 손을 흔들며 우리를 향해 행복한 듯 소리 높여 인사했다. 리노와 파스콸레는 고개를 돌려버렸고 카르멜라와 나는 놀라서 인사할 생각조차 하지 못했다. 릴라만이 뭔가를 기쁘게 외치며 플레비시토 광장 쪽으로 사라지는 자동차를 향해 두 팔을 크게 흔들어댔다.

한동안 침묵이 흘렀다. 리노가 침울한 목소리로 파스콸레에게 질리올라가 헤픈 아이라는 것은 이미 알 만한 사람은 다 알고 있는 사실이라고 했고 파스콸레는 심각한 표정으로 이에 동의했다. 안토니오가 그들의 친구고 친구를 욕되게 하고 싶진 않았기 때문에 둘 가운데 그 누구도 아다에 대한 이야기는 하지 않았다. 반면에 카르멜라는 아다에 대해서도 좋지 않게 이야기했다.

나는 다른 감정보다 씁쓸함이 더 컸다. 자동차를 탄 네 젊은이에게서 본 권력의 이미지가 번개처럼 눈앞을 스치고 지나갔다. 동네에서 나와 시내로 즐기러 가기에 딱 어울리는 모습이었다. 우리의 행색은 그렇지 못했다. 우리는 차도 없었고 옷차림도 남루한 데다 땡

전 한 푼 없었으니까. 나는 당장이라도 집으로 돌아가고 싶었지만 릴라는 아무도 만나지 않은 것마냥 세련된 사람들이 사는 동네에 놀러가고 싶다고 우기기 시작했다. 파스콸레에게 딱 달라붙어 팔짱을 끼고서는 소리를 지르며 웃음을 터뜨렸다. 엉덩이를 흔들어대며 걸었다. 환한 미소에 백치 같은 몸짓을 해보이며 잘사는 사람들을 흉내 냈다. 카르멜라와 나는 잠시 망설였다. 하지만 질리올라와 아다가 밀레첸토를 타고 훤칠한 솔라라 형제와 즐기는 동안 우리는 기껏해야 구두 밑창을 수선하는 리노와 벽돌공인 파스콸레의 호위를 받으며 걸어가고 있다는 생각에 약이 올라 결국 릴라의 편을 들기로 했다.

말로 표현하지 않았지만 우리의 불만은 은밀하게 두 청년에게도 전달되었다. 둘은 서로 눈길을 교환하더니 한숨을 내쉬고 양보하고 말았다.

"그래, 좋아."

우리는 키아이아 가 쪽으로 향했다.

키아이아 가 쪽으로 들어서자 국경을 건너온 것 같은 느낌을 받았다. 사람들로 가득 찬 그 거리와 우리 동네를 비교했을 때 느껴지는 비참할 정도의 차이를 나는 기억한다. 내 눈에 들어온 것은 남자들의 모습이 아니라 내 또래 여자아이들과 숙녀들의 모습이었다. 그들은 우리와는 완전히 다른 존재들이었다. 다른 행성에서 온 것처럼 옷을 입고 있었고 바람을 타고 걸어 다니는 것 같았다.

나는 입을 다물지 못했다. 나는 그들이 입은 옷이며 신발을 쳐다보았고, 어쩌다 안경 낀 사람이 지나갈 때면 안경을 바라보느라고 자주 멈춰 섰는데 정작 그들은 나를 보지 못하는 것 같았다. 우리 다섯 가운데 누구도 그 사람들의 눈에 보이지 않는 것 같았다.

우리는 보이지 않는 존재, 흥미를 끌지 못하는 존재였다. 행여 우리와 시선이라도 마주칠 때면 성가신 듯 즉시 다른 쪽으로 시선을 돌렸다. 그들은 철저히 서로만을 바라보았다.

우리 모두 이 사실을 알아차렸다. 아무도 말을 꺼내지는 않았지만 우리는 우리보다 나이가 많은 리노와 파스콸레는 이미 알고 있던 사실을 재확인하고 있을 뿐이라는 것을 깨달았다. 그래서 그들이 그렇게 우울해했고 험상궂게 굴었던 것이다. 어울리지 않는 곳에 가야 한다는 사실 때문에 화가 났던 것이다. 이에 비해서 나를 비롯한 여자아이들은 처음으로 이런 경험을 하고 야릇한 감정을 느끼고 있었다. 우리는 불편함을 느끼면서도 매혹되고 있었으며 우리 모습이 못나게 느껴지면서도 우리가 제대로 교육받고 좋은 옷을 입고 화장을 하고 장신구를 달면 어떤 모습이 될지 상상하게 되었다. 그러면서 우선은 그날 저녁 분위기를 망치지 않기 위해서 웃으며 비아냥대기 시작했다.

"너라면 저런 옷을 입을 수 있겠니?"

"입으라고 돈을 줘도 입지 않을걸?"

"나라면 입을 수 있을 것 같아."

"잘났다. 저 옷을 입으면 저 애처럼 크림빵같이 보일걸?"

"저 신발 봤어?"

"뭐야, 저딴 것도 신발이라고 할 수 있겠어?"

우리는 이렇게 웃고 농담을 하면서 첼람마레 궁까지 올라갔다. 파스콸레는 릴라와 최대한 거리를 유지하려 했다. 릴라가 팔짱을 끼려고 하면 친절한 태도로 그녀를 밀어냈다. 물론 릴라에게 말은 계속 걸었다. 릴라의 목소리를 듣고, 그녀를 바라보는 것을 좋아하는 것이 분명했다. 그녀와의 가벼운 접촉에도 동요하며 눈물까지 흘릴 것 같은 표정이었다. 그는 릴라가 다가올 때마다 내게로 와서 빈정거리듯이 물었다.

"너네 학교에 다니는 여자아이들도 다 저러니?"

"아니."

"좋은 학교가 아닌가보네."

"그래도 인문계 고등학교야."

나는 토라져서 말했다.

"좋은 학교는 아닌 거야."

그가 물고 늘어졌다.

"저런 여자들이 없다는 것은 좋은 학교가 아니라는 뜻이야. 내 말이 맞지, 릴라?"

"좋은 학교?"

릴라는 깔끔한 브이넥 스웨터를 입은 갈색머리 청년과 함께 우리를 향해 다가오고 있는 금발머리 소녀를 가리키면서 말하고는 소리 내어 웃었다.

"저런 아이가 없다면 형편없는 곳이겠지."

소녀는 머리부터 발끝까지 녹색이었다. 녹색 신발에, 녹색 치마, 녹색 재킷을 입고 있었다. 하지만 무엇보다 릴라를 웃게 한 것은 소녀가 찰리 채플린 모자와 같은 모자를 쓰고 있었는데 그마저도 녹색이었기 때문이다.

릴라의 웃음은 우리에게도 전염되었다. 커플이 우리 곁을 지날 때 리노는 녹색 소녀가 중절모로 무엇을 해야 하는지를 두고 모욕적인 멘트를 날렸고 파스콸레는 팔을 벽에 대고 웃어댔다. 소녀와 청년은 몇 걸음 지나쳐 가다가 멈춰 섰다. 하얀 스웨터를 입은 청년이 뒤돌아서자 소녀가 팔을 붙잡고 말렸다. 청년은 팔을 비틀어 빼내고 되돌아와 리노에게 한차례 욕설을 퍼부어댔다. 눈 깜짝할 새에 리노가 주먹 한 방으로 그를 쓰러뜨리고는 소리쳤다.

"나보고 뭐라고 했어? 제대로 못 들었으니 다시 말해봐. 파스콸레, 너는 이 자식이 날 뭐라고 불렀는지 들었어?"

우리들은 웃다가 말고 갑작스레 두려움에 떨었다.

릴라는 리노가 땅에 쓰러진 청년에게 발차기를 가하기 전에 재빨리 다가갔다. 믿을 수 없다는 듯이 오빠의 팔을 잡아끌었다. 유년 시절부터 열네 살이 되는 그해까지 살아온 우리 삶의 수많은 조각이 짜 맞춰지며 드디어 어떠한 선명한 이미지로 나타나는 것을 바라보는 것 같았다. 눈앞에 나타나기는 했지만 도저히 믿기지 않는 그런 이미지 말이다.

모자를 쓴 소녀가 애인을 일으켜 세우는 동안 우리도 리노와 파스콸레를 뒤로 밀쳐냈다. 그새 릴라의 불신은 절망에 찬 분노로 변하고 있었다. 리노를 끌어내면서 그를 향해 험한 욕을 쏟아붓고 그의 팔을 잡아당기며 협박했다. 리노는 릴라를 한 손으로 밀쳐내면서 신경질적으로 웃으며 파스콸레에게 말했다.

"파스콸레, 내 동생은 내가 장난치는 줄 아나봐."

리노의 눈빛은 광기에 사로잡혀 있었다. 그가 사투리로 말했다.

"내 동생은 내가 저기에는 가지 말자고 해도 내 말 따위는 듣지 않아. 모르는 게 없고 저 잘난 맛에 사는 아이니까. 내가 좋아하든 싫어하든 마음만 먹으면 자기 가고 싶은 곳으로 가겠지."

그는 숨을 고르기 위해 잠시 멈췄다가 말했다.

"저 자식이 나보고 촌놈이라고 한 것 들었지? 나한테 촌놈이라고 했다고! 촌놈!"

리노는 다시 헉헉대며 말했다.

"자기 때문에 억지로 여기까지 왔더니 저 새끼에게 촌놈 소리나 듣고 말이야! 나를 촌놈이라고 부른 자식을 어떻게 하는지 두 눈 똑똑히 뜨고 지켜보라고!"

"진정해, 리노."

파스콸레가 침울한 목소리로 말했다. 그는 경계하는 태세로 이따금씩 뒤를 돌아보았다.

리노는 여전히 흥분한 상태였지만 조금씩 감정을 가라앉혔다. 릴라는 바로 침착함을 되찾았다. 우리는 마르티리 광장에서 멈춰 섰다. 파스콸레가 카르멜라를 향해 냉정하게 말했다.

"너희들은 이제 집으로 돌아가."

"우리끼리만?"

"그래."

"싫어."

"카르메, 너랑 말다툼하고 싶지 않아. 어서 가."

"하지만 돌아가는 길도 모르는걸."

"거짓말 마."

"꺼져."

리노가 분을 삭이며 릴라에게 말했다.

"돈을 줄 테니 가면서 아이스크림이나 사먹어."

"같이 왔으니 같이 돌아갈 테야."

리노는 결국 또 참을성을 잃고 릴라를 세차게 밀쳐냈다.

"내가 오빠니까 내 말 들어! 어서 당장 움직이지 못해? 꺼지란 말이야. 마음만 먹으면 지금 당장이라도 네 낯짝을 박살내버릴 수 있어."

나는 리노가 진심이라는 것을 눈치채고 릴라의 팔을 잡아끌었다.

잘못했다간 정말 호되게 당할 것 같았다.

"아버지에게 이를 거야."

"알 게 뭐야. 어서 꺼져. 가버리라고. 너희들은 아이스크림 먹을 자격도 없어."

우리는 산타 카테리나 성당 쪽으로 머뭇거리며 발길을 돌렸다. 몇 걸음 채 안 가서 릴라는 생각을 바꾸고 잠시 멈췄다가 오빠가 있는 쪽으로 돌아가기 시작했다. 카르멜라와 내가 함께 있자고 릴라를 설득하려 했지만 그녀는 들은 체도 하지 않았다.

우리끼리 실랑이를 벌이고 있을 때 청년 대여섯 명이 지나가는 것이 보였다. 그들은 일요일에 오보 성 주변을 산책하다보면 가끔 마주치는 잘생긴 뱃사공들처럼 보였다. 모두들 키가 훤칠하고 건장한 체격에 좋은 옷을 차려입고 있었다. 몇몇은 손에 몽둥이를 들고 있었고 나머지는 빈손이었다. 이들은 빠른 걸음으로 성당을 지나 광장 쪽으로 가고 있었는데 그들 가운데에는 리노에게 얼굴을 얻어맞은 청년도 보였다. 그의 브이넥 스웨터에는 아직도 피가 묻어 있었다.

릴라는 내 손을 뿌리치고 달려갔고 나와 카르멜라도 그 뒤를 따라갔다. 우리가 도착했을 때 옷을 잘 차려입은 청년들이 광장 한가운데 있는 기념탑 쪽으로 뒷걸음치는 리노와 파스콸레를 향해 달려들어 몽둥이세례를 퍼붓기 시작했다. 우리는 도와달라고 소리치며 울기 시작했다. 지나가는 사람들을 붙잡아보았지만 몽둥이질에 놀란 사람들은 섣불리 끼어들려 하지 않았다. 릴라가 청년 가운데 한 명의 팔에 매달려보았지만 바로 땅바닥에 내동댕이쳐졌다. 무릎을 꿇은 채 그들의 발에 짓밟히고 있는 파스콸레의 모습과 팔로 몽둥이세례를 막아내고 있는 리노의 모습이 눈에 들어왔다. 그때 자동차 한 대가 멈춰 섰다. 솔라라 형제의 밀레첸토였다.

마르첼로가 차에서 내려 우선 릴라를 일으켜 세웠다. 그리고 오빠를 부르며 분노에 차 소리를 질러대는 릴라의 모습에 울컥해서 싸움판에 몸을 던져 상대방 사내들과 발차기를 주고받았다. 미켈레는 그때서야 차에서 내리더니 유유자적한 태도로 트렁크 문을 열고 번쩍이는 쇠 파이프 같은 것을 꺼내들고서는 싸움에 가세했다. 그가 공격하는 모습은 꿈에라도 나타날까봐 두려울 정도로 냉혹하고 잔인해보였다. 리노와 파스콸레도 일어나 솔라라 형제와 함께 주먹을 날리고, 목을 조르고, 상대방의 옷을 찢어버렸다. 증오에 불타는 얼굴에 모습이 변해 못 알아볼 정도였다.

멀끔하게 옷을 차려입은 청년들은 줄행랑쳤다. 미켈레가 코피를 쏟고 있는 파스콸레에게 다가갔지만 파스콸레는 거칠게 그를 밀쳐내고는 하얀 셔츠의 소매 단으로 얼굴을 닦아내고 붉게 물든 옷을 바라보았다. 마르첼로가 땅에 떨어진 열쇠 뭉치를 집어서 리노에게 건네자 그는 어색하게 고맙다고 말했다. 멀리 자리를 피했던 사람들이 이제는 호기심에 찬 얼굴로 하나둘씩 다가오기 시작했다. 나는 아직도 겁에 질려서 움직일 수조차 없었다.

"여자아이들만 데리고 가줘."

리노가 말했다. 부탁을 들어줘서 고맙다는 투로 말했다.

마르첼로가 격렬하게 반항하는 릴라를 앞세워 우리 모두를 억지로 차에 태웠다. 우리는 뒷좌석에 끼어 앉아 한 명을 무릎 위에 앉힌 채 출발했다. 뒤돌아보자 파스콸레와 리노가 리비에라 방향으로 멀어져가는 모습이 보였다. 파스콸레는 절뚝거리고 있었다. 나는 우리 동네가 커져서 부유한 사람들이 사는 구역을 포함한 나폴리 시 전체를 집어삼킨 것같이 느껴졌다.

자동차 안에는 즉시 긴장감이 흘렀다. 질리올라와 아다는 화가 나서 가는 길이 불편하다며 짜증을 냈다.

"어떻게 이렇게 비좁게 돌아가?"

"그럼 내려서 걸어가시지."

릴라가 말했다. 하마터면 몸싸움이 벌어질 뻔했다.

마르첼로가 재미있다는 표정으로 차를 세우자 질리올라는 공주처럼 느린 몸짓으로 차에서 내리더니 미켈레의 무릎 위에 가서 앉았다. 우리는 쉬지 않고 키스를 주고받는 질리올라와 미켈레를 코앞에서 바라보며 집까지 차를 타고 갔다.

내가 질리올라를 바라보자 그녀는 미켈레에게 열정적으로 키스하면서 내 시선을 맞받아쳤다. 나는 당황하여 시선을 돌렸다.

릴라는 동네에 도착할 때까지 한마디도 하지 않았다. 마르첼로가 자동차 룸미러로 그녀를 쳐다보며 말을 걸어보려 했지만 릴라는 대답하지 않았다. 부모님이 솔라라 형제의 차에서 내리는 우리 모습을 보지 못하게 하려고 집에서 멀리 떨어진 곳에서 내렸다. 거기에서부터는 다섯 명이 함께 걸어갔다.

분노와 걱정에 휩싸인 듯한 릴라를 제외한 나머지는 두 형제의 행동에 감동했다. 우리는 그들이 정말 훌륭했다고 이야기했다. 질리올라는 "그럼" "너희는 잘 몰랐겠지" "당연하지" 등의 탄성을 연발하며 제과점에서 일하면서 솔라라네 가족이 얼마나 좋은 사람들인지 잘 알게 됐다는 티를 냈다. 그러다가 놀리는 듯한 태도로 내게 물었다.

"학교는 어때?"

"좋아."

"그렇지만 나처럼 재미있지는 않을 거야."

"다른 종류의 재미일 뿐이야."

질리올라, 카르멜라, 아다가 각자의 집으로 돌아가기 위해서 우리와 헤어진 다음 나는 릴라에게 말했다.

"잘사는 사람들이 우리보다 못하네."

릴라에게서 아무런 대답도 듣지 못한 나는 다시 신중하게 말했다.

"솔라라네 가족이 형편없을지는 몰라도 그때 그 자리에 있어서 다행이었어. 밀레 가의 그 자식들은 리노와 파스콸레를 죽일 수도 있었어."

릴라는 머리를 세차게 흔들어보였다. 평소보다 더 창백했고 두 눈은 보랏빛으로 움푹 들어가 퀭해 보였다. 내 의견에 동의하지 않았지만 이유는 말하지 않았다.

27

그해 나는 전 과목 9점을 기록하며 진급했고 장학금이라는 것까지 받게 되었다. 학기 초에 40명이었던 학급 인원이 32명으로 줄어들었다. 지노는 낙제했고 알폰소는 9월에 재시험을 세 과목이나 봐야 했다. 나는 아버지의 부추김을 못 이겨 항상 그랬던 것처럼 솔라라네 가게에서 산 설탕봉지와 커피봉지를 들고 나에 대한 관심에 감사를 표하기 위해 올리비에로 선생님을 찾아갔다. 비록 어머니는 원치 않았지만. 어머니는 올리비에로 선생님이 우리 가정사에 참견하면서 자기 대신 자식들에 대해 결정을 내리는 것을 못마땅해 했다.

올리비에로 선생님은 상태가 별로 좋지 않았다. 목에 뭔가가 나서 아프다고 했다. 하지만 선생님은 나에 대한 칭찬을 아끼지 않으며 그간의 수고를 위로해주었다. 내 얼굴이 너무 창백하다며 이스키아 섬에 사는 자신의 사촌에게 전화해서 얼마 동안 내가 그곳에 머물러도 되는지 물어봐주기로 했다. 나는 선생님께 감사하다고는 했지만 어머니에게는 그 일에 대해서 이야기하지 않았다. 어차피 어머니가 나를 보내주지 않을 것이라는 걸 알고 있었다. 내가 이스키아 섬에 가다니. 나 혼자 배를 타고 바다 여행을? 수영복을 입고 바다에서 해수욕을 할 수 있다니.

릴라에게도 이 일은 알리지 않았다. 지난 몇 달 동안 릴라가 꿈꿔온 신발공장에 대한 희망을 접었다는 것을 알고 있었기 때문에 진급, 장학금, 이스키아 섬에서 보낼 휴가에 대해 이야기하면서 그녀 앞에서 잘난 척하고 싶지는 않았다.

겉으로 보기에는 릴라의 상황도 조금씩 나아지는 것처럼 보였다. 적어도 마르첼로가 꽁무니를 따라다니는 일은 멈췄으니까. 그런데 마르티리 광장에서 벌어진 난투극 이후 전혀 예기치 않은 사건이 일어나 릴라를 곤혹스럽게 했다. 마르첼로가 구둣방에 리노의 상태를 살피러 왔는데 그의 황송한 방문은 누구보다도 페르난도 아저씨를 흥분하게 했다. 아버지에게 그날 일어난 일을 완벽히 숨겨온 리노는 행여나 마르첼로가 쓸데없는 말을 할까봐 그를 가게 밖으로 데리고 나갔다. 얼굴과 온몸에 난 멍에 대해서는 친구의 람브레타 오토바이에서 떨어져서 생긴 상처라고 둘러댔던 것이다. 그들은 함께 산책을 했는데 리노는 마지못해 그날 도와준 일과 자신의 상태를 보러 들러준 것에 대해서 고맙다고 했다. 그들은 바로 헤어졌다. 구둣방에 돌아온 리노에게 페르난도 아저씨가 말했다.

"네가 오랜만에 좋은 일을 하는구나."

"뭐가요?"

"마르첼로와 친구가 되는 것 말이다."

"우리는 친구가 아니에요, 아버지."

"그렇다면 너는 예전과 다름없는 멍청이로구나."

페르난도 아저씨는 이상한 조짐을 감지했다. 아들이 솔라라 집안 식구들과 맺게 된 관계가 무엇이든 더욱 적극적으로 나서야 할 필요가 있다고 생각했다. 결국 페르난도 아저씨가 옳았다. 마르첼로는 이틀 뒤 밑창을 갈아야 할 자기 할아버지의 신발을 들고 나타났다. 그러고는 리노에게 자동차로 드라이브를 가자고 권했다. 그다음은 리노에게 운전을 가르쳐주려 했고, 그다음에는 운전면허를 따보라고 부추겼다. 심지어는 밀레첸토로 운전연습까지 시켰다. 그것이 우정의 표시인지는 알 수 없지만 솔라라 형제가 리노에게 호감을 표시한 것만은 분명한 사실이었다.

구둣방 일에 일절 참여하지 않고 구둣방에 가지도 않던 릴라는 이 이야기를 전해 듣고 페르난도 아저씨와는 달리 날이 갈수록 깊은 고민에 빠져들었다. 처음에는 불꽃놀이를 둘러싸고 벌어졌던 혈투를 생각하며 솔라라네 가족들에 대한 리노의 증오가 너무나 커서 절대로 그들에게 넘어가지 않을 거라고 생각했다. 그렇지만 릴라는 마르첼로의 배려가 부모님보다 오히려 오빠 리노를 더 사로잡고 있다는 사실을 깨달았다. 리노의 나약함을 너무나 잘 알고 있었기에 그런 리노를 조종하여 행복한 원숭이 꼴로 만드는 솔라라 형제에게 더욱 화가 났다.

"왜 그렇게 못마땅한 건데?"

언젠가 내가 물었다.

"그 치들은 위험한 사람들이야."

"이 동네에 위험하지 않은 사람이 어디 있어?"

"너 마르티리 광장에서 미켈레가 자동차에서 꺼내든 것을 봤어?"

"아니."

"쇠 파이프였어."

"다른 사람들도 방망이를 가지고 있었잖아."

"이해 못하는구나, 레누. 그 파이프 끝에는 날이 서 있었어. 마음만 먹으면 가슴이나 배를 찌를 수도 있었다고."

"그러는 너도 마르첼로를 칼로 위협했잖아."

릴라는 화를 내면서 너는 아무것도 모른다고 했다. 사실 그랬던 것도 같다. 리노는 릴라의 오빠지 내 오빠는 아니었으니까. 내게 그 일은 내가 좋아하는 논리적인 생각의 대상일 뿐이었지만 릴라에게는 절실했다. 릴라는 리노를 그 관계에서 빼내려고 했다. 하지만 릴라가 리노에게 못마땅한 표시라도 할라치면 리노는 그녀에게 입 닥치라고 하면서 위협했다. 때로는 손찌검까지 했다. 릴라가 원하든 원하지 않든 이런 상황은 계속되었고 급기야는 6월 말 어느 날 저녁 리노가 마르첼로를 집에 데리고 오기에 이르렀다. 나는 그때 마침 릴라네에 있었다. 아마도 마른 침대보를 개거나 다른 집안일을 도와주고 있었던 것 같다.

리노가 마르첼로를 저녁 식사에 초대한 것이다. 파김치가 되어 구둣방에서 막 돌아온 페르난도 아저씨는 순간 짜증이 났지만 결국 그의 방문을 영광으로 받아들이고 예의 바르게 대했다. 눈치아 아주머니의 반응은 말할 것도 없었다. 아주머니는 잔뜩 흥분해서 마르첼로가 가져온 고급 포도주 세 병에 대해 감사인사를 했다. 방해가 될까 봐 막내들을 주방으로 아예 내쫓아버렸다.

나도 릴라와 함께 저녁 준비를 돕게 되었다.

"바퀴벌레 약을 음식에 넣어야겠어."

릴라가 화를 내면서 말했다. 우리는 화덕 앞에 서서 깔깔거렸고 눈치아 아주머니는 우리에게 조용히 하라고 했다.

"너랑 결혼하러 왔나봐."
나는 릴라를 약 올리며 말했다.
"네 아버지에게 허락을 구하러 온 거야."
"꿈 깨라고 해."
"왜?"
눈치아 아주머니가 걱정스레 물었다.
"약혼하자면 싫다고 할 셈이니?"
"이미 싫다고 했어요."
"정말?"
"네."
"레누야, 얘 말이 정말이니?"
"네, 아주머니."
내가 말했다.
"네 아버지에게는 말하지 말아라. 널 가만두지 않을 게야."
저녁 내내 마르첼로의 목소리밖에 들리지 않았다. 그가 오고 싶다고 우긴 것을 리노가 거절하지 못한 것이 분명했다. 리노는 말 한마디 하지 않고 식탁 앞에 앉아 있다가 이따금 웃을 일도 없는데 웃음을 터뜨렸다. 마르첼로는 주로 페르난도 아저씨에게 말을 걸면서 틈틈이 눈치아 아주머니와 릴라와 내 컵에 물이며 포도주를 채워주는 것을 잊지 않았다. 마르첼로는 동네 모든 사람이 페르난도 아저씨의 빼어난 솜씨를 존경한다고 말했다. 자신의 아버지가 페르난도 아저씨의 기술에 대해서 언제나 높이 평가한다고도 했다. 리노도 아버지인 페르난도 아저씨의 능력에 무한한 경외심을 가지고 있다고 했다.
적당히 약주를 한 탓인지 페르난도 아저씨는 마르첼로의 말에 감동했다. 마르첼로의 아버지에 대해 칭찬을 몇 마디 중얼거리더니 리노가 성실하고 솜씨가 좋아지고 있다고 말하기까지 했다.

마르첼로가 사업이란 성장해야 하는 것이라고 이야기하기 시작했다. 그의 할아버지는 지하실에서 사업을 시작했는데 아버지 대에 와서 사업이 크게 번창해 이제는 나폴리 곳곳에서 커피를 마시거나 빵을 사먹기 위해 사람들이 일부러 찾아오는 유명한 곳이 되었다고 했다.

"순 허풍쟁이 같으니라고."

릴라가 외쳤다. 페르난도 아저씨는 매서운 눈빛으로 그녀를 쏘아봤다.

마르첼로는 겸손하게 웃으며 릴라의 말을 인정했다.

"맞아요. 약간 부풀리기는 했지만 결국 제가 드리고 싶은 말씀은 돈은 돌고 돈다는 사실입니다. 시작은 지하실이어도 대대손손 사업을 계속하다보면 큰 목표를 달성할 수 있어요."

마르첼로는 눈에 띄게 좌불안석인 리노에게 아랑곳하지 않고 신발 제작 계획에 대해서 칭찬을 늘어놓기 시작했다. 그때부터 페르난도 아저씨와 리노에 대한 칭찬이 결국은 릴라를 향한 것인 양 그녀에게서 눈을 떼지 않았다. 그는 뜻이 있고 실력이 있고 사람들이 좋아할 만한 아이디어가 있다면 새로운 시도를 하지 않을 이유가 없다고 했다. 안정감을 주는 편안한 사투리로 이야기를 하면서 내 친구만을 바라보았다.

나는 노래가사에 나오는 것처럼 그가 사랑에 빠진 것을 느낄 수 있었다. 릴라에게 키스하고 릴라의 숨결을 마시기를 갈망하고 있다는 것을, 릴라만 원하면 그 무엇이라도 할 것이라는 것을, 그의 눈에 릴라는 여성이 갖춰야 할 모든 덕목을 갖춘 여인으로 보인다는 것을 알 수 있었다.

"제가 듣기로는."

마르첼로가 말했다.

"리노와 릴라가 마침 제 사이즈인 43사이즈의 멋진 신발을 제작한 걸로 알고 있어요."

순간 오랜 침묵이 흘렀다. 리노는 시선을 접시에 고정시키고 차마 아버지를 바라보지 못했다. 창가의 방울새가 요란스럽게 지저귀는 소리만이 간간이 들려왔다. 페르난도 아저씨가 천천히 입을 열었다.

"그래. 마침 43사이즈 신발이지."

"괜찮으시면 신발을 한 번 봤으면 하는데요."

페르난도 아저씨가 웅얼거리며 대답했다.

"어디에 있는지 모르겠네만. 여보, 당신은 알아?"

"릴라한테 있어요."

리노가 턱으로 릴라를 가리키며 말했다.

릴라가 마르첼로의 얼굴을 똑바로 바라보며 말했다.

"맞아. 내가 가지고 있었어. 내 방에 놔뒀었어. 그런데 그저께 어머니가 청소하라고 하셔서 그냥 버려버렸어. 어차피 아무도 좋아하지 않았으니까."

리노가 화를 내며 말했다.

"거짓말쟁이 같으니라고. 당장 가서 신발을 가져오지 못해?"

페르난도 아저씨도 신경질을 내며 거들었다.

"어서 가서 신발을 가져와라."

릴라는 아버지에게 화를 냈다.

"이제 와서 신발을 원하시는 이유가 뭐예요? 아버지가 맘에 안 든다고 하셔서 버린 거라고요."

페르난도 아저씨가 손바닥으로 식탁을 내리치는 바람에 잔에 담겨 있는 와인이 흔들렸다.

"당장 일어나서 신발을 가지고 와!"

릴라는 의자를 밀쳐놓고 자리에서 일어났다.

"버렸다니까요."

릴라는 울먹이는 목소리로 대답하고는 자리를 박차고 나가서 돌아오지 않았다.

침묵 속에 시간이 흘렀다. 처음 우려를 표한 것은 마르첼로였다. 그는 진심으로 걱정하는 듯한 목소리로 말했다.

"제가 잘못했나봐요. 문제가 있는지 몰랐네요."

"문제는 무슨 문제."

페르난도 아저씨가 대답하고 나서 아주머니에게 속삭였다.

"올라가서 당신 딸내미가 무엇을 하고 있는지 확인 좀 해봐."

눈치아 아주머니는 릴라의 방으로 갔다. 그러고는 어쩔 줄 몰라 하며 돌아왔다. 릴라가 없었던 것이다. 집 안을 샅샅이 찾아 헤맸지만 릴라의 모습은 보이지 않았다. 창밖으로 그녀의 이름을 불러보았지만 아무 대답이 없었다. 마르첼로는 풀이 죽어서 집으로 돌아갔다. 그가 모습을 감추자마자 페르난도 아저씨는 아주머니에게 소리를 질렀다.

"맹세코 당신 딸년을 죽여버리겠어."

리노까지 아버지의 위협에 가세하자 결국 눈치아 아주머니는 울음을 터뜨리고 말았다. 나는 놀라서 까치발을 하고 그 자리를 빠져나왔다. 문을 닫고 층계참에 걸음을 내딛자마자 나를 부르는 릴라의 목소리가 들렸다. 나는 맨 꼭대기 층에 있는 그녀를 향해 또다시 까치발을 하고 다가갔다. 그녀는 옥상 문 옆 그늘에 웅크리고 있었다. 무릎 위에 신발을 올려놓고 있었는데 완성품을 본 것은 나도 처음이었다. 신발은 전선줄에 연결된 작은 전구의 희미한 불빛 아래서 빛나고 있었다.

"이것 좀 보여주는 게 뭐 어떻다고 그래."

나는 어리둥절해서 물었다.

릴라는 세차게 머리를 흔들었다.

"손도 대게 하고 싶지 않아."

말은 그렇게 했지만 그녀 스스로도 자신의 극단적인 반응에 지쳐 있는 것 같았다. 나는 처음으로 릴라의 아랫입술이 떨리는 것을 보았다. 그만 집으로 돌아가라고 차근차근 그녀를 설득했다. 평생 그곳에 있을 수는 없지 않은가. 내가 함께 가면 조금이라도 혼이 덜 나기를 바라면서 그녀를 집까지 바래다주었다. 하지만 내가 있건 말건 상관없이 바로 고함과 욕설이 날아왔고 따귀까지 몇 대 맞았다. 페르난도 아저씨는 릴라의 변덕 때문에 중요한 손님 앞에서 망신을 당했다고 소리 질렀다.

리노는 릴라의 손에서 신발을 빼앗아들고는 자기의 피와 땀으로 만들었으니 신발은 자기 것이라고 했다. 릴라가 흐느껴 울며 웅얼거렸다.

"나도 함께 만든 거야. 차라리 만들지 않았으면 좋았을 걸 그랬어. 오빠가 이렇게 미친 짐승이 되어버렸잖아."

난장판을 정리한 것은 눈치아 아주머니였다. 아주머니는 얼굴이 흙빛으로 변하더니 평소와는 다른 목소리로 아이들과 남편에게 당장 그만두라고 소리쳤다. 평상시에는 너무나 순종적인 아주머니가 리노에게 당장 신발을 동생에게 돌려주라면서 한마디라도 더 하면 창문 밖으로 뛰어내려 버리겠다고 했다. 리노는 바로 신발을 릴라에게 돌려주었다. 사태는 그렇게 일단락되었다. 나는 살금살금 그 자리를 빠져나왔다.

28

그렇다고 리노가 포기한 것은 아니었다. 그 후로도 리노는 릴라에게 언어적 · 신체적 폭력을 가했다. 릴라를 만날 때마다 새로 생긴 멍이 보였다. 얼마 지나지 않아 릴라도 모든 것을 포기한 것처럼 보였다.

어느 날 아침 리노는 릴라를 억지로 데리고 나가 구둣방까지 같이 걸어갔다. 가는 길에 남매는 싸움을 멈출 방안에 대해서 신중하게 이야기를 나눴다. 리노가 자신은 릴라를 너무 좋아하는데 릴라는 부모님이나 자신을 포함한 그 누구에게도 애정을 나타내지 않는다고 하자 릴라가 중얼거렸다.

"오빠에 대한 애정을 나타내려면 어떻게 해야 하는데? 어머니, 아버지에 대한 애정을 나타내려면 뭘 해야 해? 이야기해봐."

리노는 차근차근 자신의 생각을 이야기했다.

"그 신발이 마르첼로 마음에 들면 아버지도 생각을 바꿀 거야."

"아닐걸."

"내 말이 맞다니까. 행여나 마르첼로가 그 신발을 사기라도 하면 아버지는 네가 디자인한 신발이 훌륭하고 상품성이 있다는 것을 인정하고 일을 시작할 수 있게 해줄 거야."

"셋이 함께?"

"나랑 아버지랑. 정 원하면 너도 함께. 아버지는 나흘에서 길어봤자 닷새면 신발 한 켤레를 만들 수 있고 나도 마음만 먹으면 그 정도는 할 수 있어. 그렇게 만든 신발을 팔아서 자금을 만드는 거지. 계속해서 신발을 만들고 팔아서 자금을 만드는 거야."

"신발을 누구에게 팔아? 계속 마르첼로에게?"

"솔라라네 가족들에게는 유통망이 있어. 중요한 사람들을 알거든. 그들이 선전을 해줄 거야."

"공짜로?"

"원하면 약간의 배당금을 주면 되지."

"그 사람들이 약간의 배당금 정도로 만족할 이유가 뭐가 있겠어?"

"나를 좋아하니까."

"솔라라네 가족이?"

"그렇다니까."

릴라는 한숨을 내쉬었다.

"그럼 이렇게 해보자. 내가 아버지한테 말해볼게. 뭐라고 하시는지 보자."

"꿈도 꾸지 마."

"아님 관두든가."

리노는 입을 다물고는 안절부절못했다.

"좋아. 그러면 네가 말해. 너는 말솜씨가 좋잖아."

그날 저녁 식사를 하면서 얼굴이 시뻘겋게 달아오른 리노 앞에서, 릴라는 아버지에게 마르첼로가 신발 제작을 둘러싼 계획에 대해서 호기심 이상의 관심을 보였고 신발을 구매할 의향까지 있어 보인다고 말했다. 그뿐만 아니라 신발 판매에도 적극적인 태도를 보였고 필요하면 주변 사람들에게 홍보를 해줄 수도 있을 것 같다고 했다. 물론 판매액에서 약간의 배당금을 줘야 한다는 조건을 덧붙였다.

"그건 내가 한 말이에요."

리노가 눈을 내리깐 채 말했다.

"마르첼로가 그렇게 말하진 않았어요."

페르난도 아저씨는 아주머니를 오랫동안 바라보았다. 순간 릴라는 부모님들이 자기들끼리 이미 이야기를 끝마쳤고 나름의 결론에 도달한 것을 알았다.

페르난도 아저씨가 말했다.

"내일 진열장에 너희들이 만든 신발을 놔둬보자. 그 신발을 보고 싶어 하거나 신어보려 하거나 구입하려는 사람이 있으면, 그러니까 그 신발로 뭐라도 해보려는 사람이 있으면 내게 말해. 결정은 내가 할 테니 말이야."

며칠 후 나는 구둣방 앞을 지나가다 고개를 숙이고 웅크린 자세로 일하는 리노와 페르난도 아저씨의 모습을 보았다. 양철 상자와 가죽 끈 사이에 체룰로 구두가 아름답고 조화로운 자태를 드러낸 모습을 보았다. 창문에는 리노가 쓴 것으로 보이는 '체룰로 구두'라는 화려한 글씨가 적힌 종이가 붙어 있었다. 아버지와 아들은 신발을 진열해놓고 행운이 찾아오기를 기다렸다.

그러나 릴라는 못마땅하고 회의적인 태도를 보였다. 오빠의 순진한 이론은 애당초 실현 가능성이 없다고 생각했고 부모님끼리 협의한 암묵적인 동의에 대해서 걱정했다. 쉽게 말하자면, 곧 안 좋은 일이 일어날 것을 직감했던 것이다.

일주일이 지났지만 아무도, 심지어는 마르첼로마저도 진열장의 신발에 관심을 나타내지 않았다. 결국 리노의 다그침에 못 이겨 마르첼로가 구둣방으로 끌려왔는데 신발을 바라보면서도 다른 생각에 잠겨 있는 것처럼 보였다. 물론 신발을 신어보기는 했다. 하지만 그는 자기에게 조금 작은 것 같다고 말하고는 신발을 벗더니 칭찬 한마디 없이 자리를 떠났다. 배가 아프거나 집에 급한 볼일이 있는 사람 같았다.

마르첼로의 태도에 아버지와 아들은 실망했다. 하지만 그는 2분도 채 지나지 않아서 다시 모습을 나타냈다. 리노는 반색하며 벌떡 일어나서 다시 올 줄 알았다는 듯이 두 손을 내밀었다. 하지만 마르첼로는 리노를 본체만체하고 곧바로 페르난도 아저씨에게 다가가서 단숨에 말했다.

"페르난도 아저씨, 전 지금 진지해요. 따님과 결혼하고 싶습니다."

29

일이 이렇게 전개되자 리노는 며칠 동안 일하러 나가지도 못할 정도로 심한 열병을 앓았다. 열이 갑자기 내린 후에도 이상한 행동을 하기 시작했다. 한밤중에 잠이 든 상태로 침대에서 일어나 눈을 부릅뜬 채 말 한마디 없이 불안한 몸짓으로 문까지 걸어가서는 문을 열려고 안간힘을 썼다. 눈치아 아주머니와 릴라는 놀라서 리노를 다시 침대에 눕혔다.

아내와 함께 마르첼로의 숨은 의도를 진작에 파악하고 있었던 페르난도 아저씨는 차분하게 릴라에게 말했다. 아저씨는 마르첼로의 제안은 릴라의 미래뿐 아니라 가족 모두에게 중요한 일이라고 설명했다. 릴라는 아직 어리고 지금 당장 승낙할 필요는 없지만 아버지로서는 마르첼로의 구혼을 받아들였으면 한다고 했다. 집안에서 허락한 약혼은 기간이 길어지더라도 자연스럽게 결혼으로 이어질 테니 말이다.

릴라는 아버지 못지않게 침착한 태도로 마르첼로와 약혼하거나 결혼하느니 저수지에 빠져 죽는 편이 낫다고 했다. 둘 사이에는 큰 다툼이 벌어졌지만 결국 릴라는 생각을 바꾸지 않았다.

나는 그 소식을 듣고 놀라서 기절할 뻔했다. 마르첼로가 릴라와 사귀고 싶어 안달이 났다는 사실은 잘 알고 있었지만 우리 나이에 청혼을 받을 수 있다고는 상상도 하지 못했다. 릴라는 열다섯도 안 되어 청혼을 받은 것이다. 부모님 몰래 누구와 사귀어본 적도, 그때까지 키스조차 한 번 못 해본 릴라가 말이다.

나는 당장 그녀의 편을 들었다. 결혼이라니? 마르첼로 솔라라와? 그러면 아이도 낳을 수 있겠네? 아니, 절대로 안 될 일이야. 나는 내가 힘이 되어주겠다면서 릴라와 릴라 아버지의 싸움을 부추겼다.

페르난도 아저씨는 이미 침착성을 잃고 릴라를 위협하기 시작했다. 아저씨는 릴라가 그 정도로 중요한 제안을 거부한다면, 그녀를 위해서라도 다리몽둥이를 분질러버리겠다고 했다.

상황이 그러한데 나는 릴라의 곁에 오래 있어주지 못했다. 7월 중순경 까맣게 잊고 있던 일이 갑자기 일어나 곤란에 처했다. 어느 늦은 오후, 평소처럼 릴라와 릴라에게 일어나고 있는 일이며 해결방안에 대해 의논하면서 동네를 한 바퀴 돌고 집으로 돌아오니 동생인 엘리사가 현관문을 열어주었다. 엘리사는 잔뜩 흥분해서는 자기 담임선생님인 올리비에로 선생님이 오셔서 거실에서 어머니와 이야기를 나누고 있다고 했다.

내가 거실 쪽으로 다가가 수줍게 얼굴을 내밀자 어머니가 짜증스럽게 말했다.

"올리비에로 선생님이 네겐 휴식이 필요하다고 하시는구나. 네가 너무 지쳐 있다는 말씀이야."

나는 영문을 몰라 올리비에로 선생님을 바라보았다. 얼굴이 어찌나 창백하고 부어 있는지 선생님이야말로 휴식이 필요해 보였다.

"내 사촌에게서 어제 연락이 왔어. 이스키아 섬에 있는 자기 집에 머물러도 좋다고. 8월 말까지는 거기에 있으려무나. 너를 기꺼이 초대하겠대. 집안일만 조금 도와주면 돼."

선생님은 마치 자신이 내 어머니고 절름발이에 사시인 내 진짜 어머니는 염두에 둘 가치도 없는 불량품인 것 같은 태도로 이야기했다. 게다가 그 소식을 전하고 바로 자리를 떠나지 않고 내게 빌려줄 책을 보여주며 무려 한 시간이나 더 머물렀다. 내게 어떤 책을 먼저 읽어야 하고 어떤 책을 나중에 읽어야 할지 설명해주면서 읽기 전에 책 표지를 잘 싸놓을 것과 방학이 끝날 때 책장을 접은 표시 없이 깨끗한 상태로 돌려주어야 한다고 신신당부했다.

어머니는 참을성 있게 버텼다. 비록 사시 때문에 멍해보이기는 했지만 끝까지 신경을 쓰며 자리를 지켰다. 선생님이 어머니에게 경멸어린 말투로 인사하고 기대에 부푼 내 동생은 쓰다듬어주지도 않은 채 가버린 후에야 분통을 터뜨렸다. 어머니는 나 때문에 겪어야 했던 수치스러운 상황을 비꼬면서 말했다.

"우리 아가씨가 너무나 지쳤나보구나. 그러니 우리 아가씨는 이스키아 섬에 휴가를 가셔야겠어. 어서 빨리 가서 저녁상이나 보지 못해? 당장 움직이지 않으면 뺨을 맞을 줄 알아!"

하지만 이틀 후 어머니는 내 치수를 재더니 다급히 어디에선가 베낀 것 같은 디자인의 수영복을 만들어주었다. 그리고 직접 나를 항구까지 바래다주었다. 항구로 가는 길 내내 표를 사고 배에 오르기를 기다리는 동안에도 잔소리는 멈추지 않았다.

어머니의 가장 큰 공포는 뱃길이었다.

"바다가 잔잔해야 할 텐데."

어머니는 내가 서너 살 정도 되었을 무렵 나의 기침과 가래를 없애기 위해 코롤리오 해변에 매일같이 데려갔다고 혼잣말처럼 중얼거렸다. 그때 바다가 잔잔해서 내가 수영을 배웠다고 말이다. 나는 코롤리오 해변도 바다도 수영했던 것도 기억하지 못한다고 어머니에게 고백했다.

어머니는 내가 물에 빠져 죽더라도 그것은 어머니의 잘못이 아니라 내 기억력이 나빠서라는 투로 말하면서 화를 냈다. 자신은 할 만큼 했다는 듯이 말이다. 바다가 잔잔해도 해변에서 너무 멀리 나가지 말고 파도가 거칠거나 빨간색 깃발이 보이면 집에 있으라고 당부했다.

"특히 배가 부르거나 생리를 할 때는 발에 물도 묻히면 안 된다."

그러고는 배에서 내리기 전에 나이든 선원에게 나를 돌봐달라고 부탁했다. 배가 부두에서 멀어지기 시작하자 나는 두려움과 행복감을 동시에 느꼈다. 생전 처음 집을 떠나 여행을 하게 된 것이다. 그것도 바다 여행을 말이다. 어머니의 거대한 몸이 동네 전경과 릴라와 얽힌 모든 일과 함께 점점 더 멀어지더니 이내 자취를 감췄다.

30

나는 말 그대로 다시 피어났다. 넬라 인카르도라는 올리비에로 선생님의 사촌은 바라노에 살고 있었다. 일단 버스로 바라노에 도착한 다음에는 손쉽게 넬라 아주머니의 집을 찾을 수 있었다. 아주머니는 거대한 몸집의 친절한 여인이었다. 그녀는 명랑하고 수다 떨기를 좋아하는 노처녀였다. 휴가차 섬을 방문하는 여행객들에게 방을 모두 내주고 자신은 조그만 방 한 칸과 부엌만을 사용했기 때문에 나는 부엌에서 지내기로 했다.

밤마다 식탁을 꺼내고, 받침판을 깔고, 그 위에 매트리스를 깔아서 침대를 만들었다가 아침이면 깨끗이 정리해야 했다. 몇 가지 꼭 지켜야 할 임무도 주어졌다. 새벽 6시 30분에 일어나서 넬라 아주머니와 손님들을 위해서 아침 식사를 준비하는 것이었다. 내가 도착했을 때에는 영국에서 온 부부 한 쌍과 그들의 두 아이가 집에 머무르고 있었다. 식탁을 정리하고, 컵과 그릇을 닦고, 저녁 식사 상을 차리고, 잠자리에 들기 전에 설거지를 하는 것이었다.

이 일들만 마치면 나는 완전한 자유의 몸이었다. 나는 테라스에 앉아서 바다를 바라보면서 책을 읽었다. 가파르게 뻗은 순백의 길을 따라 넓고 끝없이 펼쳐진 어두운 해변까지 걸어 내려가기도 했다. 그 해변은 마론티 해변이었다.

처음에는 어머니가 한 말 때문에 두렵기도 하고 내 몸에 대해 자신감이 부족하기도 해서 옷을 갖춰 입고 테라스에 앉아 릴라에게 하루에 한 통씩 편지를 썼다. 이런저런 재미있는 이야기와 섬에 대한 생생한 묘사로 편지지를 빽빽이 채웠다. 그러던 어느 날 넬라 아주머니가 나를 놀리며 말했다.

"대체 여기까지 와서 뭐하는 거니? 수영복이라도 입으렴."

내가 수영복을 입자 아주머니는 할머니 수영복 같다며 웃음을 터뜨렸다. 아주머니는 가슴이 깊게 파이고 엉덩이에 착 달라붙는 최신 스타일의 예쁜 푸른색 수영복을 만들어주었다. 내가 수영복을 입자 아주머니는 기뻐하며 이제부터는 테라스에만 붙어 있지 말고 해변으로 나가라고 했다.

다음 날 두려움 반 호기심 반으로 수건 한 장과 책 한 권을 손에 들고 마론티 해변으로 향했다. 해변으로 가는 길은 한없이 멀게만 느껴졌다. 오가는 사람도 없었다. 광활하게 펼쳐진 해변은 인적이 없었고 거친 모래는 걸어갈 때마다 서걱거렸다. 진한 바다 냄새와 단조롭고 메마른 파도 소리가 났다.

나는 해변의 모래밭에 서서 그 거대한 물의 집결체를 바라보았다. 무엇을 어떻게 해야 할지 몰라 수건을 깔고 자리를 잡았다. 다시 일어나 물에 발을 적셔보았다. 어쩌다가 나폴리에 살면서도 수영 한 번 못 해본 걸까. 하지만 현실이 그랬다. 나는 물이 발에서 발목을 넘어 허벅지에 차오를 때까지 조심스럽게 바닷속을 걸어가다가 발을 헛디뎌 넘어졌다.

나는 공포에 질려 발버둥 쳤다. 바닷물을 마시다 다시 수면으로 떠올라 공기를 들이켰다. 그런데 물에 뜨려고 어느새 자연스럽게 손과 다리를 움직이고 있다는 사실을 깨달았다. 수영을 할 수 있었던 것이다. 어린 시절 정말로 어머니는 나를 데리고 해변에 갔고, 어머니가 모래찜질을 하는 동안 나는 그곳에서 헤엄치는 법을 배웠던 것이다. 순간 지금보다 젊고 상태가 좋은 어머니가 하얀색 꽃무늬 드레스를 입고 정오의 태양 아래 검게 펼쳐진 모래사장에 앉아 정상적인 다리는 무릎까지 내려오는 치마로 가리고, 타는 듯이 뜨거운 모래 속에는 아픈 다리를 넣고 찜질하고 있는 광경이 눈앞을 스쳐 지나갔다.

얼마 지나지 않아 바닷물과 햇볕 덕에 얼굴에 난 여드름이 말끔하게 사라졌고 온몸이 새까맣게 탔다. 릴라와 헤어지기 전에 연락하자고 약속했기에 그녀의 편지를 기다렸지만 편지를 한 통도 받지 못했다.

그러는 동안 넬라 아주머니네에 머무르던 영국인 가족들과 영어 회화 연습을 했다. 그들은 내가 영어를 배우고 싶어 한다는 것을 알고는 내게 호의를 가지고 더 자주 말을 걸어주었다. 덕분에 영어 실력이 일취월장했다.

언제나 명랑한 넬라 아주머니가 내게 용기를 북돋아주었기 때문에 어느 순간부터 나는 아주머니의 통역사 노릇을 하기 시작했다. 아주머니는 기회만 있으면 나에 대한 칭찬을 아끼지 않았다. 내게 이것저것 맛있는 음식도 만들어주셨다. 아주머니는 요리 솜씨가 뛰어났다. 아주머니는 내가 섬에 막 왔을 때만 해도 볼품이 없었는데 자기가 돌보아준 덕분에 아주 예뻐졌다고도 했다.

7월의 마지막 열흘간, 나는 그때까지 한 번도 느껴보지 못했던 풍요롭고 여유로운 삶을 만끽할 수 있었다. 그때 나는 훗날 인생을 살아가며 종종 느끼게 될 감정을 처음으로 느꼈다. 그것은 바로 새로운 것에 대한 기쁨이었다. 모든 일이 만족스러웠다. 아침에 일찍 일어나는 일도, 아침 식사를 준비하는 일도, 상을 치우는 일도, 동네에서 산책하는 일도, 오르막길과 내리막길을 오가며 마론티 해변까지 걸어가는 일도, 햇볕 아래 누워 책을 읽는 일도 좋았다. 수영하다가 다시 해변으로 나와 책을 읽는 일도 좋았다. 아버지도, 동생들도, 어머니도, 매일같이 걷던 고향의 길도, 정원도 그립지 않았다.

유일한 그리움의 대상은 릴라였다. 내 편지에 답장 한 통 없는 릴라. 내가 없는 동안 릴라에게 무슨 일이 생길까봐 나는 두려웠다. 좋은 일이든 나쁜 일이든. 이것은 오래전부터 가슴에 품어온, 살면서 단 한순간도 사라지지 않은 두려움이었다.

나는 릴라의 삶의 일부분을 놓침으로써 내 삶의 밀도와 중요성까지도 희석될 것 같아 두려웠다.

릴라의 침묵에 내 걱정은 날로 커져만 갔다. 섬에서 보내는 나날들이 얼마나 즐거운지를 편지에다 표현하려고 하면 할수록, 강물처럼 넘치는 내 글과 이에 대비되는 그녀의 침묵은, 빛나는 듯 보이는 나의 삶은 실은 무미건조해서 남아도는 시간에 매일같이 그녀에게 편지를 쓰고 있는 데 비해 암울한 듯 보이는 그녀의 삶이야말로 실은 파란만장하다는 것을 보여주는 것 같았다.

넬라 아주머니는 영국인 가족이 7월 말에 떠나고, 8월 초에는 나폴리에서 섬으로 휴가를 보내려는 가족이 도착할 것이라는 소식을 전해주었다. 교양 있고 친절하고 우아한 사람들로 작년에 이어 올해 두 번째로 아주머니 집에서 휴가를 보낼 것이라고 했다. 남편은 훌륭한 신사로 아주머니에게 언제나 멋진 말을 해준다고 했다. 장남은 훤칠한 키에 몸매가 호리호리하고 건장하며 잘생긴 17세 소년이라고 했다.

"이제야말로 네게도 남자친구가 생기겠구나."

아주머니의 말을 듣고 나는 쑥스러웠다. 나는 어느새 미지의 청년이 나를 좋아하지 않고 그와 말 한마디도 나누지 못하게 될까봐 걱정하기 시작했다.

영국인 가족이 떠나자마자 나는 넬라 아주머니를 도와 방 청소를 했다. 빨래를 하고 침대도 정리했다. 영국인 가족은 떠나기 전에 독해 연습을 하라며 두어 권의 책과 함께 영국에 오게 되면 찾아오라면서 그들의 집 주소를 남겨주었다. 기쁜 마음으로 넬라 아주머니를 도와 바닥 청소를 하고 있는데 아주머니가 내게 외치는 소리가 들렸다.

"너 정말 굉장하구나. 이제는 영어책도 읽고 말이야. 가지고 온 책이 충분치 않았나 보지?"

넬라 아주머니는 멀리서 큰 소리로 나에 대한 칭찬을 아끼지 않았다. 예의 바르고 올곧은 데다 밤낮을 가리지 않고 책을 읽는다고 기특해했다.

부엌에 가자 넬라 아주머니가 손에 책을 들고 있었다. 내일 도착할 신사분이 선물한 책으로 그분이 직접 쓴 책이라고 했다. 넬라 아주머니는 그 책을 침대 머리맡에 놓고 매일 시 한 편씩을 골라 읽었다. 처음에는 속으로, 그다음에는 크게 소리내어 읽었다. 넬라 아주머니는 그런 식으로 모든 시를 다 외웠다.

"그분이 내게 써주신 것을 좀 보렴."

넬라 아주머니가 책을 내밀면서 말했다.

도나토 사라토레의 『평온을 찾아서』였다. 책 표지에는 "설탕처럼 달콤한 넬라와 그녀의 잼을 위해서"라는 헌사가 적혀 있었다.

31

나는 바로 릴라에게 편지를 썼다. 불안 반 기쁨 반의 복잡한 심정과 도망치고 싶은 마음에 대해서 썼다. 니노 사라토레를 만나는 순간과 그와 함께 마론티 해변으로 향하고, 해수욕을 하고, 밤하늘의 별과 달을 바라보고, 같은 지붕 아래 잠드는 순간들에 대한 들뜬 상상으로 수많은 편지지를 채워나갔다. 까마득한 과거에 그가(아, 얼마나 오랜 시간이 흘렀는가!) 동생의 손을 잡고 내게 사랑을 고백한 그 강렬했던 순간에 대한 기억을 머리에서 떨쳐낼 수 없었다. 그때는 둘 다 어렸는데 지금은 너무 늙은 것처럼 느껴졌다.

다음 날 손님들 짐을 옮기는 것을 도와주기 위해 버스 정류장까지 마중을 나갔다. 나는 뜬눈으로 밤을 지새운 데다 극도로 흥분한 상태였다. 버스가 도착해서 멈춰 서자 승객들이 내렸다. 도나토 아저씨와 리디아 아주머니, 모습이 많이 변한 마리사, 클렐리아와 사이를 두고 내린 피노까지 모두 알아볼 수 있었다. 진지한 분위기의 소년으로 성장한 피노의 모습을 보고 나는 마지막으로 사라토레 가족의 모습을 봤을 때만 해도, 그러니까 멜리나가 창밖으로 내던진 물건들이 총알처럼 쏟아지던 그날만 해도 유모차에 타고 있던 피노가 생각났다. 그때는 변덕이 심해서 언제나 자기 어머니를 성가시게 하던 어린아이였다. 하지만 니노의 모습은 보이지 않았다.

마리사는 생각했던 것보다 훨씬 반가워하며 내 목을 감싸 안았다. 난 그동안 단 한 번도, 꿈에도 마리사를 생각해본 적이 없었는데 마리사는 내 생각을 많이 했고 몹시 그리웠다고 했다.

가족들에게 우리 동네에서 살던 시절을 이야기했다. 내가 시청 수위인 그레코의 딸이라고 부모님께 소개하자, 그녀의 어머니 리디아 아주머니는 짜증스럽다는 듯 인상을 찌푸리더니 알 수 없는 이유로 막내아들을 야단치기 위해 달려갔다. 도나토 아저씨도 내게 아버지의 안부조차 묻지 않고 짐을 정리하러 가버렸다.

나는 기분이 상했다. 가족들이 방에 짐을 푸는 동안 나는 마리사와 해변을 걸었다. 마리사는 마론티 해변뿐 아니라 이스키아 섬 전체를 훤히 꿰고 있었다. 벌써부터 분위기가 더 활기찬 항구와 포리오, 카사미촐라 쪽으로 가고 싶어 안달이 나 있었다. 어디든 장례식장 같은 바라노보다는 낫다고 했다. 그녀는 지금 비서 일을 배우고 있으며 사귀는 남자애가 있는데 부모님 몰래 이스키아 섬에 오기로 했으니 곧 소개시켜주겠다고 했다. 그다음에 마리사가 한 말은 내 가슴을 덜컹 가라앉게 했다. 그녀는 나에 대한 모든 것을 알고 있었다. 내가 고등학교에 다닌다는 것도, 학교 성적이 우수하다는 것도, 약사의 아들 지노와 사귄다는 것까지도.

"누가 내 이야기를 해줬어?"

"오빠가."

그러니까 니노도 나를 알아본 것이다. 내가 누군지 알고 있었던 것이다. 그가 나를 모른 척한 것은 관심이 없어서가 아니라 수줍어서이거나 불편해서이거나 아니면 어린 시절 내게 고백한 기억 때문에 부끄러워서였던 것이다.

"나 지노랑 헤어진 지 꽤 오래됐어."

내가 말했다.

"네 오빠가 잘못 알고 있네."

"오빠는 공부밖에 몰라. 네 이야기를 해준 것만 해도 놀라운 거야. 보통은 생각이 다른 데 있거든."

"오빠는 안 와?"

"아빠가 가시면 올 거야."

마리사는 니노에 대해서 못마땅하다는 투로 이야기했다. 감정이 없는 사람이고 어떤 일에도 기뻐하지 않는다고 했다. 화를 내는 일도 없지만 특별히 친절하지도 않다는 것이다. 자기만의 세계에 빠져 공부에만 관심을 보였다. 좋아하는 것이 아무것도 없는 냉혈한이었다. 그나마 니노에게 불편한 감정이라도 들게 하는 사람은 아버지뿐이었다. 그렇다고 아버지와 싸우는 것은 아니었다. 그는 예의바르고 순종적인 아들이었으니까. 마리사는 사실은 니노가 아버지를 못 견뎌 한다는 것을 알고 있었다. 반면에 마리사는 아버지를 좋아했다. 그녀에게 있어 아버지 도나토 아저씨는 세상에서 가장 선하고 똑똑한 사람이었다.

"아저씨는 오래 머무르실 예정이니? 언제 가시는 거야?"

나는 어쩌면 과해보일 수 있는 관심을 나타내며 물었다.

"사흘만. 일하셔야 하거든."

"그럼 니노는 사흘 후에 도착하고?"

"응, 그동안은 친구 이사를 도와줘야 한다나?"

"거짓말인 거야?"

"오빠한테 친구가 어디 있어. 그나마 자기가 좋아하는 어머니가 부탁해도 돌멩이 하나 안 옮겨줄 위인인데 친구를 도와줄 리가 없잖아."

마리사와 나는 함께 수영을 하고 해안을 따라 산책하면서 몸을 말렸다.

마리사는 그때까지 한 번도 신경 쓰지 않았던 광경을 웃으면서 보여주었다. 거무스름한 해변 끝에 움직이지 않는 하얀색 형체들이 보였다. 마리사는 웃으면서 불타는 모래사장 쪽으로 나를 이끌었다. 따라가 보니 하얀 형체가 사람들이라는 것이 분명해졌다. 사람들이 진흙을 뒤집어쓰고 있었던 것이다. 병명이 뭔지는 모르겠지만 그런 식으로 치료를 하는 것이라고 했다. 우리도 모래 위에서 뒹굴고 서로를 밀치며 그 사람들처럼 미라 놀이를 했다. 한참을 재미있게 놀다가 다시 수영을 하러 갔다.

저녁이 되자 사라토레 가족은 넬라 아주머니와 내게 함께 주방에서 식사하자고 했다. 기분 좋은 밤이었다. 리디아 아주머니는 끝까지 우리 동네 이야기는 꺼내지 않았지만 처음의 적개심이 사라지자 나에 대해서 이것저것 묻기 시작했다. 마리사가 내가 성적이 뛰어나고 니노와 같은 학교에 다니고 있다고 하자 눈에 띄게 친절해졌다. 하지만 가족 가운데 가장 정중한 사람은 도나토 아저씨였다. 넬라 아주머니를 띄워주면서 간간이 내 학교 성적을 칭찬해주는 것도 잊지 않았다. 리디아 아주머니를 세심하게 배려하며 아직 어린 치로와 놀아주고 식탁 정리를 도맡아 했다. 내가 설거지하는 것도 막았다. 자세히 관찰해보니 내 기억 속에 남아 있는 모습과는 많이 달랐다.

생각보다 마른 체형이었다. 물론 예전에 없던 콧수염도 생겼다. 하지만 외형적인 차이점뿐 아니라 그의 행동에는 나로서는 이해할 수 없는 특이한 무엇인가가 있었다. 내 아버지에 비해 넘치는 부성애와 주변에서 흔히 볼 수 없는 정중함 때문이리라.

이런 인상은 이후 이틀을 함께 지내며 더욱 확고해졌다. 해변으로 갈 때, 도나토 아저씨는 리디아 아주머니나 나나 마리사에게 짐을 들지 못하게 했다. 파라솔과 수건과 점심 식사가 든 가방을 오가는 길에 모두 혼자 짊어졌다. 치로가 칭얼거리며 안아달라고 할 때만 우리에게 짐을 넘겼다. 아저씨는 피부가 매끄럽고 털이 거의 없었다. 직물이 아닌 것같이 보이는, 가벼운 울 소재로 만든 것 같은 뭐라 정의내리기 힘든 색상의 수영복을 입고 있었다. 수영을 오래 하기는 했지만 그렇다고 육지에서 멀리 나아가지는 않았다. 나와 마리사에게 자유형을 가르쳐주고 싶어 했다.

마리사도 아저씨처럼 정확한 팔 동작으로 천천히 수영을 했고 나는 바로 이들을 흉내 냈다. 사투리보다는 표준어를 더 많이 썼는데 특히 나에게 이야기할 때는 모호한 문장과 비일상적인 표현에 끈질기다 싶을 정도로 집착했다. 나와 리디아 아주머니와 마리사에게 근육을 단련시켜야 한다며 해변을 이리저리 뛰어다니게 하고는 재미있는 표정을 지어보이거나, 웃기는 목소리를 내거나, 우스꽝스럽게 뛰어가며 모두를 즐겁게 해주었다. 리디아 아주머니와 수영을 할 때면 옆에 딱 붙어서 물속을 헤엄치며 낮은 목소리로 대화하며 자주 웃었다.

그가 떠나는 날, 나도 마리사도 리디아 아주머니도 넬라 아주머니도 모두 서운해 했다. 집 안에는 여전히 우리들의 목소리가 울려 퍼졌지만 장례식장처럼 조용하게 느껴졌다. 한 가지 위안은 드디어 니노가 도착한다는 사실이었다.

32

나는 마리사에게 항구로 마중을 나가자고 끈질기게 졸랐지만 거절당했다. 마리사는 니노가 그렇게 관심 받을 만한 사람이 아니라고 했다. 니노는 저녁 무렵 도착했다. 훤칠하고 호리호리한 몸매에 푸른색 셔츠와 짙은 바지 차림에 샌들을 신고 어깨에는 배낭을 메고 나타난 니노는 다른 곳도 아닌 이스키아 섬의 같은 숙소에서 내 모습을 발견했는데도 아무런 감정을 나타내지 않았다. 나폴리에 있는 집에 전화가 있어서 마리사가 내가 있다는 사실을 미리 알려준 것이 아닌가 생각될 정도였다.

식사 중에도 니노는 단문으로만 이야기했고 아침 식사에는 나타나지도 않았다. 느지막이 일어나서 늦게 해변으로 향했는데 가는 동안 짐도 들어주지 않았다. 해변에 도착하자마자 망설임 없이 바로 물에 뛰어들어 제 아버지처럼 기교를 뽐내지 않고 넓은 바다를 향해 자연스럽게 헤엄쳐 가다가 모습을 감췄다. 나는 그가 물에 빠진 것이 아닌지 걱정됐는데 마리사나 리디아 아주머니는 신경 쓰지 않는 것 같았다.

니노는 두 시간 후에야 다시 모습을 드러냈다. 그는 줄담배를 피우며 책을 읽기 시작했다. 그날 니노는 하루 종일 말 한마디 하지 않고 책만 읽었다. 그러면서 다 피운 담배꽁초를 모래에 두 줄로 꽂아 놓았다. 나는 해안을 따라 산책하자는 마리사의 제안을 거절하고 책을 읽기 시작했다.

저녁에도 니노는 급히 식사를 하고 나가버렸다. 나는 그를 생각하면서 식탁을 치우고 설거지를 했다. 부엌에 침대를 준비하고 니노가 돌아오기를 기다리며 다시 책을 읽었다. 1시까지 책을 읽다가 불을 켜둔 채 가슴에 책을 올려놓고 잠이 들었다. 아침에 일어나니 불은 꺼져 있고 책은 덮여 있었다. 나는 니노가 그랬을 것이라고 생각했다. 태어나서 처음으로 온몸이 타는 듯한 사랑을 느꼈다.

며칠이 지나자 상황이 나아지기 시작했다. 나는 니노가 가끔 나를 바라보고 있다가 시선을 다른 곳으로 돌린다는 것을 알아챘다. 그에게 무슨 책을 읽고 있는지 물었다. 내가 무슨 책을 읽고 있는지도 이야기해주었다. 마리사가 지루해 하는데도 서로 읽은 책에 대해서 이야기를 나누기도 했다.

니노는 처음에는 내 말을 유심히 듣는 쪽이었지만 일단 말을 하기 시작하자 자신의 생각에 몰입하면서 이야기를 이끌어나갔다. 릴라처럼 말이다. 나는 그에게 내 지적인 면모를 보이고 싶어서 그의 말을 끊고 내 의견을 이야기해보기도 했지만 그러기가 쉽지 않았다. 니노는 내가 조용히 그의 이야기를 듣는 것을 더 좋아하는 것 같았다. 얼마 지나지 않아 나는 이야기하는 것을 포기하고 그가 원하는 대로 해주었다. 니노가 말하는 내용은 내가 다루기 힘든 주제이거나 꼭 그렇지 않더라도 니노처럼 확신에 차서 이야기할 수는 없는 주제였다. 니노는 강한 억양의 표준어로 무미건조하게 그런 이야기를 했다.

마리사는 가끔 우리를 향해 모래덩이를 던지기도 하고 "그만둬, 도스토옙스키나 카라마조프 따위에 관심 있는 사람이 어디 있어?" 라고 소리치면서 대화를 방해하기도 했다. 그러면 니노는 갑자기 말을 멈추고 고개를 푹 수그린 채 조그만 점처럼 작아질 때까지 해변을 따라 멀어져 갔다.

나는 마리사와 함께 그녀의 애인 이야기를 하며 시간을 보냈다. 마리사는 자기 애인이 이스키아 섬에 못 오게 되어 눈물이 날 것 같다고 했다. 날이 갈수록 기분이 좋아졌다. 이런 삶이 있다고는 꿈에도 생각해보지 못했다. 나는 머리부터 발끝까지 녹색으로 치장했던 소녀를 떠올렸다. 밀레 가의 소녀들의 삶이 이런 것이 아닐까 생각했다.

사나흘에 한 번씩 도나토 아저씨가 돌아왔지만 기껏해야 24시간 정도 머무른 뒤 다시 떠났다. 아저씨는 8월 13일이 기다려져 견딜 수가 없다고 했다. 8월 13일부터는 자신도 바라노에서 2주 동안 머무를 것이라고 했다. 아버지의 모습이 나타나면 니노는 그림자가 되었다. 식사를 마치자마자 자취를 감췄다가 늦은 밤에야 다시 나타났다. 말 한마디 하는 법이 없었다. 니노는 입가에 언뜻 순종적으로 보이는 애매한 미소를 띠고 아버지의 이야기를 들었다. 아버지가 어떤 제안을 해도 반대하지도 동의하지도 않았다. 니노가 유일하게 확고한 태도로 자신의 의견을 말한 것은 도나토 아저씨가 8월 13일을 고대하고 있다고 이야기했을 때였다.

니노는 아버지가 말을 마치자 2분 정도 기다렸다가 자기는 8월 15일 성모축일이 지나면 나폴리로 돌아가야 한다고 했다. 그 말을 할 때조차 아버지가 아닌 어머니를 향해 말했다. 몇몇 친구들과 아벨리네세에 있는 별장에 모여 방학 숙제를 함께하기로 했다는 것이다.

"거짓말이야."

마리사가 내게 속삭였다.

"오빤 숙제가 없어."

하지만 니노의 어머니는 그를 신뢰해 마지않았고 그것은 그의 아버지도 마찬가지였다. 도나토 아저씨는 아들의 말을 듣고 평소 그가 가장 즐기는 이야기를 꺼냈다. 니노가 그렇게 공부할 수 있는 여건은 행운이라는 것이었다. 자신도 아들처럼 공부할 수 있었으면 크게 성공했을 것이라고 했다. 도나토 아저씨는 "니노! 열심히 공부해서 이 아버지를 기쁘게 해주렴. 넌 내가 할 수 없었던 일을 해내야 한다"라는 말로 이야기를 끝마쳤다.

도나토 아저씨의 말투는 니노를 불안하게 만들었다. 그 느낌을 떨쳐버리기 위해 니노는 나와 마리사를 데리고 나가기도 했다. 우리 때문에 귀찮아 죽겠다는 듯한 우울한 목소리로 부모님에게 말했다.

"쟤네들이 아이스크림을 먹고 싶대요. 산책을 나가고 싶어 하니 제가 데리고 다녀올게요."

그럴 때면 마리사는 기뻐하며 몸단장을 하러 갔고 걸칠 것이라고는 허름한 옷 몇 벌밖에 없는 나는 슬픔에 잠겼다. 하지만 정작 니노는 내가 예뻐 보이든 못나 보이든 별로 개의치 않아 하는 것 같았다. 집 밖으로 나서는 순간 자기 얘기를 시작했고 그러면 마리사는 넌더리를 내며 그냥 집에 남아 있는 편이 나았을 것이라고 했다. 그러나 나는 니노의 말에 온 신경을 집중했다.

나는 니노가 온갖 연령대의 남자들이 우글대는 항구에서 남자들이 나와 마리사를 엉큼한 시선으로 바라보거나, 우리를 향해 미소를 보내거나 치근덕거려도 개의치 않아서 놀랐다. 니노는 파스콸레와 리노, 안토니오, 엔초와 함께 나갔을 때 우리에게 관심을 보이는 사람들에게 그들이 취했을 법한 폭력적인 태도를 전혀 보이지 않았다. 그는 우리의 경호원으로는 낙제생이었다. 머릿속에 떠오르는 생각과 그 생각을 내게 이야기하려는 집념에 사로잡혀 주변에 무슨 일이 벌어지든 내버려두는 것 같았다.

그러는 동안 마리사는 포리오에 사는 다른 청년들과 안면을 텄고 그들은 나중에 그녀를 보러 바라노까지 찾아왔다. 그러다가 마리사는 청년들을 마론티 해변까지 데리고 왔다. 어느 때부터는 매일같이 그들과 어울렸다. 그다음부터 셋이 함께 항구에 가도 마리사는 도착하자마자 새로 사귄 친구들과 따로 움직였고 나와 니노는 해변을 산책했다. 나는 파스콸레나 안토니오라면 카르멜라와 아다를 그렇게 자유롭게 놔뒀을 리 없을 거라고 생각했다. 우리는 10시경에 다시 만나서 함께 집으로 돌아오곤 했다.

어느 날 저녁, 나와 니노 둘만 남게 되었다. 니노가 갑자기 어린 시절 나와 릴라의 관계가 몹시 부러웠다고 했다. 나와 릴라가 언제나 같이 있고, 함께 이야기하는 모습을 멀리서 보면서 친구가 되고 싶다고 생각했지만 용기가 없었다고 했다. 니노는 다시 미소 지으며 내게 물었다.

"내가 너한테 고백했던 것 기억나?"

"그럼."

"네가 정말 좋았어."

나는 얼굴이 확 달아올라서 바보처럼 속삭였다.

"고마워."

"너와 사귀면 셋이 언제나 함께할 것이라고 생각했어. 너와 나, 그리고 네 친구까지."

"모두 함께?"

그는 어린 시절 자신을 생각하며 웃었다.

"사귄다는 것에 대해서 아무것도 몰랐던 거지."

니노가 내게 릴라에 대해서 물었다.

"그 애는 공부를 계속하니?"

"아니."
"그럼 지금 뭘 해?"
"부모님을 도와드려."
"정말 뛰어난 아이였는데. 도저히 따라가지 못할 정도로 말이야. 그 애를 보면 머리가 멍해지는 느낌이었어."
그렇다. 니노는 그렇게 말했다. 머리가 멍해지는 느낌이었다고. 어린 시절 그가 내게 고백한 것이 실은 우리 둘의 관계에 끼고 싶어서였다는 것을 알고 마음이 약간 상해 있었는데 그가 다음에 던진 말은 내게 확실한 아픔을 느끼게 했다. 나는 실제로 가슴을 찌르는 듯한 고통을 느꼈다.
"이젠 그렇지 않아."
내가 말했다.
"그 애는 변했어."
'학교 선생님들이 내 이야기 하는 것을 들었어?'라는 말을 덧붙이고 싶은 것을 겨우 참았다. 그 말을 하지 않은 것은 정말 잘한 일이었다. 하지만 그날의 대화 이후 나는 릴라에게 편지 쓰는 것을 그만두었다. 내게 일어나고 있는 일을 설명하기가 쉽지 않았다. 게다가 어차피 답장도 못 받을 테니까. 그 대신 니노에게 완전히 집중했다.
나는 그가 늦잠을 잔다는 것을 알고 온갖 핑곗거리를 만들어내서 다른 사람들과 아침을 먹지 않았다. 그가 일어날 때까지 기다렸다가 함께 바다까지 걸어갔다. 그의 준비물을 직접 챙겼고 짐도 내가 날랐다. 함께 수영을 하기는 했지만 니노가 먼 곳까지 가버리면 따라잡지 못하고 모래사장에 펼쳐둔 수건이 있는 곳으로 돌아와서 그의 뒤로 이는 물결과 작은 점이 되어버린 그의 머리를 바라보았다. 그의 모습이 보이지 않으면 괴로웠고 그가 다시 돌아오면 행복했다.

나는 그를 사랑했고, 그 사실이 만족스러웠다.

그러는 사이 성모축일이 다가왔다. 하루는 니노에게 항구가 아닌 마론티 해변으로 산책을 가고 싶다고 했다. 보름달이 뜬 밤이었다. 나는 그가 동생을 데려다주는 대신에 나와 함께 가주기를 바랐다. 마리사는 애인 비슷한 관계로 지내는 남자를 만나러 항구로 가고 싶어 했다. 그녀는 나폴리에 있는 남자친구를 배신하고 새로 사귄 남자와 이미 키스하고 포옹했다고 내게 털어놓았다. 하지만 니노는 마리사를 데려다주러 가버렸다.

나는 이미 내뱉은 말을 지키기 위해서 해변으로 이어지는 자갈길 쪽으로 걸어가기 시작했다. 모래사장은 차가웠고 달빛에 거무스름한 잿빛을 띠었다. 바다는 잔잔했다. 살아 있는 생명체라고는 보이지 않았다. 나는 외로움에 사무쳐 울기 시작했다. 나는 대체 누구이고 어떤 사람인 걸까. 여드름도 깨끗이 사라졌고 다시 예뻐졌다고 생각했었다. 햇볕과 바다 덕분에 몸매도 날씬해졌는데 내가 좋아하고 나를 좋아해주었으면 하는 사람은 내게 전혀 관심이 없다. 내 몸에 낙인이라도 찍힌 것일까. 내 운명은 무엇일까. 빠져나오기 힘든 소용돌이처럼 내 생각은 어느새 우리 동네를 향하고 있었다.

그때 모래 스치는 소리가 들렸다. 뒤를 돌아보니 니노의 그림자가 보였다. 그는 내 곁에 자리를 잡고 앉았다. 한 시간 후에 동생을 데리러 가야 한다고 했다. 긴장한 것 같은 태도로 왼쪽 발꿈치로 모래를 차고 있었다. 그날은 책에 대한 이야기를 하지 않고 아버지에 대한 이야기를 했다.

"어떻게 해서든."

그는 마치 중요한 임무에 대해서 이야기하는 듯 말했다.

"아버지처럼 되지는 않도록 할 거야."

"좋은 분인데."

"모두들 그렇게 말하지."

"그런데 왜?"

그는 잘생긴 얼굴을 보기 싫게 일그러뜨리며 비꼬는 듯한 표정을 지었다.

"멜리나는 잘 지내?"

나는 놀라서 그를 바라보았다. 그동안 그토록 많은 이야기를 나누면서도 일부러 멜리나의 이야기를 꺼내지 않도록 조심했다. 그런데 그가 먼저 멜리나의 이름을 입에 담은 것이다.

"그저 그래."

"아버지는 멜리나의 정부였어. 그녀가 얼마나 연약한 사람인지 알면서도 허영심 때문에 그녀를 받아들인 거야. 아버지는 허영심 때문에 누구에게라도 상처를 입힐걸? 아무런 책임감도 느끼지 못하고 말이야. 아버지는 자신이 모두를 행복하게 한다고 믿기 때문에 무슨 일을 하든 용서받을 수 있을 거라고 생각해. 일요일이면 꼬박꼬박 예배에 참석하고 자식들도 언제나 인격적으로 대하지. 어머니에 대한 배려심도 넘치고. 그러면서 끊임없이 어머니를 배신하고 있어. 아버지는 위선자야. 역겨워."

나는 무슨 말을 해야 할지 몰랐다. 우리 동네에서는 별의별 끔찍한 일이 일어났고 부자끼리 주먹다툼을 할 때도 있었다. 리노와 페르난도 아저씨만 해도 그렇지 않은가. 하지만 몇 마디 안 되는, 치밀하게 구성된 문장이 내포하고 있는 폭력성에 나는 가슴이 아팠다. 니노는 온 힘을 다해 아버지를 증오하고 있었다. 왜 그리도 카라마조프 형제에 대해 열광했는지 이제야 이해가 갔다. 하지만 중요한 것은 그것이 아니었다. 내가 혼란스러웠던 가장 큰 이유는 내가 알고 있는 도나토 사라토레라는 사람이 혐오스러움과는 거리가 먼 사람이었기 때문이다. 그는 모든 아이가 원할 만한 아버지였다. 실제로 마리사는 제 아버지를 존경하고 사랑했다. 그의 죄가 오직 누군가를 사랑한 것이라면 나는 그것이 특별히 나쁜 일처럼 느껴지지 않았다. 내 어머니만 해도 화날 때마다 아버지에게 밖에서 무슨 짓을 하고 다니는지 모르겠다고 하지 않는가. 그래서인지 아버지를 향한 니노의 날카로운 비난은 가혹하게 느껴졌다. 나는 중얼거렸다.

"도나토 아저씨와 멜리나는 디도와 아이네이아스처럼 열정에 사로잡힌 거야. 물론 옳지 않은 일이지만 아주 감동적이기도 해."

"신 앞에서 어머니에게 평생 충실할 것을 맹세했다고!"

니노가 갑자기 소리 높여 말했다.

"신과 어머니를 모두 배신한 거야."

그는 흥분해서 벌떡 일어났다. 그의 눈은 빛나고 아름다웠다.

"너마저도 나를 이해하지 못하는구나!"

그가 내게서 성큼성큼 멀어져가며 말했다.

나는 그를 뒤쫓았다. 심장이 거칠게 뛰고 있었다.

"이해해."

나는 작은 소리로 말하고 조심스럽게 그의 팔을 잡았다.

그때까지 옷깃 한 번 스친 적이 없었기에 그의 팔에 손이 닿자 손가락이 타오르는 것 같았다. 나는 즉시 팔을 놓아버렸다. 니노는 몸을 굽히고 내 입술에 키스했다. 아주 가벼운 입맞춤이었다.

그가 말했다.

"내일 떠날 거야."

"하지만 13일은 내일모레인데."

니노는 대답하지 않았다. 바라노까지 책에 대해서 이야기를 나누면서 걸어가다가 마리사를 데리러 항구로 갔다. 아직도 내 입술에서 그의 입술이 느껴졌다.

33

나는 부엌에서 숨죽여 울며 밤을 지새웠다. 새벽녘이 되어서야 겨우 잠이 들었는데 넬라 아주머니가 나를 깨우며 야단을 쳤다. 니노가 나를 깨우지 않으려고 테라스에서 아침 식사를 했다는 것이다. 그는 이미 떠난 뒤였다. 나는 급히 옷을 입었다. 아주머니는 내가 괴로워하고 있다는 것을 알아챘다.

"어서 가보렴."

그러곤 이어서 말했다.

"어쩌면 시간 맞춰서 도착할 수 있을지도 몰라."

증기선이 떠나기 전에 항구에 도착하기를 바라며 뛰어갔지만 도착했을 때 배는 이미 넓은 바다를 향해 나아가고 있었다.

그가 떠난 뒤 나는 괴로운 나날을 보냈다. 방 정리를 하다가 니노가 쓰던 푸른색 종이 책갈피를 발견하고 몰래 내 소지품 사이에 숨겨놓았다. 저녁마다 부엌에 마련한 침대에서 책갈피 냄새를 맡아보고, 키스를 하고, 혀끝으로 핥아보다가 기어이 눈물을 흘렸다.

나는 내 비극적인 열정에 스스로 감동했고 감동은 눈물의 자양분이 되었다.

그러던 어느 날 도나토 아저씨가 15일간의 휴가를 보내기 위해서 도착했다. 아들이 떠난 것을 알고 아쉬워했지만 아벨리네세에 있는 친구들과 공부하러 갔다는 얘기를 듣고 흡족해했다. 아저씨가 내게 말했다.

"니노는 정말 진중한 아이야. 너처럼 말이야. 그 애가 얼마나 자랑스러운지 모를 거야. 네 아버지도 너를 자랑스러워하시겠지."

다른 사람을 편안하게 해주는 도나토 아저씨의 존재는 내게 안정감을 주었다. 아저씨는 마리사의 새 친구들을 알고 싶어 했다. 하루는 이들과 함께 해변에서 모닥불을 피웠다. 구해놓은 장작을 직접 쌓아주고는 늦게까지 아이들과 함께 시간을 보냈다. 마리사와 애인 비슷한 관계에 있는 소년이 엉성한 솜씨로 기타를 연주하자 도나토 아저씨는 기타 반주에 맞춰서 노래를 했다. 정말 멋진 목소리였다. 밤이 깊어지자 자신이 직접 기타를 쳤다. 연주 솜씨가 훌륭했다. 즉석에서 춤곡 같은 멜로디를 연주했고 마리사를 비롯한 몇몇 아이가 춤을 추기 시작했다.

도나토 아저씨를 바라보면서 나는 도나토 아저씨가 니노와 닮은 점이라고는 하나도 없다는 생각이 들었다. 니노는 큰 키에 얼굴선이 고왔고 칠흑같이 검은 머리카락으로 가린 이마에 입술이 매혹적이었다. 이에 비해서 도나토 아저씨는 평균 키에 얼굴 윤곽이 뚜렷했고, 넓은 이마에 입술은 보일 듯 말 듯 얇고 입도 작았다. 니노의 눈매는 사람과 사물의 내면을 꿰뚫어보는 듯하면서도 겁먹은 듯 우수에 차 있었다. 도나토 아저씨의 눈매는 모든 사람과 사물의 좋은 점만 봐줄 것 같고 언제나 웃음기를 머금고 여유 있어 보였다.

니노는 릴라처럼 내면의 괴로움에 시달리는 아이였다. 이것은 축복이자 고통이었다. 이들은 만족하는 일이 없고 쉽게 포기하는 법이 없지만 주변에서 일어나는 일들을 두려워한다. 하지만 도나토 아저씨는 이들과 전혀 다른 부류의 사람이었다. 그는 인생에서 일어나는 모든 일을 기쁘게 받아들였으며 매 순간을 밝게 살았다.

그날 밤 이후, 니노의 아버지는 가벼운 입맞춤만을 남겨놓고 나를 어둠으로 밀쳐낸 그의 아들에 대한 믿음직스러운 대안이자 내 편지에 침묵으로 일관하는 릴라의 대안이 되었다. 나는 나중에야 이러한 사실을 깨닫고 놀랍다고 생각했다. 릴라와 니노는 서로를 잘 알지 못하고 친하게 지낸 적이 한 번도 없지만 비슷한 점이 아주 많은 것 같았다. 둘 다 필요한 것이 아무것도 없었고, 그 누구도 원하지 않으면서 옳고 그름에 대한 기준이 언제나 명확했다. 그렇지만 만약 그들이 틀렸다면? 마르첼로를 그렇게 끔찍하게 생각할 이유가 무엇이란 말인가. 도나토 아저씨를 그렇게 끔찍하게 여길 이유는 또 무엇인가.

나는 이해할 수 없었다. 릴라와 니노 둘 다 좋아했고 각각 다른 의미에서 이들이 그리웠지만 다른 한편으로는 니노가 증오해 마지않는 그의 아버지는 나를 비롯한 모든 아이를 존중해주었다. 그날 밤 마론티 해변에서 우리 모두에게 기쁨과 평안함을 선물해주었다. 나는 그런 도나토 아저씨가 고마웠다. 이런 생각이 들자 갑자기 니노와 릴라가 섬에 없다는 사실이 오히려 기쁘게 느껴졌다.

나는 다시 책 읽기를 시작했다. 릴라에게 답장이 없으니 이제부터는 편지를 보내지 않겠다는 내용의 마지막 편지를 썼다. 대신 사라토레 집안 사람들과 가까워졌다. 마리사와 피노, 막내인 치로와 친남매가 된 것 같았다. 특히 치로는 나를 아주 좋아했다. 나와 있을 때만 투정을 부리지 않고 얌전히 놀았다.

우리는 함께 소라를 찾곤 했다. 리디아 아주머니는 나를 경계심 없이 애정과 호감을 갖고 대했다. 아주머니는 내가 식탁 정리를 할 때도, 방 정리를 할 때도, 설거지를 할 때도, 아이들을 돌볼 때도, 책을 읽을 때나 공부를 할 때도 무엇을 하든지 꼼꼼하게 한다고 칭찬해주곤 했다.

하루는 내게 자신에게는 작아진 여름용 원피스를 입혀보고는 다급히 넬라 아주머니와 도나토 아저씨를 불러서 의견을 물었다. 원피스가 내게 너무 잘 어울린다고 기뻐하며 그 옷을 선물했다. 가끔은 마리사보다 나를 더 좋아하는 것처럼 느껴졌다. 리디아 아주머니는 이렇게 말하곤 했다.

"마리사는 고생이라고는 모르고 허영심이 가득하지. 내가 잘못 키웠어. 공부도 안 하고 말이야. 그 애에 비한다면 너는 매사에 올곧은 아이로구나."

이런 말도 덧붙였다.

"정말 니노와 닮았어. 물론 너는 신경질적인 니노와는 달리 밝은 아이지만 말이야."

도나토 아저씨는 그런 비판을 들으면 울컥해서는 당장 장남에 대한 칭찬을 늘어놓기 시작했다.

"니노는 정말 훌륭한 아이야."

그러면서 동의를 구하듯이 나를 바라보았고, 나는 맞다는 표시로 고개를 크게 끄덕여보였다.

도나토 아저씨는 한참 수영을 한 다음이면 내 옆에 엎드려서 햇볕에 몸을 말리며 그가 구독하는 신문 『로마』를 읽었다. 아저씨가 다른 걸 읽는 모습을 본 적이 없었다. 시를 쓰고 시집까지 출간한 사람이 책 한 권 읽는 법이 없다는 사실이 나는 놀라웠다. 그는 나폴리에서 책을 한 권도 가져오지 않았다. 내가 읽는 책에 대해서 호기심을 나타내는 법도 없었다. 가끔은 내게 신문 기사의 일부분을 읽어주며 열변을 토했는데 파스콸레나 갈리아니 선생님이 들었으면 몹시 화를 냈을 만한 내용이었다. 하지만 나는 아무 말도 하지 않았다. 그토록 친절하고 예의 바른 사람과 논쟁을 벌여 나에 대한 호감을 망가뜨리고 싶지는 않았다. 한 번은 신문 기사 하나를 처음부터 끝까지 통째로 큰 소리로 읽어주었는데 읽으면서 두 문장마다 리디아 아주머니를 쳐다보며 미소를 지었다. 그러면 리디아 아주머니도 공범처럼 미소를 지어보였다. 아저씨는 기사를 다 읽고 나서 내게 물었다.

"마음에 드니?"

시골길을 따라 과거에 마차를 타고 여행하거나 도보 여행을 할 때에 비해서 기차로 여행할 때의 속도를 비교하는 내용의 기사였다. 그는 과장된 문체의 그 기사를 감정을 가득 담아 낭독했다.

나는 대답했다.

"네, 너무 좋아요."

"누가 쓴 글인지 한 번 보렴. 여기에 뭐라고 쓰여 있니?"

그는 나를 향해 몸을 뻗으며 내 눈 아래로 신문을 펼쳐보였다.

"도나토 사라토레."

나는 흥분한 목소리로 그의 이름을 읽었다.

리디아 아주머니가 웃음을 터뜨렸고, 그도 따라 웃었다. 아저씨와 아주머니는 치로와 나를 해변에 남겨놓고 평소처럼 꼭 붙어서 귓속말을 주고받으며 수영을 하러 갔다. 그런 그들의 모습을 바라보면서 나는 생각했다. 불쌍한 멜리나. 하지만 도나토 아저씨에 대한 반감은 없었다. 니노의 말이 맞고 멜리나와 도나토 아저씨 간에 무슨 일이 있었다 해도, 그러니까 도나토 아저씨가 정말로 리디아 아주머니를 계속해서 배신한다고 해도, 그와 가까워진 나는 이제 그가 죄인이라고 생각하지 않았다. 부인인 리디아 아주머니까지도 남편을 죄인으로 생각하지 않는 것 같았다. 물론 먼 옛날 도나토 아저씨에게 동네를 떠나자고 설득한 것은 리디아 아주머니였지만 말이다. 멜리나로 말하자면, 난 그녀도 이해할 수 있었다. 기차 개찰원이자 시인이자 기자이기까지 한 그런 대단한 남자에게서 사랑의 기쁨을 맛보고 난 다음부터 그녀의 연약하디 연약한 정신은 그가 사라지고 없는 거친 일상생활에 다시 적응하지 못하는 것이었다.

나는 이런 해석이 마음에 들었다. 그 무렵에는 모든 것이 만족스러웠다. 니노에 대한 내 사랑도, 내 슬픔도, 주변 사람들의 애정도, 스스로 읽고 생각하고, 고독 속에 사유할 수 있는 능력이 생긴 것도, 모든 것이 흡족했다.

34

그토록 멋진 날이 얼마 남지 않은 8월 말경에 중대한 두 가지 사건이 같은 날 한꺼번에 일어났다. 그날은 8월 25일이었다. 내 생일이었기 때문에 날짜를 정확히 기억한다. 나는 아침에 일어나서 아침을 준비하고, 모두가 식탁에 앉았을 때 말했다.

"저 오늘 열다섯 살이 됐어요."

이렇게 말하면서 8월 11일에 릴라도 열다섯 살이 됐다는 사실을 기억해냈다. 신경 쓸 일이 많아서 까맣게 잊고 있었던 것이다. 그때만 해도 생일을 중요하게 생각하지 않고 성명축일을 치르는 것이 일반적이었지만 사라토레 부부와 넬라 아주머니는 저녁에 조촐한 파티를 열자고 했다. 나는 이 제안에 기분이 좋아졌다.

사라토레 가족이 바다에 갈 준비를 하는 동안 나는 식탁을 정리했다. 이때 집배원이 도착했다. 나는 창문 밖으로 얼굴을 내밀었다. 집배원이 그레코 앞으로 온 편지가 있다고 했다. 나는 두근거리는 가슴을 안고 계단 아래로 뛰어 내려갔다. 부모님의 편지일 가능성은 없었다. 릴라의 편지일까? 아니면 니노가?

릴라가 보낸 편지였다. 나는 편지 봉투를 급히 찢었다. 글씨가 빽빽이 채워진 다섯 장의 편지지가 봉투에서 나왔다. 나는 단숨에 편지를 읽어 내려갔지만 이해가 잘 되지 않았다. 지금 생각하면 이상한 일이지만 정말 그랬다. 우선 편지 내용보다 먼저 내게 충격을 준 것은 글에서 릴라의 목소리가 느껴진다는 사실이었다. 그뿐만이 아니었다. 편지의 첫 문장에서부터 나는 『푸른 요정』을 느낄 수 있었다. 학교 과제물을 제외하고 내가 읽은 릴라의 유일한 글이다.

편지를 읽으면서 나는 어린 시절 왜 『푸른 요정』이 그토록 마음에 들었는지 깨달았다. 지금 내가 릴라의 글을 읽으며 놀랍게 여긴 특징들이 『푸른 요정』에도 고스란히 담겨 있었던 것이다. 릴라는 글로써 이야기를 할 줄 알았다. 내 글이나 도나토 아저씨가 쓴 기사나 시와는 달랐다. 과거에 읽었거나 그 당시에 즐겨 읽던 작가들의 글과도 달랐다. 릴라의 글은 섬세했고 학교에 다니지 않았는데도 문법이 완벽했다. 부자연스러운 느낌이 전혀 없었고 문어체의 어색함도 전혀 나타나지 않았다. 글을 읽는 동안 그녀의 모습이 보이고, 그녀의 목소리가 들리는 것 같았다.

나는 글씨에 실린 릴라의 목소리에 흔들렸고 얼굴을 맞대고 대화를 할 때보다 더 강하게 빨려들었다. 글에서는 구어체에 남아 있을 법한 쓸데없는 잔가지와 혼란스러움이 깨끗이 정리되어 있었다. 그레코나 체룰로 같은 평범한 인간이 아니라 제우스 신의 머리에서 태어난 사람쯤 되어야 사용할 수 있을 법한 논리 전개였다.

그녀에게 보낸 내 유치한 편지가 수치스럽게 느껴졌다. 그 과장된 어조며 경박스러움, 거짓된 명랑함과 고통이 부끄러웠다. 릴라는 나를 어떻게 생각했을까. 내 작문에 9점을 주어 헛된 희망을 갖게 한 제라체 선생님에게 경멸과 원망을 느꼈다. 그 편지는 열다섯 살이 되는 내 생일날, 내가 사기꾼인 것을 깨닫게 했다. 학교에 간 것은 엄청나게 잘못된 선택이었다. 내 앞에 놓인 릴라의 편지가 그 증거였다.

그러고 나서야 편지 내용이 서서히 눈에 들어오기 시작했다. 릴라는 내게 생일을 축하한다고 했다. 그때까지 한 번도 편지를 쓰지 않은 것은 내가 햇살 아래서 여유로운 시간을 보낼 수 있어서 기뻤기 때문이고, 사라토레 가족과 잘 지내기를 바라서였다고 했다. 니노와 사랑에 빠지고, 이스키아 섬과 마론티 해변이 내 마음에 들기를 바랐기 때문이라고 했다. 또 자신의 불행 때문에 내 휴가까지 망치고 싶지 않았다고 했다. 그런데 이제는 침묵을 깰 다급한 필요성을 느꼈다고 했다.

내가 이스키아 섬으로 떠나자마자 마르첼로는 페르난도 아저씨의 동의하에 매일 저녁 릴라네 집에서 저녁 식사를 같이하기 시작했다. 저녁 8시 30분에 도착해서 정확히 10시 30분까지 함께 머물렀다. 올 때마다 빈손으로 오는 법이 없었다. 빵이나 초콜릿, 설탕, 커피 따위를 가지고 왔다. 릴라는 그가 가지고 오는 물건에 손도 대지 않았고 그에게 애정을 표현하지도 않았다. 그는 그런 그녀를 조용히 바라보기만 했다.

고통스럽기 짝이 없는 일주일이 지난 뒤, 마르첼로는 릴라가 자신을 투명인간 취급하는 것을 보고 전략을 바꿔 릴라에게 깜짝 선물을 준비했다. 어느 날 아침 땀을 뻘뻘 흘리는 뚱뚱한 남자와 함께 나타나서는 거실에 커다란 종이 상자를 가져다 놓았다. 상자에서는 모두가 무엇인지 알고는 있었지만 정작 동네에서는 한 번도 보지 못한 물건이 나왔다. 바로 텔레비전이었다. 텔레비전은 영화관에서처럼 화면에 영상이 보이는 기계장치였다. 다만 다른 점이 있다면 영상이 영사기가 아니라 공중에서 나온다는 것과 캐소드라는 신비로운 선이 내장되어 있다는 것이었다. 땀을 뻘뻘 흘리는 뚱뚱한 남자의 설명에 따르면 이 선에 문제가 있어서 며칠 동안 텔레비전이 작동하지 않았다고 했다. 수많은 시도 끝에 드디어 기계가 작동을 시작했고 그때부터 우리 집 식구들을 포함한 온 동네 사람들이 그 기적을 보기 위해서 체룰로네 집으로 향했다. 리노만 빼고 말이다.

리노는 상태가 조금 좋아져서 열은 완전히 내렸지만 마르첼로에게는 단 한마디도 건네지 않았다. 마르첼로가 나타나면 텔레비전에 대해 비아냥거리는 말을 몇 마디 내던지고는 음식에 손도 대지 않고 자러 가거나 집에서 나가 밤늦게까지 파스콸레와 안토니오와 거리를 방황했다.

그러나 릴라는 텔레비전에 푹 빠졌다고 했다. 특히 멜리나와 함께 텔레비전 보는 것을 즐겼다. 멜리나는 매일 저녁 찾아와 오랫동안 말 한마디 하지 않고 텔레비전에 집중했다. 그 순간은 하루 가운데 유일하게 평화로운 시간이었다. 이 순간을 제외하고는 릴라는 모든 사람에게 분노의 대상이었다. 리노는 릴라에게 너는 결혼해서 마나님이 될 날만을 앞두고 있으면서 자기는 아버지를 위해서 노예처럼 일하도록 내버려뒀다고 화를 냈다. 페르난도 아저씨와 눈치아 아주머니는 그녀가 마르첼로에게 상냥하게 굴지 않고 그를 뭣만도 못하게 대한다고 화를 냈다.

마르첼로는 릴라가 허락하지도 않았는데 그녀의 약혼자로서 확실히 자리매김을 했다고 생각했다. 아니 약혼자라기보다는 자신이 릴라의 주인이라도 되는 양 행동했다. 처음에는 아무 말 없이 그녀를 바라만 보다가 이제는 그녀에게 억지로 키스하려 하기도 하고 낮에 어디에 가서 누구를 만났는지, 전에 사귀던 남자친구가 있는지, 다른 남자와 옷깃이라도 스치지 않았는지 캐묻기 시작했다.

릴라는 아무런 대답을 하지 않거나 아니면 있지도 않은 애인들과 입맞춤을 하거나 포옹을 했다고 지어내 그를 약 올려서 상황을 악화시켰다. 어느 날 그는 릴라의 귀에 대고 심각하게 속삭였다.

"너 날 가지고 노는구나? 예전에 네가 날 칼로 위협했던 거 기억해? 똑똑히 기억해둬. 네가 다른 남자를 좋아하면 나는 너를 위협하는 걸로 끝내지 않을 거야. 널 내 손으로 죽여버리겠어."

릴라는 어떻게 해야 그 상황에서 벗어날 수 있을지 몰라서 만약의 경우를 대비해 언제나 무기를 몸에 지녔다. 하지만 실은 그녀도 두려웠다. 편지의 마지막에는 동네의 모든 사악한 기운이 자기를 둘러싸고 있는 것 같다고 했다. 그러고는 우울하게 덧붙였다. 선과 악은 혼재되어 있는 것이고 선은 악에 의해서, 악은 선에 의해서 더욱 강해지는 것이라고. 다시 생각해보면 마르첼로와 결혼하는 것은 나쁘지 않은 거래였다. 하지만 옳은 일은 쓰디쓴 법이고, 잘못된 일은 달콤한 법이다. 참으로 얄궂은 조합이 아닌가.

며칠 전 저녁에 릴라는 무서운 경험을 했다. 마르첼로는 돌아간 뒤였고 텔레비전은 꺼져 있었으며 주위에는 아무도 없었다. 리노는 외출해서 집에 없었고, 부모님은 이미 잠자리에 들 준비를 하고 있었다. 릴라 혼자 부엌에서 설거지를 하고 있었는데 너무 피곤해서 힘이 하나도 없었다고 했다. 그런데 그때 뭔가가 터지는 소리가 들렸다. 깜짝 놀라 뒤를 돌아보니 커다란 구리 냄비가 터져 있었다. 아무 일도 일어나지 않았는데 저절로 말이다. 냄비는 항상 걸어놓는 자리에 걸려 있었는데 살펴보니 가운데 큰 구멍이 나 있었고 테두리 부분이 비틀려서 일어나 있었다. 모양이 완전히 망가져 있었다. 냄비가 본래의 형태를 지켜내지 못한 것처럼 보였다.

어머니가 잠옷 바람으로 달려와 냄비를 떨어뜨려 망가뜨렸다며 릴라를 책망했다. 하지만 구리로 만든 냄비를 한 번 떨어뜨린다고 그런 식으로 망가질 리 없었다.

"이런 일이야말로."

릴라가 결론을 내렸다.

"나를 정말 두렵게 해. 마르첼로나 다른 그 누구보다도 더. 해결책을 마련해야 한다는 생각이 들게 만들어. 그렇지 않으면 모든 것이 하나하나씩, 깡그리 망가져버릴 테니까."

릴라는 내게 작별 인사를 했다. 다시 한 번 생일을 진심으로 축하한다고 했다. 다시 나를 만날 날을 학수고대하고 있다고 했다. 내 도움이 너무나도 절실히 필요하지만 자신의 바람과는 반대로 친절한 넬라 아주머니와 이스키아 섬에 남아서 다시는 돌아오지 않기를 바란다고 했다.

35

난 릴라의 편지를 읽고 마음이 몹시 흔들렸다. 언제나처럼 릴라의 세계는 빠르게 내 세계를 잠식했다. 7, 8월에 내가 그녀에게 보낸 편지는 유치하기 짝이 없었다. 그 사실을 깨닫자 나는 초조해졌다. 그날은 해변에 나가지 않고 릴라에게 진지하게 답장을 쓰려 했다. 릴라의 편지처럼 본질적이고 깔끔하면서 상대방과 대화하는 것 같은 편지 말이다. 평소에는 편지를 쓰는 일이 그토록 쉬웠고 특별히 고칠 필요도 없이 앉아서 단숨에 여러 장의 편지지를 채워내곤 했는데 이번에는 쓰고 고치고 또다시 써보았지만 아버지에 대한 니노의 증오와 그 증오의 원인이 된 도나토 아저씨와 멜리나의 정사, 사라토레 가족과의 관계, 심지어는 릴라가 처한 상황에 대한 걱정조차도 잘 표현이 되지 않았다.

실제 도나토 아저씨는 인상적인 사람인데 내 편지에 나타난 그는 평범한 가족의 가장일 뿐이었다. 마르첼로와 관련된 일에 대해서도 수박 겉핥기식의 충고만을 했을 뿐이다. 다 쓴 편지를 읽어보니 그 많은 내용 중에서 릴라네 집에는 텔레비전이 생겼는데 우리 집에는 없어서 속상하다고 쓴 부분만 진심인 것처럼 느껴졌다. 일광욕, 해수욕, 치로와 피노, 클렐리아, 리디아 아주머니, 마리사, 도나토 아저씨와 함께하는 즐거움을 포기하고 쓴 편지인데도 결국 나는 릴라에게 답장을 보내지 못했다. 그나마 넬라 아주머니가 어느 순간부터 보리로 만든 차 한 잔을 내게 가져다주면서 테라스에서 함께 시간을 보내주었다. 사라토레 가족이 해변에서 돌아와서는 내가 집에 남아 있어서 아쉬웠다며 다시 생일 축하를 해줘서 다행이었다. 리디아 아주머니는 손수 커스터드 크림을 잔뜩 넣은 케이크를 만들어주었고, 넬라 아주머니는 버무스 술을 땄다. 도나토 아저씨는 나폴리 민요를 노래하기 시작했고, 마리사는 전날 밤 항구에서 자신을 위해서 산 해마 모양의 헝겊 인형을 내게 선물했다.

마음이 다시 편해지기는 했지만 내가 이다지도 행복하고 이다지도 많은 사람에게서 축하 인사를 받고 있는 동안 릴라 홀로 어려움에 처해 있다는 생각이 머리에서 지워지지 않았다. 나는 약간 상기된 목소리로 친구에게서 편지를 받았는데 내 도움이 필요한 처지라 예정보다 일찍 떠나야 할 것 같다고 했다.

"늦어도 모레에는 출발해야 할 것 같아요."

이렇게 말하기는 했지만 정말 그렇게 될 것 같지는 않았다. 넬라 아주머니가 아쉬워하고 리디아 아주머니는 치로가 너무 힘들어 할 것이라고 했다. 마리사가 절망하고, 도나토 아저씨가 슬퍼하면서

"네가 없으면 우린 어떻게 하니?"라고 소리치는 반응이 보고 싶어서 그냥 그렇게 말한 것 같기도 했다. 나는 그들의 반응에 감동했고, 파티가 더 즐겁게 느껴졌다.

어느덧 피노와 치로가 꾸벅거리며 졸기 시작했다. 리디아 아주머니와 도나토 아저씨는 아이들을 재우러 가기 위해 자리에서 일어났다. 마리사는 설거지를 도와주었고 넬라 아주머니는 다음 날 좀더 쉬고 싶으면 자신이 직접 아침 준비를 해주겠다고 했다.

나는 싫다고 했다. 아침을 준비하는 것은 내 일이었으니까. 한 명씩 잠자리에 들었고 결국 나 혼자 남았다. 평소에 잠자리를 마련하는 곳에 침대를 준비하고 바퀴벌레나 모기가 없는지 꼼꼼히 주변을 살폈다. 문득 구리 냄비가 눈에 띄었다.

릴라의 글은 얼마나 매혹적이었던가. 냄비들을 바라보고 있으니 불안감이 커져 갔다. 릴라는 냄비의 광채를 좋아했다. 냄비를 닦을 때면 반짝거리게 하려고 특별히 정성을 들였다. 4년 전 릴라가 돈 아킬레의 목에서 뿜어져 나온 핏방울이 구리 냄비 위로 흘러내렸다고 이야기한 것은 우연이 아니었다. 그런 그녀가 이번에는 자신의 앞에 놓인 힘든 선택에서 비롯된 불안감과 고통을 구리 냄비에 묻어두었다가 일종의 계시인 양 터뜨린 것이다. 마치 자신의 형태를 유지하는 것을 갑작스럽게 포기하기로 마음먹은 것처럼 말이다. 릴라가 없었다면 내가 이런 상상을 할 수나 있었을까. 모든 사물에 생명을 불어넣고 이 모든 것을 내 삶에 녹여낼 수 있을까.

나는 불을 껐다. 옷을 벗고 릴라의 편지와 니노의 파란 책갈피를 가지고 침대에 누웠다. 내게 가장 소중한 물건들이었다.

커다란 창문으로 새하얀 달빛이 비 오듯 쏟아졌다. 나는 매일 밤 하던 것처럼 책갈피에 입을 맞추고 희미한 달빛 아래서 친구의 편지를 다시 읽었다. 냄비들은 반짝이고, 테이블에서는 삐걱거리는 소리가 나고, 천장은 숨 막히게 무겁게 느껴졌다. 밤공기와 바다가 사면에서 벽을 압박해오고 있었다.

나는 릴라의 글솜씨에 또다시 수치심을 느꼈다. 그녀는 형상화할 수 있고 나는 그럴 수 없는 것 때문에 눈물이 앞을 흐렸다. 물론 학교에 다니지도 않고, 이제는 도서관에서 책을 빌리지도 않는데 릴라가 그토록 뛰어나다는 사실은 나를 기쁘게 했다. 동시에 그 기쁨은 나를 불행하게 했고 나는 이런 감정에 대해서 죄책감을 느꼈다.

갑자기 발소리가 들렸다. 도나토 아저씨가 부엌에 들어오는 모습이 보였다. 맨발에 푸른색 잠옷차림이었다. 나는 침대 시트를 뒤집어썼다. 그는 싱크대 쪽으로 가더니 물을 한 컵 받아 마셨다. 싱크대 앞에서 잠시 서 있다가 컵을 내려놓더니 침대 쪽으로 다가왔다. 시트 끝자락에 팔꿈치를 대고 내 옆에 앉았다.

"깨어 있는 거 안다."

그가 말했다.

"네."

"친구 생각은 하지 말고 머무려무나."

"그 애는 아파요. 내가 필요해요."

"네가 필요한 것은 나야."

이렇게 말하며 내 쪽으로 몸을 내밀더니 내 입에 키스했다. 아들이 했던 것 같은 가벼운 입맞춤이 아니었다. 그는 혀로 내 입술을 벌렸다.

나는 꼼짝도 할 수 없었다.

그는 침대 시트를 옆으로 밀어놓으며 섬세하고 열정적으로 키스를 계속했다. 내 가슴을 찾아 손을 더듬거리다 셔츠 안에 손을 집어

넣고는 가슴을 쓰다듬었다. 그러더니 가슴에서 손을 떼고 다리 사이로 손을 옮겨가 두 손가락으로 팬티 위를 세게 눌렀다. 나는 아무런 말도 하지 않고, 아무런 행동도 취하지 않았다. 그의 행동과 그의 행동 때문에 느껴지는 끔찍함과 즐거움이 두려웠다. 그의 콧수염이 내 윗입술을 찔렀다. 그의 혀는 까끌까끌했다. 그는 천천히 내게서 입술과 손을 떼어냈다.

"내일 둘이서만 해변에서 멋진 산책을 하자."

그가 약간 목이 잠긴 소리로 말했다.

"네가 너무 좋아. 너도 나를 아주 좋아한다는 것도 알고 있고. 그렇지?"

나는 아무 말도 하지 않았다. 그는 다시 내 입술에 가볍게 입을 맞추고서는 잘 자라고 속삭이고는 일어나서 나가버렸다. 꽤 오랜 시간 동안 나는 움직이지 않았다. 혀의 감촉과 내 몸을 어루만지던 그의 손길, 내 몸을 누르던 손의 압력을 떨쳐내려 했지만 잘 되지 않았다. 니노는 내게 경고했었다. 그는 이런 일이 일어날 것이라는 것을 이미 알고 있었던 걸까.

도나토 아저씨에 대한 참을 수 없는 분노를 느꼈지만 내 육체에 남은 그 기분 좋은 느낌 때문에 내가 혐오스럽게 느껴졌다. 요즘 기준으로 생각하면 믿기 어려운 일이겠지만 기억하는 한 그때까지 한 번도 육체적 쾌락을 경험해본 적이 없었다. 그런 느낌을 알지 못했기에 막상 경험하게 되자 당황스러웠다. 얼마나 오랜 시간 같은 자세로 있었는지 모르겠다. 그러다 새벽 동이 터올 무렵 나는 정신을 차리고 짐을 챙겼다. 침대를 정리한 다음 넬라 아주머니에게 짧은 감사의 편지를 남기고는 그곳을 떠났다.

섬은 거의 완벽한 침묵 속에 잠겨 있었고 바다는 잔잔했다. 온갖

향이 뒤섞인 냄새만이 짙게 퍼져 있을 뿐이었다. 어머니가 한 달 전에 준 현금을 챙겨서 섬에서 떠나는 첫 배를 탔다. 배가 움직이기 시작하고 이른 아침 햇살 아래 파스텔 빛의 섬 모습이 어느 정도 멀어지고 나서야 나는 드디어 릴라에게 이야기를 해줄 만한 일이 생겼다고 생각했다. 이번만은 그녀도 이보다 더 강렬한 체험을 내밀지 못할 것이다. 하지만 도나토 아저씨에 대한 혐오감과 자신에 대한 경멸감이 너무나 커서 릴라에게 차마 이야기를 해줄 수 없을 것 같았다. 실제로 예기치 않게 끝난 그해의 여름 휴가에 대해서 이야기하는 것은 지금이 처음이다.

36

다시 돌아온 나폴리는 악취가 진동하고 찌는 듯이 더웠다. 어머니는 여드름도 없어지고 햇볕에 까맣게 타서 돌아온 내 모습에 대해서는 단 한마디도 하지 않고 예상보다 빨리 돌아왔다고 화를 냈다.

"대체 무슨 일을 저지른 거냐?"

어머니가 말했다.

"무슨 잘못을 했기에 네 선생의 친척이 널 쫓아낸 거냐?"

아버지의 반응은 전혀 달랐다. 아버지는 눈을 반짝이며 내게 칭찬을 퍼부었다. 그중에서도 "세상에, 내 딸이 이렇게 예쁘다니!"라는 말을 백 번은 더 반복한 것 같았다. 동생들은 경멸하듯이 "누나 흑인 같아"라고 했다. 거울을 보고 나도 놀랐다. 태양은 내 머리를 눈부신 금발로 만들었고 얼굴, 팔, 다리는 머리 색과 대비되는 구릿빛으로 물들었다.

이스키아 섬에서 태양에 그을린 사람들 사이에 있을 때는 바뀐 내 모습이 주변 환경과 어울려보였다. 하지만 사람들의 얼굴뿐 아니라 도로의 색상마저도 병자같이 창백한 우리 동네에서는 변한 내 모습이 비정상적으로 보였다. 사람들과 건물, 자동차로 붐비는 먼지투성이의 찻길은 인쇄가 잘못된 신문에 실린 사진 같은 느낌을 주었다.

틈이 나자마자 나는 릴라를 찾아갔다. 뜰에서 릴라를 부르자 그녀가 창밖을 내다보고는 현관으로 달려 나왔다. 릴라는 나를 포옹하고 입을 맞추며 그 어느 때보다 열정적으로 내게 칭찬을 퍼부었다. 나는 그녀의 넘치는 애정 표현에 잠시 넋이 나갔다. 한 달이 조금 넘는 기간이었는데 릴라야말로 많이 변해 있었다. 그새 소녀가 아닌 어엿한 여인이 되어 있었다. 나이도 열여덟 정도는 되어보였는데 내게는 어른처럼 느껴졌다. 예전에 입던 옷들이 깡동하고 꽉 끼어보였다. 마치 몇 분 만에 갑자기 성장한 것처럼 그녀의 몸을 필요 이상으로 조이고 있었다. 키도 더 컸다. 등이 꼿꼿해졌다. 전반적으로 성숙해진 느낌이었다. 가녀린 목과 창백한 얼굴에서 섬세하고 비범한 아름다움이 느껴졌다. 나는 릴라가 긴장하고 있다는 것을 느꼈다. 길을 걸으면서도 계속 주변을 둘러보고 뒤를 돌아봤지만 내게 이유를 설명해주지는 않았다.

"나랑 함께 가자."

릴라가 말했다. 릴라는 내가 스테파노네 식료품점까지 함께 가주기를 바랐다.

릴라는 내 팔짱을 끼면서 덧붙였다.

"너랑만 할 수 있는 일이야. 네가 돌아와서 얼마나 다행인지 몰라. 9월까지 기다려야 한다고 생각했거든."

그토록 서로에게 딱 달라붙어서, 그토록 다정하게, 그토록 다시 만난 것에 대해서 행복해하면서 공원까지 길을 함께 걸은 적은 없었던 것 같다. 릴라는 내게 상황이 갈수록 나빠지고 있다고 했다. 바로 전날 밤 마르첼로가 두 손 가득 달콤한 디저트와 샴페인을 들고 와서는 번쩍거리는 보석이 잔뜩 박힌 반지를 선물했다고 했다. 릴라는 부모님이 계실 때 문제를 일으키고 싶지 않아서 일단 반지를 받아서 손가락에 끼었다. 하지만 마르첼로가 떠날 때 문간에서 그에게 모진 태도로 반지를 돌려줘버렸다. 마르첼로는 항변도 해보고 요즘 들어 종종 그랬듯이 위협도 해보다가 결국은 울음을 터뜨렸다.

페르난도 아저씨와 눈치아 아주머니는 일이 잘못되고 있다는 것을 즉각 알아차렸다. 아주머니는 이미 마르첼로에게 정이 들었고 매일 밤 그가 갖다 바치는 멋진 선물을 좋아했다. 아주머니는 텔레비전을 가지게 된 것도 뿌듯하게 생각했다. 페르난도 아저씨는 솔라라 집안과 친인척 관계를 맺을 것이라는 생각에 더 이상 생계문제로 번민하거나 괴로워하지 않았다.

이런 까닭으로 마르첼로가 떠나버리자 부부는 무슨 일이 일어났는지 알기 위해서 평소보다 심하게 릴라를 다그쳤다.

그러자 리노가 정말 오랜만에 릴라의 편을 들고 나섰다. 릴라가 마르첼로 같은 얼간이를 원치 않는다면 그를 거부할 성스러운 권리가 있다고 소리 질렀다. 부모님이 릴라가 마르첼로에게 시집가기를 강요한다면, 자신이 직접 집과 구둣방에 불을 질러버릴 것이고, 그러면 자신을 비롯한 가족 전체가 불타죽게 될 것이라고 했다. 급기야는 페르난도 아저씨와 리노가 주먹다짐을 하기에 이르렀고 보다 못한 눈치아 아주머니까지 여기에 가세하며 결국 온 동네 사람들을 잠에서 깨우고 말았다.

일은 여기에서 끝나지 않았다. 리노는 극도로 흥분한 상태에서 잠이 들었고 몽유병 증세가 재발했다. 가족들은 리노가 성냥 한 개비씩 불을 붙여 마치 가스가 새는지 확인이라도 하려는 것처럼 가스 밸브에 가져다 대는 모습을 목격했다. 눈치아 아주머니는 겁에 질려서 릴라를 깨웠다.

"리노가 정말로 우리를 산 채로 불태우려 하고 있어."

릴라가 달려가서 사태를 파악한 후 어머니를 안심시켰다. 리노는 수면 상태였고 집을 불태우려 했던 현실과는 달리 꿈속에서는 정말로 가스가 새지 않는지 확인하고 있었다. 릴라는 오빠를 다시 침대에 눕히고 재웠다.

"이젠 정말 견딜 수 없어."

릴라가 말했다.

"넌 내가 어떤 일을 겪고 있는지 모를 거야. 난 이 상황에서 벗어나야만 해."

릴라는 내 몸으로 에너지를 충전이라도 하려는 것처럼 나에게 몸을 붙였다.

"너는 정말 좋아 보인다."

릴라가 말했다.

"넌 모든 일이 잘 풀리고 있으니 나를 도와줘야 해."

나는 릴라에게 무엇을 하든지 나를 믿으라고 했다. 릴라는 안심하는 것처럼 보였다. 내 팔을 꽉 잡고는 속삭였다.

"저길 봐!"

멀리서 빛을 발산하는 붉은색 점 같은 것이 보였다.

"저게 뭔데?"

"잘 안 보여?"

잘 보이지 않았다.

"스테파노의 새 자가용이야."

차는 확장 공사를 마친 식료품점 앞에 주차되어 있었다. 확장된 식료품점은 입구가 두 곳이었고 손님들로 꽉 차 있었다. 가게 앞에서 차례를 기다리던 손님들은 부와 명예의 상징에 부러운 눈빛을 던졌다. 동네에서는 찾아볼 수 없는 종류의 자동차였다. 몸체가 유리와 금속으로 제작된 데다가 지붕도 열려 있었다. 솔라라 형제의 밀레첸토 따위와는 비교할 수 없는 귀족들이나 탈 법한 자동차였다.

릴라가 누군가 공격이라도 해올 것을 기다리는 듯한 자세로 그늘 아래서 길 쪽을 감시하는 동안 나는 주변을 한 바퀴 돌아보았다. 식료품점 문간에서 기름에 찌든 셔츠 차림의 스테파노가 얼굴을 내밀었다. 그의 커다란 머리와 널찍한 이마는 전체적으로 불균형한 인상을 주었지만 못나 보이지는 않았다. 길을 건너오더니 내게 정중히 인사하며 말했다.

"너 정말 좋아 보인다. 영화배우 같아."

그도 정말 좋아 보였다. 스테파노도 나처럼 햇볕에 그을려 있었는데 동네 전체를 통틀어 그렇게 건강해 보이는 사람은 우리 둘뿐이었던 것 같다. 내가 그에게 말했다.

"정말 새까맣게 탔네?"

"일주일 동안 휴가를 다녀왔거든."

"어디로?"

"이스키아 섬으로."

"나도 이스키아 섬에 있었는데."

"알아. 리나가 이야기 해줬어. 찾았는데 보이지 않더라."

나는 손으로 자동차를 가리켰다.

"차가 멋지네."

스테파노는 겸손하게 동의한다는 듯한 표정을 지어보였다. 재미

있다는 눈빛으로 릴라를 고개로 가리키며 말했다.

"네 친구 때문에 이 차를 샀는데 저 아이는 내 말을 믿으려고 하지 않아."

릴라는 아직도 심각한 표정으로 그늘 아래 서 있었다. 긴장한 것처럼 보였다. 스테파노가 살짝 비꼬는 말투로 릴라에게 물었다.

"레누차가 돌아왔어. 어떻게 할래?"

"가자. 하지만 기억해. 내가 아니라 레누를 초대한 거야. 나는 너희와 동행하는 것뿐이고."

릴라가 어쩔 수 없다는 투로 말했다. 스테파노는 미소를 지으며 가게로 돌아갔다.

"무슨 일이야?"

내가 영문을 몰라 물었다.

"나도 몰라."

릴라가 대답했다. 자신이 어떤 일을 자초하고 있는지 자기도 잘 모르겠다는 뜻이었으리라. 그녀는 아주 어려운 계산을 암산으로 푸는 것 같은 표정이었다. 모든 것이 결과가 확실하지 않은 실험의 일환인 것 같았다. 릴라가 말을 이었다.

"모든 일은 이 자동차가 도착하면서 시작됐어."

스테파노는 처음에는 농담조였지만 점점 더 진지하게 자신이 그 차를 산 이유는 릴라를 위해서라고 했다. 단 한 번이라도 그녀를 위해 차 문을 열어주고 그녀를 태우는 기쁨을 맛보기 위해서라는 것이었다.

"이 차에 어울리는 사람은 너뿐이야."

7월 말, 자동차를 받은 다음부터 릴라에게 끈질기지만 결코 불쾌하지 않은 정중한 태도로 드라이브를 가자고 했다. 알폰소나 피누차나 어머니를 태우기도 전이었다. 릴라는 계속 거절하다가 결국 이렇게 약속했다.

"레누차가 이스키아 섬에서 돌아오면 그렇게 할게."

릴라가 나를 식료품점에 데려간 데에는 이런 내막이 있었고 이제 막 약속했던 일이 진행될 참이었다.

"스테파노는 마르첼로에 대해서 알고 있어?"

"그럼, 당연하지."

"그런데?"

"그래도 계속 우겨."

"릴라, 난 겁이 나."

"우리가 얼마나 많은 두려운 일을 함께했는지 잊었니? 난 그래서 너를 기다린 거야."

스테파노는 작업복을 벗어버리고 돌아왔다. 검은 머리에 그을린 얼굴, 빛나는 검은 눈의 스테파노는 흰 셔츠와 짙은 색상의 바지를 입고 있었다. 차 문을 열고 운전대를 잡고 차 지붕을 활짝 열었다. 나는 뒷좌석의 좁은 공간으로 몸을 끼워 넣으려고 했는데 릴라가 나를 말리더니 자신이 뒷자리에 앉겠다고 우겼다. 나는 불편한 마음으로 스테파노의 옆 좌석에 자리를 잡았다. 그는 새로 지은 건물들이 있는 방향으로 출발했다.

우리는 불어오는 바람에 더위를 식혔다. 나는 자동차의 속도에 취하고 스테파노의 편안한 태도에 마음이 안정되어 기분이 좋아졌다. 릴라가 굳이 말을 하지 않아도 설명을 다 들은 것 같았다. 스테파노는 릴라를 데리고 드라이브를 하려고 불타는 색상의 스포츠카를 구입했고 이제 막 드라이브가 시작될 참인 것이다.

스테파노는 릴라가 마르첼로와 얽혀 있다는 것을 알고 있지만 걱정하는 기색을 조금도 나타내지 않고 수컷들 간의 규칙을 어겼고 나는 릴라와 스테파노의 가까운 관계를 숨기기 위해서 갑자기 이 일에 말려든 것이다. 내 존재는 우정일 수도 있는 릴라와 스테파노의 관계를 감추기 위해 필요했다. 물론 그들의 관계가 단순한 우정 같지는 않았지만. 그날 드라이브를 하면서 뭔가 중대한 일이 일어나고 있었는데 릴라는 일부러인지 아니면 자신도 잘 몰라서인지 내가 이해하는 데 필요한 정보를 충분히 알려주지 않았다. 그 옛날 잉크를 적신 종잇조각을 던져댔을 때보다 훨씬 강도가 센 지진이 다가오고 있다는 사실을 모를 리가 없었는데도 말이다.

릴라에게 정말로 별다른 의도가 없다는 가능성도 배제할 수 없었다. 릴라는 그런 아이니까. 그녀는 단지 균형을 되찾는 법을 알아내기 위해 일부러 모든 균형을 깰 수 있는 아이였다.

어느새 우리는 드라이브를 하고 있었다. 머리카락은 바람에 흩날리고, 스테파노는 만족스러운 듯 능숙하게 자동차를 몰았다. 나는 그의 애인이라도 되는 양 그 옆에 앉아 있었다. 나보고 영화배우 같다고 했을 때 나를 바라보던 그의 시선을 생각했다. 그가 내 친구보다 나를 더 좋아하는 상상도 해보았다. 마르첼로가 그를 향해 총을 쏘는 끔찍한 상상도 해보았다. 그러면 자신감이 넘치는 이 잘생긴 청년은 릴라가 언급했던 그 구리 냄비처럼 형태를 잃게 될 것이다.

새로 들어선 건물 사이로만 다니다보니 솔라라네 주점 쪽은 피할 수 있었다.

"난 마르첼로가 우리를 봐도 상관없어."

스테파노가 평상시와 같은 말투로 말했다.

"하지만 네가 신경이 쓰이면 그걸로 됐어."

터널을 지나 해변 쪽으로 갔다. 나와 릴라가 여러 해 전에 함께 걸었던 바로 그 길이었다. 그때 우리는 집을 떠나 비를 흠뻑 맞았다. 그때 일을 꺼내자 릴라는 미소를 지었다. 스테파노는 자세한 이야기를 듣고 싶어 했다. 우리는 그날 일을 세세하게 설명하며 즐거워했고 그러는 동안 그라닐리에 도착했다.

"내가 너무 빨리 달리나?"

"엄청 빨라!"

내가 흥분해서 말했다.

릴라는 아무 말도 하지 않았다. 주변을 바라보며 이따금 내 어깨를 건드려서 길을 가다 보이는 모진 가난의 흔적이며 건물들을 가리켜보였다. 스쳐 지나가는 풍경 속에서 가슴속에 품고 있던 어떠한 의구심에 대한 해답을 찾는 것 같았고 별다른 설명을 하지는 않았지만 나도 그녀와 같은 생각을 하기를 바라는 것 같았다. 그러더니 스테파노에게 밑도 끝도 없이 진지하게 물었다.

"너는 정말 달라?"

그는 룸미러로 릴라를 바라보았다.

"누구와?"

"알잖아."

스테파노는 바로 대답하지 않았다. 그러더니 사투리로 말했다.

"진실을 원해?"

"응."

"나는 그와 다르기를 원하지만 어떻게 될지는 모르겠어."

그제야 나는 릴라가 내게 상당한 부분을 생략했다는 사실을 깨달았다. 뭔가를 암시하는 듯한 그의 목소리는 그들 사이가 가깝다는 것과 그전에도 단순한 장난이 아닌 진지한 대화를 나눴다는 사실을 증명하는 것 같았다.

이스키아 섬에 있는 동안 나는 무엇을 놓친 것일까. 나는 뒤를 돌아 릴라를 바라보았다. 릴라는 대답하지 않고 머뭇거리고 있었다. 나는 스테파노의 대답이 모호해서 그녀를 예민하게 만든 것이라고 생각했다. 햇살이 릴라의 얼굴을 비추고 있었고, 반쯤 감은 눈에 블라우스는 봉긋한 가슴과 바람에 부풀어 있었다.

"이곳 사람들은 우리보다 가난한 것 같아."

릴라가 말했다. 그러다가는 웃으면서 지금까지 나눈 대화와는 전혀 상관없는 말을 했다.

"어렸을 때 내 혀를 칼로 찌르려고 했던 것을 잊었다고 생각하지는 마."

스테파노는 알겠다고 고개를 끄덕였다.

"그때는 지금과 아주 다른 시절이었으니까."

스테파노가 말했다.

"어쨌든 비겁했어. 몸집도 내 두 배였잖아."

그는 쑥스러운 듯 살짝 웃어보이고는 아무런 대답 없이 항구 쪽으로 속도를 냈다. 30분이 채 지나지 않아 드라이브를 마치고 레티필로와 가리발디 광장 쪽으로 돌아왔다.

"네 오빠는 상태가 좋지 않아."

마을에 거의 다다랐을 때 스테파노가 말했다. 룸미러로 다시 릴라의 모습을 찾으며 물었다.

"너희가 만든 신발이 진열장 안에 있는 신발이야?"

"신발 이야기는 어디서 들었어?"

"리노가 귀에 딱지가 앉도록 이야기해줬어."

"그래서?"

"꽤 멋진 신발이야."

그녀는 눈을 가늘게 떴다. 너무 가늘게 떠서 금방이라도 감길 것 같았다.

"그럼 네가 사."

그녀가 도발적으로 말했다.

"얼만데?"

"아버지께 여쭤봐."

스테파노는 방향을 확 꺾어서 유턴을 했고 그 바람에 내 몸은 차 문까지 밀려갔다. 우리는 구둣방으로 가는 길에 들어섰다.

"무슨 짓이야?"

릴라가 걱정하며 말했다.

"신발 사라며. 사러 가야지."

37

스테파노는 구둣방 앞에서 차를 세웠다. 내게 차 문도 열어주고 내가 내릴 수 있도록 손도 잡아주었지만 릴라는 홀로 내버려두었다. 그녀는 혼자서 차에서 내려 뒤에 떨어져 있었다. 나와 스테파노는 리노와 페르난도 아저씨가 의아함과 불만이 뒤섞인 눈빛으로 우리를 바라보는 동안 진열장 앞에 잠시 서 있었다. 릴라가 다가오자 스테파노는 가게 문을 열고 나를 먼저 들여보냈다. 그런 다음 릴라가 들어가기도 전에 먼저 가게에 들어갔다. 그는 페르난도 아저씨와 리노에게 매우 정중한 태도로 진열장의 신발을 보고 싶다고 했고 리노가 신발을 가지러 달려 나갔다. 신발을 받아든 스테파노는 신발을 꼼꼼히 살펴보더니 칭찬을 했다.

"가벼우면서도 튼튼한 신발이네요. 선이 정말 예뻐요."

그리고 내게 물었다.

"네가 보기엔 어때, 레누?"

나는 민망해서 어쩔 줄을 몰랐다.

"아주 멋져."

스테파노는 페르난도 아저씨에게 말했다.

"따님이 오랜 시간 함께 작업을 해서 만든 신발이라고 설명해줬습니다. 다른 신발도 제작하실 계획이 있으시다고요. 여성화를 포함해서 말입니다."

"그래."

리노가 놀란 눈빛으로 동생을 바라보며 말했다.

"그렇다네."

페르난도 아저씨가 어리둥절해 하며 말했다.

"지금 당장은 아니지만."

"이해를 도울 수 있는 자료가 있을까요? 뭐, 신발 그림 같은 거요."

리노는 거절당할 것을 두려워하며 릴라에게 말했다.

"네 그림을 가지고 와봐."

놀랍게도 릴라는 거절하지 않았다. 가게 뒤편으로 가서 자신이 그림을 그린 종이들을 가져와 리노에게 내밀었고, 리노는 그것들을 스테파노에게 건네주었다. 벌써 2년도 더 전에 릴라의 머리에서 나온 디자인이 모두 있었다.

스테파노는 굽이 높은 여성 구두그림을 내게 보여주었다.

"너라면 이 신발을 살 것 같아?"

"응."

그는 다시 그림들을 살펴보았다. 그러더니 등받이가 없는 의자에 앉아서 오른쪽 신발을 벗었다.

"그 신발 사이즈가 어떻게 돼?"

"43사이즈인데 44까지 맞을 수 있어."

리노가 거짓말을 했다.

릴라는 스테파노 앞에 무릎을 꿇고 구두 주걱으로 그가 신발을 신는 것을 도와주는 광경을 연출해 모두를 놀라게 했다. 그녀는 스테파노의 반대쪽 신발도 벗기더니 같은 동작을 했다. 그때까지만 해도 신속하고 사무적인 태도로 일관했던 스테파노가 눈에 띄게 흥분했다. 릴라가 다시 일어날 때까지 기다렸다가 잠시 숨을 가다듬으려는 것처럼 가만히 있었다. 그러더니 일어나서 몇 걸음 걸어보았다.

"작네."

스테파노가 말했다.

리노는 실망해서 얼굴이 잿빛으로 변했다.

"기계로 앞볼을 넓혀줄 수도 있다네."

페르난도 아저씨가 끼어들었지만 그다지 자신 있는 목소리는 아니었다.

스테파노는 나를 바라보고는 물었다.

"어떤 것 같아?"

"잘 어울려."

"그럼 사야겠다."

페르난도 아저씨는 태연한 듯 행동했지만 리노 얼굴은 환해졌다.

"스테파노, 이 신발은 체룰로 매장에만 있는 제품이어서 가격이 좀 비싸."

스테파노는 미소를 지어보이고는 다정하게 말했다.

"체룰로 단독 모델이 아니면 내가 왜 이 구두를 사겠어? 언제면 완성될 것 같아?"

리노는 표정이 밝아진 아버지를 바라보았다.

"보통 사흘 정도는 기계에 놔두어야 해."

페르난도 아저씨는 말은 이렇게 했지만 실은 이 예기치 않은 행운을 만끽하기 위해서라면 열흘, 스무날 정도가 아니라 한 달이라도 기다리라고 할 수 있을 것 같았다.

"좋습니다. 아저씨는 적당한 값을 생각해두세요. 저는 사흘 후에 와서 신발을 갖고 가지요."

그는 신발 그림이 그려진 종이를 다시 접더니 모두가 의아하게 바라보는 앞에서 주머니에 집어넣었다. 페르난도 아저씨와 리노와 악수를 하고 문 쪽으로 몸을 돌렸다.

"내 그림은?"

릴라가 냉정하게 말했다.

"사흘 후에 가져다 줘도 될까?"

스테파노가 정중히 묻고는 대답을 기다리지 않고 가게 문을 열었다. 이번에도 내가 먼저 나갈 때까지 기다렸다가 가게 문을 나섰다. 릴라가 우리에게 왔을 때 나는 이미 스테파노 옆에 자리를 잡고 있었다. 그녀는 잔뜩 화가 나 있었다.

"아버지랑 오빠가 바보인 줄 알아?"

"무슨 말이야?"

"나나 우리 가족에게 허세를 부릴 생각일랑 접어둬!"

"날 모독하는 거야? 나는 마르첼로가 아니야."

"그럼 누군데?"

"난 장사치야. 네가 그린 신발 같은 신발을 본 적이 한 번도 없어. 내가 산 신발뿐 아니야. 전부 다 그래."

"그래서?"

"생각 좀 해볼게, 3일 후에 보자."

릴라는 그의 생각을 읽고 싶다는 듯이 자동차 옆에 서서 그를 물끄러미 바라보다가 나라면 꿈도 꾸지 못했을 법한 말을 했다.

"마르첼로는 나를 돈으로 사려고 그 난리를 쳤지만 누구도 나를 돈으로 살 수는 없다는 것을 알아둬."

스테파노는 몇 초간 릴라의 눈을 똑바로 바라보았다.

"난 이득이 되지 않는 곳에는 단 한 푼도 쓰지 않아."

그렇게 말하고 자동차에 시동을 걸고 출발했다. 그제야 나는 이 드라이브가 허다한 만남과 오랜 대화 끝에 도달한 합의 같은 것이었다는 사실을 깨달았다. 나는 표준어로 힘없이 말했다.

"부탁인데 나를 길모퉁이에서 내려주겠어? 어머니가 단둘이 자동차에 타고 있는 것을 보면 날 가만두지 않을 거야."

38

그해 9월 릴라의 삶은 결정적인 전환점을 맞게 된다. 그 과정이 쉽지는 않았지만 결국은 그렇게 되었다. 나는 이스키아 섬에서 니노와 사랑에 빠지고 그의 아버지의 입술과 손에 더럽혀진 몸으로 돌아왔다. 내면에 남아 있는 달콤함과 끔찍함이 뒤섞인 감정 때문에 밤낮으로 울며 시간을 보낼 줄 알았다. 하지만 미처 내 감정에 뚜렷한 의미를 부여하기도 전에, 불과 몇 시간 만에 모든 것이 제자리로 돌아왔다. 나는 니노의 목소리와 그의 아버지의 콧수염이 남긴 불쾌한 느낌을 옆에 제쳐두었다. 이스키아 섬은 희미해져서 내 머릿속 한 구석에 있는 은밀한 곳으로 사라져갔다. 나는 릴라에게 일어나고 있는 일에 내 모든 마음을 내주었다.

오픈카를 타고 그 경이로운 드라이브를 한 후 사흘 동안 릴라는 장을 본다는 핑계로 스테파노의 식료품점을 자주 방문했는데 그때마다 내게 함께 가달라고 했다. 나는 마르첼로가 이 사실을 알고 분노할까봐 두려워 가슴이 뛰었다. 하지만 현명한 조언자이자 계획에 동참하는 공범자로서 대외적으로 스테파노의 관심을 받는 역할이 마음에 들었다. 릴라와 나는 우리가 지극히 객관적이라고 생각했지만 실상은 아직 어린 소녀들일 뿐이었다. 우리는 머리를 맞대고 마르첼로와 스테파노, 신발과 관련해서 일어나고 있는 일들에 대해서 언제나처럼 열정적으로 논의했다. 그럴 때마다 모든 상황을 다 파악한 것 같은 느낌이 들었다.

"이렇게 말해야겠어."

릴라가 의견을 제시하면 나는 그녀의 의견을 약간 수정했다.

"아냐. 이렇게 말해봐."

릴라와 스테파노가 식료품점 계산대 뒤에서 심각하게 얘기를 나누는 동안 나는 알폰소와 몇 마디 대화를 나누곤 했다. 그새 피누차는 짜증을 내며 손님들을 응대했고 계산대에 있는 마리아 아주머니는 최근 들어 부쩍 일에는 신경 쓰지 않고 이웃들의 입에 자주 오르내리는 장남을 걱정스럽게 훔쳐보았다.

우리는 즉흥적으로 행동하고 있었다. 며칠 동안 식료품점을 오가며 나는 릴라의 의도가 무엇인지 파악하려 했다. 처음에 나는 릴라가 스테파노에게 체룰로 구둣방의 유일한 제품을 비싼 가격에 넘겨 아버지와 오빠에게 몇 푼 안 되는 돈이나마 벌어주려 한다고 생각했다. 하지만 이내 릴라가 젊은 식료품점 주인을 이용해 마르첼로를 처리하려 한다는 사실을 깨달았다. 이에 대한 확신이 들자 릴라에게 직접 물었다.

"둘 중에 누가 더 좋아?"

릴라는 어깨를 으쓱해보였다.

"마르첼로를 좋아해본 적은 한 번도 없어. 혐오스러운 인간이야."

"그럼 마르첼로를 집에서 쫓아버리기 위해 스테파노와 약혼할 수도 있단 말이야?"

릴라는 잠시 생각에 잠겼다가 그렇다고 했다.

그때부터 우리 논의의 최종 목표는 모든 수단을 동원하여 릴라의 인생에서 마르첼로를 내쫓는 것으로 결정되었다. 이를 제외한 나머지 일들은 우리의 계획을 중심으로 우연히 일어나는 정도였다. 우리는 모든 일이 자연스럽게 진행되도록 놓아두거나 필요할 때 약간 조율했을 뿐이었다. 적어도 나와 릴라는 우리가 그렇게 했다고 믿었다. 실제로 행동을 취하는 것은 언제나 스테파노였다.

정확하게 사흘 후, 그는 약속대로 구둣방에 가서 치수도 맞지 않는 신발을 샀다. 체룰로 부자는 만 리라까지 흥정할 심산으로 자신 없는 태도로 2만 5천 리라를 요구했다. 스테파노는 눈 하나 깜짝하지 않았다. 여기에 릴라의 그림에 대한 가격으로 2만 리라를 더 지불했다. 그는 그림이 마음에 들어 액자에 넣고 싶다고 했다.

"액자에 넣는다고?"

리노가 물었다.

"그래."

"화가의 그림처럼?"

"응."

"동생한테 그림도 사고 싶다고 얘기했어?"

"그럼."

그뿐만이 아니었다. 며칠 후에 다시 구둣방에 모습을 드러낸 스테파노는 페르난도 아저씨와 리노에게 근처 건물을 임대해놓았다고 했다.

"우선은 임대만 해놓았어요."

그가 말했다.

"가게를 확장할 생각이 있으면 내가 도와줄 수 있다는 것을 기억해두세요."

체룰로 집안에서는 스테파노의 말을 두고 오랜 논의가 벌어졌다. 그들은 낮은 목소리로 그 말의 의미에 대해서 토론했다.

"확장이라니?"

도무지 이해할 기색이 안 보이자 결국 릴라가 나섰다.

"구둣방을 체룰로 구두를 만드는 제작소로 만들라고 제안하는 거예요."

"돈은?"

리노가 조심스럽게 물었다.

"스테파노가 대줄 거예요."

"너한테 그렇게 말하든?"

페르난도 아저씨가 금세 긴장하며 믿을 수 없다는 듯 물었다. 눈치아 아주머니도 같은 태도를 취했다.

"아버지랑 오빠한테 그렇게 말했잖아요."

릴라가 아버지와 오빠를 가리키며 말했다.

"수제화가 비싸다는 것은 알고 있지?"

"이번에 직접 확인시켜 주셨잖아요."

"안 팔리면?"

"그럼 할 수 없죠."

며칠 동안 가족 모두가 흥분한 상태였다. 마르첼로는 뒷전으로 밀려났다. 저녁 8시 30분이었지만 저녁상은 준비되지 않았다. 릴라네 식구들이 다른 방에서 이야기를 나누는 동안 마르첼로는 멜리나와 아다와 함께 텔레비전 앞에 남겨져 있었다.

이 모든 일에 대해서 가장 기뻐한 것은 당연히 리노였다. 그는 기운을 되찾았다. 얼굴에 화색이 돌며 명랑해졌다. 한때 솔라라 형제와 친구로 지냈던 것처럼 이제는 스테파노와 알폰소와 피누차의 친한 친구가 되려고 했다. 마리아 아주머니와도 친하게 지냈다. 결국 페르난도 아저씨까지 완전히 마음을 열었다.

스테파노가 구둣방을 찾았다. 짧은 토론 끝에 스테파노가 모든 비용을 부담하는 대신 체룰로 부자는 릴라가 그린 다른 디자인의 신발 제작에 착수한다는 내용의 합의에 도달했다. 신발을 팔아서 생기는 이윤은 반씩 나누기로 했다. 스테파노는 주머니에서 종이 뭉치를 꺼내 부자의 눈앞에 하나씩 내밀었다.

"이 모델과 이 모델, 그리고 이 모델을 만들어주세요."

스테파노가 말했다.

"지난번처럼 만드는 데만 2년이 걸리지 않았으면 좋겠어요."

"내 딸은 여자아이고 리노는 아직 기술을 완전히 익히지 못했다네."

페르난도 아저씨가 쑥스러워하며 변명했다.

스테파노는 정중히 고개를 가로저었다.

"리나는 내버려두세요. 직원을 두셔야 할 거예요."

"돈은 누가 내고?"

페르난도 아저씨가 물었다.

"그것도 제가 내지요. 기준에 맞게 알아서 두세 명 정도 뽑으세요."

페르난도는 직원까지 채용하게 된다는 생각에 얼굴이 벌겋게 달아올랐고 혀가 풀려 제대로 말을 잇지도 못했다. 리노는 이런 아버지를 못마땅하게 바라보았다. 페르난도 아저씨는 스테파노에게 훌륭한 아버지에게 사업을 너무나도 잘 배웠다고 칭찬을 퍼부었다. 과거 카소리아에 있는 신발 공장에서 기계를 다루는 일은 너무나 힘든 일이었다고 했다. 또 자신의 실수는 손이 야물지 못하고 고생할 마음이 전혀 없는 눈치아 아주머니와 결혼한 것이라고도 했다. 눈치아 아주머니 말고 그의 첫사랑이자 부지런한 일꾼이었던 이네스와 결혼을 했다면 훨씬 전에 사업을 시작할 수 있었을 것이라고 했다. 지금 캄파닐레에 있는 가게들보다 큰 성공을 거두고 지역 전시회에 출품할 수도 있었을 것이라고 했다.

페르난도 아저씨는 자신도 멋지고 완벽한 디자인을 생각해둔 것이 있으니 스테파노가 릴라의 어처구니없는 디자인에 집착하는 것이 아니라면 당장이라도 자신의 모델로 구두 제작을 시작할 수 있을 것이라고 했다. 페르난도 아저씨는 자신이 만드는 신발들이야말로 날개 돋친 듯이 팔릴 것이라고 했다. 스테파노는 참을성 있게 이야기를 끝까지 듣고서는 페르난도 아저씨에게 우선은 릴라의 디자인과 똑같은 신발을 만들고 싶다고 강조했다.

리노는 스테파노에게서 릴라가 그린 그림을 받아들고 꼼꼼하게 살펴보았다. 약간 빈정대는 어조로 말했다.

“액자에 넣으면 어디에 걸 거야?”

“여기 작업장 안에.”

리노는 아버지를 바라보았지만 페르난도 아저씨는 그새 기분이 가라앉아 아무 말도 하지 않았다.

“그 애가 이 모든 일에 동의를 한 거야?”

리노가 물었다.

스테파노가 미소 지었다.

"누가 감히 네 동생이 원하지 않는 일을 할 수 있겠어?"

그는 당당한 태도로 페르난도 아저씨와 악수를 하고는 문 쪽으로 향했다. 리노는 스테파노를 배웅하다가 걱정을 참지 못하고 빨간 오픈카를 향해 걸어가는 식료품점 주인의 등에 대고 가게 문턱에서 소리쳤다.

"신발 상표는 체룰로야. 절대로 바꿀 수 없어."

스테파노는 돌아보지도 않고 손짓을 해보였다.

"체룰로 집안의 여인이 만들었으니 체룰로라는 이름을 써야겠지."

39

그날 저녁 파스콸레와 안토니오를 만나러 가기 전에 리노가 마르첼로에게 말했다.

"마르첼로, 스테파노의 새 차 봤어?"

마르첼로는 텔레비전 프로그램에 시선을 고정시킨 채 슬픔에 잠겨 아무런 말도 하지 않았다.

리노는 주머니에서 빗을 꺼내 머리를 빗어 보이고는 명랑하게 말했다.

"스테파노가 우리 신발을 4만 5천 리라를 주고 산 것 알아?"

"그 자식은 갖다버릴 만큼 돈이 많나보지."

멜리나가 웃음을 터뜨렸다. 마르첼로가 한 말 때문인지 텔레비전 방송 때문인지 알 수 없었다.

그때부터 리노는 매일 저녁 마르첼로의 성질을 돋울 만한 말을 하나씩 찾아냈다. 분위기는 점점 더 안 좋아졌다. 마르첼로가 눈치아 아주머니의 변함없는 환대를 받으면서 모습을 나타내면 릴라는 피곤하다며 자러 가버렸다. 하루는 마르첼로가 잔뜩 풀이 죽어서 눈치아 아주머니에게 말했다.

"따님이 제가 오자마자 자러 가버리면 제가 뭐하러 오겠어요?"

마르첼로는 눈치아 아주머니가 그를 위로하고 릴라에 대한 사랑을 포기하지 말라고 용기를 북돋아주기를 기대하면서 이야기를 한 것이었는데 눈치아 아주머니는 뭐라고 해야 할지 몰라 아무 말도 하지 않았다. 마르첼로가 투덜거렸다.

"따님에게 좋아하는 사람이 생겼나요?"

"그럴 리가."

"스테파노네 가게로 장을 보러 가던데…"

"거기가 아니면 어디에서 장을 볼 수 있겠나?"

마르첼로는 말을 멈추고 눈을 내리깔았다.

"따님이 식료품점 주인 녀석과 차를 타고 다니는 것을 사람들이 봤대요."

"그 자리에는 레누차도 있지 않았나. 스테파노는 수위네 딸아이를 좋아한다네."

"그 애는 좋은 친구가 아닌 것 같아요. 따님에게 레누차와 같이 다니지 좀 말라고 하세요."

내가 좋은 친구가 아니라니! 나랑 같이 다니지 말라고? 릴라에게 마르첼로의 요청을 전해들은 나는 완전히 스테파노의 편으로 돌아섰고 그의 신중한 태도와 침착한 결단력을 칭찬하기 시작했다.

"게다가 부자잖아."

나는 그렇게 말하면서 어린 시절 꿈꿔왔던 부의 의미가 다시 한 번 변했다는 것을 깨달았다. 『작은 아씨들』 같은 책을 출판해 부와 명성을 얻고 제복을 입은 하인들이 금화로 가득 찬 보물 상자를 들고 행렬을 지어 우리가 살고 있는 성에 쌓아둘 것이라는 생각은 이제 완전히 사라졌다. 그렇지만 우리 존재를 확고하게 해주고 우리 자신을 포함하여 소중한 사람들의 '경계의 해체'를 막아줄 시멘트 같은 돈의 이미지는 아직도 남아 있었다. 하지만 부의 가장 본질적인 특징은 구체성과 일상적인 행동, 그리고 협상이었다.

사춘기 시절 부에 대한 이미지는 여전히 세상에 둘도 없는 신발 같은 어린 시절의 공상에 뿌리를 두고 있지만 귀족처럼 돈을 쓰고 싶어 하는 리노의 광폭한 욕구의 형태로 나타났다. 또 부는 환심을 얻으려고 텔레비전, 파스타, 반지를 사는 마르첼로에 의해서도 나타났고, 온갖 종류의 햄을 팔고 빨간색 오픈카를 가지고 있으며 4만 5천 리라쯤이야 푼돈이라는 듯이 돈을 쓰고 릴라의 그림을 액자에 넣고 치즈 같은 식료품 말고도 신발을 팔기 위해 자재비와 인건비에 투자하고 자신이야말로 동네에 새로운 평화와 번영의 시대를 도래하게 할 수 있다고 확신하는 스테파노에 의해서도 체현되었다. 부라는 것은 생활 속에 이미 내포된 것이다. 거기에는 영광도 화려함도 없었다.

"게다가 부자잖아."

릴라가 내 말을 따라했다. 우리는 웃음을 터뜨렸다. 릴라가 덧붙였다.

"하지만 착하고 호감 가는 사람이기도 하지."

나는 즉시 그녀의 말에 동의했다. 그녀가 덧붙인 두 가지는 마르첼로에게는 없는 미덕이었고 내가 스테파노의 편에 서야 할 또 다른 이유이기도 했다. 하지만 릴라의 말은 나를 혼란스럽게 했다. 어린 시절의 상상력에 최후의 일격을 가한 것 같은 느낌이 들었다.

이제 릴라와 내가 둘이서만 오붓하게 『작은 아씨들』 같은 책을 쓸 일은 없을 것이다. 성과 보물 상자는 이제 우리와는 상관없는 이야기가 되었다. 부는 스테파노로 형상화되어 기름에 찌든 가운을 입은 젊은 청년의 모습을 취하게 되었다. 부는 스테파노의 용모와 체취와 목소리를 취하여 성격 좋고 호감 가는, 예전부터 우리가 알고 있던 돈 아킬레의 장남 모습을 갖추었다.

나는 불안해졌다.

"하지만 예전에 네 혀를 찌르려고 한 적도 있잖아."

"어렸을 때잖아."

릴라는 이때까지 내가 들어온 말 가운데 가장 부드럽고 감성적인 어조로 말했다. 이 말을 듣고서야 나는 생각했던 것보다 그들의 관계가 훨씬 더 많이 진행된 것을 깨달았다.

시간이 지나자 모든 것이 명백해졌다. 나는 릴라가 스테파노에게 이야기하는 모습과 릴라의 말에 의해 그가 변화하는 모습을 지켜보았다.

나는 그들의 계획에 합세했다. 그 일에서 소외되고 싶지 않았다. 우리 둘, 아니 우리 셋은 사람들과 감정과 환경을 바꿀 수 있는 방법에 대해서 몇 시간이고 모의했다.

이렇게 해서 구둣방 옆 건물에 인부들이 오더니 벽을 허물기 시작했고 구둣방은 새로운 모양새를 갖추어나갔다. 근처에 있는 멜리토에서 견습생이 세 명 왔는데 어찌나 말이 없는지 반벙어리들 같았다. 한쪽 구석에서는 구두 밑창 수선 작업을 했고 나머지 공간에서는 페르난도 아저씨가 작업대와 선반, 연장, 치수에 따른 목재 모형

등을 정리했다. 페르난도 아저씨는 갑작스레 힘이 나서 해야 할 일을 챙기기 시작했다. 적의와 불만에 사로잡혀 평생을 살아온 깡마른 남자에게서 기대하지 못했던 모습이었다.

새로운 사업이 시작되는 첫날, 스테파노가 모습을 나타냈다. 소포 포장지에 싸인 상자를 들고 있었다. 모두들 감찰관이라도 나타난 것처럼 벌떡 일어났다. 페르난도 아저씨까지.

스테파노는 소포 상자를 열었다. 상자 안에는 똑같은 크기로 만든 갈색 액자가 꽤 많이 들어 있었다. 릴라의 공책에서 찢어낸 종이가 유리 안에 값비싼 유물이라도 되는 양 넣어져 있었다. 페르난도 아저씨에게 벽에 액자를 걸어도 될지 묻자 아저씨는 못마땅한 듯 투덜거렸다.

스테파노는 리노와 견습생들에게 벽에 못을 박아달라고 했다. 액자를 다 걸자 스테파노는 세 견습생에게 나가서 커피라도 사마시라며 몇 푼을 쥐어주면서 내보냈다. 구둣방 집 부자와만 남게 된 스테파노는 릴라와 결혼하고 싶다고 선포했다.

참기 힘든 침묵이 흘렀다. 리노는 이미 알고 있었다는 듯 미묘한 미소를 지었다. 페르난도 아저씨가 작은 소리로 말했다.

"이보게나. 리나는 마르첼로와 약혼한 사이일세."

"따님은 그렇게 생각하지 않는 것 같은데요."

"무슨 소린가?

리노가 짐짓 쾌활한 목소리로 끼어들었다.

"사실이잖아요. 아버지와 어머니가 그 얼간이를 집에 오게 허락하는 거지 리나는 그를 원한 적이 없어요. 지금도 마찬가지고요."

페르난도 아저씨는 못마땅한 눈으로 아들을 쏘아보았다. 식료품점 주인은 주변을 둘러보며 상냥하게 말했다.

"사업까지 함께 시작했으니 괜히 서로 피를 볼 필요는 없다고 생각해요. 한 가지만 부탁드릴게요. 따님에게 결정권을 주세요. 리나가 마르첼로와 결혼하기를 원한다면 저는 깨끗이 포기하겠어요. 하지만 저를 선택한다면 말입니다. 만약에 그렇다면 저는 절대 양보하지 않겠어요. 그러면 제게 따님을 주셔야 합니다."

"자네 지금 나를 협박하는 겐가?"

페르난도 아저씨가 말했다. 하지만 어투는 누그러져 있었고 이미 포기한 듯한 느낌이었다.

"아뇨. 따님의 행복을 위한 일을 하시라고 부탁드리는 겁니다."

"내 딸의 행복은 내가 알아."

"네. 하지만 가장 잘 아는 것은 리나 자신이겠죠."

여기까지 말을 마친 스테파노는 자리에서 일어나 문을 열고 내 이름을 불렀다. 나는 릴라와 함께 밖에서 기다리고 있었다.

"레누."

우리는 가게 안으로 들어갔다. 함께 상황을 주도하고 결과를 우리가 원하는 방향으로 이끌 수 있다는 것은 얼마나 흡족한 일인가. 그때의 팽팽한 긴장감을 아직도 기억한다. 스테파노가 릴라에게 말했다.

"아버님 앞에서 물을게. 너를 아주 좋아해. 내 목숨보다 더. 나와 결혼해줄래?"

릴라가 진지하게 대답했다.

"응."

페르난도 아저씨는 살짝 한숨을 쉬고는 과거 돈 아킬레에게 했듯이 복종적인 태도를 보이며 속삭였다.

"우리는 지금 마르첼로뿐만이 아니라 솔라라 집안 사람들 모두와 대적하는 거야. 그 불쌍한 애에게는 누가 이야기를 하지?"
릴라가 말했다.
"제가요."

40

이틀 후 외출 중인 리노를 제외한 온 가족이 한자리에 모여 있는데, 텔레비전을 켜기 전에 릴라가 마르첼로에게 말했다.
"아이스크림 먹고 싶은데 데리고 나가줄 수 있겠어?"
마르첼로는 자신의 귀를 믿을 수 없었다.
"아이스크림? 저녁도 안 먹었는데? 우리 둘이만?"
눈치아 아주머니에게 물었다.
"아주머니도 함께 가시겠어요?"
눈치아 아주머니는 텔레비전을 켜며 말했다.
"아니, 마르첼로, 난 괜찮아. 하지만 너무 오래 밖에 있지는 말게나. 10분 안에 다녀들 와."
"네."
마르첼로가 행복해하며 말했다.
"감사합니다."
나갈 때까지 그는 감사하다는 말을 최소한 네 번 정도는 했을 것이다. 마르첼로는 드디어 고대하던 순간이 온 것이라고 생각했다. 릴라가 자신을 받아들이려는 것임에 틀림없다고 생각했다. 그런데 건물 밖으로 나가자마자 그녀는 정색을 하고 또박또박 싸늘하게 말했다. 그녀는 어린 시절부터 이런 식으로 말하는 데 타고난 재능이 있었다.

"당신을 원한다고 한 적은 한 번도 없어."
"알아. 하지만 이제는 날 원해?"
"아니."
거대한 몸집에 혈색이 좋아 보이는 23세의 건장한 청년 마르첼로는 산산조각 난 마음으로 가로등에 몸을 기댔다.
"정말 안 되겠어?"
"응. 좋아하는 사람이 생겼어."
"누군데?"
"스테파노."
"그럴 줄 알았어. 믿진 않았는데."
"이제는 믿어야 해. 사실이야."
"둘 다 죽여버리겠어."
"나는 지금 당장이라도 그렇게 할 수 있잖아."
마르첼로는 가로등에서 몸을 떼고 분노에 차서 헉헉거리며 주먹 쥔 오른손을 깨물었다.
"그러기엔 너를 너무 좋아해. 그럴 수 없어."
"그러면 당신 동생을 시켜. 아니면 아버지나 친구한테라도 부탁해. 그들이라면 할 수 있을지도 모르지. 하지만 누구에게든 나부터 처리하라고 해. 내가 두 눈을 뜨고 있는데 내 주변 사람의 털끝 하나라도 건드리면 내가 너희 가족을 죽일 테니까. 내가 정말 그럴 수 있다는 건 알잖아. 가장 먼저 당신부터 해치우겠어."
마르첼로는 격노하여 손가락을 물어뜯었다. 참았던 흐느낌이 터져나오며 가슴을 떨었다. 그러더니 등을 돌려 가버렸다.
릴라가 등 뒤에 대고 소리쳤다.
"누구든 텔레비전을 가지러 보내. 우리는 필요 없으니까."

41

이 모든 일이 한 달이 채 안 되는 기간에 일어났고 결국 릴라는 결과에 만족해하는 것 같았다. 신발 제작 계획의 돌파구를 마련해 리노를 비롯한 가족 모두에게 기회를 만들어주었고, 마르첼로를 깨끗이 처리했다. 동네에서 가장 촉망받고 부유한 젊은이의 예비 신부가 되었다. 이 상황에서 그녀가 무엇을 더 원하겠는가. 아무것도 없을 것이다. 그녀는 모든 것을 가지게 되었으니까.

새 학기가 시작되었지만 학교가 평소보다 더 암울하게 느껴졌다. 나는 선생님들을 흡족하게 못할까봐 다시 공부에 파묻혔다. 밤 11시까지 악착같이 공부하다가 시계를 새벽 5시 30분으로 맞춰놓고서야 잠이 들었다. 릴라를 보기가 더 힘들어졌다. 대신 스테파노의 동생인 알폰소와의 관계가 돈독해졌다. 여름 내내 식료품점에서 일했는데도 알폰소는 재시험에서 뛰어난 성적을 거뒀다. 낙제점을 받은 모든 과목, 라틴어, 그리스어, 영어를 7점으로 통과했다.

알폰소가 낙제해서 1학년 과정을 함께 다니기를 바랐던 지노는 많이 실망했다. 함께 진급한 후 알폰소와 내가 등하교를 함께한다는 사실을 알고부터는 실망해서 전보다 더 까칠해졌다. 사는 동네도 같고 지노의 교실이 우리 교실 바로 옆반이어서 복도에서도 자주 마주쳤지만 전 여자 친구였던 나나 전 짝꿍이었던 알폰소에게도 말 한마디 걸지 않았다.

지노는 여기에서 멈추지 않았다. 얼마 후 나는 우리에 대한 안 좋은 소문이 나돌고 있다는 것을 알게 되었다. 지노는 내가 알폰소를 좋아해서 수업시간에도 그 애를 만지려고 하는데 알폰소는 나를 거부하고 있다고 했다. 그 이유는 1년 동안 옆에서 지켜봐서 알게 된 사실인데, 알폰소가 여자보다 남자를 더 좋아하기 때문이라고 했다.

나는 어린 카라치가 지노의 얼굴에 주먹을 날릴 것을 기대하며 이 소문을 알폰소에게 전했다. 당시만 해도 으레 그래야 하는 걸로 생각했었으니까. 그러나 알폰소는 경멸스럽다는 듯이 사투리로 얘기했다.

"진짜 호모는 그 자식이라는 걸 모두 다 알고 있어."

내게 알폰소는 예상치 않았던 재발견이었다. 그 애는 언제나 깔끔하고 예의 바른 인상을 주었다. 외모는 스테파노와 비슷했다. 형과 같은 눈에, 형과 같은 코, 형과 같은 입을 가지고 있었다. 커가면서 그는 머리가 비교적 크고, 상체에 비해서 다리가 짧은 스테파노의 체형을 닮아가고 있었다. 눈빛이나 태도도 형처럼 부드러웠다. 그러나 알폰소에게는 스테파노의 세포 하나하나에 숨겨진 결연함이 전혀 느껴지지 않았다. 나는 스테파노의 정중함은 결국 언젠가는 튀어나올 그의 결연함을 숨겨둔 은닉처일 뿐이라고 생각했다.

알폰소는 우리 동네에서 보기 드물게 사악함과는 거리가 먼, 상대방을 편안하게 만들어주는 소년이었다. 걸어가면서 말을 많이 하지 않아도 어색하지 않았다. 언제나 내가 필요한 것을 준비해두었고 그렇지 않으면 달려가서 어떻게 해서든 구해왔다. 나를 조금도 긴장시키는 법 없이 내게 사랑을 베풀어주었고 나도 조용히 그에 대한 애정을 키워갔다.

급기야는 학기 첫날 같은 책상에 앉기로 했는데 당시로서는 대담하기 이를 데 없는 행동이었다. 남자아이들이 알폰소는 내 꽁무니만 뒤쫓아 다닌다며 아무리 놀려도, 여자아이들이 내게 끊임없이 우리가 사귀는 사이인지 물어도 우리는 아무도 자리를 바꾸려 하지 않았다. 그는 내게 혼자만의 시간이 필요하다고 생각되면 멀찌감치 떨어져서 나를 기다리거나 인사하고 먼저 갔다. 하지만 나에게 자신이 필요하다고 생각하면 할 일이 있어도 함께 있어주었다.

알폰소는 니노를 피할 때 큰 도움이 되었다. 이스키아 섬에서 헤어진 이후 처음으로 멀리서 마주쳤을 때 니노는 바로 친근하게 내게 다가왔지만 나는 두어 마디의 차가운 말로 그를 쫓아보냈다. 사실은 니노가 너무나 좋았다. 크고 호리호리한 그의 모습이 보이기만 해도 얼굴이 빨개지고 심장은 미친 듯이 뛰었다. 릴라가 정말로 약혼까지 한 마당에, 그것도 소년이 아닌 친절하고 결단력 있으며 용기 있는 22세의 청년과 약혼한 지금, 우리 관계에 균형을 맞추기 위해서라도 다른 사람들이 부러워할 만한 남자친구가 내겐 절실하게 필요했다. 넷이서 함께 데이트를 하면 얼마나 좋을까. 릴라는 그녀의 예비 신랑과 나는 내 예비 신랑과.

물론 니노에게는 빨간색 오픈카가 없었다. 그는 무일푼의 고등학교 4학년 학생일 뿐이었다. 하지만 릴라보다도 키가 약간 작은 스테파노에 비해 니노는 나보다 키가 20센티미터는 더 컸다. 마음만 먹으면 문어체의 표준어를 능숙하게 구사했다. 책도 많이 읽고 다방면에 아는 것이 많았다. 인류가 직면하고 있는 심오한 문제들에 대해서도 민감했다.

이에 비해 스테파노는 언제나 식료품점에 틀어박혀 있었다. 사투리가 심했고 초등 교육과정 이상의 교육을 받지 못해 자신보다 계산을 잘하는 어머니에게 계산대를 맡겼다. 성격이 좋기는 했지만 그보다는 이윤을 남길 수 있는 돈의 흐름에 가장 민감했다. 나는 아직도 니노에 대한 열정에 사로잡혀 있었다. 그와 사귀면 릴라가 감탄할 거라는 사실도 알고 있었다. 하지만 어린 시절의 뒤를 이어 또다시 그를 사랑하게 되었는데도 그와 관계를 맺고 싶지 않았다. 적어도 이번에는 어린 시절 그의 고백을 거부했을 때보다 훨씬 의미 있는 이유가 있었다.

그에게 아버지와 닮은 점이 하나도 없었는데도 니노를 볼 때마다 도나토 사라토레가 생각났다. 그의 아버지가 거부할 수 없는 상태였던 내게 한 짓을 생각하면 화가 나고 소름이 끼쳤다. 이런 감정은 니노에 대한 감정에까지 영향을 미쳤다. 물론 나는 니노를 사랑했다. 그와 함께 이야기를 하고 함께 걷고 싶었다. 때때로 애태우며 이렇게 생각하기도 했다.

'왜 이러는 거야. 아버지는 아버지일 뿐이고 아들은 아들일 뿐인데. 스테파노가 펠루소 집안 사람들에게 한 것처럼 해봐.'

하지만 나는 그렇게 하지 못했다. 니노에게 키스하는 상상을 하면 도나토의 입술이 느껴졌고 쾌락과 혐오의 물결이 아버지와 아들을 한 사람으로 섞어놓았다.

이 와중에 상황을 복잡하게 만든 사건이 일어났다. 그 무렵 알폰소와 나는 언제나 집에 함께 돌아갔는데 나치오날레 광장까지 가서 메리디오날레 가 쪽으로 걸어가곤 했다. 꽤 먼 길이었지만 가면서 과제물이나 선생님들, 학급 친구들에 대한 이야기를 나눴기 때문에 즐거운 산책길이었다. 그러던 어느 날, 저수지를 지나 큰길가 입구에서 뒤를 돌아봤는데 역사에서 유니폼을 입은 도나토의 모습을 본 것 같았다. 분노와 공포에 사로잡혀 시선을 다른 곳으로 돌렸다. 다시 뒤돌아봤을 때 그의 모습은 사라지고 없었다.

정말로 도나토였는지는 알 수 없지만 순간 요동치던 심장 소리를 뚜렷이 기억한다. 그 소리는 총소리 같기도 하고 왠지 모르게 예전에 릴라의 편지에서 읽었던 구리 냄비가 망가질 때 나는 소리 같기도 했다. 다음 날 언뜻 니노의 모습을 보았을 때도 똑같은 소리를 들었다. 그 순간 나는 겁에 질려 알폰소 뒤로 숨고 말았다.

학교에 오갈 때면 언제나 알폰소와 함께했다. 사랑하는 니노의 껑충한 모습이 나타나면 나는 급하게 할 말이라도 있는 것처럼 알폰소에게 말을 걸었고 그 애와 이야기를 나누며 니노에게서 멀어졌다.

혼란스러운 시기였다. 니노와 가까워지기를 원하면서도 알폰소와 꼭 붙어 다녔다. 알폰소가 내가 지겨워져서 다른 여자아이들에게 한눈을 팔까봐 그에게 언제나 친절하게 대했고 때로는 간드러지는 목소리로 말을 건네기도 했다. 그러다가 알폰소에게 잘못된 사인을 보내는 게 아닐까 하는 느낌이 들면 목소리를 바꿨다.

'알폰소가 오해하고 내게 고백하면 어떡하지?'

나는 걱정이 되었다. 그의 고백을 거절해야 할 테니 곤란한 상황이 연출될 것이다. 나와 동갑인 릴라가 스테파노같이 다 큰 어른과 약혼을 한 마당에 그녀의 신랑감 동생인 소년과 사귀게 되는 것은 부끄러운 일이다.

나는 한없이 방황했고 종종 이런저런 공상에 잠기곤 했다. 한 번은 알폰소와 함께 메리디오날레 가를 걷는데 문득 그가 도시의 모든 위험에서 나를 지켜주는 기사처럼 느껴졌다. 릴라와 나를 세상의 사악함에서, 그들의 아버지에게서 우리들의 인형을 되찾으러 현관문으로 향하는 계단을 오르면서 처음으로 느꼈던 그 사악함에서 각자의 방식으로 우리를 지켜주는 역할을 하게 된 것이 바로 카라치 집안의 두 형제라는 사실이 멋지게 느껴졌다.

42

나는 그런 스타일의 연결고리 찾기를 좋아했다. 특히 릴라와 관련된 일이라면 더 좋았다. 시간을 두고 일어난 사건과 시점 간의 연결선을 찾아내서 교차점과 분기점을 찾아냈다. 그때는 한참 그런 생각에 빠져 살았었다. 내가 이스키아 섬에서 즐거운 시간을 보내는 동안 릴라는 동네에 남아 비탄에 빠져 너무나 힘든 시간을 보냈다. 나는 섬을 떠나면서 너무나 괴로웠는데 릴라는 내가 그곳을 떠나서 너무나 기뻐했다. 무슨 주술에라도 걸린 양 한 사람의 기쁨과 고통이 다른 쪽의 고통과 기쁨의 전제조건이 되는 것 같았다.

외모의 변화도 이 그네놀이에 한몫했다. 이스키아 섬에 있는 동안 내가 아름답다고 느껴졌고 나폴리에 돌아와서도 이런 느낌은 사라지지 않았다. 아니 마르첼로를 처리하기 위한 일을 끈질기게 꾸미면서도 내가 다시 그녀보다 더 아름다워졌다고 생각한 순간들이 있었다. 이따금 스테파노에게서도 나를 좋아하는 듯한 시선을 느끼곤 했다.

그런데 지금은 릴라가 다시 나를 앞서갔다. 목표를 실현한 것에 대한 만족감이 그녀를 더욱더 아름답게 한 데 비해 나는 힘겨운 학교 공부와 니노에 대한 뒤틀린 열정으로 다시 못생겨졌다. 혈색이 돌던 얼굴빛은 어두워졌고, 여드름이 다시 나기 시작했다. 그러던 어느 날 나는 급기야는 안경까지 쓰게 되었다. 제라체 선생님이 칠판에 쓴 내용과 관련된 질문을 했는데 그때 선생님은 내가 글씨를 거의 읽지 못한다는 것을 눈치챘다. 내게 당장 안과에 가야 한다며 공책에 그 내용을 써주더니 부모님 서명을 받아오라고 했다. 집에 돌아가 공책을 보여드리면서도 안경을 구입하는 데 드는 비용 때문에 심리적 죄책감에 시달렸다. 아버지는 우울해했고 어머니는 내게 소리를 질렀다.

"항상 책만 들여다보고 있으니 시력이 나빠졌지."

나는 너무 속상했다. 공부를 잘하고 싶은 자만심 때문에 벌을 받은 것이란 말인가. 그에 비해 릴라는 어떠한가. 그녀는 나보다 더 많은 책을 읽지 않았나. 그런데 그녀의 시력은 좋은데 왜 내 시력은 나빠진 걸까. 왜 나만 평생 안경을 써야 하는가.

안경을 쓰게 된 일은 좋은 일에서건 나쁜 일에서건 나와 릴라의 운명을 하나의 그림으로 생각하는 내 집착에 부채질을 했다. 그 그림에서 나는 장님인데 그녀는 매의 시력을 가졌다. 내 눈은 희뿌옇게 변했는데 가늘게 뜬 릴라의 두 눈은 시야가 점점 더 넓어졌고 어둠 속에서 자신의 팔에 매달리는 나를 단호한 눈빛으로 인도했다. 결국 아버지가 시청의 인맥으로 돈을 구하고 나서야 나는 상상에서 벗어날 수 있었다. 안과에 가니 심한 근시라고 했고 안경을 쓰게 되었다.

거울에 비친 너무나도 선명한 내 모습은 큰 충격이었다. 지저분한 피부, 넙데데한 얼굴, 커다란 입과 코, 안경 틀 안에 갇힌 눈은 화난 화가의 붓에서 태어난 것 같았다.

게다가 눈썹은 너무 무성했다. 나는 내 자신이 너무 추하게 느껴져서 집에 있을 때나 칠판에서 글씨를 베껴야 할 때만 안경을 쓰기로 했다. 그러던 어느 날 하굣길에 안경을 책상 위에 두고 나왔다. 헐레벌떡 교실에 달려갔지만 최악의 상황이 일어나고 말았다. 마지막 수업을 알리는 종소리에 자리를 박차고 나가는 학생들 때문에 안경이 바닥에 떨어졌고 그 와중에 다리가 부러지고 한쪽 알이 깨지고 만 것이다. 나는 울음을 터뜨리고 말았다.

집에 돌아갈 엄두가 나지 않아 도움을 청하러 릴라네 집으로 몸을 피했다. 릴라에게 이 일을 이야기하니 안경을 달라고 해서 꼼꼼히 관찰했다. 그러더니 내게 안경을 두고 가라고 했다. 평소보다 더 확신에 찬 침착한 목소리였다. 이제 조그만 일 때문에 법석을 떨지 않아도 된다는 것을 깨달은 듯한 태도였다.

나는 리노가 구두를 수선하는 연장으로 기적과 같은 일을 해낼 수 있을 것이라고 생각했다. 그날은 부모님이 내가 안경을 쓰지 않은 것을 눈치채지 못하기를 기도하며 집으로 돌아갔다. 며칠이 지난 늦은 오후 뜰에서 내 이름을 부르는 목소리가 들렸다. 창문 아래 릴라가 내 안경을 코 위에 걸치고 있었다. 그 순간은 안경이 새것이라는 사실보다 릴라에게 참 잘 어울린다는 사실에 더 큰 충격을 받았다.

'왜 안경을 쓸 필요가 없는 릴라에게는 안경이 저렇게 잘 어울리는데 안경을 써야만 하는 내겐 안 어울리는 걸까.'

나는 아래로 뛰어 내려갔다. 현관에 얼굴을 내밀자마자 릴라는 재미있다는 듯이 안경을 벗어서 눈을 깜빡였다. 릴라는 "눈이 아파"라고 말하며 내 얼굴에 안경을 씌워주었다. "정말 잘 어울린다. 항상 쓰고 다녀"라며 감탄했다. 스테파노에게 안경을 줘서 시내에 있는 안경점에 수선을 맡기도록 한 것이다. 나는 민망해하며 수선비를 갚기 힘들 것 같다고 이야기했다. 릴라는 빈정거리면서 약간은 가혹하게 물었다.

"갚다니. 무엇을?"

"돈 말이야."

릴라는 미소 지으며 자랑스럽게 말했다.

"그럴 필요 없어. 이제는 돈으로 내가 하고 싶은 것은 다 할 수 있어."

43

이 일은 내게 없는 것이 그녀에게 있고 그녀에게 없는 것이 내게 있다는 생각을 더욱 강하게 뒷받침해주었다. 앞서거니 뒤서거니 하며 계속되는 이 게임은 때로는 즐겁고 때로는 괴로웠지만 우리를 떼려야 뗄 수 없는 관계로 만들었다.

'릴라에게는 손가락으로 딱 소리만 내도 내 안경을 고쳐주는 스테파노가 있는데 내겐 무엇이 있지?'

안경 에피소드가 있은 후 나는 생각했다. 내게는 학교가 있다고 생각했다. 릴라는 평생 누리지 못할 특혜였다. 그것이 나의 재산이라고 나 자신을 설득해보았다. 실제로 그해 모든 선생님이 나를 칭찬하기 시작했다. 성적은 갈수록 향상됐고 교환과정으로 들었던 신학 수업에서도 좋은 성적을 거두어서 상으로 검은색 장정의 성경을 받았다.

나는 성적을 어머니의 은팔찌처럼 과시했지만 내 뛰어남을 어떻게 사용해야 할지 몰랐다. 반에서 내가 읽는 책이나 머릿속에 떠오르는 생각에 대해서 이야기를 나눌 아이가 없었다. 알폰소는 성실한 아이였고 이전 학기에서는 고전했지만 이제는 다시 궤도에 들어와서 모든 과목에서 평균 이상의 성적을 받았다. 하지만 그와 함께 『약혼자들』이나 페라로 선생님의 도서관에서 빌려온 소설들에 대해서나 하다못해 성령에 대해서 심도 깊은 대화를 나눠보려고 하면 그애는 부끄러워서인지 무지해서인지는 모르지만 내 말을 듣고만 있을 뿐 한마디도 하지 않았다. 게다가 학교에서 선생님의 질문에는 반듯한 표준어로 대답했지만 둘이 있을 때면 언제나 사투리만 썼다. 로드리고 신부님의 집에서 점심을 먹으면서 이미 느꼈지만 사투리로 타락한 현세의 심판에 대해서 논의하거나 성부와 성자와 성령의 관계에 대해서 이야기를 나누기란 쉽지 않은 일이었다. 나는 삼위일체가 하나의 인격체이기는 하지만 분리될 때는 상하관계가 형성된다고 생각했고 그러면 성부와 성자와 성령 중 어느 격이 가장 높고 어느 격이 가장 낮은지 의문이 들었다.

언젠가 파스콸레가 내게 한 말이 기억났다. 내가 다니는 학교는 인문계 고등학교이기는 하지만 좋은 학교 축에는 들지 않는 것 같다고 했다. 나는 그의 말이 옳다는 결론을 내렸다. 우리 학교에서 밀레가의 소녀들처럼 옷을 잘 차려입은 학생은 거의 눈에 띄지 않았다. 또 멋진 옷차림으로 마르첼로나 스테파노의 차보다 더 멋진 차를 끌고 수업을 마치고 나오는 여학생들을 마중 나오는 청년도 없었다.

지적인 수준도 형편없었다. 나 정도로 명성을 누리는 학생은 니노가 유일했다. 하지만 몇 번에 걸쳐 그를 냉정하게 대하고 나니 그도 이제 머리를 푹 수그리고 나를 본 체도 하지 않았다. 이런 상황에서 뭘 할 수 있을까?

나는 머릿속에 떠오르는 생각을 표현해야만 했고 그럴 때면 언제나 릴라에게 달려갔다. 특히 방학 동안에는 더 그랬다. 우리는 만나서 대화를 나눴다. 나는 수업 시간에 있었던 일과 선생님들에 대해서 자세히 이야기했고 릴라는 내 말을 주의 깊게 들었다. 나는 릴라가 내 이야기에 호기심이 생겨 나를 따라잡기 위해서 몰래건 아니면 내게 이야기를 하고 책을 빌리러 가기를 바랐다. 하지만 그런 일은 일어나지 않았다. 마치 그녀의 한 부분이 다른 부분을 강하게 통제하고 있는 것 같았다.

그 대신 말하는 도중에 비꼬는 듯한 말투로 말을 끊으며 갑작스레 끼어드는 버릇이 생겼다. 한 번은 당시 듣고 있던 종교학 수업에 대해서 이야기하며 그녀가 감탄하는 모습을 보고 싶어서 내가 당시에 골똘히 빠져 있던 주제에 대해서 이야기를 꺼낸 적이 있었다. 나는 성령에 대해서, 성령의 역할에 대해서 어떻게 생각해야 할지 모르겠다고 했다.

"성령이란 무엇일까?"

나는 큰 소리로 추론해보았다.

"하나님과 예수님을 섬기는 부수적인 존재일까? 일종의 전령처럼? 아니면 이 두 격의 실현이자 이들에게서 산출된 기적적인 흐름인 걸까? 만약 성령이 전령과 같은 존재라면 감히 성부와 성자와 일체라고 할 수 있을까? 그런 논리라면 시청 수위인 내 아버지가 시장님이나 라우로 장군 같은 이들과 같은 사람이라는 것과 다름없지 않아? 그렇지 않고 후자의 경우에 속한다면 말이야 액체나 땀이나 목소리는 한 사람의 몸에서 분출되는 것인데 그러면 성령을 성부와 성자에게서 떼어내 생각하기는 힘들잖아. 아니면 성령이야말로 가장 중요한 인격이고 나머지 둘은 성령이 표현되는 방편인걸까? 나는 정말로 성령의 역할이 이해가 안 돼."

내 기억으로 그때 릴라는 스테파노와 데이트할 준비를 하고 있었다. 피누차, 리노, 알폰소와 함께 시내에 있는 영화관에 갈 계획이었다. 새로 마련한 치마와 재킷을 입은 모습을 보니 완전히 다른 사람이 된 것 같았다. 이제는 발목도 두 개의 막대기같이 보이지 않았다. 릴라는 마치 자신이 놓치고 있는 것을 붙들려는 것처럼 눈을 가늘게 뜨고 사투리로 말했다.

"넌 아직도 이런 생각으로 시간을 낭비하는 거니, 레누? 우리는 지금 불타는 공 위를 날아가고 있어. 열기가 가라앉은 부분은 용암 위로 떠오르지. 사람들이 건물을 세우고 다리를 놓고 길을 내는 곳이 바로 그 부분이야. 그러다가는 가끔 베수비오 화산에서 용암이 흘러나오거나 지진이 나서 모든 것을 파괴하지. 사람들을 병들게 하고 죽게 하는 미생물도 있고 전쟁도 있어. 또 모든 사람을 악하게 만드는 빈곤이 있지. 매초, 매 순간 아무리 울어도 충분하지 않을 만큼 괴로운 일들이 일어나고 있어. 그런데 너는 뭘 하고 있지? 성령이 무엇인지 공부하는 종교학 수업? 내버려 둬. 세상을 창조한 것은 성부도 성자도 성령도 아닌 악마라고. 자, 이제 스테파노가 내게 선물한 이 진주 목걸이 좀 볼래?"

릴라는 대략 이런 말을 했던 것 같고 나는 혼란스러웠다. 그때부터 종종 그런 식으로 말했고 그것은 그녀 나름대로 내게 뒤처지지 않는다는 것을 표현하는 방식이었다. 내가 성삼위일체에 대해서 무언가를 이야기하면 릴라는 다급하지만 상냥한 말투로 도저히 같은 주제로 대화를 이끌어나갈 수 없게 대답하고는 약혼 반지며 목걸이, 새 옷, 모자 같은 스테파노의 선물을 보여주기 시작했다. 나는 이런 식으로 논리를 전개하는 것을 좋아했고, 바로 이러한 이유로 선생님들에게 인정받았지만 릴라가 그런 반응을 보이자 모든 것이 퇴색되고 부질없게 느껴졌다. 나는 책에서 읽은 내용과 머릿속에 가득 찬 이런저런 생각들을 접어두고 여전히 가난한 구두수선공 페르난도 아저씨의 집과 대비를 이루는 수많은 선물에 찬탄했다. 가끔 릴라의 옷이며 비싼 장신구들을 착용해보기도 했는데 릴라처럼 어울리지 않는다는 것을 깨닫고 실망했다.

44

약혼녀의 역할을 맡은 후 릴라는 많은 사람의 질시와 비난의 대상이 되었다. 얼굴이 창백한 어린아이였을 때부터 사람들의 기분을 언짢게 했는데 행운의 소녀가 된 지금은 오죽하겠는가. 특히 피누차와 마리아 아주머니는 릴라에 대해 적개심을 키워갔다. 모녀는 얼굴에 싫은 티를 대놓고 드러냈다. 구두수선공 딸 주제에 지가 뭐라도 되는 줄 아나보지? 도대체 스테파노에게 어떤 술수를 쓴 거야? 어떻게 했기에 저 애가 입만 뻥긋하면 스테파노가 지갑을 못 열어 안달인 거지? 우리 집안의 안방마님 노릇이라도 하려는 건가?

마리아 아주머니는 퉁명스런 침묵으로 일관했지만 피누차는 참지 못하고 오빠에게 대들었다.

"왜 리나에게는 온갖 것을 다 사주면서 나는 아무것도 못하게 하는 거야? 예전부터 예쁜 물건을 하나라도 사면 쓸데없는 데 돈을 쓴다고 잔소리를 했잖아."

스테파노는 미소를 살짝 지으며 아무런 대답도 하지 않았다. 여유 있는 태도를 유지하면서도 어느 때부턴가 누이에게도 선물을 사주기 시작했다. 이렇게 두 소녀의 경쟁이 시작되었다.

미용실에도 함께 가고 똑같은 옷을 샀다. 하지만 결과는 피누차를 더 씁쓸하게 할 뿐이었다. 피누차도 못난 외모는 아니었고 우리보다 몇 살인가 많았다. 어찌 보면 릴라보다 더 균형 잡힌 몸매였다. 하지만 그녀가 옷을 입거나 장신구를 착용했을 때의 느낌은 릴라가 같은 옷을 입고 같은 장신구를 착용했을 때의 느낌과는 비교가 되지 않았다.

이런 사실을 가장 먼저 알아챈 것은 그녀의 어머니였다. 마리아 아주머니는 릴라와 피누차가 비슷한 머리 모양에 비슷한 옷을 입고 함께 외출하려고 하면 어떻게 해서든 예비 며느리를 야단칠 구실을 만들어냈다. 아주머니는 화제를 돌려 우회적으로, 가식적인 유쾌한 어조로, 주방에 불을 끄지 않았다는 둥 물을 마신 다음 수도꼭지를 꼭 잠그지 않았다는 둥 갖가지 이유를 들어 며칠 전에 릴라가 한 일을 나무랐다. 그러고는 바빠 죽겠다는 듯이 뒤돌아서면서 화난 어조로 중얼거렸다.

"빨리들 들어오려무나."

얼마 지나지 않아 동네의 다른 소녀들도 같은 문제로 고민하기 시작했다. 대놓고 말하지는 않았지만 파티가 있는 날이면 이제는 카르멘이라 불리는 카르멜라와 아다와 질리올라는 릴라를 의식하고 경쟁하듯 치장하기 시작했다. 솔라라네 제과점에서 일하면서 공식적이지는 않지만 미켈레와 연인 관계인 질리올라는 산책 나갈 때나 드라이브를 할 때면 자신을 과시하려고 온갖 예쁜 장신구를 직접 사거나 미켈레에게 사달라고 했다. 하지만 이들은 릴라의 경쟁 상대가 되지 못했다. 릴라는 역광에서조차 빛이 나는 범접할 수 없는 존재였다.

릴라와 스테파노의 약혼 초기에만 해도 나를 포함한 여자아이들은 릴라를 우리 그룹에 붙잡아두고 예전처럼 지내려고 했다. 우리는 스테파노를 우리 그룹에 끌어들여서 그를 에워싸고 부드럽게 대했다. 그도 만족하는 것 같았다. 실제로 어느 토요일, 안토니오와 아다에 대한 호감에 이끌려 릴라에게 말했다.

"레누차와 아다와 안토니오에게 내일 우리와 함께 저녁을 먹겠느냐고 물어봐줘."

여기에서 '우리'란 자신들을 포함한 피누차와 리노를 뜻한다. 피누차는 미래의 사돈과 시간을 보내지 못해 안달이었다. 우리는 그들의 초대에 응하기는 했지만 생각보다 일이 복잡했다. 아다는 망신을 당할까봐 질리올라에게 옷을 빌려야 했다. 스테파노와 리노는 평범한 피자집 대신 산타 루치아에 있는 레스토랑을 선택했다. 나나 안토니오나 아다는 상류층 사람들이 가는 레스토랑에 가본 적이 없었기 때문에 걱정이 태산이었다.

무슨 옷을 입고 돈은 얼마나 준비해야 하지? 스테파노 일행이 자르디네타를 타고 출발한 데 비해 우리는 버스를 타고 플레비시토 광장에 도착한 다음부터는 걸어가야 했다. 레스토랑에 도착하자 그들은 자연스럽게 이것저것 많은 음식을 주문했지만 우리는 영수증에 감당할 수 없는 금액이 찍혀 나올까봐 거의 주문을 하지 않았다. 리노와 스테파노가 자기들끼리 돈 이야기만 하면서 안토니오마저 대화에 끼워주지 않았기 때문에 우리는 식사 내내 거의 한마디도 하지 않았다. 아다는 소외감에 기죽지 않고 저녁 내내 과도한 추파를 보내면서 스테파노의 관심을 받으려 했다. 아다의 이런 행동은 오빠 안토니오를 불편하게 했다.

돈을 내야 하는 순간 식료품점 주인이 이미 계산을 끝냈다는 사실을 알게 되었다. 리노는 이를 당연하게 여겼다. 안토니오는 스테파노와 리노와 동갑인데 그들과 똑같이 직업이 있는 자신을 걸인처럼 취급했다며 화를 냈다.

하지만 그날 가장 기억에 남는 일은 나와 아다가 평소에 우리끼리만 있을 때와 달리 다른 사람들과 함께 있게 되자 각각 다른 심리적인 이유 때문에 릴라와 어떤 대화를 나누고 그녀를 어떻게 대해야 할지 갈피를 못 잡았다는 사실이다. 세련되게 화장을 하고 예쁜 옷을 차려입은 릴라는 자르디네타나 빨간 오픈카, 산타 루치아의 레스토랑과 잘 어울렸다. 이제 그녀의 외모는 우리와 함께 지하철을 타거나 버스로 이동하거나 걸어 다니거나 가리발디 가에서 피자를 사 먹거나 교구 극장에 가거나 질리올라네 집에 춤추러 가기에는 어색해보였다.

그날 저녁 릴라의 지위가 바뀌었음이 확실해졌다. 시간이 갈수록 릴라는 패션 잡지 모델이나 텔레비전에 나오는 소녀들, 과거 키아이아 가에 산책을 나갔을 때 본 처녀들을 닮은 아가씨가 되고 있었다. 빛나는 광채를 내뿜는 그녀의 모습은 우리 동네의 빈곤을 정면으로 강타하는 것 같았다. 스테파노와의 약혼 계획을 함께 짤 때만 해도 아직 어린 소녀의 흔적이 남아 있던 육체는 이제 어둠 속에 완전히 자취를 감추었다. 밝은 태양 아래 젊은 여인의 모습이 드러났다. 일요일에 약혼자와 함께 외출하면 누가 봐도 커플처럼 보였다. 스테파노는 수많은 선물 공세로 동네 모든 사람에게 릴라는 지금도 아름답지만 이보다 더 아름다워질 수 있다는 사실을 과시하려는 것 같았다.

릴라는 끊임없이 샘솟는 자신의 아름다움에 도취되었다. 머리 모양, 새 옷, 새로운 눈 화장과 립스틱만으로도 과거의 한계를 넘어서 아름다움의 영역을 확장시켰다. 아무리 훌륭한 그림도 그녀의 아름다움을 규격화하여 담아낼 수 없다는 사실을 느끼고 과시하고 싶어 했다.

스테파노는 릴라를 미래의 부와 권력의 상징으로 삼고자 했고 그녀는 그가 자신에게 채우는 족쇄를 어린 시절부터 힘겹게 맞서고 이겨낸 모든 것에서 자신을 포함한 오빠와 부모님과 다른 친척들을 보호하는 수단으로 이용하고 있었다.

그때까지만 해도 정월 초하룻날 밤 그녀가 겪은, 스스로 경계의 해체라고 이름 붙인 끔찍한 경험에 대해서는 몰랐지만 부서진 냄비 이야기는 알고 있었다. 나는 내 마음속 깊은 곳에 각인되어 있던 그 이야기를 곰곰이 되씹어보곤 했다.

어느 날 밤 이스키아 섬에 있을 때 릴라가 내게 보낸 편지를 마음먹고 다시 읽어보았다. 그녀가 자신에 대한 이야기를 써내려가는 방식은 너무나 매혹적이었다. 그 편지를 받은 것이 너무나 오래전 일인 것처럼 느껴졌다. 그런 언어로 편지를 보낸 릴라는 이제 존재하지 않는다는 사실을 나는 받아들여야 했다. 편지에는 아직도 『푸른 요정』을 썼고, 혼자서 라틴어와 그리스어를 공부하고, 페라로 선생님의 도서관에 있는 책의 절반은 읽어치우고, 구둣방에 액자로 걸어놓은 신발 그림을 그렸던 소녀의 흔적이 남아 있었다. 하지만 지금의 일상 속에서는 그때의 릴라가 보이지도 느껴지지도 않았다. 예민하고 공격적인 '릴라 체룰로'의 형상이 망가져버린 것 같았다.

우리는 여전히 같은 동네에 살고, 함께 유년기를 보냈고, 함께 열다섯 살이 된 해를 보내고 있지만 갑작스럽게 전혀 다른 길을 걷게 되었다. 나는 시간이 지날수록 가계의 큰 희생을 무릅쓰고 중고 시장에서 구하거나 올리비에로 선생님이 마련해준 냄새나는 너덜너덜한 책을 구부정한 자세로 읽는 단정치 못하고 꾀죄죄한 안경잡이 소녀로 변해가고 있었다. 이에 비해 릴라는 무대의 여주인공처럼 머리를 빗어 넘기고, 영화배우나 공주 같은 옷을 입고 스테파노의 팔짱을 끼고 거리를 활보했다.

나는 창문에서 릴라를 바라보면서, 과거의 그녀 모습이 망가져버렸다는 것을 느꼈다. 그녀가 편지에 쓴 아름다운 문장들과 금이 가고 구겨진 구리 냄비를 생각했다. 그녀와 나의 내면에서 파열음이 날 때마다 항상 그 이미지를 떠올렸다. 나는 그 어떤 형태의 틀도 릴라를 담을 수 없다는 것을 알고 있었기에 머지않아 그녀가 모든 것을 또다시 파괴할 것이라는 것을 확신했다. 아니, 릴라가 그렇게 하길 바랐다.

45

산타 루치아에서 보낸 그다지 유쾌하지 않았던 저녁 식사 이후 그런 식의 만남은 다시 반복되지 않았다. 릴라와 스테파노가 우리를 초대하지 않아서가 아니라 우리가 이런저런 핑계로 그들의 초대를 거절했기 때문이다. 학교 과제물 때문에 심신이 지치지 않을 때면 옛 친구들과 함께 피자를 먹으러 가거나 질리올라네 집으로 춤추러 갔다.

나는 되도록 안토니오가 온다는 확신이 있을 때만 외출했다. 그는 얼마 전부터 나를 헌신적으로 대했고 신중하고 세심한 태도로 내게 호의를 보였다. 물론 그의 피부는 언제나 번들거리고 검은 점으로 뒤덮여 있는 데다 푸르스름한 치아는 모양이 삐뚤빼뚤했다. 그의 손은 넓적하고 힘이 셌는데 언젠가 별로 힘을 들이지도 않고 파스콸레가 구입한 오래된 자동차의 구멍 난 바퀴에서 나사를 빼내는 광경을 목격한 적도 있다. 하지만 물결치는 그의 검은 머리를 바라보고 있으면 쓰다듬어 주고 싶은 마음이 들었고 가끔가다 몇 마디 던질 때는 언제나 위트 있게 말했다. 게다가 그는 나를 알아봐준 유일한 사람이었다.

엔초는 거의 모습을 나타내지 않았다. 그의 생활에 대해서는 알려진 바가 거의 없었고 가끔 우리와 함께할 때면 특유의 무심하고 느릿느릿한 태도로, 하지만 과하지 않은 선을 유지하며 카르멜라에게 관심을 보였다. 파스콸레는 릴라에게 거부당한 이후부터 여자아이들에 대해서는 관심을 잃은 것 같았다. 아다는 평소에 우리 패거리를 꼴도 보기 싫어했다. 하지만 유독 파스콸레에게만은 지치지 않고 끊임없이 관심을 표현했다. 파스콸레는 그런 아다조차도 별로 신경 쓰지 않았다.

물론 그런 식으로 친구들과 만나는 밤이면 이런저런 이야기 끝에 화제는 언제나 릴라에게로 넘어갔다. 아무도 그녀의 이름을 입에 올리고 싶어 하지 않았다. 남자아이들은 스테파노의 자리에 자신이 있기를 원했기에 모두 약간은 속이 상한 상태였다. 그중에서도 가장 불행한 사람은 파스콸레였다. 솔라라 집안과의 묵은 감정만 없었다면 공식적으로 마르첼로 편에 서서 체룰로 집안을 적대시했을 것이다. 릴라와 스테파노가 같이 있는 모습을 멀리서 보기만 해도 사랑의 고통이 내면 깊이 침투해 다른 모든 기쁨을 앗아가 버렸다. 하지만 그는 본성이 따뜻하고 올곧은 청년이었기에 자신의 감정을 자제하고 올바른 편에 서도록 언제나 노력했다. 어느 날 마르첼로와 미켈레 형제가 리노와 마주쳐 손가락 하나 건드리지는 않았지만 그에게 험한 욕설을 퍼부었을 때도 파스콸레는 철저히 리노 편을 들어주었다.

한 번은 마르첼로와 미켈레 형제의 아버지 실비오 솔라라가 재단장을 마친 페르난도 아저씨의 구둣방을 찾아가 딸아이를 제대로 가르치지 못했다고 차분한 목소리로 책망한 적이 있었다. 실비오 솔라라는 주변을 돌아보며 페르난도 아저씨가 신발을 만들어봤자 신발을 판매할 구두 가게를 구하지 못할 것이라고 했다. 주변에 널브러진 풀, 끈, 송진, 나무 모형, 밑창이며 굽 따위 물건들에 불이 붙으면 모든 것이 잿더미가 되는 것은 순식간일 것이라고 위협적인 한마디를 덧붙였다. 이때 파스콸레는 체룰로 구둣방에 화재가 나면 자신의 패거리를 이끌고 가서 솔라라네 주점과 제과점에 불을 질러버리겠다고 으름장을 놓았다. 이런 그도 유독 릴라에 대해서는 비판적이었다. 그는 매일 저녁 마르첼로가 그녀의 환심을 사기 위해 찾아왔을 때 그를 집 안에 들이느니 차라리 어디론가 도망쳤어야 했다고 했다. 돈으로 자신을 사려는 사람과 함께 텔레비전을 보고 있을 일이 아니라 그 따위 물건은 망치로 부숴버렸어야 했다고 했다. 스테파노 같은 멍청한 위선자를 진심으로 사랑하기에 릴라는 너무나 똑똑한 아이라고도 했다.

파스콸레의 비판에 가만히 있지 않고 반박하는 사람은 나밖에 없었다. 집에서 도망친다는 것이 어디 쉬운 일인가. 사랑하는 사람들의 뜻을 거스른다는 것은 쉬운 일이 아니다. 쉬운 것은 하나도 없다. 릴라에게 화를 내지 말고 파스콸레의 친구인 리노에게 화를 내라. 마르첼로와 릴라를 그런 관계로 몰고 간 것은 리노가 아니던가. 만약 릴라가 알아서 상황을 정리하지 못했다면 마르첼로와 결혼했어야 할 것이다. 나는 이런 식으로 파스콸레의 말에 반박했다.

나는 스테파노를 칭찬하며 어린 시절부터 릴라를 알아오고 그녀를 좋아했던 모든 남자 중에서 유일하게 그녀를 지지해주고 도와줄 용기를 가진 사람은 스테파노밖에 없다고 했다. 그러면 기분 나쁜 침묵이 감돌았고 나는 듣는 이들을 경탄하게 하는 이런 어조와 표현으로 내 친구에 대한 모든 비판을 반박해냈다는 사실이 뿌듯했다.

그러던 어느 날 심각한 싸움이 벌어졌다. 50리라만 내면 마르게리타 피자에 맥주까지 한 잔 마실 수 있는 레티필로에 있는 피자집에 함께 피자를 먹으러 갔는데, 이날은 엔초도 함께 있었다. 그때는 여자아이들이 먼저 릴라에 대해 이야기하기 시작했다. 누군가가(아마 아다였던 것 같다) 릴라를 두고 집 현관에는 바퀴벌레 약을 뿌려야 하는 주제에 그런 식으로 매일 미장원에 막 다녀온 듯한 머리에 소라야 공주 같은 옷을 입고 쏘다니는 것은 꼴불견이라고 했다. 이 말에 정도의 차이는 있었지만 모두 웃음을 터뜨렸다. 이런저런 이야기를 하다 카르멜라가 자기 생각에는 릴라가 돈 때문에, 오빠와 가족들의 생계를 위해서 스테파노와 약혼을 한 것 같다고 단호히 말했다. 내가 으레 그러듯이 전투태세를 갖추고 있을 때 파스콸레가 끼어들었다.

"중요한 것은 그게 아니야. 중요한 건 리나가 그 돈이 어디서 난 것인지도 알고 있다는 거야."

"또 돈 아킬레니 암시장이니 밀수니 고리대금업 같은 전후에 일어난 더러운 일들 이야기를 꺼낼 셈이야?"

내가 물었다.

"그래. 예전엔 네 친구도 내 생각이 옳다고 했었지."

"스테파노는 물건을 팔 줄 아는 장사꾼일 뿐이야."

"체룰로 구둣방에 투자한 돈이 식료품점에서 나온 줄 알아?"

"그렇지 않으면 어디서 나온 돈인데?"

"그 돈은 돈 아킬레가 침대 매트리스 안에 숨겨두었던 돈이야. 셀 수 없이 많은 우리 어머니들의 금붙이에서 나온 돈이야. 리나는 동네의 모든 빈민들의 피로 귀부인 행세를 하고 있다고. 그런 식으로 결혼도 하기 전에 자신을 포함한 모든 식솔을 부양하게 하고 있는 거야."

내가 막 반박하려고 하는데 엔초가 평상시처럼 무심한 듯한 태도로 파스콸레의 말에 끼어들었다.

"미안하지만 '부양하게 하다'는 것이 무슨 뜻이지?"

나는 그 말을 듣자 분위기가 심각해질 것을 느낄 수 있었다. 파스콸레는 얼굴이 빨개져서 민망해했다.

"문자 그대로 부양하게 한다는 의미지. 리나가 미용실 갈 때마다 누가 돈을 내주겠어? 옷이며 가방을 사러 갈 때는? 구두를 수선하는 사람에게 구두 만들기 놀음을 시키려고 돈을 투자한 사람이 누구겠느냐고!"

"그러니까 네 말은 리나가 사랑해서 스테파노와 약혼하고 결혼하려는 것이 아니라 몸을 팔기라도 했다는 거야?"

모두 입을 다물고 있는데 안토니오가 중얼거렸다.

"이봐, 엔초. 파스콸레는 그런 뜻이 아니야. 저 친구가 리나를 얼마나 좋아하는지 알잖아. 우리 모두가 그렇듯이 말이야."

엔초는 조용히 하라는 신호를 보냈다.

"조용히 해, 안토! 파스콸레가 대답해야지."

파스콸레가 험악하게 대답했다.

"그래, 맞아. 그런 데다 매일 흥청망청 써대는 돈에서 나는 악취에는 신경도 쓰지 않지."

다시 내 의견을 말하려고 했는데 그때 엔초가 내 팔을 잡았다.

"미안해, 레누. 나는 몸 파는 여자를 어떻게 부르는지 파스콸레의 입으로 듣고 싶어."

순간 우리 모두는 파스콸레의 눈에서 내재되었던 공격성이 폭발하는 것을 느낄 수 있었다. 그는 수개월 동안 동네 사람들을 향해 외치고 싶었던 말을 뱉어냈다.

"창녀! 그런 년은 창녀야. 리나는 창녀처럼 행동했고 지금도 그러고 있어!"

엔초는 일어나더니 나지막한 목소리로 말했다.

"밖으로 나와."

"흥분하지 마, 엔초. 파스콸레는 리나를 모욕한 게 아니야. 모두들 마음속에 가지고 있는 생각을 말한 것뿐이야."

엔초는 이번에는 큰 소리로 말했다.

"나는 그렇게 생각하지 않아."

그리고 출구 쪽으로 가더니 선언했다.

"너희 둘 다 밖에서 기다리겠어."

우리는 파스콸레와 안토니오가 엔초를 따라 나서는 것을 막았고 그래서 아무런 일도 일어나지 않았다. 셋은 며칠 동안 데면데면했지만 결국 모든 것은 원상회복되었다.

46

내가 이날 다툼에 대해서 이야기한 것은, 그해 릴라의 선택을 둘러싸고 형성된 분위기에 대해서 설명하기 위해서다. 특히 과거에 그녀를 은밀히 또는 공공연하게 사랑했고 원했으며 여전히 그런 감정을 간직하고 있던 청년들 간의 분위기가 이러했다. 이 와중에 막상 내 감정이 어떤 식으로 뒤얽혀 있었는지 설명하기란 쉽지 않다. 나는 기회만 되면 나서서 릴라를 변호했고 그렇게 하는 것이 좋았다. 어려운 공부를 하는 사람으로서 권위 있게 말하는 것도 좋았다.

다른 한편으로는 그녀를 변호하고 싶은 마음만큼이나 릴라가 실은 어떻게 스테파노의 모든 움직임을 뒤쫓았는지 알리고 싶었다. 어떻게 그녀가 내 협조를 받아 마치 수학 문제라도 되는 것처럼 모든 사건을 단계별로 계획해 현재의 결과를 이루어냈는지에 대해서 약간의 과장을 보태 모두에게 들려주고 싶었다. 결과적으로 그녀는 자신의 생계를 보장받고 오빠의 생계 문제도 해결해주었으며 구두공장 계획을 실현했고 부서진 내 안경을 고쳐줄 돈까지 구한 것이다.

페르난도 아저씨의 옛 구둣방을 지나가며 나는 대리만족 비슷한 성취감을 느꼈다. 릴라가 성공했다는 것은 분명한 사실이었다. 그때까지 간판 하나 없었던 구둣방이었는데 이제 오래된 문 위에 '체룰로'라고 쓰여진 간판이 걸려 있었다. 페르난도 아저씨와 리노와 견습생 세 명은 아침부터 늦은 밤까지 의자에 구부정하게 앉아 가죽을 붙이고, 바느질을 하고, 망치질을 하고, 광을 냈다. 부자가 종종 다툼을 벌인다는 것은 널리 알려진 사실이었다. 페르난도 아저씨가 신발 중에서도 특히 여성 구두는 릴라가 생각해낸 것과 똑같이 만들 수는 없다는 주장을 고수하고 있다는 것도 이미 잘 알려진 사실이었다. 그 그림은 일개 어린아이의 상상의 산물이지 않은가.

반면 리노는 아버지와 전혀 반대 의견이어서 툭하면 릴라에게 도움을 요청하러 간다는 것도 공공연한 사실이었다. 릴라는 이 일에 관여하고 싶지 않아 했기에, 결국 리노는 스테파노를 찾아 그를 구둣방까지 끌고 가서 자기 아버지에게 세밀한 부분까지 지시를 내리게 한다는 사실도 익히 알려진 바였다. 그러면 스테파노는 작업실에 들어가서 오랫동안 벽에 걸린 액자 속의 릴라의 그림을 바라보다가 혼자서 미소를 짓고 자신은 저 그림과 똑같은 신발을 원하며, 그런 신발을 만들라고 그 액자들을 벽에 걸어놓은 것이라고 침착하게 말한다는 사실도 잘 알려져 있었다.

정리하자면 모든 작업이 느리게 진행되고 있었다. 직원들은 처음에는 페르난도 아저씨에게서 지침을 받았지만 리노가 이를 뒤집어 놓아 모든 작업을 중단했다 다시 시작했다. 그 와중에 페르난도 아저씨가 뭔가 이상하다는 것을 눈치채고 리노의 지침에 따라 가미된 변동 사항을 되돌려놓으면 결국에는 스테파노가 도착해서 모든 것을 네모난 칸이 그려진 그림을 기준으로 되돌려놓았다. 이 과정의 마지막은 결국 고함소리와 부서진 물건들로 마무리되곤 한다는 것도 공공연한 사실이었다.

나는 지나가다가 그런 모습을 힐끔 쳐다보고는 바로 자리를 피하곤 했다. 하지만 나는 벽에 걸린 릴라의 그림에서는 강한 인상을 받았다. 나는 생각에 잠겼다.

'릴라에게 그 그림들은 공상일 뿐이었어. 릴라에게는 애초에 돈을 벌거나 신발을 판매하려는 의도가 없었어. 신발과 관련된 사업은 오직 릴라에 대한 사랑 때문에 스테파노가 실현시킨 그녀의 영감의 산물일 뿐이지. 그렇게도 사랑받고 또 그만큼 사랑할 수 있는 릴라는 정말로 축복받은 아이인 거야. 존재 자체로 흠모의 대상이 될 뿐 아니라 자신이 생각해낸 것으로도 흠모의 대상이 될 수 있는 그녀가 부러워. 오빠가 원하는 것을 오빠에게 주고 모든 위기에서 벗어났으니 이제 분명 또 다른 무엇인가를 생각해내겠지. 그렇기 때문에 나는 릴라를 시야에서 놓치고 싶지 않아.'

하지만 아무런 일도 일어나지 않았다. 릴라는 스테파노의 약혼녀 역할에 익숙해져갔다. 내가 틈을 내서 그녀와 대화를 나눌 때도 지금의 상태에 만족하는 것 같았다. 결혼, 집, 아이들 외에는 아무것도 생각하지 않는 것처럼 보였다. 아니 어쩌면 그 외의 것은 생각조차 하고 싶지 않은 것 같았다.

나는 실망했다. 과거의 예리함은 사라지고 너무 유해지기만 한 것 같았다. 후에 질리올라의 말을 듣고서야 그녀에 대해서 험한 소문이 나돌고 있다는 사실을 알았다.

질리올라는 사투리로 릴라에 대한 적의를 드러내며 말했다.

"지금이야 네 친구가 공주처럼 굴지. 그런데 마르첼로가 한참 그 집에 드나들 때 그 애가 마르첼로에게 입으로 그 짓거리를 해줬다는 사실을 스테파노도 알고 있니?"

나는 입으로 하는 그 짓거리가 뭔지 몰랐다. 어렸을 때부터 들어본 듯한 표현이지만 어감에는 일종의 경멸과 수치스러운 뉘앙스가 풍겼다.

"거짓말이야."

"마르첼로가 그렇게 얘기했어."

"그는 거짓말쟁이야."

"그래? 동생한테도 거짓말을 할까?"

"미켈레가 너한테 그래?"

"응."

나는 그 소문이 스테파노의 귀에 들어가지 않기를 기원했다. 학교에서 돌아올 때마다 좋지 않은 일이 일어나기 전에 릴라에게 알려야겠다고 마음먹었다. 하지만 릴라가 화를 낼까봐 두려웠고, 또다시 칼을 꺼내들고 바로 마르첼로를 찾아갈까봐 두려웠다. 사실 릴라는 그렇게 태어나고 자라온 아이가 아니었던가. 그러다가 결국 마음을 다잡았다. 적어도 릴라가 상황에 대비할 수 있도록 내가 들은 말을 전해주는 것이 좋겠다고 생각했다.

놀랍게도 릴라는 모든 것을 알고 있었다. 그뿐만 아니라 입으로 하는 그 짓거리가 무엇인지 나보다 더 잘 알고 있었다. 자신은 그런 역겨운 짓은 그 누구에게도 해줄 의향이 없는데 하물며 그 대상이 마르첼로라는 것이 말이 되느냐며 그 짓거리와 관련된 더욱 정확한 단어를 사용했을 때 나는 그 사실을 확인할 수 있었다. 스테파노도 그 소문을 이미 들었고 마르첼로가 체룰로네 집에 드나들 때 둘이 어떤 관계였는지 물었다. 릴라는 그에게 화를 냈다고 했다.

"미쳤어? 아무 관계도 아니었어!"

스테파노는 다급히 자신은 그녀를 믿고 단 한 번도 의심해본 적이 없으며 그런 질문을 한 것은 마르첼로가 그녀에 대한 지저분한 소문을 퍼뜨리고 다닌다는 것을 알려주기 위한 것이었다고 말했다. 릴라는 스테파노가 말은 그렇게 했지만 상상 속에서 벌어지는 끔찍한 광경에 정신을 빼앗긴 사람처럼 얼이 빠진 표정을 짓고 있었다고 했다.

릴라는 스테파노의 표정을 알아차리고 긴 시간 동안 대화를 나눴다. 릴라는 자신도 마르첼로에게 복수하고 싶은 충동을 느꼈다고 했다. 하지만 그게 무슨 소용이란 말인가. 이야기를 하고 또 한 결과 그들은 솔라라 집안 사람들이나 동네 사람들의 생각을 넘어서기로 했다.

"넘어선다고?"

내가 놀라워하며 물었다.

"응. 무시하는 거야. 마르첼로도, 그의 동생도, 아버지도, 조부도, 모두를 말이야. 마치 존재하지 않는 것처럼 지내는 거지."

그렇게 해서 스테파노는 특별히 예비 신부의 명예를 지키려 하지 않고 평소처럼 일하며 지냈다. 릴라는 칼을 비롯한 다른 어떤 무기도 꺼내들지 않고 그의 약혼녀로서 생활을 계속했고 솔라라 형제는 여전히 음란한 소문을 퍼뜨리고 다녔다.

나는 어이없어하며 그녀와 헤어졌다. 그녀에게 무슨 일이 일어나고 있는 걸까? 이해할 수가 없었다. 내겐 오히려 솔라라 형제의 행동이 정상처럼 느껴졌다. 그들의 행동은 어렸을 때부터 우리에게 익숙한 세계에 어울리는 것이었다. 릴라와 스테파노는 대체 무슨 생각을 하고 있고 어떤 세상에서 살고 있다고 생각하는 걸까? 그들의 행동은 학교에서 배우는 시에서나 내가 읽은 소설에서도 볼 수 없는 행동이었다.

나는 의아했다. 그런 참을 수 없는 모욕에도 반응하지 않다니. 릴라와 스테파노는 빈민가를 방문한 존 케네디와 재클린 케네디라도 된 것처럼 친절하고 정중하게 행동하고 있었다. 스테파노가 릴라의 어깨에 팔을 두르고 함께 산책하는 모습을 보고 있으면 오래된 규율의 적용을 받지 않는 것처럼 보였다. 그들은 함께 웃고, 장난치고, 껴안고, 입을 맞췄다.

나는 그들이 저녁에 둘이서만 영화에 나오는 배우들처럼 옷을 차려입고 오픈카를 타고 쏜살같이 지나가는 모습을 종종 목격했다. 그럴 때면 나는 혼자 생각에 잠겼다.

'저 애들은 감시하는 사람들도 없이 부모님과 오빠 리노의 허락을 받고 당당하게 나가서 어디서 무엇을 할까? 사람들이 뭐라고 하는지 아랑곳하지도 않고 말이야.'

스테파노로 하여금 자신들이 흠모의 대상이자 동네 사람들의 입에 가장 많이 오르내리는 커플이 될 수 있게 행동하도록 설득한 것은 릴라일까? 그것이 릴라의 다음 계획이었나? 동네 안에 머무름과 동시에 동네를 벗어나려고 하는 것인가? 자신이 원하는 모습에 어울리게 하려고 모든 사람을 옛 모습에서 탈피시키려는 것인가?

47

어느 순간 모든 것이 일상으로 되돌아갔나 싶었는데 릴라에 대한 소문이 파스콸레에게까지 들어갔다. 일요일 저녁 나와 카르멜라, 엔초, 파스콸레, 안토니오는 큰길을 따라서 함께 산책하고 있었다. 그때 안토니오가 말했다.

"마르첼로가 모두에게 리나와 깊은 관계를 가졌다고 떠벌리고 다닌다는 소문을 들었어."

엔초는 눈 하나 깜짝하지 않았지만 파스콸레는 바로 흥분했다.

"깊은 관계라니?"

안토니오는 나와 카르멜라 때문에 민망해하며 말했다.

"무슨 말인지 알잖아."

그들은 우리와 거리를 두고 자기들끼리 이야기를 했다. 파스콸레가 점점 더 화를 내는 모습이 보였다. 엔초의 몸이 마치 팔, 다리, 목이 없는 재질이 딱딱한 하나의 덩어리처럼 점점 더 뻣뻣해지는 것이 느껴졌다.

'대체 왜 저리도 흥분하는 걸까?'

나는 생각했다. 릴라는 그들의 누이도 사촌 동생도 아니다. 그런데 셋이 스테파노보다 아니 자신들이 릴라의 실제 약혼자들이라도 되는 양 그보다 훨씬 더 분개하고 있었다. 특히 파스콸레가 흥분하는 모습은 가관이었다. 불과 며칠 전에 릴라에 대해서 자기 입으로 그런 이야기를 해놓고서 지금에 와서 갑자기 이렇게 소리 질렀다.

"내가 그 개자식의 면상을 박살내버리겠어. 리나를 창녀로 만들다니. 스테파노는 어떨지 모르지만 나는 절대로 가만두지 않겠어!"

우리는 그의 고함소리를 두 귀로 똑똑히 들었다. 그러다 침묵이 흘렀다. 그들이 다시 우리와 합류했고 나는 안토니오와 이야기하고, 카르멜라는 그녀의 오빠와 엔초와 이야기하며 거리를 배회했다. 얼마 후 남자아이들은 우리를 집으로 바래다주었다. 나는 그들이 멀어져가는 모습을 바라보았다. 가장 키가 작은 엔초를 가운데 두고 안토니오와 파스콸레가 양 옆에 있었다.

다음 날과 그 이후로도 며칠 동안 솔라라 형제의 밀레첸토가 온 동네 사람의 입에 오르내렸다. 그들의 차가 산산조각 난 것이다. 그뿐만 아니라 두 형제는 정체를 알 수 없는 사람들에게 심하게 얻어맞았다. 이들은 최소 열 명의 괴한이 어둠 속에서 자신들을 공격했으며, 아마도 외지인의 소행인 것 같다고 했다. 하지만 나와 카르멜라는 공격한 사람은 세 명뿐이었다는 것을 너무나 잘 알고 있었고 걱정이 되어 견딜 수 없었다. 피할 수 없는 보복을 하루 이틀 기다려 보았지만 삼총사가 계획을 잘 세워 공격한 것이 분명해졌다. 파스콸레는 계속 벽돌공 일을 했고, 안토니오는 정비소에서 일을 했다. 엔초는 여전히 수레를 끌고 돌아다녔다.

한편 솔라라 형제는 얼마 동안 고통에 시달리며 약간은 넋이 나간 상태로 걸어 다녔다. 그들은 언제나 친구 네다섯 명 정도와 함께 몰려다녔다. 엉망이 된 그들의 꼬락서니를 보니 솔직히 기분이 좋았다는 것을 지금에 와서야 고백한다. 나는 내 친구들이 자랑스러웠다. 나는 카르멜라, 아다와 함께 엔초, 안토니오, 파스콸레와는 달리 이 일을 모르는 척하는 태도로 일관하는 스테파노와 리노를 욕했다.

얼마 지나지 않아 마르첼로와 미켈레는 초록색 줄리에타를 구입해서 타고 다니며 다시 동네의 주인으로 등극했다. 활기차고 건장하고 전보다 더 거만하게 행동했다. 릴라의 말이 옳았다. 그런 종류의 사람들을 이기는 방법은 그들보다 더 성공하는 것이다. 그들은 상상조차 할 수 없는 성공 말이다. 고등학교 3학년 진급 시험을 앞두고 있던 어느 날 릴라는 내게 오는 봄, 갓 열여섯이 지난 나이에 결혼하겠다고 했다.

48

나는 그 소식에 혼란스러웠다. 릴라가 내게 결혼 소식을 알린 것은 6월이고 나는 불과 몇 시간 후에 구두 시험을 앞두고 있었다. 물론 그녀가 언젠가 결혼할 것이라는 사실은 알고 있었지만 3월 12일이라는 명확한 날짜가 정해지자 방심하다가 문에 세게 부딪힌 느낌이었다.

나는 옹졸한 생각을 하기 시작했다. 릴라의 결혼까지 남은 시간을 계산해보았다. 9개월이 남아 있었다. 9개월이라는 시간은 피누차의 악의에 찬 증오와 마리아 아주머니의 적개심, 『아이네이스』에 나오는 날개달린 괴물처럼 온 동네 사람들의 입을 타고 널리 날아가는 마르첼로의 음란한 이야기가 스테파노를 지치게 해서 결국 파혼을 결심하게 하기에 충분한 시간인 것 같았다.

이런 생각을 하는 내 자신이 수치스러웠다. 하지만 릴라와 내 운명 사이의 괴리를 어느 정도 인정한다 해도 릴라가 결혼까지 하면 우리를 하나의 그림으로 이어주는 동질성을 찾아내기가 더 힘들어질 터였다. 결혼 날짜가 정해짐으로써 우리들의 삶이 서로에게서 멀어지게 될 분기점이 명확해졌다. 최악인 것은 릴라의 삶이 내 삶보다 우월할 것이라는 확신이었다. 면학의 길이 무의미하다는 것을 이토록 강하게 느껴본 적이 없었다.

수년 전, 이 길을 선택한 것은 오직 릴라의 부러움을 받기 위해서였다는 사실이 확실해졌다. 그런데 지금 릴라에게 책은 아무런 의미가 없다. 시험공부를 중단했지만 밤새 잠을 이루지 못했다. 나는 보잘것없는 내 애정사를 되짚어보았다. 지노와 한 번 입을 맞췄고, 니노의 입술이 살짝 스쳐간 적이 있고, 그의 아버지와 짧고 불결한 신체 접촉이 있었다. 그게 다였다. 그런데 릴라는 3월이면, 열여섯의 나이에 남편을 얻고 1년이 지나 열일곱이 되면 아들을 낳고, 또 아들을 낳고, 그 후로도 줄줄이 아이들을 낳을 것이다. 내 자신이 희미한 그림자가 되어버린 것 같았다. 나는 절망했다. 울음이 터져나왔다.

다음 날 마지못해 시험을 보러 갔는데 마침 기분 좋은 일이 있었다. 시험위원회의 일원이었던 제라체 선생님과 갈리아니 선생님이 내 이탈리아어 작문 과제물에 대해서 열렬히 칭찬해준 것이다. 특히 제라체 선생님은 내 글의 전개 방식이 더 좋아졌다고 했다. 다른 위원들에게도 일부분을 읽어주었다. 제라체 선생님이 내 글을 읽는 것을 들으면서 몇 달 동안 내가 글을 쓸 때마다 하려고 했던 것이 무엇인지 깨달았다. 나는 딱딱하고 부자연스러운 어투를 버리고 이스키아 섬에서 받은 릴라의 편지처럼 매끄럽고 매혹적인 글을 쓰려고 노력해온 것이었다.

제라체 선생님이 내 글을 읽는 동안 갈리아니 선생님은 귀를 기울이고 침묵으로 동의했다. 내 글을 읽는 선생님의 목소리를 들으며 나는 목적을 이뤘다고 생각했다. 내 글은 릴라가 아니라 내 방식대로 쓴 것이다. 그런데 선생님들은 내 글이 어딘가 비범한 구석이 있다고 생각했다.

나는 10점 만점으로 다음 학년에 진급했다. 하지만 우리 집에서는 아무도 놀라워하거나 축하해주지 않았다. 물론 내 부모님이 흡족해한다는 것은 느낄 수 있었고 나도 만족했다. 하지만 식구들은 대수롭지 않게 생각했다. 어머니는 학교에서 거둔 성공을 당연한 것으로 받아들였고 아버지는 다음 학년도를 위한 책을 기간 안에 구하도록 당장 올리비에로 선생님에게 가보라고 했다. 집을 나서는데 어머니가 등 뒤에 대고 소리쳤다.

"행여나 널 또다시 이스키아 섬에 보내려고 하면 내가 몸이 편치 않아 집안일에 네 도움이 필요하다고 해라."

선생님은 나를 칭찬하기는 했지만 마지못해 하시는 것 같았다. 선생님조차 내 우수한 성적을 당연하게 여겨서이기도 했고 건강 상태가 좋지 못한 탓도 있었다. 선생님은 내게 쉬어야 할 것 같다는 말도, 사촌 넬라 아주머니에 대한 이야기도, 이스키아 섬에 대한 이야기도 하지 않았다. 대신 놀랍게도 릴라에 대한 이야기를 꺼냈다. 선생님은 멀리서 릴라의 모습을 봤다고 했다. 약혼자인 식료품점 주인과 함께 있더라고 했다. 그런데 선생님은 내가 평생 잊지 못할 말을 덧붙였다.

"어린 시절 체룰로가 머릿속에 간직하고 있던 아름다움은 피어나지 못했단다. 그 아름다움이 모두 얼굴과 가슴, 허벅지와 궁둥이로 가버렸어. 언제 그랬냐는 듯이 아름다움이 순식간에 사라져버리는 그런 곳들로 말이야."

선생님을 알고부터 선생님이 험한 표현을 쓰는 것을 한 번도 들어보지 못했다. 그런데 선생님은 '궁둥이'라는 단어를 썼고 이내 미안하다고 중얼거렸다. 하지만 나는 그 말 자체에 충격을 받지는 않았다. 선생님은 자신이 선생님으로서 릴라를 보호하고 잘 성장할 수 있게 돌보아주지 못했기 때문에 릴라가 가지고 있던 그 무엇인가가 망가져버렸다는 것을 깨달은 듯했다. 선생님의 회한의 감정은 내게 깊은 인상을 남겼다. 나는 선생님이 가르친 제자 중에서 가장 뛰어난 제자로 인정받은 것 같아 기분이 좋아져서 돌아왔다.

나를 아낌없이 축하해준 유일한 사람은 알폰소였다. 그 애 역시 전 과목 7점으로 진급에 성공했다. 나는 그가 순수하게 감탄하고 있다는 것을 느꼈고 기분이 매우 좋았다. 그는 너무나 기쁜 나머지 성적표가 붙어 있는 벽 앞에서, 같은 반 아이들과 그들의 부모님이 지켜보는 앞에서, 내가 여자아이이고 나를 만져서는 안 된다는 사실을 망각한 듯 곤란한 행동을 했다. 나를 힘차게 안고 쪽 소리를 내며 내 볼에 입을 맞춘 것이다. 그러고는 당황하며 즉시 나를 놓아주었다.

미안하다고 사과는 했지만 기죽지 않고 소리쳤다.

"전 과목 10점이라니! 불가능한 일이야. 전 과목 10점이라니!"

집에 돌아가며 우리는 그의 형과 릴라의 결혼식에 대해 많은 이야기를 나눴다. 그날따라 기분이 좋아서 나는 처음으로 미래의 형수에 대해 어떻게 생각하느냐고 물었다. 알폰소는 잠시 생각하더니 말했다.

"예전에 학교에서 치렀던 경쟁을 기억해?"

"그걸 어떻게 잊겠어?"

"난 내가 이길 것이라고 확신하고 있었어. 너희들 모두 내 아버지를 두려워했으니까."

"리나도 마찬가지였어. 사실 어느 정도는 일부러 너를 이기지 않으려고 했고."

"그래. 하지만 일단 마음을 먹자 내게 망신을 줬지. 그날 집에 가는 내내 울었어."

"패배한다는 것은 기분 나쁜 일이지."

"그래서가 아니야. 나를 포함한 모든 사람이 아버지를 두려워하는데 그 조그만 여자아이는 그렇지 않다는 사실이 견딜 수 없었던 거야."

"그때 리나에게 반했었니?"

"농담해? 나는 항상 릴라가 불편했어."

"무슨 뜻이야?"

"그녀와 결혼하려는 형은 정말 용기가 가상하다는 거야."

"무슨 말이야?"

"내 말은 네가 낫다는 거야. 나에게 선택하라고 한다면 나는 너와 결혼했을 거야."

이 말도 마음에 들었다. 우리는 웃음을 터뜨렸다. 우리는 웃음기가 채 가시지 않은 상태에서 헤어졌다.

알폰소는 여름 내내 식료품점에서 일을 해야 했고, 나는 아버지보다는 어머니의 결정에 따라서 여름 동안 일할 일자리를 알아봐야 했다. 우리는 다시 만나자고, 적어도 일주일에 한 번씩은 바다에 함께 가자고 약속했다. 하지만 그런 일은 일어나지 않았다.

며칠 동안 나는 동네를 돌아다녔다. 큰길에 있는 약국 주인 돈 파올로에게 직원이 필요한지 물어보았다. 필요 없다고 했다. 신문 가판대 주인에게도 물었지만 그도 필요 없다고 했다. 문구점을 가자 여자 주인이 웃음을 터뜨리며 말했다.

"필요하기는 하지. 그렇지만 지금은 아니야."

아주머니는 내게 학기가 시작되는 가을에 다시 오라고 했다. 가게를 막 나서려는데 아주머니가 나를 다시 불러세웠다.

"레누. 넌 진중한 아이지. 너라면 믿을 수 있을 것 같아. 우리 집 아이들을 해변으로 데려가줄 수 있겠니?"

나는 기쁜 마음으로 가게에서 나왔다. 문구점 아주머니는 7월 한 달과 8월에는 열흘 동안만 그녀의 세 딸을 해변으로 데리고 가주면 꽤나 두둑한 보수를 주겠다고 했다. 바다와 태양과 돈이라니.

나는 매일 메르젤리나와 포실리포 사이에 있는, '시 가든'이라는 외국이름을 가진 미지의 장소로 아이들을 데리고 가야 했다. 나는 마치 내 삶에 중요한 전환점이라도 맞은 것처럼 흥분해서 집으로 향했다. 부모님을 위해 돈도 벌 수 있는 데다 해수욕을 하면 이스키아섬에서 여름을 보냈을 때처럼 피부가 매끄러워지고 황금빛으로 변할 것이다. 모든 것이 달콤하게 느껴졌다. 운이 좋은 날은 모든 일이 나만을 기다리고 있는 것처럼 느껴진다.

몇 발짝 가지 않아 그날이 운 좋은 날이라는 느낌이 맞았다는 것이 증명되었다. 기름에 찌든 작업복을 입은 안토니오가 내게 다가왔다. 나는 그를 보자 기뻤다. 사실 그 순간에는 워낙 기분이 좋아서 누구를 만나더라도 반가워했을 것이다. 그는 내가 지나가는 것을 보고 뒤쫓아온 것이었다. 문구점 이야기를 들려주자 그날 내 기분이 아주 좋다는 사실을 그도 눈치챘던 것 같다. 사실 수개월 동안 악착같이 공부하며 외로웠고 내 자신이 못나게 느껴지기도 했다. 니노를 사랑했지만 그를 피했고 그가 진급했는지, 몇 점을 받았는지 보러 가지도 않았다. 릴라는 내 삶을 넘어서는 중대한 도약을 앞두고 있었고 나는 더 이상 그녀를 뒤쫓아갈 수 없게 될 것이었다. 하지만 이제 기분이 나아졌고, 이보다 더 좋아지고 싶었다.

내가 고백을 받아들이기에 적당한 상태라는 것을 본능적으로 느낀 안토니오가 자기와 사귀겠느냐고 물었다. 나는 망설이지 않고 좋다고 했다. 비록 내가 정말 사랑하는 것은 다른 사람이고, 안토니오에 대한 내 감정은 호감에 불과했지만 말이다. 스테파노와 동갑이고 어엿한 성인이며 직업을 가진 안토니오를 애인으로 두는 것은 전 과목 만점으로 진급하는 일이나 보수를 받고 문구점집 딸들을 시 가든에 데려다주는 일과 별다를 것이 없게 느껴졌다.

49

일도 시작하고 연애도 시작했다. 문구점 아주머니는 내게 일종의 정액권 같은 것을 끊어주었다. 나는 매일 아침 세 아이를 데리고 사람들이 꽉 찬 버스를 타고 도시를 가로질러 밝은 색으로 가득한 시가든으로 갔다. 파라솔과 푸른 바다, 콘크리트 플랫폼, 학생들과 시간이 남아도는 부유한 여인들, 탐욕스럽고 외모가 화려한 여인들로 가득한 장소.

나는 내게 말을 걸어오는 직원들에게 예의바르게 대답했다. 나는 아이들을 보살펴주고, 넬라 아주머니가 그 전해에 만들어준 수영복을 뽐내며 아이들과 함께 오랫동안 수영을 했다. 아이들에게 밥을 먹이고, 아이들과 함께 놀아주었다. 미끄러져서 분수대에 부딪혀 이빨을 부러뜨리지 않게 주의하며 아이들이 돌로 된 분수대에서 마음껏 물을 마시도록 내버려두었다.

동네에 도착하면 늦은 오후였다. 나는 아이들을 문구점 아주머니에게 데려다주고 햇볕에 그을리고, 바닷물의 소금기가 밴 상태로 안토니오와 몰래 만나기 위해서 달려갔다. 우리는 샛길을 따라서 저수지까지 갔다. 어머니나 올리비에로 선생님께 들킬까봐 겁이 났다.

진짜 첫 키스는 안토니오와 했다. 얼마 지나지 않아 나는 그가 내 가슴과 다리 사이를 만지도록 허락했다. 어느 날은 내가 먼저 바지 안에 숨어 있는 빳빳하고 커다란 그의 물건을 손으로 꽉 쥐기도 했다. 안토니오가 자신의 물건을 바지에서 꺼냈을 때, 나는 키스하는 동안 기꺼이 그의 물건을 손에 쥐고 있었다. 그런 행위를 허용하면서 내 머릿속에는 두 가지 의문이 명확하게 떠올랐다.

첫째 의문은 '릴라도 스테파노와 이런 행위를 하는 걸까?'였고 둘째 의문은 '내가 안토니오에게 느끼는 쾌락이 그날 저녁 도나토 사라토레가 내 몸을 만졌을 때 느꼈던 것과 같은 것일까?'였다. 어느 경우이건, 안토니오는 결국 한편으로는 릴라와 스테파노의 사랑을 떠올리기 위한 도구로, 다른 한편으로는 니노 아버지와의 사건에서 느낀 뭐라 정의내릴 수 없는 강렬한 느낌을 떠올리기 위한 도구로 전락했다. 하지만 이에 대한 죄책감은 없었다. 안토니오는 내게 항상 고마워했고 저수지에서 나눈 약간의 신체 접촉만으로도 내게 완전한 종속감을 보였다. 그러다보니 나는 곧 내게 빚진 것은 안토니오고 내가 그에게 주는 쾌락이 그가 내게 주는 쾌락보다 훨씬 더 큰 것이라고 생각하게 되었다.

안토니오는 일요일이면 가끔 나와 아이들을 시 가든까지 바래다주었다. 그는 급여가 형편없는데도 넉넉한 척하며 꽤 많은 돈을 써야만 했다.

일광욕을 좋아하지도 않는데 말이다. 하지만 그는 나를 위해서, 내 곁에 머무르기 위해서 이 모든 것을 기꺼이 했다. 하루 종일 키스하거나 서로의 몸을 만질 틈이 없었으니 얻는 것이 아무것도 없었는데도.

그는 광대 흉내를 내거나 수영 선수같이 다이빙하며 아이들을 즐겁게 해주었다. 안토니오가 아이들과 놀아주는 동안 나는 햇볕 아래 누워 책을 읽었다. 그럴 때면 해파리처럼 책장에 몸이 녹아드는 것 같았다.

그러던 어느 날 잠시 고개를 드니 큰 키에 날씬하고 세련된 빨간 비키니 차림의 멋진 소녀 모습이 눈에 들어왔다. 릴라였다. 뭇 사내들의 시선을 받는 데 익숙해져서 그토록 사람이 붐비는 곳을 마치 아무도 없는 양 걸어가고 있었다. 그녀를 파라솔까지 데려다주기 위해서 그녀를 앞서나가는 젊은 종업원마저도 안중에 없는 것 같았다. 릴라는 나를 보지 못했다. 나는 그녀를 불러야 할지 망설였다.

릴라는 선글라스를 끼고 화려한 색의 천가방을 메고 있었다. 나는 그때까지 릴라에게 일에 대해서도 안토니오에 대해서도 이야기하지 않았다. 두 가지 일에 대한 그녀의 견해가 두려워서였던 것 같다. 릴라가 나를 먼저 부를 때까지 기다려보자고 생각하고 시선을 책으로 되돌렸지만 내용이 머릿속에 들어오지 않았다.

나는 다시 그녀가 있는 쪽을 바라보았다. 릴라는 종업원이 펼쳐준 일광욕용 긴 의자에 앉아 햇볕을 쬐고 있었다. 그러는 사이 푸른색 수영복을 입은 피부가 새하얀 스테파노가 나타났다. 손에는 지갑과 라이터와 담배가 들려 있었다. 그는 잠자는 공주님에게 키스하는 왕자님처럼 릴라에게 입맞춤을 하더니 옆에 있는 의자에 자리를 잡았다. 나는 다시 책을 읽기 시작했다. 오랫동안 훈련을 해온 덕분에 이번에는 몇 분 동안이나마 단어의 의미를 이해할 수 있었다. 그때 읽은 소설이 『오블로모프』였던 걸로 기억한다.

다시 고개를 드니 그대로 앉아서 바다를 바라보고 있는 스테파노의 모습이 눈에 들어왔지만 릴라의 모습은 보이지 않았다. 나는 눈으로 그녀를 찾았고 안토니오와 이야기를 하고 있는 그녀의 모습과 나를 손으로 가리키는 안토니오의 모습을 발견했다. 나는 그녀에게 반갑게 인사했고 그녀 역시 이에 못지않게 반갑게 인사하면서 뒤를 돌아 스테파노를 불렀다.

안토니오가 문방구 아주머니의 딸들을 돌봐주는 동안 우리 셋은 함께 수영을 했다. 겉보기에는 즐거운 날이었다. 어느 순간 스테파노는 모두를 카페로 불러들여 파니니며 음료수며 아이스크림 같은 온갖 음식을 주문했다. 아이들은 안토니오를 내버려두고 스테파노에게 관심을 집중했다. 두 청년이 스테파노의 오픈카와 관련된 문제에 대해서 이야기하는 동안, 나는 아이들이 이들을 방해하지 않도록 한쪽으로 데리고 왔다. 안토니오는 그 방면의 전문가였다. 그러자 곧바로 릴라가 내게 다가왔다.

"문구점 아주머니가 네게 얼마를 주시니?"

"얼마 안 돼. 그런데 어머니는 그것도 많이 주시는 거래."

"네 가치를 인정받아야 해, 레누."

"내가 네 아이들을 바다에 데리고 오게 되면 그때 인정받을게."

"너에게라면 금화를 상자째 가져다줄 수도 있어. 너와 함께 있는 시간이 얼마나 소중한지 몰라."

나는 릴라가 농담을 하는 것 같아 그녀를 바라보았다. 하지만 농담이 아니었다. 농담은 그다음에 했다. 릴라는 안토니오 쪽으로 고개짓을 하며 물었다.

"안토니오는 네 가치를 알아?"

"우리 사귄 지 20일 되었어."

"그를 좋아해?"

"아니."

"그런데 왜?"

나는 도전적인 눈빛으로 그녀를 바라보았다.

"너는 스테파노를 좋아하니?"

릴라가 진지하게 대답했다.

"아주 많이."

"부모님이나 리노보다 더?"

"그 누구보다. 하지만 너보다는 아니야."

"너 나를 놀리는구나."

그렇게 말하면서도 나는 생각했다. 놀리는 거라고 해도 이렇게 햇볕을 받으며 따스한 시멘트 바닥에 앉아서 두 발을 물에 담그고 함께 이야기하는 것은 멋진 일이라고. 내가 무슨 책을 읽고 있는지 묻지 않아도 할 수 없다. 고등학교 3학년 시험 결과에 대해서 물어주지 않아도 상관없다. 릴라와의 관계가 끝나지 않은 것일 수도 있다. 결혼한 다음에도 우리 둘 사이에 뭔가가 남을 수도 있을 것이다.

내가 말했다.

"난 매일 여기에 와. 너도 오는 게 어때?"

릴라는 내 제안에 기뻐하며 스테파노와 이야기를 했고 그 역시 좋다고 했다. 그날은 우리 모두가 불편하지 않았던 멋진 날이었다.

해가 지기 시작했고 아이들을 데리고 갈 시간이 되었다. 스테파노가 계산을 하려고 계산대로 갔는데 안토니오가 먼저 계산을 마쳤다는 것을 나는 알게 되었다. 스테파노는 몹시 안타까워하며 열정적으로 감사의 표시를 했다. 카페를 나와 스테파노와 릴라가 오픈카를 타고 떠나자 나는 안토니오에게 화를 냈다. 멜리나와 아다는 건물 계단 청소를 하고 그는 정비소에서 눈곱만한 급여를 받고 있었다.

"왜 네가 계산을 한 거야?"

나는 잔뜩 화가 나서 소리 지르다시피 사투리로 말했다.

"우리가 더 멋지고 더 고상한 사람들이니까."

그가 대답했다.

50

나도 모르게 서서히 안토니오가 좋아지고 있었다. 우리들의 성적 유희는 더 과감해지고 더 즐거워지고 있었다. 나는 릴라가 다시 시 가든에 오면 스테파노와 릴라가 둘이서만 드라이브를 할 때 무슨 일이 일어나는지 물어보려고 했다. 나와 안토니오가 하는 것과 똑같은 행위를 할까, 아니면 그보다 더 대담하게 솔라라 형제가 퍼뜨린 소문과 같은 행위를 할까. 릴라 말고는 내 상황을 비교해볼 만한 대상이 없었다. 하지만 그녀에게 그런 질문을 할 기회는 오지 않았다. 그녀는 그 뒤로 시 가든에 모습을 보이지 않았으니까.

성모 승천일 즈음에 아이들을 데리고 해변에 가는 일이 끝났고 바다와 태양을 누리는 기쁨도 끝이 났다. 문구점 아주머니는 내가 아이들을 잘 돌보아주었다며 매우 만족스러워했다. 내가 그렇게 주의를 주었는데도 가끔 내 친구라는 청년이 함께 와서 멋진 다이빙 솜씨를 보여주었다는 이야기를 아이들에게서 전해 들었지만 아주머니는 나를 야단치지 않고 오히려 나를 안아주며 말했다.

"다행이다. 너도 좀 즐기며 살아야지. 네 나이 또래 아이들치곤 넌 너무 올곧아서 탈이란다."

그러더니 적의를 담은 목소리로 말했다.

"헤프기 짝이 없는 리나 체룰로만 봐도 그렇잖니."

그날 저녁 저수지에서 나는 안토니오에게 말했다.

"어릴 때부터 항상 이런 식이었어. 모두들 릴라는 못된 아이고 나는 착한 아이라고 생각했어."

그는 내게 입을 맞추고 비꼬듯이 중얼거렸다.

"사실 그렇지 않아?"

그의 대답에 나는 마음이 약해져서 차마 헤어지자는 말을 하지 못했다. 하지만 안토니오와 헤어지겠다는 결정은 바로 실행에 옮겨야 할 일이었다. 그에 대한 내 애정은 사랑이 아니었다. 내가 사랑하는 것은 니노였고, 평생 그럴 것이라는 것을 잘 알고 있었다. 나는 차분히 안토니오에게 할 말을 준비해두었다. 나는 이렇게 말할 심산이었다.

정말 즐거운 시간이었고, 내가 슬픔에 빠져 있을 때 큰 도움이 되었지만 이제 새 학기가 시작되면 고학년 과정이 시작된다. 그렇게 되면 새로운 과목을 배울 터이니 힘든 한 해가 될 것이고, 공부를 많이 해야 할 것이다. 그러니 안타깝지만 이제 그만 헤어지자.

나는 이렇게 해야 할 필요성을 느끼고 매일 저수지에 갈 때마다 그 이야기를 할 준비를 했다. 하지만 그가 너무나도 다정하고 너무나도 열정적이었기에 차마 용기가 나지 않아 이야기하는 날을 8월 중순으로, 8월 중순 이후로, 8월 말로 차일피일 미뤘다. 나는 어떤 사람에게 약간 정이 들었다고 해서 그와 키스하고, 만지고, 몸을 맡길 수는 없다고 생각했다. 릴라는 스테파노를 아주 좋아했지만 나는 안토니오를 좋아하지 않았다.

시간은 점점 흘러가는데 그에게 말할 적절한 순간은 오지 않았다. 안토니오에게는 걱정거리가 많았다. 보통 날이 더워지면 멜리나의 상태가 더 나빠졌다. 그해 8월 중순 이후에는 그 정도가 눈에 띄게 심각했다. 그녀가 도나토라고 부르는 사라토레에 대한 생각이 다시 그녀의 머릿속에 떠오른 것이다. 그녀는 도나토 사라토레를 봤다며 그가 자신을 데리러 왔다고 했다. 아이들은 어떻게 어머니의 흥분을 가라앉혀야 할지 몰랐다. 나는 정말로 도나토 사라토레가 우리 동네에 나타나서 멜리나가 아닌 나를 찾을까봐 두려웠다. 밤이면 창문으로 그가 들어와 내 방에 있는 것 같은 느낌에 깜짝 놀라 일어났다. 그러다 안정을 되찾고 그라면 이렇게 덥고 파리가 날아다니며 먼지가 이는 기간에는 여기가 아니라 바라노의 마론티 해변으로 휴가를 갔을 것이라고 생각했다.

그러던 어느 날 아침, 장을 보러 가는데 누군가 내 이름을 부르는 소리가 들렸다. 뒤돌아봤는데 순간 그를 못 알아볼 뻔했다. 검은 콧수염과 햇빛에 그을린 보기 좋은 구릿빛 몸, 얇은 입술이 눈에 들어왔다. 나는 갈 길을 서둘렀고 그는 나를 뒤쫓아왔다. 그는 그해 여름 바라노의 넬라 아주머니네 집에서 나를 다시 만나지 못해 괴로웠다고 했다. 오직 내 생각만 했고 나 없이는 살 수 없다고 했다. 우리의 사랑을 형상화하기 위해 많은 시를 썼고 내게 그 시를 읽어주고 싶다고 했다. 나를 다시 만나서 편안한 마음으로 이야기를 나누고 싶었다며 거부하면 죽어버리겠다고 했다.

거기까지 이야기를 듣고 나는 멈춰 서서 나를 제발 내버려두라고, 내겐 남자친구가 있고, 다시는 당신을 보고 싶지 않다고 목소리를 낮추어 말했다. 그는 절망했다. 영원히 나를 기다리겠다며 매일 정오에 큰길 터널 입구에 있겠다고 했다. 나는 세차게 머리를 저어보였다. 내가 그곳에 갈 일은 절대 없을 것이다. 그는 키스를 하려고 내 쪽으로 다가왔고 나는 혐오스럽다는 듯 펄쩍 뛰며 뒤로 물러났다. 그는 실망해서 슬픈 미소를 지었다.

도나토가 중얼거렸다.

"너는 똑똑하고 감수성이 뛰어난 아이지. 내게 가장 소중한 시들을 가져다줄 것이야."

그러고는 자리를 떴다.

나는 너무나 놀라서 무엇을 해야 할지 몰랐다.

나는 안토니오를 찾아가기로 했다. 그날 밤, 저수지에서 나는 그의 어머니가 옳았다고, 도나토가 근처를 배회하고 있다고 했다. 그가 길에서 나를 불러 세웠다고 했다. 내게 안토니오 어머니에 대해서 물으며 매일 정오에 터널 입구에서 기다리겠다고 전해달라는 부탁을 했다고 말했다. 안토니오는 침울하게 중얼거렸다.

"내가 뭘 해야 할까?"

나는 안토니오에게 같이 가줄 테니 함께 약속장소로 나가서 도나토에게 그의 어머니의 건강 상태에 대해 똑똑히 설명해주라고 했다.

그날 밤 나는 걱정이 되어 잠을 한숨도 잘 수 없었다. 다음 날 우리는 터널로 갔다. 안토니오는 입을 꾹 다물고 서두르지 않고 걸었다. 그의 몸을 짓누르는 무엇인가가 그의 걸음을 늦추고 있다는 것을 느낄 수 있었다. 그는 어떤 면에서는 화가 나 있었지만 어떤 면에서는 기가 꺾여 있었다. 나는 화가 나서 생각했다.

'아다와 릴라 일에는 솔라라 형제와 대적할 용기를 냈으면서 지금 이렇게 두려워하다니, 그에게 도나토 사라토레는 고귀하고 중요한 인물로 보이나보구나.'

그런 생각이 들자 나는 더 단호하게 그를 뒤흔들고 그에게 '너는 책을 쓰진 않았지만 그 남자보다 훨씬 나은 사람이야!'라고 소리치고 싶었다. 나는 꾹 참고 그의 팔짱을 꼈다.

도나토 사라토레는 멀리서 우리를 보고 급히 터널의 어둠 속으로 몸을 감추려 했다. 나는 그를 불렀다.

"도나토 아저씨!"

그는 마지못해 뒤를 돌아봤다.

나는 그에게 극존칭을 사용했는데, 그때 우리 동네에서는 보기 드문 일이었다.

"멜리나 아주머니의 아들 안토니오를 기억하실지 모르겠어요."

도나토는 밝고 다정한 목소리를 쥐어짜냈다.

"기억하고말고. 잘 있었니, 안토니오?"

"저희는 사귀는 사이예요."

"아, 그렇구나."

"우리는 꽤 오래 고민해봤는데, 거기에 대해서 안토니오가 아저씨께 설명해줄 거예요."

안토니오는 자신이 나설 순간이 왔음을 알고 창백한 얼굴로 잔뜩 긴장해서 힘겹게 표준어로 말했다.

"다시 만나뵙게 돼서 반갑습니다, 도나토 아저씨. 저는 아저씨를 잊지 않았어요. 아버지가 돌아가신 다음에 저희를 위해 해주신 일에 대해서 언제나 감사하게 생각할 겁니다. 무엇보다도 저를 고레시오

씨의 정비소에 취직시켜주셔서 감사해요. 아저씨 덕분에 기술을 배웠습니다."

"어머니 이야기를 해드려!"

나는 신경질적으로 그를 압박했다.

그는 화를 내며 내게 가만히 있으라는 표시를 해보였다. 그러고는 말을 이어나갔다.

"그렇지만 이제 우리 동네에서 살지 않으시니 상황이 어떤지 모르시겠지요. 제 어머니는 아저씨 이름만 들어도 정신을 잃으세요. 단 한 번이라도 아저씨를 다시 보면 정신병원에 가시게 될 거예요."

도나토가 한숨을 내쉬었다.

"이보게나, 안토니오. 난 자네 어머니께 해를 끼치고 싶은 생각은 추호도 없다네. 자네는 내가 자네 가정을 도우려고 안간힘을 쓴 것을 당연히 기억할 거야. 나는 언제나 멜리나와 자네 가족 모두를 도와주려고 했을 뿐이라네."

"정말 어머니를 돕고 싶으시다면 어머니를 찾지 마세요. 어머니께 책도 보내지 마시고, 동네에 모습을 나타내지도 말아주세요."

"자네가 내게 그런 요구를 할 수는 없어. 내게 소중한 장소를 찾는 것을 막을 수는 없다네."

도나토가 감동을 꾸며낸 듯한 뜨거운 목소리로 말했다.

나는 그의 어조에 혐오감을 느꼈다. 익숙한 어조였다. 바라노의 마론티 해변에서 자주 쓰던 말투였다. 시를 쓰고 『로마』지에 기사를 기고하는 진중한 남자의 목소리에 어울릴 법한 끈적하고 달래는 듯한 어투였다.

내가 막 끼어들려고 하는데 놀랍게도 안토니오가 나를 앞섰다. 그는 어깨를 굽히고, 머리를 숙인 후 팔을 뻗어 그의 힘센 손으로 도나토의 가슴을 움켜쥐었다. 그러고는 사투리로 말했다.

"난 당신을 막지 않을 겁니다. 하지만 우리 어머니에게 남은 얼마 안 되는 정신마저 빼앗아간다면, 평생 이 엿 같은 곳을 다시 보고 싶은 마음이 들지 않게 해드리지요."

도나토 사라토레의 얼굴이 백짓장처럼 창백하게 변했다.

"그래."

그가 급히 말했다.

"알겠네. 고마우이."

그는 뒤돌아서 반대 방향으로 급히 내뺐다.

나는 안토니오가 분노하는 모습이 마음에 들어 그의 팔짱을 꼈다. 그가 떨고 있는 것이 느껴졌다. 그때 처음으로 안토니오에게 아버지의 이른 사망과 일, 갑작스레 그를 덮쳐온 책임감과 어머니의 정신적 붕괴가 어떤 의미였을지에 대해서 생각하게 되었다. 나는 사랑을 듬뿍 담아 그를 끌어당기며 그에게 이별을 통보할 기한을 다시 한 번 연장했다.

나는 생각했다.

'릴라의 결혼식이 끝나면 헤어지자.'

51

그 결혼식은 오랫동안 동네 사람들의 기억에 남아 있었다. 릴라의 결혼 준비는 느리고 섬세하고 다툼의 연속이었던 체룰로 구두의 탄생과 겹쳐졌다. 결혼식과 신발 제작은 이런저런 이유로 영원히 끝나지 않을 것 같았다.

결혼 준비는 구둣방 운영에 적지 않은 영향을 주었다. 페르난도 아저씨와 리노는 수익성이 전혀 없는 새 신발 제작에만 열을 올릴 수 없었다. 돈이 급했기에 당장 수입이 될 만한 허다한 잔일들도 해야 했다. 그들은 릴라를 조금이라도 꾸며주고 피로연 비용을 지불하기 위해 돈을 마련해야 했다. 체룰로네 식구들은 빈민처럼 보이고 싶지 않아서 피로연 비용은 자신들이 지불하겠다고 주장했던 것이다. 그 결과 몇 개월 동안 체룰로 집안에는 늘 긴장이 감돌았다. 눈치아 아주머니는 밤낮을 가리지 않고 침대보에 수를 놓았고 페르난도 아저씨는 자신이 왕 노릇을 하던 작고 아늑한 작업실에서 풀칠을 하고, 바느질을 하고, 입에 압침을 끼워 물고 평온한 마음으로 망치질을 하던 시절이 그립다며 법석을 떨었다.

이 가운데 평온한 태도를 유지한 사람들은 두 연인뿐이었다. 릴라와 스테파노 사이에는 두 번 정도의 사소한 의견 충돌이 있었다. 첫 번째 고비는 그들이 살 집을 보러 다닐 때 찾아왔다. 스테파노는 새로 개발된 지역에 있는 신식 아파트에서 살고 싶어 했고 릴라는 오래된 건물에 들어가기를 원했다. 그들은 이 문제를 두고 의견을 나눴다. 구 시가지에 있는 집은 주변의 다른 집들처럼 널찍하기는 했지만 어두침침하고 경치가 좋지 않았다. 신시가지에 지은 아파트는 크기는 작았지만 팜올리브 선전에 나오는 것 같은 거대한 거품 목욕탕과 비데 시설이 갖추어져 있었다. 베수비오 화산을 마주하고 있었다. 릴라는 베수비오 화산의 형상은 보일 듯 말 듯하여 날씨가 흐릴 때는 희미하게 사라지는 데 비해서 집에서 200미터가 채 되지 않는 곳에 기찻길이 있다는 이유를 들어 스테파노를 설득하고자 했지만 소용없는 일이었다.

스테파노는 새로 지은 집의 멋진 바닥과 새하얀 벽에 매료되었고, 릴라는 결국 오래 반대하지 않고 양보했다. 열일곱 살이 채 되지도 않았는데 수도꼭지에서 온수가 쏟아지는 집의 세입자도 아닌 주인이 되는 것에 의의를 두기로 했다.

그들이 고비를 맞게 된 두 번째 이유는 신혼여행지 때문이었다. 스테파노는 베니스에 가고 싶어 했는데 릴라는 나폴리에서 너무 멀리 나가지 말자고 고집을 피웠다. 릴라는 이후로도 항상 나폴리에서 멀리 떠나지 않으려 했다. 그녀는 이스키아 섬에 들렀다 카프리 섬에 가서 상황이 된다면 아말피 해변까지 들르자고 했다. 모두 그때까지 한 번도 가보지 못한 장소였다. 그녀의 예비 신랑은 거의 즉시 동의했다.

이 두 문제 외에는 다른 문제가 없었지만 그전부터 있어온 집안 문제는 계속 반복되었다. 예를 들면 스테파노가 체룰로 구둣방에 가면 그의 입에서는 언제나 페르난도 아저씨와 리노에 대한 무례한 말이 튀어나왔다. 그것도 릴라 앞에서 말이다. 그러면 릴라는 맘이 상해서 아버지와 오빠를 두둔하기 시작했다. 그러면 스테파노는 못마땅하다는 듯이 머리를 내저었다.

그는 신발에 무리하게 투자했다는 것을 깨닫기 시작했다. 여름이 끝날 무렵 긴장감이 고조되자, 스테파노는 결국 부자와 세 견습생에게 명확한 작업 기한을 정해주었다. 그는 11월이 가기 전에 첫 작품을 보고 싶다고 했다. 크리스마스 시즌에 판매할 수 있는 겨울용 남성 신발과 여성 신발을 만들라고 했다. 그러고는 꽤 신경질적인 말투로 릴라에게 리노는 일하는 것보다 돈 달라는 말을 더 쉽게 한다고 내뱉고 말았다. 릴라가 오빠를 두둔하자 스테파노가 이 말에 대꾸했다. 그러다 릴라가 발끈하자 바로 뒤로 물러섰다. 그러고는 이 모든 계획의 시작이며 자신들의 사랑에 대한 귀중한 증표인, 구입한 후 한 번도 신지 않고 간직해둔 신발을 가져와서 손으로 어루만지고 냄새를 맡았다. 그는 어린아이에 가까웠던 릴라가 그 자그마한 손으로 리노의 거친 손 옆에서 손을 놀리는 모습이 눈앞에 선하다고 말하며 감격했다.

그때 그들은 예전에 살던 집 옥상에 있었다. 솔라라네 집안 사람들과 불꽃놀이 경쟁을 벌였던 바로 그곳이었다. 스테파노는 릴라의 손을 잡고 손가락 하나하나에 입을 맞추면서 다시는 그 두 손이 망가지는 일은 없게 하겠다고 말했다.

그 이야기를 해주는 릴라는 행복해보였다. 그녀는 곧 이사할 새 집을 보여주며 이 이야기를 들려주었다. 그녀의 집은 정말 멋졌다. 반짝이는 마욜리카 타일 바닥과 거품 목욕을 할 수 있는 욕조, 음각으로 장식한 식당 가구와 냉장고에 전화까지 있었다.

나는 흥분해서 전화번호를 받아 적었다. 둘 중 누구도 자기만의 방을 가져보지 못했고 공부할 장소도 없는 작은 집에서 태어나 살아오는 것에 익숙해져 있었다. 나는 아직도 그런 집에서 살고 있지만 릴라는 곧 그런 곳에서 벗어날 것이다.

철도와 베수비오 화산이 보이는 발코니에 들어서면서 나는 릴라에게 조심스레 물었다.

"너희끼리만 여기에 올 때도 있어?"

"가끔은."

"그럴 때는 무슨 일이 일어나는데?"

그녀는 이해할 수 없다는 듯 나를 바라보았다.

"무슨 뜻이야?"

나는 부끄러웠다.

"키스는 해?"

"가끔."

"그러고는?"

"거기까지야. 아직 결혼식도 안 올렸는걸."

나는 혼란스러웠다. 정말일까? 그토록 자유로운데 아무것도 하지 않는다고? 온 동네에 솔라라 형제가 퍼뜨린 음란한 소문이 자자한데 정작 본인들은 키스만 했다고?

"스테파노가 뭔가 더 요구하지 않아?"

"왜, 안토니오는 네게 그런 부탁을 해?"

"응."

"스테파노는 내게 안 그래. 결혼부터 해야 한다는 내 의견에 동의했어."

말은 그렇게 했지만 내가 그녀의 대답에 충격을 받은 만큼 그녀도 내 질문에 충격을 받은 것 같았다. 그러니까 릴라는 지금까지 스테파노가 자신에게 아무 짓도 못 하게 해온 것이다. 둘이 자동차를 타고 드라이브를 가고, 곧 결혼을 약속한 사이고, 가구까지 다 들인 집이 있고, 아직 포장지에 싸인 매트리스가 달린 침대까지 있는데도. 이에 비해 나는 결혼할 마음이 추호도 없으면서 키스보다 진도를 더 많이 나간 지 오래다. 순수한 호기심에서 그녀가 내게 안토니오가 원하는 대로 해주느냐고 물었다. 나는 창피해서 진실을 말할 수 없었다. 아니라고 하자 그녀는 만족해하는 것 같았다.

52

나는 저수지에서의 만남을 줄여갔는데 새 학기가 시작되어서이기도 했다. 수업과 과제물 때문에 릴라가 결혼 준비에서 나를 제외할 것이라고 생각했다. 학기가 시작되면 모습을 감추는 내 패턴에 익숙해져 있었으니까. 하지만 일이 그렇게 진행되지는 않았다. 피누차와의 갈등은 여름이 되면서 훨씬 더 나빠졌다. 이제는 옷이나 모자, 스카프나 장신구 정도의 문제가 아니었다. 피누차는 결국 오빠에게 릴라가 있는 앞에서 완강한 태도로 오빠의 예비 신부가 지금 당장 식료품점에 일하러 나오든지 아니면 신혼여행에서 돌아온 다음에라도 일을 시작해야 한다고 했다. 카라치 집안의 다른 모든 식구들처럼 말이다. 그렇지 않으면 그녀 자신도 가게에서 일하지 않겠다고 선언했다. 하다못해 알폰소도 학교에서 틈이 날 때마다 식료품점에서 일을 하고 있지 않은가. 피누차는 이 말을 릴라가 듣는 곳에서 서슴지 않고 했다. 그녀의 어머니도 이번만큼은 확실하게 딸의 편을 들었다.

릴라는 눈 하나 깜짝이지 않고 당장 다음 날부터라도 집안에서 자신에게 맡기는 일을 할 준비가 되어 있다고 했다. 하지만 화해를 하려는 의도로 말을 할 때조차도, 특유의 직설적인 말투로 상대방을 경멸하는 듯한 느낌을 주어 오히려 피누차의 감정을 상하게 했다.

이제 모녀가 구둣방집 딸내미를 집안의 여주인 노릇을 하면서 손가락 하나 움직이지 않고 돈을 물쓰듯이 쓸 심산으로 침입해온 마녀처럼 생각한다는 사실이 분명해졌다. 그들에게 릴라는 자신만의 마법으로 카라치 가의 가장을 조정하여 혈육인 친누이와 어머니의 뜻까지도 거스르게 하는 마녀인 것이다.

스테파노는 평소와 다를 바 없이 즉각 대답을 하지는 않았다. 누이의 화가 어느 정도 풀릴 때까지 기다렸다가 릴라도 일을 해야 한다는 말은 무시해버리고 피누차에게 식료품점에서 일하기보다는 릴라를 도와 결혼 준비를 해주었으면 좋겠다고 했다.

"내가 필요 없다는 뜻이야?"

피누차가 발끈해서 말했다.

"그래. 내일부터 네 자리에 아다를 채용할 거야. 멜리나의 딸 말이야."

"재가 오빠에게 그러라고 했어?"

피누차가 릴라를 가리키며 소리쳤다.

"네가 알 바 아니야."

"들었어요, 어머니? 오빠 말을 들었어요? 자기가 우리 주인이라도 되는 줄 아나봐요."

견디기 힘든 침묵이 흘렀다. 결국 마리아 아주머니가 계산대 뒤 의자에서 몸을 일으켜 세우더니 스테파노에게 말했다.

"그럼 저 자리에도 다른 사람을 찾아보려무나. 나도 지쳤고 더는 고생하기 싫구나."

스테파노는 그제야 약간 태도를 누그러뜨렸다. 그는 조용히 말했다.

"다들 진정하세요. 나는 누구의 주인도 아니에요. 식료품점 일은 우리 가족 모두의 일이에요. 함께 결정을 내려야죠. 피누차, 너는 일을 꼭 해야 할 필요가 있니? 아니지. 어머니, 어머니가 저 뒤에 하루 종일 앉아 있으실 필요가 있나요? 아니죠. 그러면 정말 일이 필요한 사람들에게 일자리를 만들어주자고요. 진열대 정리는 아다에게 맡기고 계산대 일은 제가 따로 알아보도록 하죠. 이렇게 하지 않으면 누가 결혼 준비를 하겠어요?"

식료품점 일에 대한 피누차와 마리아 아주머니의 분노와 아다의 채용 건에 정말로 릴라가 개입했는지는 모르겠다. 하지만 아다는 릴라가 도움을 준 것이라고 확신했다. 안토니오도 이를 믿어 의심치 않아 우리 둘의 친구를 착한 요정처럼 여겼다.

분명한 것은 시누이와 시어머니가 결혼 준비에 신경 쓸 엄청난 시간적 여유가 생겼다는 사실과 이 일이 릴라에게 그다지 달갑지는 않았다는 것이다. 모녀는 릴라의 삶을 복잡하게 만들었다. 이들은 초대장, 성당 장식, 사진기사, 오케스트라, 피로연 장소, 메뉴, 케이크, 결혼식 후 하객들에게 나누어줄 사탕, 반지, 신혼여행에 이르기까지 모든 세부적인 일을 두고 다툼을 벌였다. 신혼여행만 해도 피누차와 마리아 아주머니 쪽에서는 기껏해야 소렌토나 포시타노, 이스키아, 카프리 섬에 가는 것을 마땅치 않게 생각했다.

이러던 중에 갑작스레 내가 이 상황에 끼어들게 되었다. 표면적으로는 릴라에게 이런저런 조언을 하기 위해서였지만 실제로는 힘든 전투에서 그녀에게 힘을 주기 위해서였다.

그때 나는 고등학교 3학년이었다. 고학년 과정이라 따라가기 어려운 새로운 과목이 많았다. 내 고집스러운 성실함은 내 생명을 갉아먹고 있었고 나는 악에 받친 듯 공부했다.

학교에서 돌아오는 길에 만난 릴라는 밑도 끝도 없이 이렇게 말했다.

"레누, 부탁이야. 내일 내게 조언을 좀 해주러 와주겠니?"

나는 그녀가 무슨 이야기를 하는지도 몰랐다. 그날 화학 구두시험을 치렀는데 결과가 좋지 않아 괴로워하고 있었다.

"어떤 조언?"

"드레스에 대해서 말이야. 부탁이야. 제발 안 된다고는 하지 말아줘. 네가 안 오면 내 손으로 시누이와 시어머니를 죽여버릴 것 같아."

다음 날 나는 릴라를 도우러 갔다. 나는 불편한 마음으로 릴라와 피누차, 마리아 아주머니와 동행했다. 레티필로에 있는 양장점으로 갔는데 그전에 어떻게 해서든 공부할 틈이 나면 읽으려고 가방에 책을 몇 권 넣어갔지만 그곳에서 공부를 하는 것은 불가능한 일이었다. 오후 4시부터 7시까지 우리는 드레스 모델을 보고 원단을 만져보았다. 릴라는 상점 마네킹이 걸치고 있는 드레스를 입어보았다. 무엇을 입든 그녀의 아름다움은 드레스를 더 돋보이게 했고, 드레스는 그녀의 아름다움을 더 돋보이게 했다. 빳빳한 질감의 오간자도, 부드러운 새틴도, 안개같이 화사한 망사도 모두 잘 어울렸다. 레이스로 처리한 드레스 상체 부분과 퍼프 소매도 그렇게 잘 어울릴 수 없었다. 넓게 퍼지는 모양의 치마도 몸에 딱 달라붙는 모양의 치마만큼이나 잘 어울렸고 긴 옷자락도 짧은 옷자락만큼 잘 어울렸으며 물결치는 듯한 긴 베일도 짧은 베일만큼 잘 어울렸다. 진주 같은 인조 보석이 박힌 왕관도 오렌지 꽃 화관만큼이나 잘 어울렸다.

릴라는 순종적인 태도로 디자인을 살펴보기도 하고 마네킹에 걸린 예쁜 옷들을 입어보기도 했다. 하지만 미래 시댁 식구들의 까다로운 태도를 도저히 참을 수 없는 지경에 이르면 원래 릴라의 모습이 서서히 드러났다. 릴라는 내 눈을 똑바로 바라보면서 빈정거리듯 시어머니와 시누이를 긴장하게 하는 말을 던졌다.

"멋진 녹색 새틴이나 붉은색 오간자, 아니면 멋진 검은색 망사를 선택하면 어떨까? 아니 차라리 노란색 망사가 나을 수도 있겠다."

나는 적당한 순간에 웃음을 터뜨려 신부의 말을 농담처럼 만들었다. 그런 다음 그 지긋지긋한 원단과 드레스를 두고 진지하게 다시 고민하기 시작했다. 재봉사는 흥분해서 같은 말만 수도 없이 반복했다.

"부탁이니 뭘 선택하든지 결혼식 사진을 꼭 보내주세요. 진열장에 걸어놓고 이 신부의 옷을 만든 것이 나라는 것을 자랑해야겠어요."

문제는 바로 선택이었다. 릴라가 드레스 모양과 원단을 고르면 피누차와 마리아는 다른 드레스 모양과 원단을 고집했다. 나는 새 직물에서 나는 강한 냄새와 그들의 다툼에 약간 얼이 빠져서 입을 다물고 있었다. 그때 릴라가 까칠하게 물었다.

"네 생각은 어때, 레누?"

순간 정적이 감돌았다. 마리아 아주머니와 피누차가 이 순간을 두려워한다는 것이 느껴져 약간 놀랐다. 나는 학교에서 배운 기술을 써먹기로 했는데 그 기술이란 바로 뭐라고 대답해야 할지 모르는 질문에 대해서 해답이 무엇인지 명확하게 아는 듯한 확고한 어조로 전제 조건을 거창하게 늘어놓는 것이다.

나는 표준어로 또박또박 피누차와 그녀의 어머니가 고른 옷들이 정말 마음이 든다는 전제를 바탕에 깔았다. 나는 단순한 칭찬이 아니라 그 옷들이 왜 릴라의 몸매와 어울리는지 논리적인 이유를 댔다. 교실에서 선생님에게 칭찬을 받을 때처럼 모녀의 찬탄과 나에 대한 호감도가 상승하고 있음을 느끼는 순간, 우연히, 정말로 손이 가는 대로, 그렇지만 릴라가 골랐던 모델을 제외하도록 주의하면서 옷을 하나 골라서는 그 옷이야말로 두 여인이 고른 옷들과 내 친구가 고른 옷들의 장점만을 모아놓은 것이라고 했다. 재봉사와 피누차와 그녀의 어머니는 즉각 내 의견에 동의를 표시했다. 릴라는 눈을 가늘게 뜨고 나를 물끄러미 바라보았다. 그러고는 평상시 눈빛으로 돌아와 그녀 역시 내 의견에 동의한다고 했다.

가게 문을 나설 때에는 피누차도 마리아 아주머니도 기분이 좋아져 있었다. 릴라에게 다정한 듯한 태도로 이야기를 걸었고 선택한 드레스에 대해서 이야기할 때는 쉴 새 없이 내 이름을 끌어들였다. 예컨대 '레누차가 말했듯이'라든가 '레누차가 지적했듯이'라는 표현을 계속 사용했다. 릴라는 일부러 발걸음을 늦춰서 레티필로의 저녁 인파 사이에 섞였다. 그녀가 내게 물었다.

"학교에서 이런 것을 배우는 거야?"

"뭘?"

"사람들을 조롱하는 법."

나는 속상했다. 작은 목소리로 릴라에게 말했다.

"드레스가 마음에 안 들었어?"

"아니, 정말 마음에 들었어."

"그런데?"

"그러니까 이제부터 내가 요청할 때마다 나를 도와줘야겠어."

나는 화가 나서 말했다.

"나를 네 시누이와 시어머니를 조롱하는 데 이용하려는 거야?"

릴라는 내가 기분이 상한 것을 눈치채고 한 손을 꽉 쥐었다.

"네 기분을 상하게 하려는 얘기는 아니었어. 내가 하고 싶었던 말은 너에겐 사람들이 널 좋아하게끔 만드는 재능이 있다는 거야. 너와 나의 차이는 언제나 사람들이 내게는 두려움을 느끼는데 너에겐 그렇지 않다는 거야."

"그거야 네가 못됐기 때문이겠지."

나는 더 화가 나서 말했다.

"그럴지도 모르지."

릴라가 대답했다. 나는 그녀가 나를 아프게 한 것처럼 나도 그녀를 아프게 했다는 사실을 느꼈다. 그런 그녀를 보자 후회스러워 바로 이 말을 덧붙였다.

"안토니오가 널 위해 목숨이라도 바칠 기세야. 동생의 직장을 구해줘서 너한테 고맙대."

"아다에게 일거리를 준 건 스테파노야."

그녀가 대답했다.

"알다시피 나는 나쁜 아이잖아."

53

그날을 기점으로 나는 의견이 가장 분분한 일을 결정하는 과정에 참여하기 위해 끊임없이 불려 다녔다. 가끔 릴라가 아니라 피누차와 그녀의 어머니가 내가 참석하기를 요청했다는 사실을 알게 되었다. 이렇게 해서 결혼식 후 하객들에게 나누어줄 사탕을 고른 것도, 오라치오 가에 있는 레스토랑을 선택하게 된 것도, 8밀리미터 슈퍼필름을 추가하는 조건으로 사진사를 선택한 것도 나였다. 나는 나중에 내가 결혼할 때를 대비한 연습인 것 같아서 모든 일이 흥미로웠다. 하지만 정작 결혼을 앞둔 릴라는 시큰둥했다. 나는 이상하다고 생각했지만 실제로 릴라는 그랬다. 정작 릴라는 아내이자 어머니로서 살아갈 자신의 집과 삶에 시누이와 시어머니가 일절 간섭하지 못하게 못을 미리 박을 수 있는 방법을 간구하는 데 정신이 팔려 있었다. 이것은 시어머니, 며느리, 시누이 간에 흔히 볼 수 있는 일반적인 기 싸움 수준이 아니었다. 나와 스테파노를 움직이는 방식을 보면 릴라는 자신을 가둔 새장에서 벗어나 자신조차도 모르는 자신의 참모습을 되찾으려 하는 것 같았다.

물론 나는 그들의 문제를 해결하는 데 오후를 통째로 바쳤고, 그 때문에 공부할 시간이 별로 없었다. 한 번은 학교에 빠지기까지 했다. 결과적으로 첫 학기 성적이 그다지 좋지 못했다. 새 학년부터 우리 반 라틴어와 그리스어를 맡은 명망 높은 갈리아니 선생님은 나를 애지중지했지만 철학과 화학, 수학에서는 겨우 낙제점을 면한 정도였다.

그러던 중에 나는 곤란한 상황에 처하게 되었다. 어느 날 종교학 선생님이 공산주의자들과 그들의 무신론 사상을 비난하는 장광설을 늘어놓는 것을 듣고 있던 나는 이에 반박하고 싶은 충동을 느꼈다. 어린 시절부터 공산주의자라는 사실을 공공연하게 밝힌 파스콸레에 대한 애정 때문일 수도 있고, 아니면 종교학 선생님이 말하는 모든 비난이 열성 공산당원이자 나를 애제자로 여기는 갈리아니 선생님에 대한 공격으로 느껴져서일 수도 있다.

결론적으로 나는 손을 들고 우선 선생님에게 내가 교환과정으로 들은 신학에서 좋은 점수를 받았다는 사실을 말했다. 그러고는 인간 사회가 눈먼 분노에 노출되어 있다는 사실이 분명하므로 신적 존재나 성부 · 성자 · 성령을 믿는다는 것은 도시가 지옥에서 불타는 동안 장난감 인형이나 태평하게 수집하는 것과 별다를 바 없는 것이라고 했다. 게다가 성령이라는 신격은 잉여적인 존재로, 아버지와 아들이라는 이항구조보다 더 고귀한 것으로 알려진 삼위일체를 구성하기 위해서 존재하는 것이라고 했다. 알폰소는 내가 도를 넘고 있다는 것을 깨닫고 수줍게 내 앞치마를 잡아당겼지만 나는 그를 무시하고 마지막 비유까지 내세우며 내 논리를 밀어붙였다. 그 결과 처음으로 교실에서 쫓겨나 학급 장부에 벌점을 받았다.

복도로 쫓겨난 나는 혼란스러웠다.

'무슨 일이 벌어진 거지? 도대체 왜 그렇게 경솔하게 행동한 걸까? 내 의견이 옳다는 절대적인 확신은 대체 어디에서 기인한 것이며 설사 그렇다고 해도 굳이 이야기할 필요가 있었던가.'

그러다 언젠가 그와 비슷한 이야기를 릴라와 나눈 적이 있다는 것을 기억해냈다. 그제야 내가 그런 곤란을 자초한 것이 다름아닌 릴라 때문이라는 사실을 깨달았다. 나는 종교학 선생님에게 도전할 정도의 권위를 릴라에게 부여하고 있었던 것이다.

릴라는 이제 책 한 권 읽지 않고 공부도 그만둔 지 오래이며 기껏해야 식료품점 주인의 아내가 될 참이었다. 스테파노의 어머니가 있던 계산대 자리를 대신 차지할 수도 있으리라. 그런데 나는 어떤가? 나는 그런 그녀에게서 도시가 지옥 불에 타오를 때 작은 인형이나 수집하는 행위에 종교를 결부시키는 영감을 얻지 않았는가. 결국 학교에 다니는 일까지도 릴라의 영향권에서 벗어나 나만의 자산으로 만들지 못한 것이 아닌가. 나는 교실 문 앞에 서서 소리 죽여 울었다.

상황이 갑자기 달라졌다. 복도 끝에서 니노가 나타난 것이다. 최근에 그의 아버지를 다시 만났기 때문에 그를 모른 척할 이유가 또 하나 늘어났지만 막상 그런 극적인 상황에서 니노의 모습을 보자 내 마음은 크게 흔들렸다. 재빨리 눈물을 닦았지만 내게 뭔가 좋지 않은 일이 있다는 것을 알아챈 그가 내게 다가왔다. 그새 더 성숙해져 있었다. 목젖이 훨씬 더 불거져 나왔고 푸른빛이 감도는 수염 때문에 이목구비가 더 뚜렷해보였으며 시선은 더 날카로워진 것 같았다.

그를 피할 방도가 없었다. 교실에 다시 돌아갈 수도 없었고 화장실 쪽으로 갈 수도 없었다. 어떻게 해도 행여나 종교학 선생님이 내다보기라도 하면 상황이 더 복잡해질 것이었다. 결국 자리에 그대로 서 있을 수밖에 없었다.

니노가 내 앞에 다가와 왜 교실 밖에 있으며 무슨 일이 일어난 것이냐고 물었고 그에게 모든 것을 이야기했다. 그는 인상을 찡그리더니 "곧 돌아올게"라고 말했다. 자취를 감추었다가 몇 분이 채 지나지 않아 갈리아니 선생님과 함께 나타났다.

갈리아니 선생님은 나를 칭찬하며 말했다.

"하지만 이제는 말이다."

선생님은 나와 니노를 대상으로 수업이라도 하듯이 말했다.

"전면전을 펼쳤으니 합의점을 찾아야 할 때란다."

선생님은 우리 반 교실 문을 두드렸다. 등 뒤로 교실 문을 닫았다가 5분 후에 기분 좋은 얼굴로 다시 나타났다. 종교학 선생님께 공격적인 어조로 말한 것에 대해서 사과하는 조건으로 자리에 되돌아갈 수 있다고 했다. 나는 앞으로 일어날 보복행위에 대한 두려움과 니노와 갈리아니 선생님의 지지에 대한 자랑스러운 마음 사이에서 갈피를 잡지 못했다. 나는 종교학 선생님께 사과했다.

나는 이 이야기가 부모님께 들어가지 않도록 주의했다. 하지만 안토니오에게는 사건의 전말을 들려주었고 그는 파스콸레에게 이 사건을 자랑스럽게 전했다. 어느 날 길에서 릴라와 마주친 파스콸레는 아직까지도 정리되지 않은 감정을 주체하지 못해 그녀에게 무슨 말을 해야 할지 몰랐고 구명보트에 매달리는 심정으로 내게 일어난 사건을 그녀에게 이야기해주었다. 이렇게 해서 눈 깜짝할 새에, 나는 내 죽마고우들과 종교학 선생님의 장황한 설교를 못마땅해 하는 몇몇 전투적인 선생님과 학생들의 영웅으로 등극했다. 그러는 동안 나는 내가 종교학 선생님께 한 사과가 충분하지 못했다는 것을 알아채고, 종교학 선생님을 비롯하여 그와 같은 관점을 가진 다른 선생님들에게서 잃어버린 신뢰를 되찾기 위해 노력하기 시작했다.

나는 별 힘을 들이지 않고 말과 행동을 분리했다. 내게 적대적인 감정을 갖고 있는 모든 선생님께 예의를 다하고 도움이 되려고 했다. 성실하고 친절하고 협조적인 태도를 취했다. 그러다보니 얼마 지나지 않아 그들은 나를 다시 예의 바른 소녀로 인정하고 그렇기 때문에 약간 이상한 주장을 해도 그 정도는 흔쾌히 용서해주기로 했다. 이렇게 해서 나는 내게 갈리아니 선생님처럼 내 의견을 확실하게 표현할 줄 알지만 모든 사람에게 존중받을 만한 흠잡을 수 없는 처신으로 사람들의 마음을 풀어주는 능력이 있다는 사실을 깨달았다. 며칠이 채 지나지 않아 나는 고등학교 5학년이며 그해 졸업시험을 앞둔 니노와 함께 우리의 초라한 학교에서 가장 전도유망한 학생 가운데 하나로 다시 손꼽히게 되었다.

그 일은 거기에서 끝나지 않았다. 몇 주 후 니노는 아무 설명도 없이, 예의 어두운 분위기로 종교학 선생님과 충돌한 일에 대해서 반 페이지 정도의 글을 급히 써달라고 했다.

"그걸로 뭘 하려고?"

니노는 자신은 『빈민들의 여관, 나폴리』라는 잡지에 기고를 한다고 말했다. 학교에서 있었던 일을 편집부에 들려주니 내가 마감시간 안에 그 일에 대한 리포트를 작성한다면 다음 호에 실어줄 의향이 있다고 했다. 니노는 내게 잡지를 보여주었다. 50여 페이지쯤 되는 조잡한 회색 잡지였다. 목차를 보니 '빈곤의 수치'라는 제목 옆에 그의 이름이 보였다. 순간 마론티 해변에서 『로마』지에 실린 기사를 읽으며 그의 아버지가 내비쳤던 자만과 허영이 생각났다.

"혹시 시도 써?"

내가 물었다.

그는 혐오감이 담긴 표정으로 강하게 부정했고 나는 바로 "좋아, 한번 해볼게"라고 약속했다.

나는 잔뜩 흥분해서 집에 돌아왔다. 글에 대한 생각으로 머릿속이 가득해서 집에 돌아가는 길에도 이 일에 대해 알폰소에게 상세히 설명했다. 그는 나를 걱정하며 절대로 글을 쓰지 말라고 신신당부했다.

"네 이름으로 출간되는 거지?"

"그래."

"레누, 종교학 선생님은 다시 화를 내실 거고 네게 낙제점을 줄 수도 있어. 게다가 화학 선생님과 수학 선생님도 자기편으로 만들 거야."

알폰소의 걱정에 전염되어 나는 용기를 잃었다. 하지만 알폰소와 헤어지자 내 이름이 나온 기사가 실린 잡지를 릴라와 우리 부모님, 올리비에로 선생님과 페라로 선생님에게 보여주고 싶은 생각이 걱정스러운 마음을 앞질렀다. 사태는 나중에 무마하면 될 것이다. 갈리아니 선생님이나 니노처럼 내가 높이 평가하는 사람들이 종교학 선생님, 화학 선생님, 수학 선생님처럼 내가 하찮게 여기는 사람들의 반대편에 서서 내게 갈채를 보낸 것은 고무적인 일이었다. 하지만 나는 적들에게 예의바르게 행동해서 나에 대한 호감과 나를 존중하는 마음을 잃지 않게 할 것이다. 기사가 나올 때 특별히 더 신경써서 그들에게 예의바르게 굴 생각이었다.

나는 오후 내내 글을 썼다가 고치기를 반복했다. 최대한 함축적이고 강렬한 문장들을 생각해냈다. 어려운 용어를 써서 내 논지에 최고의 신학적 권위를 부여하려 했다. 나는 이런 문장을 썼다.

'만약 신이 모든 곳에 존재한다면 왜 성령을 통해 전파되어야 한단 말인가?'

하지만 서문만으로도 반 페이지가 모자랐다.

'그럼 나머지 내용은 어떻게 하지?'

나는 처음부터 다시 쓰기 시작했다. 초등학교 시절부터 악착같이 시도하고 또다시 시도하는 일에 익숙해져 있었기에 결국은 읽어줄 만한 글이 나왔다. 나는 다음 날 수업을 준비했다.

하지만 30분이 채 지나지 않아 다시 의구심이 생겼다. 나는 확인받고 싶었다. 누구에게 내 글에 대한 의견을 물을 수 있을까? 어머니에게? 동생들에게? 안토니오에게? 물론 아니다. 릴라밖에 없었다. 하지만 그녀를 찾는다는 것은 그녀의 권위를 다시 인정하는 것이다.

이제는 그녀보다 내가 더 박식하다. 그래서 처음에는 그녀에게 가지 않으려고 했다. 내 반 페이지짜리 글을 몇 마디 비하하는 말로 깎아내릴까봐 두려웠다. 아니, 그보다는 그녀의 몇 마디가 내 머릿속에서 작용해 내 생각을 극단적인 방향으로 이끌고 그 반 페이지짜리 글에 그 생각을 옮겨 적으려다 결국 글의 균형마저 잃어버리게 될까봐 더 두려웠다. 그런데도 나는 참지 못하고 릴라가 집에 있기를 바라며 그녀를 찾아갔다. 릴라는 부모님 집에 있었다. 그녀에게 니노의 제안에 대해 설명하고 공책을 보여주었다.

그녀는 글씨가 눈을 아프게라도 하는 것처럼 마지못해 글을 적은 종이를 바라보았다. 그리고 알폰소와 똑같은 질문을 했다.

"네 이름으로 기사가 나오는 거니?"

내가 고개를 끄덕여보였다.

"엘레나 그레코라고?"

"그래."

릴라가 내게 공책을 내밀었다.

"내겐 이 글이 좋은 글인지 판단할 능력이 없어."

"부탁이야."

"못 한다니까."

나는 고집을 피워야 했다. 이 글이 릴라 마음에 들지 않거나 릴라가 이 글을 읽지 않는다면 니노에게 이 글을 주지도 인쇄에 넘기지도 않겠다고 했다. 실제로 그럴 생각은 없었지만.

결국 릴라는 내 글을 읽었다. 글을 읽는 동안, 마치 내가 그녀에게 지워준 짐이 너무 무거워 그녀가 움츠러드는 것 같은 느낌을 받았다. 독서를 하고, 글을 쓰고, 그림을 그리고, 즉흥적으로 계획을 짜내고, 본능적으로 자연스럽게 반응하던 과거의 릴라를 끄집어내기 위해서 고통스러울 정도로 애를 쓰는 것같이 느껴졌다. 마침내 과거의 자아를 끌어냈을 때부터는 짐을 벗은 것처럼 한결 편해 보였다.

"좀 지워도 돼?"

"응."

릴라는 꽤 많은 단어와 한 문장을 통째로 지워버렸다.

"글 순서를 좀 바꿔도 될까?

"응."

릴라는 문장 하나에 동그라미를 치더니 수정기호로 문장의 위치를 페이지 위쪽으로 옮겼다.

"다른 종이에 베껴서 줘도 되겠니?"

"내가 할게."

"아냐. 내가 하게 해줘."

릴라는 글을 베끼는 데 꽤나 시간을 들였다. 내게 공책을 돌려주며 말했다.

"너 참 잘하는구나. 언제나 만점을 받을 만해."

릴라의 목소리에 빈정거림이 없다는 것을 느꼈다. 순수한 칭찬이었다.

그러더니 갑자기 냉정하게 말했다.

"이제 다시는 네가 쓴 글을 읽고 싶지 않아."

"왜?"

그녀는 잠시 생각에 잠겼다.

"나를 아프게 하니까."

릴라는 이렇게 말하고는 손으로 이마를 치며 웃음을 터뜨렸다.

54

행복한 마음으로 집에 돌아왔다. 다른 식구들을 방해하지 않기 위해 화장실에 들어가 문을 걸어 잠그고 새벽 3시까지 공부하다 잠자리에 들었다. 새벽 6시 30분에 글을 다시 옮겨 적으려고 일어났다.

릴라의 동글동글한 예쁜 글씨체로 글을 다시 읽어보았다. 릴라의 글씨는 초등학교 시절의 글씨체에서 멈춰 있어 그보다 작아지고 어른스러워진 내 글씨체와는 아주 달랐다. 종이에는 내가 쓴 글이 그대로 있었지만 더 매끄럽고 더 즉흥적인 느낌이었다. 릴라가 지우고, 옮기고, 살짝 덧붙인 부분들과 여기에 그녀의 글씨까지 합쳐 조금 다른 느낌을 주었다. 내 자신에게서 도망쳐 나와 저 멀리 뒤처져 있는 원래의 내겐 없는 엄청난 힘으로 백 발자국은 더 앞서 나가게 된 느낌이었다.

나는 글을 릴라의 필체 그대로 남겨두기로 했다. 내 언어 안에 릴라의 흔적을 뚜렷하게 남기기 위해서 니노에게 그대로 글을 가져다주었다.

니노는 기다란 속눈썹을 수차례 깜박이며 글을 읽었다. 다 읽고 난 다음 예기치 않게 우울해하며 말했다.

"갈리아니 선생님의 말이 옳았어."

"뭐가?"

"네가 나보다 글을 더 잘 쓴다는 거."

내가 수줍게 반박했지만 그는 다시 한 번 그 말을 되뇌이더니 내게 인사도 하지 않고 뒤돌아 가버렸다. 내게 잡지가 언제 출간될 예정이며 어떻게 구할 수 있는지 말해주지도 않았고, 나 역시 그에게 물어볼 용기가 나지 않았다. 그의 행동에 나는 마음이 상했다. 그래서인지 멀어져가는 그의 모습에서 잠시 동안이나마 그의 아버지 모습이 보였다.

우리의 새로운 만남은 그렇게 좋지 않게 끝이 났다. 우리는 또 한 번 엇갈린 것이다. 니노는 며칠 동안 자신보다 작문 실력이 좋은 것이 속죄라도 해야 할 일인 것처럼 굴었다. 나는 이러한 그의 태도에 짜증이 났다. 그러다 어느 날 갑자기 나를 투명인간 취급하기를 멈추고 잠시 함께 걷자고 했다. 나는 냉정하게 선약이 있고 남자친구가 데리러 오기로 했다고 말했다.

니노는 한동안 내 남자친구가 알폰소라고 생각했던 것 같다. 하지만 하굣길에 할 말이 있다며 마리사가 모습을 나타낸 이후로 니노의 의심은 풀리게 되었다. 마리사와는 이스키아 섬에서 함께 지낸 이후로 한 번도 만나지 못했다. 그녀는 내게 달려와 호들갑을 떨면서 반가워했다. 내가 그해 여름에는 바라노에 오지 않아서 슬펐다고 했다. 때마침 알폰소와 함께 있었기 때문에 그녀에게 그를 소개해주었다.

마리사는 오빠가 이미 가버렸으니 우리와 함께 걷겠다고 고집을 피웠다. 그녀는 먼저 그녀가 겪은 사랑의 고통에 대해서 세세히 얘기해주고는 알폰소와 내가 사귀는 사이가 아니라는 것을 알자 내게는 더 말을 걸지 않고 특유의 매력적인 태도로 알폰소와 수다를 떨기 시작했다. 그날 집에 돌아가서 분명 오빠에게 나와 알폰소는 아무 사이도 아니라고 전했음이 분명했다. 다음 날 니노가 당장 내 주위를 맴돌기 시작한 것을 보면 말이다. 하지만 이제 그의 모습을 보기만 해도 신경이 곤두섰다. 그도 결국 자신이 그토록 싫어하는 아버지만큼이나 공허한 사람인가. 다른 이들이 자신을 원하고 사랑하는 것을 당연시하는 건가. 자신의 재능 말고 다른 이의 재능은 견디지 못할 정도로 오만한 사람이란 말인가.

나는 안토니오에게 나를 데리러 학교로 와달라고 했다. 그는 한편으로는 내 부탁에 당황하면서도 기뻐하며 내게 즉시 그러겠다고 했다. 그가 더욱 놀란 것은 내가 모든 사람이 보는 앞에서 그의 손을 잡고 그의 손에 깍지를 꼈을 때였을 것이다. 그때까지만 해도 그의 손을 잡으면 아버지와 손을 잡고 산책하는 아이처럼 느껴져서 동네에서나 밖에서나 그런 식으로 산책하는 것을 거부해왔다. 그런 내가 먼저 그의 손을 잡은 것이다. 니노가 우리를 바라보고 있다는 것을 알고 있었기에 내가 어떤 사람인지 보여주고 싶었다. 나는 그보다 글도 더 잘 쓰고, 그가 글을 기고하는 잡지에 내 글도 실릴 것이며 학교에서는 니노만큼 아니 그보다 더 성적이 뛰어나며, 나만의 남자까지 있는 사람이라는 것을 알리고 싶었다. 이제 충실한 애완동물처럼 그의 뒤를 쫓는 일은 절대 없을 것이다.

55

나는 안토니오에게 나를 릴라의 결혼식에 데려다줄 것과 절대로 나를 홀로 내버려두지 않고 나랑만 대화하고 나랑만 춤춰달라고 부탁했다. 나는 그날이 몹시 두려웠다. 그날이야말로 릴라와 내가 완전히 헤어지는 날이라 생각했기에 의지가 되어줄 누군가가 곁에 있기를 바랐다.

릴라는 모든 사람에게 초대장을 보냈다. 동네 모든 여인은 나이를 불문하고 벌써 오래전부터 옷을 만들고, 모자와 가방을 마련하고, 잔 세트나 접시 세트나 식기 세트 따위의 결혼 선물을 마련하기 위해서 사방을 돌아다녔다. 릴라를 위해서 이런 수고를 하는 사람은 별로 없었다. 예의바르고 언제나 월말까지 외상을 달아주는 스테파노를 위해서였다. 하지만 가장 중요한 이유는 결혼식이야말로 그 누구도 초라해보일 수 없는 행사였기 때문이다. 특히 약혼자가 없는 소녀들에게 결혼식은 신랑감을 찾아 몇 년 후에 자신들도 결혼을 할 수 있는 절호의 기회가 되는 것이다. 바로 그 때문에 나는 안토니오가 나와 같이 가주기를 바랐다. 물론 우리 관계를 사람들에게 알릴 생각은 추호도 없었다. 그때까지 우리 관계는 철저히 비밀이었다. 하지만 그날만은 매력적으로 보여야 한다는 강박관념에서 벗어나고 싶었다. 그날은 안경을 끼고, 어머니가 만들어준 검소한 옷을 입고, 오래된 신발을 신고도 침착함과 편안함을 유지하고 싶었다. 나는 열여섯 살 소녀라면 가져야 할 모든 것을 가지고 있었다. 더 필요한 것은 아무것도 없었다. 하지만 이런 내 부탁으로 인해서 가뜩이나 힘든 안토니오의 삶이 더 복잡해질 터였다.

안토니오는 내 부탁을 그런 의미로 받아들이지 않았다. 그는 나를 사랑했고 그에게 일어난 가장 큰 행운이라고 생각했다. 그는 종종 큰 소리로 재미삼아 묻는 듯한 목소리에 날선 불안감을 감춘 채 두 마디 이상의 문장도 제대로 구성하지 못하는 자신과 같은 멍청이를 왜 선택했느냐고 묻곤 했다. 사실 그는 우리 집에 찾아와 부모님께 인사를 드리고 우리 관계를 공식화할 날만을 고대하고 있었다. 결과적으로 안토니오는 내 요청을 이제부터는 자신과의 관계를 숨기지 않겠다는 나의 결심으로 받아들였다. 그래서 결혼 선물을 사고 아다를 비롯한 다른 동생들의 옷과 멜리나에게 부끄럽지 않을 정도의 옷을 마련하기 위해서 이미 쓴 돈은 생각지도 않고 양복점에 가서 옷을 맞추느라 빚까지 냈다.

나는 아무것도 눈치채지 못했다. 나는 학교 공부와 릴라와 그녀의 시누이와 시어머니 사이에서 일이 잘 풀리지 않을 때마다 날아오는 긴급 소환과 언제 나올지 모르는 내 기사에 대한 기분 좋은 긴장감 사이에서 하루하루를 버텨나가고 있었다. 나는 '엘레나 그레코'라는 내 이름이 종이에 인쇄되어 나오는 순간 내 존재가 진정으로 의미를 가지게 될 것이라는 비밀스러운 확신에 차 있었다.

나는 안토니오에게 별 신경을 쓰지 못한 채 그날만을 기다리며 그럭저럭 지내고 있었다. 그러는 사이에 안토니오는 결혼식 참석 의상을 체룰로 로고가 찍힌 신발로 완성해야겠다는 생각을 하게 되었다. 그는 이따금 내게 물었다.

"신발 제작이 어느 정도 진행됐는지 들은 바 있어?"

나는 그에게 대답했다.

"리노에게 물어봐. 이제 릴라는 아무것도 모르니까."

신발 제작과 관련된 상황은 이랬다. 체룰로 집안의 부자는 11월이 되자, 아직 그들과 같은 지붕 아래 살고 있는 릴라에게 먼저 신발을 보여줄 생각조차 하지 않고 스테파노에게 먼저 연락을 했다. 스테파노는 일부러 약혼녀와 피누차를 함께 데리고 나타났는데 셋 다 텔레비전 화면에서 걸어 나온 것 같은 모습이었다. 릴라는 수년 전 자신이 그린 그림이 현실화된 것을 보고 격한 감동을 느꼈다고 했다. 요정이 나타나 그녀의 소원을 이루어준 것 같았다고 했다.

신발은 먼 옛날 자신이 상상했던 모습 그대로였다. 피누차도 놀라 입이 벌어졌다. 마음에 드는 신발을 신어보고 리노에게 찬사를 보냈다. 전체적으로 어울리지 않는 듯 어울리고 가벼우면서도 튼튼한 그 걸작의 창조자가 리노라는 것을 자신이 알고 있다는 것을 은근히 내비치면서 말이다.

유일하게 불만족스러워한 사람은 스테파노였다. 스테파노는 오빠와 아버지와 직원들에게 칭찬을 하는 릴라를 제지하고 신발이 얼마나 발에 꼭 맞는지 보여주려고 한쪽 발을 들어올리고 꿀처럼 달콤한 목소리로 리노를 칭찬하는 피누차에게 조용히 하라고 했다. 그러더니 제품별로 본래의 디자인과 다른 점들을 하나씩 짚어냈다. 그는 특히 리노와 릴라가 페르난도 아저씨 몰래 만들었던 남성 신발과 부자가 보완해 만든 신발을 비교하며 한참을 물고 늘어졌다.

"여기에 달린 술은 뭐고 또 이 박음질 부분은 뭐예요? 번쩍이는 버클은 또 뭐고요?"

스테파노는 화난 목소리로 물었다.

페르난도 아저씨가 원래 디자인과 달라진 부분들은 신발을 더 튼튼하게 만들기 위해서였다든가 원본의 단점을 보완하기 위해서였다고 설명해보았지만 스테파노는 요지부동이었다. 그는 그토록 많은 돈을 투자한 이유는 흔하디흔한 신발을 만들기 위해서가 아니라 릴라의 그림과 똑같은 신발을 만들기 위해서였다고 했다.

긴장감은 극에 달했다. 릴라는 부드럽게 아버지를 옹호했다. 그녀는 스테파노에게 괜찮다고, 자신의 그림은 어린아이의 상상이었을 뿐이며 손을 댔다고 해도 그다지 눈에 띄지도 않는 데다가 분명 불가피한 이유가 있었을 것이라고 했다. 하지만 리노는 스테파노의 편을 들었고 다툼은 오랫동안 계속되었다. 결국 페르난도 아저씨가 지쳐 나가떨어져서 구석에 앉아 벽에 걸린 액자들을 바라보며 말했다.

"크리스마스 때 판매를 시작하고 싶거든 이대로 팔아야 한다네.

하지만 내 딸아이가 그린 그림과 똑같은 신발을 원한다면 다른 사람을 찾아보게나."

결국 스테파노도 리노도 양보해야 했다.

크리스마스가 다가오자 신발들은 천으로 만든 별모양으로 장식된 진열장에 진열되었다. 신발은 세련되고 섬세하게 마감되었다. 딱 봐도 누추한 진열장과 황량한 바깥 풍경, 가죽 조각이며 작업대, 송진, 나무 모형, 판매되기를 기다리며 천장까지 높이 쌓아놓은 상자가 널려 있는 가게 환경과는 어울리지 않는 고급스러운 느낌이었다. 페르난도 아저씨가 몇 군데 손을 보기는 했지만 신발은 어린 시절 우리가 꿈꿔왔던 그대로의 모습이었다. 우리 동네 실정에 맞게 만든 것이 아니었다.

실제로 크리스마스 때 단 한 켤레의 신발도 팔리지 않았다. 가게에 들어가 리노에게 44사이즈 신발을 달라고 해서 신어본 사람은 안토니오가 유일했다. 그는 내게 신발을 신었을 때의 기분 좋은 착용감을 이야기해주며 나와 함께 결혼식에 갈 때 새 옷을 입고 그 신발을 신는 모습을 상상했다고 했다. 하지만 안토니오는 신발을 살 수 없었다. 신발 가격에 대한 리노의 대답에 그는 놀라서 입을 다물지 못했다.

"미쳤어?"

리노가 "네겐 특별히 할부로 팔게"라고 하자 안토니오는 "차라리 람브레타 오토바이를 사겠어"라고 말하면서 코웃음을 쳤다.

56

결혼 준비에 정신이 없었던 릴라는 그때까지만 해도 피곤에 찌들어 있을지언정 언제나 명랑하고 장난스러웠던 리노가 다시 어두워지고, 잠을 잘 이루지 못하고, 별것 아닌 일에 화를 내기 시작했다는 사실을 알아차리지 못했다.

"리노는 어린아이 같아."

리노가 몇 번 발끈하는 모습을 보이자 릴라가 피누차에게 변명하듯 말했다.

"자신이 원하는 것을 손에 넣는지 아닌지에 따라서 금세 기분이 달라져. 도무지 기다릴 줄 몰라."

릴라와 페르난도 아저씨는 크리스마스에 신발이 팔리지 않았다고 해서 사업이 실패했다고는 생각하지 않았다. 결정적으로 신발 제작은 치밀한 계획에 따라 진행된 것이 아니었다. 신발들은 릴라의 순수한 영감이 실현되는 것을 보려 한 스테파노의 의지로 만들게 된 것이었고 이로써 따뜻한 신발부터 가벼운 신발까지 사계절을 거의 다 아우를 수 있는 다양한 종류의 신발이 완성되었다. 이 신발들은 회사의 자산이었다. 체룰로 구둣방에는 하얀색 상자 안에 들어 있는 구두 재고가 상당량 쌓여 있었다. 기다리다 보면 겨울이 지나고 다가오는 봄이나 가을에 신발이 팔리기 시작할 것이다.

하지만 리노는 날이 갈수록 안절부절못했다. 크리스마스가 지나자 제 발로 큰길 끝에 있는 먼지 쌓인 구둣가게를 찾아가 체룰로 구두를 진열해보지 않겠느냐고 제의했다. 가게 주인이 솔라라 집안의 심복임을 알고 있으면서 말이다. 부담 갖지 말고 반응만 살펴보라고 했다. 구둣가게 주인은 체룰로 집안이 만든 신발은 자신의 가게를 찾는 주요 고객층에게는 맞지 않는다며 정중하게 거절했다. 리노는 이 말을 기분 나쁘게 받아들여 이내 욕설이 몇 마디 오고갔다. 결국 이 일은 온 동네에 소문이 났다. 페르난도 아저씨는 리노에게 화를 냈고, 리노는 아버지에게 대들었다. 릴라는 오빠가 다시금 혼란스럽고 파괴적인 면모를 드러내고 있다는 것을 깨달았다. 과거에 릴라가 두려워했던 그런 모습 말이다. 넷이서 함께 외출할 때면 리노가 릴라와 피누차를 앞서게 하고 자신은 일부러 대여섯 걸음 뒤에서 스테파노와 이야기한다는 것을 느낄 수 있었다. 스테파노는 귀찮은 내색을 하지 않고 리노의 말을 들었다.

딱 한 번, 릴라는 스테파노가 이렇게 말하는 것을 들었다.

"이봐, 리노. 너는 내가 구둣방에 밑 빠진 독에 물 붓듯 투자한 것이 단순히 네 누이에 대한 사랑 때문이었다고 생각해? 신발은 완성이 됐고, 게다가 아주 멋져. 이제 판매를 해야 하는데 문제는 적합한 판매처를 찾는 일이야."

릴라는 스테파노가 '단순히 네 누이에 대한 사랑'이라고 한 표현이 귀에 거슬렸다. 하지만 자신과는 달리 리노는 흡족해 했기에 문제 삼지 않기로 했다. 리노는 마음이 편해지자 판매 전략가처럼 이야기하기 시작했다. 특히 피누차를 대상으로 열띤 목소리로 설명했다. 그는 큰 꿈을 가져야 한다고 했다. 좋은 계획이 실패하는 이유는 뭘까? 고레시오 정비소에서 오토바이 사업을 포기해야 했던 이유는 뭘까? 잡화점의 양장점은 왜 6개월밖에 버티지 못했나? 그것은 동네에는 판매 대상이 되는 고객층이 빈약했기 때문이다. 이에 비해서 체룰로 구두는 곧 우리 동네뿐 아니라 부유한 사람들이 사는 구역에서 인정을 받을 것이다.

결혼식 날짜가 다가오고 있었다. 릴라는 결혼 예복을 입어보고, 결혼 후에 살게 될 집을 단장하고, 피누차와 마리아 아주머니와 전투를 계속하느라 이리저리 뛰어다녔다. 모녀는 다른 무엇보다도 눈치아 아주머니의 참견을 견딜 수 없어 했다. 3월 12일이 다가올수록 긴장감은 점점 더 팽팽해졌다. 그렇지만 서서히 금이 가던 상황에 결정적인 충격을 가해 균열을 초래한 계기는 시댁 식구들과의 불화와는 상관 없는 사건에서 비롯되었다. 실제로 이후 연속적으로 일어난 두 가지 사건은 릴라에게 깊은 상처로 남게 된다.

얼어붙을 듯 추운 2월의 어느 날 오후, 릴라는 난데없이 나에게 올리비에로 선생님의 집까지 바래다줄 수 있겠느냐고 물었다. 릴라는 그때까지 선생님에 대한 그 어떤 관심도 애정도 고마움도 나타내지 않았었다. 그런 그녀가 선생님에게 직접 청첩장을 전해줘야겠다고 마음먹은 것이다. 선생님이 그녀에 대해서 좋지 않게 말한 것을 한 번도 릴라에게 전한 적이 없기에 굳이 이제 와서 그런 이야기를 들려줄 필요는 없을 것이라고 생각했다. 게다가 최근 올리비에로 선생님의 상태는 전처럼 공격적이라기보다는 우울한 편에 더 가까웠다. 그렇기 때문에 릴라를 잘 받아줄 수도 있을 거라고 생각했다.

릴라는 옷매무새에 특별히 신경을 썼다. 우리는 교구 성당 바로 앞에 있는 선생님 댁까지 걸어갔다. 계단을 오르면서 릴라가 걱정하고 있음이 느껴졌다. 내게는 그 길과 그 계단이 익숙했지만 릴라에게는 그렇지 않았다. 가는 동안 그녀는 한마디 말도 하지 않았다. 초인종을 누르자 발을 질질 끌며 다가오는 올리비에로 선생님의 소리가 들려왔다.

"누구세요?"

"저예요. 그레코요."

선생님이 문을 열어주었다. 어깨에 보랏빛 숄을 두르고 얼굴의 반은 스카프로 가리고 있었다. 릴라는 미소를 지으며 말했다.

"선생님, 제가 기억나세요?"

선생님은 학교에서 릴라가 선생님을 성가시게 할 때 하던 것처럼 그녀를 물끄러미 바라보더니 내게 입안에 뭔가가 있는 것처럼 힘겹게 말했다.

"이 사람은 누구지? 나는 이 사람을 모른다."

릴라는 당황해서 재빨리 표준어로 말했다.

"저예요. 체룰로. 선생님께 청첩장을 가지고 왔어요. 이제 곧 결혼하거든요. 선생님께서 제 결혼식에 와주신다면 정말 기쁠 거예요."

선생님은 나를 바라보며 말했다.

"체룰로라면 잘 알고 있지만 이 아이는 누군지 모르겠구나."

선생님은 우리 면전에서 문을 닫았다.

우리는 얼어붙은 듯 현관 앞에 잠시 서 있었다. 내가 위로의 뜻으로 릴라의 손을 잡았다. 그녀는 손을 잡아 빼더니 청첩장을 현관 문 아래로 밀어 넣고는 계단을 내려가기 시작했다. 돌아가는 길에 릴라는 시청과 교구 성당에서 부딪친 행정적 문제에 내 아버지의 도움이 컸다는 말을 쉴 새 없이 되풀이했다.

또 다른 사건은 릴라에게 선생님의 일보다 훨씬 더 깊은 상처를 남겼다. 놀랍게도 그 일은 스테파노와 신발 사업을 둘러싸고 일어나게 되었다. 결혼 준비를 시작했을 때부터 결혼식 증인은 마리아 아주머니의 먼 친척이 맡기로 되어 있었다. 그는 전후 피렌체로 이사를 가서 여기저기에서 구한 오래된 물건과 금속으로 된 공예품 물건들을 판매하는 상점을 운영하고 있었다.

아주머니의 친척은 피렌체 출신의 여인을 부인으로 맞아들인 덕에 피렌체 억양을 배웠다. 그의 억양 덕분에 그는 친척들 사이에 명망이 높았다. 같은 이유로 스테파노의 견진성사 때 대부 역할을 맡기도 했다. 그런데 느닷없이 예비 신랑이 결정을 바꾼 것이다. 처음에 릴라는 이 일을 임박해오는 결혼식에 대한 긴장감의 표출 정도로 생각했다. 릴라에게는 누가 되었든 결정만 내리면 될 뿐 어떤 사람이 결혼식의 증인이 될지는 전혀 중요하지 않았다. 하지만 며칠 동안 스테파노는 릴라에게 혼란스럽고 애매한 대답만을 내놓을 뿐이어서, 누가 피렌체에서 오는 부부를 대신하게 될지 도무지 알 수 없었다. 그러더니 결혼식이 일주일도 채 남지 않은 시점에서 진실이 드러났다. 스테파노는 이미 결정된 일인 양, 한마디 변명도 없이 마르첼로와 미켈레의 아버지인 실비오 솔라라가 결혼식 증인을 맡게 되었다고 통보했다.

그 순간까지 릴라는 마르첼로와 머나먼 친인척 관계에 있는 사람조차도 감히 자신의 결혼식에 참석할 것이라는 생각은 꿈에도 하지 못했다. 이후 며칠 동안 릴라는 내가 익히 알고 있는 소녀 시절의 면모를 되찾았다. 스테파노에게 험한 욕설을 퍼부으며 다시는 그를 보지 않겠다고 했다. 부모님 집에 틀어박혀서 결혼식 준비를 모두 중지했으며 마지막으로 드레스를 입어보러 가지도 않았고 결혼식이 눈앞에 닥쳤는데도 준비에서 완전히 손을 뗐다.

급기야는 친척들의 방문 행렬이 시작되었다. 먼저 릴라의 어머니인 눈치아 아주머니가 비통한 목소리로 가족들의 안위에 대해 구구절절 설명을 늘어놓았다. 다음에는 릴라의 아버지가 와서 퉁명스럽게 어린아이처럼 굴지 말라고 했다. 이 동네에서 사업에 성공하려면 실비오를 결혼식 증인으로 두는 것은 의무 사항이라고 했다. 마지막으로 리노가 돈만 밝히는 사업가 같은 태도로 릴라에게 와서 공격적인 어조로 지금의 상황에 대해서 설명했다. 솔라라 가문의 가장은 걸어다니는 은행이나 마찬가지이고 무엇보다도 체룰로 신발의 판매 경로를 확보해줄 사람이라는 것이었다.

"그러니 어쩔 거야?"

그는 핏발 선 부은 눈으로 그녀에게 소리쳤다.

"나와 우리 가족과 이때까지 들인 모든 노력을 물거품으로 만들 셈이야?"

리노 다음에는 피누차까지 얼굴을 들이밀었다. 그녀는 약간 가식적인 목소리로 물론 자기라도 피렌체에서 온 친척이 증인이 되는 편을 더 좋아했겠지만 합리적으로 생각을 해볼 필요가 있고 별것도 아닌 일 때문에 결혼식을 망쳐버릴 수는 없지 않겠느냐고 했다.

하룻밤이 지나자 눈치아 아주머니는 방 한구석에 자리 잡고 앉더니 집안일도 하지 않고, 잠자리에 들지도 않은 채 그 자리에서 꿈쩍도 하지 않았다. 그러다 딸 몰래 밖으로 빠져나와 나를 찾아왔다. 그러고는 릴라를 설득해달라고 부탁했다. 나는 으쓱해져서 어느 쪽 편을 들지 고민해보았다.

다른 일도 아닌 결혼이 달린 일이었다. 결혼은 현실이고 애정 문제와 온갖 이해관계가 얽힌 복잡하기 이를 데 없는 사안이었다. 나는 두려웠다. 나는 종교학 선생님의 권위에 도전하며 성령에 대해서 공식적으로 비판할 수 있을 정도로 강해졌지만 릴라처럼 모든 것을 백지화할 정도는 아니었다. 하지만 릴라라면 그럴 수 있다. 결혼식이 코앞에 다가왔더라도 말이다.

이제 어떻게 해야 할까. 내가 마음만 먹는다면 그녀를 정해진 길로 인도할 수 있을 것이고 그렇게 되면 나도 매우 만족할 것이다. 하지만 내 마음 깊은 곳에는 그녀를 창백한 얼굴에, 말총머리를 하고, 맹금류 같은 눈을 가늘게 뜨고 싸구려 옷을 입은 과거의 릴라로 되돌리고 싶은 욕구가 있었다. 그녀에게서 동네의 재클린 케네디 같은 분위기를 걷어내고 싶었다.

하지만 릴라를 위해서나 나를 위해서나 그것은 너무 비참한 일이었다. 릴라의 편안한 삶을 위해서라도 그녀를 다시 암울하기 짝이 없는 체룰로 집안으로 돌려보내고 싶지 않았다.

나는 머릿속에 단 하나의 목표를 설정했다. 나는 차분하고 설득력 있게 릴라에게 얘기하고 또 얘기했다. 릴라, 실비오 솔라라는 마르첼로도 미켈레도 아니야. 그 사실을 혼동하면 안 돼. 너 스스로도 예전에 그렇게 말했잖아. 아다를 억지로 차에 태운 것도, 설날 새벽에 우리에게 총을 쏜 것도, 네 집에 억지로 찾아간 것도, 너에 대해서 음란한 소문을 퍼뜨린 것도 실비오 솔라라가 아니야. 실비오는 결혼식 증인을 서주고 리노와 스테파노가 신발 사업을 할 수 있도록 도와줄 거야. 그것뿐이라고. 네 인생에 전혀 영향을 미치지는 못할 거야.

내게 너무나 익숙한 카드들을 다시 섞어 사용했다. 우리 '이전'과 '이후'에 대한 주제를 꺼내들고 구세대와 우리 세대에 대해서 이야기했다. 우리가 어른들과 얼마나 다른지, 그녀와 스테파노가 얼마나 다른 사람들인지 말했다.

이 마지막 말이 돌파구가 되어 그녀를 움직였다. 나는 여기에 대해 다시 열정적으로 이야기했다. 릴라는 조용히 내 이야기를 듣고 있었다. 그녀도 분명 누군가가 자신을 안정시켜주기를 바랐던 것 같았다. 그녀는 천천히 안정을 되찾아갔다.

하지만 나는 릴라의 눈빛에서 스테파노가 보인 행동의 목적이 무엇인지 명확하게 파악하지 못했다는 사실을 읽었다. 그리고 그녀가 두려워하는 이유가 바로 그 불확실성 때문이라는 것을 알 수 있었다. 릴라는 과거 리노가 비정상적으로 굴 때보다 더 두려워하고 있었다. 릴라가 내게 말했다.

"사실 스테파노는 나를 좋아하지 않나봐."

"너를 좋아하지 않다니? 네가 해달라면 뭐든지 해주잖아."

"정말 돈이 드는 일이 아닐 때나 그렇지."

릴라는 이때까지만 해도 스테파노에 대해서 이야기할 때는 단 한 번도 내뱉은 적 없는 경멸어린 말투로 말했다.

어쨌든 릴라는 다시 일상으로 돌아왔다. 하지만 식료품점에 나가지도 않고, 신혼 집에 가지도 않았다. 그러니까 그녀 스스로 화해하려고 애쓰지 않은 것이다. 대신 그녀는 스테파노가 먼저 "고마워. 널 정말 좋아해. 하지만 어쩔 수 없이 해야만 할 일도 있는 거야"라고 말할 때까지 기다렸다. 그가 그렇게 말하고 나서야 릴라는 그가 등 뒤로 다가와 목에 입맞출 수 있게 내버려두었다. 하지만 순간 고개를 획 돌리더니 스테파노의 눈을 똑바로 바라보며 말했다.

"마르첼로는 내 결혼식에 절대로 발을 들여놓을 수 없어."

"어떻게 그래?"

"몰라. 하지만 그렇게 하겠다고 맹세해줘."

스테파노는 한숨을 내쉬더니 이내 웃음을 터뜨리며 말했다.

"좋아. 리나. 맹세할게."

57

3월 12일이 되었다. 벌써 봄기운이 느껴지는 따스한 날이었다. 릴라는 내게 그녀의 부모님 집으로 와서 씻고, 머리 손질 하고, 옷 입는 것을 도와달라고 했다. 어머니를 내보내고 우리 둘만 남았다. 팬티와 브래지어 바람으로 침대 가장자리에 앉았다. 릴라 옆에는 시체같이 보이는 드레스가 있었다. 그녀 앞에는 육각형 타일 바닥 위에 따뜻한 김이 모락모락 피어나는 물이 가득 찬 구리로 된 욕조가 놓여 있었다. 릴라가 느닷없이 물었다.

"내가 잘못하는 걸까?"

"뭘?"

"결혼하는 것 말이야."

"아직도 증인 문제를 생각하는 거야?"

"아니. 올리비에로 선생님을 생각하고 있어. 왜 나를 집에 들여보내지 않은 걸까?"

"그거야 선생님은 성질이 고약한 노인네니까."

욕조에서 반짝이는 물을 바라보면서 잠시 침묵하다가 다시 말했다.

"무슨 일이 일어나든 넌 공부를 계속하도록 해."

"2년이면 고등학교를 졸업해. 그러면 끝이지."

"아니. 절대로 멈추지 마. 필요한 돈은 내가 줄게. 넌 항상 공부해야 해."

나는 조그맣게 웃어 보인 후 릴라에게 말했다.

"고마워. 하지만 언젠가는 학교 공부를 마칠 수밖에 없어."

"넌 아니야. 넌 내 눈부신 친구잖아. 너는 그 누구보다도 뛰어난 사람이 되어야 해. 남녀를 통틀어서 말이야."

릴라는 팬티와 브래지어마저도 벗어버리고 말했다.

"자, 이제 나를 도와줘. 까딱하다 식에 늦겠다."

릴라의 알몸을 처음 본 나는 부끄러웠다. 지금은 그때의 감정이 릴라의 육체를 바라보면서 느낀 쾌락에 대한 수치심이었음을 안다. 불과 몇 시간 후면 스테파노가 만지고, 범하고, 망가뜨리고, 임신시킬 수도 있는 갓 열여섯 살이 된 그녀의 아름다움을 목격하면서 흔들린 내 마음에 대한 민망함이었음을 안다. 하지만 그때는 이런 감정이 피할 수 없는 상황에 처했을 때 느껴지는 극도의 불편한 감정처럼 느껴졌다. 시선을 다른 곳으로 돌릴 수 없는 상황에 대한 불편함이었다. 동요하지 않고서는 그 몸에서 손을 뗄 수 없는데, 막상 손을 떼면 내가 동요하고 있다는 사실을 릴라가 알게 될까봐 걱정되어서 오는 불편함이었다.

나를 사로잡은 격렬한 감정을 확실히 정리할 수 없는 데서 오는 불편함이었다. 내 격렬한 감정적 동요는 그 감정의 원인을 제공한 이의 흔들림 없는 순수함을 해치지 않고서는 해결될 수 없었다. 내 감정은 너무나 강렬해서 그 방에 남아 신랑의 어깨 너머로 릴라의 딱딱해진 젖가슴과 날씬한 허리, 팽팽한 둔부와 새까만 음모, 길쭉한 다리와 부드러운 무릎, 움푹 들어간 발목과 섬세한 발을 바라보고 싶었다. 그리고 모든 일이 일어나는 동안 마치 아무 일도 일어나지 않은 양 그 어둡고 가난한 방 안의 허름한 가구에 둘러싸인 채 타는 듯 뜨거운 피가 흐르는 혈관과 요동치는 가슴을 안고 고르지 않은 물 묻은 바닥 위에 내내 서 있고 싶었다.

나는 얼마 동안 릴라가 몸을 물에 담그고 있게 했다가 일으켜 세운 다음, 그녀의 몸을 느리고 세심한 손길로 씻겼다. 아직도 귓가에 물방울 떨어지는 소리가 들리는 듯하다. 구리로 된 욕조가 마치 릴라의 살결처럼 매끄럽고 단단하고 잔잔하게 느껴졌다. 감정과 생각이 혼란스러웠다. 그녀를 껴안고, 함께 울고, 키스하고, 머리카락을 잡아당기고, 웃고, 성관계에 대해서 일가견이 있는 것처럼 행동하며 선배처럼 조언을 해주고, 가장 가깝게 느껴지는 순간에 말을 걸어 그녀와 거리를 두고 싶었다.

하지만 결국 릴라를 머리에서 발끝까지 씻겨봤자 그날 밤 스테파노에게 더럽혀질 것이라는 우울한 생각에 사로잡혔다. 나는 기차가 덜컹거리며 창 밑을 지나가는 동안, 새집 새 침대에서 지금처럼 실오라기 하나 걸치지 않은 그녀의 몸이 그의 품에 안기는 상상을 했다. 그의 거친 살은 와인 병에 코르크 마개를 강하게 밀어 넣는 것처럼 단호하게 그녀의 몸을 범할 것이다. 내가 그 고통을 이길 수 있는 유일한 방법은 외딴 곳으로 찾아가 같은 시각에 안토니오가 내게도 똑같은 행위를 하게 하는 것이었다.

나는 릴라가 몸을 닦고, 옷을 입고, 내가 직접 그녀를 위해 선택한 드레스를 입도록 도와주었다. 내가 직접 그녀의 드레스를 골랐다는 사실에 뿌듯함과 고통스러움이 뒤섞인 미묘한 감정을 느꼈다.

릴라가 옷을 입자 옷은 생명을 얻었다. 순백의 드레스에 릴라의 온기가 흐르고 그녀의 붉은 입술과 까맣고 단호한 눈빛으로 옷은 생명을 얻었다.

릴라는 자신이 디자인한 구두를 신었다. 리노가 손수 마무리한 구두였다. 릴라가 이 구두를 신지 않았다면 리노는 배신감을 느꼈을 것이다. 스테파노보다 키가 너무 커보이지 않기 위해서 굽이 낮은 구두를 골랐다. 릴라는 드레스를 살짝 들어 구두를 거울에 비춰보았다.

"정말 못난 구두네."

그녀가 말했다.

"아니야."

그녀가 시무룩하게 웃었다.

"아니긴. 이것 좀 봐. 머리에서 태어난 꿈이 발밑으로 추락했잖아."

그러다 소스라쳐 놀란 표정으로 나를 바라보았다.

"레누, 대체 내게 무슨 일이 일어나고 있는 거지?"

58

부엌에서는 오래전에 준비를 끝마친 페르난도 아저씨와 눈치아 아주머니가 안절부절못하며 기다리고 있었다. 그들이 그렇게 곱게 차려 입은 모습은 처음이었다. 그때만 해도 릴라의 부모님도, 내 부모님도, 부모님이라면 모두 나이든 것처럼 생각하던 시대였다. 부모님과 외가 쪽이든 친가 쪽이든 조부모님들 간에 별 차이가 없게 느껴졌다. 그들은 모두 무미건조한 삶을 살아온, 나와 릴라와 안토니오와 파스콸레의 삶과는 상관없는 존재들이었다. 뜨거운 감정과 격정적인 정신을 가진 사람은 우리였다. 이 글을 쓰고 있는 지금에서야 그때 페르난도 아저씨의 나이가 기껏해야 마흔다섯 정도밖에 되지 않았고 눈치아 아주머니는 그보다 몇 살 어렸을 것이라는 생각이 든다.

그날 아침, 새하얀 셔츠에 검은 양복을 입은 랜돌프 스콧의 얼굴을 닮은 페르난도 아저씨와 푸른 모자에 푸른 베일을 쓰고 온몸을 푸른빛으로 치장한 눈치아 아주머니는 둘 다 멋져보였다. 내 부모님도 마찬가지였다. 부모님의 나이는 정확하게 기억한다. 아버지는 39세였고 어머니는 35세였다. 나는 성당에서 두 분을 오랫동안 지켜보았다.

나는 그날 내가 학교에서 거둔 성공이 내 부모님에게는 아무런 위안이 되지 않는다는 것을 깨달았고 그래서 짜증이 났다. 특히 어머니는 학교 공부는 아무짝에도 쓸모가 없는 것이라고 생각하고 있는 것 같았다.

릴라는 눈부시게 새하얀 구름 같은 드레스를 입고, 안개 같은 베일을 쓰고, 아름답게 빛나는 모습으로 구두수선공 아버지의 팔을 잡고 성가족 성당으로 걸어 들어와 꽃으로 장식된 제단 앞에 멋진 모습으로 서 있는 스테파노 옆에 섰다. 그렇게나 풍성하게 제단을 장식해준 꽃가게 주인은 복 받을 거라고 나는 생각했다. 내 어머니는 사시 때문에 다른 곳을 바라보는 듯했지만, 실은 내 못된 친구는 부자 신랑과 결혼에 성공해서 그녀 가족이 먹고살 길을 보장해주고, 욕조와 냉장고와 텔레비전과 전화를 갖춘 자신만의 집을 임대가 아니라 소유하게 됐는데, 나는 안경을 쓰고 무대의 중앙과는 먼 구석에 앉아 있다는 사실에 대해 미안해하기라도 하라는 듯한 시선으로 나를 쏘아보고 있었다.

신부님이 예식을 영원히 끝내지 않을 것처럼 질질 끌었기 때문에 결혼식은 너무 오랫동안 진행되었다. 성당 입구에서 보면 신랑 측 친인척은 그들끼리만 한편에 자리 잡고 있었고, 신부 측 친지는 모두 그 반대편에 자리 잡고 있었다. 사진사는 결혼식이 진행되는 내내 셀 수 없이 많은 사진을 쉴 새 없이 플래시를 터뜨리며 찍어댔고, 그의 젊은 조수는 중요한 순간을 영상으로 담았다.

안토니오는 양복점에서 새로 맞춘 옷을 입고, 식이 진행되는 내내 내 곁을 충실하게 지켰다. 그는 아다에게 성당 맨 끝자리에 앉아서 멜리나와 다른 동생들을 돌보는 임무를 맡겼다. 아다는 신랑의 식료품점에서 일하고 있어서 다른 좌석을 지정받을 것으로 기대하고 있었기 때문에 잔뜩 뿔이 나 있었다. 안토니오가 두어 번 내게 귓속말을 했지만 나는 대답하지 않았다. 그는 오로지 내 곁에 앉아만 있어야 할 뿐, 괜한 소문을 피하려면 친밀한 관계라는 것은 티를 내지 않아야 했다.

하객들로 꽉 찬 성당을 둘러보니 다른 사람들도 나처럼 지루해하며 주변을 두리번거리고 있었다. 진한 꽃향기와 새 옷 냄새가 성당에 진동했다. 질리올라는 아름다웠고 카르멜라도 마찬가지였다.

남자아이들 모습도 이에 못지않았다. 엔초와 파스콸레는 제단 위에 서 있는 릴라의 옆자리에 있어야 하는 사람은 자신들이라는 것을, 만약 그랬다면 자신들이야말로 스테파노보다 훨씬 멋있었을 것이라는 사실을 알리고 싶어 하는 것 같았다. 특히 파스콸레가 심했다.

벽돌공과 야채장수는 식이 잘 진행되는지 감시하는 보초병처럼 성당 뒤쪽에 자리 잡고 있었다. 신부의 오빠인 리노는 그 와중에 가족끼리 앉아야 한다는 규칙을 깨고 신랑 측 하객석 피누차 옆에 자리를 잡고 앉아 있었다. 그도 말끔한 새 양복을 입고 윤기가 흐르는 머리만큼이나 광택이 나는 체룰로 구두를 신고 있었다.

그 허영에 찬 모습이란! 초대장을 받은 사람들은 모두 그 자리에 참석하고 싶었던 것 같다. 이들은 모두 귀족처럼 옷을 입고 있었는데, 내가 알기로는, 아니 모두가 알다시피, 옷을 마련하기 위해서는 돈을 빌려야 했을 것이다. 어쩌면 내 옆자리에 앉아 있는 안토니오가 맨 처음 돈을 빌리러 갔을 수도 있다. 나는 실비오 쪽으로 시선을 돌렸다. 뚱뚱한 몸집에 검은 양복을 입고 신랑 옆에 서 있는 그의 팔목에는 번쩍이는 금붙이가 주렁주렁 달려 있었다.

그의 부인 마누엘라의 모습도 보였다. 분홍 드레스를 입고 과장된 기쁨을 드러내면서 신부 옆에 자리를 잡고 있었다. 사람들이 허례허식을 차리는 데 쓴 돈은 이들에게서 나온 것이다. 돈 아킬레의 죽음 이후 자줏빛 얼굴에 푸른 눈, 이마가 벗겨진 실비오 솔라라와 깡마른 몸매에 코가 길고 입술이 얇은 그의 아내가 온 동네 사람들에게 돈을 빌려주기 시작했다. 아니 더 정확히 말하면 실질적으로 돈을 관리하는 사람은 마누엘라였다. 그녀가 사람들이 빌려간 돈과 날짜를 기록하는 악명 높은 붉은색 장부는 모든 이에게 두려움의 대상이었다.

릴라의 결혼식에서 횡재한 사람은 꽃집 주인과 사진사만이 아니었다. 그날 파티에 내놓은 케이크와 결혼 후 하객들에게 나눠줄 사탕봉지까지 제공한 솔라라네 부부야말로 크게 한 건을 한 것이다.

나는 릴라가 그들에게 눈길 한번 보내지 않는다는 것을 눈치챘다. 스테파노도 쳐다보지 않고 오직 신부님만을 바라보았다. 뒤에서 보니 그다지 어울리는 커플은 아닌 것 같았다. 릴라의 키가 더 컸고 스테파노는 작았다. 누구도 그냥 지나칠 수 없는 기운을 발산하는 릴라에 비해 그는 맥없는 키 작은 남자같이 보였다.

릴라는 예식의 의미를 완전히 이해하고 싶다는 듯이 결혼식에 집중하고 있었는데 스테파노는 가끔 자기 어머니 쪽으로 고개를 돌리거나 실비오와 웃음을 주고받거나 가볍게 머리를 긁었다.

나는 덜컥 겁이 났다. 스테파노가 정말 겉보기와는 다르면 어쩌지? 하지만 난 두 가지 이유에서 이 생각에 집착할 수 없었다. 우선 그 순간 신랑 신부가 확고하고 맑은 소리로 모든 사람의 감동 속에서 "네"라고 대답했기 때문이다. 그들은 반지를 교환하고 입을 맞췄다. 이제 정말 릴라가 결혼했다는 사실을 받아들여야만 했다. 그러나 그다음에 일어난 일 때문에 나는 더 이상 신혼부부에 대해서 신경을 쓰지 않게 되었다. 하객 가운데 알폰소의 모습이 보이지 않는다는 사실을 깨닫고 신랑 측 친척들과 신부 측 하객들 가운데서 알폰소의 모습을 찾고 있는데 성당 맨 끝에, 숨은 듯이 기둥에 몸을 숨기고 있는 그의 모습이 보였다. 그에게 고갯짓을 하자 내게 알은체해보였다. 그런 그의 뒤에서 마리사가 화려하게 등장했다. 그리고 그녀 바로 뒤로는 깡마른 몸매에 손을 주머니에 찔러넣고 학교에도 입고 다니는 재킷과 주름진 바지 차림으로 니노가 모습을 나타냈다.

59

결혼식이 끝나자 수많은 인파가 우렁찬 오르간 소리와 사진사의 플래시를 받으며 성당 밖으로 나온 신혼부부를 둘러쌌다. 릴라와 스테파노는 포옹과 쏟아지는 키스 세례와 혼잡한 교통 때문에 한동안 성당 앞뜰에서 빠져나오지 못했다. 피가 섞이지 않았지만 사회적으로 더 중요하고, 덕망 있고 옷을 더 잘 차려입은 사람들과 화려한 모자를 쓴 여인네들은 즉각 차를 타고 오라치오 가에 있는 레스토랑까지 안내받았다. 이 광경에 뒤에 남겨져 기다리는 친척들의 신경은 날카로워졌다.

그날은 알폰소도 옷을 잘 갖추어 입고 있었다. 하얀 셔츠에 넥타이를 매고 검은 양복을 입은 모습을 처음 보았다. 검소한 교복과 식료품점 가운을 벗은 알폰소는 열여섯 살이라는 제 나이보다 더 성숙해보였을 뿐 아니라 갑자기 형인 스테파노와는 신체적으로도 다르게 보였다. 형보다 더 크고 호리호리했으며 커다란 눈에 두꺼운 입술, 아직 수염 자국 하나 없는 얼굴은 언젠가 텔레비전에서 본 스페인 출신 댄서처럼 잘생겨 보였다.

마리사는 눈에 띄게 그의 옆에 착 달라붙어 있었다. 관계가 진전된 것으로 보아 나 없이도 따로 만난 것이 틀림없었다. 내게 그다지도 헌신적이었던 알폰소가 마리사의 곱슬거리는 머리에 마음이 빼앗긴 걸까. 수줍은 성격의 알폰소는 대화 사이사이의 침묵을 채워야 할 의무에서 그를 해방시킨 그녀의 끊이지 않는 수다 때문에 그녀에게 매료된 걸까. 그들은 사귀는 사이인가. 그렇진 않을 것이다. 알폰소가 적어도 내게는 미리 말해주었을 테니까. 하지만 언뜻 보기에도 분위기는 좋아보였다. 그렇기 때문에 형의 결혼식에까지 그녀를 초대한 것일 테지. 마리사는 부모님의 허락을 받으려고 니노를 억지로 끌어들였을 것이다.

큰 키에 호리호리한 몸매, 빗질이 필요해 보이는 긴 머리의 젊은 사라토레는 두 손을 바지 주머니에 푹 찔러 넣고, 자신이 있는 곳이 어딘지조차 잘 모르겠다는 듯한 표정을 하고 장소와 전혀 어울리지 않는 헝클어진 옷차림으로 성당 앞뜰에 서 있었다. 그도 다른 사람들처럼 신혼부부를 바라보고 있었지만 달리 시선을 둘 곳이 없어서 바라보고 있는 것뿐이라는 듯 무심한 눈빛이었다.

그의 갑작스러운 등장은 그날 혼란스러웠던 내 감정에 큰 영향을 미쳤다. 우리는 성당에서 인사했다. 안녕 하고 속삭이듯 가볍게 인사했다. 니노는 자신의 누이와 알폰소 뒤에 자리를 잡았고, 나는 내 팔을 꽉 잡은 안토니오에게 이끌려 갔다. 나는 곧바로 그에게서 팔을 빼냈지만 결국 아다, 멜리나, 파스콸레, 카르멜라, 엔초와 함께 이동하게 되었다. 신혼부부가 인파를 뚫고 사진사와 조수와 함께 리멤브란차 공원에 결혼사진을 찍으러 가기 위해 커다란 하얀 차에 오르는 동안, 불현듯 멜리나가 니노를 알아볼지도 모른다는 생각이 들었다. 그 애의 얼굴에서 도나토의 흔적을 찾아낼지도 모른다는 걱정이 들었다. 하지만 이는 기우였을 뿐이다. 눈치아 아주머니가 쇠약한 멜리나를 이끌고 아다와 그녀의 동생들까지 모두 챙겨서 차에 태우고 출발했다.

실제로 니노를 알아본 사람은 아무도 없었다. 질리올라도 카르멜라도 엔초도 그를 알아보지 못했다. 심지어 어린 시절의 모습이 꽤 남아 있는 마리사도 알아보지 못했다. 그때까지 사라토레 남매는 별다른 이목을 끌지 않았다. 그러는 동안 안토니오는 나를 파스콸레의 중고차 쪽으로 이끌었고 카르멜라와 엔초도 우리와 함께했다. 막 출발하려고 할 때 나는 무슨 말을 해야 할지 몰라 "부모님은 어디 계시지? 누군가가 챙겨드려야 할 텐데"라고 했다. 엔초는 누군가의 자동차에 우리 부모님이 타는 것을 보았다고 했다. 나는 그들과 함께 출발할 수밖에 없었다. 성당 앞뜰에 남아 알폰소와 마리사와 멍한 표정으로 이야기를 하고 있는 니노의 모습이 얼핏 보였다가 이내 시야에서 사라졌다.

나는 안절부절못했다. 내 감정 기복에 민감한 안토니오가 귀에 대고 속삭였다.

"무슨 일 있어?"

"아니야."

"화나는 일이 있었어?"

"아니라니까."

카르멜라가 웃었다.

"릴라가 결혼하니까 자기도 결혼하고 싶어서 그러는 거야."

"그러는 너는 결혼하기 싫어?"

"나야 내일이라도 당장 결혼하고 싶지."

"누구랑?"

"그거야 나도 모르지."

"닥쳐."

파스콸레가 말했다.

"어차피 널 데려갈 사람은 아무도 없으니까."

우리는 해변으로 향했다. 파스콸레는 거칠게 운전했다. 안토니오가 자동차를 어찌나 잘 손봐뒀는지 파스콸레는 경주차처럼 몰았다. 울퉁불퉁한 길 때문에 차가 덜컹거리는 것도 무시하고 쏜살같이 달려갔다. 앞에 가는 자동차를 받아버리기라도 할 기세로 빠른 속도로 뒤쫓았고 부딪히기 일보 직전에 핸들을 꺾어서 기어이 앞질러갔다.

여자아이들이 겁에 질려 소리 지르거나 화가 나서 잔소리를 하면 그는 웃음을 터뜨리며 더 거칠게 차를 몰았다. 안토니오와 엔초는 눈 하나 깜짝하지 않고 천천히 운전하는 차를 향해 모욕적인 말을 하거나 파스콸레가 추월하는 순간 창문을 내리고 상대방을 향해 욕설을 퍼부었다.

그들과의 이질감 때문에 생긴 불행한 소외감을 처음으로 명확하게 느낀 것은 오라치오 가에 있는 레스토랑으로 가던 바로 그 길에서였다. 나는 이 아이들과 함께 자랐고, 이들의 행동은 내게도 자연스러웠다. 그들의 거친 언어는 내 것이기도 했다. 하지만 나는 6년 동안 매일같이 이들이 전혀 모르는 길을 걸어왔다. 학생들 중에서 가장 우수하다는 평가를 받을 정도로 모든 과정을 훌륭히 따라가고 있었다. 그들과 함께 있을 땐 학교에서 배운 지식을 조금도 사용할 수 없었다. 스스로 자신을 낮추고 자제해야 했다. 그들과 함께 있을 때는 학교에서의 내 모습을 잠시 접어두어야 했다. 기껏해야 나에 대한 경외심을 느끼게 해서 내 주장을 관철시킬 필요가 있을 때만 그런 모습을 잠깐 내비칠 뿐이었다.

자동차 안에서 나는 무엇을 하고 있는 것인지 나 자신에게 물어보았다. 그곳에는 내 친구들은 물론 내 남자친구도 있었다. 우리는 함께 릴라의 결혼 피로연에 가고 있었다. 하지만 바로 그 피로연이야말로 추구하는 삶의 방향이 전혀 다른 데도 내게 필요한 유일한 사람인 릴라가 이제는 우리에게 속하지 않는다는 사실을 공식화하는 행사였다. 그녀가 없으면 나와 자동차로 이 길을 달리고 있는 이 젊은이들 사이에서 중재자 역할을 해줄 사람이 사라지는 것이다. 그렇다면 나는 차라리 나와 같은 곳에 뿌리를 두고 있지만 나처럼 고향에서 벗어난 알폰소와 함께 있어야 하는 게 아닐까. 왜 니노에게 "나와 함께 있어줘. 함께 피로연에 가자. 내 기사가 실린 잡지는 언제 출판이 되는지 알려줘. 우리끼리 이야기하자. 파스콸레의 운전과 그의 천박함에서, 카르멜라와 엔초와 안토니오의 거친 말투에서 우리를 지켜줄 우리만의 은신처를 만들자"라고 말하지 못한 걸까.

60

우리는 젊은 하객들 가운데 가장 먼저 피로연장에 도착했다. 기분은 점점 더 나빠졌다. 실비오와 마누엘라는 이미 금속공예품 판매상과 그의 피렌체 출신 부인, 스테파노의 어머니와 함께 자리를 잡고 있었다. 릴라의 부모님도 다른 친척들과 내 부모님, 멜리나 그리고 아다와 함께 긴 테이블에 앉아 있었다. 아다는 잔뜩 뿔이 나서 피로연장에 들어온 안토니오에게 화난 듯한 몸짓을 했다.

악단 단원이 하나둘씩 자리를 잡았다. 악기를 연주하는 사람들은 음정을 맞추고, 가수는 마이크 테스트를 시작했다. 우리는 쑥스러워서 주변을 맴돌았다. 어디에 앉아야 할지 몰랐지만 아무도 감히 종업원에게 물어볼 생각을 하지 못했다. 안토니오는 내 옆에 딱 달라붙어 나를 즐겁게 해주려고 애를 쓰고 있었다.

어머니가 나를 불렀지만 나는 듣지 못한 척했다. 계속 불렀지만 계속 무시했다. 결국 어머니는 일어나서 절뚝거리며 내게 다가왔다. 어머니는 내게 자기 옆에 앉으라고 했다. 싫다고 하자 속삭였다.

"대체 왜 멜리나의 아들 녀석이 네 주위를 맴도는 거냐?"

"아무도 내 주위를 맴돌지 않아요. 어머니."

"넌 나를 바보로 아니?"

"아니요."

"당장 와서 내 옆에 앉지 못해?"

"싫다니까요."

"난 분명히 말했다. 정신 나간 어미를 둔 노동자에게 인생을 망치게 하려고 널 공부시킨 게 아냐."

나는 어머니의 말에 복종했다. 어머니는 화가 많이 나 있었다. 다른 하객들도 도착하기 시작했는데 모두 스테파노의 친구들이었다.

이 가운데 질리올라의 모습도 보였다. 그녀는 내게 자신이 있는 쪽으로 오라는 시늉을 해보였다. 하지만 이번에도 어머니가 나를 막았다. 파스콸레, 카르멜라, 엔초와 안토니오는 결국 질리올라 일행과 함께 자리했다. 눈치아 아주머니에게 어머니를 떠넘기는 데 성공한 아다가 내게로 와 귀에 대고 속삭였다.

"이리로 와."

내가 일어나려 하자 어머니가 화를 내며 내 팔을 잡았다. 아다는 안됐다는 듯한 표정을 지어보이면서 오빠 곁에 자리를 잡았다. 안토니오는 이따금 나를 바라보았고 나는 천장을 바라보면서 어머니에게 잡혀 있다는 시늉을 해보였다.

음악이 시작되었다. 마흔 살 정도 되어보이는 가수는 머리는 거의 남아 있지 않았지만 얼굴선이 고왔다. 그는 연습 삼아 몇 소절을 흥얼거렸다. 다른 하객들이 도착하기 시작했고 이내 피로연장은 사람들로 꽉 찼다. 배고픔을 숨기는 사람은 아무도 없었지만 우선 신혼부부를 기다려야 했다. 나는 다시 한 번 자리를 벗어나보려 했지만 어머니가 또다시 내게 속삭였다.

"내 곁에 있어."

내 곁에 있으라니. 어머니의 분노와 강압적인 태도는 너무나 모순적이었다. 물론 자신은 깨닫지 못했겠지만. 어머니는 내가 공부를 계속하기를 원치 않았지만 이미 공부를 계속한 마당에 이제 자신의 딸이 나와 함께 자란 다른 아이들보다는 더 뛰어나다고 생각했고 그래서 그들이 있는 곳은 내 자리가 아니라고 생각한 것이다. 조금 전 내가 생각했던 것처럼. 어머니는 나를 거친 바다와 소용돌이와 절벽에서 보호하기 위해서 나를 자신 옆에 붙잡아두고 싶어 했다. 적어도 지금 이 순간 어머니의 눈에는 안토니오가 모든 위험의 상징처럼 보였다. 하지만 어머니의 세계 안에 머무른다는 것은 어머니와 똑같아진다는 것을 의미했다. 내가 어머니와 같아진다면 내 곁에 안토니오 말고 누가 남겠는가.

그러는 동안 신혼부부가 박수갈채를 받으며 등장했다. 밴드는 즉시 '결혼행진곡'을 연주했다. 나는 어머니와 한 몸인 양 어머니 곁에 달라붙어 있어야 했다. 그러는 동안 이질감이 내 안에서 점점 커지고 있었다. 온 동네 사람의 축하를 받는 릴라의 모습은 행복해보였다. 그녀는 남편의 손을 잡고 우아하고 정중하게 미소를 지어보였다. 그녀는 눈부시게 아름다웠다. 어린 시절 그녀의 걸음걸이를 어머니에게서 벗어나기 위한 모델로 삼았더랬지.

내가 틀렸다. 그녀는 그 찬란한 세계에 스스로 갇혀 그곳에서 가장 좋은 것만을 취했다. 그녀가 취한 가장 좋은 것은 그녀 옆에 있는 청년과 이 결혼과 이 예식 그리고 오빠와 아버지를 위한 신발 놀이였다. 이 모든 것은 면학도로서 내가 걸어온 길과는 아무런 상관이 없는 것들이다. 나는 완전히 홀로 남은 것처럼 느껴졌다.

신혼부부는 사진기의 플래시 세례를 받으며 춤을 춰야 했다. 그들은 정확한 동작으로 춤을 추며 홀을 누볐다. 나는 뭔가 해야만 한다고 생각했다. 결국 릴라마저도 내 어머니의 세계에서 탈출하지 못했다. 하지만 나는 해내야만 한다. 이제는 복종만 할 수는 없다. 언젠가 올리비에로 선생님이 우리 집에 와서 내게 정말 필요한 것을 내 부모님에게 강요했을 때처럼, 나도 어머니의 영향에서 벗어나야 한다. 여전히 내 한쪽 팔을 붙잡고 있는 어머니를 무시해야 한다. 나는 이탈리아어, 라틴어, 그리스어에서 1등을 한 데다 종교학 선생님께 맞섰고, 내 이름이 적힌 기사가 잘생기고 영리한 고등학교 졸업반 학생의 글과 함께 잡지에 게재될 것이라는 사실을 잊지 않기로 했다.

그 순간 니노가 홀에 들어왔다. 알폰소나 마리사보다 그의 모습이 먼저 눈에 들어왔다. 나는 그를 보고 벌떡 일어났다. 어머니가 옷자락을 잡아당기며 나를 붙잡으려 했지만 나는 옷자락을 잡아당겨 빼버렸다. 내게서 시선을 떼지 않고 있던 안토니오의 얼굴이 환하게 밝아지며 자기 쪽으로 오라는 신호를 보내왔다. 하지만 나는 솔라라 부부와 피렌체에서 온 부부 사이에 자리를 잡으려고 테이블 중앙으로 향하는 릴라와 스테파노 반대 방향으로 알폰소와 마리사와 니노가 있는 입구를 향해 걸어갔다.

61

우리는 바로 빈자리를 찾았다. 나는 알폰소와 마리사와 일상적인 이야기를 나누며 니노가 내게 말을 걸어주기를 기다렸다. 그새 안토니오가 내 등 뒤로 다가와 몸을 숙이고 귓속말을 했다.

"자리 맡아놨어."

나는 속삭였다.

"저리 가. 어머니가 다 알아챘어."

안토니오는 불안한 듯 주변을 둘러보았다. 내 말에 겁이 난 것처럼 보였다. 그는 이내 자신의 자리로 돌아갔다.

홀에서는 불만을 드러내는 소리가 웅성웅성 들렸다. 까다로운 하객들은 이미 행사가 제대로 진행되지 않는다는 사실을 눈치챘다. 테이블별로 제공되는 와인이 달랐다. 어떤 테이블에는 아직 전채 요리도 나가지 않았는데 어떤 테이블에서는 이미 파스타를 먹고 있었다. 몇몇은 대놓고 신랑 측 친지들이 앉은 테이블 서비스가 신부 측 친지들이 앉아 있는 테이블보다 더 좋다고 큰 소리로 불평하기 시작했다. 나는 그 긴장감과 고조되는 소란스러움에 마음이 불편했다. 하지만 나는 마음을 다잡고 니노를 대화에 끌어들였다. 나폴리의 빈곤문제에 대해서 그가 쓴 기사를 이야기해달라고 했다. 그의 이야기가 끝나면 자연스럽게 다음 호가 나오는 시기와 내가 기고한 글에 대해서도 물어볼 심산이었다.

니노는 흥미로운 이야기를 시작했다. 그는 나폴리에 대해 아는 것이 많았고 인상 깊을 정도로 자신만만했다. 이스키아 섬에서만 해도 니노는 아직 고통받는 소년의 티를 못 벗었는데 지금은 너무 어른스러운 느낌이 들었다. 이제 겨우 열여덟 살밖에 안 된 소년이 구체적인 사실에 대해서 이렇게 객관적으로, 정확한 수치를 거론하며 이야기할 수 있는 걸까. 그의 대화의 깊이는 빈곤문제에 대해서 비통한 어조로 진부한 이야기를 늘어놓는 파스콸레의 수준이 아니었다.

"이런 것은 어디에서 배웠어?"

"읽으면 다 알 수 있어."

"뭘 읽어?"

"신문이며 잡지, 이런 문제를 다룬 서적."

나는 그때까지 단 한 번도 신문이나 잡지를 본 적이 없었다. 오직 소설책만 읽었을 뿐이었다. 릴라도 한창 책을 읽을 때 동네 도서관에서 빌린 너덜너덜해진 소설책만 읽었다. 나는 모든 것에 뒤처져 있었다. 하지만 니노라면 내가 진도를 따라잡을 수 있게 도와줄 수 있을 것이다.

나는 그에게 계속 질문을 던졌고 그는 내게 대답을 해주었다. 하지만 릴라처럼 예리한 답을 제시하는 것은 아니었다. 그에게는 릴라처럼 모든 것을 매력적으로 만드는 재능은 없었다. 그는 학자다운 태도로 논리를 세우고 구체적인 예를 들었다. 내가 질문을 할 때마다 자극을 받은 그의 입에서는 답변이 산사태처럼 쏟아져 나왔다. 그는 숨 쉴 틈 없이 미사여구나 아이러니한 표현도 전혀 쓰지 않고 건조하고 정확하게 칼로 자르듯 말했다. 알폰소와 마리사는 곧 대화에서 소외되었다. 마리사가 말했다.

"세상에. 오빠 정말 대책 없다."

그러더니 자기들끼리 수다를 떨기 시작했다. 나와 니노도 우리를 둘러싼 모든 환경에서 스스로를 소외시켰다. 주변에서 일어나는 일이 하나도 귀에 들어오지 않았다. 접시에 어떤 음식이 담기는지, 무엇을 먹고 마시고 있는지 신경 쓸 틈이 없었다. 나는 애써 그에게 할 질문을 생각해내고는 폭포수처럼 흘러내리는 그의 답변에 차분히 귀 기울였다.

나는 이내 그의 논지는 단 하나의 고정된 관념을 기반으로 전개되고 있으며 이 원칙이 그가 만들어내는 모든 문장에 힘을 실어준다는 사실을 알았다. 그 원칙은 바로 모호한 표현을 피하고 문제점을 명확하게 파악하고 이를 바탕으로 실현 가능한 해결 방안을 찾아 현실에 개입하는 것이었다. 나는 계속해서 고개를 끄덕이며 그의 모든 주장에 동의를 표했다. 딱 한 번, 문학에 대해서 비판적인 이야기를 했을 때만 난처한 태도를 보였다.

"허풍쟁이가 되려면야 소설을 쓸 수 있겠지. 그렇다면 나는 기꺼이 그들이 쓴 책을 읽을 거야."

그는 두세 번 정도 그의 적, 그러니까 허풍쟁이들에 대한 적개심을 드러내며 말했다.

"하지만 정말 현실을 바꾸고 싶다면 그건 전혀 다른 문제야."

내가 이해하기로는 그는 '문학'이라는 용어를 의미 없는 수다로 사람들의 생각을 망치는 사람들을 비판하기 위해서 사용하는 것 같았다. 내가 소심하게나마 반발하자 그가 말했다.

"레누. 나쁜 소설이나 기사가 나오는 소설을 너무 많이 읽으면 돈키호테 같은 사람이 나오는 거야. 돈키호테를 무시하는 것은 아니지만 나폴리에서 풍차와 결투를 벌일 필요는 없어. 그런 것은 쓸데없는 용기일 뿐이라고. 우리에게는 풍차를 사용할 수 있는 법을 알고, 실제로 그것을 작동시킬 수 있는 사람들이 필요한 거야."

얼마 지나지 않아 매일 이렇게 수준 높은 청년과 대화하고 싶다는 생각이 들었다. 니노를 만난 후 얼마나 많은 잘못된 선택을 했던가. 그를 원했던 것도 사랑했던 것도 영원히 떠나려 했던 것도 모두 바보 같은 일이었다. 다 그의 아버지 때문이었다. 하지만 내 잘못이기도 했다. 나는 니노가 그의 아버지에게서 좋지 않은 영향을 받을 것이라는 생각을 너무 당연시했다. 정작 나 자신은 내 어머니와는 달라야 한다는 집착에 시달렸으면서 말이다.

나는 후회했다. 동시에 내 회환의 감정과 이 소설 같은 상황에 도취되었다. 이야기를 하는데 주변의 소음과 음악소리 때문에 목소리가 점점 높아져갔다. 그것은 니노도 마찬가지였다.

이따금 릴라가 앉아 있는 테이블 쪽을 바라보았다. 그녀는 웃으며 먹고 마시며 이야기를 나누고 있었다. 내가 어디에 있고 누구와 이야기를 나누고 있는지 모르는 것 같았다. 내게로 오라는 신호로 오해할까봐 안토니오 쪽은 쳐다보지도 않았다. 하지만 나를 바라보는 그의 시선과 그의 불안함이 느껴졌다. 그는 화가 나 있었다. 어쩔 수 없는 일이라고 생각했다. 이미 결정은 내려졌다. 내일 정말 그와 헤어질 것이다.

그와 계속 함께할 수는 없다. 우리는 너무나 다르지 않은가. 물론 그는 나를 존중하고 내게 너무나 헌신적이다. 하지만 그의 헌신은 강아지가 주인에게 보이는 충성심 같은 것이었다. 나는 니노가 내게 말하는 태도 때문에 속상했다. 그는 내게 잘 보이려는 기색이 전혀 없었다. 그는 자신의 미래와 미래에 대한 계획에 대해서 이야기했다. 그의 이야기를 듣고 있자니 예전에 릴라의 이야기를 들을 때처럼 머릿속이 맑아지는 느낌이었다.

그가 내게 헌신하면 나는 성장할 것이다. 아버지의 영향력에서 벗어나려고 몸부림치는 그라면 나를 어머니에게서 떼어내어 줄 수 있을 것이다.

순간 누군가 내 어깨를 건드렸다. 안토니오가 돌아온 것이다. 그는 우울하게 말했다.

"춤추자."

"어머니가 원치 않으셔."

내가 속삭였다.

안토니오가 짜증스럽게 말했다.

"모두 다 춤추고 있는데 대체 뭐가 문제야?"

나는 니노를 향해 민망한 듯 미소를 살짝 지어보였다. 그는 안토니오가 내 남자친구라는 사실을 잘 알고 있었다. 니노는 나를 심각하게 바라보더니 알폰소 쪽으로 고개를 돌렸다. 나는 자리에서 일어났다.

"너무 꽉 안지 마."

"알았어."

주변은 소란스러웠고 모두들 술에 취해 들떠 있었다. 남녀노소를 가리지 않고 모두 춤을 추고 있었다. 하지만 나는 이 파티 이면에서 실제로 무슨 일이 일어나고 있는지 느낄 수 있었다. 신부 측 지인들의 못마땅한 얼굴은 당장이라도 싸움을 벌일 듯한 불만감을 드러내고 있었다. 특히 여자들의 분위기가 심각했다. 결혼선물과 걸치고 있는 옷가지를 사기 위해 주머니를 탈탈 터는 것도 모자라 빚까지 냈는데 걸인 취급을 받아야 한단 말인가. 그들에게 제공되는 포도주는 형편없었고 식사가 나오는 속도는 느려 터져서 참을 수 없을 지경이었다. 왜 릴라는 나서지 않는 걸까? 왜 스테파노에게 항의하지 않는 거지?

나는 이 여인들을 잘 알고 있다. 릴라를 아끼는 마음에 지금은 분노를 참고 있지만 피로연이 끝나고 릴라가 여행복으로 갈아입고 돌아와서 하객들에게 기념품을 나눠준 다음 신랑과 우아한 모습으로 떠나가면, 그다음에는 전대미문의 싸움이 일어날 것이다. 이로써 수개월, 수년간 증오가 계속될 것이고 온갖 모욕과 욕설이 오갈 것이다. 그러다 이 다툼에 남편과 아들을 끌어들일 것이고 그러면 이들은 각자의 어머니와 누이와 조모에게 사내로서의 역할을 증명해야 할 것이다.

나는 모든 남자와 모든 여자를 빠짐없이 알고 있었다. 내 눈에는 자신들의 약혼녀에게 엉큼한 눈빛을 보내면서 은근히 유혹하는 듯한 태도를 보이는 악사들과 가수를 바라보는 남자들의 험악한 시선이 보였다. 엔초와 카르멜라가 함께 춤을 추며 이야기하는 모습과 파스콸레와 아다가 함께 식탁에 앉아 있는 모습도 보였다. 피로연이 끝나기 전에 새로운 두 커플이 탄생하고, 곧 약혼까지 하게 될 것이 확실해 보였다. 빠르면 1년에서 길면 10년 안에 결혼도 할 것이다.

리노와 피누차의 모습도 보였다. 이들의 경우 진도가 더 빨리 진행될 것 같았다. 체룰로 구두공장이 자리 잡기만 하면 길어봤자 1년 안에 릴라의 결혼식 못지않게 호사스러운 결혼식을 올릴 것이다. 이들은 춤을 추고, 서로의 눈을 바라보고, 서로를 꼭 껴안았다. 사랑과 이해관계. 식료품점과 구둣방. 낡은 건물들과 새로 지은 건물들. 나도 그들과 같은가? 아직까지도?

"저 남자는 누구야?"

안토니오가 물었다.

"누구긴. 몰라보겠어?"

"몰라."

"니노야. 그 위대한 도나토 사라토레 씨의 아들 말이야. 저 여자애는 마리사야. 기억해?"

안토니오는 마리사에게는 전혀 신경 쓰지 않았지만 니노에 대해서는 그렇지 않았다. 그는 날카롭게 말했다.

"너는 전에 나를 도나토 사라토레에게 데리고 가서 그를 협박하라고 하더니 이제는 그 아들놈과 수다를 떨고 있어? 네가 저 자식과 즐기는 꼴을 쳐다보고 있으려고 새 옷까지 맞춘 줄 알아? 머리도 자르지 않고 넥타이도 매지 않은 저런 놈과 말이야."

안토니오는 나를 홀 가운데 덩그러니 남겨놓고 테라스로 이어지는 유리문 쪽으로 빠른 걸음으로 나가버렸다. 나는 무엇을 어떻게 해야 할지 몰라 한동안 꼼짝하지 않았다. 안토니오를 쫓아가야 하나? 니노에게 돌아가야 하나? 나를 바라보는 어머니의 시선도 느껴졌다. 사시 때문에 다른 곳을 바라보는 것처럼 보였지만 나를 바라보는 것이 분명했다.

아버지의 시선도 느껴졌는데 결코 고운 눈빛이 아니었다. 순간 안토니오를 쫓아 테라스로 가지 않고 니노에게 돌아가면 안토니오가 먼저 헤어지자고 할 테고, 어쩌면 그러는 편이 더 좋을지도 모른다고 생각했다. 나는 악단의 연주와 커플들의 춤이 계속되고 있는 홀을 가로질러 내 자리로 돌아갔다.

니노는 방금 일어난 일에 대해서 전혀 신경 쓰지 않는 것 같았다. 지금은 니노 특유의 말투로 갈리아니 선생님에 대해서 열변을 토하고 있었다. 그녀를 끔찍이도 싫어하는 알폰소에게 선생님을 변호하고 있었다. 니노는 선생님이 너무 엄격해서 자신도 종종 선생님과 충돌할 때가 있기는 했지만 선생님으로서는 아주 뛰어나며, 언제나 그에게 용기를 북돋아주었고 공부하는 법을 가르쳐주었다고 했다.

나는 그 대화에 끼어들려고 했다. 나는 니노가 나를 사로잡아주기를 갈망했다. 방금까지 나와 대화를 나눌 때와 똑같은 태도로 내 학급 친구를 대하는 것을 보고 싶지 않았다. 나는 니노가 오직 나에게만 자신의 지식을 나누어주고 나하고만 자신의 능력을 공유하며 나를 그와 같은 종류의 사람으로 인정해주기를 바랐다. 안토니오에게 달려가 눈물을 흘리며 "그래, 네가 옳아. 나도 내가 정말 원하는 게 뭔지 모르겠어. 필요할 때만 너를 찾고 그렇지 않을 땐 너를 버리지만 그건 내 잘못이 아니야. 내 마음은 두 갈래로 나뉘어 있어. 용서해줘!"라고 말하기 전에 말이다.

나는 알폰소와 이야기를 계속하려는 니노의 말을 거의 가로막다시피하고 선생님이 연초부터 내게 빌려준 책 제목과 선생님이 내게 해준 조언을 열거하기 시작했다. 그는 약간 기분이 상한 듯한 표정을 지으며 고개를 끄덕여보였다. 내게 빌려준 책 중 한 권을 예전에 자신에게도 빌려준 적이 있다는 것을 기억해내고 그 책에 대한 이야기를 시작했다. 하지만 그 순간 내겐 안토니오에 대한 생각을 완전히 떨쳐버릴 수 있을 정도로 큰 만족감을 줄 만한 자극이 절실했다. 그래서 니노에게 밑도 끝도 없이 물었다.

"잡지는 언제 출간돼?"

니노는 조금 걱정이 섞인 불안한 눈빛으로 나를 바라보았다.

"2주 전에 이미 출간됐어."

나는 기뻐하며 물었다.

"어디에서 살 수 있어?"

"구이다 서점에서 팔아. 하지만 내가 한 부 구해줄 수 있어."

"고마워."

그는 잠시 망설이다 말했다.

"그런데 네 글이 실리지는 않았어. 지면이 부족하더라고."

알폰소는 안심한 표정으로 미소를 지으며 중얼거렸다.

"다행이다."

62

그때 내 나이가 열여섯이었다. 나는 니노와 알폰소, 마리사 앞에 앉아서 애써 미소를 지어보이며 "괜찮아. 다음에 또 기회가 있겠지"라고 무관심한 척 말했다. 그날 파티의 여왕이자 새신부인 릴라는 홀 반대편에 앉아 있었다. 스테파노가 그녀의 귀에 뭔가를 속삭이면 그녀는 미소를 지어보였다.

진이 빠질 정도로 길었던 피로연도 끝나가고 있었다. 악단은 여전히 연주를 하고 가수는 노래를 하고 있었다. 안토니오는 연회장을 등진 채 내가 그의 가슴에 내던진 고통을 억누르며 바다를 바라보고 있었다. 엔초는 카르멜라에게 사랑한다고 속삭이고 있는 것 같았다. 피누차가 리노의 눈을 뚫어지게 바라보고 있는 것을 보니 그가 이미 피누차에게 사랑을 고백했음이 분명해보였다. 파스콸레는 성공 여부를 점치며 아직은 아다의 주변을 맴돌고 있었지만, 그녀는 분명 피로연이 끝나기 전에 자신이 듣고 싶은 말을 그의 입에서 나오게 할 수 있을 것이다.

한동안 야한 건배사가 계속되었다. 피렌체에서 온 상점주인은 그 분야에서 전문성을 보였다. 바닥은 아이들이 흘린 소스며 스테파노의 할아버지가 흘린 와인으로 더러워져 있었다. 나는 애써 눈물을 삼키면서 생각했다.

'다음 호에 내 글을 실어줄지도 몰라. 아니면 니노가 강하게 밀어붙이지 않은 걸까? 내가 직접 나섰어야 했는데.'

하지만 나는 아무 말도 하지 않고 계속 미소 지었다. 나중에는 이렇게 말하기까지 했다.

"이미 종교학 선생님과 한 번 붙었는데 또 싸우는 것은 의미가 없는 것 같아."

"맞아."

알폰소가 말했다.

하지만 그 무엇도 내 실망감을 가라앉히지는 못했다. 내 마음을 안개와 같이 감싸고 있는 고통스러운 긴장감을 떨쳐버리려고 안간힘을 썼지만 그럴 수 없었다. 은연중에 몇 줄 안 되는 그 글이 내 이름으로 실리는 것을 내게도 진정 정해진 운명이 있고, 힘들게 공부하면 더 높은 곳으로 올라갈 수 있을 것이라는 사실에 대한 상징으로 생각했다는 것을 깨달았다. 올리비에로 선생님이 릴라가 아닌 나를 더 발전과 격려의 대상으로 선택한 것이 올바른 결정이었다는 징표 말이다.

"너 천민이 뭔지 아니?"

"네, 선생님."

천민이 무엇인지 그 순간 깨달았다. 수년 전 선생님이 내게 물었을 때보다 훨씬 더 분명하게. 우리 모두가 천민이었다. 음식과 와인을 둘러싼 다툼, 더 빨리 음식을 제공받고 더 나은 서비스를 해달라고 벌이는 싸움, 웨이터들이 분주히 오가는 더러운 바닥, 시간이 갈수록 수위가 높아지는 저속한 건배사야말로 비천한 것이었다. 포도주에 취해 금속공예품 상인의 음담패설을 진지하게 듣다가 입을 크게 벌리고 웃는 아버지와 그 어깨에 몸을 기대고 있는 어머니도 천민이었다.

모두들 웃고 있었다. 릴라까지도. 그녀는 맡은 역할을 충실하게 소화하려는 사람처럼 보였다.

주변에서 일어나고 있는 진풍경이 역겨웠는지 니노는 자리에서 일어나 이만 가봐야겠다고 했다. 마리사와 집에 돌아갈 때 어떻게 해야 할지 의논한 다음 알폰소에게서 그녀를 정해진 시간 안에 약속 장소까지 데려다주겠다는 대답을 받아냈다. 마리사는 충실한 기사가 생겨 자랑스러운 듯했다. 나는 니노에게 머뭇거리며 물었다.

"신부에게 인사하지 않을래?"

그는 거부의 몸짓을 해보였다. 적당치 못한 옷에 대해서 무어라고 중얼대더니 나와 알폰소에게 악수하거나 인사도 하지 않고, 특유의 건들거리는 걸음걸이로 문을 향해 갔다. 니노는 우리 동네에 감염되지 않고 들어왔다 나가는 법을 알고 있었다. 니노라면 그렇게 할 수 있었다. 먼 옛날, 거의 목숨을 잃을 뻔했던 그 격정적인 이사를 경험하며 그렇게 하는 법을 배웠던 것 같다.

하지만 내겐 그럴 자신이 없었다. 공부는 아무런 소용이 없었다. 과제물에서 만점을 받는다 해도 학교에서 일어나는 일일 뿐이었다. 그런데 정작 신문사에서 일하는 사람들은 내 글, 나와 릴라의 글을 훔쳐보기만 하고 출간은 하지 않았다. 니노라면 하지 못할 일이 없을 것이다. 그는 언제나 발전할 것 같은 사람의 얼굴과 행동과 태도를 가졌으니까.

니노가 가버리자 나를 이곳에서 데려가줄 수 있는 힘을 가진 유일한 사람이 사라진 것 같았다.

강한 바람에 식당 문이 갑자기 닫힌 것 같은 느낌이 들었다. 실제로는 바람도 문이 닫히는 소리도 아니었다. 일어날 것이라고 예상했던 일이 일어났을 뿐이었다. 신랑 신부가 결혼 케이크를 자르고, 하객들에게 사탕을 나눠주는 시간에 맞춰서 세련되게 옷을 차려입은 잘생긴 마르첼로와 미켈레 형제가 등장한 것이다. 그들은 여러 사람에게 거만한 태도로 인사하며 홀을 돌아다녔다. 질리올라는 미켈레의 목에 팔을 두르고 자기 자리 옆에 끌어 앉혔다. 릴라는 눈가와 목이 갑자기 빨개지더니 남편의 팔을 세차게 잡아당기고는 뭔가를 그의 귀에 대고 속삭였다. 실비오는 아들들을 향해 살짝 고개를 끄덕여 보였고 마누엘라는 자랑스러운 눈빛으로 그들을 바라보았다. 그때 가수가 아우렐리오 피에로를 꽤나 자연스럽게 흉내 내며 「라차렐라」를 부르기 시작했다.

리노는 다정한 눈빛으로 마르첼로에게 앉으라고 권했고 그는 자리에 앉아서 넥타이를 느슨하게 풀더니 다리를 꼬았다.

아무도 예상하지 못했던 일이 그제야 드러났다. 나는 릴라의 얼굴에서 핏기가 사라지며 어렸을 때처럼 창백해지는 것을 보았다. 신부복보다 하얗게 얼굴이 질리며 두 눈을 갑자기 가늘게 떴다. 릴라 앞에는 와인 병이 놓여 있었는데 눈빛만으로 병을 산산조각 내어 와인을 사방으로 튀게 할 것 같아 겁이 났다. 하지만 릴라는 병을 바라보고 있는 것이 아니었다. 그녀의 시선은 더 먼 곳에 있는 마르첼로의 구두를 향해 있었다.

마르첼로는 체룰로 부자가 만든 남성 구두를 신고 있었다. 그것도 진열장에 전시된 금색 버클이 달린 모델이 아니었다. 마르첼로가 신고 있는 구두는 예전에 릴라의 남편 스테파노가 구입한 바로 그 신발이었다. 릴라가 수개월 동안 두 손을 망가뜨려가며 만들었다 분해하고, 다시 만들기를 수없이 반복해서 완성시킨 바로 그 신발이었다.

눈부신 우정의 이면을 보다

• 옮긴이의 말

누구에게나 그런 친구가 있다. 별로 노력하는 것 같지도 않은데 성적은 언제나 상위권을 차지하고, 아무런 옷이나 걸쳐도 맵시 있게 보이고, 가만히 있어도 모든 사람의 시선을 독차지하는 친구. 언제나 한 걸음 앞서서 모든 것을 이루어내는 친구. 따라잡으려고 아무리 열심히 뒤쫓아도 잡힐 듯 잡히지 않는 친구. 추구해야 할 인생 목표에 언제나 기준이 되는 존재. 인생의 동반자이자 경쟁자이고 애정의 대상이자 증오의 대상이기도 한 그런 존재.

엘레나 페란테의 소설 『나의 눈부신 친구』는 그런 친구에 대한 이야기다. 주인공 릴라와 레누는 같은 반 동갑내기 친구다. 릴라는 주위 사람들이 못됐다고 할 정도로 강한 성격이다. 어디로 튈지 알 수 없는 성격의 릴라. 그러나 화자인 레누는 조용한 모범생 타입이다. 둘은 성적이 뛰어난 우등생이지만 레누가 성실한 노력형인 반면 릴라는 타고난 명석함으로 노력도 하지 않으면서 어느 분야에서나 뛰어난 성적을 거둔다. 모두에게 사랑받는 레누와 밉상으로 낙인찍힌 릴라는 자석의 양극처럼 전혀 성격이 다르지만 그렇기 때문에 서로에게 이끌린다.

두 여인의 일생을 두고 펼쳐지는 '나폴리 4부작'의 첫 번째 이야기 『나의 눈부신 친구』는 애정과 증오, 사랑과 질투, 경쟁과 의존이 흙탕물처럼 뒤섞인 두 소녀의 '시스터후드'(sisterhood)에 가까운 우정

이야기다.

언뜻 보면 평범한 성장소설 같은 이 이야기가 이토록 큰 성공을 이끌어낸 것은 어떤 이유 때문일까. 『나의 눈부신 친구』가 이토록 큰 호응을 이끌어낸 이유는 1950년대 나폴리를 배경으로 한 이 이야기가 시간과 장소를 떠나 모든 사람이 공감할 수 있는 '보편성'을 띠고 있기 때문일 것이다. 유년기부터 노년기에 이르기까지 두 여인의 일생을 다룬 '나폴리 4부작' 중에서 『나의 눈부신 친구』는 유년기와 사춘기를 다룬다. 가치 체계의 형성과 해체가 반복되고 자아의 틀이 구축되는 이 격동의 시기를 겪은 사람이라면 두 소녀의 성장기에 감정이입이 일어나지 않을 수 없을 것이다.

페란테가 창조한 릴라라는 인물은 너무나 매력적이다. 릴라는 선과 악이라는 이분법적인 기준에서 보면 어둠의 영역에 속한다. 신이 악마에게 인간을 자극하여 나태해지지 않도록 동반자 역할을 하라고 명하는 『파우스트』의 한 메시지에 작가는 경도되고 있는 것이다.

화자인 레누는 어린 릴라가 '대놓고 못된' 아이였다고 한다. 선생님이 있건 없건 이유 없이 잉크 묻은 종잇조각을 학급 친구들에게 던져대는 아이. 소꿉친구의 가장 소중한 인형을 망설임 없이 지하 창고에 내던지는 아이. 시험에서 9점을 맞고 좋아하는 친구에게 왜 10점은 못 받았느냐며 핀잔주는 아이. 하지만 릴라는 친구를 위해 자기 몸집의 두 배나 되는 청년에게 칼을 빼들고 달려들 수 있고 망설이는 친구의 손을 잡아줄 줄 알고 "맹금류 같은 눈빛으로" 인간의 본성을 꿰뚫어볼 줄 아는 아이이기도 하다.

페란테는 한 인터뷰에서 작가의 본능은 교만함에서 기인하는 것이라고 했다. 철저하게 타자화되어 한 단계 높은 수준에서 인간의 본성을 간파하고 이를 표현해낼 수 있다는 교만함에서 창작자로서의 본능이 비롯되는 것이라고. 이러한 지적 교만함을 타고난 것은 릴라이지만 이를 꽃피우는 것은 아이러니하게도 언제나 릴라에게 밀리는 화자 레누다.

릴라와 정확한 대치점을 이루고 있는 레누는 언뜻 보면 밋밋하고 개성 없는 인물이지만 결코 그렇지 않다. 소설이 진행되는 동안 가장 큰 변화를 겪는 인물이고, 손에 닿을 듯 잡히지 않는 목표를 이루기 위해 끊임없이 노력한다. '비범함'과는 거리가 먼 자신의 평범함에 대해 쉴 새 없이 고민한다.

비범함과 평범함, 어둠과 밝음으로 이항 대립적인 관계를 이루는 릴라와 레누이지만 소설의 마지막 부분에서 릴라가 레누에게 하는 이야기는 이 작품의 반전이자 시점의 전환이다. 결혼식을 앞둔 릴라는 레누에게 필요하면 자신이 학비를 대줄 테니 공부를 계속하라고 한다. 언젠가는 그 공부도 끝난다는 레누의 대답에 릴라는 말한다.

"무슨 일이 일어나든 너는 공부를 계속하도록 해. 넌 내 눈부신 친구잖아. 너는 그 누구보다도 뛰어난 사람이 되어야 해. 남녀를 통틀어서 말이야."

언제나 릴라 쪽으로 기울어져 있던 무게 중심이 다시 균형점을 찾으며 서로를 이끌어주는 비등한 관계가 되는 순간이다. 이들의 관계가 상호의존적인 관계였다는 사실이 드러나는 부분이다. 레누에게 릴라가 평생 라이벌이자 영감을 주는 뮤즈라면 릴라에게 레누는 환경적인 요인으로 포기할 수밖에 없었던 어린 시절의 꿈을 이루어줄 또 다른 자아인 것이다.

이렇듯 두 소녀의 관계가 내러티브의 중심에 있기는 하지만 『나의 눈부신 친구』의 또 다른 매력은 시대적·사회적 문제가 소설 전반에 자연스럽게 녹아 있다는 사실이다. 전후 나폴리는 릴라와 레누의 성장 못지않게 역동적으로 변화한다. 빈곤의 악취를 내뿜는 도시에 새 건물이 들어서고, 새 역사가 세워지지만 녹음은 사라져간다. 노름꾼의 소굴이었던 주점은 주말이면 달콤한 디저트를 사기 위해 찾아드는 사람들로 장사진을 이루고, 잡화점은 양장점으로 사업 분야를 확장한다. 어떤 이는 성공을 거두고, 어떤 이는 실패한다. 돈이 돌고 도는 가운데 어둠의 세력과 결탁한 이들은 서민들에 대한 착취를 기반으로 어마어마한 부를 축적한다. 소설 곳곳에 노골적으로 드러나지는 않지만 이미 나폴리를 기반으로 그 세력을 확장하는 마피아 조직인 카모라(Camorra)의 존재가 암시되어 있다.

경제적인 문제가 두 소녀의 삶에 얼마나 큰 영향을 미치는지는 『나의 눈부신 친구』 유년기와 사춘기 부제만 봐도 알 수 있다. 유년기의 부제는 어린 시절 두 소녀의 상상계 속에서 '절대 악'을 상징하는 '돈 아킬레 이야기'다. 동네의 고리대금업자인 돈 아킬레는 작은 도시의 서민 경제를 장악하는 인물이다. 그의 영향력이 얼마나 큰지는 아무것도 모르는 어린 레누의 상상 속에서 그가 반인반수의 괴물로 형상화되고, 릴라와 레누가 가장 소중한 것을 잃어버렸을 때 이를 앗아간 범인을 돈 아킬레로 설정하는 것만 봐도 알 수 있다. 돈 아킬레의 죽음은 유년 시절 상상계가 와해되는 순간이다.

유년기가 돈 아킬레의 이야기로 시작해서 돈 아킬레의 이야기로 마무리되었듯이 '구두 이야기'라는 부제가 붙은 이들의 사춘기에서도 신발은 중요한 의미를 가진다. 릴라는 아버지가 구두를 수선하는 것에 만족하지 않고 그들만의 신발을 만들어 판매하는 원대한 꿈을 가진다. 반대하는 아버지 몰래 자신이 직접 디자인한 신발을 오빠와 함께 제작하는 데 많은 시간을 보낸다. 신발 제작은 공부를 할 수 없었던 릴라의 새로운 꿈이다. 그녀는 가난에서 벗어나 부를 축적할 수 있는 유일한 희망인 신발에 집착한다. 릴라가 자신에게 끈질기게 구애하는 마르첼로를 받아들이지 않고 스테파노를 선택하게 된 계기도 결국 스테파노가 릴라의 생각에서 탄생한 신발의 가치를 인정하고 실질적인 자본을 투자함으로써 릴라의 꿈을 실현시켜주기 때문이다.

신발의 의미를 아는 독자라면 이 책의 마지막 장면에 나오는 반전에 경악할 것이다. 릴라와 스테파노의 결혼 피로연이 묘사되는 이 부분은 히에로니무스 보스가 그린 그림의 한 장면처럼 모든 이의 숨겨진 욕망이 적나라하게 드러나는 순간이다. 신발 클로즈업 스틸컷으로 갑작스럽게 마무리되는 영화의 라스트 신 같은 강렬한 장면은 그리스 비극을 상징한다. 빈곤으로 빚어지는 계층의 문제는 두 소녀의 삶을 뒤흔들어 놓는다.

릴라와 레누의 이야기에서 드러나는 또 하나의 사회적 문제는 여성이다. 릴라와 레누는 여성으로서 선택의 여지가 많지 않은 시대에 살고 있다. 5, 60년대 나폴리에서는 여자아이는 초등학교 이상 공부할 필요가 없다는 생각이 일반적이었다. 여성성을 드러내는 것이 죄악시되었고 아내 · 딸 · 누이가 남편 · 아버지 · 오빠의 소유물처럼 인식되었다. 아버지는 학교에 가고 싶다고 반항하는 딸아이를 창문 밖으로 내던지고, 오빠는 뭇남자들의 시선을 끌었다는 이유만으로 누이를 윽박지른다. 여자아이로서는 동네에서 거의 유일하게 중학교에 진학하고 여기서도 뛰어난 성적을 거둔 레누를 기다리는 것은 동네 문구점 점원을 하거나 아버지의 인맥을 통해 시청에 취직하는 암울한 미래다.

페란테는 자신이 "개인적인 것은 정치적인 것이다"라는 70년대 페미니즘 테제에 큰 영향을 받았다는 사실을 피력한 바 있다. 우리가 살아가는 일상은 모든 사회적 가치의 총합의 체현이다. 페란테는 두 소녀의 일상을 가감 없이 담담한 어조로 표현함으로써 사회적인 틀 때문에 여성으로서 겪는 부조리함을 폭로한다. 릴라와 레누는 각자의 방식으로 여성으로서의 자아를 지켜낸다. 결혼이라는 전통적인 틀에서 완전히 벗어나지는 못했지만 릴라는 자신이 선택한 상대와 결혼하고 레누는 공부를 계속한다.

이들의 선택이 옳기만 한 것은 아니다. 소설에 등장하는 인물들 가운데 그 누구도 완벽하지 않다. 아무도 없다. 두 주인공을 비롯한 모든 등장인물은 무언가 결핍되어 있다. 이 결핍성 때문에 때로는 어리석은 선택을 한다. 이들은 각자의 결정에 따른 책임을 질 것이며 이에 대한 이야기는 '나폴리 4부작'의 제2권인 『새로운 이름의 이야기』에서 이어질 것이다.

페란테의 문체는 복잡하거나 추상적이지 않다. 그녀의 문장은 소설 속에서 릴라가 레누에게 보낸 편지의 문장처럼 군더더기가 없다. 자연스럽고 단도직입적이다. 릴라처럼 오직 글을 통해서만 자신의 목소리를 전달한다. 그녀는 촘촘하게 짜인 직물처럼 내러티브를 풀어나간다. 모든 등장인물에게 생생한 형상을 부여한다. 그렇기 때문에 책을 읽다보면 어느새 레누나 릴라, 또는 둘 모두에게 동화되는 자신을 발견할 수 있을 것이다. 페란테는 말한다.

"책은 한 번 출간되고 나면 그 이후부터 저자는 필요 없다고 믿습니다. 만약 책에 대해 무언가 할 말이 남아 있다면 저자가 독자를 찾아나서야겠지만, 남아 있지 않다면 굳이 나설 필요가 없기 때문입니다."

번역을 의뢰받고 흡인력 있는 문체와 내러티브에 매료되어 나는 단숨에 전체를 읽어 내려갔다. 작품이 놀라운 매력을 지녔는데도 나는 이 얼굴 없는 작가의 모습이 궁금하지 않았다. '그'일 수도 있는 '그녀'의 말처럼 작품을 통해서 작가 자신을 충분히 나타냈기 때문이리라.

책의 마지막 페이지를 덮었을 때, 나는 제2권의 첫 페이지를 펼쳐 보고 싶은 욕망을 참을 수 없었다. 제1권에 심어놓은 수많은 인물이며 사건이 어떻게 발전할지, 성인이 된 릴라와 레누는 어떤 삶을 선택하고 서로에게 어떤 상처를 주면서 서로를 어떻게 보듬어줄지 궁금해서 견딜 수 없다. 엘레나 페란테의 소설은 굶주린 듯 다음 페이지를 넘기면서도 마지막 장을 덮고 싶지 않은 이야기다. 영원히 끝나지 않기를 바라게 되는 이야기다.

마지막으로 한길사 김언호 대표님을 비롯하여 책이 출판되기까지 함께 애써주신 한길사 편집부에 감사의 말씀을 전하고 싶다. 오랫동안 한길만을 걸어오신 김언호 대표님의 혜안이 있었기에 자칫 놓칠 뻔했던 전 세계적인 '엘레나 페란테 열병'을 한국에서도 재현할 기회가 생겼다고 생각한다. 더불어 '나폴리 4부작'의 출판으로 최근 한국에서는 대중적인 주목을 받지 못했던 이탈리아 문학에 대한 공감대가 형성될 수 있는 계기가 되었으면 한다.

2016년 여름의 문턱에서
김지우

엘레나 페란테 Elena Ferrante

이탈리아 나폴리에서 출생한 작가로, 나폴리를 떠나 고전 문학을 전공하고 오랜 세월을 외국에서 보냈다는 사실 외에 알려진 바가 없다. '엘레나 페란테'라는 이름조차도 필명이다. 작품만이 작가를 보여준다고 주장하는 페란테는 어떤 미디어에도 모습을 드러내지 않고 서면으로만 인터뷰를 허락한다. 이탈리아에서는 여전히 작가의 정체와 관련된 여러 가지 소문이 떠돌지만 아직도 베일에 싸여 있다.

1992년 첫 작품 『성가신 사랑』을 출간해 이탈리아 평단을 놀라게 한 페란테는 2002년 『홀로서기』를 출간한다. 에세이집 『라 프란투말리아』(2003)와 소설 『어둠의 딸』(2006), 『밤의 바다』(2007)를 출간한 뒤 2011년 '페란테 열병'(#FerranteFever)을 일으킨 '나폴리 4부작' 제1권 『나의 눈부신 친구』를 출간한다. 이어서 『새로운 이름의 이야기』 『떠나간 자와 머무른 자』 『잃어버린 아이 이야기』까지 총 네 권을 출간해 세계의 베스트셀러 작가가 된다.

'나폴리 4부작'은 이탈리아와 영미권을 비롯해 프랑스, 스페인, 독일 등 총 43개국에서 번역 · 출간되고 있다. 2014년 '나폴리 4부작' 제2권으로 국제 IMPAC 더블린 문학상에 노미네이트되었고, 2015년에는 이탈리아에서 최고 권위를 자랑하는 문학상 스트레가상의 최종 후보로 선정되었다. 2016년에는 '나폴리 4부작'의 제4권으로 맨부커 인터내셔널상 최종 후보에 올랐으며, 『타임』지는 '세계에서 가장 영향력 있는 100인' 가운데 한 명으로 엘레나 페란테를 선정했다.

김지우 金志祐

이탈리아에서 어린 시절을 보냈고 한국외국어대학교 이탈리아어과를 졸업했다. 동 대학교 국제지역대학원에서 유럽연합지역학으로 석사학위를 받은 후 현재 이탈리아대사관에서 근무하고 있다. 주요 번역 작품으로는 헨델의 오페라 「리날도」, 베르디의 오페라 「맥베스」, 벨리니의 오페라 「노르마」, 모레티의 영화 「비앙카」, 안토니오니의 영화 「일식」 등이 있다.

나폴리 4부작 제1권
나의 눈부신 친구

지은이 엘레나 페란테
옮긴이 김지우
펴낸이 김언호

펴낸곳 (주)도서출판 한길사
등록 1976년 12월 24일 제74호
주소 10881 경기도 파주시 광인사길 37
홈페이지 www.hangilsa.co.kr
전자우편 hangilsa@hangilsa.co.kr
전화 031-955-2000~3 **팩스** 031-955-2005

부사장 박관순 **총괄이사** 김서영 **관리이사** 곽명호
경영이사 김관영 **편집주간** 백은숙
편집 노유연 박홍민 배소현 임진영
마케팅 이영은 **관리** 이주환 문주상 이희문 원선아 이진아
디자인 창포 031-955-2097
CTP출력 및 인쇄 예림 **제본** 예림바인딩

제1판 제 1쇄 2016년 7월 7일
제1판 제21쇄 2025년 1월 23일

값 16,000원
ISBN 978-89-356-6973-8 04880
ISBN 978-89-356-6974-5 (세트)

• 잘못 만들어진 책은 구입하신 서점에서 바꿔드립니다.
• 이 도서의 국립중앙도서관 출판시도서목록(CIP)은 서지정보유통지원시스템 홈페이지(seoji.nl.go.kr)와 국가자료공동목록시스템(www.nl.go.kr/kolisnet)에서 이용하실 수 있습니다.
(CIP제어번호: CIP2016015616)

• 이 책은 이탈리아 외무부의 번역 지원금을 받았습니다.
(Questo libro è stato tradotto grazie ad un contributo alla traduzione assegnato dal Ministero degli Affari Esteri e della Cooperazione Internazionale Italiano.)